TERRY GOODKIND

Die Nächte des roten Mondes

Buch

Ein rätselhafter Mann erscheint bei Richard Cypher und verkündet, er sei gekommen, um ihn zu töten. Im Kampf entpuppt er sich als Scherge Jagangs. Der finstere Imperator selbst spricht aus seinem Mund und prophezeit unter Donnerschlägen das Verderben Richards und seines Volkes. Doch der Attentäter ist nur einer von drei Besuchern an diesem Tag, die auf die Zukunft des neuen Lord Rahl großen Einfluß nehmen. Eine Frau aus Richards Vergangenheit und ein Bruder, von dem er nichts wußte, treten in sein Leben. Nur mit ihrer Hilfe kann er das Rätsel des roten Mondes lösen. Doch kann er ihnen trauen, oder stehen sie im Dienst seines Feindes Jagang?

Autor

Mit »Das Schwert der Wahrheit« legt Terry Goodkind eine Fantasy-Saga vor, die mit Witz und Spannung, Phantasie und Wirklichkeitsnähe neue Maßstäbe in diesem Genre setzt. Gleich der erste Roman »Das erste Gesetz der Magie« erzielte einen enormen Erfolg bei Lesern und Kritikern. Piers Anthony schrieb dazu: »Eine phänomenale Fantasy, die alles Dagewesene mit Leichtigkeit in den Schatten stellt, und für Terry Goodkind der Beginn einer großen Karriere.« Tatsächlich sind alle folgenden Bände seines Zyklus »Das Schwert der Wahrheit« international äußerst erfolgreich. Terry Goodkind lebt in Neuengland und schreibt an der Fortsetzung seines Erfolgsepos.

Von Terry Goodkind bereits erschienen:

Das Schwert der Wahrheit: 1. **Das erste Gesetz der Magie.** Roman (24614), 2. **Der Schatten des Magiers.** Roman (24658), 3. **Die Schwestern des Lichts.** Roman (24659), 4. **Der Palast des Propheten.** Roman (24660), 5. **Die Günstlinge der Unterwelt.** Roman (24661), 6. **Die Dämonen des Gestern.** Roman (24662), 7. **Die Nächte des roten Mondes.** Roman (24773), 8. **Der Tempel der vier Winde.** Roman (24774), 9. **Die Burg der Zauberer.** Roman (35247), 10. **Die Seele des Feuers.** Roman (35260), 11. **Schwester der Finsternis.** Roman (24777), 12. **Der Palast des Kaisers.** Roman (24778), 13. **Die Säulen der Schöpfung.** Roman (gebundene Ausgabe bei Limes, 2460)

Außerdem ist erschienen:

Das Verhängnis der Schuld. Die Vorgeschichte von »Das Schwert der Wahrheit«. Roman (24230)

Weitere Bände sind in Vorbereitung.

TERRY
GOODKIND

Die Nächte des roten Mondes

Das Schwert der Wahrheit 7

Aus dem Amerikanischen
von Caspar Holz

BLANVALET

Die amerikanische Originalausgabe erschien 1997
unter dem Titel »Temple of the Winds« (Chapters 1–36)
bei Tor Books, New York.

Umwelthinweis:
Alle bedruckten Materialien dieses Taschenbuches
sind chlorfrei und umweltschonend.

Blanvalet Taschenbücher erscheinen im Goldmann Verlag, einem
Unternehmen der Verlagsgruppe Random House GmbH.

Deutsche Erstveröffentlichung 8/98

Published in agreement with Baror International, Inc.,
Bedford Hills, New York, U.S.A.,
in association with Scovil Chichak Galen Literary Agency.
Umschlaggestaltung: Design Team München
Umschlagmotiv: AKG, Berlin
Satz: deutsch-türkischer fotosatz, Berlin
Druck: GGP Media, Pößneck
Titelnummer: 24773
Redaktion: Andreas Helweg
V. B. Herstellung: Peter Papenbrok
Printed in Germany
ISBN 3-442-24773-X
www. blanvalet-verlag.de

5 7 9 10 8 6 4

Für meine Freundin Rachel Kahlandt;
eine, die versteht.

Danksagung

Mein Dank gilt meinem Lektor James Frenkel für seine Hilfe und seine Geduld; all den hart arbeitenden Menschen bei Tor; meiner britischen Lektorin Caroline Oakley für ihre Einblicke; meinem Agenten Russell Galen für seinen Rat und seine Unterstützung; meinem Freund Donald L. Schassberger, M. D., für seinen Expertenrat; und Keith Parkinson für sein inspirierendes Cover.

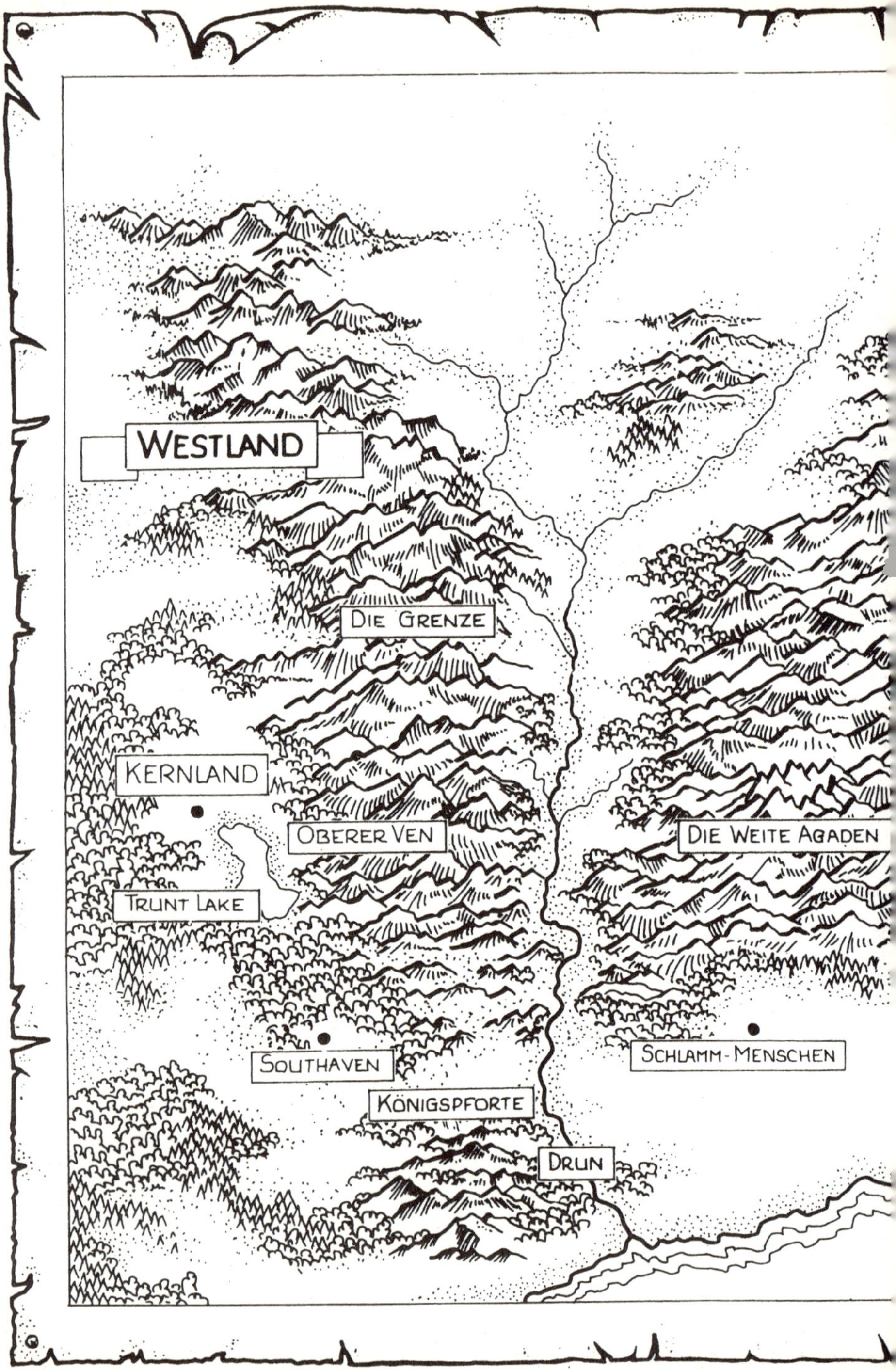
WESTLAND
DIE GRENZE
KERNLAND
OBERER VEN
DIE WEITE AGADEN
TRUNT LAKE
SCHLAMM-MENSCHEN
SOUTHAVEN
KÖNIGSPFORTE
DRUN

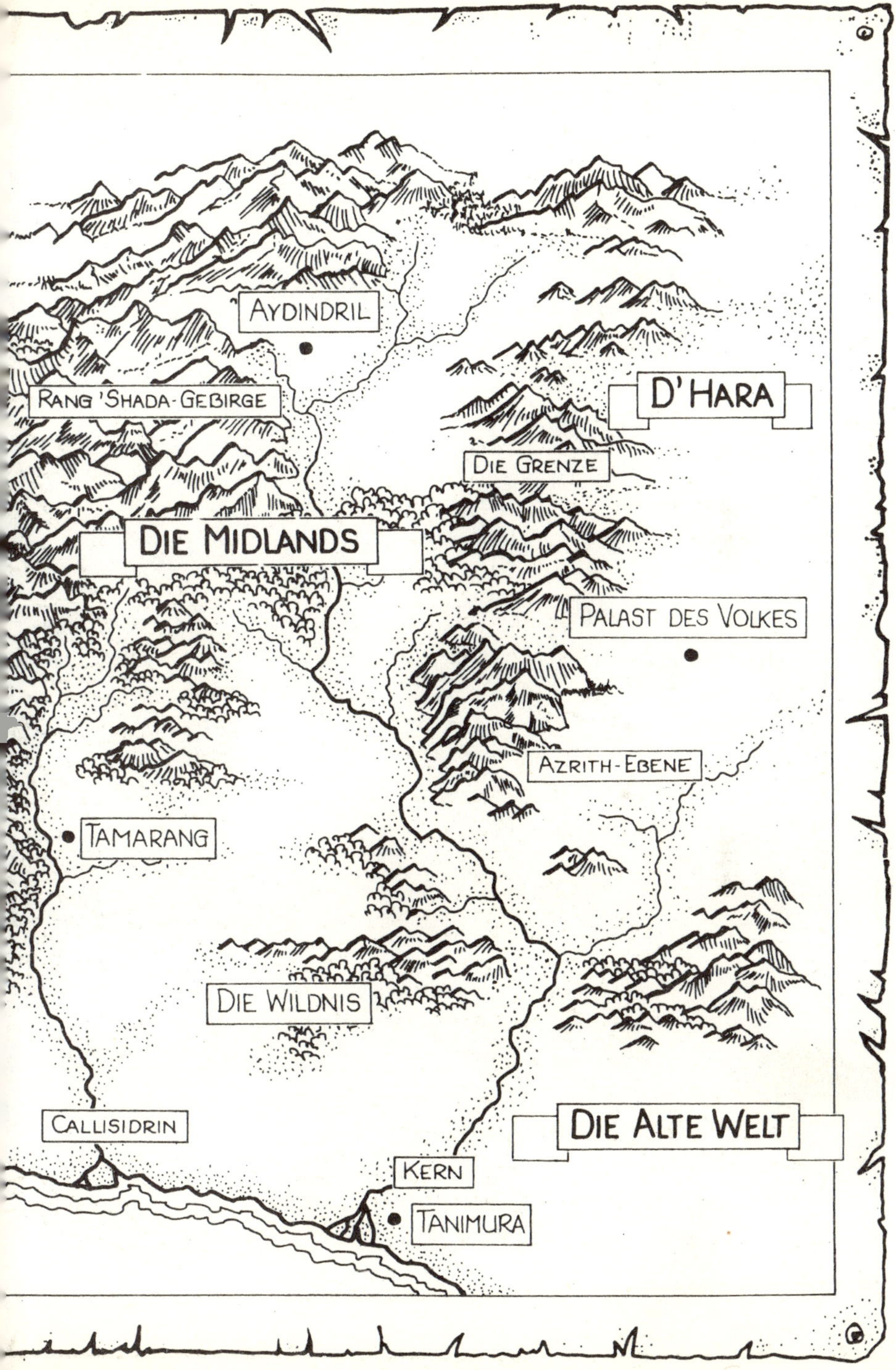
AYDINDRIL
RANG 'SHADA-GEBIRGE
D' HARA
DIE GRENZE
DIE MIDLANDS
PALAST DES VOLKES
AZRITH-EBENE
TAMARANG
DIE WILDNIS
CALLISIDRIN
DIE ALTE WELT
KERN
TANIMURA

1. Kapitel

Erlaubt, daß ich ihn töte«, sagte Cara. Ihre Stiefelschritte knallten wie harte Peitschenhiebe auf dem polierten Marmorboden.

Die geschmeidigen Lederstiefel, die Kahlan unter ihrem eleganten, weißen Konfessorenkleid trug, scharrten leise über den kalten Stein, als sie versuchte mitzuhalten, ohne in einen Laufschritt zu verfallen.

»Nein.«

Cara zeigte keinerlei Reaktion. Sie richtete die blauen Augen geradeaus auf den breiten Korridor, der sich bis in die Ferne erstreckte. Ein Dutzend d'Haranische Soldaten in Leder und Kettenrüstung, mit schmucklosen Schwertern in der Scheide oder halbmondförmigen, an der Gürtelhalterung eingehakten Streitäxten, kreuzten unmittelbar vor ihnen an einem Quergang ihren Weg. Sie hatten die Waffen zwar nicht gezogen, aber sie hielten die Griffe aus Holz allzeit bereit fest in der Hand und beobachteten mit wachsamen Augen gewissenhaft die Schatten zwischen den Türöffnungen und Säulen zu beiden Seiten. Die Konzentration, mit der sie zur Sache gingen, wurde durch ihre flüchtige Verbeugung vor Kahlan nur kurz unterbrochen.

»Wir können ihn nicht einfach töten«, versuchte Kahlan zu erklären. »Wir brauchen Antworten.«

Eine Braue schnellte über einem eiskalten, blauen Auge in die Höhe. »Oh, ich hatte nicht gesagt, daß er uns vor seinem Tod keine Antworten geben wird. Wenn ich mit ihm fertig bin, wird er auf jede Frage antworten, die Ihr ihm stellt.« Ein freudloses Lächeln huschte wie ein Geist über ihr makelloses Gesicht. »Das ist die Aufgabe einer Mord-Sith: Leute dazu zu bringen, daß sie Fragen beantworten« – sie hielt inne, während sie abermals lächelte und deutlichen Stolz an den Tag legte –, »bevor sie sterben.«

Kahlan seufzte tief. »Das ist jetzt nicht mehr Eure Aufgabe und nicht mehr Euer Leben, Cara. Eure Aufgabe besteht jetzt darin, Richard zu beschützen.«

»Eben aus diesem Grund solltet Ihr mir erlauben, ihn zu töten. Wir sollten kein Risiko eingehen, indem wir den Mann am Leben lassen.«

»Nein. Zuerst müssen wir herausfinden, was gespielt wird, und wir werden es nicht auf Eure Art tun.«

Caras Lächeln, so humorlos es war, verschwand wieder. »Wie Ihr wollt, Mutter Konfessor.«

Kahlan fragte sich, wie die Frau es geschafft hatte, so schnell in ihre hautenge rote Lederkleidung hineinzukommen. Wenn es auch nur die geringsten Schwierigkeiten gab, schien wie aus dem Nichts wenigstens eine der drei Mord-Sith aufzutauchen. Auf Rot, betonten sie oft, sah man kein Blut.

»Hat dieser Mann das auch ganz bestimmt gesagt? Waren das genau seine Worte?«

»Ganz recht, Mutter Konfessor, genau das waren seine Worte. Ihr solltet mir erlauben, ihn zu töten, bevor er Gelegenheit hat, sie wahr zu machen.«

Kahlan überging die neuerliche Bitte. Die beiden eilten den Flur entlang. »Wo ist Richard?«

»Soll ich Lord Rahl holen gehen?

»Nein! Ich will nur wissen, wo er ist, falls es Ärger gibt.«

»Ich möchte meinen, das kann man durchaus als Ärger bezeichnen.«

»Ihr sagtet, der Mann werde von wenigstens zweihundert Soldaten mit Waffengewalt festgehalten. Wieviel Unheil kann ein einzelner Mann bei all den Schwertern, Äxten und Pfeilen hier anrichten?«

»Mein früherer Meister, Darken Rahl, wußte, daß man eine Gefahr nicht immer mit Stahl allein abwenden kann. Deswegen hatte er stets einsatzbereite Mord-Sith in der Nähe.«

»Dieser gottlose Kerl hätte Menschen umgebracht, ohne auch nur einen Gedanken daran zu verschwenden, ob sie tatsächlich eine Gefahr für ihn darstellen. Richard ist nicht so, und ich auch nicht. Wenn ich wirklich bedroht bin, dann zögere ich nicht zu handeln, das wißt Ihr. Aber wenn dieser Mann mehr ist, als er scheint, wieso zieht er dann vor all dem Stahl so ängstlich den Kopf ein? Außerdem bin ich den Gefahren, die Stahl nicht abwenden kann, als Konfessor wohl kaum schutzlos ausgeliefert.

Wir dürfen nicht den Kopf verlieren. Und vor allem sollten wir keine voreiligen Schlüsse ziehen, die vielleicht unbegründet sind.«

Kahlan merkte, daß sie der Frau um einen halben Schritt voraus war. Sie verlangsamte ihr Tempo, ging jedoch weiter forsch voran. »Wir reden hier schließlich über Richard.«

Cara grinste geziert. »Ihr seid ebenso besorgt wie ich.«

»Natürlich. Aber nach allem, was wir wissen, und falls dieser Mann tatsächlich mehr ist, als er scheint, könnte es eine Falle sein, die zuschnappt, wenn wir ihn töten.«

»Da könntet Ihr recht haben, aber das ist der Zweck der Mord-Sith.«

»Also, wo ist Richard?«

Cara packte das rote Leder an ihrem Handgelenk, zog den gepanzerten Handschuh stramm und ballte die Hand zur Faust. Ihr Strafer, eine fürchterliche Waffe, die nichts weiter zu sein schien als ein fingerdicker, ein Fuß langer Lederstab, baumelte allzeit bereit an einer dünnen Goldkette an ihrem Handgelenk. Sein Gegenstück hing an einer Kette um Kahlans Hals, stellte in den Händen der Mutter Konfessor jedoch keine Waffe dar. Er war ein Geschenk von Richard, ein Geschenk, das für die Schmerzen und die Opfer stand, die beide durchgemacht hatten.

»Er ist draußen hinter dem Palast, in einem der Gärten.« Cara deutete über ihre Schulter. »In dem dort hinten. Raina und Berdine sind bei ihm.«

Kahlan war erleichtert, daß die beiden anderen Mord-Sith auf ihn aufpaßten. »Hat das etwas mit der Überraschung zu tun, die er für mich hat?«

»Mit welcher Überraschung?«

Kahlan lächelte. »Er hat Euch doch bestimmt davon erzählt, Cara.«

Cara sah sie kurz verstohlen aus den Augenwinkeln an. »Natürlich hat er mir davon erzählt.«

»Und, was ist es?«

»Er hat mir aufgetragen, Euch nichts davon zu sagen.«

Kahlan zuckte die Achseln. »Ich werde ihm nicht verraten, daß Ihr mir davon erzählt habt.«

Caras Lachen, wie zuvor schon ihr Lächeln, war gänzlich humorlos. »Lord Rahl verfügt über die seltsame Eigenschaft, Dinge herauszufinden, vor allem die, die man vor ihm verbergen will.«

Davon konnte Kahlan ein Lied singen. »Und was tut er nun da draußen?«

Die Muskeln in Caras Kiefer spannten sich. »Was man halt draußen so macht. Ihr kennt Lord Rahl, er hält sich gerne unter freiem Himmel auf.«

Kahlan schaute hinüber und erkannte, daß Caras Gesicht fast so rot geworden war wie ihre Lederkleidung. »Und was macht er nun?«

Cara räusperte sich in ihre gepanzerte Faust. »Er zähmt Backenhörnchen.«

»Er macht was? Ich habe Euch nicht verstanden.«

Cara machte eine ungeduldige Handbewegung. »Er meinte, die Backenhörnchen seien herausgekommen, weil es wieder wärmer wird. Er zähmt sie.« Sie blies beleidigt die Wangen auf. »Mit Körnern.«

Die Vorstellung, daß Richard, der Mann, den sie liebte, der Mann, der die Herrschaft über D'Hara an sich gerissen hatte und dem jetzt ein großer Teil der Midlands aus den Händen fraß, Backenhörnchen beibrachte, ihm Körner aus der Hand zu fressen, ließ Kahlan schmunzeln.

»Nun, das klingt doch ganz harmlos – Backenhörnchen zu füttern.«

Cara ballte erneut die Faust, während sie zwischen zwei d'Haranischen Wachposten hindurcheilten. »Er bringt ihnen bei«, erklärte sie zwischen zusammengebissenen Zähnen hindurch, »diese Körner aus Rainas und Berdines Hand zu fressen. Die beiden albern herum!« Sie sah gequält zur Decke und warf die Hände in die Höhe. »Herumalbernde Mord-Sith!«

Kahlan preßte ihre Lippen aufeinander und versuchte, nicht lauthals loszulachen. Cara zog ihren blonden Zopf nach vorne und liebkoste ihn auf eine Weise, die in Kahlan beunruhigende Erinnerungen daran wachrief, wie die Hexe Shota ihre Schlangen streichelte.

»Na ja«, versuchte Kahlan, die Empörung der anderen Frau ein wenig zu besänftigen, »vielleicht war es nicht ihre eigene Entscheidung. Sie stehen in seiner Pflicht. Vielleicht hat Richard es ihnen befohlen, und sie gehorchen nur.«

Cara blickte sie ungläubig an. Kahlan wußte, daß jede einzelne der drei Mord-Sith Richard bis in den Tod verteidigen würde. Sie hatten bereits bewiesen, daß sie bereit waren, ihr Leben ohne Zaudern zu opfern. Aber obwohl sie ihm durch Magie verpflichtet waren, mißachteten sie seine Befehle nach Belieben, wenn sie sie für belanglos, unwichtig oder unklug hielten. Nach Kahlans Vermutung lag das daran, daß es ihnen Spaß machte, von der Freiheit, die Richard ihnen gegeben hatte, Gebrauch zu machen. Darken Rahl, ihr früherer Meister und Richards Vater, hätte sie in der Zeitspanne eines Herzschlags getötet, wäre ihm jemals der Verdacht gekommen, sie gehorchten seinen Befehlen nicht, ganz gleich, wie belanglos diese waren.

»Je eher Ihr Lord Rahl heiratet, desto besser. Statt Backenhörnchen beizubringen, Mord-Sith aus der Hand zu fressen, wird er dann Euch aus der Hand fressen.«

Die Vorstellung, seine Frau zu sein, entlockte Kahlan ein fröhliches Lachen. Lange würde es nicht mehr dauern. »Ich habe Richard meine Hand versprochen, aber Ihr solltet Euch wie alle anderen auch darüber im klaren sein, daß er mir niemals daraus fressen wird.«

»Wenn Ihr wieder bei Verstand seid, kommt zu mir, dann zeige ich Euch, wie Ihr vorgehen müßt.« Cara richtete ihr Augenmerk auf die wachsamen d'Haranischen Soldaten. Überall eilten Bewaffnete vorbei, die in jeden Flur schauten und hinter jede Tür, zweifellos, weil Cara darauf bestanden hatte.

»Egan ist ebenfalls bei Lord Rahl. Er dürfte in Sicherheit sein, solange wir uns um diesen Kerl kümmern.«

Kahlans gute Laune schwand dahin. »Wie ist er überhaupt hier reingekommen? Ist er mit den Bittstellern gekommen?«

»Nein.« Caras Tonfall wurde wieder frostig. »Aber ich habe die Absicht, es herauszufinden. Soweit ich weiß, ist er einfach zu einer Wachpatrouille vor dem Ratssaal gegangen und hat gefragt, wo er Lord Rahl finden könne. Als könnte einfach jeder hereinspazieren und darum bitten, vom Herrscher D'Haras empfangen zu werden, so als wäre er der oberste Metzger, zu dem jeder hingehen kann, wenn er ein besonders schönes Stück Lammfleisch möchte.«

»Und da haben die Wachen ihn gefragt, warum er Richard sprechen will?«

Cara nickte. »Ich denke, wir sollten ihn töten.«

Die Erkenntnis wand sich kalt kribbelnd Kahlans Rücken hinauf. Cara war nicht einfach nur eine aggressive Leibwächterin, der es nichts ausmachte, das Blut anderer zu vergießen – sie hatte zudem Angst. Angst um Richard.

»Ich will wissen, wie er hier reingekommen ist. Er hat sich einer Patrouille im Innern des Palastes gestellt. Es hätte ihm nicht möglich sein dürfen, in den Palast zu gelangen und unbehelligt herumzulaufen. Was, wenn es eine Lücke in unseren Sicherheitsvorkehrungen gibt? Sollten wir das nicht besser klären, bevor noch jemand auftaucht, der nicht die Höflichkeit besitzt, sich anzumelden?«

»Wir können es klären, wenn Ihr mir erlaubt, es auf meine Art zu tun.«

»Noch wissen wir nicht genug. Am Ende ist er tot, bevor wir etwas herausgefunden haben, und dann wird die Gefahr für Richard womöglich noch größer.«

»Also schön«, meinte Cara seufzend. »Wir werden es auf Eure Weise machen, solange Ihr Euch darüber im klaren seid, daß ich Befehle zu befolgen habe.«

»Was für Befehle?«

»Lord Rahl hat uns aufgetragen, Euch ebenso zu beschützen, wie wir ihn beschützen würden.« Mit einer raschen Kopfbewegung warf sie ihren blonden Zopf über ihre Schulter nach hinten. »Wenn Ihr nicht vorsichtig seid, Mutter Konfessor, und Richard durch Eure Zurückhaltung unnötig gefährdet, werde ich ihm meine Einwilligung, Euch zu behalten, wieder entziehen.«

Kahlan lachte. Ihr Lachen erstarb, als Cara nicht einmal lächelte. Sie war nie ganz sicher, wann die Mord-Sith scherzten und wann ihnen etwas todernst war.

»Hier entlang«, sagte Kahlan. »Der Weg ist kürzer, außerdem will ich in Anbetracht unseres seltsamen Besuchers sehen, was für Bittsteller warten. Der Mann könnte ein Täuschungsmanöver sein, das unsere Aufmerksamkeit von jemand anderem ablenken soll – der eigentlichen Bedrohung.«

Caras Braue zuckte, als hätte jemand sie zurechtgewiesen. »Warum, glaubt Ihr, habe ich den Saal der Bittsteller abriegeln und von Wachen umstellen lassen?

»Ich hoffe, Ihr habt es getan, ohne daß jemand etwas bemerkt hat. Es gibt keinen Grund, unschuldige Bittsteller zu verschrecken.«

»Ich gab den Offizieren den Befehl, den Leuten keine unnötige Angst zu machen. Aber vorrangig ist es, Lord Rahl zu beschützen.«

Kahlan nickte. Dem konnte sie nicht widersprechen.

Zwei muskelbepackte Wachtposten verneigten sich gemeinsam mit zwanzig anderen ganz in der Nähe, dann zogen sie die hohe, messingbeschlagene Tür auf, die in einen Säulengang führte. Parallel zu den weißen Marmorsäulen lief ein steinernes Geländer, das von dickbauchigen, vasenähnlichen Balustern gestützt wurde. Die Barriere, die die Bittsteller in dem einhundert Fuß langen Raum vom Korridor der Beamten trennte, hatte eher symbolische Bedeutung, als daß sie tatsächlich eine Absperrung war. Oberlichter, dreißig Fuß über den Köpfen, beleuchteten den Warteraum und wurden von dem gedämpften goldenen Licht der Lampen ergänzt, die man oben in jedes einzelne kleine Deckengewölbe gehängt hatte.

Es war von alters her Brauch, daß die Menschen – Bittsteller – in den Palast der Konfessoren kamen, um alles mögliche zu erbitten, angefangen mit der Schlichtung bei Unstimmigkeiten über das Recht von Straßenhändlern auf begehrte Standplätze bis hin zu Ersuchen um ein bewaffnetes Eingreifen bei Grenzstreitigkeiten. Angelegenheiten, die von den Beamten der Stadt geregelt werden konnten, wurden an die entsprechenden Ämter verwiesen. Anliegen, die von Würdenträgern eines Landes vorgetragen wurden – vorausgesetzt, man erachtete sie für wichtig genug, oder man konnte sie auf keine andere Weise regeln –, wurden dem Rat vorgebracht. Der Saal der Bittsteller war jener Ort, wo Protokollbeamte über die Zuteilung der Anfragen entschieden.

Bei Darken Rahls – Richards Vaters – Überfall auf die Midlands waren viele der Beamte aus Aydindril ums Leben gekommen, darunter auch Saul Witherrin, der Protokollchef, sowie der größte Teil seines Stabes. Richard hatte Darken Rahl besiegt und war, da er der einzige Erbe mit der Gabe war, zum Herrscher von D'Hara aufgestiegen. Er hatte die Zwistigkeiten und Kämpfe zwischen den Ländern der Midlands beigelegt, indem er ihre Kapitulation gefordert und sie damit alle gemeinsam zu einer Macht vereint hatte, die imstande wäre, der Bedrohung durch die Alte Welt und die Imperiale Ordnung zu widerstehen.

Kahlan war nicht recht wohl bei der Vorstellung, diejenige Mutter Konfessor zu sein, unter deren Herrschaft die Midlands als formale Einheit, als Zusammenschluß souveräner Länder aufgelöst worden waren, andererseits wußte sie, daß sie vor allem den Menschen verpflichtet war und nicht der Tradition. Wenn man der Imperialen Ordnung keinen Einhalt gebot, würde sie die Welt unterjochen, und die Völker der Midlands würden zu Leibeigenen werden. Richard hatte erreicht, was sein Vater nicht hatte erreichen können, wenn auch aus völlig anderen Gründen. Sie liebte Richard und wußte, daß er in guter Absicht nach der Macht gegriffen hatte.

Bald würden sie heiraten, und ihre Hochzeit würde die Midlands und D'Hara für alle Zeiten in Freiheit und Einigkeit vereinen. Mehr noch aber würde die Vermählung eine persönliche Erfüllung ihrer Liebe und ihrer tiefen Sehnsucht füreinander sein: eins zu werden.

Kahlan vermißte Saul Witherrin. Er war ein fähiger Adjutant gewesen. Da jetzt auch die Ratsmitglieder tot und die Midlands ein Teil D'Haras waren, herrschte in den protokollarischen Angelegenheiten eine große Unordnung. Ein paar niedergeschlagene d'Haranische Beamte standen an der Schranke und versuchten, den Bittstellern bei ihren Anliegen behilflich zu sein.

Beim Eintreten versuchte Kahlan, sich einen Überblick über die Art Probleme zu verschaffen, die an diesem Tag an den Palast herangetragen wurden. Ihrer Kleidung nach schienen die meisten Anwesenden aus der nahen Stadt Aydindril zu stammen: Arbeiter, Ladenbesitzer und Kaufleute.

Sie sah eine Gruppe Kinder, die sie vom Vortag kannte, als Richard sie mitgenommen hatte, um ihnen beim Ja'la-Spiel zuzusehen. Sie hatte das schnelle Spiel zum ersten Mal gesehen, und für ein paar Stunden war es eine angenehme Ablenkung gewesen, ihnen zuzusehen. Wahrscheinlich wollten die Kinder, daß Richard käme und sich ein weiteres Spiel ansah. Er hatte beide Mannschaften angefeuert. Kahlan bezweifelte, daß es einen Unterschied gemacht hätte, wenn er sich für eine Mannschaft entschieden und sie mehr angefeuert hätte als die andere. Kinder fühlten sich zu Richard hingezogen und schienen instinktiv sein großes Herz zu spüren.

Kahlan erkannte mehrere Diplomaten aus ein paar kleineren Ländern wieder, die, wie sie hoffte, gekommen waren, um Richards Angebot einer friedlichen Kapitulation und die Vereinigung unter d'Haranischer Vorherrschaft anzunehmen. Sie kannte die Herrscher dieser Länder und ging davon aus, daß sie dem Drängen, sich ihnen in Frieden anzuschließen, nachgeben würden.

Auch eine Gruppe von Diplomaten aus einigen der größeren Länder, die über ein stehendes Heer verfügten, erkannte sie wieder. Man hatte sie erwartet, und für den späteren Verlauf des Tages war geplant, daß Richard und Kahlan mit ihnen und einigen anderen soeben eingetroffenen Abgesandten zusammentrafen, um sich ihre Entscheidungen anzuhören.

Wenn Richard nur etwas Passenderes zum Anziehen fände. Seine Waldkleidung hatte ihm gute Dienste geleistet, aber jetzt mußte er seine Stellung auf geeignetere Weise verkörpern. Er war jetzt sehr viel mehr als ein Waldführer.

Kahlan hatte fast ihr ganzes Leben als Autoritätsperson gedient und wußte, daß Herrschaft oft leichter wurde, wenn man die Erwartungen der Menschen erfüllte. Sie bezweifelte, ob Menschen, die einen Waldführer brauchten, Richard gefolgt wären, wäre er nicht für den Wald gekleidet gewesen. In gewisser Weise war Richard ihr Führer durch diese trügerische neue Welt mit ihren noch nicht erprobten Untertanenpflichten und neuen Feinden. Er fragte sie oft um Rat. Sie würde mit ihm über seine Kleidung sprechen müssen.

Als die Versammelten sahen, wie die Mutter Konfessor entschlossenen Schritts den Korridor betrat, verstummten die Gespräche, und die Menschen begannen, mit einer tiefen Verbeugung auf ein Knie zu fallen. Trotz ihres für diesen Posten beispiellos jungen Alters gab es in den Midlands niemanden, der mehr Autorität besaß als die Mutter Konfessor. Die Mutter Konfessor war die Mutter Konfessor, unabhängig vom Gesicht der Frau, die dieses Amt bekleidete. Die Menschen verneigten sich nicht so sehr vor der Person denn vor der uralten Autorität dieses Amtes.

Den meisten Bewohnern der Midlands waren die Angelegenheiten der Konfessoren ein Rätsel. Aus ihrer Mitte wählten sie die Mutter Konfessor. Das Alter war dabei zweitrangig.

Sie war zwar dazu auserwählt worden, die Freiheit und die Rechte der Völker der Midlands zu wahren, aber die Menschen sahen es selten in diesem Sinn. Für die meisten war ein Herrscher ein Herrscher. Als Herrscherin der Herrscher machte die Mutter Konfessor den Guten Mut und bestrafte die Schlechten. Erwies sich ein Herrscher als zu schlecht, dann stand es in ihrer Macht, ihn des Amtes zu entheben. Das war die oberste Aufgabe einer Mutter Konfessor. Für die meisten Menschen jedoch waren solche Regierungsgeschäfte nur das ferne Gezänk der Herrschenden.

Kahlan blieb in der plötzlichen Stille, die sich über den Saal der Bittsteller legte, stehen und erwiderte die Begrüßung.

Eine junge Frau, an der hinteren Wand beobachtete, wie alle Umstehenden auf die Knie fielen. Sie sah kurz in Kahlans Richtung, dann wieder zu den Knienden hinüber, schließlich folgte sie deren Beispiel.

Kahlan runzelte die Stirn.

In den Midlands war die Länge des Haares einer Frau ein Zeichen für ihren Rang und ihre Stellung. Hier nahm man Machtfragen, ganz gleich, wie belanglos sie an der Oberfläche erscheinen mochten, sehr ernst. Nicht einmal das Haar einer Königin durfte so lang sein wie das eines Konfessors, und kein Konfessorenhaar war so lang wie das der Mutter Konfessor.

Diese Frau hatte einen dichten braunen Haarschopf, der fast so lang wie Kahlans war.

Kahlan kannte in den Midlands fast alle Persönlichkeiten von hohem Rang, das war ihre Pflicht, und die nahm sie ausgesprochen ernst. Eine Frau mit derart langem Haar war offenkundig sehr hoch gestellt, dennoch kannte Kahlan sie nicht. Wahrscheinlich gab es in der gesamten Stadt niemanden, der, von ihr abgesehen, rangmäßig über dieser Frau stand – vorausgesetzt, sie stammte überhaupt aus den Midlands.

»Erhebt euch, meine Kinder«, richtete Kahlan die förmliche Erwiderung an die gesenkten Köpfe der Wartenden.

Kleider und Umhänge raschelten, als alles daran ging, sich wieder zu erheben. Die meisten hielten aus Respekt oder aus unnötiger Furcht die Blicke gesenkt. Die Frau richtete sich auf, verknotete ein schlichtes Taschentuch zwischen ihren Fingern und beobachtete die Umstehenden. Sie senkte, wie die meisten anderen es bereits taten, ebenfalls den Blick.

»Cara«, sagte Kahlan leise, »könnte es sein, daß die Frau dort mit den langen Haaren aus D'Hara ist?«

Auch Cara hatte sie beobachtet, sie hatte einige der Bräuche aus den Midlands gelernt. Caras Haar war zwar fast so lang wie das von Kahlan, aber sie war eine D'Haranerin. Sie lebten nach verschiedenen Bräuchen.

»Ihre Nase ist zu ›niedlich‹, um d'Haranisch zu sein.«

»Ich meine es ernst. Glaubt Ihr, sie könnte aus D'Hara sein?«

Cara musterte die Frau noch etwas länger. »Das glaube ich kaum. Bei uns trägt man keine Stoffe mit aufgedrucktem Blumenmuster, und die Kleider sind auch anders geschnitten. Allerdings können die dem Anlaß entsprechend gewechselt werden, wenn man sich unter die hiesige Bevölkerung mischen will.«

Das Kleid paßte wirklich nicht zu dem in Aydindril üblichen Stil. In anderen, entlegeneren Regionen der Midlands wäre es vielleicht gar nicht mal so fehl am Platz gewesen. Kahlan nickte einem wartenden Kommandanten zu, er solle zu ihr kommen.

Er beugte seinen Kopf dicht zu ihr hinunter, während sie mit leiser Stimme sagte: »Hinten an der Wand, hinter meiner linken Schulter, steht eine Frau mit langem, braunem Haar. Seht Ihr, wen ich meine?«

»Die Hübsche in dem blauen Unterkleid?«

»Ja. Wißt Ihr, warum sie hier ist?«

»Sie sagte, sie wolle Lord Rahl sprechen.«

Kahlans Stirn furchte sich noch tiefer. Das gleiche traf auf Cara zu, wie sie bemerkte. »In welcher Angelegenheit?«

»Sie sagte, daß sie nach einem Mann suche – Cy irgendwer – der Name war mir unbekannt. Angeblich wird er seit letztem Herbst vermißt, und man habe ihr erzählt, Lord Rahl sei in der Lage, ihr zu helfen.«

»Was Ihr nicht sagt«, erwiderte Kahlan. »Und hat sie sich darüber geäußert, was sie mit diesem Vermißten zu schaffen hat?«

Der Kommandant warf einen Blick auf die Frau, dann strich er sich das rotblonde Haar aus der Stirn. »Sie sagte, sie wolle ihn heiraten.«

Kahlan nickte. »Gut möglich, daß sie eine Würdenträgerin ist, aber wenn, dann muß ich zu meinem Leidwesen gestehen, daß ich ihren Namen nicht kenne.«

Der Kommandant warf einen Blick auf eine zerfledderte, vollgekritzelte Liste. Er drehte das Blatt um und überflog die Rückseite, bis er das Gesuchte gefunden hatte. »Sie sagte, ihr Name sei Nadine. Einen Titel hat sie nicht angegeben.«

»Gut. Bitte sorgt dafür, daß man Nadine in ein privates Wartezimmer bringt, wo sie es bequem hat. Erklärt ihr, ich werde sie aufsuchen, mit ihr sprechen und sehen, ob ich helfen kann. Laßt ihr ein Abendessen bringen und auch sonst alles, was sie verlangt. Richtet ihr meine Entschuldigung aus, weil ich mich zuerst um eine Angelegenheit von äußerster Wichtigkeit kümmern müsse, sie aber so schnell wie möglich aufsuchen werde und den Wunsch hege, alles zu tun, um ihr zu helfen.«

Kahlan konnte die Verzweiflung der Frau verstehen, wenn sie tatsächlich von ihrem Geliebten getrennt war und nach ihm suchte. Sie selbst hatte das gleiche durchgemacht und kannte diese Seelenqualen gut.

»Ich werde es sofort erledigen, Mutter Konfessor.«

»Noch etwas, Kommandant.« Kahlan beobachtete, wie die Frau ihr Taschentuch verknotete. »Erklären sie Lady Nadine, es könne Ärger geben, schließlich befinden wir uns mit der Alten Welt im Krieg, und deshalb müssen wir zu ihrer eigenen Sicherheit darauf bestehen, daß sie in ihrem Zimmer bleibt, bis ich kommen und mit ihr sprechen kann. Laßt die Tür schwer bewachen. Postiert Bogenschützen in sicherer Entfernung im Gang zu beiden Seiten.

Wenn sie herauskommt, besteht darauf, daß sie augenblicklich ins Zimmer zurückkehrt und wartet. Wenn es nicht anders geht, erklärt ihr, dies geschehe auf meinen Befehl. Sollte sie noch immer versuchen, das Zimmer zu verlassen,« – Kahlan sah dem Kommandanten in die Augen –, »dann tötet sie.«

Der Kommandant verneigte sich, und Kahlan eilte, dicht gefolgt von Cara, durch den Korridor davon.

»Aha«, sagte Cara draußen vor dem Saal der Bittsteller, »endlich kommt die Mutter Konfessor wieder zu Verstand. Ich wußte, daß ich allen Grund hatte, Lord Rahl zu erlauben, Euch zu behalten. Ihr werdet ihm eine würdige Gattin sein.«

Kahlan machte kehrt und lief durch den Gang zu dem Zimmer, in dem die Wachen den Mann festhielten. »Ich habe meine Meinung zu keinem Punkt geändert, Cara. In Anbetracht unseres merkwürdigen Besuchers gebe ich Lady Nadine jede Chance zu überleben, jede Chance, die ich mir leisten kann. Nur täuscht Ihr Euch, wenn Ihr glaubt, daß ich nicht alles Erforderliche tun würde, um Richard zu beschützen. Abgesehen davon, daß ich ihn mehr liebe als mein eigenes Leben, ist Richard ein äußerst wichtiger Mann für die Freiheit sowohl der Völker D'Haras als auch der Midlands. Unmöglich zu sagen, was die Imperiale Ordnung alles tun würde, um ihn in die Finger zu bekommen.«

Cara lächelte, und diesmal meinte sie es ernst. »Ich weiß, daß er Euch genauso liebt. Deswegen will ich auch nicht, daß Ihr diesen Mann aufsucht. Lord Rahl wird mir das Fell über die Ohren ziehen, falls er glaubt, ich habe Euch einer Gefahr ausgesetzt.«

»Richard wurde mit der Gabe geboren. Ich wurde ebenfalls mit Magie geboren. Darken Rahl hat Quadrone ausgesandt, um Konfessoren zu töten, weil ein einzelner Mann nur eine sehr geringe Gefahr für einen Konfessor darstellt.«

Kahlan verspürte den wohlvertrauten und doch fernen Schmerz, den der Tod der Männer bei ihr ausgelöst hatte. Fern deswegen, weil es so lange her zu sein schien, dabei war es kaum ein Jahr. Anfangs hatte sie monatelang das Gefühl gehabt, ebenso tot sein zu müssen wie ihre Schwestern Konfessor und sie irgendwie verraten zu haben, weil sie den für sie aufgestellten Fallen entgangen war. Jetzt war sie als letzte übriggeblieben.

Mit einer knappen Bewegung ihres Handgelenks ließ Cara ihren Strafer in die Hand schnellen. »Auch wenn es ein Mann ist wie Lord Rahl, der mit der Gabe geboren wurde? Ein Zauberer?«

»Auch wenn es sich um einen Zauberer handelt und sogar wenn dieser, im Gegensatz zu Richard, weiß, wie er seine Kraft benutzen kann. Ich dagegen weiß nicht nur, wie ich meine benutzen muß, ich bin darin sogar sehr erfahren. Ich kann gar nicht mehr zählen, wie viele …«

Kahlans Bemerkung blieb unbeendet, und Cara betrachtete nachdenklich ihren Strafer und rollte ihn zwischen den Fingern. »Ich glaube, es besteht wohl nicht einmal eine geringe Gefahr – solange ich dabei bin.«

Als sie den dick mit Teppichen ausgelegten und getäfelten Korridor erreichten, den sie gesucht hatten, wimmelte es dort von Soldaten, die vor stählernen Schwertern, Äxten und Hellebarden nur so starrten. Der Mann wurde in einem kleinen, eleganten Lesezimmer in der Nähe des ziemlich einfachen Zimmers gefangengehalten, wo sich Richard mit Offizieren traf und das Tagebuch, das er in der Burg der Zauberer gefunden hatte, zu studieren pflegte. Die Soldaten hatten jeden Fluchtversuch verhindern wollen und den Mann einfach in dem Zimmer untergebracht, das dem Ort, an dem sie ihn aufgegriffen hatten, am nächsten lag, und ihn dort festgesetzt, bis entschieden werden konnte, was zu geschehen hatte.

Kahlan nahm einen Soldaten sachte am Ellenbogen und drängte ihn zurück und aus dem Weg. Die Muskeln seiner nackten Arme waren eisenhart. Seine auf die geschlossene Tür gerichtete Hellebarde hätte, wäre sie in Granit gebettet gewesen, kaum fester stehen können. Wenigstens fünfzig ähnliche Spieße waren auf die Tür gerichtet, hinter der es vollkommen still war. Weitere Soldaten, Schwerter und Äxte fest im Griff, kauerten unter den Hellebardenspitzen.

Der Posten drehte sich um, als Kahlan seinen Arm berührte. »Laß mich durch, Soldat.«

Der Mann machte Platz. Andere drehten sich kurz um und begannen, zur Seite zu treten. Cara drängte sich, Schulter voran, vor Kahlan her und schob dabei Soldaten aus dem Weg. Sie ließen das nur widerwillig geschehen, nicht aus Respektlosigkeit, sondern weil sie sich wegen der Gefahr sorgten, die hinter der Tür lauerte. Selbst während sie zur Seite traten, hielten sie ihre Waffen noch auf die dicke Eichentür gerichtet.

Der fensterlose, schwach beleuchtete Raum roch nach Leder und

Schweiß. Auf der Kante eines mit Stickereien verzierten Schemels hockte ein schlaksiger Mann. Er wirkte so dürr, daß er, sollte er eine falsche Bewegung machen, gar nicht all dem Stahl, der auf ihn gerichtet war, ein Ziel bot. Seine jungen Augen zuckten angesichts der Waffen und der grimmigen Blicke aufgeregt hin und her, bis er schließlich Kahlans weißes Kleid entdeckte. Seine Zunge schnellte vor, er benetzte sich die Lippe und hob erwartungsvoll den Kopf.

Als die stämmigen Soldaten in Leder und Kettenhemden hinter ihm sahen, daß Kahlan und Cara sich in das Zimmer zwängten, trat einer von ihnen den jungen Mann zu Boden.

»Auf die Knie, dreckiger Hund.«

Der Gefangene, der eine viel zu große Soldatenuniform trug, die an verschiedenen Orten zusammengesucht worden zu sein schien, sah fragend auf zu Kahlan, dann blickte er über die Schulter auf den Mann, der ihn gestoßen hatte. Er zog den Kopf mit den zerzausten Haaren ein und schützte ihn mit einem seiner schlaksigen Arme.

»Das genügt«, sagte Kahlan mit ruhiger, autoritärer Stimme. »Cara und ich wollen mit ihm sprechen. Ihr wartet bitte draußen.«

Die Soldaten stutzten. Sie waren nur widerstrebend bereit, eine Waffe von dem Mann abzuziehen, der noch immer auf dem Boden kauerte.

»Aber –«, setzte ein Offizier an.

»Bezweifelt Ihr, daß eine Mord-Sith in der Lage ist, mit diesem einen ausgemergelten Kerl fertig zu werden? Geht jetzt und wartet draußen.«

Kahlan war überrascht, daß Cara ihre Stimme erhoben hatte. Mord-Sith brauchten gewöhnlich nicht laut zu werden, wenn sie jemanden dazu bewegen wollten, ihre Befehle zu befolgen. Caras Nervosität angesichts des jungen Mannes vor ihnen verblüffte sie. Die Soldaten begannen sich zurückzuziehen. Einer nach dem anderen traten sie durch die Tür nach draußen und warfen dabei dem am Boden liegenden Eindringling Seitenblicke zu. Die Knöchel des

Offiziers am Heft seines Schwertes waren weiß. Er zog sich als letzter zurück und schloß die Tür leise mit seiner freien Hand.

Der junge Mann sah unter seinem Arm hindurch zu den beiden Frauen hoch, die drei Schritte von ihm entfernt standen. »Werdet Ihr mich töten lassen?«

Kahlan antwortete nicht gleich auf diese Frage. »Wir sind hier, weil wir mit dir reden wollen. Ich bin Kahlan Amnell, die Mutter Konfessor –«

»Die Mutter Konfessor!« Er richtete sich bis zu den Knien auf. Ein knabenhaftes Grinsen huschte über sein Gesicht. »Aber Ihr seid wunderschön! Ich hätte nie gedacht, daß Ihr so wunderschön seid.«

Er stemmte eine Hand auf ein Knie und wollte sich erheben. Caras Strafer war sofort zur Stelle.

»Bleib, wo du bist.«

Er verharrte bewegungslos und starrte den Strafer vor seinem Gesicht an, dann ließ er das Knie wieder auf die Fransen des dunkelroten Teppichs sinken.

»Ihr träumt wohl«, meinte Cara. Die Lampen oben auf den gekehlten Mahagonipilastern, die flache Ziergiebel über Bücherregalen auf beiden Seiten des Raumes stützten, tauchten sein hageres Gesicht in ein flackerndes Licht. Er war kaum älter als ein Kind.

»Kann ich bitte meine Waffe wiederhaben? Ich brauche mein Schwert. Wenn ich das nicht bekommen kann, dann hätte ich gerne mein Messer, bitte.«

Cara stieß einen genervten Seufzer aus, aber es war Kahlan, die als erste sprach. »Du befindest dich in einer sehr heiklen Situation, junger Mann. Keine von uns ist in der Stimmung, Nachsicht zu üben, falls dies ein Trick sein sollte.«

Er nickte ernst. »Verstehe. Ich spiele kein Spiel. Ich schwöre es.«

»Dann sag mir, was du den Soldaten erzählt hast.«

Sein Grinsen kehrte zurück. Er hob eine Hand und deutete

beiläufig auf die Tür. »Na ja, genau was ich den Männern gesagt habe, als sie mich –«

Die Fäuste an den Seiten, machte Kahlan einen Schritt vorwärts. »Ich sagte es dir bereits, dies ist kein Spiel! Du lebst nur noch, weil ich es so will. Ich möchte wissen, was du hier zu suchen hast, und zwar auf der Stelle! Sag mir, was du ihnen erzählt hast!«

Der junge Mann kniff verblüfft die Augen zusammen. »Daß ich ein von Jagang geschickter gedungener Mörder sei. Ich bin hier, um Richard Rahl zu töten. Könntet Ihr mich vielleicht zu ihm führen?«

2. Kapitel

»So«, sagte Cara mit gefährlichem Unterton, »darf ich ihn jetzt töten?«

Die widersinnige, ungehörige Art dieses harmlos aussehenden, hageren jungen Mannes, der scheinbar hilflos auf den Knien lag, auf feindlichem Gebiet, umgeben von Hunderten, von Tausenden brutaler d'Haranischer Soldaten, und der so offen und voller Kühnheit davon sprach, er habe die Absicht, Richard umzubringen, hatte zur Folge, daß Kahlan das Herz gegen die Rippen hämmerte.

So dumm konnte einfach niemand sein.

Erst im nachhinein merkte sie, daß sie einen Schritt zurückgewichen war. Sie überging Caras Frage und achtete nur auf den jungen Mann.

»Und wie, bitte, willst du das bewerkstelligen?«

»Na ja«, meinte er beiläufig und seufzte dabei, »ich hatte geplant, mein Schwert zu benutzen oder, wenn es nicht anders geht, mein Messer.« Sein Lächeln kehrte zurück, aber es war nicht mehr das eines Jungen. Seine Augen hatten eine stählerne Härte bekommen, die sein junges Gesicht Lügen strafte. »Deswegen muß ich sie zurückhaben, wenn Ihr versteht.«

»Du erhältst deine Waffen nicht zurück.«

Hinter seinem gleichgültigen Schulterzucken steckte Verachtung. »Egal. Ich habe andere Mittel, ihn zu töten.«

»Du wirst Richard nicht töten, darauf gebe ich dir mein Wort. Für dich gibt es jetzt nur noch eine Hoffnung, nämlich mit uns zu kooperieren und uns deinen Plan bis in alle Einzelheiten zu verraten. Wie bist du hier hereingekommen?«

Er schien sie mit seinem Feixen verspotten zu wollen. »Zu Fuß. Bin einfach reinspaziert. Kein Mensch hat auf mich geachtet. Sie sind nicht besonders klug, Eure Soldaten.«

»Klug genug, um dich mit ihren Schwertern zu bewachen«, stellte Cara klar.

Er beachtete sie nicht. Seine Augen blieben auf Kahlan geheftet.

»Und wenn wir dir dein Schwert und dein Messer nicht zurückgeben«, fragte sie, »was dann?«

»Dann wird es eine ziemlich schmutzige Angelegenheit werden. Richard Rahl wird sehr leiden. Aus diesem Grund hat Kaiser Jagang mich auch geschickt: weil er ihm die Gnade eines schnellen Todes erweisen wollte. Der Kaiser ist ein mitfühlender Mann, der alles unnötige Leiden vermeiden will. Im Grunde ist der Traumwandler ein friedfertiger Mensch, allerdings auch ein Mann von eiserner Entschlossenheit.

Ich fürchte, ich werde auch Euch töten müssen, Mutter Konfessor, um Euch das Leid zu ersparen, das Euch bevorsteht, wenn Ihr Euch widersetzt. Ich muß allerdings gestehen, daß mir die Vorstellung, eine so wunderschöne Frau umzubringen, nicht im geringsten behagt.« Das Grinsen wurde breiter. »Was für eine Verschwendung.«

Kahlan fand seine Dreistigkeit entnervend. Mitanhören zu müssen, wie er behauptete, der Traumwandler sei mitfühlend, drehte ihr den Magen um. Das wußte sie besser.

»Welches Leid?«

Er breitete die Hände aus. »Ich bin nur ein Sandkorn. Der Kaiser teilt mir seine Pläne nicht mit. Ich wurde einfach geschickt, um zu tun, was er befiehlt. Und sein Befehl lautet, daß Ihr und Richard vernichtet werden müßt. Laßt Ihr nicht zu, daß ich Richard auf gnädige Weise töte, dann wird er zerstört werden. Man sagte mir, das werde nicht so angenehm werden, warum laßt Ihr mich die Sache also nicht einfach zu Ende bringen?«

»Du träumst wohl«, sagte Cara.

Sein Blick wanderte zu der Mord-Sith. »Träumen? Vielleicht seid Ihr es, die träumt. Vielleicht bin ich Euer schlimmster Alptraum.«

»Ich habe keine Alpträume«, sagte Cara. »Ich mache welche.«

»Wirklich?« höhnte er. »In dieser albernen Aufmachung? Was wollt Ihr überhaupt darstellen? Kleidet Ihr Euch vielleicht so, um die Vögel von der Frühjahrssaat zu verscheuchen?«

Offensichtlich wußte der Mann nicht, was eine Mord-Sith war. Aber sie fragte sich, wie sie je hatte annehmen können, er sehe kaum älter aus als ein Junge. Aus seinem ganzen Benehmen sprachen Alter und Erfahrung. Das war kein junger Bursche. Eine gefährliche Spannung lag in der Luft. Erstaunlicherweise lächelte Cara nur.

Kahlan stockte der Atem: Plötzlich stand der Mann, und sie konnte sich nicht erinnern, gesehen zu haben, wie er sich erhoben hatte.

Sein Blick schweifte umher, und eine der Lampen erlosch. Die verbliebene Lampe tauchte eine Seite seines Gesichts in hartes, flackerndes Licht und beließ die andere im Schatten, für Kahlan aber hatte dieser Vorgang sein wahres Wesen, seine wirkliche Bedrohlichkeit ans Licht gebracht.

Dieser Mann beherrschte die Gabe.

Ihre Entschlossenheit, einem möglicherweise Unschuldigen unnötige Gewalt zu ersparen, verdampfte in der Hitze des Verlangens, Richard zu beschützen. Der Mann hatte seine Chance bekommen – jetzt würde er alles gestehen, was er wußte – und zwar einem Konfessor.

Sie brauchte ihn nur zu berühren, und es wäre vorbei.

Kahlan hatte inmitten Tausender Leichen unschuldiger Menschen gestanden, die von der Imperialen Ordnung niedergemetzelt worden waren. Als sie die Frauen und Kinder in Ebinissia gesehen hatte, die auf Jagangs Befehl erschlagen worden waren, hatte sie der

Imperialen Ordnung unsterbliche Rache geschworen. Dieser Mann hatte sich als Angehöriger der Imperialen Ordnung und als Feind freier Menschen zu erkennen gegeben. Er handelte auf Anordnung des Traumwandlers.

Sie konzentrierte sich auf den vertrauten Strom der Magie in ihrem Innern, der immer in Bereitschaft war. Ein Konfessor setzte seine Magie nicht eigentlich frei, er entzog ihr vielmehr die auferlegte Zurückhaltung. Der Vorgang war schneller als ein Gedanke. Er war wie das Aufblitzen des Instinkts.

Kein Konfessor genoß es, seine Kraft zu benutzen, um den Verstand eines Menschen zu zerstören. Im Gegensatz zu manchen anderen Konfessoren aber haßte Kahlan nicht, was sie tat und zu was sie geboren war. Es war einfach ein Teil ihres Selbst. Sie benutzte das, was ihr mitgegeben worden war, nicht böswillig, sondern um andere zu beschützen. Sie war mit sich, mit dem, was sie war und konnte, im reinen.

Richard war der erste gewesen, der sie als das gesehen hatte, was sie war, und der sie trotz ihrer Kraft gemocht hatte. Er hatte keine irrationale Furcht vor dem Unbekannten, vor dem, was sie darstellte. Statt dessen hatte er sie kennen- und liebengelernt, trotz der Konfessorenkraft. Aus diesem Grund allein konnte er bei ihr sein, ohne daß ihre Kraft ihn zerstörte, sobald sie sich ihrer Liebe hingaben.

Und jetzt wollte sie diese Kraft zu Richards Schutz einsetzen, und allein aus diesem Grund wußte sie ihre Fähigkeit mehr als je zuvor zu schätzen. Sie brauchte den Mann nur zu berühren, und die Bedrohung hätte ein Ende. Die Rache an einem willigen Vasallen Kaiser Jagangs war greifbar nahe.

Den Blick fest auf den Mann geheftet, warnte Kahlan Cara mit erhobenem Finger. »Er gehört mir. Überlaßt ihn mir.«

Als aber der mit zusammengekniffenen Augen die verbliebene Lampe suchte, war Cara im Nu zwischen den beiden. Die Luft knisterte, als sie ihm mit ihrem gepanzerten Handschuh verkehrt herum ins Gesicht schlug. Kahlan hätte vor Wut über die Einmischung fast laut geschrien.

Der Mann lag ausgestreckt auf dem Teppich, setzte sich auf und wirkte ehrlich überrascht. Blut aus einer Platzwunde in seiner Unterlippe lief ihm über das Kinn. Sein Gesicht zeigte ehrlichen Verdruß.

Cara stand drohend über ihm. »Wie ist dein Name?« Kahlan konnte nicht glauben, daß die Mord-Sith, die stets ihre Angst vor Magie bekundet hatte, scheinbar freiwillig einen Mann provozierte, der gerade eben bewiesen hatte, wie gut er die Gabe beherrschte.

Er wälzte sich von ihr fort und ging in die Hocke. Seine Augen waren auf Kahlan gerichtet, aber er sprach zu Cara. »Ich habe keine Zeit für höfische Possenreißer.«

Mit einem Lächeln zuckte sein Blick zur Lampe. Der Raum versank in Dunkelheit.

Kahlan warf sich auf ihn. Sie brauchte ihn nur zu berühren, und es wäre vorbei.

Sie griff jedoch ins Leere, bevor sie auf dem nackten Fußboden landete. In der völligen Dunkelheit war sie nicht sicher, in welche Richtung er davongesprungen war. Sie griff wild um sich, versuchte, irgendein Stück von ihm zu fassen zu bekommen. Sie brauchte ihn nur zu berühren, dann schützte ihn selbst seine dicke Kleidung nicht. Sie bekam einen Arm zu fassen, und erst im letzten Augenblick, bevor sie ihre Kraft freisetzte, erkannte sie, daß es Caras Lederkleidung war.

»Wo steckst du?« knurrte Cara. »Du kommst hier nicht raus. Gib auf.«

Kahlan krabbelte auf allen vieren über den Teppich. Kraft oder nicht, sie brauchte Licht, oder sie würden eine Menge Schwierigkeiten bekommen. Sie fand das Bücherregal an der Wand und tastete sich an dessen unterer Kante entlang, bis sie den schmalen

Lichtstreifen sah, der unter der Tür hindurchfiel. Von der anderen Seite trommelten Männer gegen die Tür und erkundigten sich laut, ob es Ärger gab.

Ihre Finger tasteten sich am Rand der Türvertäfelung entlang bis zur Klinke, dann kam sie mit einem Ruck auf die Beine. Sie trat auf den Saum ihres Kleides, stolperte, fiel vornüber und landete mit einem markerschütternden Schlag auf ihren Ellenbogen.

Etwas Schweres krachte gegen die Tür, wo sie einen Augenblick zuvor beinahe gestanden hätte, und fiel ihr krachend in den Rücken. Der Mann lachte im Dunkeln. Bei dem gescheiterten Versuch, das Etwas herunterzustoßen, stieß sie mit den Armen schmerzhaft gegen die scharfkantigen Querstreben der Beine eines Sessels. Sie bekam eine gepolsterte Lehne zu fassen und rollte den Sessel zur Seite.

Kahlan hörte, wie Cara gegen das Bücherregal auf der anderen Seite geschleudert wurde und stöhnte, als ihr die Luft aus den Lungen gepreßt wurde. Die Männer draußen warfen sich gegen die Tür und versuchten, sie einzuschlagen. Die Tür gab keinen Millimeter nach.

Als auf der anderen Seite des Zimmers Bücher mit dumpfem Schlag zu Boden polterten, sprang Kahlan auf und suchte tastend nach der Klinke. Sie stieß mit den Knöcheln gegen das kalte Metall. Sofort schloß sie die Hand darum.

Es gab einen Blitz, und sie wurde zurückgestoßen und landete auf ihrem Hinterteil. Lichtfunken, wie von einem brennenden Scheit, das man mit einem Feuereisen bearbeitet, ein Regen aus Lichtblitzen, der vom Türgriff ausging, erfüllte die Luft. Dank der flackernden Funken, die noch immer gemächlich zu Boden trudelten, konnte Kahlan etwas erkennen.

Plötzlich konnte auch Cara wieder sehen. Sie schnappte sich ein Buch und warf damit nach dem Mann, der ungefähr in der Mitte des kleinen Zimmers stand. Er zog den Kopf ein und ging in die Hocke.

Schnell wie ein Peitschenhieb wirbelte Cara herum und erwischte ihn in einem unbedachten Augenblick. Die Luft hallte von einem heftigen, dumpfen Schlag wider, als ihr Stiefel ihn am Kinn traf. Der Tritt warf ihn nach hinten. Kahlan nahm Maß, um sich auf ihn zu werfen, bevor sämtliche Funken erloschen waren und es wieder dunkel wurde.

»Du stirbst als erste!« fluchte er Cara wütend an. »Ich lasse mir deine lächerliche Einmischerei nicht mehr gefallen! Du wirst meine Kraft zu spüren bekommen!«

Die Luft vor seinen Fingerspitzen entzündete sich unter schwach leuchtendem Flackern, als er sich ganz auf Cara konzentrierte. Jetzt mußte Kahlan sich um die Bedrohung kümmern, bevor noch etwas schiefging.

Doch ehe sie sich auf ihn stürzen konnte, zuckten seine gekrümmten Finger hoch. Mit einem verächtlichen Feixen stieß er eine Hand in Caras Richtung.

Kahlan hatte erwartet, daß Cara auf dem Boden landen würde. Statt dessen sank der junge Mann mit einem Schrei nieder. Er versuchte aufzustehen, brach aber kreischend zusammen und hielt die Arme um den Leib gepreßt, als hätte man ihn in den Bauch gestochen. Das Zimmer wurde wieder dunkel.

Erneut streckte Kahlan die Hand nach der Klinke aus und ließ es darauf ankommen, daß das, was immer Cara mit ihm angestellt hatte, seinen Schild durchbrochen hatte. Sich gegen die Schmerzen wappnend, die sie vielleicht erwarteten, packte sie den Griff. Der Schild war verschwunden. Erleichtert riß sie die Tür auf. Hinter dem Gedränge aus Soldaten fiel Licht ins Zimmer. Bestürzte Gesichter blickten ihr entgegen.

Kahlan wollte nicht, daß ein ganzes Zimmer voller Soldaten bei dem Versuch getötet wurde, sie vor Dingen zu retten, die diese nicht begriffen. Sie stieß den am nächsten stehenden Mann zurück.

»Er hat die Gabe! Bleibt draußen!« Sie wußte, D'Haraner fürchteten sich vor Magie. Im Kampf gegen Magie verließen sie sich auf Lord Rahl. Sie waren der Stahl gegen den Stahl, so sagten sie oft, und Lord Rahl die Magie gegen die Magie. »Gebt mir eine Lampe!«

Männer auf beiden Seiten rissen gleichzeitig Lampen aus ihren Halterungen neben der Tür und hielten sie ihr hin. Kahlan schnappte sich eine, trat die Tür zu und drehte sich wieder zur Zimmermitte um. Sie wollte nicht, daß ihr eine Horde muskelbepackter, waffenschwenkender Soldaten in die Quere kam.

Im schwachen, flackernden Schein der Lampe sah Kahlan, wie Cara neben dem Mann auf dem dunkelroten Teppich kniete. Er hielt die Arme um den Unterleib geschlungen und spuckte Blut. Ihre rote Lederkleidung knarzte, als sie die Unterarme auf den Knien aufstützte. Sie ließ den Strafer durch die Finger rollen und wartete.

Nachdem sein Würgen nachgelassen hatte, packte Cara ihm ins Haar. Ihr langer, blonder Zopf glitt über ihre breiten Schultern, als sie sich nach vorne beugte.

»Das war ein großer Fehler. Ein *sehr* großer Fehler«, sagte sie im seidenweichen Ton der Zufriedenheit. »Du hättest nie versuchen dürfen, deine Magie gegen eine Mord-Sith einzusetzen. Einen Augenblick lang hast du alles richtig gemacht, aber dann hast du dich von mir provozieren lassen und deine Magie benutzt. Wer ist jetzt der Narr?«

»Was ... ist das ... eine Mord-Sith?« brachte er zwischen keuchenden Atemzügen hervor.

Cara schraubte ihre Hand nach oben, bis er brüllte. »Dein schlimmster Alptraum. Der Daseinszweck einer Mord-Sith besteht darin, Bedrohungen wie dich auszuschalten.

Ich habe jetzt die Gewalt über deine Magie. Ich kann sie nach Belieben einsetzen, und du, mein Gespiele, bist hilflos und kannst nichts dagegen tun, wie du bald feststellen wirst. Du hättest versuchen sollen, mich zu erwürgen, mich totzuprügeln oder wegzulaufen, aber nie, niemals hättest du versuchen dürfen, Magie gegen mich einzusetzen. Wenn man Magie gegen eine Mord-Sith einsetzt, dann gehört sie ihr.«

Kahlan war wie gelähmt. Das also hatte eine Mord-Sith Richard angetan. Auf diese Weise hatte man ihn gefangengenommen.

Cara drückte dem Mann ihren Strafer in die Rippen. Er zitterte und kreischte auf. Blut sickerte durch seine Uniformjacke und bildete einen Fleck, der größer und größer wurde.

»Wenn ich dir jetzt eine Frage stelle«, sagte sie in ruhigem, herrischem Ton, »dann erwarte ich eine Antwort. Hast du verstanden?«

Er schwieg. Sie drehte den Strafer. Kahlan zuckte zusammen, als sie hörte, wie eine Rippe brach. Der Mann japste nach Luft und hielt, unfähig zu schreien, den Atem an.

Kahlan kam sich vor wie auf der Stelle festgefroren, unfähig, einen Muskel zu bewegen. Richard hatte ihr erzählt, Denna, die Mord-Sith, die ihn gefangengenommen hatte, habe ihm mit Freuden die Rippen gebrochen. Das habe jeden Atemzug zur Qual gemacht, und die Schreie, die sie ihm kurz darauf entlockt hatte, seien eine unerträgliche Tortur gewesen.

Cara erhob sich. »Steh auf!«

Der Mann kam taumelnd auf die Beine.

»Du stehst im Begriff herauszufinden, weshalb ich rotes Leder trage.« Cara setzte zu einem mächtigen Schwinger an, schrie wütend, als sie zuschlug und mit der gepanzerten Faust ins Gesicht traf. Während ihr Opfer zu Boden ging, spritzte Blut auf das Bücherregal. Der Mann war kaum auf dem Boden aufgeschlagen, als sie sich breitbeinig über ihn stellte, einen Stiefel zu beiden Seiten seiner Hüften.

»Ich sehe, was sich in deiner Phantasie abspielt«, erklärte ihm Cara. »Ich habe die Vision dessen gesehen, was du mit mir machen möchtest. Unartiger Junge.« Sie trat ihm den Stiefel mit einer stampfenden Bewegung ins Brustbein. »Das war noch das Harmloseste, was du für diesen Gedanken erleiden wirst. Du tätest gut daran, jeden Gedanken an Widerstand aus deinem Gehirn zu verbannen. Kapiert?«

Sie bückte sich und bohrte ihm den Strafer in den Unterleib. »Kapiert?«

Sein Aufschrei jagte es Kahlan kalt den Rücken hinunter. Sie ekelte sich vor dem, was sie hier sah, denn sie hatte selbst die heftig schmerzende Berührung durch den Strafer erlebt, schlimmer noch, sie wußte, daß man Richard dasselbe angetan hatte, trotzdem machte sie keine Anstalten, es zu unterbinden.

Schließlich hatte sie diesem Mann Gnade angeboten. Wäre es nach seinem Willen gegangen, hätte er Richard umgebracht. Er hatte versprochen, sie ebenfalls zu töten, aber es war die Drohung gegen Richard, die sie schweigen ließ und die sie davon abhielt, Cara zu stoppen.

»So«, meinte die Mord-Sith höhnisch feixend. Sie rammte ihm den Strafer gegen die gebrochene Rippe. »Wie lautet dein Name?«

»Marlin Pickard!« Er versuchte, sich die Tränen aus den Augen zu blinzeln. Sein Gesicht war schweißbedeckt. Blut trat schäumend aus seinem Mund, sobald er keuchte.

Sie preßte ihm den Strafer in die Leistengegend. Marlins Füße traten hilflos aus. Er winselte.

»Wenn ich dir das nächste Mal eine Frage stelle, laß mich nicht auf eine Antwort warten. Und du wirst mich mit Herrin Cara ansprechen.«

»Cara«, wandte Kahlan in ruhigem Tonfall ein, denn sie sah noch immer das Bild von Richard an der Stelle dieses Mannes, »es ist wirklich nicht nötig …«

Cara blickte über die Schulter und funkelte sie aus kalten blauen Augen wütend an. Kahlan wendete sich ab und wischte sich mit zitternden Fingern eine Träne ab, die über ihre Wangen rann. Sie hob den Glaszylinder von der Lampe an der Wand an und entzündete den Docht. Als er Feuer fing, stellte sie die Lampe auf einen kleinen Tisch und schob den Zylinder wieder an seinen Platz zurück. Der kalte Blick in diesen Mord-Sith-Augen war beängstigend. Ihr Herz klopfte bei der Vorstellung, wie viele Wochen Richard nichts anderes als solche kalten Augen gesehen und dabei um Gnade gefleht hatte.

Kahlan drehte sich wieder zu den beiden um. »Wir brauchen Antworten, sonst nichts.«

»Ich werde Antworten bekommen.«

Kahlan nickte. »Verstehe, aber auf das Geschrei können wir verzichten. Wir foltern niemand.«

»Foltern? Ich habe noch nicht mal angefangen, ihn zu foltern.« Sie richtete sich auf und betrachtete den zitternden Mann zu ihren Füßen. »Und wenn es ihm gelungen wäre, zuerst Lord Rahl zu töten? Würdet Ihr dann auch verlangen, daß ich ihn in Ruhe lasse?«

»Ja.« Kahlan sah der Frau in die Augen. »Und anschließend hätte ich ihm selber etwas weitaus Schlimmeres angetan. Schlimmer, als Ihr es Euch überhaupt vorstellen könnt. Aber er hat Richard kein Haar gekrümmt.«

Um Caras Mundwinkel spielte ein schlaues Lächeln. »Doch hatte er die Absicht. In den Regeln der Seelen steht, der Vorsatz ist strafbar. Wenn jemand bei der erfolgreichen Duchführung des Vorsatzes versagt, spricht ihn das nicht von Schuld frei.«

»Die Seelen machen einen Unterschied zwischen Vorsatz und Ausführung. Ich hatte die Absicht, mich seiner anzunehmen, auf meine Weise. Wollt Ihr Euch etwa meinem direkten Befehl widersetzen?«

Cara warf ihren blonden Zopf über ihre Schulter zurück. »Meine Absicht war, Euch und Lord Rahl zu schützen. Das habe ich mit Erfolg getan.«

»Ich habe gesagt, Ihr sollt die Angelegenheit mir überlassen.«

»Unschlüssigkeit könnte Euer Ende sein … oder das Ende derer, die Ihr liebt.« Ein gespenstischer Blick huschte über Caras Gesicht. Rasch ergriff wieder eiserne Härte von ihren Zügen Besitz. »Ich habe gelernt, niemals zu zögern.«

»Habt Ihr ihn deshalb provoziert? Damit er Euch mit seiner Magie angreift?«

Cara wischte sich das Blut von einer tiefen Platzwunde an der Wange mit dem Handballen ab – einer Platzwunde, die Marlin ihr beigebracht hatte, als er sie geschlagen und gegen das Bücherregal geschleudert hatte. Sie trat näher. »Ja.« Lange und genüßlich leckte sie sich das Blut von der Hand und sah Kahlan dabei in die Augen. »Eine Mord-Sith kann sich die Magie eines Menschen nicht aneignen, es sei denn, er greift sie damit an.«

»Ich dachte, Ihr fürchtet Euch vor Magie.«

Cara zupfte am Ärmel ihrer Lederkleidung und zog sie an ihrem Arm zurecht. »Das tun wir auch, es sei denn, sie wird von jemandem ausdrücklich dazu benutzt, uns anzugreifen. Dann gehört sie uns.«

»Ihr behauptet ständig, nichts über Magie zu wissen, und doch habt ihr jetzt die Gewalt über seine? Ihr könnt seine Magie benutzen?«

Cara warf einen flüchtigen Blick auf den stöhnenden Mann auf dem Fußboden. »Nein, ich kann sie nicht so einsetzen wie er, aber ich kann sie gegen ihn kehren – und ihm mit seiner eigenen Magie Schmerzen zufügen.« Ihre Augenbrauen zuckten. »Manchmal spüren wir einen Teil von ihr, aber wir verstehen sie nicht so wie Lord Rahl, deshalb können wir sie nicht benutzen. Außer, um Schmerzen zu bereiten.«

Kahlan gelang es nicht, diese Widersprüche in Einklang zu bringen. »Wie das?«

Sie bemerkte die Ähnlichkeit zwischen Caras emotionslosem Gesichtsausdruck und dem Gesicht eines Konfessors, jener Miene, die ihre Mutter ihr beigebracht hatte und die keine Regung über das verriet, was unvermeidlich zu geschehen hatte.

»Unsere Gedanken sind über Magie miteinander verknüpft«, erläuterte Cara, »daher sehe ich, was er denkt, wenn er sich vorstellt, wie er mir weh tun will, wie er sich wehrt oder meine Befehle mißachtet. Denn das widerspricht meinem Willen. Da wir über ihre Magie mit ihren Gedanken verbunden sind, können wir ihnen Schmerzen zufügen.« Sie richtete ihren Blick wieder auf Marlin. Ohne Vorwarnung schrie er ein weiteres Mal gequält auf. »Seht Ihr?«

»Ich sehe es. Und jetzt Schluß damit. Wenn er sich weigert, uns Auskunft zu geben, dann könnt Ihr ... tun, was erforderlich ist, aber ich werde nichts gutheißen, was zu Richards Schutz nicht unbedingt notwendig ist.«

Kahlan löste den Blick von Marlins Pein und sah Cara in die kalten, blauen Augen. Sie sprach, bevor ihr recht bewußt wurde, was sie da tat. »Kanntet Ihr Denna?«

»Denna kannte jeder.«

»Und war sie im ... Foltern ebensogut wie Ihr?«

»Wie ich?« meinte Cara und lachte auf. »Niemand war so gut darin wie Denna. Deswegen war sie auch Darken Rahls Liebling. Ich hätte nie geglaubt, was man einem Mann alles antun kann. Sie konnte ...«

Als sie den Strafer sah, der um Kahlans Hals hing – Dennas Strafer –, dämmerte Cara plötzlich der Sinn von Kahlans Frage.

»Das ist lange her. Wir standen in Darken Rahls Diensten. Wir taten, was er befahl. Jetzt stehen wir in Richards Diensten. Wir würden ihm niemals etwas tun. Wir würden sterben, um zu verhindern, daß jemand Lord Rahl ein Leid zufügt.« Sie senkte ihre Stimme zu einem Flüstern. »Lord Rahl hat Denna nicht nur getötet, sondern ihr auch alles vergeben, was sie ihm angetan hatte.«

Kahlan nickte. »Das hat er. Aber ich nicht. Ich verstehe zwar, daß sie sich ihrer Ausbildung und ihren Befehlen entsprechend verhalten hat – ihre Seele war uns beiden ein Trost und eine Hilfe, und ich weiß auch die Opfer zu würdigen, die sie unseretwillen auf sich genommen hat –, aber im Herzen kann ich ihr die entsetzlichen Dinge, die sie dem Mann, den ich liebe, angetan hat, nicht verzeihen.«

Cara sah Kahlan lange prüfend in die Augen. »Verstehe. Würdet Ihr Lord Rahl jemals etwas antun, ich könnte Euch ebenfalls nicht verzeihen. Ich würde Euch auch keine Gnade gewähren.«

Kahlan hielt dem Blick der Frau stand. »Das gilt für mich genauso. Angeblich gibt es für eine Mord-Sith keinen schlimmeren Tod als den durch die Berührung eines Konfessors.«

Ein Lächeln stahl sich auf Caras Lippen. »So hat man es mir erzählt.«

»Ein Glück, daß wir auf derselben Seite stehen. Wie gesagt, es gibt Dinge, die ich nicht verzeihen kann und werde. Ich liebe Richard mehr als mein eigenes Leben.«

»Jede Mord-Sith weiß, daß die schlimmsten Schmerzen von dem stammen, den man liebt.«

»Richard muß diesen Schmerz niemals fürchten.« Cara schien sich ihre Worte genau zu überlegen. »Darken Rahl hat diesen Schmerz niemals fürchten müssen, er hat nie eine Frau geliebt. Lord Rahl dagegen schon. Mir ist aufgefallen, wenn es um Liebe geht, neigen die Dinge manchmal dazu, sich zu verändern.«

Darum ging es also in Wirklichkeit.

»Ich könnte Richard ebensowenig weh tun wie Ihr. Eher würde ich mein Leben opfern. Ich liebe ihn.«

»Genau wie ich«, meinte Cara. »Wenn auch auf andere Art, aber nicht weniger heftig. Lord Rahl hat uns befreit. Jeder andere an seiner Stelle hätte sämtliche Mord-Sith getötet. Er dagegen bot uns Gelegenheit, uns seiner Erwartungen würdig zu erweisen.«

Cara trat von einem Fuß auf den anderen, und ihre Augen verloren den kalt abschätzenden Ausdruck. »Vielleicht ist Richard der einzige von uns, der die Prinzipien der guten Seelen versteht – daß wir erst dann wirklich lieben können, wenn wir einem anderen die schlimmsten Verbrechen gegen uns verzeihen.«

Kahlan spürte, wie sie bei Caras Worten errötete. Sie hätte nie gedacht, daß eine Mord-Sith ein so tiefes Verständnis für Fragen des Mitgefühls aufbringen konnte. »War Denna eine Freundin von Euch?« Cara nickte. »Und habt Ihr Richard von ganzem Herzen verziehen, daß er sie getötet hat?«

»Ja, doch das ist etwas anderes«, gestand Cara. »Ich verstehe, wie Ihr über Denna empfindet. Ich mache Euch keinen Vorwurf. An Eurer Stelle würde ich ebenso empfinden.«

Kahlans Blick ging ins Leere. »Als ich Denna – ihrer Seele – erzählte, daß ich ihr nicht verzeihen könne, antwortete sie, das könne sie verstehen, und die einzige Vergebung, die sie brauchte, sei ihr bereits gewährt worden. Sie erklärte mir, daß sie Richard liebe – daß sie ihn sogar im Tod noch liebe.« So wie Richard bei Kahlan die Frau hinter der Magie gesehen hatte, so hatte er bei Denna den Menschen hinter der furchterregenden Rolle der Mord-Sith gesehen. Kahlan konnte Dennas Gefühle verstehen, nachdem sie endlich jemanden gefunden hatte, der sie als diejenige betrachtete, die sie war. »Vielleicht ist die Vergebung durch einen Menschen, den man liebt, das einzige im Leben, was wirklich zählt – das einzige, durch das das Herz und deine Seele wirklich gesunden können.«

Kahlan beobachtete ihren Finger, während sie die Mulde eines eingerollten Blattes im Zierstreifen der Tischplatte nachzeichnete. »Aber ich könnte nie jemandem verzeihen, der ihm weh getan hat.«

»Und habt Ihr mir verziehen?«

Kahlan sah hoch. »Wofür?«

Cara umklammerte den Strafer fester. Kahlan wußte, daß es einer Mord-Sith weh tat, den Strafer in der Hand zu halten – ein Teil ihrer widersprüchlichen Existenz als Bereiterinnen von Schmerzen. »Dafür, daß ich eine Mord-Sith bin.«

»Warum sollte ich Euch das verzeihen müssen?«

Cara schaute zur Seite. »Hätte Darken Rahl mir und nicht Denna befohlen, Richard zu übernehmen, ich wäre ebenso erbarmungslos gewesen wie sie – deshalb. Genau wie Berdine oder Raina oder irgendeine der anderen.«

»Wie ich schon sagte, machen die Seelen einen Unterschied zwischen dem, was hätte geschehen können, und dem, was geschehen ist. Und ich auch. Man kann Euch nicht für etwas verantwortlich machen, was andere Euch angetan haben, ebensowenig wie man mich haftbar machen kann, weil ich als Konfessor geboren wurde, und ebensowenig wie man Richard die Schuld dafür geben kann, daß dieser mörderische Darken Rahl ihn gezeugt hat.«

Cara sah noch immer nicht auf. »Aber werdet Ihr uns jemals wirklich vertrauen?«

»Ihr habt Euch in Richards und in meinen Augen längst bewährt. Ihr seid nicht Denna, und Ihr seid auch nicht für ihre Entscheidungen verantwortlich.« Kahlan wischte der Mord-Sith mit dem Daumen das Blut von der Wange. »Cara, wenn ich Euch nicht vertraute, Euch allen, würde ich dann erlauben, daß Raina und Berdine, *zwei* von Euch, jetzt in diesem Augenblick mit Richard allein sind?«

Cara bedachte Kahlans Strafer erneut mit einem Blick. »Während der Schlacht mit dem Lebensborn aus dem Schoß der Kirche habe ich gesehen, wie Ihr gekämpft habt, um Richard und die Menschen aus der Stadt zu beschützen. Eine Mord-Sith sein, heißt begreifen, daß man manchmal erbarmungslos sein muß. Ihr seid zwar keine Mord-Sith, doch habe ich erkannt, daß Ihr das versteht. Ihr seid eine würdige Bewacherin für Lord Rahl. Ihr seid die einzige Frau, die ich kenne, die würdig ist, einen Strafer zu tragen.

Für Euch mag das verwerflich klingen, aber in meinen Augen ist es eine Ehre, daß Ihr einen Strafer tragt. Sein höchster Zweck ist der, Euren Meister zu beschützen.«

Kahlan zeigte ihr ein aufrichtiges Lächeln, denn sie verstand Cara jetzt ein wenig besser als zuvor. Sie fragte sich, wie die Frau, die sich hinter dieser Bezeichnung verbarg, gewesen war, bevor man sie entführt und zur Mord-Sith ausgebildet hatte. Richard hatte ihre erzählt, es sei ein grauenhafter Vorgang, der bei weitem alles überstieg, was man ihm angetan hatte.

»In meinen Augen auch, denn Richard hat ihn mir geschenkt. Ich bin seine Beschützerin, genau wie Ihr. In dieser Hinsicht sind wir Schwestern des Strafers.«

Cara bekundete mit einem Lächeln, daß sie das auch so empfand.

»Heißt das, Ihr werdet zur Abwechslung mal unsere Befehle befolgen?« fragte Kahlan.

»Wir befolgen Eure Befehle immer.«

Kahlan schüttelte schief lächelnd den Kopf.

Cara deutete mit einem Nicken auf den Mann am Boden. »Er wird Eure Fragen beantworten, wie ich es Euch versprochen habe, Mutter Konfessor. Ich werde meine Fähigkeiten an ihm nicht länger anwenden als nötig.«

Kahlan drückte Caras Arm voller Kummer und Mitgefühl für die verquere Rolle, zu der andere das Leben dieser Frau verbogen hatten. »Danke, Cara.«

Sie wandte sich Marlin zu. »Versuchen wir es noch einmal. Welcher Plan hat dich hergeführt.«

Er funkelte wütend zu ihr hoch. Cara stieß ihn mit dem Fuß an.

»Du antwortest wahrheitsgemäß, oder ich suche mir ein paar schön empfindliche Stellen für meinen Strafer. Kapiert?«

»Ja.«

Cara ging in die Hocke und hielt ihm den Strafer drohend vors Gesicht. »Ja, Herrin Cara.« Die plötzliche Bedrohlichkeit in ihrem Tonfall schien allem zu widersprechen, was sie gerade gesagt hatte. Selbst Kahlan bekam es mit der Angst zu tun.

Er riß die Augen auf und schluckte. »Ja, Herrin Cara.«

»Schon besser. Und jetzt beantworte die Fragen der Mutter Konfessor.«

»Mein Plan war, wie ich es Euch gesagt habe: Ich wollte Richard Rahl und Euch töten.«

»Wann hat Jagang dir diesen Befehl erteilt?«

»Vor fast zwei Wochen.«

Nun, das wäre das. Gut möglich, daß Jagang im Palast der Propheten getötet worden war, als Richard ihn zerstört hatte. Das jedenfalls hatten sie gehofft. Vielleicht hatte er den Befehl vor seinem Tod gegeben.

»Und weiter?« fragte Kahlan.

»Nichts weiter. Ich sollte mir meine Begabung zunutze machen, um in diesen Palast zu gelangen und Euch beide zu töten, das ist alles.«

Cara verpaßte ihm einen Fußtritt auf die gebrochene Rippe. »Lüg uns nicht an!«

Kahlan schob Cara sachte zurück und kniete neben dem nach Luft ringenden, keuchenden jungen Mann nieder.

»Marlin, deute meine Abneigung gegen Folter nicht als Mangel an Entschlossenheit. Wenn du mir nicht sofort erzählst, was ich wissen will«, meinte sie leise, »werde ich erst einen langen Spaziergang machen und dann zu Abend essen und dich währenddessen hier mit Cara ganz alleine lassen. So verrückt sie ist, ich werde dich mit ihr alleine lassen. Und wenn ich dann zurückkomme und du immer noch glaubst, mir etwas verschweigen zu können, dann werde ich *meine* Kraft bei dir einsetzen, und du kannst dir überhaupt nicht vorstellen, wieviel schlimmer das ist. Cara kommt dem, zu was ich fähig bin, nicht einmal nahe. Sie kann deine Magie und deinen Verstand benutzen. Ich kann beides zerstören. Willst du das?«

Er schüttelte den Kopf und hielt seine Rippen umklammert. »Bitte«, flehte er, als ihm wieder die Tränen kamen, »tut das nicht. Ich werde Eure Fragen beantworten ... aber eigentlich weiß ich gar nichts. Kaiser Jagang besucht mich in meinen Träumen und trägt mir auf, was ich tun soll. Ich kenne den Preis, den er verlangt, wenn man versagt. Ich tue, was man mir aufträgt.« Er hielt inne und schluchzte keuchend. »Ich sollte ... hierherkommen und Euch beide töten. Er benutzt Zauberer und Hexenmeisterinnen, die tun müssen, was er verlangt.«

Kahlan stand auf. Marlins Worte hatten sie stutzig gemacht. Er schien fast wieder in seine Rolle als kleiner Junge zurückgefallen zu sein. Irgend etwas fehlte, aber sie kam nicht darauf, was. Oberflächlich ergab die Geschichte einen Sinn – Jagang schickt einen Meuchelmörder los – trotzdem, etwas paßte nicht ins Bild. Sie ging zu dem Tisch mit der Lampe und lehnte sich dagegen. Den Rücken Marlin zugekehrt, rieb sie sich die pochenden Schläfen.

Cara kam vorsichtig näher. »Alles in Ordnung?«

Kahlan nickte. »Der ganze Ärger macht mir nur Kopfschmerzen, das ist alles.«

»Vielleicht könntet Ihr Euch von Lord Rahl einen Kuß geben und sie heilen lassen.«

Kahlan lachte lautlos in sich hinein, als sie Caras besorgtes Stirnrunzeln sah. »Das würde sicher helfen.« Sie fuchtelte mit den Händen, als wollte sie eine Mücke verscheuchen, und versuchte die Zweifel zu vertreiben. »Es ergibt keinen Sinn.«

»Der Traumwandler, der versucht, seinen Feind zu töten, ergibt keinen Sinn?«

»Denkt doch einmal nach.« Sie sah über die Schulter und betrachtete Marlin, der sich die Rippen hielt und auf dem Boden wand. Seine Augen, selbst wenn nicht das Grauen in ihnen stand, und selbst wenn er wie jetzt nicht in ihre Richtung sah, bereiteten ihr aus irgendeinem Grund eine Gänsehaut. Sie drehte sich wieder zu Cara um und senkte die Stimme. »Jagang muß doch gewußt haben, daß ein einzelner Mann, und sei er ein Zauberer, an einer solchen Aufgabe scheitern würde. Richard würde einen Mann erkennen, der die Gabe hat, außerdem gibt es hier zu viele Menschen, die mehr als bereit wären, einen Eindringling zu töten.«

»Trotzdem, mit seiner Gabe hätte er vielleicht eine Chance gehabt. Jagang wäre es egal, wenn der Mann getötet würde. Er hat endlos viele andere, die ihm zu Willen sind.«

Kahlan dachte hektisch nach und versuchte, hinter den quälenden Zweifeln irgendeinen vernünftigen Grund zu finden.

»Selbst wenn es ihm gelänge, einige von ihnen mit seiner Magie zu töten, sind es immer noch zu viele. Eine ganze Armee von Mriswith hat Richard nicht töten können. Dank seiner Gabe, seiner Magie, kann er erkennen, wenn jemand ihn bedroht. Er weiß zwar nicht, wie er seine Gabe beherrschen soll, genau wie Ihr nicht wißt, wie Ihr Marlins kontrollieren könnt, sieht man einmal davon ab, ihm damit Schmerzen zuzufügen, aber zumindest wäre er gewarnt.

Das ergibt einfach keinen Sinn. Jagang ist alles andere als dumm. Es muß mehr dahinterstecken. Er muß sich etwas dabei gedacht haben. Und zwar mehr, als wir im Moment erkennen.«

Cara verschränkte die Hände hinter dem Rücken und holte tief Luft. Sie drehte sich um. »Marlin.« Sein Kopf schnellte hoch, seine Augen wurden aufmerksam. »Wie lautete Jagangs Plan?«

»Er wollte, daß ich Richard Rahl und die Mutter Konfessor umbringe.«

»Und weiter?« fragte Kahlan. »Was sah sein Plan noch vor?«

Seine Augen füllten sich mit Tränen. »Das weiß ich nicht. Ich schwöre es. Ich habe Euch gesagt, was er mir befohlen hat. Zuerst sollte ich mir eine Soldatenuniform und Waffen beschaffen, damit ich so aussehe, als gehörte ich hierher, und damit ich in seine Nähe gelange. Ich sollte Euch beide umbringen.«

Kahlan wischte sich mit der Hand übers Gesicht. »Wir stellen nicht die richtigen Fragen.«

»Ich wüßte nicht, was da noch kommen sollte. Das Schlimmste hat er bereits zugegeben. Er hat uns sein Ziel verraten. Was sonst könnte sich da noch verbergen?«

»Das weiß ich nicht, aber irgend etwas ist da noch.« Kahlan

seufzte resigniert. »Vielleicht kann Richard sich einen Reim darauf machen. Er ist schließlich der Sucher der Wahrheit. Er wird dahinterkommen, was es bedeutet. Richard wird wissen, welche Fragen man stellen muß, um …«

Plötzlich hob Kahlan den Kopf und riß die Augen auf. Sie machte einen großen Schritt auf den Mann am Boden zu.

»Marlin, hat Jagang dir auch aufgetragen, dich bei deiner Ankunft zu erkennen zu geben?«

»Ja. Sobald ich im Palast bin, sollte ich bekanntgeben, weshalb ich hergekommen sei.«

Kahlan versteifte sich. Sie packte Cara am Arm und zog sie zu sich, ohne die Augen von Marlin zu lassen. »Vielleicht sollten wir Richard nichts davon erzählen. Es ist zu gefährlich.«

»Ich bin im Besitz von Marlins Kraft. Er ist hilflos.«

Kahlans Blick zuckte umher. Sie bekam kaum mit, was Cara sagte. »Wir müssen ihn an einen sicheren Ort schaffen. Das Zimmer genügt nicht.« Sie tickte sich mit ihrem Daumennagel an die Zähne.

Cara runzelte die Stirn. »Dieses Zimmer ist so sicher wie jeder andere Ort auch. Er kann nicht entkommen. Er ist hier drinnen sicher aufgehoben.«

Kahlan nahm den Daumen aus dem Mund und starrte auf den Mann, der auf dem Fußboden hin- und herwippte.

»Nein. Wir müssen einen sichereren Ort finden. Ich glaube, wir haben einen großen Fehler gemacht. Und jetzt stecken wir in ernsthaften Schwierigkeiten.«

3. Kapitel

Erlaubt einfach, daß ich ihn töte«, sagte Cara. »Ich brauche ihn bloß mit dem Strafer an der richtigen Stelle zu berühren, und sein Herz bleibt stehen. Er wird nicht leiden.«

Zum ersten Mal zog Kahlan Caras oft wiederholte Bitte ernsthaft in Erwägung. Sie war zwar bereits früher schon gezwungen gewesen, Menschen zu töten, und hatte Hinrichtungen angeordnet, trotzdem gab sie der Regung des Augenblicks nicht nach. Sie mußte diese Sache noch durchdenken. Schließlich konnte dies Jagangs eigentlicher Plan sein, obwohl sie sich nicht recht vorstellen konnte, was er davon hätte. Aber hinter seinen Anordnungen mußten irgendwelche Machenschaften stecken. Er war nicht dumm. Er wußte, daß man Marlin zumindest gefangennehmen würde.

»Nein«, antwortete Kahlan. »Noch wissen wir nicht genug. Vielleicht ist das das Falscheste, was wir überhaupt tun können. Wir dürfen nichts unternehmen, bis wir uns die Sache gründlich überlegt haben. Bereits jetzt sind wir in einen Sumpf hineinspaziert, ohne auch nur einen Augenblick daran zu denken, wo wir hintreten.«

Cara nahm die altbekannte Weigerung mit einem Seufzer auf. »Was wollt Ihr also tun?«

»Ich bin mir noch nicht sicher. Jagang muß gewußt haben, daß man ihn zumindest festnehmen würde, und dennoch hat er es befohlen. Warum? Das müssen wir herausfinden. Bis dahin ist es wichtig, ihn an einem sicheren Ort zu verwahren, wo er weder fliehen noch jemandem etwas antun kann.«

»Mutter Konfessor«, meinte Cara mit übertriebener Geduld, »er kann nicht entkommen. Ich habe die Kontrolle über seine Kraft.

Glaubt mir, ich weiß, wie man einen Menschen beherrscht, wenn ich die Herrschaft über seine Magie besitze. Er ist nicht in der Lage, irgend etwas gegen meinen Willen zu tun. Hier, ich will es Euch beweisen.«

Sie riß die Tür auf. Überraschte Soldaten griffen zu den Waffen, während sie das Zimmer stumm musterten. Im zusätzlichen Licht von jenseits der Tür erkannte Kahlan das wahre Ausmaß des Chaos. Eine Gischt aus Blut war quer über das Regal gespritzt. Blut durchtränkte auch den dunkelroten Teppich. Der Fleck reichte bis weit über die Grenze des goldenen Zierstreifens. Marlins Gesicht bot einen blutigen Anblick. Auf der Seite seiner beigefarbenen Uniformjacke befand sich ein dunkler, feuchter Fleck.

»Du da«, sagte Cara. »Gib mir dein Schwert.« Der blonde Soldat zog die Waffe und reichte sie ohne Zögern herüber. »Ihr werdet«, verkündete sie, »mir jetzt alle zuhören. Ich werde der Mutter Konfessor hier einen Beweis dafür liefern, welche Macht eine Mord-Sith besitzt. Widersetzt sich einer von Euch meinen Befehlen, wird er sich mir gegenüber zu verantworten haben« – damit deutete sie auf Marlin – »genau wie er.«

Nach einem weiteren flüchtigen Blick auf den bedauernswerten Mann auf dem Fußboden nickten ein paar der Soldaten, und die anderen gaben murmelnd ihr Einverständnis zu verstehen.

Cara deutete mit dem Schwert auf Marlin. »Wenn er es bis zur Tür schafft, müßt ihr ihn laufenlassen – dann soll er seine Freiheit wiederbekommen.« Die Soldaten murrten, damit waren sie nicht einverstanden. »Keine Widerworte!«

Die d'Haranischen Soldaten verstummten. Eine Mord-Sith bedeutete Ärger genug, aber wenn sie die Herrschaft über die Magie eines Menschen hatte, dann war das etwas, das alle Schwierigkeiten überstieg: Sie befaßte sich mit Magie. Und die Wachen hatten nicht das Bedürfnis, ihre Finger in einen Hexenkessel zu stecken, in dem sie herumrührte.

Cara schlenderte hinüber zu Marlin und hielt ihm das Schwert hin, das Heft voran. »Nimm schon.« Der Angesprochene zögerte, dann griff er hastig nach dem Schwert, als sie warnend die Stirn runzelte.

Cara schaute Kahlan an. »Wir lassen unseren Gefangenen immer ihre Waffen. Das soll sie ständig daran erinnern, daß sie hilflos sind und gegen uns nicht einmal ihre Waffen etwas taugen.«

»Ich weiß«, erwiderte Kahlan mit schwacher Stimme. »Richard hat es mir erzählt.«

Cara gab Marlin ein Zeichen aufzustehen. Da er sich ihr nicht schnell genug bewegte, versetzte sie ihm einen Faustschlag gegen die gebrochene Rippe.

»Worauf wartest du? Steh auf! So, und jetzt stell dich da drüben hin!«

Nachdem er vom Teppich heruntergetreten war, packte sie eine Ecke davon und schlug ihn um. Sie zeigte auf den polierten Holzfußboden und schnippte mit den Fingern. Marlin eilte zu der Stelle und stöhnte bei jedem Schritt vor Schmerzen laut auf.

Cara packte ihn am Genick und drückte ihn nach vorn. »Spucken!«

Marlin hustete Blut und spie auf den Boden vor seinen Füßen. Cara riß ihn in die Senkrechte hoch, packte den Kragen seiner Uniformjacke und riß sein Gesicht zu sich.

Sie biß die Zähne aufeinander. »So, und jetzt hör mir gut zu. Du weißt, welche Schmerzen ich dir bereiten kann, wenn du mein Mißfallen erregst. Brauchst du noch einen weiteren Beweis dafür?«

Er schüttelte heftig den Kopf. »Nein, Herrin Cara.«

»Guter Junge. So, du wirst jetzt genau das tun, was ich dir sage. Falls nicht, falls du dich meinen Befehlen oder Wünschen widersetzt, wird deine Magie dir die Eingeweide auswringen wie einen Putzlumpen. Solange du dich mir widersetzt, werden die Schmerzen zunehmen. Ich werde nicht zulassen, daß die Magie dich tötet, aber genau das wirst du dir wünschen. Du wirst mich anbetteln, dich zu töten, um den Schmerzen zu entgehen. Doch diesen Wunsch werde ich meinem kleinen Spielgefährten nicht erfüllen.«

Marlins Gesicht war aschfahl geworden.

»So, und jetzt stell dich auf die Stelle, wo du hingespien hast.« Der Mann stellte beide Füße auf den roten Fleck. Cara packte sein Kinn mit einer Hand und zielte mit dem Strafer auf sein Gesicht.

»Es ist mein Wunsch, daß du genau dort stehenbleibst, auf der Stelle, wo deine Spucke ist, bis ich dir etwas anderes befehle. Von jetzt an darfst du nicht mal einen Finger gegen mich oder sonst jemanden erheben, nie mehr. So lautet mein Wunsch. Hast du verstanden? Hast du vollkommen verstanden, was ich wünsche?«

Er nickte, so gut das mit ihrer Hand, die sein Kinn im Klammergriff hielt, möglich war. »Ja, Herrin Cara. Ich werde Euch nie etwas antun – das schwöre ich. Ihr wollt, daß ich auf meiner Spucke stehe, bis Ihr mir die Erlaubnis erteilt, etwas anderes zu tun.« Wieder kamen ihm die Tränen. »Ich werde mich nicht von der Stelle rühren, das schwöre ich. Bitte, tut mir nicht weh.«

Cara stieß sein Gesicht zurück. »Du widerst mich an. Männer, die so leicht zu brechen sind wie du, widern mich an. Ich hatte Mädchen, die unter meinem Strafer länger ausgehalten haben«, brummte sie. Sie deutete hinter sich. »Diese Männer werden dir nichts tun. Sie werden nichts unternehmen, um dich aufzuhalten. Wenn du es gegen meinen Wunsch bis zur Tür schaffst, bist du frei, und die Schmerzen werden verschwunden sein.« Sie funkelte die Soldaten wütend an. »Ihr habt mich alle gehört, oder? Wenn er es bis zur Tür schafft, ist er frei.« Die Soldaten nickten. »Wenn er mich tötet, ist er frei.«

Diesmal waren sie erst einverstanden, als Cara ihren Befehl brüllend wiederholte. Cara richtete ihren heißglühend funkelnden Blick auf Kahlan. »Das gilt auch für Euch. Wenn er mich tötet oder die Tür erreicht, ist er frei.«

Wie unwahrscheinlich dies auch war, Kahlan war nicht bereit, dergleichen zuzustimmen. Marlin hatte die Absicht, Richard zu töten. »Warum tut Ihr das?«

»Weil es nötig ist, daß Ihr versteht. Ihr müßt auf mein Wort vertrauen.«

Kahlan preßte den Atem heraus. »Macht weiter«, sagte sie, ohne den Bedingungen zuzustimmen.

Cara drehte Marlin den Rücken zu und verschränkte die Arme. »Du kennst meine Wünsche, mein kleiner Spielgefährte. Wenn du die Absicht hast zu fliehen, dann ist dies deine Chance. Schaffst du es bis zur Tür, bist du frei. Wenn du mich für das, was ich dir angetan habe, töten willst, dann hast du auch dazu jetzt Gelegenheit.

Weißt du«, fügte sie hinzu, »ich glaube, ich habe längst noch nicht genug von deinem Blut gesehen. Wenn wir mit all diesem Unfug fertig sind, werde ich dich an irgendeinen ungestörten Ort bringen, wo die Mutter Konfessor nicht in der Nähe ist, um zu deinem Besten einzugreifen, und dann werde ich den Rest des Nachmittags und Abends damit verbringen, dich mit meinem Strafer zu peinigen, einfach weil mir der Sinn danach steht. Ich werde dich dazu bringen, daß du den Tag bedauerst, an dem du geboren wurdest.«

Sie zuckte die Achseln. »Es sei denn, natürlich, du tötest mich oder entkommst.«

Die Soldaten standen stumm da. Das Zimmer strahlte eine bedrückende Stille aus, als Cara die Arme verschränkte und wartete. Marlin sah sich vorsichtig um, musterte die Soldaten, Kahlan und Caras Rücken. Seine Finger arbeiteten auf dem Heft des Schwertes und faßten es fester. Er kniff die Augen zusammen und überlegte.

Caras Rücken nicht aus den Augen lassend, machte er schließlich einen kleinen zögerlichen Schritt zur Seite.

Für Kahlan sah es so aus, als hätte ein unsichtbarer Knüppel ihn in den Unterleib geschlagen. Er knickte mit einem Grunzen an der

Hüfte ein. Ein tiefes Stöhnen entwich schnaufend seiner Kehle. Vor Anstrengung schreiend warf er sich in Richtung Tür.

Er landete kreischend auf dem Fußboden. Mit beiden Armen hielt er sich den Unterleib und krümmte sich. Die Finger vor Schmerz gebogen, warf er sich flach hin und versuchte, sich an den Fingernägeln zur Tür zu ziehen. Es war noch immer ein gutes Stück. Mit jedem Zoll, den er vorankam, wurden die schmerzhaft quälenden Krämpfe, die ihn folterten, nur noch schlimmer. Kahlan zuckte bei jedem seiner keuchend ausgestoßenen Schreie zusammen.

In einer letzten, verzweifelten Anstrengung griff er ein weiteres Mal das Schwert und kam taumelnd auf die Beine, richtete sich ein Stück weit auf und hob das Schwert über den Kopf. Kahlan hielt den Atem an. Selbst wenn er es nicht schaffte, daß ihm seine Arme gehorchten, konnte er hinfallen und Cara dabei ernsthaft verletzen.

Das Risiko für Cara war zu groß. Kahlan machte einen entschlossenen Schritt nach vorn, als Marlin brüllend versuchte, das Schwert zu senken und auf die Mord-Sith einzuschlagen. Cara, die Kahlan beobachtete, hob warnend die Hand und stoppte Kahlan.

Das Schwert landete scheppernd hinter ihr auf dem Boden, während Marlin in sich zusammensackte und sich schreiend den Bauch hielt. Er schlug krachend hin. Offenbar steigerte sich seine Pein jäh mit jedem Augenblick, den er sich auf dem polierten Marmorboden wand wie ein gestrandeter Fisch.

»Was hab' ich dir gesagt, Marlin?« fragte Cara ruhig. »Wie lauten meine Wünsche?«

Er schien die Bedeutung ihrer Worte zu erfassen, so als stammten sie von jemandem, der auf ihn einschrie, während er einem Ertrinkenden das rettende Seil zuwarf. Mit gehetztem Blick suchte er den Fußboden ab. Endlich sah er ihn. Mit den Fingernägeln zog er sich zu dem Fleck seines eigenen Auswurfs, kroch, so schnell dies seine quälenden Schmerzen zuließen. Schließlich gelang es ihm, sich wankend aufzurichten.

Er stand da, die Fäuste an den Seiten, noch immer zitternd und schreiend.

»Beide Füße, Marlin«, sagte Cara beiläufig.

Er schaute nach unten und sah, daß nur ein Fuß auf dem roten Fleck stand. Er riß den anderen heran.

Daraufhin sackte er in sich zusammen und verstummte endlich. Kahlan spürte, wie sie innerlich mit ihm zusammensackte. Die Augen geschlossen, keuchend, vor Schweiß triefend, stand er da und erzitterte unter den allmählich nachlassenden Auswirkungen seiner gräßlich schweren Prüfung.

Cara zog eine Augenbraue hoch und sah Kahlan an. »Versteht Ihr jetzt?«

Kahlan machte ein finsteres Gesicht. Die Mord-Sith hob das Schwert vom Boden auf und brachte es hinüber zur Tür. Die Soldaten traten wie ein Mann einen Schritt zurück. Sie hielt das Schwert hin, das Heft voran. Zögernd nahm sein Besitzer es wieder an sich.

»Irgendwelche Fragen, meine Herren?« fragte Cara mit eisiger Stimme. »Gut. Und jetzt hört auf, gegen die Tür zu trommeln, wenn ich beschäftigt bin.« Sie schlug ihnen das schwere Stück krachend vor der Nase zu.

Mit jedem keuchenden Atemzug sog Marlin die Unterlippe über die unteren Zähne. Cara brachte ihr Gesicht ganz dicht an seines heran.

»Ich erinnere mich nicht, dir die Erlaubnis erteilt zu haben, die Augen zu schließen. Hast du mich sagen hören, du dürftest deine Augen schließen?«

Er riß die Augen weit auf. »Nein, Herrin Cara.«

»Was hat das dann zu bedeuten, daß sie geschlossen waren?«

Marlins entsetzliche Angst spiegelte sich im Zittern seiner Stimme wider. »Tut mir leid, Herrin Cara. Bitte verzeiht. Ich werde es nicht wieder tun.«

»Cara.«

Sie drehte sich um, als hätte sie vergessen, daß Kahlan überhaupt im Zimmer war. »Was ist?«

Kahlan neigte ihren Kopf in einer Geste auf die Seite. »Wir müssen miteinander reden.«

»Seht Ihr?« fragte Cara, als sie sich zu Kahlan an den Tisch mit der Lampe gesellt hatte. »Versteht Ihr, was ich meine? Er kann niemandem etwas tun. Er kann nicht entfliehen. Kein Mann ist je einer Mord-Sith entkommen.«

Kahlan runzelte die Stirn. »Richard schon.«

Cara richtete sich auf und seufzte hörbar. »Lord Rahl ist etwas anderes. Dieser Mann ist kein Lord Rahl. Mord-Sith haben tausende Male ihre Unfehlbarkeit bewiesen. Niemand außer Lord Rahl hat je seine Herrin getötet, um seine Magie zurückzugewinnen und zu entkommen.«

»Wie unwahrscheinlich es auch sein mag, Richard hat bewiesen, daß Mord-Sith nicht unfehlbar sind. Es ist mir gleich, wie viele tausend Mord-Sith ihre Opfer unterworfen haben, die Tatsache, daß eines entkommen ist, beweist, daß es möglich ist. Cara, ich zweifele nicht an Euren Fähigkeiten – es ist nur so, daß wir nichts riskieren dürfen. Irgend etwas stimmt hier nicht. Warum sollte Jagang sein Lamm in den Pferch mit den Wölfen werfen und ihm ausdrücklich auftragen, sich zu erkennen zu geben?«

»Aber –«

»Es ist denkbar, daß Jagang getötet wurde – vielleicht ist er tot, dann haben wir nichts zu fürchten – wenn er jedoch noch lebt und mit Marlin hier irgend etwas schiefgeht, dann wird es Richard sein, der den Preis dafür bezahlt. Jagang will ihn tot sehen. Seid Ihr so verbohrt, um Richard nur um Eures Stolzes willen einer solchen Gefahr auszusetzen?«

Cara kratzte sich am Hals und überlegte. Sie warf einen raschen Blick über ihre Schulter auf Marlin, der mit weit aufgerissenen Augen auf dem blutigen Fleck stand, während ihm der Schweiß von der Nasenspitze tropfte.

»Was wollt Ihr tun? Dieses Zimmer hat keine Fenster. Wir können die Tür abschließen und verriegeln. Wo können wir ihn sonst hinbringen, wo es sicherer wäre als in diesem Zimmer?«

Kahlan preßte ihre Finger auf den brennenden Schmerz unter ihrem Brustbein.

»In die Grube.«

Kahlan verschränkte die Finger, als sie vor der Eisentür stehenblieb. Marlin, der aussah wie ein verängstigter junger Hund, wartete in dem von Fackeln beleuchteten Gang stumm inmitten einer Gruppe von d'Haranischen Soldaten ein Stück weiter hinten.

»Was ist?« wollte Cara wissen.

Kahlan zuckte zusammen. »Bitte?«

»Ich fragte, was los ist. Ihr seht aus, als hättet Ihr Angst, die Tür könnte Euch beißen.«

Kahlan löste die Hände voneinander. »Nichts.« Sie drehte sich um und nahm den Schlüsselring vom eisernen Haken in der groben Steinmauer neben der Tür.

Cara senkte die Stimme. »Lügt keine Schwester des Strafers an.«

Kahlan setzte rasch ein entschuldigendes Lächeln auf. »Die Grube ist der Ort, an dem die Verdammten auf ihre Hinrichtung warten. Ich habe eine Halbschwester – Cyrilla. Sie war einst Königin von Galea. Als sie hier war und Aydindril an die Imperiale Ordnung fiel, bevor Richard die Stadt befreite, warf man sie zusammen mit einer Bande von etwa einem Dutzend Mörder in die Grube.«

»Ihr *habt* eine Halbschwester? Dann lebt sie also noch?«

Kahlan nickte, während die Nebel der Erinnerung an ihrem inneren Auge vorüberwirbelten. »Sie wurde tagelang dort unten festgehalten. Prinz Harold, ihr Bruder, mein Halbbruder, rettete sie, als man sie für ihre Enthauptung zum Schafott bringen wollte. Seitdem hat sie sich nie wieder erholt. Sie hat sich in sich selbst zurückgezogen. Ganz selten erwacht sie aus ihrer Erstarrung und besteht darauf, das Volk brauche eine Königin, die in der Lage sei, es zu führen, und ich solle an ihrer Stelle Königin von Galea werden. Ich willigte ein.« Kahlan hielt inne. »Wenn sie beim Aufwachen einen Mann erblickt, fängt sie an jämmerlich zu weinen.«

Cara, die Hände hinter dem Rücken verschränkt, wartete, ohne ein Wort des Kommentars von sich zu geben.

Kahlan deutete mit der Hand auf die Tür. »Mich haben sie auch dort reingeworfen.« Ihr Mund war so trocken, daß sie zwei Versuche brauchte, um zu schlucken. »Zusammen mit den Männern, die sie vergewaltigt hatten.« Sie tauchte aus ihren Erinnerungen wieder auf und warf rasch einen verstohlenen Blick auf Cara. »Allerdings haben sie mich nicht so mißhandelt wie Cyrilla.« Sie sagte nicht, wie knapp sie dem entgangen war.

Ein durchtriebenes Lächeln erschien auf den Lippen der Mord-Sith. »Wie viele habt Ihr getötet?«

»Ich habe nicht nachgezählt.« Ihr knappes Lächeln war nicht von Dauer. »Aber ich verlor vor Angst fast den Verstand – alleine dort unten zu sein, mit all diesen Bestien.« Bei der Erinnerung daran schlug Kahlans Herz so heftig, daß sie begann, im Stehen zu schwanken.

»Nun«, bot Cara an, »wollt Ihr Marlin vielleicht an einem anderen Ort unterbringen?«

»Nein.« Kahlan holte tief Luft, um sich von der Erinnerung zu befreien. »Hört zu, Cara, es tut mir leid, wie ich mich aufführe.« Sie sah kurz zu Marlin hinüber. »Da ist irgendwas mit seinen Augen. Etwas Seltsames …«

Wieder blickte sie Cara an. »Tut mir leid. Es ist nicht meine Art, so nervös zu sein. Ihr kennt mich erst seit kurzem. Normalerweise bin ich nicht so ängstlich. Es ist nur … wahrscheinlich liegt es einfach daran, daß in den letzten Tagen alles so friedlich war. Ich war so lange von Richard getrennt, daß das Zusammensein mit ihm die reinste Wonne war. Wir hatten gehofft, Jagang sei tot und der Krieg aus. Wir hatten gehofft, er habe sich im Palast der Propheten aufgehalten, als Richard ihn zerstörte …«

»Das müssen wir immer noch nicht ausschließen. Marlin sagte, es sei zwei Wochen her, daß Jagang ihm den Befehl gab. Er war wahrscheinlich bei seinen Truppen, als sie den Palast stürmten. Ganz sicher ist er tot.«

»Wir wollen es hoffen. Aber ich habe solche Angst um Richard … Wahrscheinlich beeinträchtigt das mein Urteilsvermögen. Jetzt, da sich alles so gut getroffen hat, befällt mich eine fürchterliche Angst, es könnte mir wieder aus den Händen gleiten.«

Cara zuckte die Achseln, als wollte sie Kahlan damit den Grund für ihre Entschuldigung nehmen. »Ich weiß, wie Euch zumute ist. Jetzt, wo uns Lord Rahl unsere Freiheit gegeben hat, haben wir auch etwas, das wir nicht mehr verlieren wollen. Vielleicht bin auch ich deswegen so nervös.« Sie deutete mit der Hand auf die Tür. »Wir könnten einen anderen Ort suchen. Es muß andere Kerker geben, die bei Euch keine schmerzhaften Erinnerungen auslösen.«

»Nein. Richards Sicherheit geht über alles. Die Grube ist der sicherste Ort im Palast, um einen Gefangenen unterzubringen. Zur Zeit haben wir sonst niemanden dort unten. Sie ist ausbruchsicher. Mit mir ist alles in Ordnung.«

Cara runzelte die Stirn. »Ausbruchsicher? Ihr seid doch ausgebrochen.«

Kahlan hatte ihre Erinnerungen gebändigt und lächelte. Mit dem Handrücken versetzte sie Cara einen Klaps vor den Bauch, und damit war das Thema beendet.

»Marlin ist keine Mutter Konfessor.« Sie warf einen kurzen Blick den Gang hinunter auf Marlin. »Aber irgend etwas ist an ihm – etwas, das ich nicht recht benennen kann. Etwas Seltsames. Er macht mir angst, und das sollte er nicht, nicht, solange Ihr seine Gabe kontrolliert. Niemals.«

Cara nahm Kahlan den Schlüsselring aus der Hand und schloß die Tür auf. Ruckartig öffnete sie sich mit rostigen, quietschenden Angeln. Ein fauliger Gestank schlug ihnen aus der Dunkelheit unten entgegen. Die Erinnerungen, die der üble Geruch mit sich brachte, schnürten Kahlan die Kehle zu. Cara wich nervös einen Schritt zurück.

»Es gibt doch keine … Ratten dort unten, oder?«

»Ratten?« Kahlan warf einen Blick in den dunklen Schlund. »Nein. Sie haben keine Möglichkeit, dort hineinzugelangen. Dort gibt es keine Ratten. Ihr werdet sehen.«

Die Mutter Konfessor wandte sich den Soldaten hinten im Gang bei Marlin zu und zeigte auf die lange Leiter, die mit der Seite an der Wand gegenüber der Tür lehnte. Nachdem sie die Leiter durch die Tür bugsiert hatten und sie mit dumpfem Schlag unten zum Stehen kam, schnippte Cara mit den Fingern und bedeutete Marlin vorzutreten. Er eilte ohne Zögern zu ihr, aufs äußerste darauf bedacht, alles zu vermeiden, was ihr Mißfallen erregen könnte.

»Nimm die Fackel und steig dort runter«, befahl ihm Cara.

Marlin zog die Fackel aus der rostverkrusteten Halterung und begann hinabzusteigen. Mit einem verwunderten Stirnrunzeln folgte Cara ihm hinunter in das Dämmerlicht, als Kahlan ihr ein Zeichen machte.

Kahlan sagte zu einer der Wachen: »Unterkommandant Collins, Ihr wartet bitte mit Euren Männern hier oben.«

»Ist das Euer Ernst, Mutter Konfessor?« fragte der Unterkommandant.

»Seid Ihr scharf darauf, dort unten zu sein, an einem Ort mit wenig Platz, zusammen mit einer übellaunigen Mord-Sith, Unterkommandant?«

Er hakte einen Daumen hinter seinen Waffengürtel und warf einen Blick in die Grubenöffnung. »Wir werden hier oben warten, wie Ihr befohlen habt.«

Kahlan begann, rückwärts die Leiter hinabzusteigen. »Wir kommen schon zurecht.«

Die glatten Gesteinsblöcke der Wände waren so exakt und mörtellos aufeinandergepaßt, daß nicht einmal ein Fingernagel Halt fand. Als sie über ihre Schulter blickte, hielt Marlin die Fackel und wartete mit Cara fast zwanzig Fuß weiter unten auf sie. Vorsichtig kletterte sie Sprosse für Sprosse nach unten, darauf bedacht, nicht auf den Saum ihres Kleides zu treten und zu stürzen.

»Warum sind wir zusammen mit ihm hier runtergeklettert?« wollte Cara wissen, als Kahlan von der letzten Sprosse heruntertrat.

Diese rieb die Hände, um den Rost der Sprossen abzuwischen. Daraufhin nahm sie Marlin die Fackel ab, ging zur Wand, stellte sich auf die Zehen und steckte die Fackel in eine der Wandhalterungen. »Weil mir auf dem Weg nach unten noch ein paar Fragen eingefallen sind, die ich ihm stellen möchte, bevor wir ihn hier alleine zurücklassen.«

Cara funkelte Marlin wütend an und zeigte auf den Fußboden. »Spucken!« Sie wartete. »So, und jetzt stell dich drauf.«

Der junge Mann stellte sich auf die Stelle, sorgsam darauf bedacht, beide Füße darauf zu plazieren. Cara musterte den leeren Raum, sah in den Schatten in den Ecken nach. Kahlan fragte sich, ob sie sich vergewisserte, daß der Raum wirklich frei von Ratten war.

»Marlin«, begann Kahlan. Er fuhr sich mit der Zunge über die Lippen und wartete auf ihre Frage. »Wann hast du zum letzten Mal Befehle von Jagang empfangen?«

»Wie ich Euch schon sagte, vor etwa zwei Wochen.«

»Und seitdem hat er dich nicht aufgesucht?«

»Nein, Mutter Konfessor.«

»Wenn er tot ist, wie willst du das dann wissen?«

Seine Antwort kam ohne Zögern. »Ich weiß es nicht. Entweder er kommt zu mir oder eben nicht. Ich habe keine Möglichkeit, zwischen den Heimsuchungen etwas über ihn zu erfahren.«

»Wie sucht er dich heim?«

»In meinen Träumen.«

»Und du hast nicht von ihm geträumt, seit er, wie du sagst, vor vierzehn Tagen das letzte Mal bei dir war?«

»Nein, Mutter Konfessor.«

Kahlan ging zur Wand, an der die zischende Fackel hing, ging wieder zurück, dachte nach. »Du hast mich nicht erkannt.« Er schüttelte den Kopf. »Würdest du Richard erkennen?«

»Ja, Mutter Konfessor.«

Kahlan runzelte die Stirn. »Wie das? Woher kennst du ihn?«

»Aus dem Palast der Propheten. Ich war dort Schüler. Richard wurde von Schwester Verna mitgebracht. Ich kannte ihn aus dem Palast.«

»Ein Schüler im Palast der Propheten? Dann ... wie alt bist du?«

»Dreiundneunzig, Mutter Konfessor.«

Kein Wunder, daß er ihr so eigenartig vorgekommen war, manchmal wie ein Junge und manchmal wie jemand, der das Verhalten eines alten Mannes an den Tag legt. Das erklärte auch den wissenden Blick in seinen jungen Augen. Diese Augen hatten etwas an sich, das nicht zu seinem jugendlichen Äußeren paßte. Das würde es jedenfalls erklären.

Im Palast der Propheten wurden junge Männer im Gebrauch ihrer Gabe ausgebildet. Uralte Magie hatte die Schwestern des Lichts bei ihrer Aufgabe unterstützt, indem sie den Zeitablauf im Palast so veränderte, daß sie in Abwesenheit eines erfahrenen Zauberers die nötige Zeit hatten, um den jungen Burschen die Beherrschung ihrer Gabe beizubringen.

Das alles war jetzt vorbei. Richard hatte den Palast zerstört und die Prophezeiungen vernichtet, damit sie Jagang nicht in die Hände fielen. Die Prophezeiungen wären ihm bei seinem Bestreben, die

Welt zu erobern, nützlich gewesen, und der Palast hätte ihm ermöglicht, jahrhundertelang über die Menschen zu herrschen, die er unterworfen hatte.

Kahlan spürte, wie die Last der Sorge von ihr wich. »Jetzt weiß ich, warum ich so ein seltsames Gefühl bei ihm hatte«, sagte sie und tat ihre Erleichterung mit einem Seufzer kund.

Cara wirkte nicht so erleichtert. »Warum hast du dich den Soldaten im Palast der Konfessoren zu erkennen gegeben?«

»Kaiser Jagang hat seine Anweisungen nicht erläutert, Herrin Cara.«

»Jagang stammt aus der Alten Welt und weiß zweifellos nichts von den Mord-Sith«, erklärte Cara Kahlan. »Wahrscheinlich dachte er, ein Zauberer wie Marlin hier könne seine Identität preisgeben, um so eine Panik auszulösen und ein Chaos anzurichten.«

Kahlan ließ sich die Vermutung durch den Kopf gehen. »Mag sein. Die Schwestern der Finsternis sind Jagangs Marionetten, daher hätte er die Möglichkeit, sich Informationen über Richard zu beschaffen. Er war nicht lange genug im Palast, um viel über seine Gabe zu erfahren. Die Schwestern der Finsternis hätten Jagang davon unterrichtet, daß er seine Gabe nicht zu benutzen weiß. Richard ist der Sucher und weiß, wie er das Schwert der Wahrheit führen muß, aber seine Gabe kann er nicht recht einsetzen. Möglicherweise hatte Jagang die Absicht, einen Zauberer zu schicken, auf die Möglichkeit hin, daß er Erfolg hat, und wenn nicht ... was macht das schon? Er hat noch andere.«

»Was meinst du, mein kleiner Spielgefährte?«

Marlins Augen füllten sich mit Tränen. »Ich weiß nicht, Herrin Cara. Ich weiß es nicht. Er hat es mir nicht gesagt. Ich schwöre.« Das Beben ging von seinem Kinn auf seine Stimme über. »Aber es wäre möglich. Es stimmt, was die Mutter Konfessor sagt. Es ist ihm gleich, ob wir bei der Ausführung unserer Befehle getötet werden. Unser Leben bedeutet ihm wenig.«

Cara drehte sich zu Kahlan. »Und weiter?«

Kahlan schüttelte den Kopf. »Im Augenblick fällt mir nichts weiter ein. Ich denke, das alles könnte einen Sinn ergeben. Wir werden nachher wiederkommen, wenn ich darüber nachgedacht habe. Vielleicht fallen mir noch ein paar weitere Fragen ein, die Klarheit in die Angelegenheit bringen.«

Cara richtete den Strafer auf sein Gesicht. »Du bleibst genau hier stehen, auf diesem Fleck, und zwar, bis wir zurückkommen. Ob das in zwei Stunden oder in zwei Tagen geschieht, ist unerheblich. Wenn du dich hinsetzt oder außer deinen Fußsohlen irgendein anderer Teil von dir den Boden berührt, wirst du hier ganz alleine mit den Schmerzen sein, die es mit sich bringt, wenn man sich meinen Wünschen widersetzt. Kapiert?«

Er blinzelte, als ihm ein Schweißtropfen ins Auge lief. »Ja, Herrin Cara.«

»Glaubt Ihr, es ist wirklich nötig, Cara, daß –«

»Ja. Ich weiß, was ich tue. Laßt mich nur machen. Ihr habt mich selbst darauf gebracht, was auf dem Spiel steht und daß wir keine Risiken eingehen dürfen.«

Kahlan gab nach. »Also gut.«

Sie ergriff eine Sprosse über ihrem Kopf und begann, die Leiter hinaufzuklettern. Auf der zweiten Sprosse hielt sie inne und sah sich um. Stirnrunzelnd stieg sie wieder hinunter.

»Marlin, bist du alleine nach Aydindril gekommen?«

»Nein, Mutter Konfessor.«

Cara packte den Kragen seiner Uniformjacke. »Was? Du bist zusammen mit anderen hergekommen?«

»Ja, Herrin Cara.«

»Mit wie vielen?«

»Mit einer anderen, Herrin Cara. Sie war eine Schwester der Finsternis.«

Kahlan packte ihn ebenfalls an der Jacke. »Wie war ihr Name?«

Von den beiden Frauen eingeschüchtert, versuchte er, ein Stück zurückzuweichen, aber ihr Griff an seiner Uniformjacke ließ das nicht zu. »Ich kenne ihren Namen nicht«, jammerte er. »Ich schwöre.«

»Sie war eine Schwester der Finsternis aus dem Palast, wo du nahezu ein Jahrhundert gelebt hast, und du kennst ihren Namen nicht?« fuhr Kahlan ihn an.

Marlin fuhr sich abermals mit der Zunge über die Lippen. Sein Blick wanderte zwischen den Frauen hin und her. »Es gab Hunderte von Schwestern im Palast der Propheten. Und Regeln. Man hatte uns Lehrer zugeteilt. Es gab Orte, an die wir nicht gingen, und Schwestern, mit denen wir nie in Kontakt kamen, zum Beispiel jene, die die Verwaltungsarbeit machten. Ich kannte sie nicht alle, das schwöre ich. Ihr bin ich schon einmal im Palast begegnet, aber ihren Namen wußte ich nicht, und sie hat ihn mir auch nicht verraten.«

»Wo ist sie jetzt?«

Marlin zitterte vor Entsetzen. »Ich habe keine Ahnung! Seit Tagen habe ich sie nicht gesehen, seit ich in die Stadt gekommen bin.«

Kahlan biß die Zähne aufeinander. »Wie sah sie aus?«

Marlins Blick zuckte zwischen den beiden Frauen hin und her. »Ich weiß es nicht. Ich weiß nicht, wie ich sie beschreiben soll. Eine junge Frau. Ich glaube, daß sie erst seit kurzem keine Novizin mehr ist. Sie sah jung aus, so wie Ihr, Mutter Konfessor. Hübsch. Ich fand sie hübsch. Sie hatte langes Haar. Langes, braunes Haar.«

Kahlan und Cara sahen sich an. »Nadine«, entfuhr es ihnen wie aus einem Mund.

4. Kapitel

»Herrin Cara?« rief Marlin von unten.

Cara drehte sich um. Sie hielt sich mit einer Hand fest, eine Sprosse unter Kahlan. In der anderen trug sie die Fackel. »Was ist!«

»Wie soll ich schlafen, Herrin Cara? Angenommen, Ihr kommt heute abend nicht zurück und ich muß stehen, wie soll ich dann schlafen?«

»Schlafen? Das interessiert mich nicht. Ich sagte doch schon – du mußt auf den Füßen stehen, genau auf dieser Stelle. Bewegst du dich, setzt du dich oder legst du dich hin, wird es dir *sehr* leid tun. Du wirst mit den Schmerzen ganz allein sein. Kapiert?«

»Ja, Herrin Cara«, erwiderte die schwache Stimme aus der Dunkelheit.

Als Kahlan oben ankam, nahm sie Cara die Fackel ab und erlöste die Mord-Sith, so daß sie beide Hände zum Klettern benutzen konnte. Kahlan reichte die Fackel Unterkommandant Collins, der erleichtert wirkte.

»Collins, ich möchte, daß ihr alle hier unten bleibt. Haltet die Tür verschlossen und steigt nicht dort runter – aus welchem Grund auch immer. Laßt niemanden auch nur einen Blick hineinwerfen.«

»In Ordnung, Mutter Konfessor.« Unterkommandant Collins zögerte. »Dann besteht also Gefahr?«

Kahlan verstand seine Besorgnis. »Nein. Cara hat seine Kraft unter Kontrolle. Er ist nicht fähig, seine Magie zu benutzen.«

Sie musterte die Soldaten, die den dunklen, schmutzigen Gang verstopften. Es mußten fast einhundert sein.

»Ich weiß nicht, ob wir bis heute abend noch einmal zurückkommen«, erklärte sie dem Unterkommandanten. »Schafft den Rest Eurer Leute herunter. Teilt sie in Gruppen ein. Sie sollen sich in Schichten ablösen, damit sich zu jedem Zeitpunkt genug Männer hier unten befinden. Schließt sämtliche Türen. Stellt Bogenschützen an den Ausgängen auf.«

»Hattet Ihr nicht gesagt, es gäbe keinen Grund zur Sorge und er könne seine Magie nicht einsetzen?«

Kahlan lächelte. »Wollt Ihr Euch vor Cara verantworten, wenn sich jemand hereinschleicht und den ihr anvertrauten Gefangenen in ihrer Abwesenheit vor Eurer Nase befreit?«

Er kratzte sich die Bartstoppeln und warf einen Blick auf Cara. »Verstehe, Mutter Konfessor. Wir werden dafür sorgen, daß sich niemand der Tür nähern kann.«

»Ihr traut mir noch immer nicht?« fragte Cara, als sie außer Hörweite der Soldaten waren.

Kahlan lächelte sie freundlich an. »Mein Vater war König Wyborn. Er war ein großer Krieger. Er brachte mir bei, daß man Gefangene nicht gut genug bewachen kann.«

Cara zuckte die Achseln, derweil sie an einer flackernden Fackel vorbeikamen. »Von mir aus. Ich fühle mich dadurch nicht gekränkt. Aber ich habe seine Magie. Er ist hilflos.«

»Mir ist immer noch nicht klar, wie Ihr Euch vor Magie fürchten und dabei eine solche Macht über sie haben könnt.«

»Wie schon gesagt, nur dann, wenn er uns ausdrücklich damit angreift.«

»Und wie übernehmt Ihr die Kontrolle über sie? Wie unterwerft Ihr sie Eurem Kommando?«

Cara ließ den Strafer am Ende der Kette um ihr Handgelenk kreisen, während sie weitergingen. »Das weiß ich selbst nicht. Wir tun es einfach. Meister Rahl ist zu einem Teil persönlich an der Ausbildung der Mord-Sith beteiligt. In dieser Phase wird uns diese Fähigkeit beigebracht. Es handelt sich nicht um Magie, die aus uns heraus entsteht, sondern vermutlich wird sie nur auf uns übertragen.«

Kahlan schüttelte den Kopf. »Und trotzdem wißt Ihr nicht wirklich, was Ihr tut. Dennoch funktioniert es.«

An einer Ecke hakte Cara ihre Fingerspitzen in das eiserne Geländer, schwang herum und folgte Kahlan die steinernen Stufen hinauf. »Man muß nicht wissen, was man tut, damit Magie funktioniert.«

»Wie meint Ihr das?«

»Nun, Lord Rahl erzählte uns, daß ein Kind Magie sei: die Magie der Schöpfung. Man muß nicht wissen, was man tut, um ein Kind zu zeugen.

Einmal erzählte mir dieses Mädchen, ein sehr naives Mädchen von vielleicht vierzehn Sommern, eine Tochter von Dienstboten im Palast des Volkes in D'Hara, Darken Rahl – oder Vater Rahl, wie er sich gerne nennen ließ – habe ihr eine Rosenknospe geschenkt und die sei in ihrer Hand erblüht, als sie sie anlächelte. Sie sagte, auf diese Weise sei sie zu einem Kind gekommen – durch seine Magie.«

Cara lachte freudlos. »Sie glaubte wirklich, sie sei auf diese Weise schwanger geworden. Sie kam nie auf die Idee, es läge daran, daß sie die Beine für ihn breit gemacht hatte. Seht Ihr? Sie hat etwas Magisches getan, einen Sohn bekommen, und das, ohne zu wissen, wie sie es in Wirklichkeit gemacht hatte.«

Auf dem Treppenabsatz blieb Kahlan im Schatten stehen und hielt Cara am Ellenbogen fest.

»Alle Mitglieder von Richards Familie sind tot – Darken Rahl tötete seinen Stiefvater, seine Mutter starb, als er noch klein war, und sein Halbbruder Michael verriet ihn ... woraufhin Denna Richard gefangennehmen konnte. Nachdem er Darken Rahl besiegt hatte, verzieh er Michael, was dieser ihm angetan hatte, trotzdem verurteilte er ihn zum Tode, denn sein Verrat hatte ganz bewußt zur Folge, daß unzählige Menschen durch die Hand von Darken Rahl gefoltert und getötet wurden.

Ich weiß, wieviel Richard Familie bedeutet. Er wäre außer sich vor Freude, wenn er erführe, daß er einen Halbbruder hat. Könnten wir nicht Nachricht in den Palast in D'Hara schicken und ihn hierherbringen lassen? Richard wäre –«

Cara schüttelte den Kopf und schaute zur Seite. »Darken Rahl stellte das Kind auf die Probe und fand heraus, daß es ohne die Gabe geboren worden war. Darken war ganz versessen auf einen Erben mit der Gabe. Alles andere betrachtete er als entstellt und wertlos.«

»Verstehe.« Stille legte sich über das Treppenhaus. »Das Mädchen … die Mutter …?«

Cara seufzte schwer, denn sie merkte, daß Kahlan die ganze Geschichte hören wollte. »Darken Rahl hatte eine Veranlagung. Eine krankhafte Veranlagung. Er zerquetschte dem Mädchen mit bloßen Händen die Luftröhre, nachdem er es gezwungen hatte, zuzusehen … nun, zuzusehen, wie er ihren Sohn tötete. Wenn er auf Nachkommen aufmerksam wurde, die nicht die Gabe besaßen, wurde er oft wütend, und dann tat er solche Dinge.«

Kahlan ließ ihre Hand von Caras Arm heruntersinken.

Cara sah auf, ihr Blick wieder ruhig. »Einige der Mord-Sith erlitten ein ähnliches Schicksal. Zum Glück wurde ich nie schwanger, wenn er mich für seine Vergnügungen auswählte.«

Kahlan versuchte, die Stille zu füllen. »Ich bin froh, daß Richard Euch aus der Leibeigenschaft dieser Bestie befreit hat. Daß er alle befreit hat.«

Cara nickte. So kalt hatte Kahlan ihre Augen noch nie gesehen. »Er ist für uns mehr als nur Lord Rahl. Jeder, der ihm etwas antut, wird sich vor den Mord-Sith verantworten müssen – und vor mir.«

Plötzlich betrachtete Kahlan Caras Bemerkung, sie dürfe Richard ›behalten‹, in neuem Licht. Es war das Netteste, was sie für ihn tun konnte: ihm zu erlauben, bei dem Menschen zu sein, den er liebte, trotz ihrer Sorge um die Gefahr für sein Herz.

»Ihr werdet Euch hinten anstellen müssen.«

Endlich mußte auch Cara lächeln. »Beten wir zu den Guten Seelen, daß wir niemals darum kämpfen müssen, wer die ältesten Rechte hat.«

»Ich habe eine bessere Idee. Bewahren wir ihn einfach vor jeglichem Unheil. Aber denkt daran, wenn wir oben ankommen, wissen wir immer noch nicht mit Sicherheit, wer diese Nadine ist. Wenn sie eine Schwester der Finsternis ist, handelt es sich bei ihr um eine sehr gefährliche Frau. Aber das wissen wir nicht sicher. Sie könnte eine Würdenträgerin sein: eine Frau von Rang und Namen. Oder nichts weiter als die Tochter eines reichen Adligen. Vielleicht hat er ihren Liebhaber, einen armen Bauernburschen, des Landes verwiesen, und jetzt ist sie auf der Suche nach ihm. Ich möchte nicht, daß ihr einer Unschuldigen etwas antut. Wir dürfen nicht den Kopf verlieren.«

»Ich bin kein Ungeheuer, Mutter Konfessor.«

»Das weiß ich. Das wollte ich damit auch keinesfalls sagen. Ich will nur nicht, daß wir über unseren Wunsch, Richard zu beschützen, den Kopf verlieren. Das gilt auch für mich. So, und jetzt laßt uns hinauf in den Saal der Bittsteller gehen.«

Cara runzelte die Stirn. »Warum sollen wir dorthin gehen? Warum gehen wir nicht in das Zimmer, in dem sich Nadine aufhält?«

Kahlan begann, zwei Stufen auf einmal nehmend, die zweite Treppenflucht hinaufzusteigen. »Im Palast der Konfessoren gibt es zweihundertachtundachtzig Gästezimmer, die an verschiedenen Stellen auf sechs voneinander getrennte Flügel verteilt sind. Ich war vorhin in Gedanken und habe nicht daran gedacht, den Wachen zu sagen, wohin sie sie bringen sollen. Also müssen wir uns erkundigen.«

Cara stieß die Tür am oberen Ende der Treppe mit der Schulter auf und betrat, den Kopf nach rechts und links drehend, den Korridor vor Kahlan, wie sie es gerne tat, um zu sehen, ob es irgendwelche Schwierigkeiten gab.

»Scheint mir eine ziemlich unvorteilhafte Bauweise zu sein. Aus welchem Grund wurden die Gästezimmer voneinander getrennt?«

Kahlan deutete auf einen Korridor, der nach links abzweigte. »Hier entlang ist es kürzer.« Sie wurde langsamer, als zwei Wachen zur Seite traten und sie durchließen, und beschleunigte dann ihren Schritt wieder, während sie über dicken blauen Teppich liefen. »Die Gästezimmer sind voneinander getrennt, weil viele Diplomaten den Palast wegen geschäftlicher Angelegenheiten aufsuchen. Falls die falschen Diplomaten zu nah beieinander untergebracht werden, kann es passieren, daß sie sehr undiplomatisch werden. Den Frieden unter den Verbündeten zu wahren, war manchmal ein Spiel, bei dem man die Betroffenen wie rohe Eier behandeln mußte. Das galt auch für die Unterbringung.«

»Aber es gibt doch all die Paläste – für die einzelnen Abgesandten – auf der Königsstraße.«

Kahlan brummte spöttisch. »Das ist ein Teil des Spiels.«

Als sie den Saal der Bittsteller betraten, fielen die Anwesenden erneut auf die Knie. Kahlan war gezwungen, die Begrüßung in aller Förmlichkeit zu erwidern, bevor sie mit dem Kommandanten sprechen konnte. Er erklärte ihr, wo er Nadine untergebracht hatte, und sie wollte gerade gehen, als ein Junge, einer aus der Gruppe der Ja'La-Spieler, die geduldig im Saal warteten, sich seine schlappe Wollmütze vom blonden Haarschopf riß und auf sie zugerannt kam.

Der Kommandant sah ihn, wie er durch den Saal lief. »Er wartet darauf, Lord Rahl zu sprechen. Wahrscheinlich soll sich der Lord ein weiteres Spiel ansehen.« Der Kommandant lächelte vor sich hin. »Ich habe ihm gesagt, er dürfe gerne warten, aber ich könne ihm nicht versprechen, daß Lord Rahl ihn empfängt.« Er zuckte unsicher mit den Schultern. »Mehr konnte ich nicht tun. Ich war gestern mit einer ganzen Gruppe von Soldaten beim Spiel. Der Junge und seine Mannschaft haben mir drei Silbermünzen eingebracht.«

Die Mütze zwischen zwei Fäusten zerdrückend, beugte der Junge auf der von Kahlan aus gesehen anderen Seite des marmornen Geländers das Knie.

»Mutter Konfessor, wir würden gerne … also wenn es keine Umstände macht … wir …« Er ließ den Satz unbeendet und schluckte Luft.

Kahlan lächelte ermutigend. »Hab keine Angst. Wie heißt du?«

»Yonick, Mutter Konfessor.«

»Tut mir leid, Yonick, aber Richard kann jetzt nicht kommen und sich noch ein Spiel anschauen. Wir haben im Augenblick zu tun. Vielleicht morgen. Ich weiß, es hat uns beiden gefallen, und wir würden gerne noch einmal zusehen, aber an einem anderen Tag.«

Er schüttelte den Kopf. »Darum geht es gar nicht. Es geht um meinen Bruder Kip.« Er verdrehte seine Mütze. »Er ist krank. Ich dachte, vielleicht … na ja, vielleicht könnte Lord Rahl kommen und ein wenig Magie zaubern und ihn wieder gesund machen.«

Kahlan drückte dem Jungen tröstend die Schulter. »Also, zu dieser Sorte Zauberer gehört Richard eigentlich nicht. Warum gehst du nicht zu einem der Heiler auf der Stentorstraße? Erzähl ihm, woran er erkrankt ist, dann wird er ihm Kräuter geben, damit er sich wieder besser fühlt.«

Yonick ließ den Kopf hängen. »Für Kräuter haben wir kein Geld. Deswegen hatte ich gehofft … Kip ist richtig krank.«

Kahlan richtete sich auf und sah zum Kommandanten. Dessen Blick wanderte von Kahlan zu dem Jungen und wieder zurück. Er räusperte sich.

»Also, Yonick, ich habe dich gestern spielen sehen«, stammelte der Kommandant. »Ziemlich gut. Deine Mannschaft war wirklich gut.« Nach einem weiteren Blickwechsel mit Kahlan steckte er eine

Hand in irgendeine Tasche und zog sie mit einer Münze darin wieder zum Vorschein. Er beugte sich über die Absperrung und drückte sie Yonick in die Hand. »Ich weiß, wer dein Bruder ist. Er … das war ein toller Spielzug, das Tor, das er geschossen hat. Nimm das und besorge ihm ein paar Kräuter, die er braucht, wie die Mutter Konfessor gesagt hat.«

Yonick blickte starr vor Staunen auf die Silbermünze in seiner Hand. »Soviel kosten Kräuter nicht, hab ich gehört.«

Der Kommandant tat die Erwiderung mit einer knappen Geste ab. »Also, kleiner hab ich's nicht. Kauf mit dem restlichen Geld etwas für deine Mannschaft – für ihren Sieg. Und jetzt nimm es und verschwinde. Wir müssen uns um die Angelegenheiten des Palastes kümmern.«

Yonick richtete sich auf und schlug sich zum Gruß mit der Faust aufs Herz. »Jawohl, mein Herr.«

»Und üb deinen Abstoß«, rief der Kommandant dem Jungen hinterher, als er durch den Saal zu seinen Kumpels rannte. »Der ist ein bißchen ungenau.«

»Mach ich«, brüllte Yonick über die Schulter zurück. »Danke.«

Kahlan sah zu, wie er seine Freunde zusammensuchte und die Jungen gemeinsam zur Tür liefen. »Das war sehr freundlich von Euch, Kommandant …?«

»Harris.« Er erschrak. »Ich danke Euch, Mutter Konfessor.«

»Cara, gehen wir und statten wir dieser Nadine einen Besuch ab.«

Kahlan hoffte, daß der Kommandant, der am Ende des Ganges Habtachtstellung annahm, eine ereignislose Wache hinter sich hatte.

»Hat Nadine versucht, das Zimmer zu verlassen, Kommandant Nance?«

»Nein, Mutter Konfessor«, antwortete er, als er sich von seiner Verbeugung wieder aufrichtete. »Sie schien froh zu sein, daß sich jemand für ihr Anliegen interessierte. Als ich ihr erklärte, es könne möglicherweise Ärger geben und es sei erforderlich, daß sie auf ihrem Zimmer bleibt, versprach sie, meine Anweisungen zu befolgen.« Er warf einen Blick auf die Tür. »Sie meinte, sie wolle mir keine Schwierigkeiten bereiten und werde tun, was man ihr sagt.«

»Danke, Kommandant.« Vor der offenen Tür zögerte sie. »Wenn sie dieses Zimmer ohne uns verlassen will, tötet sie. Stellt nicht erst Fragen, sondern laßt sie ohne Vorwarnung einfach von den Bogenschützen niederschießen.« Als sich daraufhin seine Stirn runzelte, fügte sie hinzu: »Falls sie den Raum ohne uns verläßt, dann deswegen, weil sie Magie beherrscht und uns damit getötet hat.«

Kommandant Nance, dessen Gesicht so fahl geworden war wie ein Jahr altes Stroh, schlug sich zum Salut mit der Faust vors Herz.

Das vordere Zimmer war rot dekoriert. Die Wände waren in dunklem Karminrot gehalten, das mit einer weißen, gekehlten Abschlußleise und mit Fußleisten und Türfüllungen aus rosa Marmor abgesetzt war. Auf dem Boden aus Hartholz lag ein riesiger, goldbetreßter Teppich mit einem aufwendigen Blätter- und Blumenmotiv. Die vergoldeten Beine des Marmortisches und der gepolsterten Sessel aus rotem Samt waren mit einem dazu passenden Blatt- und Blumenmuster verziert. Da es sich um einen Raum im Innern handelte, gab es keine Fenster. Geschliffene Kristallzylinder auf dem Dutzend Reflektorlampen überall im Zimmer überzogen die Wände mit tanzenden Lichtern.

Kahlans Ansicht nach war es einer der geschmacklosesten Räume im Palast, aber es gab Diplomaten, die ausdrücklich dieses Zimmer verlangten. Sie fühlten sich dadurch in genau die richtige Stimmung für Verhandlungen versetzt. Kahlan war immer besonders auf der Hut, wenn sie die Argumente von Abgesandten hörte, die in einem der roten Zimmer wohnten.

Nadine hielt sich nicht im extravaganten Vorzimmer auf. Die Tür zum Schlafzimmer stand offen.

»Herrliche Räume«, meinte Cara leise. »Kann ich sie haben?«

Kahlan sagte ihr, sie solle still sein. Sie konnte sich denken, warum die Mord-Sith ein rotes Zimmer haben wollte. Während Cara ihr über die Schulter sah, drückte Kahlan vorsichtig die Schlafzimmertür auf. Caras Atem streifte sie am rechten Ohr.

Falls dies überhaupt möglich war, dann hatte das Schlafzimmer eine noch beleidigendere Wirkung auf die Sinne als das Wohnzimmer. Das rote Farbthema setzte sich hier in den Teppichen fort, in der reichbestickten Tagesdecke auf dem Bett, in einer alles andere als zurückhaltenden Ansammlung reich verzierter, goldbetreßter Kissen und der mit Wirbeln durchsetzten rosa Kamineinfassung aus Marmor. Sollte Cara sich in ihrer roten Lederkleidung jemals verstecken wollen, dachte Kahlan, dann brauchte sie sich nur in dieses Zimmer zu setzen, und niemand würde sie finden.

Nur die Hälfte der Lampen im Schlafzimmer brannte. Mehrere Schalen aus geblasenem Glas, die man auf Tische und das Pult gestellt hatte, waren mit getrockneten Rosenblüten gefüllt, deren Duft sich mit dem Lampenöl vermischte und die Luft mit einem schweren, leicht Übelkeit erregenden, süßlichen Geruch durchzog.

Beim Knarren der Türangeln öffnete die Frau, die auf dem Bett lag, die Augen, entdeckte Kahlan und sprang auf. Bereit, Nadine mit ihrer Konfessorenkraft zu überwältigen, sollte sie das kleinste Anzeichen von Aggression an den Tag legen, streckte Kahlan unbewußt einen Arm seitlich aus, damit Cara ihr nicht in die Quere kam. Um sich zu wappnen, hielt sie den Atem an und spannte jeden Muskel. Wenn die Frau Magie beherrschte, würde Kahlan schnell sein müssen.

Nadine rieb sich hastig den Schlaf aus den Augen. Die Unentschlossenheit, mit welchem Bein sie bei dem wackeligen Hofknicks, den sie machte, vortreten sollte, verriet Kahlan, daß sie keine Adlige war. Deshalb konnte sie immer noch eine Schwester der Finsternis sein.

Nadine glotzte Kahlan einen Augenblick lang an, bevor sie sich das Kleid auf den Hüften glattstrich und das Wort an die Mutter Konfessor richtete. »Verzeiht mir, Königin, doch ich war lange unterwegs und habe mich ein wenig ausgeruht. Ich muß wohl eingeschlafen sein, denn ich habe Euch nicht klopfen hören. Ich bin Nadine Brighton, Königin.«

Während Nadine zu einem weiteren wenig eleganten Hofknicks in die Knie ging, sah sich Kahlan rasch im Zimmer um. Das Waschbecken und der Wasserkrug waren unbenutzt. Die Handtücher auf dem Waschtisch daneben waren sauber gefaltet. Am Fußende des Bettes lag ein abgetragener, schlichter wollener Reisebeutel. Eine Kleiderbürste und eine Blechtasse waren die einzigen fremden Gegenstände auf dem überladenen vergoldeten Tisch, der bei dem roten Samtsessel neben dem mit Fransen gesäumten Himmelbett stand. Trotz der am Frühlingsanfang noch kalten Luft und dem erkalteten Kamin hatte sie die Tagesdecke für ihr Nickerchen nicht aufgeschlagen. Vielleicht, überlegte Kahlan, damit sie sich nicht verhedderte, falls sie sich schnell bewegen mußte.

Kahlan entschuldigte sich nicht für ihr Eintreten, ohne anzuklopfen. »Mutter Konfessor«, sagte sie in warnendem Tonfall, denn sie hatte das dringende Bedürfnis, klarzustellen, über welche stillschweigende Macht sie verfügte. »Königin ist einer meiner weniger … gebräuchlichen Titel. Bekannter bin ich als Mutter Konfessor.«

Nadine wurde rot, und die Sommersprossen auf ihren Wangenknochen und quer über ihre feine Nase verschwanden fast. Verlegen senkte sie die großen blauen Augen. Sie kämmte fahrig mit den Fingern durch ihr dichtes, braunes Haar, obwohl es überhaupt nicht ungeordnet zu sein schien.

Sie war nicht so groß wie Kahlan, schien dagegen im gleichen Alter oder vielleicht ein Jahr jünger zu sein. Sie war eine hübsch anzusehende junge Frau, die durch nichts zu erkennen gab, daß sie eine Bedrohung oder Gefahr darstellte. Aber Kahlan war nicht bereit, sich von einem offenen Gesicht und einem unschuldigen Auftreten täuschen zu lassen.

Die Erfahrung hatte Kahlan harte Lektionen gelehrt. Marlin, ihre bislang letzte, hatte anfangs den Eindruck gemacht, als sei er nichts weiter als ein verlegen wirkender junger Mann. Die Augen dieser wunderschönen jungen Frau schienen jedoch nicht dieselbe Zeitlosigkeit zu haben, die Kahlan so beunruhigt hatte. Trotzdem blieb sie auf der Hut.

Nadine drehte sich um, strich hastig die Tagesdecke glatt und drückte die Falten mit schnellen Handbewegungen heraus. »Verzeiht mir, Mutter Konfessor, ich hatte nicht die Absicht, Euer wundervolles Bett durcheinanderzubringen. Ich habe mein Kleid vorher abgebürstet, damit kein Straßenstaub daraufkommt. Eigentlich hatte ich mich auf den Fußboden legen wollen, aber das Bett sah so einladend aus, da konnte ich nicht widerstehen. Hoffentlich habe ich nichts Unrechtes getan.«

»Natürlich nicht«, meinte Kahlan. »Ich hatte Euch gebeten, das Zimmer als Euer eigenes zu betrachten.«

Das letzte Wort hatte Kahlans Mund noch nicht verlassen, da schoß Cara hinter ihr hervor. Obwohl es unter den Mord-Sith keine Hierarchie zu geben schien, beugten sich Berdine und Raina stets Caras Meinung. Bei den D'Haranern schien die Stellung der Mord-Sith und insbesondere Caras unumstritten, auch wenn Kahlan diese noch niemand genauer erläutert hatte. Wenn Cara befahl: »Spucken!«, dann spuckten die Menschen eben.

Nadine riß die Augen auf und kreischte laut, als sie sah, wie sich die in Leder gekleidete Mord-Sith auf sie stürzte.

»Cara!« rief Kahlan.

Cara ignorierte sie. »Wir haben deinen Freund Marlin, er sitzt unten in der Grube. Du wirst ihm bald Gesellschaft leisten.«

Die Mord-Sith stieß sie rückwärts in den Sessel neben dem Bett.

»Au!« schrie Nadine und schaute wütend zu Cara hoch. »Das hat weh getan!«

Als sie daraufhin wieder vom Stuhl aufsprang, packte Cara die Kehle der jungen Frau mit ihrer gepanzerten Faust. Sie ließ den Strafer nach oben schnellen und zielte ihr damit zwischen die weit aufgerissenen braunen Augen. »Ich habe noch nicht mal angefangen, dir weh zu tun.«

Kahlan packte Caras Zopf und riß kräftig daran. »So oder so, Ihr werdet noch lernen, Befehlen zu gehorchen!« Cara, die die Kehle der jungen Frau noch immer umklammerte, drehte sich überrascht um.

»Laßt sie los! Ich sagte: Überlaßt die Sache mir. Solange sie nichts Bedrohliches unternimmt, werdet Ihr tun, was man Euch sagt, oder Ihr könnt draußen warten.«

Cara ließ Nadine los und versetzte ihr dabei einen Stoß, der sie wieder auf den Stuhl zurückwarf. »Die macht uns Ärger. Das spüre ich. Ihr solltet mir erlauben, sie zu töten.«

Kahlan preßte die Lippen zusammen, bis Cara die Augen verdrehte und widerstrebend zur Seite trat. Nadine stand wieder auf, diesmal langsamer. Ihr tränten die Augen, als sie sich die Kehle rieb und hustete.

»Warum habt Ihr das gemacht? Ich habe Euch nichts getan! Ich habe Eure eleganten Sachen nicht durcheinandergebracht. Ihr habt die schlechtesten Manieren, die mir je untergekommen sind.« Sie drohte Kahlan mit dem Finger. »Es gibt keinen Grund, Menschen so zu behandeln.«

»Ganz im Gegenteil«, sagte Kahlan. »Heute erschien ein durchaus unschuldig aussehender junger Mann im Palast, der ebenfalls darum bat, Lord Rahl zu sprechen. Wie sich herausstellte, handelt es sich bei ihm um einen gedungenen Mörder. Wir haben es Cara hier zu verdanken, daß wir ihn daran hindern konnten.«

Nadines Empörung geriet ins Schwanken. »Oh.«

»Und das ist noch nicht das Schlimmste«, fügte Kahlan hinzu.

»Er hat gestanden, eine Komplizin zu haben – eine attraktive junge Frau mit langen, braunen Haaren.«

Nadine hörte auf, sich den Hals zu reiben. Sie blickte Cara an, dann wieder Kahlan. »Oh. Nun, dann kann ich das Mißverständnis verstehen ...«

»Ihr wolltet Lord Rahl ebenfalls sehen. Aus diesem Grund sind alle ein wenig nervös. Wir fühlen uns dazu verpflichtet, Lord Rahl zu beschützen.«

»Ich kann mir vorstellen, daß das ein Grund für all die Verwirrung war. Das kränkt mich nicht.«

»Cara ist eine von Lord Rahls persönlichen Leibwächterinnen«, erklärte Kahlan. »Ihr habt sicherlich Verständnis dafür, daß sie sich so angriffslustig benimmt.«

Nadine löste die Hand von ihrem Hals und stemmte sie in die Hüfte. »Aber ja. Ich glaube, da bin ich in einem regelrechten Wespennest gelandet.«

»Das Problem ist«, fuhr Kahlan fort, »Ihr habt uns noch nicht überzeugt, daß Ihr nicht der zweite Meuchelmörder seid. Es wäre das beste für Euch, wenn Ihr dies umgehend tätet.«

Nadines Augen zuckten zwischen den beiden Frauen hin und her, die sie beobachteten. »Ich? Ein Mörder? Aber ich bin eine Frau.«

»Das bin ich auch«, meinte Cara. »Eine Frau, die Euer Blut im ganzen Zimmer verteilen wird, bis Ihr uns die Wahrheit sagt.«

Nadine wirbelte herum, packte den Stuhl und fuchtelte mit dessen Beinen vor Kahlan und Cara herum. »Bleibt mir vom Leib! Ich warne Euch. Tommy Lancaster und sein Freund Lester dachten auch schon, sie könnten so mit mir umspringen, und jetzt müssen sie alle ihre Mahlzeiten ohne ihre Schneidezähne zu sich nehmen.«

»Stellt den Stuhl wieder hin«, zischte Cara ihr warnend zu, »oder Ihr werdet Eure nächste Mahlzeit im Land der Seelen zu Euch nehmen.«

Nadine ließ das Möbelstück fallen, als hätte es Feuer gefangen. Sie ging rückwärts, bis sie mit dem Rücken an der Wand stand. »Laßt mich in Frieden! Ich habe nichts verbrochen!«

Kahlan hakte sich behutsam bei Cara unter und drängte sie zurück. »Ich soll diese Angelegenheit einer Schwester des Strafers überlassen?« sagte sie leise und zog eine Augenbraue hoch. »Ich weiß, ich sagte ›bis sie irgend etwas Bedrohliches unternimmt‹, aber ein Stuhl ist wohl kaum die Bedrohung, an die ich dabei dachte.«

Cara verzog genervt den Mund. »Also schön. Fürs erste.«

Kahlan wandte sich an Nadine. »Ich benötige ein paar Antworten. Erzählt uns die Wahrheit, und wenn Ihr wirklich nichts mit den gedungenen Mördern zu schaffen habt, dann entschuldige ich mich aufrichtig bei Euch und werde tun, was ich kann, um unsere Ungastlichkeit wiedergutzumachen. Lügt Ihr mich jedoch an und solltet Ihr vorhaben, Lord Rahl etwas anzutun, dann haben die Wachen vor der Tür Befehl, Euch nicht lebend aus dem Zimmer zu lassen. Habt Ihr das verstanden?«

Nadine, den Rücken an die Wand gedrückt, nickte.

»Ihr wolltet Lord Rahl sprechen.« Nadine nickte noch einmal. »Warum?«

»Ich bin auf dem Weg zu meinem Geliebten. Seit dem letzten Herbst ist er verschwunden. Wir waren einander versprochen, und nun bin ich unterwegs zu ihm.« Sie strich sich eine Strähne aus den Augen. »Aber ich weiß nicht genau, wo er sich befindet. Man riet mir, Lord Rahl aufzusuchen, dann würde ich meinen Verlobten finden.« Nadine standen die Tränen in den Augen. »Deswegen wollte ich diesen Lord Rahl sprechen – um ihn zu fragen, ob er mir helfen kann.«

»Verstehe«, meinte Kahlan. »Ich kann Euren Kummer verstehen, daß Euer Geliebter vermißt wird. Wie war der Name des jungen Mannes gleich?«

Nadine zupfte ein Taschentuch aus ihrem Ärmel und betupfte sich damit die Augen. »Richard.«

»Richard. Und hat er auch einen Nachnamen?«

Nadine nickte. »Richard Cypher.«

Kahlan mußte sich erinnern, durch ihren offenen Mund Luft zu holen, aber ihrem Verstand gelang es nicht, ihre Zunge zum Arbeiten zu bewegen.

»Wie war das?« fragte Cara.

»Richard Cypher. Er ist Waldführer dort, wo ich lebe. In Kernland, das liegt in Westland. Dort wohnen wir.«

»Was soll das heißen, Ihr seid einander versprochen?« brachte Kahlan schließlich kaum hörbar hervor. Sie hatte das entsetzliche Gefühl, als breche die Welt rings um sie zusammen, während ihr gleichzeitig tausend Dinge durch den Kopf schossen. »Hat er das behauptet?«

Nadine verdrehte ihr feuchtes Taschentuch. »Na ja, er machte mir den Hof ... alle dachten ... aber dann verschwand er. Eine Frau kam und erzählte mir, wir seien einander versprochen. Sie behauptete, der Himmel habe zu ihr gesprochen – sie war eine Art Mystikerin. Dabei wußte sie alles über meinen Richard, wie gütig und stark und gutaussehend er ist und alles. Auch alle möglichen Sachen über mich wußte sie. Es sei meine Bestimmung, Richard zu heiraten, sagte sie, und Richards Bestimmung, mein Ehemann zu werden.«

»Frau?« Kahlan brachte nicht mehr als dieses eine Wort heraus.

Nadine nickte. »Sie heißt Shota, sagte sie.«

Kahlan ballte die Hände zu Fäusten. Sie fand ihre Stimme wieder – voller Gift. »Shota. Hatte diese Frau, diese Shota, jemanden bei sich?«

»Ja. Einen seltsamen, kleinen ... Kerl. Mit gelben Augen. Er hat mir ein bißchen angst gemacht, aber sie meinte, er sei harmlos. Shota war es auch, die mir riet, Lord Rahl aufzusuchen. Sie meinte, er könne mir helfen, meinen Richard zu finden.«

Der Beschreibung nach erkannte Kahlan Shotas Begleiter Samuel. Die Stimme dieser Frau, die immer wieder ›Richard, mein Richard‹

rief, hallte Kahlan ein ums andere Mal wie ein Donnerschlag durch das Chaos in ihrem Kopf. »Wartet bitte hier.«

»Mach ich«, sagte Nadine, die ihre Fassung wiederfand. »Ist alles in Ordnung? Ihr glaubt mir doch, oder? Es stimmt jedes Wort.«

Kahlan antwortete nicht, sondern löste ihren verblüfften, starren Blick von Nadine und marschierte hinaus. Cara schloß die Tür und folgte Kahlan auf den Fersen.

Kahlan blieb schwankend im Vorzimmer stehen. Alles verschwamm zu einem wäßrig roten Flecken.

»Mutter Konfessor«, sagte Cara leise, »was ist denn nur? Euer Gesicht ist so rot wie mein Lederanzug. Wer ist diese Shota?«

»Shota ist eine Hexe.«

Cara zuckte zusammen, als sie das hörte. »Und diesen Richard Cypher, kennt Ihr ihn?«

Kahlan mußte zweimal an den schmerzhaft zähen Klumpen hinten in ihrem Hals vorbei schlucken. »Richard wurde von seinem Stiefvater aufgezogen. Bis er herausfand, daß Darken Rahl sein richtiger Vater war, hieß er Cypher.«

5. Kapitel

Ich bringe sie um«, schnarrte Kahlan heiser, während sie ins Leere starrte. »Mit meinen bloßen Händen. Ich würge ihr das Leben aus dem Leib!«

Cara drehte sich zum Schlafzimmer um. »Darum werde ich mich kümmern. Es wäre besser, wenn Ihr mich das erledigen ließet.«

Kahlan hielt Cara am Arm fest. »Doch nicht sie. Ich spreche von dieser Shota.« Sie deutete fahrig mit der Hand auf die Schlafzimmertür. «Sie hat von alledem keine Ahnung. Sie weiß nichts über Shota.«

»Dann kennt Ihr diese Hexe also?«

Kahlan schnaubte wütend. »Oh, ja. Ich kenne sie. Sie hat von Anfang an zu verhindern versucht, daß Richard und ich zusammenkommen.«

»Warum sollte sie das tun?«

Kahlan kehrte der Schlafzimmertür den Rücken zu. »Ich weiß es nicht. Jedesmal gibt sie einen anderen Grund an. Aber manchmal fürchte ich, sie tut es, weil sie Richard für sich selber will.«

Cara runzelte die Stirn. »Wie will Shota Richard für sich gewinnen, wenn er diese kleine Dirne heiraten soll?«

Kahlan machte eine wegwerfende Handbewegung. »Das weiß ich nicht. Shota hat immer irgendwelche Hintergedanken. Sie hat uns bei jeder Gelegenheit Steine in den Weg geworfen.« Entschlossen ballte sie die Hände. »Aber diesmal wird ihre Rechnung nicht aufgehen. Und wenn es das letzte ist, was ich tue, ich werde ihren zudringlichen Spielchen ein Ende machen. Und dann heiraten Richard und ich.« Sie senkte die Stimme und sprach flüsternd einen

Schwur. »Und wenn ich Shota mit meiner Kraft berühren und in die Unterwelt verbannen muß, ich werde ihrer Einmischung ein Ende setzen.«

Cara verschränkte die Arme und dachte über das Problem nach. »Was wollt Ihr mit Nadine machen?« Ihr Blick ging zur Schlafzimmertür. »Vielleicht wäre es noch immer das beste … sie sich vom Hals zu schaffen.«

Kahlan legte Daumen und Zeigefinger nachdenklich an ihren Nasenrücken. »Das ist nicht Nadines Werk. Sie ist nur eine Schachfigur in Shotas Ränkespielen.«

»Ein Fußsoldat kann manchmal für mehr Ärger sorgen als der General selbst, vorausgesetzt, er …«

Cara ließ den Satz unbeendet und löste die Arme voneinander. Dann neigte sie den Kopf zur Seite, als lausche sie auf einen Wind, der durch die Korridore weht.

»Da kommt Lord Rahl.«

Die Fähigkeit der Mord-Sith, Richard über die Bande zu spüren, die sie mit ihm verband, war unglaublich, wenn nicht gar beängstigend. Die Tür ging auf. Berdine und Raina, die beide Lederkleidung im selben, hautengen Stil wie Cara trugen, wenn auch in Braun statt Rot, betraten entschlossenen Schritts den Raum.

Beide waren ein Stück kleiner als Cara, aber beileibe nicht weniger attraktiv. Wo Cara allzu langbeinig und muskulös wirkte, ohne ein einziges überflüssiges Gramm Fett, hatte Berdine eine eher üppige Figur. Ihr welliges braunes Haar war zu dem typischen langen Zopf der Mord-Sith geflochten, genau wie Rainas feines, dunkles Haar. Alle drei legten dieselbe rücksichtslose Selbstsicherheit an den Tag.

Raina musterte Caras roten Lederanzug stechend, gab jedoch keinerlei Bemerkung von sich. Beide, sowohl sie als auch Berdine, hatten eine grimmige, unnahbare Miene aufgesetzt. Die Mord-Sith schwenkten herum und stellten sich einander gegenüber neben die Tür.

«Wir künden an«, sprach Berdine in offiziösem Tonfall, »Lord Rahl, Sucher der Wahrheit und Besitzer des Schwertes der Wahrheit, Bringer des Todes, Herrscher D'Haras, Regent der Midlands, Befehlshaber des Volkes der Gar, Held aller freien Völker und Tod alles Bösen und« – hier richtete sie ihre blauen Augen durchdringend auf Kahlan – »Verlobter der Mutter Konfessor.« Sie hob den Arm und deutete auf die Tür.

Kahlan hatte nicht die geringste Ahnung, was gespielt wurde. Sie hatte die Mord-Sith bereits eine Reihe unterschiedlichster Temperamente an den Tag legen sehen, von herrisch bis schadenfroh, nur ein solch offiziöses Getue hatte sie bei ihnen noch nie beobachtet.

Richard kam in den Raum stolziert. Sein Raubvogelblick erfaßte Kahlan. Die Welt schien einen Augenblick lang stillzustehen. Es gab nichts weiter als die beiden, vereint über eine unausgesprochene Verbindung.

Das Lächeln auf ihren Lippen wurde immer breiter und funkelte in ihren Augen. Ein Lächeln von grenzenloser Liebe. Es gab nur sie und Richard. Nur seine Augen.

Aber alles übrige an ihm ...

Sie spürte, wie ihr die Kinnlade herunterfiel. Kahlan preßte sich verblüfft die Hand aufs Herz. So lange sie ihn kannte, hatte er stets seine einfache Waldkleidung getragen. Jetzt hingegen ...

Seine schwarzen Stiefel waren alles, was sie wiedererkannte. Die Stiefelschäfte waren mit Lederriemen umwickelt, die von silbernen Knöpfen gehalten wurden, in die man geometrische Embleme getrieben hatte. Darunter verbargen sich neue, schwarze Hosen aus Wolle. Über einem schwarzen Hemd trug er ein schwarzes, an den Seiten offenes Wams, das mit Symbolen verziert war, die auf einem breiten Goldstreifen längs der umsäumten Ränder ein Schlangenmuster bildeten. Ein breiter, mehrschichtiger Ledergürtel, an dem mehrere weitere dieser silbernen Embleme sowie ein golddurchwirkter Beutel hingen, schnürte die prächtige Jacke an der Hüfte zusammen. Eingehakt am Gürtel hing außerdem ein kleiner Geldbeutel aus Leder. Der sehr alte Waffengurt aus fein gearbeitetem Leder, an dem die mit Gold und Silber durchwirkte Scheide für das Schwert der Wahrheit befestigt war, lief über seine rechte Schulter. An jedem Handgelenk befand sich ein breiter, mit Leder abgepolsterter Silberreif aus ineinander verschlungenen Ringen, der weitere dieser seltsamen Symbole aufwies. Auf seinen breiten Schultern lag ein Cape, das aus gewebten Gold zu bestehen schien.

Er wirkte zugleich edel und bedrohlich. Königlich und tödlich. Er sah aus wie der Befehlshaber von Königen und wie ein Sinnbild jenes Namens, den man ihm in den Prophezeiungen gegeben hatte: der Bringer des Todes.

Kahlan hätte nie für möglich gehalten, daß er noch besser aussehen konnte als sonst. Noch eindrucksvoller. Sie hatte sich getäuscht.

Während ihr Mund noch daran arbeitete, irgend etwas hervorzubringen, trat er quer durch den Raum auf sie zu. Er beugte sich vor und küßte sie auf die Schläfe.

»Sehr gut«, verkündete Cara. »Das hat sie gebraucht, sie hatte Kopfschmerzen.« Sie sah Kahlan an und zwinkerte. »Ist jetzt alles wieder gut?«

Kahlan, die immer noch fast keine Luft bekam und die Cara kaum hörte, berührte ihn mit den Fingern, so als wollte sie prüfen, ob er echt war oder eine Täuschung.

»Gefällt es dir?« fragte er.

»Ob es mir gefällt? Bei den Guten Seelen …«, hauchte sie.

Er lachte stillvergnügt in sich hinein. »Ich nehme einfach mal an, das heißt ja.«

Kahlan wünschte, die anderen würden sämtlich verschwinden. »Aber was ist das, Richard? Wo hast du das alles her?«

Sie konnte ihre Hand nicht von seiner Brust lösen. Sie fühlte zu gerne, wie er atmete. Sie konnte auch spüren, wie sein Herz schlug. Und auch ihr eigenes Herz fühlte sie klopfen.

»Na ja«, meinte er, »ich wußte, du wolltest, daß ich mir ein paar neue Kleider besorge –«

Sie löste ihren Blick von seinem Körper und sah ihm in die grauen Augen. »Was? Das habe ich niemals gesagt.«

Er mußte lachen. »Deine wundervollen grünen Augen haben es für dich gesagt. Dein Blick war äußerst vielsagend, als du meine alte Waldkleidung gemustert hast.«

Sie ging einen Schritt zurück und zeigte auf die neuen Kleider. »Wo hast du das alles her?«

Er nahm ihre Hand und hob ihr Kinn mit den Fingern seiner anderen Hand, so daß sie ihm in die Augen blickte. »Du bist wunderschön. In deinem blauen Hochzeitskleid wirst du prachtvoll aussehen. Nun ja, da wollte ich bei unserer Hochzeit neben der Mutter Konfessor nicht schäbig wirken. Deshalb habe ich das alles ganz schnell anfertigen lassen, damit unsere Hochzeit nicht verzögert wird.«

»Er hat es sich von der Schneiderin machen lassen. Es sollte eine Überraschung sein«, erklärte Cara. »Ich habe ihr Euer Geheimnis nicht verraten, Lord Rahl. Sie hat nichts unversucht gelassen, um es aus mir herauszukitzeln, dennoch habe ich ihr nichts verraten.«

»Danke, Cara.« Richard lachte. »Ich wette, das war nicht einfach.«

Kahlan mußte ebenfalls lachen. »Aber es ist wunderschön. Das alles hat Fräulein Wellington für dich angefertigt?«

»Nun, nicht alles. Ich erklärte ihr, was ich wollte, und dann ging sie zusammen mit den anderen Näherinnen an die Arbeit. Ich glaube, sie haben ihre Sache sehr gut gemacht.«

»Ich werde ihr meine Bewunderung aussprechen. Und sie vielleicht sogar in den Arm nehmen.« Kahlan prüfte das Cape zwischen Daumen und Zeigefinger. »Es ist wirklich wundervoll. So etwas Prächtiges habe ich noch nie gesehen. Ich kann kaum glauben, daß sie das angefertigt hat.«

»Na ja, hat sie auch nicht«, gestand Richard ein. »Dies und einige andere Dinge stammen aus der Burg der Zauberer.«

»Aus der Burg! Was hattest du dort oben zu suchen?«

»Ich war bei meinem ersten Besuch dort auf die Zimmer gestoßen, in denen früher die Zauberer gelebt haben. Also ging ich zurück, um mir einige ihrer Besitztümer näher anzusehen.«

»Wann war das?«

»Vor ein paar Tagen. Während du damit beschäftigt warst, dich mit einigen offiziellen Vertretern unserer neuen Verbündeten zu treffen.«

Kahlans Stirn zog sich zusammen, als sie seine Kleider bewunderte. »Die Zauberer haben früher so etwas getragen? Ich dachte, Zauberer tragen stets schlichte Gewänder?«

»Die meisten von ihnen, ja. Einer jedoch trug solche Kleidung.«

»Und welche Art Zauberer?«

»Ein Kriegszauberer.«

»Ein Kriegszauberer«, staunte sie leise. Obwohl Richard im allgemeinen nicht wußte, wie er seine Gabe benutzen sollte, so war er dennoch der erste Kriegszauberer seit dreitausend Jahren.

Kahlan wollte anfangen, ihn mit Fragen zu überhäufen, dann fiel ihr ein, daß zur Zeit wichtigere Probleme anstanden. Ihre Miene wurde düster. »Richard« – sie brachte es nicht fertig, ihm nicht in die Augen sehen – »hier ist jemand, der dich sprechen will …«

Sie hörte, wie die Schlafzimmertür knarrte.

»Richard?« Nadine stand in der Tür und verdrehte erwartungsvoll ihr Taschentuch zwischen den Fingern. »Ich habe Richards Stimme gehört.«

»Nadine?«

Nadines Augen wurden so groß wie Sanderianische Goldkronen. »Richard.«

Richard setzte ein höfliches Lächeln auf. »Nadine.« Jedenfalls lächelte sein Mund.

In seinen Augen dagegen war nicht die Spur eines Lächelns zu sehen. Es war der streitlustigste Blick, den Kahlan je auf seinem Gesicht gesehen hatte. Kahlan hatte Richard wütend gesehen, sie hatte ihn im tödlichen Zorn der Magie des Schwertes der Wahrheit erlebt, und sie hatte ihn mit dem tödlich ruhigen Gesichtsausdruck gesehen, wenn er die Klinge weiß erglühen ließ. Im Ungestüm aus Pflicht und Entschlossenheit konnte Richard durchaus gefährlich wirken.

Aber kein Ausdruck, den sie auf seinem Gesicht erblickt hatte, war Kahlan so furchterregend vorgekommen wie der, den er jetzt trug.

Es war weder die tödliche Wut, die von seinen Augen Besitz ergriffen hatte, noch seine todbringende Pflichtversessenheit. Dies war etwas Schlimmeres. Es war beängstigend, wie tief das Desinteresse reichte, das in diesem leeren Lächeln, in seinen Augen, zum Ausdruck kam.

Etwas Schlimmeres hätte Kahlan sich nur vorstellen können, wenn ein solcher Blick ihr gegolten hätte. Wäre dieser so gänzlich leidenschaftslose Blick auf sie gerichtet gewesen, er hätte ihr das Herz gebrochen.

Offenbar kannte Nadine Richard nicht so gut wie Kahlan. Sie sah nur das Lächeln auf seinen Lippen.

»Oh, Richard!«

Die Frau eilte quer durchs Zimmer und warf ihm die Arme um den Hals. Sie schien gewillt, auch ihre Beine um Richard zu schlingen. Kahlan hielt Cara sofort mit dem Arm zurück, bevor die Mord-Sith auch nur einen Schritt machen konnte.

Kahlan mußte sich zwingen, standhaft zu bleiben und ihre Zunge im Zaum zu halten. Was immer Richard und sie einander bedeuteten, sie wußte, hier geschah etwas, auf das sie keinen Einfluß hatte. Dies war Richards Vergangenheit, und so gut sie ihn auch kannte, ein Teil dieser Vergangenheit – jedenfalls seiner romantischen Vergangenheit – war für sie weitgehend Neuland. Bis zu diesem Augenblick schien dies keine Rolle gespielt zu haben.

Aus Angst, das Falsche zu sagen, schwieg Kahlan. Ihr Schicksal lag in Richards Hand und in den Händen einer schönen Frau, die in diesem Augenblick an seinem Hals hing – aber schlimmer noch, ihr Schicksal schien wieder einmal in Shotas Händen zu liegen.

Nadine begann, Richards Hals mit Küssen zu überhäufen, er hingegen versuchte seinen Kopf von ihr fortzudrehen. Er faßte sie an den Hüften und schob sie zurück.

»Nadine, was tust du hier?«

»Nach dir suchen, du Dummer«, sagte sie ganz außer Atem. »Seit deinem Verschwinden letzten Herbst sind alle ganz durcheinander – und besorgt. Mein Vater hat dich vermißt – ich habe dich vermißt. Keiner von uns wußte, was dir zugestoßen war. Zedd ist auch verschwunden. Die Grenze war gefallen, und dann plötzlich wart ihr alle verschwunden – du, Zedd und dein Bruder. Ich weiß, du warst völlig aus dem Gleichgewicht, als dein Vater umgebracht wurde, aber wir hätten nicht gedacht, daß du einfach fortläufst.« In ihrer atemlosen Aufgeregtheit reihte sie ohne Pause ein Wort ans andere.

»Na ja, das ist eine lange Geschichte, und ich bin nicht sicher, ob sie dich interessieren würde.«

Wie Richard gesagt hatte, schien sie kein Wort mitzubekommen und redete munter weiter drauflos.

»Anfangs mußte ich mich um so viel kümmern. Ich mußte Lindy Hamilton überreden, daß sie die Winterknollen für Vater besorgt. Er war ganz außer sich, weil du nicht da warst, um ihm einige dieser besonderen Pflanzen zu bringen, die er braucht und die offenbar nur du finden kannst. Ich tat, was ich konnte, aber ich kenne mich in den Wäldern nicht so gut aus wie du. Er hofft, daß Lindy einspringen kann, bis ich dich nach Hause bringe. Dann mußte ich mir überlegen, was ich mitnehmen und wie ich mich zurechtfinden sollte. Ich habe so lange gesucht. Hierher kam ich, weil ich einen gewissen Lord Rahl sprechen wollte, in der Hoffnung, er könnte mir helfen, dich zu finden. Ich hätte mir nie im Leben träumen lassen, daß ich dich finde, noch bevor ich ihn gesprochen habe.«

»Ich bin Lord Rahl.«

Auch das schien sie nicht mitzubekommen. Sie trat einen Schritt zurück und betrachtete ihn von Kopf bis Fuß. »Was soll dieser Aufzug, Richard? Wen willst du damit darstellen? Zieh dich um. Wir gehen nach Hause. Jetzt, wo ich dich gefunden habe, ist alles wieder in Ordnung. Bald werden wir wieder zu Hause sein, und alles wird wieder wie früher. Wir werden heiraten und –«

»Was?«

Sie blinzelte verwundert. »Heiraten. Wir werden heiraten und ein Haus haben und was sonst noch dazugehört. Du kannst uns ein besseres bauen – dein altes wird nicht groß genug sein. Wir werden Kinder haben. Jede Menge Kinder. Söhne. Jede Menge Söhne. Groß und stark wie mein Richard.« Sie strahlte. »Ich liebe dich, mein Richard. Endlich werden wir heiraten.«

Sein Lächeln, so leer es gewesen war, war vollends erloschen, und an seine Stelle trat ein ernster, finsterer Blick. »Wie kommst du nur auf eine solche Idee?«

Nadine lachte und strich ihm spielerisch mit dem Finger über die Brust. Endlich sah sie sich um. Niemand sonst lächelte auch nur. Das Lachen verging ihr, und sie versuchte, sich in Richards Blick zu flüchten.

»Aber Richard, du und ich. Natürlich werden wir heiraten. Endlich. So wie es immer hatte sein sollen.«

Cara beugte sich zu Kahlan und flüsterte ihr leise etwas ins Ohr. »Ihr hättet mir erlauben sollen, sie zu töten.«

Richards zornig funkelnder Blick verscheuchte das gemeine Feixen der Mord-Sith und bewirkte, daß ihr das Blut aus dem Gesicht wich. Er wandte sich wieder Nadine zu.

»Wie kommst du auf diese Idee?«

Nadine musterte erneut seine Kleidung. »Du siehst albern aus in diesen Kleidern, Richard. Ich frage mich, ob du auch nur einen Funken Verstand besitzt. Was hat das zu bedeuten, wieso spielst du den König? Und *woher* hast du dieses Schwert? Ich weiß, Richard, du würdest niemals stehlen, aber du hast längst nicht genug Geld für eine solche Waffe. Wenn du es bei einer Wette oder so gewonnen hast, könntest du es verkaufen, damit wir –«

Richard packte sie an den Schultern und schüttelte sie. »Nadine, wir waren nicht einmal verlobt, nicht im entferntesten. Wie kommst du auf eine so verrückte Idee? Was tust du hier?«

Endlich ging ihr angesichts seines Blicks der Schwung verloren. »Richard, ich habe eine weite Reise hinter mir. Zuvor war ich noch nie außerhalb von Kernland. Die Fahrt war beschwerlich. Bedeutet dir das denn gar nichts? Zählt das alles nichts? Ich wäre niemals aufgebrochen, wenn ich dich nicht hätte holen wollen. Ich liebe dich, Richard.«

Ulic, einer der beiden hünenhaften Leibwächter von Richard, mußte sich bücken, als er durch die Tür trat. »Lord Rahl, wenn Ihr einen Moment Zeit hättet, General Kerson hat ein Problem und muß Euch dringend sprechen.«

Richard bedachte den hoch aufgeschossenen Ulic mit einem wutentbrannten Blick. »Augenblick noch.«

Ulic, der es nicht gewohnt war, daß Richard ihn so bedrohlich ansah oder auf diese Weise mit ihm sprach, verbeugte sich. »Ich werde es ihm ausrichten, Lord Rahl.«

Verwirrt verfolgte Nadine, wie sich der Muskelberg beim Hinausgehen wieder unter der Tür hindurchduckte. »Lord Rahl? Richard, wovon im Namen der Guten Seelen hat der Mann gesprochen? In welche Schwierigkeiten hast du dich jetzt wieder hineingeritten? Du warst immer so vernünftig. Was hast du getan? Warum versuchst du diese Menschen hinters Licht zu führen? Wessen Rolle spielst du hier?«

Er schien sich ein wenig beruhigt zu haben, und in seiner Stimme schwang ein abgespannter Unterton mit. »Nadine, das ist eine lange Geschichte, und ich bin nicht in der Stimmung, sie ausgerechnet jetzt noch einmal zu erzählen. Ich fürchte, ich bin nicht mehr derselbe … es ist lange her, daß ich von zu Hause fortgegangen bin. Seitdem ist viel passiert. Tut mir leid, daß du eine so weite Reise vergeblich gemacht hast, aber was einmal zwischen uns war –«

Kahlan hatte einen hilflos-verlegenen Blick in ihre Richtung erwartet, doch der blieb aus.

Nadine trat einen Schritt zurück. Sie betrachtete die Gesichter, die sie umgaben: Kahlan, Cara, Berdine, Raina und die massige, stumme Gestalt von Egan hinten an der Tür.

Sie warf die Hände in die Höhe. »Was ist nur mit euch allen los? Was denkt ihr eigentlich, wer dieser Mann ist? Das ist Richard Cypher, mein Richard! Er ist Waldführer – ein Niemand! Er ist nur ein einfacher Junge aus Kernland, der so tut, als sei er jemand Wichtiges. Das ist er aber nicht! Habt ihr Narren keine Augen im Kopf? Das ist mein Richard, und wir sind einander versprochen.«

Schließlich brach Cara das Schweigen. »Wir wissen alle recht gut, wer dieser Mann ist. Ihr offenbar nicht. Er ist Lord Rahl, der Herrscher D'Haras und der Regent der früheren Midlands. Auf jeden Fall ist er der Herrscher all jener Länder, die sich ihm bis jetzt ergeben haben. Jeder in diesem Raum, wenn nicht in dieser Stadt, würde sein Leben geben, um ihn zu beschützen. Wir alle schulden ihm mehr als unsere Treue, wir schulden ihm unser Leben.«

»Wir können alle nur der sein, der wir sind«, erklärte Richard an Nadine gewandt, »nicht mehr und nicht weniger. Das hat mir eine kluge Frau einmal erklärt.«

Nadine machte flüsternd ihrer Fassungslosigkeit Luft, doch Kahlan konnte nicht verstehen, was sie sagte.

Richard legte Kahlan den Arm um die Hüfte. Sie sah in dieser zärtlichen Berührung ein Zeichen des Trostes und der Liebe und empfand auf einmal eine tiefgreifende Trauer für diese Frau, die hier vor wildfremden Menschen stand und ihr Herz ausschüttete.

»Nadine«, sagte Richard ruhig, »das ist Kahlan, die kluge Frau, die ich meine. Die Frau, die ich liebe. Kahlan, nicht Nadine. Kahlan und ich werden bald heiraten. Wir werden in Kürze aufbrechen, um von den Schlammenschen getraut zu werden. Nichts auf der Welt wird daran etwas ändern.«

Nadine schien Angst zu haben, den Blick von Richard zu lösen, so als befürchtete sie, alles könne Wirklichkeit werden, sobald sie es tat.

»Von den Schlammenschen? Was bei allen Guten Seelen sind Schlammenschen? Klingt ja grauenhaft. Richard, du …« Sie schien ihren ganzen Mut zusammenzunehmen. Sie preßte die Lippen aufeinander und zog plötzlich ein finsteres Gesicht. Sie drohte ihm mit dem Zeigefinger.

»Richard Cypher, ich habe keine Ahnung, was für ein dummes Spiel du spielst, aber das lasse ich mir nicht bieten! Hör mir gut zu, du Riesendummkopf, du gehst jetzt und packst deine Sachen! Wir gehen nach Hause!«

»Ich bin zu Hause, Nadine.«

Schließlich fiel Nadine keine Erwiderung mehr ein.

»Nadine, wer hat dir das alles eingeredet … diese Geschichte mit der Hochzeit?«

Das Feuer war aus ihr heraus. »Eine Mystikerin mit Namen Shota.«

Kahlan versteifte sich, als sie den Namen hörte. Shota war die eigentliche Bedrohung. Egal, was Nadine sagte oder wollte, es war die Hexe, die die Macht besaß, ihnen Ärger zu bereiten.

»Shota!« Richard fuhr sich mit der Hand übers Gesicht. »Shota. Das hätte ich mir denken können.«

Und dann tat er etwas, das Kahlan überhaupt nicht erwartet hatte: Er lachte leise in sich hinein. Da stand er, vor ihrer aller Augen, warf den Kopf in den Nacken und lachte los.

Irgendwie schmolzen dadurch Kahlans Befürchtungen wie durch Magie dahin. Wie Richard Shotas Plan einfach mit einem Lachen abtat, verlieh der Bedrohung etwas Belangloses. Plötzlich faßte sie wieder Mut. Er hatte gesagt, daß die Schlammenschen sie trauen würden, und daß Shota etwas dagegen hatte, war nicht mehr wert als ein Lachen. Richard drückte sie liebevoll noch fester an sich. Sie spürte, wie ihre Wangen sich spannten und sie selbst lachen mußte.

Richard machte eine entschuldigende Handbewegung. »Tut mir leid, Nadine, ich lache nicht über dich. Es ist nur so, Shota spielt uns schon seit langem ihre kleinen Streiche. Es ist nicht schön, daß sie dich für ihre Intrigen ausnutzt, doch das ist auch nur wieder einer ihrer jämmerlichen Streiche. Sie ist eine Hexe!«

»Eine Hexe?« flüsterte Nadine entgeistert.

Richard nickte. »In der Vergangenheit ist es ihr ein paar Mal gelungen, uns mit ihren kleinen Dramen hinters Licht zu führen, diesmal allerdings nicht. Was Shota sagt, interessiert mich nicht. Ich bin nicht mehr bereit, ihre Spielchen mitzuspielen.«

Nadine wirkte völlig verwirrt. »Eine Hexe? Magie? Ich wurde von Magie beeinflußt? Aber sie sagte doch, der Himmel habe zu ihr gesprochen.«

»Hat sie das? Also, von mir aus kann der Schöpfer persönlich zu ihr gesprochen haben.«

»Sie meinte, der Wind mache Jagd auf dich. Da habe ich mich um dich gesorgt. Ich wollte dir helfen.«

»Der Wind macht Jagd auf mich? Also, irgend etwas fällt ihr immer ein.«

Nadine wich seinem Blick aus. »Und was wird jetzt aus uns …?«

»Nadine, es gibt kein ›uns‹.« Sein Ton nahm wieder seine alte Schärfe an. »Ausgerechnet du solltest das eigentlich wissen.«

Sie reckte empört ihr Kinn nach vorn. »Ich weiß gar nicht, wovon du sprichst.«

Er betrachtete sie lange, so als überlege er, ob er ihr noch mehr erklären sollte, was er aber dann nicht tat. «Ganz wie du willst, Nadine.«

Zum ersten Mal empfand Kahlan so etwas wie Verlegenheit. Was immer dieser Wortwechsel zu bedeuten hatte, sie kam sich wie ein Eindringling vor, weil sie dabei zuhörte. Auch Richard wirkte betreten. »Tut mir leid, Nadine, doch ich muß mich um andere Angelegenheiten kümmern. Wenn du für deine Heimkehr Hilfe brauchst, werde ich sehen, was ich tun kann. Was immer du brauchst – Pferde oder Proviant, was auch immer. Erzähle allen in Kernland, daß es mir gut geht, und bestelle allen meine besten Grüße.«

Er wandte sich an den wartenden Ulic. »Ist General Kerson hier?«

»Jawohl, Lord Rahl.«

Richard trat einen Schritt auf die Tür zu. »Dann werde ich ihn wohl am besten mal fragen, was er auf dem Herzen hat.«

General Kerson trat sofort ein, als er seinen Namen hörte. Er hatte unmittelbar vor der Tür gewartet. Ergrauend, doch muskulös und austrainiert und einen Kopf kleiner als Richard, bot er in seiner Uniform aus gewienertem Leder eine beeindruckende Erscheinung. Auf seinen Oberarmen befanden sich die Narben seines Ranges, deren leuchtend weiße Furchen durch die kurzen Ärmel seines Kettenhemdes schimmerten.

Er schlug sich zum Salut die Faust vor die Brust. »Lord Rahl, ich muß Euch sprechen.«

»Also gut, bitte.«

Der General zögerte. »Ich meine, unter vier Augen, Lord Rahl.«

Richard war offensichtlich nicht bei Laune, die Zeit mit diesem Mann zu vertrödeln. »Hier gibt es keine Spione. Sprecht.«

»Es geht um die Männer, Lord Rahl. Viele von ihnen sind krank.«

»Krank? Was fehlt ihnen?«

»Nun ja, Lord Rahl, sie … das heißt …«

Richards Stirn legte sich in Falten. »Redet schon.«

»Lord Rahl,« – General Kerson ließ den Blick über die Frauen wandern, dann räusperte er sich – »über die Hälfte meiner Armee ist, nun, dienstuntauglich. Die Männer sind aufgrund von Durchfall völlig entkräftet.«

Richards Stirn entspannte sich. »Oh. Das tut mir leid. Hoffentlich geht es ihnen bald wieder besser. Das ist wirklich eine schlimme Sache.«

»Und in der Armee durchaus nichts Ungewöhnliches. In diesem Ausmaß allerdings schon. Und weil es so weit verbreitet ist, muß etwas unternommen werden.«

»Nun, dann sorgt dafür, daß sie reichlich zu trinken bekommen. Haltet mich auf dem laufenden. Berichtet mir, wie es ihnen geht.«

»Es muß etwas geschehen, Lord Rahl. *Sofort.* Dieser Zustand ist untragbar.«

»Es ist doch nicht so, als hätten sie Fleckenfieber, General.«

General Kerson verschränkte die Hände hinter dem Rücken und atmete tief durch. »Lord Rahl. Bevor er nach Süden zog, erklärte General Reibisch uns, Ihr wolltet, daß wir Offiziere Euch offen sagen, was wir für wichtig erachten. Er sagte, Ihr hättet ihm mitgeteilt, wenn Euch nicht gefiele, was wir zu sagen hätten, könntet Ihr durchaus zornig werden, würdet uns aber nicht dafür bestrafen, daß wir unsere Ansicht äußern. Er meinte, Ihr wolltet deshalb unsere Meinung hören, weil wir im Umgang mit den Soldaten und im Befehligen einer Armee erfahrener seien als Ihr.«

Richard fuhr sich mit der Hand über den Mund. »Ihr habt recht, General. Also, was ist an der Sache so ungeheuer wichtig?«

»Ich bin einer der Helden des Aufstandes in der Provinz Shinavont, Lord Rahl. Das liegt in D'Hara. Ich war damals Leutnant. Wir waren fünfhundert, und durch einen Zufall stießen wir auf die siebentausend Mann starke Truppe der Aufständischen, die in einem lichten Waldstück ihr Lager aufgeschlagen hatten. Wir griffen im ersten Licht des Tages an und hatten den Aufstand niedergeschlagen, bevor sich der Abend senkte. Bei Sonnenuntergang gab es keine Aufständischen aus Shinavont mehr.«

»Sehr beeindruckend, General.«

General Kerson zuckte die Achseln. »Genaugenommen nicht. Fast alle ihrer Soldaten hatten die Hosen heruntergelassen. Habt Ihr jemals versucht, mit Darmkrämpfen zu kämpfen?«

Richard gab zu, nein, daß er das nicht hatte. »Alle nannten uns Helden. Aber man muß kein Held sein, um einem Mann den Schädel zu spalten, wenn er vom Durchfall so benommen ist, daß er kaum den Kopf heben kann. Ich war nicht stolz auf das, was wir getan hatten. Es war unsere Pflicht, und wir haben den Aufstand niedergeschlagen und zweifellos jenes größere Blutvergießen verhindert, das gefolgt wäre, wenn ihre Truppen genesen und uns entkommen wären. Keiner kann sagen, was sie getan hätten, wie viele noch den Tod gefunden hätten.

Doch soweit kam es ja nicht. Wir metzelten sie nieder, weil sie unter Ruhr litten und sich nicht auf den Beinen halten konnten.« Er machte eine ausladende Armbewegung, mit der er das umliegende Land zu umfassen schien. »Unsere Armee ist unvollzählig, da General Reibisch nach Süden aufgebrochen ist. Der Rest ist nicht einsatzfähig. Irgend etwas muß geschehen. Falls uns in dieser Situation ein entsprechend starker Feind angreift, bekommen wir Probleme. Wir könnten Aydindril verlieren.

Ich wäre Euch dankbar, wenn Ihr eine Lösung wüßtet, wie sich die Lage verbessern ließe.«

»Warum kommt Ihr damit zu mir? Habt Ihr keine Heiler?«

»Die Heiler, die wir haben, behandeln Wunden, die durch Stahl hervorgerufen werden. Wir sind zu einigen der Kräuterhändler und Heiler hier in Aydindril gegangen, aber die waren nicht annähernd in der Lage, so viele Menschen zu versorgen.« Er zuckte die Achseln. »Ihr seid Lord Rahl. Ich dachte, Ihr wüßtet vielleicht, was zu tun ist.«

»Ihr habt recht. Die Kräuterhändler haben sicher keine Arzneien in diesen Mengen vorrätig.« Richard faßte sich ans Kinn und dachte nach. »Knoblauch hilft, vorausgesetzt, man ißt genug davon. Blaubeeren wären ebenfalls hilfreich. Sorgt dafür, daß die Männer reichlich Knoblauch essen und ergänzt ihn mit Blaubeeren. Die müßten in der Gegend in ausreichender Menge wachsen.«

Der General beugte sich vor und runzelte zweifelnd die Stirn. »Knoblauch und Blaubeeren. Ist das Euer Ernst?«

»Mein Großvater hat mich über Kräuter und ihre Verwendung unterrichtet. Glaubt mir, General, es wird helfen. Dazu müssen die Männer reichlich Tannintee aus der Rinde der Löscheiche trinken. Knoblauch, Blaubeeren und Löscheichentee sollten Abhilfe schaffen.« Richard blickte über die Schulter. »Hab' ich recht, Nadine?«

Sie nickte. »Es wird genügen, aber einfacher wäre es, wenn du ihnen zusätzlich Pulver aus gemahlenem Wiesenknöterich geben würdest.«

»Daran habe ich auch schon gedacht, zu dieser Jahreszeit werden wir jedoch keinen Wiesenknöterich finden, und die Kräuterhändler haben bestimmt nicht annähernd genug davon vorrätig.«

»In pulverisiertem Zustand braucht man nicht so viel davon, außerdem würde es am besten helfen«, meinte Nadine. »Um wieviel Männer geht es, General?«

»Dem letzten Bericht zufolge handelt es sich um etwa fünfzigtausend Mann«, sagte der General. »Und jetzt? Wer weiß.«

Nadine zog verblüfft die Augenbrauen hoch, als sie die Zahl hörte. »So viel Wiesenknöterich habe ich in meinem ganzen Leben noch nicht gesehen. Die Männer würden alt werden, bevor man ausreichend gesammelt hätte. Dann hat Richard recht: Knoblauch, Blaubeeren und Löscheichentee. Beinwelltee würde auch funktionieren, aber diese Mengen wird niemand auf Lager haben. Löscheichentee ist Eure beste Wahl, aber er ist schwer zu finden. Wenn keine Löscheichen verfügbar sind, wäre Pfeilholz besser als nichts.«

»Nein«, wandte Richard ein. »Oben auf den hochgelegenen Bergrücken im Nordosten habe ich Löscheichen gesehen.«

General Kerson kratzte sich am Stoppelbart. »Was ist Löscheiche?«

»Eine Eichenart. Die Eichenart, die das enthält, was Eure Männer brauchen. Sie hat eine gelbliche Innenrinde, aus der man einen Kräutertee brauen kann.«

»Ein Baum also. Lord Rahl, ich kann zehn unterschiedliche Stahlsorten durch einfaches Anfassen bestimmen, aber ich könnte einen Baum selbst dann nicht vom anderen unterscheiden, wenn ich ein zweites Augenpaar hätte.«

»Ihr habt doch sicher Leute, die sich mit Bäumen auskennen.«

»Richard«, sagte Nadine, »Löscheiche, so heißt sie bei uns in Kernland. Auf dem Weg hierher habe ich Wurzeln und Pflanzen gesammelt, deren Namen ich kenne, die aber von den Leuten, die mir begegnet sind, anders bezeichnet wurden. Wenn diese Soldaten Tee aus der falschen Rinde trinken, können wir bestenfalls darauf hoffen, daß es nichts schadet, aber damit wäre das Problem nicht gelöst. Der Knoblauch und die Blaubeeren sind gut für ihren Darm, vor allem brauchen sie jedoch Ersatz für die verlorene Flüssigkeit. Der Tee hilft ihnen, den Wasserverlust gering zu halten, und richtet sie gesundheitlich wieder auf.«

»Ja, ich weiß.« Er rieb sich die Augen. »General, stellt ein Kommando zusammen, ungefähr fünfhundert Wagen, sowie zusätzliche Packtiere, für den Fall, daß wir mit den Wagen nicht bis ganz vor Ort kommen. Ich weiß, wo die Bäume stehen, ich werde Euch hinaufführen.« Richard lachte still in sich hinein. »Einmal Waldführer, immer Waldführer.«

»Die Männer werden zu schätzen wissen, daß Lord Rahl um ihr Wohlergehen so besorgt ist«, sagte der General. »Jedenfalls weiß ich es zu schätzen, Lord Rahl.«

»Danke, General. Tragt alles Nötige zusammen, ich werde in

Kürze bei den Ställen zu Euch stoßen. Ich möchte vor Einbruch der Dunkelheit wenigstens noch bis hinauf in die Berge gelangen. Die Pässe sind nicht der richtige Ort, um dort im Dunkeln herumzuirren. Erst recht nicht, wenn man Wagen dabei hat. Der Mond ist zwar beinahe voll, aber selbst das wird nicht genügen.«

»Wir werden marschbereit sein, bevor Ihr kommt, Lord Rahl.«

Ein knapper Faustschlag auf sein Herz, dann war der General verschwunden. Richard warf Nadine ein weiteres leeres Lächeln zu. »Danke für deine Hilfe.«

Und dann lenkte er seine Aufmerksamkeit auf die rotgekleidete Mord-Sith.

6. Kapitel

Richard faßte Cara am Kinn und drehte ihr Gesicht, um die blutende Platzwunde auf ihrer Wange besser betrachten zu können.

»Was ist denn das?«

Als er sie losließ, sah sie zu Kahlan hinüber. »Ein Mann hat meine Annäherungsversuche zurückgewiesen.«

»Ach, ja? Vielleicht hat ihm Eure Wahl des roten Leders nicht gefallen.«

Richard blickte Kahlan an. »Was ist hier los? Sämtliche Wachen im Palast sind so nervös, daß sie sogar von mir die Losung wissen wollten, als ich hereinkam. Gruppen von Bogenschützen bewachen die Treppenhäuser, und seit dem Angriff des Lebensborns auf die Stadt habe ich nicht mehr so viel blankgezogenen Stahl gesehen.«

Seine Augen nahmen wieder diesen Raubvogelblick an. »Wer steckt unten in der Grube?«

»Ich habe Euch gewarnt«, flüsterte Cara Kahlan zu, »er findet immer alles heraus.«

Kahlan hatte Cara gebeten, Marlin nicht zu erwähnen, denn sie befürchtete, er könnte Richard auf irgendeine Weise etwas antun. Doch nachdem der Mann ausgeplaudert hatte, daß es einen zweiten gedungenen Mörder gab, hatte sich die Lage grundlegend geändert. Sie mußte Richard über die Schwester der Finsternis in Kenntnis setzen.

»Ein Meuchelmörder ist aufgetaucht, der dich umbringen will.« Kahlan deutete mit einem Nicken auf Cara. »Fräulein Wundersam hier hat ihn dazu verleitet, seine Gabe gegen sie einzusetzen, damit sie ihn gefangennehmen konnte. Wir haben ihn sicherheitshalber runter in die Grube geschafft.«

Richard sah kurz zu Cara hinüber, dann wandte er sich an Kahlan. »Fräulein Wundersam, ja? Warum hast du zugelassen, daß sie das tut?«

»Er sagte, er wolle dich töten. Cara beschloß, ihn auf ihre Weise ins Gebet zu nehmen.«

»War das wirklich nötig?« fragte er Cara. »Wir haben hier eine ganze Armee. Ein einzelner Mann kann unmöglich bis zu mir vordringen.«

»Er sagte, er habe ebenfalls die Absicht, die Mutter Konfessor zu töten.«

Richards Gesicht verfinsterte sich. »Dann will ich hoffen, daß Ihr Euch nicht von Eurer sanften Seite gezeigt habt.«

Cara lächelte. »Nein, Lord Rahl.«

»Es kommt noch schlimmer, Richard«, wandte Kahlan ein. »Er ist ein Zauberer aus dem Palast der Propheten. Er sagt, er sei zusammen mit einer Schwester der Finsternis hergekommen. Wir haben sie noch nicht entdeckt.«

»Eine Schwester der Finsternis. Großartig. Wie hast du herausgefunden, daß dieser Mann ein gedungener Mörder ist?«

»Ob du es glaubst oder nicht, er hat sich selbst gestellt. Er behauptet, Jagang habe ihn geschickt, um dich und mich zu töten. Sein Befehl lautet, sich zu stellen, sobald er den Palast der Konfessoren erreicht habe.«

»Dann sollte er uns auch nicht töten! So dumm ist Jagang nicht. Was soll diese Schwester der Finsternis hier in Aydindril tun? Hat er gesagt, daß sie auch hier sei, um uns zu töten, oder ist sie in einer anderen Absicht hergekommen?«

»Das schien Marlin nicht zu wissen«, sagte Kahlan. »Nach dem, was Cara ihm angetan hat, glaube ich ihm.«

»Wie heißt die Schwester? Wie lautet ihr Name?«

»Marlin wußte ihren Namen nicht.«

Richard nickte. »Kann sein. Wie lange war er in der Stadt, bevor er sich gestellt hat?«

»Das weiß ich nicht genau. Vermutlich ein paar Tage.«

»Warum ist er dann nicht unmittelbar nach ihrem Eintreffen in den Palast gekommen?«

»Das weiß ich ebenfalls nicht«, sagte Kahlan. »Ich habe ihn nicht ... danach gefragt.«

»Wie lange war er mit der Schwester zusammen? Was haben sie während ihres Aufenthaltes hier gemacht?«

»Ich weiß es nicht.« Kahlan zögerte. »Ich glaube, ich habe einfach nicht daran gedacht, ihn danach zu fragen.«

»Nun, falls er mit ihr zusammen gekommen ist, muß sie *irgend etwas* mit ihm gesprochen haben. Die Verantwortung lag mit Sicherheit bei ihr. Was hat sie zu ihm gesagt?«

»Das weiß ich nicht.«

Es war der Sucher, nicht Richard, der ihr diese Fragen stellte. Kahlan glühten die Ohren, dabei hob er weder die Stimme, noch schlug er seinen bedrohlichen Ton an. »Ich habe nicht daran gedacht, ihn danach zu fragen.«

»Was taten sie in der Zeit, als sie zusammen waren? Hatte sie etwas bei sich? Hat sie etwas gekauft, irgend etwas in ihren Besitz gebracht oder mit jemandem gesprochen, der am Ende auch zu ihrer Bande gehört? Hatten sie den Auftrag, sonst noch jemanden zu ermorden?«

»Das ... weiß ich ... nicht.«

Richard fuhr sich durch die Haare. »Man schickt nicht einfach einen Meuchelmörder los und erklärt ihm, er solle sich den Wachen vor der Tür des Opfers stellen. Damit erreicht man bestenfalls, daß der Mörder getötet wird. Vielleicht hat Jagang den Mann noch einen anderen Auftrag ausführen lassen, bevor er den Palast betrat. Anschließend sollte Marlin hierherkommen, damit wir ihn töten und auf diese Weise jede Möglichkeit zunichte machen herauszufinden, was tatsächlich gespielt wird, bevor die Schwester der Finsternis den eigentlichen Plan durchführt. Jagang ist es mit Sicherheit vollkommen gleichgültig, wenn wir eine seiner Marionetten töten – davon hat er noch jede Menge. Außerdem bedeutet ihm ein Menschenleben nichts.«

Kahlan verdrehte verlegen die Finger hinter ihrem Rücken. Sie fühlte sich so töricht. Richards zerfurchte Stirn über den durchdringenden, grauen Augen war auch nicht gerade eine Hilfe.

»Richard, wir wußten ebensogut wie Marlin, daß hier oben eine Frau war, die darum bat, dich sprechen zu dürfen. Wir wußten nicht, wer Nadine war. Marlin kannte den Namen der Schwester nicht, aber er gab uns eine Beschreibung: jung, hübsch, langes, braunes Haar. Wir hatten Angst, Nadine könnte diese Schwester sein, hier mitten unter uns, deshalb ließen wir Marlin dort unten zurück und eilten sofort hierher, um uns um Nadine zu kümmern. Das hatte oberste Priorität: der Schwester der Finsternis das Handwerk zu legen, falls sie sich im Palast befindet. Wir werden Marlin diese Fragen später stellen. Er wird noch eine Weile bei uns bleiben.«

Richards Raubvogelblick wurde versöhnlicher, und er atmete nachdenklich durch. Schließlich nickte er. »Du hast richtig gehandelt. Du hast recht, diese Fragen sind nicht so wichtig. Tut mir leid, mir hätte klar sein müssen, daß du das Beste tun wirst.« Er hob warnend den Zeigefinger. »Aber diesen Marlin überläßt du mir.«

Nun richtete Richard seinen Raubvogelblick auf Cara. »Ich möchte nicht, daß Ihr oder Kahlan zu ihm hinuntergeht. Verstanden? Es könnte etwas passieren.«

Cara hätte, ohne zu fragen, ihr Leben hergegeben, um seins zu schützen, ihrem wütenden Blick nach zu urteilen war sie es allerdings allmählich leid, daß man ihre Fähigkeiten anzweifelte. »Und wie gefährlich war der große, starke Mann am Ende von Dennas

Leine, als sie ihn ungestraft in aller Öffentlichkeit durch den Palast des Volkes in D'Hara führte? Brauchte sie nicht einfach nur ein wenig am Ende der Kette ihres kleinen Spielgefährten unter ihrem Gürtel zu ziehen, um zu beweisen, daß sie ihn völlig in ihrer Gewalt hatte? Hat er auch nur ein einziges Mal gewagt, diese Hundeleine ein wenig unter Spannung zu setzen?«

Der Mann am Ende dieser Leine war Richard gewesen.

In Caras blauen Augen blitzte Empörung auf – ein Blitz aus heiterem Himmel. Kahlan erwartete fast, daß Richard vor Zorn sein Schwert zöge. Statt dessen sah er sie an, als höre er unbeteiligt zu, wie sie ihre Meinung äußerte, und als warte er lediglich darauf, ob sie noch etwas hinzuzufügen hatte. Hatten Mord-Sith Angst davor, erschlagen zu werden, oder gefiel ihnen so etwas, fragte sich Kahlan.

»Lord Rahl, ich bin im Besitz seiner Kraft. Es kann nichts passieren.«

»Davon bin ich überzeugt. Ich zweifele nicht an Euren Fähigkeiten, Cara, trotzdem darf sich Kahlan nicht unnötig einer Gefahr aussetzen, wie unwahrscheinlich diese Gefahr auch sein mag. Ihr und ich, wir werden diesen Marlin verhören, sobald wir zurück sind. Ich vertraue Euch mein Leben an, doch Kahlans Leben möchte ich nicht einfach einer häßlichen Laune des Schicksals anvertrauen.

Jagang hat die Möglichkeit übersehen, daß es hier Mord-Sith gibt. Wahrscheinlich weiß er nicht genug über die Neue Welt und schon gar nicht, was eine Mord-Sith überhaupt ist. Er hat einen Fehler gemacht. Ich will einfach sichergehen, daß wir nicht auch einen machen. Einverstanden? Wenn ich zurückkomme, werden wir Marlin verhören und herausfinden, was wirklich gespielt wird.«

So schnell es entstanden war, so schnell verschwand das Gewitter in Caras Augen auch wieder. Richard hatte es mit seiner ruhigen Art im Keim erstickt, und Sekunden später schien es, als wäre nichts geschehen. Kahlan war nicht einmal mehr sicher, ob Cara die wüsten Dinge tatsächlich gesagt hatte, die sie gehört hatte. Fast jedenfalls.

Sie wünschte sich, die Angelegenheit mit Marlin besser überdacht zu haben, als sie noch Gelegenheit dazu hatte. Bei Richard sah das alles so einfach aus. Wahrscheinlich war sie deswegen so besorgt um ihn, weil sie einfach nicht klar dachte. Das war verkehrt. Sie durfte nicht zulassen, daß die Sorge ihren Verstand beeinträchtigte, denn damit beschwor sie eben jenes Unheil herauf, das sie so fürchtete.

Richard legte Kahlan die Hand in den Nacken und gab ihr einen Kuß auf die Stirn. »Glücklicherweise ist dir nichts zugestoßen. Du machst mir angst, wenn du dir in den Kopf setzt, mein Leben mit deinem zu beschützen. Tu das nie wieder.«

Kahlan lächelte. Sie versprach es nicht, sondern wechselte stattdessen das Thema. »Ich mache mir Sorgen, weil du den sicheren Palast verlassen willst. Es gefällt mir nicht, daß du da draußen bist, während sich eine Schwester der Finsternis hier herumtreibt.«

»Ich komme schon zurecht.«

»Aber der jarianische Botschafter ist hier, zusammen mit den Abgesandten aus Grennidon. Sie verfügen über riesige Armeen. Es sind auch noch ein paar andere hier, aus kleineren Ländern – Mardovia, Pendisan und Togressa. Sie alle erwarten, dich heute abend zu sehen.«

Richard hakte einen Daumen hinter seinen breiten Ledergürtel. »Hör zu, sie können sich dir ergeben. Entweder sind sie für uns oder gegen uns. Es ist nicht erforderlich, daß sie mich sprechen, sie müssen nur den Bedingungen der Kapitulation zustimmen.«

Kahlan legte ihm die Hand auf den Arm. »Aber du bist Lord Rahl, der Herrscher D'Haras. Du hast die Bedingungen gestellt. Sie erwarten dich zu sehen.«

»Dann werden sie bis morgen abend warten müssen. Unsere Männer gehen vor. General Kerson hat recht: Wenn die Männer nicht in der Lage sind zu kämpfen, haben wir ein Problem. Die d'Haranische

Armee ist der Hauptgrund dafür, daß die Länder zur Kapitulation bereit sind. Wir dürfen keine Führungsschwäche zeigen.«

»Aber ich will nicht schon wieder von dir getrennt werden«, wandte sie leise ein.

Richard lächelte. «Ich weiß. Mir geht es genauso, aber diese Angelegenheit ist wichig.«

»Versprich mir, vorsichtig zu sein.«

Sein Lächeln wurde breiter. »Ich verspreche es. Du weißt, daß Zauberer ihr Versprechen stets halten.«

»Also gut, von mir aus. Nur sei schnell wieder zurück.«

»Bestimmt. Und du halte dich von diesem Marlin fern.«

Er wandte sich an die anderen. »Cara, Ihr und Raina bleibt hier, zusammen mit Egan. Ulic, tut mir leid, daß ich dich angeschrien habe. Ich werde es wiedergutmachen, indem ich dir erlaube, mich zu begleiten, damit du mich mit deinen großen blauen Augen bewachen und mir Schuldgefühle bereiten kannst.« Er wandte sich an die letzte aus der Gruppe. »Berdine, ich weiß, daß Ihr mir das Leben zur Hölle machen werdet, wenn ich nicht wenigstens eine von Euch mitnehme. Also dürft Ihr mich begleiten.«

Berdine sah Nadine grinsend an. »Ich bin Lord Rahls Liebling.«

Nadine schien eher sprachlos als beeindruckt zu sein, wie schon während des gesamten vorangegangenen Gesprächs. Schließlich richtete sie einen stolzen, überheblichen Blick auf Richard und verschränkte die Arme über ihren Brüsten.

»Und – willst du mich jetzt auch herumkommandieren? Wirst du mir jetzt auch sagen, was ich tun soll, wie es dir bei den anderen soviel Spaß zu machen scheint?«

Richard wurde nicht etwa wütend, wie Kahlan nach der Beleidigung vermutet hätte, sondern wirkte gelangweilter als je zuvor.

»Viele Menschen kämpfen für unsere Freiheit. Sie kämpfen, um zu verhindern, daß die Imperiale Ordnung die Midlands, D'Hara und schließlich auch Westland unterjocht. Ich führe die an, die bereit sind, für ihre Freiheit und im Namen jener unschuldigen Menschen zu streiten, die andernfalls versklavt werden würden. Ich führe sie an, weil die Umstände mir den Befehl übertragen haben, nicht um der Macht willen oder weil ich Freude daran habe. Ich tue es, weil ich es tun muß.

Meinen Feinden oder möglichen Gegnern stelle ich Forderungen. Denen, die mir treu ergeben sind, erteile ich Befehle.

Du bist weder das eine noch das andere, Nadine. Tu, was du willst.«

Ihre Sommersprossen waren nicht mehr zu erkennen, so rot leuchteten ihre Wangen.

Richard zog sein Schwert einige Zoll weit heraus und ließ es wieder zurückgleiten. Ohne es zu merken, vergewisserte er sich, daß die Klinge locker in der Scheide saß. »Berdine, Ulic, holt eure Sachen. Wir treffen uns draußen bei den Stallungen.«

Richard nahm Kahlan bei der Hand und zog sie zur Tür. »Ich muß mit der Mutter Konfessor sprechen. Allein.«

Richard führte Kahlan durch den Gang, in dem es von muskulösen, schwerbewaffneten d'Haranischen Wachen in dunkler Lederkleidung und Kettenhemden nur so wimmelte, in einen leeren Seitengang. Er zog sie um die Ecke unter eine silberne Lampe und drückte sie mit dem Rücken gegen eine Wand, die mit vom Alter nachgedunkeltem Kirschbaumholz getäfelt war.

Mit der Fingerspitze tippte er ihr sachte auf die Nase. »Ich konnte nicht einfach aufbrechen, ohne mich mit einem Kuß von dir zu verabschieden.«

Kahlan mußte schmunzeln. »Wolltest du mich vor den Augen einer alten Freundin nicht küssen?«

»Du bist die einzige Frau, die ich liebe. Die einzige, die ich je geliebt habe.« Richard verzog verärgert das Gesicht. »Jetzt weißt du, wie es wäre, wenn einer deiner alten Verehrer auftauchen würde.«

»Nein, das weiß ich nicht.«

Einen Augenblick lang machte er ein verständnisloses Gesicht, dann errötete er. »Entschuldige. Das war unüberlegt von mir.«

Konfessoren hatten in ihrer Jugend keine Verehrer.

Die vorsätzliche Berührung durch einen Konfessor vernichtete den Willen eines Menschen und hinterließ nur geistlose Ergebenheit eben jenem Konfessor gegenüber, der denjenigen mit seiner Kraft berührt hatte. Ein Konfessor mußte seine Kraft stets im Zaum halten, damit sie nicht versehentlich freigesetzt wurde. Im allgemeinen war das nicht schwer – die Kraft eines Konfessors wuchs mit seinem Älterwerden, und da diese Frauen mit ihrer Magie geboren wurden, war ihnen die Fähigkeit, sie zu beherrschen, so selbstverständlich wie das Atmen.

In den Fängen der Leidenschaft jedoch, einer Erfahrung, mit der sie eben nicht aufgewachsen waren, konnte ein Konfessor diese Zurückhaltung nicht aufrechterhalten. Auf dem wilden, zügellosen Höhepunkt der Leidenschaft würde ein Konfessor den Verstand ihres Geliebten, ohne es zu wollen, zerstören.

Selbst wenn sie es wollten, hatten Konfessoren keine anderen Freunde als Konfessoren. Die Menschen fürchteten sich vor ihnen, fürchteten sich vor ihrer Kraft, und zwar vor allem Männer. Kein Mann wagte, sich einer von ihnen bis auf Reichweite zu nähern.

Konfessoren hatten keine Liebhaber.

Ein Konfessor wählte ihren Gefährten nach den Eigenschaften aus, die sie sich für ihre Tochter wünschte, danach, was für ein Vater dieser Mann sein würde. Liebe spielte bei dieser Entscheidung niemals eine Rolle, denn in der Vereinigung würde der Betreffende vernichtet werden. Niemand heiratete freiwillig einen Konfessor, ein Konfessor wählte den Gefährten aus und überwältigte ihn vor der Heirat mit Magie. Männer fürchteten Konfessoren, die noch keinen Gefährten erwählt hatten. Sie gingen unter ihnen um wie ein Zerstörer, wie ein Raubtier, das es auf Männer abgesehen hatte.

Allein Richard war es gelungen, diese Magie zu besiegen. Seine unvergleichliche Liebe für Kahlan hatte ihre Kraft noch übertroffen. Kahlan war der einzige Konfessor, der je von einem Mann geliebt wurde und dessen Liebe auch erwidern konnte. Ihr Leben lang hatte sie sich nicht vorstellen können, die erhabenste menschliche Sehnsucht zu erfüllen: die Liebe.

Sie hatte gehört, daß es im Leben eines Menschen nur eine wahre Liebe gebe. Bei Richard war dies mehr als ein Sprichwort: es war die nackte, kalte Wahrheit.

Mehr als alles andere jedoch liebte sie ihn ganz einfach nur, hilflos, voll und ganz. Daß er sie liebte und sie zusammensein konnten, machte sie gelegentlich ganz benommen vor Ungläubigkeit.

Sie fuhr mit ihrem Finger über seinen ledernen Waffengurt. »Du denkst also nie an sie? Du fragst dich nicht …?«

»Nein. Hör zu. Ich kenne Nadine, seit sie klein war. Ihr Vater, Cecil Brighton, verkauft Kräuter und Arzneien. Ich brachte ihm hin und wieder seltene Pflanzen. Er gab mir Bescheid, wenn er etwas brauchte, es aber nicht finden konnte. Während ich als Waldführer unterwegs war, hielt ich dann ein Auge nach diesen Dingen offen.

Nadine wollte immer wie ihr Vater sein, sie wollte lernen, welche Kräuter den Menschen helfen, und sie wollte in seinem Laden arbeiten. Manchmal begleitete sie mich, um zu lernen, wie man bestimmte Pflanzen findet.«

»Sie hat dich nur begleitet, um Pflanzen zu suchen?«

»Das nicht gerade. Ein wenig mehr war schon dabei. Ich – na ja – dann und wann besuchte ich sie und ihre Eltern. Ich ging mit ihr spazieren, auch wenn ihr Vater mich nicht gebeten hatte, ein bestimmtes Kraut zu suchen. Vergangenen Sommer, bevor du nach Kernland kamst, tanzte ich auf dem Mittsommernachtsfest mit ihr. Ich mochte sie. Trotzdem habe ich ihr nie Grund zur Annahme gegeben, ich wolle sie heiraten.«

Kahlan lächelte und beschloß, daß er sich nicht länger umständlich winden solle. Sie schlang ihm die Arme um den Hals und küßte ihn. Kurz mußte sie daran denken, was er zu Nadine gesagt hatte, an das, was da vielleicht noch gewesen war, dann drehte sich ihr der Kopf vom Gefühl der kräftigen Arme, die sie hielten, und von seinen zarten Lippen auf den ihren. Seine Zunge spielte zärtlich über ihre Zähne, und sie erwiderte seinen Kuß. Seine große Hand glitt an ihrem Rücken hinab und zog sie fest an seinen Körper.

Plötzlich stieß sie ihn zurück. »Richard«, fuhr sie atemlos auf, »was ist mit Shota? Was ist, wenn sie Ärger macht?«

Richard kniff die Augen zusammen und versuchte, die Lüsternheit aus ihnen zu verbannen. »Zur Unterwelt mit Shota!«

»Aber so viel Ärger sie auch gemacht hat, in der Vergangenheit schien sich immer ein Körnchen Wahrheit hinter ihren Worten zu verbergen. Sie hat auf ihre Weise versucht zu tun, was getan werden mußte.«

»Sie kann unsere Heirat nicht verhindern.«

»Ich weiß, aber –«

»Wir werden heiraten, sobald ich zurück bin, und damit Schluß.« Verglichen mit seinem Lächeln mußte ein Sonnenaufgang trostlos wirken. »Ich will dich endlich in dem großen, roten Bett, das du mir ständig versprichst.«

»Aber wie können wir jetzt sofort heiraten, wenn nicht hier? Bis zu den Schlammenschen ist es ein weiter Weg. Wir haben dem Vogelmann, Weselan und Savidlin und all den anderen versprochen, daß wir als Schlammenschen getraut werden wollen. Chandalen hat mich auf meiner Reise hierher beschützt, und ich verdanke ihm mein Leben. Weselan hat mir mit ihren eigenen Händen ein prachtvolles, blaues Hochzeitskleid genäht, aus einem Stoff, für den sie wahrscheinlich viele Jahre hart gearbeitet hat. Sie haben uns aufgenommen. Sie haben uns zu Schlammenschen erklärt und große Opfer auf sich genommen. Viele haben für unsere Sache ihr Leben gelassen.

Ich weiß, es ist nicht gerade die Art Hochzeit, die sich eine Frau erträumt – ein ganzes Dorf halbnackter, mit Schlamm beschmierter Menschen, die um Freudenfeuer herumtanzen und die Seelen bitten, zwei Menschen aus ihrem Volk heimzusuchen, dazu ein Fest feiern, das sich tagelang hinzieht, mit eigenartigen Trommeln und rituellen Tänzern, die irgendwelche Geschichten szenisch darstellen, und was sonst noch alles ... aber es wird wenigstens eine Zeremonie sein, die von Herzen kommt.

Im Augenblick können wir Aydindril unmöglich verlassen und uns auf den langen Weg zu den Schlammenschen machen, nur weil uns danach zumute ist. Hier sind alle auf uns angewiesen. Wir befinden uns im Krieg.«

Richard drückte ihr zärtlich einen Kuß auf die Stirn. »Ich weiß. Ich will genau wie du, daß die Schlammenschen unsere Hochzeit ausrichten. Und das werden sie auch. Vertrau mir. Ich bin der Sucher. Ich denke viel darüber nach. Ich habe bereits ein paar Ideen.« Er seufzte. »Doch jetzt muß ich los. Kümmere dich um alles, Mutter Konfessor. Morgen bin ich zurück. Versprochen.«

Sie umarmte ihn so fest, daß ihr die Arme schmerzten.

Schließlich löste er sich von ihr und sah ihr in die Augen. »Ich muß aufbrechen, bevor es noch später wird, sonst kommt es auf den Bergpässen in der Dunkelheit noch zu Unfällen.« Er hielt inne. »Falls ... sollte Nadine etwas brauchen, würdest du dich darum kümmern? Ein Pferd, Lebensmittel, Vorräte, was auch immer. Sie ist kein schlechter Mensch. Ich wünsche ihr nichts Böses. Sie hat nicht verdient, was Shota ihr angetan hat.«

Kahlan nickte und legte ihren Kopf an seine Brust. Sie konnte sein Herz klopfen hören. »Danke, daß du dir diese Kleider für die Hochzeit besorgt hast. Du siehst besser aus als je zuvor.«

Sie schloß die Augen, so sehr hatten sie die Worte geschmerzt, die sie vorhin im roten Zimmer gehört hatte. »Wieso bist du eigentlich nicht zornig geworden, als Cara diese grausamen Dinge sagte?«

»Weil ich genau weiß, was man ihnen angetan hat. Ich habe mich selbst in dieser Welt des Irrsinns aufgehalten. Haß hätte mich vernichtet, gerettet hat mich nur die Versöhnlichkeit des Herzens. Jetzt will ich nicht, daß der Haß sie zerstört. Ich will nicht, daß ein paar Worte zunichte machen, was ich ihnen zu geben versuche. Sie sollen Vertrauen lernen. Und manchmal geht das nur, indem man es jemandem schenkt.«

»Vielleicht hat es ja schon etwas genützt. Trotz allem, was Cara eben sagte, heute morgen gab sie ein paar Dinge von sich, die mich glauben machen, daß die Mord-Sith begriffen haben.« Kahlan lächelte und versuchte, dem Thema eine etwas freundlichere Seite abzugewinnen. »Wie ich hörte, warst du heute mit Berdine und Raina draußen und hast Backenhörnchen abgerichtet.«

»Backenhörnchen zähmen ist nicht schwer. Ich habe etwas erheblich Schwierigeres versucht, ich habe versucht, Mord-Sith zu zähmen.« Er klang ernst, was den Eindruck nahelegte, daß er mit den Gedanken ganz woanders war. »Du hättest Berdine und Raina sehen sollen. Sie haben herumgealbert wie junge Mädchen. Ich hätte bei dem Anblick fast angefangen zu weinen.«

Kahlan staunte und lächelte. »Und ich dachte, du würdest da draußen einfach nur deine Zeit verschwenden. Wie viele Mord-Sith befinden sich außer ihnen noch im Palast des Volkes in D'Hara?«

»Dutzende.«

»Dutzende.« Eine erschreckende Vorstellung. »Wenigstens gibt es Backenhörnchen in Hülle und Fülle.«

Er strich ihr übers Haar und drückte ihre Hand an seine Brust. »Ich liebe dich, Kahlan Amnell. Danke für deine Geduld.«

»Ich liebe dich auch, Richard Rahl.« Sie packte seine Jacke und schmiegte sich an ihn. »Shota macht mir noch immer Sorgen, Richard. Versprich mir, daß du mich ganz bestimmt heiraten wirst.«

Er lachte kurz auf und küßte sie auf den Scheitel.

»Ich liebe dich mehr, als ich jemals in Worte fassen kann. Es gibt keine andere außer dir, weder Nadine noch sonst jemanden. Das schwöre ich bei meiner Gabe. Du bist die einzige, die ich jemals lieben werde. Versprochen.«

Sie hörte, wie ihr Herz bis in die Ohren pochte. Das war nicht das Versprechen, um das sie ihn gebeten hatte.

Er löste sich von ihr. »Ich muß aufbrechen.«

»Aber …«

Er warf einen Blick um die Ecke hinter ihnen. »Was denn? Ich muß los.«

Sie scheuchte ihn mit einer Handbewegung fort. »Geh schon. Und komm schnell zu mir zurück.«

Er warf ihr einen Handkuß zu, dann war er fort. Sie lehnte sich mit der Schulter an die Ecke, sah zu, wie sein wallendes Cape den Gang entlang verschwand, und lauschte auf das leise Klirren der Kettenhemden und Waffen und auf den Stiefeltritt der Gruppe Soldaten, die ihm im Schlepptau folgte.

7. Kapitel

Die beiden Mord-Sith, die zurückgeblieben waren, warteten mit Egan im roten Zimmer. Die Tür zum Schlafzimmer war geschlossen.

»Raina, Egan, ich möchte, daß Ihr Richard beschützt«, verkündete Kahlan, als sie den Raum betrat.

»Lord Rahl hat uns aufgetragen, bei Euch zu bleiben, Mutter Konfessor«, sagte Raina.

Kahlan runzelte die Stirn. »Seit wann befolgt Ihr Lord Rahls Befehle, wenn es darum geht, ihn zu beschützen?«

Raina grinste boshaft – ein seltener Anblick. »Uns soll es recht sein. Aber er wird wütend sein, daß wir Euch alleine gelassen haben.«

»Ich habe Cara und einen ganzen Palast voller Wachen, der von Soldaten geradezu umzingelt ist. Die größte Gefahr für mich besteht darin, daß mir einer dieser hünenhaften Wachsoldaten auf die Füße tritt. Richard hat nur fünfhundert Mann, dazu Berdine und Ulic. Ich mache mir Sorgen um ihn.«

»Und wenn er uns zurückschickt?«

»Sagt ihm … sagt ihm … Augenblick.«

Kahlan ging durchs Zimmer zum Mahagonischreibtisch und nahm Papier, Tinte und Feder unter dem Deckel hervor. Sie tauchte die Feder ein, beugte sich vor und schrieb: *Halte dich warm und schlafe gut. Im Frühjahr wird es kalt in den Bergen. Ich liebe dich – Kahlan.*

Sie faltete das Blatt und reichte es Raina. »Folgt ihm in einem gewissen Abstand. Wartet, bis sie ihr Lager aufgeschlagen haben, dann überbringt ihm diese Nachricht. Erklärt ihm, ich habe Euch gesagt, sie sei wichtig. Es wird dunkel sein, und in der Dunkelheit wird er Euch nicht zurückschicken.«

Raina öffnete zwei Knöpfe an der Seite ihres Lederanzuges und schob den Brief zwischen ihre Brüste. »Er wird trotzdem böse sein, allerdings auf Euch.«

Kahlan lächelte. »Das macht mir keine Angst. Ich weiß, wie ich ihn besänftigen kann.«

Raina lächelte verschwörerisch. »Das habe ich bemerkt.« Sie warf einen Blick über die Schulter auf den zufrieden wirkenden Egan. »Tun wir unsere Pflicht und überbringen wir Lord Rahl die Nachricht der Mutter Konfessor. Wir müssen uns ein paar langsame Pferde besorgen.«

Nachdem sie gegangen waren, sah Kahlan kurz die wachsame Cara an, dann klopfte sie an die Schlafzimmertür.

»Herein«, war Nadines gedämpfte Stimme zu hören.

Cara folgte Kahlan ins Zimmer. Die Mutter Konfessor hatte nichts dagegen. Sie wußte, selbst wenn sie Cara gebeten hätte, draußen zu warten, hätte diese die Anweisung nicht befolgt. Die Mord-Sith taten stets das, was sie für erforderlich hielten, gleichgültig, was man ihnen sagte.

Nadine sortierte die Gegenstände in ihrem abgewetzten Reisebeutel. Sie hielt den Kopf gesenkt und schaute in den Beutel hinein, und ihr dichtes Haar hing um ihren Kopf herab, so daß man ihr Gesicht nicht sehen konnte. In gewissen Abständen schob sie ihr Taschentuch unter diesen Vorhang aus Haaren.

»Alles in Ordnung mit Euch, Nadine?«

Nadine schniefte, sah aber nicht auf. »Falls Ihr es in Ordnung findet, wenn man sich zum größten Narren macht, geht es mir einfach prächtig, glaube ich.«

»Shota hat mich auch schon einmal zum Narren gehalten. Ich weiß, wie Ihr Euch fühlt.«

»Natürlich.«

»Braucht Ihr etwas? Richard möchte, daß Ihr alles bekommt, was Ihr benötigt. Er ist um Euch besorgt.«

»Daß ich nicht lache. Ich soll bloß aus Euren eleganten Gemächern verschwinden und mich auf den Weg nach Hause machen.«

»Das ist nicht wahr, Nadine. Er hat mir gesagt, Ihr seid ein netter Mensch.«

Schließlich richtete sich Nadine auf und strich einen Teil ihres Haars über die Schulter nach hinten. Sie putzte sich die Nase und stopfte das Taschentuch in eine Tasche ihres blauen Kleides.

»Entschuldigt. Ihr habt mich bestimmt gehaßt. Ich hatte nicht die Absicht, hier hereinzuplatzen und Euch den Mann wegzunehmen. Ich hatte ja keine Ahnung. Ich schwöre es, ich hatte keine Ahnung, sonst hätte ich das nicht getan. Ich dachte … Na ja, ich dachte, er wollte …« Das Wort ›mich‹ ging in den Tränen unter.

Während Kahlan versuchte, sich das niederschmetternde Gefühl vorzustellen, Richards Liebe zu verlieren, kam bei ihr so etwas wie Mitgefühl auf. Sie nahm Nadine tröstend in die Arme und drückte sie sanft aufs Bett. Nadine holte ihr Taschentuch wieder hervor und preßte es sich schluchzend auf die Nase.

Kahlan setzte sich neben die Frau aufs Bett. »Warum erzählt Ihr mir nicht von Euch und Richard, wenn Ihr Euch dann besser fühlt? Manchmal tut es gut, wenn einem jemand zuhört.«

»Ich komme mir so töricht vor.« Nadine ließ die Hände in den Schoß fallen und machte den Versuch, ihre Tränen unter Kontrolle zu bekommen. »Ich bin selber schuld. Ich habe Richard immer gemocht. Jeder mochte Richard. Er ist zu allen freundlich. So wie heute habe ich ihn noch nie erlebt. Er hat sich wohl sehr verändert.«

»Er hat sich in mancherlei Hinsicht verändert«, stimmte Kahlan zu. »Sogar seit letzten Herbst, als ich ihm zum erstenmal begegnet bin. Er hat viel durchgemacht. Er mußte sein altes Leben aufgeben, und die Ereignisse haben ihn auf eine harte Probe gestellt. Er mußte lernen, wie man um sein Leben kämpft. Er mußte sich der Tatsache stellen, daß George Cypher nicht sein richtiger Vater ist.«

Nadine hob erstaunt den Kopf. »George war nicht sein Vater? Wer dann? Ein Mann namens Rahl?«

Kahlan nickte. »Darken Rahl. Der Führer D'Haras.«

»D'Hara. Bis zum Fall der Grenze dachte ich immer, D'Hara sei ein Ort des Bösen.«

»Das war es auch«, gab Kahlan ihr recht. »Darken Rahl war ein gewalttätiger Herrscher, der danach trachtete, mit Hilfe von Folter und Mord Land zu erobern. Er ließ Richard gefangennehmen und fast zu Tode quälen. Richards Bruder Michael hatte ihn an Darken Rahl verraten.«

»Michael? Also, das überrascht mich wirklich nicht. Richard liebte Michael. Der ist ein wichtiger Mann, aber er hat so einen häßlichen Charakterzug. Wenn er etwas will, ist ihm egal, wem er damit weh tut. Zwar hatte niemand den Mumm, es offen auszusprechen, aber ich glaube nicht, daß irgend jemand allzu unglücklich war, als er verschwand und nicht mehr wiederkam.«

»Er starb in der Schlacht gegen Darken Rahl.«

Auch über diese Neuigkeit schien Nadine nicht sonderlich betrübt. Kahlan erwähnte nicht, daß Richard Michael hatte hinrichten lassen, weil er so viele Schutzbefohlene verraten hatte und für den Tod Unzähliger verantwortlich war.

»Darken Rahl versuchte, eine Magie zu benutzen, die jeden unter seiner Herrschaft zum Sklaven gemacht hätte. Richard floh, tötete seinen richtigen Vater und rettete uns alle. Darken Rahl war ein Zauberer.«

»Ein Zauberer! Und Richard hat ihn besiegt?«

»Ja. Wir alle stehen tief in seiner Schuld, weil er uns vor dem Schicksal bewahrt hat, das sein Vater der ganzen Welt zugedacht hatte.«

»Richard ist ebenfalls ein Zauberer?«

Nadine lachte, denn sie hielt das für einen Scherz. Kahlan lächelte nicht einmal. Cara stand mit versteinerter Miene da. Nadine machte große Augen.

»Das war Euer Ernst, nicht wahr?«

»Ja. Zedd war sein Großvater. Zedd war ein Zauberer, genau wie Richards richtiger Vater. Richard wurde mit der Gabe geboren, doch weiß er nicht viel darüber, wie er von ihr Gebrauch machen kann.«

»Zedd ist ebenfalls verschwunden.«

»Anfangs begleitete er uns. Er kämpfte gemeinsam mit uns und versuchte, Richard zu helfen, vor kurzem jedoch, während einer Schlacht, ist er verschwunden. Ich fürchte, er wurde oben bei der Burg der Zauberer getötet, auf dem Berg oberhalb von Aydindril. Richard will nicht glauben, daß Zedd tot ist.« Kahlan zuckte die Achseln. »Vielleicht hat er ja recht. Der alte Mann war der einfallsreichste Mensch, dem ich, abgesehen von Richard, je begegnet bin.«

Nadine wischte sich mit dem Taschentuch die Nase. »Richard und dieser verrückte alte Mann waren die allerbesten Freunde. Das meinte Richard vorhin, als er sagte, sein Großvater habe ihm alles über Kräuter beigebracht. Alle kommen zu meinem Vater, wenn sie Arzneien wollen. Mein Vater weiß so gut wie alles über Kräuter, und ich hoffe eines Tages auch nur die Hälfte seiner Kenntnisse zu besitzen. Mein Vater sagt aber immer, er wüßte gerne halb so viel wie der alte Zedd. Ich hatte keine Ahnung, daß Zedd Richards Großvater war.«

»Niemand wußte es, nicht einmal Richard selbst. Das ist eine lange Geschichte. Ich werde Euch ein paar der wichtigeren Einzelheiten erzählen.« Kahlan sah auf ihre Hände, die in ihrem Schoß lagen. »Nachdem Richard Darken Rahl Einhalt geboten hatte, wurde er von den Schwestern des Lichts in die Alte Welt verschleppt, damit sie ihn im Gebrauch der Gabe unterweisen konnten. Sie hielten ihn im Palast der Propheten gefangen, in einem Netz aus Magie, das den Lauf der Zeit verlangsamte. Über Jahrhunderte hätten sie ihn dort behalten. Wir dachten, er sei für uns verloren.

Wie sich herausstellte, war der Palast der Propheten von Schwestern der Finsternis unterwandert, deren Ziel darin bestand, den Hüter der Unterwelt zu befreien. Sie versuchten, Richard für diesen Zweck einzuspannen, er entkam ihnen jedoch und konnte ihre Pläne vereiteln. Dabei wurden die Türme der Verdammnis, die die Alte und die Neue Welt voneinander trennten, zerstört.

Jetzt wird Kaiser Jagang von der Imperialen Ordnung aus der Alten Welt nicht mehr von diesen Türmen in seiner Freiheit beschnitten und versucht, die gesamte Welt unter seine Herrschaft zu bringen. Er will Richards Tod, weil der seine Pläne vereitelt hatte. Jagang verfügt über Macht und eine gewaltige Armee. Wir wurden, ohne es zu wollen, in einen Krieg verwickelt, in dem es um unser aller Schicksal, unsere Freiheit und unsere nackte Existenz geht. In diesem Krieg ist Richard unser Anführer.

In seiner Eigenschaft als Oberster Zauberer ernannte Zedd Richard zum Sucher der Wahrheit. Dieser Titel stammt aus alter Zeit und wurde vor drei Jahrtausenden während des großen Krieges geschaffen. Es handelt sich dabei um eine feierliche Überantwortung der Rechtschaffenheit, die nur Zeiten größter Not gewährt wird. Ein Sucher ist nur seinem eigenen Gesetz verantwortlich und unterstreicht seine Autorität mit dem Schwert der Wahrheit und der in ihm enthaltenen Magie.

Gelegentlich streift uns alle das Schicksal auf eine Weise, die wir nicht immer verstehen. Aber Richard scheint es manchmal in tödlichem Griff zu haben.«

Nadine hatte die Augen aufgerissen, jetzt kniff sie sie endlich fassungslos zusammen. »Richard? Warum ausgerechnet Richard? Wieso steht er im Mittelpunkt all dieser Geschehnisse? Er ist doch bloß ein Waldführer. Er ist doch nur ein Niemand aus Kernland.«

»Daß junge Katzen im Kaminofen geboren werden, heißt nicht, daß sie dadurch zu Weckchen werden. Ganz gleich, wo sie geboren wurden, sie sind dazu bestimmt, aufzuwachsen und loszuziehen, um Ratten zu töten.

Richard ist eine ganz besondere Art Zauberer: ein Kriegszauberer. Er ist der erste Zauberer seit dreitausend Jahren, der mit beiden Seiten der Gabe geboren wurde: der Additiven und der Subtraktiven. Das alles hat er sich nicht ausgesucht. Er tut es, weil wir alle auf seine Hilfe angewiesen sind, um unsere Freiheit zu retten. Es ist nicht Richards Art, tatenlos danebenzustehen und mitanzusehen, wie anderen Menschen Leid angetan wird.«

Nadine schaute zur Seite. »Ich weiß.« Sie spielte ungeschickt mit dem Taschentuch in ihren Fingern. »Ich habe Euch vorhin ein bißchen angelogen.«

»Wann?«

Sie seufzte schwer. »Nun, als ich Euch von Tommy und Lester erzählte. Ich wollte, daß es sich so anhörte, als hätte ich ihnen die Schneidezähne ausgeschlagen. In Wahrheit war ich auf dem Weg zu Richard. Wir wollten spazierengehen und nach ahornblättriger Schlinge suchen. Mein Vater brauchte etwas von der Innenrinde für einen Absud für ein kleines Kind mit einer Kolik, und sie war ihm ausgegangen. Richard wußte, wo etwas davon wuchs.

Wie auch immer, auf dem Weg durch den Wald zu Richards Haus stieß ich auf Tommy Lancaster und seinen Freund Lester, die gerade von der Taubenjagd kamen. Tommys Annäherungsversuche habe ich vor den Augen einiger seiner Kumpels zurückgewiesen und ihn wie einen Tölpel aussehen lassen. Ich glaube, dabei habe ich ihm sogar eine Ohrfeige verpaßt und ihn beschimpft.

Das wollte er mir heimzahlen, als er mich im Wald traf. Er bat Lester, mich festzuhalten, und er … na ja, er hatte seine Hosen schon bis zu den Knien heruntergeschoben, da tauchte Richard auf. Tommy bekam sofort weiche Knie. Richard sagte, sie sollten machen, daß sie verschwinden, und er wolle ihren Vätern alles erzählen.

Statt Vernunft anzunehmen und tatsächlich zu verschwinden, beschlossen die beiden, ein paar Vogelpfeile auf Richard abzuschießen, um ihm eins auszuwischen, damit er sich in Zukunft gefälligst um seine eigenen Angelegenheiten kümmerte. Deswegen haben Tommy und Lester keine Schneidezähne mehr. Er sagte ihnen, das sei dafür, was sie mir hatten antun wollen. Dann zerbrach er ihre wertvollen Eibenholzbogen und erklärte, das sei für das, was sie ihm hatten antun wollen. Zu Tommy sagte er, wenn er noch einmal versuchen würde, mir so etwas anzutun, würde er ihm sein Dings abschneiden, Ihr wißt schon, was ich meine.«

Kahlan lächelte. »Das klingt ganz wie der Richard, den ich kenne. Das hört sich nicht so an, als hätte er sich sehr verändert. Nur sind die Tommys und Lesters mittlerweiler größer und gemeiner.«

Nadine zuckte zaghaft mit den Achseln. »Schon möglich.« Sie sah auf, als Cara ihr die Blechtasse hinhielt, die sie aus dem Krug auf dem Waschtisch gefüllt hatte. Nadine trank einen kleinen Schluck. »Ich kann nicht glauben, daß es Menschen gibt, die Richard tatsächlich umbringen wollen.« Sie lächelte naiv. »Selbst Tommy und Lester wollten ihm nur die Zähne ausschlagen.« Sie setzte die Tasse in ihren Schoß ab. »Und daß sein eigener Vater ihn töten wollte! Ihr sagtet, Darken Rahl habe Richard foltern lassen. Warum hat er das getan?«

Kahlan sah kurz Cara an. »Das ist Vergangenheit. Ich möchte keine Erinnerungen aufwühlen.«

Nadine errötete. »Tut mir leid. Fast hätte ich vergessen, daß er … und Ihr …« Sie wischte sich mit den Fingern eine frische Träne von der Wange. »Das ist einfach nicht gerecht.

Ihr« – Nadine machte eine verzweifelt wegwerfende Handbewegung – »Ihr habt einfach alles. Dieser, dieser Palast gehört Euch. Ich hätte nie geglaubt, daß es so was überhaupt gibt. Er sieht aus wie ein Traumbild aus der Welt der Seelen. Und Ihr besitzt so elegante und prächtige Kleider. In dem Kleid seht Ihr aus wie eine der Guten Seelen.«

Sie sah Kahlan in die Augen. »Außerdem seid Ihr so wunderschön. Das ist nicht gerecht. Ihr habt sogar wunderschöne grüne Augen. Meine Augen sind braun und stumpf. Bestimmt standen die Männer Euer Leben lang draußen vor dem Palast Schlange, weil sie um Eure Hand anhalten wollten. Sicher hattet Ihr mehr Verehrer, als die meisten Frauen sich zu erträumen wagen. Ihr habt alles. Ihr könntet Euch jeden Mann in den Midlands aussuchen … und dann sucht Ihr Euch einen aus meiner Heimat aus.«

»Liebe ist nicht immer gerecht, sie ist einfach da. Außerdem sind Eure Augen ebenfalls wunderschön.« Kahlan faltete die Hände und legte sie ums Knie. »Was meinte Richard, als er sagte, daß es kein ›uns‹ gebe und ausgerechnet Ihr das eigentlich wissen solltet?«

Nadine schloß die Augen und wandte sich ab. »Na ja, wahrscheinlich waren viele Mädchen in Kernland hinter Richard her, nicht bloß ich. Er war anders als die anderen. Er war etwas Besonderes. Ich weiß noch, wie er ungefähr zehn oder zwölf war und zwei Männer überredete, sich nicht zu schlagen. Er hatte schon immer eine ganz besondere Art. Er brachte die beiden Männer zum Lachen, und sie verließen den Laden meines Vaters Arm in Arm. Richard war schon immer etwas ganz Besonderes.«

»Daran erkennt man einen Zauberer«, meinte Kahlan. »Richard hatte also eine Menge Freundinnen?«

»Nein, eigentlich nicht. Er war zu jedermann freundlich, höflich und hilfsbereit, jedoch schien er sich nie in ein Mädchen zu verlieben. Das machte ihn nur noch begehrenswerter. Er hatte keine Liebste. Viele von uns Mädchen wollten diejenige sein, welche. Nachdem Tommy und Lester versucht hatten … mich … mich …, als sie etwas von mir wollten –«

»Als sie Euch vergewaltigen wollten.«

»Ja. Vermutlich war es in Wirklichkeit wohl eher das. Ich hatte nie glauben wollen, daß jemand mir so was wirklich antun könnte, einfach so – mich festhalten und Schluß. Wahrscheinlich haben sie genau das versucht: mich zu vergewaltigen.

Aber manche Leute nennen es nicht so. Manchmal, wenn ein Junge das einem Mädchen antut, dann hat er Anspruch auf sie erhoben, und die Eltern behaupten, es sei dazu gekommen, weil das Mädchen ihn dazu ermuntert habe. Dann zwingen sie das Mädchen und den Jungen zu heiraten, bevor sie erkennbar schwanger wird. Ich kenne Mädchen, die das tun mußten.

Für viele junge Menschen, vor allem solche auf dem Land, wird bereits vorab entschieden, wen sie zu heiraten haben. Manchmal gefällt einem Jungen das Mädchen aber nicht, das er heiraten soll, also erhebt er Anspruch auf die, die er will, so wie Tommy das bei mir versucht hat. Dann hofft er darauf, daß sie schwanger wird und ihn heiraten muß oder aber sie von ihren Eltern gezwungen wird, zu heiraten, weil sie verdorben wurde. Tommy hätte die dürre Rita Wellington heiraten sollen, dabei konnte er sie nicht ausstehen. Manchmal ermutigt das Mädchen einen Jungen wirklich dazu, weil ihr der Junge nicht gefällt, den die Eltern für sie ausgesucht haben. Meist jedoch tun die jungen Leute, was man von ihnen verlangt.

Meine Eltern haben nie für mich entschieden, manche Eltern sind eben so. Sie sagen, das führt ebenso oft ins Unglück wie ins Glück. Ihrer Meinung nach müsse ich selber wissen, was ich will. Viele der Mädchen, für die nicht entschieden wurde, wollten Richard. Einige, wie auch ich, warteten lange über den Zeitpunkt hinaus, wo sie schon heiraten und zwei- oder dreimal hätten Mütter werden sollen.

Nachdem Richard Tommy in die Schranken gewiesen hatte, behielt er mich immer irgendwie im Auge. Ich fing an zu glauben, es sei mehr, als daß er nur auf mich aufpaßte – endlich. Ich bildete mir schon ein, daß er wirklich mit mir zusammensein wolle. Es war, als sähe er mich wirklich als Frau und nicht als irgendein kleines Kind, auf das er aufpassen muß.

Letztes Jahr beim Mittsommernachtsfest war ich mir dann sicher. Er tanzte häufiger mit mir als mit jedem der anderen Mädchen. Alle wurden grün vor Neid. Vor allem, wenn er mich fest an sich drückte. Da, in diesem Augenblick, beschloß ich dann, daß er der Richtige sei. Er und kein anderer.

Ich nahm an, nach dem Fest würden sich die Dinge verändern und er würde mir sagen, daß ich ihm mehr bedeutete als früher. Ich dachte, er würde sich endlich einen Ruck geben und mir ernsthaft den Hof machen. Das tat er nicht.«

Nadine hielt die Tasse Wasser mit einer Hand zwischen den Knien und zerknüllte das Taschentuch zwischen den Fingern ihrer anderen Hand. »Es gab andere Jungs, die mir den Hof machten, und ich wollte meine Zukunft nicht wegwerfen, und für den Fall, daß Richard niemals zur Besinnung käme, setzte ich mir in den Kopf, ihm einen Schubs zu geben.«

»Einen Schubs?«

Nadine nickte. »Außer einigen der anderen Jungs war auch Richards Bruder Michael immer schon hinter mir her. Wahrscheinlich nur deshalb, weil er eifersüchtig auf Richard war. Zu der Zeit hatte ich gar nicht so viel dagegen, daß Michael mir den Hof machte. Ich kannte ihn nicht besonders gut, aber er war bereits im Begriff, etwas zu werden. Ich glaubte, Richard würde nie etwas anderes sein als ein Waldführer. Nicht, daß das schlecht ist. Ich bin auch niemand Besonderes. Richard liebte die Wälder.«

Kahlan mußte lächeln. »Er liebt sie noch immer. Wenn er könnte, würde er bestimmt am liebsten wieder ein einfacher Waldführer sein. Doch die Zeiten sind vorbei. Und was geschah dann?«

»Na ja, ich rechnete mir aus, wenn ich in Richard ein wenig die Eifersucht anstachelte, vielleicht würde er dann seine Unentschlossenheit ablegen und sich einen Schritt auf mich zubewegen. Manchmal brauchen Männer einen Schubs, sagt meine Mutter immer. Also habe ich ihm einen ordentlichen Schubs versetzt.«

Nadine räusperte sich. »Ich ließ mich dabei erwischen, wie ich Michael küßte, und sorgte dafür, daß er mitbekam, wieviel Spaß mir das bereitete.«

Kahlan atmete tief durch und runzelte die Stirn. Nadine war vielleicht mit Richard aufgewachsen, aber sie kannte ihn überhaupt nicht.

»Er wurde nicht mal wütend auf mich, geschweige denn eifersüchtig oder sonst was«, meinte Nadine. »Er war weiterhin freundlich zu mir, er paßte weiterhin auf mich auf, aber nach dieser Geschichte kam er nie mehr zu Besuch und fragte mich auch nie wieder, ob ich mit ihm spazierengehe. Als ich mit ihm darüber sprechen wollte, war er einfach nicht interessiert.«

Nadine starrte ins Leere. »Er hatte denselben Blick in den Augen wie heute. Diesen Blick, der bedeutet, daß es ihn einfach nicht kümmert. Ich wußte nie, was dieser Blick bedeutete, bis ich ihn heute wiedersah. Ich glaube, er hat sich wirklich etwas aus mir gemacht und erwartet, daß ich ihm meine Sympathie zeige, indem ich mich ihm gegenüber loyal verhalte. Ich dagegen habe ihn verraten.«

Nadine tupfte sich die Tränen aus den Augenwinkeln und seufzte tief. »Shota erzählte mir, daß Richard mich heiraten werde, und ich war so glücklich. Ich wollte es einfach nicht glauben, als er sagte, das sei gar nicht wahr. Ich wollte diesem Blick in seinen Augen nicht glauben, also versuchte ich mir vorzumachen, er hätte nichts zu bedeuten. Aber das stimmt nicht.«

»Es tut mir leid, Nadine«, sagte Kahlan leise.

Nadine stand auf und stellte die Tasse auf einen kleinen Tisch. Die Tränen liefen ihr über die Wangen. »Verzeiht, daß ich hier einfach so hereingeplatzt bin. Er liebt Euch, nicht mich. Mich hat er nie geliebt. Ich freue mich für Euch, Mutter Konfessor. Ihr habt einen guten Mann, der auf Euch aufpassen und Euch beschützen und immer freundlich zu Euch sein wird. Das weiß ich.«

Kahlan erhob sich, ergriff Nadines Hand und drückte sie zum Trost. »Kahlan. Ich heiße Kahlan.«

»Kahlan.« Nadine konnte ihr noch immer nicht in die Augen sehen. »Küßt er gut? Das habe ich mich stets gefragt, wenn ich des Nachts wach lag.«

»Wenn man jemanden von ganzem Herzen liebt, sind seine Küsse immer gut.«

»Wahrscheinlich. Mich hat nie jemand liebevoll geküßt. Jedenfalls nicht so, wie ich es mir erträumte.« Sie strich ihr Kleid glatt und bemühte sich, die Fassung wiederzufinden. »Das habe ich angezogen, weil Blau Richards Lieblingsfarbe ist. Ihr müßtet das eigentlich wissen – Blau ist seine Lieblingskleiderfarbe.«

»Ich weiß«, erwiderte Kahlan leise.

Nadine zog ihren Beutel näher heran. »Ich weiß gar nicht, was ich mir einbilde. Ich rede stundenlang über Dinge, die längst der Vergangenheit angehören.«

Nadine kramte in ihrem Beutel und holte ein kleines Stück Schafshorn mit einem Korken im viereckig geschnitzten Ende hervor. Sie zog den Korken heraus, tauchte einen Finger hinein und hielt ihn Cara hin.

Cara wich zurück. »Was glaubt Ihr eigentlich, was Ihr da tut?«

»Das ist eine Salbe aus Aumwurz, die das Brennen lindern soll, sowie Beinwell und Schafgarbe, damit die Blutung gestillt wird und die Wunde glatt verheilen kann. Die Platzwunde auf Eurer Wange blutet noch immer. Wenn das nicht reicht, dann habe ich noch etwas Fingerhut. Nicht nur die Bestandteile, sondern auch ihre Zusammensetzung, meint mein Vater, sind das Geheimnis der Wirkung einer Medizin.«

»Ich brauche das nicht«, sagte Cara.

»Ihr seid sehr hübsch. Ihr wollt doch keine Narbe zurückbehalten, oder?«

»Ich habe viele Narben. Man kann sie nur nicht sehen.«

»Wo sind sie?«

Caras Miene verfinsterte sich, aber Nadine ließ nicht locker.

»Also schön«, meinte Cara schließlich. »Setzt Eure Kräuter ein, wenn ich Euch dadurch loswerde. Aber ich werde mich nicht ausziehen, damit Ihr meine Wunden anschauen könnt.«

Nadine lächelte beteuernd, dann tupfte sie die bräunliche Paste auf Caras Wange. »Das zieht den Schmerz aus der Wunde. Es wird knapp eine Minute brennen, dann läßt es nach.«

Cara zuckte mit keiner Wimper. Das überraschte Nadine offenbar, denn sie zögerte kurz und sah ihr in die Augen, bevor sie fortfuhr. Als sie fertig war, verstopfte Nadine das Horn wieder mit dem Korken und legte es zurück in ihren Beutel.

Sie sah sich um. »Ich habe noch nie ein so wunderschönes Zimmer gesehen. Danke, daß ich es benutzen durfte.«

»Keine Ursache. Braucht Ihr etwas? Proviant ... irgend etwas anderes?«

Nadine schüttelte den Kopf, putzte sich ein letztes Mal die Nase und stopfte ihr Taschentuch zurück in den Beutel. Dann fiel ihr die Tasse ein. Sie stürzte den Rest Wasser hinunter und steckte auch sie in ihren Beutel.

»Die Reise ist ziemlich lang, ich habe jedoch noch etwas Silber übrig. Ich komme schon zurecht.«

Sie legte ihre Hand auf die Tasche und starrte auf ihre zitternden Finger. »Ich hätte nie gedacht, daß meine Reise auf diese Weise enden würde. Ich habe mich zum Gespött Kernlands gemacht, so wie ich Richard nachgelaufen bin.« Sie schluckte. »Was wird nur mein Vater sagen?«

»Hat Shota ihm auch erzählt, Ihr würdet Richard heiraten?«

»Nein, da hatte ich Shota noch nicht getroffen.«

»Was meint Ihr damit? Ich dachte, sie sei es gewesen, die Euch gesagt hat, Ihr sollt hierherkommen, um Richard zu heiraten.«

»Na ja« – Nadine lächelte verlegen – »ganz so war es nicht.«

»Verstehe.« Kahlan faltete die Hände. »Und wie war es dann?«

»Es klingt bestimmt albern – so als sei ich ein mondsüchtiges Mädchen von zwölf Jahren.«

»Erzählt es mir einfach, Nadine.«

Nadine dachte einen Augenblick lang nach, schließlich seufzte sie. »Wahrscheinlich spielt es keine Rolle. Ich bekam diese ... also ich weiß gar nicht, wie ich sie nennen soll. Ich sah Richard, oder besser, ich dachte, ich sähe Richard. Ich sah ihn aus den Augenwinkeln, drehte mich um, aber er war nicht da. So wie eines Tages, als ich im Wald unterwegs war und nach neuen Trieben suchte und ihn neben einem Baum stehen sah. Ich blieb also stehen, aber er war verschwunden.

Ich war jedesmal ganz sicher, daß er mich brauchte. Ich wußte nicht woher, trotzdem wußte ich es. Bestimmt steckte er in Schwierigkeiten. Daran hatte ich nie den geringsten Zweifel.

Ich erklärte meinen Eltern, daß Richard mich brauche und ich losziehen und ihm helfen müsse.«

»Und sie glaubten Euch. Sie glaubten an Eure Visionen? Sie haben Euch einfach aufbrechen lassen?«

»Na ja, ich habe es ihnen nie genau erklärt. Ich erzählte ihnen nur, Richard hätte eine Nachricht geschickt und brauche meine Hilfe und ich würde zu ihm gehen. Vermutlich habe ich, na ja, damit bei ihnen den Eindruck erweckt, ich wüßte, wohin ich ging.«

Allmählich dämmerte es Kahlan: Nadine schien niemandem je etwas ausführlich zu erklären. »Und dann erschien Shota?«

»Nein. Dann brach ich auf. Ich wußte, Richard brauchte mich, also machte ich mich auf den Weg.«

»Alleine? Ihr wolltet einfach losmarschieren und die gesamten Midlands nach ihm absuchen?«

Nadine zuckte verlegen die Achseln. »Auf die Idee, mich zu fragen, wie ich ihn finden wollte, bin ich gar nicht gekommen. Ich wußte, daß er mich brauchte, und ich hatte das Gefühl, es sei wichtig, daher zog ich los, um zu ihm zu gehen.« Sie lächelte, als wollte sie Kahlan beruhigen. »Ich ging geradewegs zu ihm – schnurgerade wie ein Pfeil. Es funktionierte alles wunderbar.« Ihre Wangen röteten sich. »Wenn man davon absieht, daß er mich nicht will, meine ich.«

»Nadine, hattet Ihr irgendwelche … seltsamen Träume? Damals oder jetzt?«

Nadine strich eine dicke Haarsträhne nach hinten. »Seltsame Träume? Nein, seltsame Träume nicht. Jedenfalls nicht seltsamer als andere Träume auch. Eben ganz normale Träume.«

»Was für ›normale Träume‹ habt Ihr?«

»Na ja, wenn man zum Beispiel träumt, man sei wieder klein und habe sich im Wald verlaufen und keiner der Wege führt dahin, wohin er sollte. Oder wenn man träumt, daß man die richtigen Zutaten für einen Kuchen nicht finden kann, also geht man in eine Höhle und borgt sie sich von einem Bär, der sprechen kann. Solche Sachen. Träume eben. Träume, in denen man fliegen oder unter Wasser atmen kann. Verrücktes Zeug. Aber eben nur Träume. Wie ich sie immer schon hatte. Nichts anderes.«

»Haben sie sich in der letzten Zeit verändert?«

»Nein. Wenn ich mich überhaupt an sie erinnere, dann sind es die gleichen.«

»Verstehe. Das klingt wirklich alles ziemlich normal.«

Nadine zog einen Umhang aus ihrem Beutel. »Ich denke, ich sollte jetzt besser aufbrechen. Mit etwas Glück bin ich zum Frühlingsfest wieder zu Hause.«

Kahlan runzelte die Stirn. »Ihr könnt von Glück reden, wenn Ihr es bis zum Mittsommernachtsfest schafft.«

Nadine lachte. »Das glaube ich kaum. Der Rückweg kann nicht

länger dauern als der Weg hierher. Etwa knapp zwei Wochen. Ich brach auf, kurz nachdem der Mond im zweiten Viertel stand, und er ist noch immer nicht voll.«

Die Mutter Konfessor starrte sie verwirrt an. »Zwei Wochen.« Nadine hätte Monate brauchen müssen, um den weiten Weg von Westland hierherzureisen, insbesondere, da er über das Rang'-Shada-Gebirge führte. »Euer Pferd muß Flügel gehabt haben.«

Nadine lachte amüsiert, dann erstarb ihr Lachen, und ihre glatte Stirn kräuselte sich. »Komisch, daß Ihr es erwähnt. Ich habe gar kein Pferd. Ich bin zu Fuß gegangen.«

»Zu Fuß«, wiederholte Kahlan fassungslos.

»Ja. Aber seit meinem Aufbruch hatte ich Träume, auf einem Pferd mit Flügeln zu fliegen.«

Angesichts der immer wieder neuen Einzelheiten von Nadines Geschichte hatte Kahlan Mühe, nicht den Faden zu verlieren. Sie überlegte, welche Fragen Richard stellen würde. Als Richard ihr all das vor Augen gehalten hatte, was sie Marlin hätte fragen müssen, ihr aber nicht eingefallen war, hatte sie sich äußerst dumm gefühlt. Zwar hatte er dem Ganzen die Schärfe genommen und ihr erklärt, sie habe das Richtige getan, trotzdem berührte sie es nach wie vor peinlich, daß sie aus Marlin, als sie die Gelegenheit dazu hatte, so gut wie nichts von Bedeutung herausbekommen hatte.

Genaugenommen mußte ein Konfessor nicht viel über Verhöre wissen. Sobald er jemanden mit seiner Kraft berührt hatte, forderte er den Verbrecher auf, zu gestehen, ob er die ihm zur Last gelegten Untaten wirklich begangen hatte, und, falls die Antwort ja lautete – was bis auf ein paar seltene Ausnahmen der Fall war –, anschließend die Einzelheiten zu berichten.

Das war keine Kunst, und dergleichen war auch nicht nötig. Es war eine unfehlbare Methode, wenn man verhindern wollte, daß politisch Andersdenkenden zu Unrecht Verbrechen angelastet oder sie solcher Verbrechen für schuldig befunden wurden, die sie nicht begangen hatten, nur damit jemand sich ihrer durch eine bequeme Hinrichtung entledigen konnte.

Kahlan war entschlossen, bei Nadines Verhör geschickter vorzugehen. »Wann hat Shota Euch aufgesucht? Das habt Ihr mir noch immer nicht verraten.«

»Oh. Na ja, genaugenommen kam sie gar nicht zu mir. Ich traf sie zufällig oben in den Bergen. Sie hatte einen wundervollen Palast, ich hatte jedoch keine Gelegenheit, ihn mir von innen anzusehen. Ich habe mich nicht lange bei ihr aufgehalten. Schließlich wollte ich zu Richard.«

»Und was hat Shota zu Euch gesagt? Wie lauteten ihre Worte? Ihre *exakten* Worte?«

»Mal sehen ...« Nadine legte den Finger an den Mund und versuchte, sich zu erinnern. »Sie begrüßte mich. Sie bot mir Tee an – sie sagte, man habe mich erwartet – und ließ mich neben ihr Platz nehmen. Ständig zwang sie Samuel, meinen Beutel in Ruhe zu lassen, denn er wollte ihn fortschleppen, und sie sagte, ich brauchte keine Angst vor ihm haben. Sie fragte, wohin ich reise, und ich erzählte ihr, ich sei unterwegs zu meinem Richard – der mich brauche. Dann erzählte sie mir Geschichten über Richard, Geschichten aus seiner Vergangenheit, die ich besser wissen sollte. Ich war überrascht, wie gut sie ihn kannte.

Und dann erzählte sie mir Dinge über mich, die sie unmöglich hatte wissen können. Zum Beispiel meine Sehnsüchte und Pläne – daß ich Heilerin werden und meine Kräuter benutzen wollte, und dergleichen mehr. Da wurde mir klar, sie war eine Mystikerin. An ihre genauen Worte in diesem Teil der Unterhaltung kann ich mich nicht erinnern.

Sie behauptete, daß Richard mich tatsächlich brauche. Sie sagte, wir würden heiraten. Angeblich hatte ihr das der Himmel berichtet.« Nadine wich Kahlans Blick aus. »Ich war so glücklich. Ich glaube, so glücklich war ich noch nie.«

»Der Himmel? Und weiter?«

»Dann sagte sie, sie wolle mich auf meinem Weg zu Richard nicht länger aufhalten. Der Wind mache Jagd auf ihn – was immer das bedeutet –, und ich hätte recht damit, daß er mich brauche. Daher solle ich mich beeilen und sofort aufbrechen. Dann wünschte sie mir alles Gute.«

»Das ist alles? Sie muß doch noch etwas gesagt haben?«

»Nein, das ist alles.« Nadine knöpfte ihren Beutel zu. »Na ja, sie hat noch einen Segen für Richard gesprochen, glaube ich.«

»Was heißt das? Was hat sie gesagt? *Ihre genauen Worte.«*

»Na ja, als sie sich umdrehte, um wieder in den Palast zu gehen, stand ich auf, weil ich aufbrechen wollte, und hörte sie leise, fast wie im Traum, sagen: ›Mögen die Seelen ihm gnädig sein.«

Kahlan spürte, wie sie unter den weißen Seidenärmeln auf den Armen eine Gänsehaut bekam. Sie dachte erst wieder daran, Luft zu holen, als ihre Lungen vor Luftmangel zu brennen anfingen.

Nadine hob ihren Beutel auf. »So, ich habe Euch genug Kummer bereitet. Ich mache mich jetzt besser auf den Heimweg.«

Kahlan breitete die Hände aus. »Hört zu, Nadine, warum bleibt Ihr nicht noch eine Weile hier?«

Die junge Frau blieb stehen und zog ein verblüfftes Gesicht. »Warum?«

Verzweifelt suchte Kahlan nach einem Grund. »Nun, ich würde gerne Geschichten über Richards Kindheit hören. Ihr könntet mir all seine Streiche erzählen.« Sie zwang sich zu einem aufmunternden Lächeln. »Das würde mir wirklich gefallen.«

Nadine schüttelte den Kopf. »Richard wird nicht wollen, daß ich hierbleibe. Er wird wütend sein, wenn ich bei seiner Rückkehr noch immer hier bin. Ihr habt den Blick in seinen Augen nicht gesehen.«

»Nadine, Richard wird Euch nicht einfach rauswerfen, ohne Euch Gelegenheit zu geben, Euch vor dem Heimweg noch ein paar Tage auszuruhen. Das ist nicht Richards Art. Er sagte: ›Was immer sie braucht.‹ Ich glaube, ein paar Tage Ruhe könntet Ihr sehr wohl gebrauchen.«

Nadine schüttelte erneut den Kopf. »Nein. Ihr wart bereits freundlicher zu mir, als ich mir erhoffen durfte. Ihr und Richard gehört zusammen. Ihr braucht mich hier nicht. Trotzdem danke für das Angebot. Ich kann kaum glauben, wie freundlich Ihr seid – es ist nicht verwunderlich, daß Richard Euch liebt. Andere Frauen an Eurer Stelle hätten mich kahl scheren und hinten auf einem Mistkarren aus der Stadt schaffen lassen.«

»Nadine, ich möchte wirklich, daß Ihr bleibt.« Kahlan feuchtete sich die Lippen an. »Bitte«, hörte sie sich hinzufügen.

»Das könnte zu Verstimmungen zwischen Euch und Richard führen. Ich möchte nicht der Grund dafür sein. Das ist nicht meine Art.«

»Wenn dem so wäre, hätte ich Euch nicht gefragt. Bleibt. Wenigstens noch ein paar Tage. Einverstanden? Ihr könntet in diesem Zimmer wohnen, das Euch so gefällt. Ich … möchte wirklich, daß Ihr bleibt.«

Nadine musterte Kahlans Augen eine ganze Weile. »Wollt Ihr tatsächlich, daß ich bleibe?«

»Ja.« Kahlan spürte, wie ihre Fingernägel sich in ihre Handflächen gruben. »Ja.«

»Also, um die Wahrheit zu gestehen, ich habe es nicht eilig, nach Hause zu kommen und meinen Eltern meine Torheit zu gestehen. Also gut, abgemacht, wenn Ihr wollt, dann bleibe ich noch eine Weile. Danke.«

Kahlan hatte zwar wichtige Gründe, Nadine zum Bleiben aufzufordern, dennoch konnte sie nicht anders – sie fühlte sich wie eine Motte, die soeben im Begriff stand, in eine offene Flamme hineinzufliegen.

8. Kapitel

Kahlan zwang sich zu lächeln. »Also abgemacht, Ihr bleibt hier. Es wird bestimmt ... nett, Euch zu Besuch zu haben. Wir beide werden miteinander plaudern, Ihr und ich. Über Richard. Ich meine, ich würde mir gerne anhören, was Ihr über seine Kindheit zu erzählen habt.« Sie merkte, daß sie zu stammeln anfing, und zwang sich, den Mund zu halten.

Nadine strahlte. »Und ich darf im Bett schlafen?«

»Redet keinen Unsinn. Natürlich im Bett. Wo denn sonst?«

»Ich habe eine Decke dabei und könnte auf dem Teppich schlafen, um nicht –«

»Nein. Kommt überhaupt nicht in Frage. Ich habe Euch eingeladen. Ihr sollt Euch wie zu Hause fühlen, genau wie die anderen Gäste, die dieses Zimmer benutzen.«

Nadine kicherte. »Dann müßte ich auf dem Teppich schlafen. Zu Hause schlafe ich in einem Hinterzimmer über unserem Laden auf Stroh.«

»Nun«, erwiderte Kahlan, »hier werdet Ihr jedenfalls im Bett schlafen.« Sie sah kurz zu Cara hinüber, bevor sie fortfuhr. »Wenn Ihr wollt, werde ich Euch nachher den Palast zeigen, doch zunächst könnt Ihr erst einmal Eure Sachen auspacken und Euch ein wenig erholen, während Cara und ich uns um einige wichtige Angelegenheiten kümmern.«

»Was für Angelegenheiten?« fragte Cara.

Die ganze Zeit über ist die Frau stumm wie ein Stein, dachte Kahlan, und jetzt fängt sie an, neugierig zu werden.

»Angelegenheiten, die einen gewissen Marlin betreffen.«

»Lord Rahl hat uns befohlen, Marlin fernzubleiben.«

»Er ist ein gedungener Mörder, den man geschickt hat, um Richard zu töten. Es gibt Dinge, die ich herausfinden muß.«

»Dann will ich auch mitkommen«, verlangte Nadine. Ihr Blick ging zwischen Kahlan und Cara hin und her. »Ich kann mir nicht vorstellen, daß jemand einen Menschen töten will, und schon gar nicht Richard. Ich möchte sehen, wie so ein Mensch aussieht. Ich will ihm in die Augen blicken.«

Kahlan schüttelte nachdrücklich den Kopf. »Das ist wirklich nichts für Euch. Wir müssen ihn verhören, und das wird wahrscheinlich nicht angenehm.«

»Ganz sicher?« fragte Cara, deren Stimme sofort hellwach wurde.

»Wieso?« fragte Nadine. »Was meint Ihr damit?«

Kahlan hob drohend den Zeigefinger. »Das reicht. Ich sage dies zu Eurem eigenen Wohl. Marlin ist gefährlich, und ich will Euch dort unten nicht sehen. Ich gewähre Euch Gastrecht. Daher bitte ich Euch, auch meine Wünsche zu respektieren.«

Nadine senkte den Blick zu Boden. »Natürlich. Verzeiht.«

»Ich werde den Wachen sagen, daß Ihr mein Gast seid. Und falls Ihr einen Wunsch habt – wenn Eure Sachen gewaschen werden sollen oder Ihr ein Bad möchtet – fragt nur, und sie werden veranlassen, daß jemand vom Personal Euch hilft. Ich werde bald zurück sein, dann können wir zu Abend essen und uns unterhalten.«

Nadine drehte sich zu ihrem Beutel auf dem Bett um. »Natürlich. Ich wollte mich nicht aufdrängen. Ich möchte nicht im Weg sein.«

Zögernd legte Kahlan Nadine von hinten eine Hand auf die Schulter. »Ich will Euch nicht herumkommandieren. Mich hat bloß diese Geschichte, daß jemand plant, Richard etwas anzutun, nervös gemacht, das ist alles. Entschuldigt mein rüdes Benehmen vorhin. Ihr seid mein Gast. Bitte fühlt euch ganz wie zu Hause.«

Nadine sah sich lächelnd über die Schulter um. »Verstehe. Danke.«

Sie war wirklich eine sehr hübsche junge Frau: anziehende Figur, ein nettes Gesicht, dazu eine unschuldige Art, trotz all der Wahrheiten, denen sie, wie Kahlan befürchtete, geschickt aus dem Weg ging. Es fiel der Mutter Konfessor nicht schwer, sich vorzustellen, wieso Richard sich zu ihr hingezogen gefühlt hatte.

Sie fragte sich, welche Laune des Schicksals sie, Kahlan, an ihrer Stelle mit Richard zusammengeführt hatte. Wie immer der Grund lautete, sie dankte den Guten Seelen dafür, daß es so war, und betete inständig darum, es möge so bleiben.

Hoffentlich, so wünschte sich Kahlan mehr als alles andere, verschwand dieses heimtückische Geschenk Shotas bald wieder. Sie wollte diese verführerische, wunderhübsche und gefährliche junge Frau nicht in Richards Nähe wissen. Am liebsten hätte sie Nadine fortgeschickt. Wenn sie nur könnte.

Kahlan unterrichtete die Wachen davon, daß Nadine ein Gast sei. Als Kahlan und Cara dann die mit Teppich ausgelegte Treppe am hinteren Ende des Flures hinuntergestiegen waren und auf dem reich geschmückten Absatz standen, faßte Cara Kahlan am Arm und zog sie herum.

»Seid Ihr verrückt?«

»Wovon redet Ihr?«

Cara biß die Zähne aufeinander und beugte sich näher zu ihr. »Eine Hexe schickt Eurem Mann ein Hochzeitsgeschenk – nämlich die Braut –, und Ihr ladet sie noch ein hierzubleiben!«

Kahlan fuhr mit dem Daumen über die polierte Kugel aus Eisenholz, die den Geländerpfosten abschloß. »Ich hatte keine andere Wahl. Ist das nicht offenkundig?«

»Für mich ist nur offenkundig, daß Ihr den Vorschlag dieser kleinen Dirne hättet beherzigen sollen. Ihr hättet ihr den Schädel kahlscheren und sie hinten auf einem Mistkarren davonjagen sollen.«

»Sie ist in dieser Geschichte auch nur ein Opfer. Sie ist eine Schachfigur von Shota.«

»Trotzdem verbirgt sie gern die Wahrheit. Sie will Euren Mann noch immer. Wenn Ihr das nicht in den Augen ablesen könnt, dann seid Ihr nicht so klug, wie ich gedacht habe.«

»Cara, ich vertraue Richard. Ich weiß, daß er mich liebt. Wenn er in seiner Art, die Dinge zu betrachten, eins zugrunde legt, dann ist das Vertrauen und Ergebenheit. Ich weiß, in seinen Händen ist mein Herz sicher.

Wie sähe das aus, wenn ich mich wie die Eifersüchtige aufspielen und Nadine fortschicken würde? Wenn ich ihm mein Vertrauen nicht zeige, dann erweise ich mich seiner Treue nicht als würdig. Ich kann mir nicht leisten, auch nur den Anschein zu erwecken, sein Vertrauen in mich nicht wert zu sein.«

Caras finsterer Blick entspannte sich nicht einmal. »Den Einwand lasse ich nicht gelten. Vielleicht ist das alles richtig, aber es ist nicht der Grund, aus dem Ihr Nadine gebeten habt zu bleiben. Ihr würdet sie genau wie ich am liebsten erwürgen, das sehe ich Euch an den grünen Augen an.«

Kahlan mußte lächeln und versuchte, sich im dunkeln, polierten Eisenholz zu betrachten. Sie sah nur ein undeutliches Abbild ihrer selbst. »Es ist schwer, eine Schwester des Strafers zu täuschen. Ihr habt recht. Ich mußte Nadine bitten hierzubleiben, weil etwas in der Luft liegt, eine Gefahr, und die wird nicht einfach verschwinden, weil ich Nadine fortschicke.«

Cara strich sich mit ihrer behandschuhten Hand eine blonde Strähne aus dem Gesicht. »Eine Gefahr? Was für eine?«

»Genau darin liegt das Problem. Das weiß ich auch nicht. Und wagt nicht, nur mit dem Gedanken zu spielen, ihr etwas anzutun. Ich muß herausfinden, was hier gespielt wird, und möglicherweise benötige ich Nadine dazu. Ich will sie nicht irgendwann jagen müssen, wenn ich sie in Reichweite behalten kann.

Betrachtet es doch einmal von dieser Seite. Wäre es richtig gewesen, Marlin einfach fortzuschicken, als er kam und verkündete, er wolle Richard töten? Wäre damit das Problem gelöst gewesen? Warum behalten wir ihn hier? Um herauszufinden, was gespielt wird, deswegen.«

Cara wischte sich die Salbe aus dem Gesicht, als hätte sie sich dort schmutzig gemacht. »Ich glaube, Ihr holt Euch den Ärger in Euer Bett.«

Kahlan mußte blinzeln, damit ihre Augen aufhörten zu brennen. »Ich weiß. Ich denke genauso. Das offensichtlich Richtige, was ich am allerliebsten tun würde, ist, Nadine auf dem schnellsten Pferd, das ich auftreiben kann, fortzujagen. Nur, so einfach läßt sich kein Problem lösen, schon gar nicht, wenn es von Shota kommt.«

»Ihr meint diese Geschichte, die Shota Nadine erzählt hat, daß der Wind Richard jagt?«

»Das gehört auch dazu. Ich weiß nicht, was das bedeutet, mir erscheint es allerdings wie etwas, das Shota sich zusammengeträumt hat.

Schlimmer noch ist Shotas Segen: ›Mögen die Seelen Richard gnädig sein.‹ Ich weiß nicht, was sie damit sagen will, aber es macht mir angst. Das und daß ich vielleicht den größten Fehler in meinem Leben begehe.

Doch was bleibt mir anderes übrig? Zwei Menschen tauchen am selben Tag auf, der eine soll ihn töten, die andere ihn heiraten. Wer von beiden gefährlicher ist, weiß ich nicht, nur kann ich keinen von beiden einfach fortschicken. Wenn jemand versucht, Euch ein Messer in den Rücken zu stoßen, bringt Ihr Euch nicht dadurch in Sicherheit, daß Ihr die Augen schließt.«

Caras Gesicht wirkte wie das einer Frau, die Verständnis für die Ängste einer anderen hat. »Ich werde Euch den Rücken decken. Wenn sie sich in Lord Rahls Bett einschleicht, werde ich sie verscheuchen, bevor er sie dort überhaupt bemerkt.«

Kahlan drückte Caras Arm. »Danke. Und jetzt laßt uns zur Grube hinuntergehen.«

Cara rührte sich nicht von der Stelle. »Lord Rahl will nicht, daß Ihr dort runtergeht.«

»Seit wann befolgt Ihr Befehle?«

»Seine Befehle befolge ich immer. Besonders die, mit denen es ihm Ernst ist. Und dazu gehört dieser.«

»Na schön. Ihr könnt auf Nadine aufpassen, während ich da runtergehe.«

Cara hielt Kahlan am Ellenbogen fest, als sie sich umdrehen wollte. »Lord Rahl will nicht, daß Ihr Euch in Gefahr begebt.«

»Und ich will nicht, daß er sich in Gefahr begibt. Ich kam mir ziemlich dumm vor, als er all die Fragen stellte, die uns beim ersten Verhör nicht eingefallen sind. Ich will die Antworten auf diese Fragen.«

»Lord Rahl sagte, er werde ihm die Fragen stellen.«

»Er sagte auch, vor morgen abend sei er nicht zurück. Was geschieht in der Zwischenzeit? Was, wenn irgend etwas gespielt wird und es dann schon zu spät ist, dagegen einzuschreiten? Was, wenn Richard getötet wird, weil wir seine Befehle befolgt und untätig herumgesessen haben?

Er hat Angst um mich, und deshalb denkt er nicht klar. Marlin ist im Besitz von Informationen über das, was hier vor sich geht, und es wäre töricht, die Zeit verstreichen zu lassen, während die Gefahr wächst.

Was sagtet Ihr doch gleich zu mir, vorhin? Daß Zögern Euer Ende wäre? Oder das Ende derer, die Ihr liebt?«

Caras Gesicht erschlaffte, dennoch antwortete sie nicht.

»Ich liebe Richard, und ich werde sein Leben nicht dadurch aufs Spiel setzen, daß ich zögere. Ich werde mir die Antworten auf diese Fragen holen.«

Endlich lächelte Cara. »Mir gefällt Eure Art zu denken, Mutter Konfessor. Aber schließlich seid auch Ihr eine Schwester des Strafers. Die Anweisungen waren unüberlegt, wenn nicht gar dumm.

Die Mord-Sith befolgen Lord Rahls törichte Anweisungen nur dann, wenn sein männlicher Stolz auf dem Spiel steht und nicht sein Leben.

Wir werden uns ein wenig mit Marlin unterhalten und auf alle unsere Fragen eine Antwort bekommen – und mehr noch. Wenn Lord Rahl zurückkehrt, werden wir in der Lage sein, ihm die Informationen zu geben, die er braucht – wenn wir der Bedrohung nicht bereits ein Ende gemacht haben.«

Kahlan schlug mit der flachen Hand gegen den runden Endpfosten des Geländers. »Das ist die Cara, die ich kenne.«

Während sie immer weiter nach unten gelangten, unter die Stockwerke mit Teppichen und Wandtäfelungen und in die engen, niedrigen Flure hinein, wo nur noch Lampen Licht spendeten, und noch tiefer, wo nur noch Fackeln den Weg beleuchteten, wurde die frische und frühlingshafte Luft zunächst abgestanden und dann faulig und roch schließlich nach feuchtem, schimmeligem Mauerwerk.

Kahlan hatte diese engen Flure schon häufiger betreten, als ihr eigentlich lieb war. Die Grube war der Ort, wo sie die Geständnisse der Verurteilten entgegennahm. Hier hatte sie auch ihr erstes Geständnis entgegengenommen, von einem Mann, der die Töchter seines Nachbarn umgebracht hatte, nachdem er sich auf unsägliche Weise an ihnen vergangen hatte. Selbstverständlich hatte sie jedesmal ein Zauberer begleitet. Jetzt war sie unterwegs, einen Zauberer aufzusuchen, den man dort unten gefangenhielt.

Als sie außer Hörweite einer Gruppe von Soldaten waren, die eine Kreuzung zweier Treppenaufgänge bewachte, und bevor sie die Abzweigung erreichten, die sie zum Gang mit der Grube führen würde, wo es von den von ihr dort postierten Soldaten nur so wimmelte, warf Kahlan Cara einen Seitenblick zu. Die Mord-Sith war eine attraktive Frau. Wie sie allerdings wachsam den Flur absuchte, hatte sie eine äußerst bedrohliche Ausstrahlung.

»Cara, darf ich Euch eine persönliche Frage stellen?«

Cara verschränkte die Arme hinter dem Rücken und ging forsch weiter. »Ihr seid eine Schwester des Strafers. Nur zu.«

»Vorhin meintet Ihr zu mir, ein Zögern könnte Euer Ende bedeuten oder das Ende derer, die Ihr liebt. Damit meintet Ihr Euch selbst, nicht wahr?«

Cara verlangsamte den Schritt und blieb stehen. Sogar im flackernden Licht der Fackeln konnte Kahlan sehen, daß sie blaß geworden war.

»Also, das ist schon eine sehr persönliche Frage.«

»Ihr müßt sie nicht beantworten. Es sollte nicht wie ein Befehl oder dergleichen klingen. Ich dachte nur ... von Frau zu Frau. Ihr wißt soviel über mich, ich dagegen weiß kaum etwas über Euch, außer daß Ihr eine Mord-Sith seid.«

»Ich war nicht immer eine Mord-Sith«, erklärte Cara leise. Alles Bedrohliche war aus ihren Augen gewichen, und sie wirkte eher wie ein verängstigtes kleines Mädchen.

»Vermutlich gibt es keinen Grund, Euch nicht davon zu erzählen. Wie Ihr schon sagtet, ist es nicht meine Schuld, was man mir angetan hat. Dafür waren andere verantwortlich.

In D'Hara wurden jedes Jahr einige Mädchen ausgewählt, die dann zu Mord-Sith ausgebildet wurden. Es hieß, die größte Grausamkeit könne man bei denen erzielen, die die gütigsten Herzen haben. Man zahlte Belohnungen für die Namen von Mädchen, die diese Bedingungen erfüllten. Ich war ein Einzelkind, eine der Bedingungen, und im richtigen Alter. Das Mädchen wurde mitsamt seinen Eltern verschleppt. Die Eltern, damit sie im Verlauf der Ausbildung ermordet werden konnten. Meine Eltern wußten nicht, daß man unsere Namen an die Kopfjäger verschachert hatte.«

Aus Caras Gesicht und Tonfall war jede innere Beteiligung gewichen. Beides war so ausdruckslos, als berichte sie von der Rübenernte im vergangenen Jahr. In ihren Worten aber, wenn schon nicht in ihrem Tonfall, schwangen mehr als genug Gefühle mit.

»Mein Vater und ich waren draußen hinter dem Haus und schlachteten Hühner. Als sie kamen, hatte ich keine Ahnung, was das bedeutete. Mein Vater schon. Da er sie den Hang herunterkommen sah, zwischen den Bäumen, überraschte er sie. Doch waren es mehr, als er entdeckt hatte, mehr, als er überwältigen konnte, und er behielt nur wenige Augenblicke lang die Oberhand.

Er schrie mich an: ›Das Messer, Cari! Cari, hol das Messer!‹ Ich griff danach, weil er es so wollte. Er hielt drei der Männer fest. Mein Vater war kräftig.

Dann schrie er erneut: ›Cari, erstich sie. Stich sie ab! Beeil dich!‹«

Cara sah Kahlan in die Augen. »Ich stand einfach nur reglos da. Ich zögerte. Ich wollte niemanden erstechen. Niemandem weh tun. Ich stand einfach da. Ich konnte nicht mal die Hühner töten. Das hatte er getan.«

Kahlan wußte nicht, ob Cara ihre Erzählung fortsetzen würde. In der Totenstille entschied sie, wenn nicht, dann würde sie auch nicht weiterfragen. Cara wich Kahlans Blick aus und starrte ins Leere, in die Bilder ihrer Gedanken. Dann fuhr sie fort.

»Plötzlich war jemand neben mir. Ich werde das mein Lebtag nicht vergessen. Ich sah hoch, und da stand diese Frau, diese wunderschöne Frau, die schönste Frau, die ich je zu Gesicht bekommen hatte, mit blauen Augen und blonden, zu einem langen Zopf gebundenen Haaren. Das Sonnenlicht, das durch die Blätter fiel, tanzte in kleinen Punkten auf ihrer roten Lederkleidung.

Sie blickte lächelnd auf mich herab und nahm mir das Messer aus der Hand. Dabei lächelte sie nicht liebenswert, sondern wie eine Schlange. So nannte ich sie im stillen danach immer – Schlange. Als sie sich aufrichtete, sagte sie: ›Ist das nicht süß? Die kleine Cari will niemandem mit ihrem Messer weh tun. Dieses Zögern hat dich gerade zur Mord-Sith gemacht, Cara. Damit fängt es an.‹«

Cara stand wie zu Stein erstarrt da. »Sie hielten mich in einem kleinen Zimmer gefangen, mit einem kleinen Gitter unten in der

Tür. Ich konnte nicht raus. Aber die Ratten konnten herein. Nachts, wenn ich mich nicht mehr länger wach halten konnte und einschlief, kamen die Ratten in meine kleine leere Zelle geschlichen und bissen mich in die Fingerspitzen und Zehen.

Die Schlange schlug mich halbtot, weil ich versuchte das Gitter zu verstopfen. Ratten mögen Blut. Das macht sie ganz aufgeregt.

Ich lernte, zusammengerollt zu schlafen, wobei ich meine Hände zu Fäusten ballte und an meinen Bauch preßte, damit sie nicht an meine Finger herankamen. Dafür waren meine Zehen ungeschützt. Ich zog mein Hemd aus und wickelte es um meine nackten Füße, doch wenn ich dann nicht auf dem Bauch schlief, bissen sie mich in die Brustwarzen. Mit nackter Brust auf dem kalten Steinfußboden zu liegen, die Hände unter den Bauch gesteckt, war an sich schon eine Qual, wenigstens blieb ich für gewöhnlich dadurch länger wach. Wenn die Ratten nicht an meine Zehen herankamen, bissen sie mich irgendwo anders – in die Ohren, die Nase oder die Beine –, bis ich erschrocken aus dem Schlaf hochfuhr und sie verscheuchte.

Nachts konnte ich zudem die anderen Mädchen schreien hören, wenn sie von Ratten wachgebissen wurden. Immerzu weinte eines von ihnen oder rief nach seiner Mutter. Manchmal merkte ich, daß es meine eigene Stimme war, die ich da rufen hörte.

Oft wachte ich auf, weil die Ratten mit ihren kleinen Krallen über mein Gesicht kratzten, ihre kleinen Barthärchen meine Wangen streiften, während sie die kalte Nase an meine Lippen preßten, um dort schnuppernd nach Krumen zu suchen. Ich beschloß, die Mahlzeiten, die sie mir brachten, nicht mehr zu essen, und ließ die Schale mit dem Haferschleim und dem Kanten Brot auf dem Fußboden stehen, in der Hoffnung, die Ratten würden mein Abendessen fressen und mich in Ruhe lassen.

Es funktionierte nicht. Das Essen lockte bloß noch mehr Ratten an, ganze Horden, und wenn es dann aufgefressen war … Danach aß ich stets mein Abendbrot bis zum letzten Krümel, sobald die Schlange es brachte.

Manchmal verhöhnte sie mich dann. Sie sagte: ›Zögere nicht, Cara, sonst fressen dir die Ratten alles weg.‹ Ich wußte, was sie mit ›Zögere nicht‹ meinte. Das war ihre Art, mich daran zu erinnern, welchen Preis mein Zögern mich und meine Eltern gekostet hatte. Während sie meine Mutter vor meinen Augen zu Tode folterten, sagte die Schlange: ›Siehst du, was passiert, weil du gezögert hast, Cara? Weil du zu ängstlich warst?‹

Man brachte uns bei, Darken Rahl sei ›Vater Rahl‹. Wir hätten keinen Vater außer ihm. Als ich zum dritten Mal gebrochen wurde, als sie mir befahlen, meinen richtigen Vater zu Tode zu foltern, forderte mich die Schlange auf, nicht zu zögern. Ich tat es nicht. Mein Vater flehte um Gnade. ›Cari, bitte‹, weinte er. ›Cari, erspar dir, das zu werden, was sie von dir verlangen.‹ Ich aber zögerte keinen Augenblick. Danach war Darken Rahl mein einziger Vater.«

Cara hielt ihren Strafer in die Höhe und starrte darauf, während sie ihn durch die Finger laufen ließ. »Dadurch verdiente ich mir meinen Strafer. Den Strafer, mit dem sie mich ausgebildet hatten. Ich verdiente mir den Namen Mord-Sith.«

Cara blickte Kahlan nun wieder in die Augen, wie aus großer Ferne und nicht nur über die zwei Schritte hinweg, die sie voneinander trennten. Von jenseits des Wahnsinns. Eines Wahnsinns, den andere ihr eingepflanzt hatten. Kahlan kam sich vor, als verwandelte das, was sie in den Tiefen dieser blauen Augen erblickte, auch sie in Stein.

»Ich war eine Schlange. Ich stand im Sonnenlicht, beugte mich über junge Mädchen und nahm ihnen das Messer aus der Hand, wenn sie zögerten, weil sie niemandem weh tun wollten.«

Kahlan hatte Schlangen nie ausstehen können. Jetzt fand sie sie noch ekelhafter.

Tränen liefen ihr über die Wangen und hinterließen dabei feuchte

Spuren. »Das tut mir leid, Cara«, sagte sie leise. Ihr drehte sich der Magen um. Sie hätte nichts lieber getan, als die Arme um diese Frau in rotem Leder zu schlingen, aber sie war zu keiner Bewegung fähig.

Die Fackeln knisterten. In der Ferne hörte man gedämpfte Gesprächsfetzen der Wachen. Leises Gelächter hallte ihnen durch den Gang entgegen. Wasser, das aus der steinernen Decke schwitzte, plätscherte nicht weit entfernt in eine kleine, grüne Pfütze. Kahlan konnte ihr eigenes Herz in den Ohren pochen hören.

»Lord Rahl hat uns davon befreit.«

Kahlan mußte daran denken, wie Richard ihr erzählt hatte, daß er beim Anblick der zwei anderen Mord-Sith, die beim Verfüttern der Samenkörner an die Backenhörnchen angefangen hatten herumzualbern, fast in Tränen ausgebrochen sei. Nun verstand sie. Richard hatte den Wahnsinn begriffen. Kahlan wußte nicht, ob diese Frauen jemals wieder daraus zurückkehren würden, aber wenn sie eine Chance hatten, dann nur wegen ihm.

Die eiserne Härte kehrte in Caras verbitterten Gesichtsausdruck zurück. »Gehen wir und finden wir heraus, was Marlin Lord Rahl antun wollte. Aber erwartet nicht von mir, daß ich sanft mit ihm umspringe, wenn er zögert zu gestehen.«

Ein d'Haranischer Soldat entriegelte die Eisentür unter Unterkommandant Collins wachsamen Blicken und trat zurück, als sei das verrostete Schloß alles, was die Menschen im Palast vor der finsteren Magie dort unten in der Grube schützte. Zwei weitere kräftige Soldaten zogen mühelos die schwere Leiter herbei.

Bevor Kahlan die Tür öffnen konnte, hörte sie Stimmen und Schritte näher kommen. Alle drehten sich um und sahen den Gang hinauf.

Es war Nadine in Begleitung von vier Soldaten.

Nadine rieb sich die Hände, als wollte sie sie wärmen, während sie mitten unter die kräftigen, in Leder gekleideten Soldaten trat.

Kahlan erwiderte das strahlende Lächeln der Frau nicht.

»Was habt Ihr hier unten verloren?«

»Nun, Ihr sagtet, ich sei Euer Gast. So schön Eure Gemächer auch sind, ich wollte mich ein wenig umsehen. Ich bat die Wachen, mir den Weg nach hier unten zu zeigen, weil ich diesen Mörder sehen wollte.«

»Ich habe gesagt, Ihr sollt in Eurem Zimmer bleiben. Ich wollte nicht, daß Ihr nach hier unten kommt.«

Nadine legte ihre zarte Stirn in Falten. »Ich bin es ein wenig leid, wie eine Hinterwäldlerin behandelt zu werden.« Sie reckte die feine Nase in die Höhe. »Ich bin Heilerin. Wo ich herkomme, werde ich respektiert. Die Menschen hören auf mich, wenn ich etwas sage. Wenn ich jemandem etwas auftrage, führt er es auch aus. Sage ich einem Ratsmitglied, er soll dreimal täglich einen Trank zu sich nehmen und das Bett hüten, dann trinkt er sehr wohl dreimal täglich im Bett seine Medizin, bis ich ihm mitteile, daß er es verlassen darf.«

»Es interessiert mich nicht, wer springt, wenn Ihr den Mund aufmacht«, entgegnete Kahlan. »Hier hört Ihr auf mein Kommando. Habt Ihr das begriffen?«

Nadine preßte die Lippen aufeinander und stemmte die Fäuste in die Hüften. »Jetzt hört mal gut zu. Ich habe gefroren, ich hatte Hunger und war verängstigt. Menschen, die ich nicht kenne, hielten mich zum Narren. Ich habe mich um meine eigenen Angelegenheiten gekümmert und mein eigenes Leben gelebt, bis ich dann auf diese sinnlose Reise geschickt wurde, nur um in einem Palast zu landen, wo die Menschen mich dafür, daß ich ihnen helfen will, wie eine Aussätzige behandeln. Menschen, die ich nicht kenne, brüllen mich an, und ein Junge, mit dem ich zusammen aufgewachsen bin, demütigt mich.

Ich dachte, ich würde diesen Mann heiraten, aber diesen Teppich hat man mir unter den Füßen weggerissen. Er will nicht mich, sondern Euch. Wäre Richard nicht gewesen, dann wäre ich jetzt Tommys Frau. Statt dessen mußte Tommy Rita Wellington heiraten. Wäre Richard nicht gewesen, dann wäre ich diejenige, die ständig ein blaues Auge hat. Ich würde barfuß in seiner Hütte hocken und müßte die Brut dieses schweinsgesichtigen, brutalen Kerls austragen.

Tommy hat sich über mich lustig gemacht, weil ich Kräuter mische, um Menschen zu heilen. Er sagte, es sei idiotisch, wenn ein Mädchen Kräuter mischt. Er meint, wenn mein Vater jemanden wollte, der in seinem Laden arbeitet und der mit Kräutern hantiert, die die Kranken benötigen, hätte er einen Jungen bekommen sollen. Ohne Richard hätte ich keine Chance gehabt, Heilerin zu werden.

Nur weil ich nicht seine Frau werde, heißt das nicht, daß er mir gleichgültig ist. Ich bin mit ihm aufgewachsen. Er ist trotz allem ein Junge aus meiner Heimat. Wir kümmern uns umeinander, als wären wir eine Familie, auch wenn das so vielleicht nicht stimmt. Ich habe ein Recht, zu erfahren, wer dieser Mann aus Eurer Welt ist, der den Jungen aus meiner Heimat töten will, dem ich so viel zu verdanken habe!«

Kahlan war nicht in der Stimmung, sich lange zu streiten. Sie war auch nicht in der Stimmung, der Frau den Anblick dessen, was sie zu Gesicht bekommen würde, zu ersparen.

Sie sah prüfend in Nadines braune Augen und versuchte herauszufinden, ob es stimmte, was Cara gesagt hatte, daß nämlich Nadine noch immer hinter Richard her war. Wenn, dann war es für Kahlan allein durch einen Blick nicht festzustellen.

»Ihr wollt den Mann sehen, der Richard und mich töten will?« Kahlan packte den Hebel und warf die Tür auf. »Also schön. Der Wunsch soll Euch erfüllt werden.«

Sie gab den Männern ein Zeichen, die daraufhin die Leiter durch die Türöffnung hinab in die Dunkelheit schoben, wo sie mit einem dumpfen Schlag landete. Kahlan riß eine Fackel aus einer Halterung und drückte sie Cara in die Hand.

»Dann wollen wir Nadine mal zeigen, worauf sie so erpicht ist.«

Cara überzeugte sich, daß Kahlans Entschlossenheit durch nichts zu erschüttern war, dann begann sie die Leiter hinabzusteigen.

Kahlan hielt ihr einladend den Arm hin. »Willkommen in meiner Welt, Nadine. Willkommen in Richards Welt.«

Nadines Entschlossenheit geriet nur für einen Moment ins Wanken, dann plusterte sie beleidigt die Wangen auf und stieg hinter Cara die Leiter hinab.

Kahlan drehte sich kurz zu den Wachen um. »Unterkommandant Collins, wenn der Gefangene vor uns durch diese Tür kommt, wäre es besser, wenn er diesen Gang nicht lebend verläßt. Er hat die Absicht, Richard umzubringen.«

»Auf mein Wort als d'Haranischer Soldat, Mutter Konfessor, kein Unheil wird auch nur einen flüchtigen Blick auf Lord Rahl werfen können.«

Ein Handzeichen von Unterkommandant Collins genügte, und die Soldaten zogen den Stahl blank. Bogenschützen legten Pfeile auf. Kräftige Hände hakten halbkreisförmige Streitäxte von Waffengürteln los.

Kahlan nickte dem Unterkommandanten anerkennend zu, nahm sich eine Fackel und machte sich daran, die Leiter hinabzuklettern.

9. Kapitel

Naßkalte, schwere Luft schlug Kahlan aus der Grube entgegen, als sie Nadine auf der Leiter nach unten folgte. Da sie die Hand mit der Fackel außerdem dazu benutzte, sich an der Leiterstange festzuhalten, blieb ihr nichts übrig, als die Hitze der Flamme neben ihrem Gesicht auszuhalten. Aber sie war fast dankbar für den Geruch des Pechs, denn er überdeckte den Gestank der Grubenluft. Weiter unter beleuchteten die Fackeln mit ihrem flackernden Licht die Steinmauern und die dunkle Gestalt in der Mitte des Raumes.

Kahlan stieg von der Leiter herunter. Cara rammte gerade ihre Fackel in eine Halterung an der feuchten Mauer. Kahlan stellte ihre Fackel in einen Halter an der Wand gegenüber. Nadine stand da wie gelähmt und betrachtete den gebeugten Mann, der über und über mit verkrustetem Blut bedeckt war.

Cara richtete den Blick auf Marlin und runzelte die Stirn.

Sein Kopf hing vornüber, und er hatte die Augen geschlossen. Sein Atem ging tief und langsam, gleichmäßig.

»Er schläft«, flüsterte Cara.

»Er schläft?« flüsterte Kahlan zurück. »Wie kann er schlafen, wenn er so dasteht?«

»Ich … weiß es nicht. Wir zwingen neue Gefangene immer zu stehen, manchmal tagelang. Wenn sie mit niemandem sprechen können und gezwungen sind, nur über ihr eigenes düsteres Schicksal nachzudenken, verlieren sie ihre Entschlossenheit – es nimmt ihnen geradezu jeden Kampfeswillen. Es ist eine heimtückische Form der Folter. Ich hatte Männer, die gebettelt haben, daß sie lieber geschlagen werden wollten, als Stunde um Stunde alleine stehen zu müssen.«

Marlin schnarchte leise. »Wie oft kommt es vor, daß sie – einfach einschlafen?«

Cara stemmte eine Hand in die Hüfte und wischte sich mit der anderen nachdenklich über den Mund. »Es ist mir schon passiert, daß sie einschlafen, aber das weckt sie sicher auf. Wenn sie sich von der Stelle entfernen, auf der wir ihnen befohlen haben stehenzubleiben, löst die Verbindung den Schmerz aus. Wir brauchen gar nicht dabeizusein. Die Verbindung funktioniert, ganz gleich, wo wir uns befinden. Aber von einem Mann, der im Stehen eingeschlafen wäre, habe ich noch nie gehört.«

Kahlan warf einen Blick über die Schulter, vorbei an Nadine und die lange Leiter hinauf zu dem Licht, das durch die Tür hereinfiel. Sie konnte die Köpfe der Soldaten erkennen, doch keiner von ihnen hatte den Mumm, hinunter in die Grube zu blicken. Schließlich gingen dort womöglich magische Dinge vor sich.

Nadine schob ihren Kopf zwischen die beiden. »Vielleicht ist es ein Bann. Irgendeine Art von Magie.«

Sie wich zurück, da sie zur Antwort nur zornige Blicke erntete.

Eher aus Neugier denn als Versuch, ihn aufzuwecken, versetzte Cara Marlin einen leichten Stoß an der Schulter. Sie bohrte ihm den Finger in die Brust, in seinen Bauch.

»Steinhart. Seine Muskeln sind vollkommen starr.«

»Das muß der Grund sein, daß er so aufrecht stehen kann. Vielleicht ist es irgendein Zaubertrick, den er gelernt hat.«

Cara schien das nicht recht zu überzeugen. Mit einer ruckartigen, knappen Bewegung ihrer Hand, die Kahlan kaum mitbekam, ließ sie den Strafer in ihre Hand schnellen. Kahlan wußte, wie schmerzhaft es für sie war, den Strafer festzuhalten, ihrem Gesicht war davon aber nichts anzumerken. Das war es nie.

Die Mutter Konfessor packte Cara am Handgelenk. »Das ist

wirklich nicht nötig. Weckt ihn einfach. Und benutzt Eure Verbindung zu seinem Verstand nicht dazu, um ihm Schmerzen zuzufügen, es sei denn, es ist absolut erforderlich. Es sei denn, ich gebe Euch den Befehl dazu.«

Auf Caras Gesicht machte sich Unwillen breit. »Meiner Meinung nach ist es erforderlich. Ich darf das nicht zulassen. Ich darf nicht zögern, meine Kontrolle auszuüben.«

»Cara, zwischen kluger Vorsicht und Zögern liegen Welten. Die ganze Geschichte mit Marlin war von Anfang an mehr als eigenartig. Gehen wir einfach Schritt für Schritt vor. Ihr sagtet, Ihr hättet ihn unter Kontrolle. Wir sollten also nichts überstürzen. Ihr habt ihn doch unter Kontrolle, oder?«

Ganz langsam verzog ein Lächeln Caras Lippen. »Oh, daran besteht kein Zweifel. Wenn Ihr jedoch darauf besteht, werde ich ihn so wecken, wie wir es manchmal bei unseren lieben Spielgefährten tun.«

Cara beugte sich vor, legte ihm den linken Arm um den Hals, neigte den Kopf zur Seite und gab Marlin einen Kuß auf den Mund. Kahlan merkte, daß sie rot wurde. Sie wußte, Denna hatte manchmal Richard auf diese Weise geweckt, bevor sie ihn weiterfolterte.

Mit einem zufrieden-spöttischen Grinsen ließ Cara von ihm ab.

Wie bei einer Katze, die aus einem Schlummer erwacht, öffneten sich Marlins Lider.

In seinen Augen war wieder dieses Etwas – dieses Etwas, das in Kahlan den Wunsch erzeugte, sich bis auf den Grund ihrer Seele zu verkriechen.

Diesmal sah sie mehr als beim letzten Mal. Die Augen waren nicht einfach die eines sehr alten Menschen. Es waren Augen, denen Angst vollkommen fremd war.

Während er die drei mit kalter, ungerührter Berechnung musterte, knickte er seine Hände nach hinten ab, krümmte den Rücken und streckte sich wie eine Katze. Ein perverses Grinsen zog auf sein Gesicht, eine Verdorbenheit, die sich ausbreitete wie ein Blutfleck, der durch weißes Leinen sickert.

»Sieh an. Meine beiden Schätzchen sind zurück.« Seine beunruhigenden Augen schienen mehr wahrzunehmen, als sie sollten, mehr zu wissen, als sie durften. »Und sie haben noch so ein Weibsstück mitgebracht.«

Zuvor hatte Marlins Stimme fast wie die eines Jungen geklungen. Jetzt war sie tief und kehlig und schien dem Munde eines muskelbepackten Kerls von doppeltem Gewicht zu entstammen – eine Stimme, durchtränkt von unumstrittener Macht und Autorität. Sie strahlte Unbesiegbarkeit aus. Kahlan hatte noch nie eine so bedrohliche Stimme gehört.

Sie trat einen Schritt zurück, nahm Caras Arm und zog sie mit nach hinten.

Obwohl Marlin sich nicht bewegte, spürte sie, wie die Bedrohung wuchs.

»Cara« – Kahlan schob Nadine mit der Hand nach hinten, während sie einen weiteren Schritt zurückwich – »Cara, sagt mir, daß Ihr ihn im Griff habt. Daß Ihr die Kontrolle habt.«

Cara starrte Marlin offenen Mundes an. »Was …?«

Unvermittelt ließ sie einen mächtigen Schlag los. Ihre gepanzerte Faust stieß seinen Schädel nur wenige Zoll zur Seite. Der Schlag hätte ihn von den Füßen werfen müssen.

Marlin betrachtete sie mit einem blutverschmierten Lächeln. Er spuckte gebrochene Zähne aus.

»Gar nicht mal übel, Schätzchen«, sagte er rauh. »Aber jetzt habe ich die Gewalt über deine Verbindung mit Marlin.«

Cara rammte ihm den Strafer in den Unterleib. Sein Körper zuckte zusammen, seine Arme schlugen nutzlos um sich. Seine Augen verloren nicht einen Moment lang ihren tödlichen Ausdruck. Das Lächeln schwankte nicht, während er sie musterte.

Jetzt war es an Cara, zwei Schritte zurückzutreten.

»Was geht hier vor sich?« fragte Nadine tonlos. »Da stimmt doch etwas nicht! Hattet Ihr nicht gesagt, er sei hilflos?«

»Ihr müßt verschwinden«, raunte Cara Kahlan dringlich zu. »Sofort.« Sie sah die Leiter hinauf. »Ich werde ihn aufhalten. Verschließt die Tür.«

»Ihr wollt schon wieder fort?« fragte Marlin mit seiner nervenzerreißenden Stimme, als sie sich der Leiter näherten. »So schnell? Dabei haben wir uns überhaupt noch nicht unterhalten. Es hat mir Spaß gemacht, Euren Gesprächen zuzuhören. Dabei habe ich sehr viel gelernt. Ich wußte gar nichts von den Mord-Sith. Jetzt allerdings schon.«

Kahlan zögerte. »Wovon redest du?«

Sein Raubtierblick wanderte von Cara zu Kahlan. »Ich habe von Eurer anrührenden Liebe zu Richard Rahl erfahren. Wie aufmerksam von Euch, mir die Grenzen seiner Gabe zu offenbaren. Ich hatte vieles schon vermutet, Ihr habt es mir bestätigt. Ihr habt mir außerdem verraten, daß er andere mit der Gabe erkennen kann und daß diese seinen Verdacht erregen. Selbst Ihr habt bemerkt, daß mit Marlins Augen etwas nicht in Ordnung ist.«

»Wer seid Ihr?« fragte Kahlan, während sie Nadine mit zurück zur Leiter schob.

Marlin schüttelte sich vor Lachen. »Nun, niemand anderes als Euer schlimmster Alptraum, meine kleinen Schätzchen.«

»Jagang?« fragte Kahlan leise und ungläubig. »Ist es das? Seid Ihr Jagang?«

Das kehlige Lachen hallte an den steinernen Mauern der Grube entlang. »Ihr habt mich entlarvt. Ja, ich gestehe. Ich bin es, der Traumwandler höchstpersönlich. Ich habe mir die Seele dieses armen Kerls geborgt, damit ich euch einen kleinen Besuch abstatten kann.«

Cara schmetterte ihm den Strafer seitlich gegen den Hals. Ein Arm wie der von einer Marionette schlug sie zur Seite.

Fast augenblicklich war sie wieder zurück, prügelte ihm hart auf die Nieren ein und versuchte, ihn zu Boden zu werfen. Er rührte sich nicht von der Stelle. Mit ruckenden Bewegungen griff er nach unten, erwischte sie am Zopf und schleuderte sie gegen die Wand hinter sich, als sei sie eine Stockpuppe. Kahlan zuckte innerlich zusammen, als Cara gegen die Mauer klatschte. Sie blieb mit dem Gesicht zum Boden liegen. Blut sickerte in ihr blondes Haar.

Kahlan stieß Nadine zur Leiter. »Raus hier!«

Nadine ergriff eine Leitersprosse. »Was wollt Ihr tun?«

»Ich habe genug gesehen. Jetzt ist hier Schluß.«

Kahlan ging auf Marlin oder Jagang oder wer immer es war los. Sie mußte dem Kerl mit ihrer Kraft ein Ende machen.

Mit einem Aufschrei schoß Nadine an Kahlan vorbei und rutschte über den Boden, als gleite sie über Eis. Der Mann schnappte sich die um sich schlagende Frau, riß sie herum und packte sie mit einer Hand am Hals. Nadine, die Augen aufgerissen, rang würgend nach Atem.

Kahlan blieb abrupt stehen, da Marlin sie mit erhobenem Zeigefinger warnte. »Nichts da. Ich zerquetsche ihr die Kehle.«

Die Mutter Konfessor wich einen Schritt zurück. Nadine schnappte japsend nach Luft, als er den Griff ein wenig lockerte.

»Ein einziges Leben für all die anderen, die du sonst töten würdest? Glaubt Ihr, die Mutter Konfessor wäre nicht bereit, eine solche Entscheidung zu treffen?«

Nach Kahlans Worten erwachte in Nadine erneut Panik, und sie versuchte, sich aus dem Griff zu befreien. Sie schlug ihm ungestüm die Krallen in die Hände. Selbst wenn Marlin ihr nicht die Kehle zerquetschte, er berührte sie, und wenn Kahlan ihn mit ihrer Kraft überwältigte, wäre auch das Mädchen verloren.

»Vielleicht würdet Ihr es tun, aber wollt Ihr nicht wissen, was ich hier mache, Schätzchen? Wollt Ihr nicht wissen, was ich mit Eurem Geliebten vorhabe, dem großen Lord Rahl?«

Kahlan drehte sich um und schrie nach oben: »Collins! Schließt die Tür. Verriegelt sie!«

Sofort fiel die Tür mit lautem Knall zu. Nur die fauchenden Fackeln erhellten die Grube noch. Das hallende Echo der Tür verschmolz mit dem Zischen der Fackeln.

Kahlan wandte sich wieder zu Marlin um. Ohne ihn aus den Augen zu lassen, begann sie ihn langsam zu umkreisen. »Was seid Ihr? Und wer?«

»Nun, um ehrlich zu sein, ist das eine schwierige philosophische Frage, wenn man sie mit Worten erklären will, die Ihr begreift. Ein Traumwandler ist in der Lage, sich in die grenzenlosen Zeiträume zwischen den Gedanken einzuschleichen, in denen ein Mensch in seiner Persönlichkeit, in seinem ureigenen Selbst nicht existiert, und dort den Verstand des Menschen zu besetzen. Was Ihr vor Euch seht, ist Marlin, ein ergebenes, kleines Schoßhündchen von mir. Ich bin die Zecke auf seinem Rücken, die er mit in dieses Haus geschleppt hat. Er ist ein Wirt, dessen ich mich für ... bestimmte Zwecke bediene.«

Nadine schlug nach dem Mann, der sie festhielt, und zwang ihn dadurch, fester zuzudrücken, damit sie ihm nicht entwischte. Kahlan schürzte die Lippen und bat sie flehentlich, still zu sein. Wenn sie sich weiter gegen ihn wehrte, würde sie noch stranguliert werden. Das Mädchen griff nach Kahlans Bitte wie nach eine Rettungsleine, beruhigte sich und konnte wenigstens wieder atmen.

»Euer Wirt wird bald ein toter Wirt sein«, erwiderte Kahlan.

»Er ist unverzichtbar. Unglücklicherweise – für Euch – ist der Schaden, Marlin sei Dank, bereits angerichtet.«

Mit einem verstohlenen Seitenblick überzeugte sich Kahlan, daß sie sich der mit dem Gesicht auf dem Boden liegenden Cara ganz langsam immer weiter näherte. »Wieso? Was hat er getan?«

»Nun, Marlin hat Euch und Richard in meinem Namen die Flügel gestutzt. Natürlich steht euch beiden noch einiges durch mich bevor, aber vollbracht hat er es. Ich hatte das Privileg, Zeuge dieser prachtvollen Tat zu sein.«

»Was habt Ihr getan? Was tut Ihr hier in Aydindril?«

Jagang lachte stillvergnügt in sich hinein. »Nun, ich habe mich amüsiert. Gestern habe ich mir sogar ein Ja'La-Spiel angesehen. Ihr wart dort. Richard Rahl war dort. Ich habe Euch beide gesehen. Nun, allerdings hat es mir nicht gefallen, daß er den Broc gegen einen leichteren ausgetauscht hat. Er hat es zu einem Spiel für Schwächlinge gemacht. Es muß mit einem schweren Ball gespielt werden und von den kräftigsten, aggressivsten und brutalsten Spielern – von denen, die am meisten nach dem Sieg gieren.

Wißt Ihr eigentlich, was *Ja'La* bedeutet, Kleines?«

Kahlan schüttelte den Kopf und stellte dabei eine Liste auf, welche Möglichkeiten ihr blieben und was sie am dringendsten tun mußte. Ganz oben auf der Liste stand, daß sie diesen Mann mit Hilfe ihrer Kraft aufzuhalten hatte, bevor er aus der Grube entkam, aber zuerst mußte sie soviel wie möglich in Erfahrung bringen, wenn sie seine Pläne vereiteln wollten. Einmal hatte sie bereits versagt. Ein zweites Mal konnte sie sich das nicht erlauben.

»Das Wort stammt aus meiner Muttersprache. Der volle, eigentliche Name lautet *Ja'La dh Jin* – Das Spiel des Lebens. Es gefällt mir nicht, wie Richard es verfälscht und verdorben hat.«

Kahlan hatte Cara fast erreicht. »Ihr habt Euch also in die Seele dieses Mannes eingeschlichen, damit Ihr herkommen und Kindern bei einem Spiel zusehen konntet? Ich dachte, der große und mächtige Kaiser Jagang hätte Wichtigeres zu tun.«

»Oh, ich habe Wichtigeres getan. Viel Wichtigeres.« Er grinste. »Seht doch, Ihr dachtet, ich sei tot. Daher wollte ich Euch nur zur Kenntnis bringen, daß es Euch nicht gelungen ist, mich im Palast der Propheten umzubringen. Ich war nicht einmal dort. Um genau zu sein, habe ich mich zu dieser Zeit mit den Reizen einer jungen Dame vergnügt. Einer meiner frisch gefangenen Sklavinnen.«

»Na schön, Ihr seid nicht tot. Ihr hättet uns einen Brief schicken können, dann hättet Ihr Euch nicht all die Mühe machen müssen. Ihr seid aus einem anderen Grund hier. Außerdem seid Ihr mit einer Schwester der Finsternis hierhergekommen.«

»Schwester Amelia hatte eine Besorgung zu erledigen, aber ich fürchte, sie ist keine Schwester der Finsternis mehr. Sie hat ihren Eid an den Hüter der Unterwelt verraten, damit ich Richard Rahl vernichten konnte.«

Kahlan stieß Cara mit dem Fuß an. »Warum habt Ihr uns das nicht alles vorher schon erzählt, als wir Marlin gefangengenommen haben? Warum habt Ihr bis jetzt gewartet?«

»Nun, ich mußte warten, bis Amelia mit dem zurückkam, was ich sie holen geschickt hatte. Es ist nicht meine Art, Risiken einzugehen, müßt Ihr wissen. Das ist vorbei.«

»Und was hat sie für Euch in Aydindril gestohlen?«

Jagang lachte voller Spott. »Oh, nicht in Aydindril, Kleines.«

Kahlan ging neben Cara in die Hocke. »Warum sollte sie nicht mehr auf den Hüter eingeschworen sein? Nicht, daß ich unglücklich darüber wäre, aber warum sollte sie ihren Eid verraten haben?«

»Weil sie dank mir in einer Zwickmühle saß. Ich ließ ihr die Wahl, entweder zu ihrem Herrn geschickt zu werden, wo sie bis in alle Ewigkeit wegen ihres vorherigen Versagens bei Eurem Geliebten durch seine Hand zu leiden hätte, oder ihn zu verraten und fürs erste seinem Zugriff zu entgehen, nur um seinen Zorn später noch zu vergrößern.

Und Ihr, Kleines, solltet traurig darüber sein, sehr traurig, denn das wird Richard Rahls Untergang sein.«

Kahlan mußte sich zwingen, etwas zu erwidern. »Eine leere Drohung.«

»Ich mache keine leeren Drohungen.« Sein Feixen wurde breiter. »Warum, glaubt Ihr wohl, habe ich mir all die Mühe gemacht? Um an Ort und Stelle zu sein, wenn es passiert, und um Euch wissen zu lassen, daß ich es bin, Jagang, der Euch das alles angetan hat. Die Vorstellung, Ihr könntet glauben, das sei alles Zufall, würde mir gar nicht gefallen.«

Kahlan war im Nu auf den Beinen und ging wütend einen Schritt auf ihn zu. »Raus damit, Bastard. Was habt Ihr getan?«

Marlins Hand schnellte hoch. Er hob warnend den Zeigefinger. Nadine machte ein Geräusch, als würde sie ersticken. »Vorsicht, Mutter Konfessor, oder Ihr werdet den Rest nicht mehr zu hören bekommen.« Kahlan trat einen Schritt zurück. »So ist es besser, Kleines.

Ihr müßt wissen, Richard dachte, mit der Zerstörung des Palastes der Propheten könnte er mir den Zugang zu dem dort aufbewahrten Wissen verwehren.« Marlins Marionettenfinger bewegte sich hin und her. »Dem ist nicht so. Prophezeiungen gab es nicht nur im Palast der Propheten. Auch an anderen Orten gab es Propheten und Prophezeiungen. Hier zum Beispiel in der Burg der Zauberer. Und auch in der Alten Welt. Eine ganze Reihe Prophezeiungen fand ich bei der Ausgrabung einer alten Stadt, die zur Zeit des Großen Krieges in voller Blüte stand.

Unter ihnen entdeckte ich eine, die Richard Rahls Untergang sein wird. Es handelt sich um eine äußerst seltene Art von Prophezeiung, die man bindende Gabelung nennt. Sie zwingt ihrem Opfer ein Dilemma auf.

Diese Prophezeiung habe ich heraufbeschworen.«

Kahlan hatte nicht die geringste Ahnung, wovon er sprach. Sie ging rasch in die Hocke und hob Caras Kopf an. Cara funkelte sie wütend an.

»Idiotin«, flüsterte Cara kaum hörbar. »Es geht mir gut. Laßt mich. Holt Euch die Antworten. Dann gebt das Zeichen, und ich werde meine Verbindung benutzen, um ihn zu töten.«

Kahlan ließ Caras Kopf sinken und erhob sich. Sie begann, Zoll um Zoll zur Leiter zurückzuweichen.

»Ihr redet dummes Zeug, Jagang.« Sie bewegte sich schneller, in der Hoffnung, Jagang würde glauben, sie habe Cara tot vorgefunden. Auf halbem Weg zur Leiter hatte sie gar nicht die Absicht zu fliehen. Sie wollte ihn mit ihrer Kraft berühren. Ob nun mit Nadine oder ohne. »Ich weiß nichts von Prophezeiungen. Was Ihr sagt, ergibt keinen Sinn.«

»Nun, Kleines, die Sache verhält sich so. Entweder Richard Rahl läßt den Feuersturm dessen, was ich geschaffen habe, unkontrolliert wüten und erfüllt damit den einen Zweig der Prophezeiung, was seinen Tod bedeuten wird, oder er versucht, aufzuhalten, was ich begonnen habe, und erfüllt damit den anderen Zweig der Prophezeiung. Auf diesem Zweig wird er vernichtet. Versteht Ihr jetzt? Er kann nicht gewinnen, ganz gleich, wofür er sich entscheidet. Nur eines der beiden Ereignisse kann sich jetzt noch entwickeln, nur einer der beiden Zweige. Er hat die Macht, zu entscheiden, welcher, aber beide werden sein Verderben sein.«

»Ihr seid ein Narr. Richard wird sich für keinen der beiden entscheiden.«

Jagang röhrte vor Lachen. »O doch, das wird er. Ich habe die Prophezeiung bereits heraufbeschworen, durch Marlin. Einmal heraufbeschworen, gibt es kein Zurück mehr aus einer Prophezeiung der bindenden Gabelungen. Aber gebt Euch ruhig Euren Selbsttäuschungen hin, wenn es Euch gefällt. Das wird Euren Fall um so schmerzhafter gestalten.«

Kahlan hielt im Gehen inne. »Ich glaube Euch nicht.«

»Das werdet Ihr. O ja, das werdet Ihr.«

»Leere Drohungen! Was für Beweise habt Ihr?«

»Die Beweise werden mit dem Roten Mond kommen.«

»So etwas gibt es nicht. Eure Worte sind leere Drohungen.«

Während ihre Angst in der Hitze des Zorns verflog, drohte Kahlan plötzlich ihm. »Aber hört meine Warnung, Jagang. Ich habe die Leichen der Frauen und Kinder gesehen, die Ihr in Ebinissia abgeschlachtet habt, und ich habe Eurer Imperialen Ordnung unsterbliche Rache geschworen. Selbst Prophezeiungen werden uns nicht daran hindern, Euch zu besiegen.«

Wenn sie schon sonst nichts tun konnte, mußte sie ihn wenigstens so sehr reizen, daß er die Prophezeiung preisgab. Wenn sie diese kannten, konnten sie vielleicht noch etwas dagegen unternehmen. »So lautet also meine Prophezeiung für Euch, Jagang. Im Gegensatz zu Eurer habe ich sie Euch in deutlichen Worten sagen können.«

Sein tiefes Lachen hallte durch die Grube. »Angeblich? Also schön, dann erlaubt, daß ich Euch die Prophezeiung zeige.«

Eine von Marlins Händen wurde angehoben. In der Grube explodierte ein Blitz. Kahlan hielt sich die Ohren zu. Sie duckte sich und ging in die Hocke, um ihren Kopf zu schützen. Steinsplitter flogen pfeifend durch die Luft. Sie spürte einen scharfen Schmerz, als einer davon ihren Arm aufschlitzte und ein anderer sich ihr von der Seite in die Schulter bohrte. Dann bemerkte sie, wie warmes Blut ihren Ärmel durchtränkte. Ihr wurde übel.

Über ihren Köpfen sprang und hüpfte der Blitz kreuz und quer über die Wand und gravierte einen Schriftzug in das Mauerwerk, den sie durch die blendenden Lichtblitze hindurch so gerade eben erkennen konnte. Das krachende Geblitze endete wie abgeschnitten, und zurück blieben zackige Nachbilder auf ihrer Netzhaut, der Gestank von Staub und Rauch, der das Atmen fast unmöglich machte, und das Echo des grauenhaften Lärms, der ihr durch den Kopf hallte.

»Da – bitte, Kleines.«

Kahlan kam auf die Beine und schaute blinzelnd an der Mauer hoch. »Unverständliches Gekritzel. Sonst nichts. Es hat nichts zu bedeuten.«

»Es handelt sich um Hoch-D'Haran. Den Chroniken zufolge nahmen wir im letzten Krieg einen Zauberer gefangen, einen Propheten, und da er dem Haus Rahl selbstverständlich treu ergeben war, blieb meinen Traumwandlervorfahren der Zugang zu seinem Verstand verwehrt.

Also folterten sie ihn. In einem Zustand irrer Phantasien, der Hälfte seiner Innereien beraubt, gab er seine Prophezeiung preis. Laßt sie Euch von Richard übersetzen.« Er beugte sich mit einem gehässigen Grinsen vor. »Ich bezweifle allerdings, ob er Euch mitteilen möchte, was dort geschrieben steht.«

Gewaltsam drückte er Nadine einen Kuß auf die Wange. »Sie war mir ein großes Vergnügen, meine kleine Reise, aber ich fürchte, Marlin muß sich jetzt verabschieden. Wirklich schade für Euch, daß der Sucher mit seinem Schwert nicht hier war. Das Schwert wäre Marlins Ende gewesen.«

»Cara!« Kahlan stürzte sich auf ihn und flehte die Guten Seelen im stillen um Vergebung an für das, was sie gezwungen war, Nadine anzutun, wenn sie gegen Marlin ihre Kraft einsetzte.

Cara sprang auf. Jagang wuchtete Nadine mit ungeheurer Kraft durch die Luft. Die Frau stieß einen Schrei aus, als sie mit voller Wucht blindlings gegen Kahlan stolperte. Kahlan landete ächzend rücklings auf dem Steinfußboden.

Vor ihren Augen tanzten zahllose kleine, schwebende Lichtpunkte. Sie fühlte nichts mehr. Sie befürchtete, sich das Rückgrat gebrochen zu haben. Doch als sie sich auf die Seite wälzte, kehrte das Gefühl mit schmerzhaftem Kribbeln in ihre Glieder zurück. Sie holte keuchend Luft, um wieder zu Atem zu kommen und richtete sich mühsam auf.

Auf der anderen Seite des Raumes stieß Cara einen schrillen, durchdringenden Schrei aus. Sie sackte in sich zusammen, fiel auf die Knie und hielt sich beim Schreien die Ohren mit den Unterarmen zu.

Marlin war mit einem Satz auf der Leiter, während Kahlan und Nadine noch damit rangen, sich voneinander zu lösen.

Der Zauberer kletterte die Leiter wie eine Katze einen Baum hinauf.

Die Fackeln erloschen und tauchten den Kerker in Dunkelheit.

Jagang stieg lachend nach oben. Cara schrie, als würde sie in Stücke gerissen. Endlich gelang es Kahlan, Nadine zur Seite zu stoßen und auf Händen und Knien in die Richtung zu kriechen, aus der sie Jagangs spöttisches Gelächter hörte. Sie spürte, daß ihr das Blut den gesamten Ärmel durchtränkte.

Die Eisentür flog explosionsartig auf und prallte scheppernd gegen die Wand auf der anderen Seite des Ganges. Jetzt, wo die Tür verschwunden war, wurde die Leiter wieder in Licht getaucht. Kahlan rappelte sich auf und stürzte auf sie zu.

Sie wollte gerade nach der Leiter greifen, als der Schmerz in ihrer Schulter sie mit einem Aufschrei zurückzucken ließ. Kahlan faßte sich an die Schulter und riß den spitzen Gesteinssplitter heraus. Das Blut, das sich dahinter angestaut hatte, spritzte aus der Wunde.

So schnell sie konnte, krabbelte Kahlan hinauf, Marlin hinterher. Sie mußte ihn aufhalten. Niemand sonst war dazu in der Lage. In Richards Abwesenheit war sie für all diese Menschen die Magie gegen die Magie. Ihr verletzter Arm zitterte vor Anstrengung, und sie konnte sich kaum an den Sprossen festhalten.

»Beeilt Euch!« rief Nadine unmittelbar hinter ihr. »Er entkommt uns noch!«

Caras Schreie von unten zerrten an Kahlans Nerven.

Kahlan hatte die furchtbare Qual eines Strafers für den Bruchteil einer Sekunde gespürt. Genau diesen Schmerz erlitten Mord-Sith, wann immer sie ihren Strafer in die Hand nahmen, niemals zuckten sie dabei jedoch auch nur mit der Wimper. Mord-Sith lebten in einer Welt der Schmerzen, jahrelanges Foltern hatte ihre Fähigkeit geschult, sie zu ignorieren.

Kahlan konnte sich nicht vorstellen, was eine Mord-Sith dazu bringen konnte, so zu schreien.

Was immer Cara zusetzte, es war kurz davor, sie umzubringen, daran bestand für Kahlan nicht der geringste Zweifel.

Ihr Fuß glitt von einer Sprosse ab. Ihr Schienbein schlug schmerzhaft gegen die darüberliegende Sprosse. Sie riß ihr Bein zurück. Sie hatte es eilig, zu Jagang zu kommen. Dabei schürfte sie sich die Haut ab und blieb an einem langen Splitter hängen, den sie sich schließlich in die Wade bohrte. Sie fluchte vor Schmerz und stürmte die Leiter hoch.

Als sie oben durch die Öffnung krabbelte, rutschte sie aus und stürzte in einem Chaos von Gedärm auf Hände und Knie. Unterkommandant Collins starrte sie aus toten Augen an. Die zersplitterten Enden weißer Rippenknochen ragten in die Höhe und drückten das aufgerissene Leder und den Kettenpanzer seiner Uniform auseinander. Sein gesamter Oberkörper war von der Kehle bis zur Leistengegend aufgeschlitzt.

Ungefähr ein Dutzend Männer wälzte sich in Todesqualen auf dem Boden. Andere lagen starr da. Schwerter steckten bis zum Heft in den Mauern. Auch Äxte steckten dort fest, als handele es sich bei dem Stein um weiches Holz.

Ein der Magie fähiger Gegner hatte wie mit einer Sichel unter diesen Männern gewütet, aber nicht ohne eigene Verluste. Ganz in der Nähe lag ein Arm, knapp oberhalb des Ellenbogens abgetrennt. Nach der Kleidung daran zu urteilen gehörte er Marlin. Die Finger seiner Hand öffneten und schlossen sich langsam und gleichmäßig.

Kahlan stemmte sich hoch und drehte sich zur Tür. Sie packte Nadine an den Handgelenken und half ihr herauf in den Gang.

»Vorsicht.«

Nadine stockte der Atem, als sie das viele Blut sah. Kahlan erwartete, daß sie in Ohnmacht fallen oder hysterisch schreien würde, aber das tat sie nicht.

Von links kamen mit Schwertern, Äxten, Spießen und Bogen schwerbewaffnete Soldaten herbeigeeilt. Nach rechts hin war der

Gang leer und lag hinter einer einsamen Fackel still und dunkel da. Kahlan wandte sich nach rechts. Man mußte Nadine zugute halten, daß sie ihr ohne Zögern folgte.

Die Schreie, die aus der Grube nach oben drangen, jagten Kahlan einen Schauder über den Rücken.

10. Kapitel

Hinter der letzten, zischenden Fackel verlor sich der Gang in Dunkelheit. Ein Soldat lag zusammengesunken an der Seite wie ein Haufen schmutziger Wäsche, die darauf wartet, abgeholt zu werden. Sein schwarzverkohltes Schwert lag mitten im Gang, die Klinge zu einem verdrehten Gewirr aus ineinander verschlungenen Stahlstreifen zersplittert.

Kahlan blieb stehen und blickte angestrengt in die reglose Stille, die vor ihr lag. Nichts war dort zu erkennen, nichts war von dort zu hören. Marlin konnte sich überall aufhalten, konnte sich in einem Nebengang verstecken, konnte mit Jagangs selbstzufriedenem Grinsen im Gesicht in einem Winkel lauern, den Verfolgern den Garaus zu machen.

»Ihr bleibt hier, Nadine!«

»Nein. Ich sagte bereits, wir beschützen unsere Leute. Er will Richard töten. Das lasse ich ihm nicht durchgehen, nicht solange ich noch die Chance habe zu helfen.«

»Die einzige Chance, die Ihr habt, besteht darin, daß Ihr getötet werdet.«

»Ich komme mit.«

Kahlan hatte weder Zeit noch Lust auf Diskussionen. Wenn Nadine unbedingt mitkommen wollte, dann sollte sie sich wenigstens nützlich machen. Kahlan mußte die Hände frei haben.

»Dann nehmt die Fackel dort.«

Nadine riß sie aus der Halterung und wartete.

»Ich muß ihn berühren«, erklärte ihr Kahlan. »Wenn ich ihn berühre, kann ich ihn töten.«

»Wen, Marlin oder Jagang?«

Kahlans Herz pochte laut in ihrer Brust. »Marlin. Wenn Jagang in seinen Verstand eindringen konnte, dann kann er vermutlich auch wieder heraus. Aber wer weiß? Zumindest wären wir Jagang fürs erste los, und sein Günstling wäre tot. Damit hätte die Sache ein Ende. Vorläufig.«

»War es das, was Ihr unten in der Grube versucht habt? Was habt Ihr damit gemeint, man müsse sich entscheiden, ein Leben für alle anderen?«

»Jetzt hört mir einmal zu. Hier geht es nicht um irgendeinen Tommy Lancaster, der Euch vergewaltigen will, wir haben es vielmehr mit einem Mann zu tun, der versucht, uns alle umzubringen. Ich muß ihn daran hindern. Wenn ein anderer ihn zur selben Zeit berührt wie ich, dann wird er mit ihm zusammen vernichtet. Ich werde nicht zögern, wenn Ihr oder jemand anderes ihn berührt. Habt Ihr das verstanden? Ich kann es mir nicht leisten zu zögern. Dafür steht zuviel auf dem Spiel.«

Nadine nickte. Sie richtete ihren Zorn auf die bevorstehende Aufgabe.

Kahlan fühlte, wie ihr das Blut von den Fingerspitzen ihrer linken Hand tropfte. Vermutlich würde sie den linken Arm nicht heben können, und den rechten brauchte sie, um Marlin zu berühren. Nadine konnte wenigstens die Fackel halten. Hoffentlich beging sie damit keinen Fehler. Falls Nadine sie nun behinderte?

Und hoffentlich erlaubte sie dem Mädchen nicht aus den falschen Gründen, sie zu begleiten.

Nadine nahm Kahlans rechte Hand und legte sie ihr auf die linke, verwundete Schulter. »Wir haben jetzt keine Zeit, das zu verbinden. Drückt die Wunde so fest zusammen, wie Ihr könnt, bis Ihr Eure Hand braucht, sonst verliert Ihr zuviel Blut und könnt nicht tun, was Ihr tun müßt.«

Leicht verärgert folgte Kahlan ihrer Anweisung. »Danke. Wenn

Ihr schon mitkommt, dann haltet Euch hinter mir und leuchtet mir einfach nur den Weg. Wenn die Soldaten ihn nicht aufhalten können, was wollt Ihr dann ausrichten? Ich will nicht, daß Euch unnötig etwas zustößt.«

»Verstanden. Ich bin unmittelbar hinter Euch.«

»Vergeßt nicht, was ich gesagt habe, und kommt mir nicht in die Quere.« Kahlan stellte sich auf die Zehenspitzen und wandte sich an die Soldaten. »Setzt Eure Pfeile und Speere ein, wenn Ihr Gelegenheit zum Schuß bekommt, aber haltet Euch hinter mir. Holt noch mehr Fackeln. Wir müssen ihn in die Enge treiben.«

Einige von ihnen trabten zurück, um Fackeln zu holen, während Kahlan sich auf den Weg machte. Nadine leuchtete ihr und verfiel in leichten Trab, um Schritt zu halten. Die Flamme flackerte und fauchte, beleuchtete Wände, Decke und Boden in einem kleinen Umkreis und erzeugte dadurch eine tanzenden Insel aus Licht in einem Meer aus Dunkelheit. Dicht dahinter erzeugten die Soldaten ihre eigenen Lichtinseln. Während sie so liefen, hallte ein schweres Keuchen durch den Gang, das sich mit den Stiefeltritten, dem leisen Klingeln der Kettenpanzer, dem Klirren von Stahl und dem Zischen der Flammen paarte.

Und über alledem hörte Kahlan im Geist noch immer Caras Schreie.

An einer Kreuzung blieb sie stehen, versuchte keuchend, wieder zu Atem zu kommen und schaute erst nach vorn und dann in den Gang, der nach rechts abzweigte.

»Hier!« Nadine zeigte auf das Blut am Boden. »Er ist hier entlang gelaufen!«

Kahlan warf einen Blick nach vorn in die Dunkelheit. Dort gelangte man zum Treppenhaus und anschließend nach oben in den Palast. Der Gang, der nach rechts abzweigte, führte unter dem Palast hindurch in ein Labyrinth aus Lagerräumen, aufgegebenen Bereichen, die beim Bau des Palastes ausgehöhlt worden waren, Zugangstunneln für die Wartung der Grundmauern sowie Abflußkanälen für das Grundwasser. Mächtige Steinroste verhinderten am Ende der Abflußkanäle, wo das Wasser unter den Grundmauern hinweg durch mächtige Steinroste nach draußen floß, daß jemand in den Palast gelangte.

»Nein«, meinte Kahlan. »Hier entlang – nach rechts.«

»Aber das Blut«, protestierte Nadine. »Er ist hier entlang gelaufen.«

»Bis zu dieser Stelle war kein Blut zu sehen. Das Blut soll uns ablenken. Dieser Weg führt hinauf in den Palast. Jagang ist hier entlang gelaufen, wo niemand ist.«

Nadine folgte, als Kahlan den Gang rechts betrat. »Aber warum sollte es ihn scheren, daß dort Leute sind? Er hat all die Soldaten dort hinten getötet oder verwundet!«

»Und denen ist es gelungen, ihm einen Arm abzuhacken. Marlin ist verwundet. Jagang wird es egal sein, ob wir den Zauberer töten, doch wenn es ihm gelingt zu fliehen, kann er mit Marlin noch schlimmeres Unheil anrichten.«

»Was kann er denn noch Schlimmeres anrichten, als Menschen zu verletzen? All die Menschen oben und die Soldaten?«

»Die Burg der Zauberer«, sagte Kahlan. »Jagang verfügt, was die Magie betrifft, lediglich über seine Fähigkeiten als Traumwandler, allerdings kann er einen Menschen, der die Gabe besitzt, für seine Zwecke einspannen. Nach dem, was ich bis jetzt gesehen habe, weiß er nicht viel darüber, wie man die Magie von anderen benutzt. Was er da hinten gemacht hat, dieser einfache Gebrauch von Luft und Hitze, kann man nicht gerade einfallsreich nennen. Jagang fallen nur die einfachsten Dinge ein, wenn er die Magie anderer benutzt, meist brutale Gewalt. Das ist unser Vorteil.

An seiner Stelle würde ich versuchen, in die Burg der Zauberer zu kommen und die Magie dort dazu benutzen, um größtmögliche Verwüstungen anzurichten.«

Kahlan lief auf eine Treppe zu, die man aus dem nackten Fels geschlagen hatte, und nahm jeweils zwei Stufen auf einmal. Unten führte der grobe, tunnelähnliche Gang in zwei Richtungen. Sie drehte sich zu den Soldaten um, die hinter ihr die Treppe hinuntergerannt kamen.

»Teilt euch auf – eine Hälfte in jede Richtung. Das hier ist das unterste Stockwerk. Sichert jede Kreuzung, auf die ihr stoßt. Vergeßt nicht, welchen Weg ihr bei jeder Abbiegung eingeschlagen habt, sonst könnt ihr euch da unten tagelang verlaufen.

Ihr habt gesehen, wozu er fähig ist. Wenn ihr ihn findet, geht kein Risiko ein, indem ihr versucht, ihn zu überwältigen. Stellt Posten auf, damit wir wissen, ob er zurückkommt, und dann holt mich.«

»Wie werden wir Euch finden?«

Kahlan sah nach rechts. »Ich werde mich im Zweifelsfall immer für den rechten Gang entscheiden, auf diese Weise könnt ihr nachvollziehen, welchen Weg ich genommen habe. Wir dürfen ihn nicht hinauslassen. Wenn er die Burg erreicht, kann er dort vielleicht Schilde passieren, die für mich unüberwindlich sind.«

Zusammen mit Nadine und der einen Hälfte der Soldaten eilte Kahlan weiter. Sie stießen auf meherere Räume, alle leer, und wenig später auf einige weitere Gänge. Bei jeder Abzweigung teilte sie die Gruppe der Soldaten und führte ihre stetig kleiner werdende Truppe nach rechts.

»Was ist das, die Burg der Zauberer?« fragte Nadine, während sie sich durch die Dunkelheit vorantasteten.

»Das ist eine gewaltige Festungsanlage, in der einst Zauberer lebten. Sie wurde noch vor der Zeit des Palastes der Konfessoren erbaut.« Kahlan deutete mit einer Handbewegung auf den Palast, der über ihnen lag. »In einem längst vergessenen Zeitalter wurde so gut wie jeder mit der Gabe geboren. Während der letzten dreitausend Jahre ist die Gabe innerhalb der menschlichen Art fast ausgestorben.«

»Was befindet sich in dieser Burg?«

»Verlassene Gemächer, Bibliotheken, Räumlichkeiten aller Art. Außerdem werden dort magische Gegenstände aufbewahrt. Bücher, Waffen und dergleichen mehr. Schilde schützen die wichtigen oder gefährlichen Teile der Burg. Wer keine Magie besitzt, kann keinen der Schilde passieren. Da ich mit Magie geboren wurde, kann ich zwar einige von ihnen passieren, aber nicht alle.

Die Burg ist riesig. Im Vergleich dazu wirkt der Palast der Konfessoren wie eine beengte Kate. Während des Großen Krieges vor dreitausend Jahren war die Burg mit Zauberern und ihren Familien bevölkert. Richard behauptet, es sei ein Ort voller Leben und Lachen gewesen. Damals besaßen die Zauberer sowohl Subtraktive als auch Additive Magie.«

»Und jetzt nicht mehr?«

»Nein. Nur Richard wurde mit beiden Seiten geboren.«

»Hört sich nach einem grauenhaften Ort an.«

»Ich habe einen großen Teil meines Lebens dort verbracht, habe Bücher über Sprachen studiert und von den Zauberern gelernt. Für mich bildete die Burg stets einen Teil meines Zuhauses.«

»Wo sind diese Zauberer jetzt? Können sie uns nicht helfen?«

»Sie haben sich allesamt am Ende des Sommers, während des Krieges mit Darken Rahl, umgebracht.«

»Sich umgebracht! Wie schrecklich! Warum sollten sie so etwas tun?«

Kahlan schwieg einen Augenblick, derweil sie unermüdlich weiter in die Dunkelheit vordrangen. Das alles kam ihr vor wie ein Traum.

»Wir mußten den Obersten Zauberer finden, damit er den Sucher der Wahrheit ernennt, der wiederum Darken Rahl Einhalt gebieten konnte. Der Oberste Zauberer war Zedd. Er lebte in Westland, jenseits der Grenze. Die Grenze stand mit der Unterwelt in Verbindung, der Welt der Toten. Deshalb konnte sie niemand passieren.

Darken Rahl war ebenfalls hinter Zedd her. Sämtliche Zauberer waren nötig, um eine Magie zu bewirken, die mich durch die Grenze brachte, damit ich Zedd aufspüren konnte. Hätte Darken Rahl die Zauberer gefangengenommen, hätte er sie mit Hilfe seiner ruchlosen Magie zwingen können, ihr Wissen preiszugeben.

Damit ich genug Zeit hätte, mein Ziel zu erreichen, töteten sich die Zauberer selbst. Trotzdem gelang es Darken Rahl, seine Meuchelmörder auf mich anzusetzen. Damals lernte ich Richard kennen. Er hat mich beschützt.«

»Beim Schartenberg?« fragte Nadine in ungläubigem Staunen. »Am Fuß des Felsens hat man vier tote Soldaten gefunden. Sie trugen Lederuniformen und waren bis an die Zähne bewaffnet. Niemand hatte je zuvor solche Soldaten gesehen.«

»Das waren sie.«

»Was war geschehen?«

Kahlan warf ihr einen Seitenblick zu. »Etwas Ähnliches wie das, was Euch mit Tommy Lancaster passierte.«

»Das war Richard? Richard hat diese Soldaten getötet?«

Kahlan nickte. »Zwei von ihnen. Einen weiteren überwältigte ich mit meiner Kraft, und der wiederum tötete den letzten. Wahrscheinlich war es das erste Mal, daß Richard Männern begegnete, die ihm nicht nur eine einfache Abreibung verpassen wollten, nachdem er beschlossen hatte, jemanden zu beschützen. Mich zu beschützen. Seit diesem Tag auf dem Schartenberg hat er eine Menge schwieriger Entscheidungen treffen müssen.«

Sie liefen weiter durch die finsteren, faulig riechenden Gänge, und es kam Kahlan vor wie Stunden, obwohl sie wußte, daß nicht mehr als fünfzehn oder zwanzig Minuten verstrichen sein konnten. Die Gesteinsquader waren hier größer, manchmal so mächtig, daß sie vom Boden bis zur Decke reichten. Sie waren grob behauen, paßten aber nicht weniger exakt aufeinander als das mörtellose Mauerwerk an anderen Stellen des Palastes.

Außerdem waren die Gänge feuchter. Stellenweise lief das Wasser an den Wänden herunter und floß in kleine, mit Fliesen ausgekleidete Tropflöcher an der Seite des Fußbodens, der zu den Seiten leicht abfiel, damit das Wasser in die Abflußrinnen geleitet wurde. Einige der Abflußrinnen waren mit Unrat verstopft, so daß sich flache Pfützen hatten bilden können.

Ratten benutzten die gefliesten Abflußrinnen als Tunnelgänge. Sie stoben quiekend auseinander, sobald Geräusch und Licht näherkamen. Einige huschten in die Abflußrinnen, andere liefen weiter nach vorne. Kahlan mußte wieder an Cara denken und fragte sich, ob sie wohl noch lebte. Es schien einfach zu grausam, daß sie sterben sollte, bevor sie Gelegenheit bekam, das Leben zu genießen – ohne den Wahnsinn, der wie ein Schatten auf ihr lag.

Nach etlichen Abzweigungen war Kahlans Begleitung auf Nadine und zwei Soldaten geschrumpft. Der Gang war so schmal, daß sie im Gänsemarsch weitergehen mußten. Die niedrige Gewölbedecke zwang sie, sich zu ducken.

Kahlan sah nirgends Blut – wahrscheinlich benutzte Jagang die Kontrolle über Marlins Verstand, um zu verhindern, daß er weiter blutete – aber an mehreren Stellen entdeckte sie im schlimmen Dreck an den Wänden waagerechte Spuren. In dem niedrigen und engen Durchgang dürfte es schwer sein, die nahen Wände nicht zu streifen. Kahlan kam häufiger an die Wände, als ihr lieb war. Jedesmal, wenn sie mit der Hand auf der Schulter gegen die schmierigen Mauern stieß, schoß ein scharfer Schmerz durch ihren Körper. Marlin – Jagang – mußte durch denselben Gang gekommen sein und die Wand ebenfalls gestreift haben.

Sie empfand sowohl ein leicht berauschendes Gefühl der Erleichterung, daß sie ihm tatsächlich auf der Spur war, als auch eine schreckliche Angst bei dem Gedanken, ihn womöglich einzuholen.

Der gewölbte Durchgang wurde noch einmal schmaler und niedriger. Sie mußten tief in die Hocke gehen, um ihren Weg fortsetzen zu können. Die Flammen der Fackeln züngelten am Mauerwerk dicht über ihren Köpfen, und der Rauch kroch in Schwaden unter der Decke entlang und brannte ihnen in den Augen.

Dann begann der Gang steil abzufallen. Alle rutschten mehr als einmal aus und fielen hin. Nadine schürfte sich den Ellenbogen auf, als sie stürzte und dabei gleichzeitig versuchte, die Fackel nicht loszulassen. Kahlan wurde langsamer, blieb jedoch nicht stehen, während einer der Soldaten Nadine auf die Beine half. Die drei hatten sie rasch wieder eingeholt.

Weiter vorne hörte Kahlan Wasser rauschen.

Der enge Gang weitete sich zu einem breiten, röhrenähnlichen Tunnel. Wasser schäumte in einem reißenden Strom durch den runden Tunnel, der zum Abwassersystem unter dem Palast gehörte. Kahlan blieb stehen.

»Was jetzt, Mutter Konfessor?« fragte einer der Soldaten.

»Wir halten an unserem Plan fest. Ich gehe mit Nadine stromabwärts, nach rechts. Ihr zwei geht stromaufwärts nach links.«

»Wenn er versucht, nach draußen zu gelangen, wird er sich rechts gehalten haben«, wandte der Soldat ein. »Er wird darauf setzen, an derselben Stelle wie das Wasser ins Freie zu gelangen. Wir sollten Euch begleiten.«

»Es sei denn, er weiß, daß wir ihn verfolgen und versucht, uns in die Irre zu locken. Ihr zwei geht nach links. Kommt schon, Nadine.«

»Da rein? Das Wasser reicht mir bestimmt bis zur Hüfte.«

»Sogar noch höher, würde ich sagen. Normalerweise ist es nicht tiefer als ein oder zwei Fuß. Jetzt ist es gestiegen, wegen der Frühjahrsschmelze. Drüben auf der anderen Seite gibt es Trittsteine, aber die liegen nun knapp unter Wasser. In der Mitte der Stelle, wo der Gang in den Abflußkanal übergeht, steht ein länglicher Stein, auf den man beim Hinübersteigen treten kann.«

Kahlan machte einen großen Schritt und stellte einen Fuß mitten im reißenden Strom auf den beschriebenen Stein. Dann hob sie ihr anderes Bein über das rauschende Wasser und tastete sich vor, bis sie mit dem Fuß einen der Steine in der Nähe der gegenüberliegenden Wand gefunden hatte. Sie reichte Nadine die Hand und zog sie auf die andere Seite. Auf den Trittsteinen war das Wasser nur knöcheltief, dennoch durchweichte es rasch den Saum und lief in die Stiefel. Es war eiskalt.

»Seht Ihr?« Kahlans Stimme hallte von den Wänden wider. Hoffentlich trug sie nicht allzuweit. »Seid vorsichtig. Die Trittsteine liegen ein Stück weit auseinander.«

Kahlan trat auf den nächsten und gab Nadine die Hand, um ihr hinüberzuhelfen. Dann machte sie den Männern ein Zeichen, daß sie tunnelaufwärts gehen sollten.

Die beiden stiegen herüber und entfernten sich zügig in die Dunkelheit. Kurz darauf verschwand der Lichtschein ihrer Fackeln hinter einer Biegung, und Kahlan stand alleine mit Nadine im schwachen Schein einer einzigen Fackel. Sie hoffte, daß die nicht sobald abbrannte.

»Vorsichtig jetzt«, mahnte sie Nadine.

Nadine hielt sich die Hand wie einen Trichter hinters Ohr. Im Getöse des Wassers war kaum ein Wort zu verstehen. Kahlan wiederholte ihr die Warnung ins Ohr. Sie wollte nicht schreien und Jagang aufmerksam machen, falls er in der Nähe war.

Auch wenn die Fackel heller gebrannt hätte, die Sicht wäre vermutlich nicht viel besser gewesen. Der Abflußtunnel wand und bog sich auf seinem abfallenden Weg unterirdisch aus dem Palast heraus. Kahlan mußte sich mit einer Hand an der kalten, schleimigen Steinmauer abstützen, um nicht das Gleichgewicht zu verlieren.

An mehreren Stellen fiel der Tunnel sehr steil ab. Die Mauersteine an den Seiten folgten seinem Verlauf wie eine Treppe durch eine tosende Stromschnelle. Eiskaltes Wasser hing wie ein Nebel in der Luft und durchnäßte sie bis auf die Knochen.

Selbst auf den flacheren Abschnitten war es nicht möglich zu rennen, da sie gezwungen waren, vorsichtig von einem Stein auf den anderen zu treten. Wenn man zu schnell ging und einen Stein verfehlte, konnten man sich leicht den Fuß brechen. Hier unten im Tunnel, im Wasser, mit Jagang irgendwo in der Nähe, wäre es höchst ungünstig, sich zu verletzen. Das Blut, das ihr unentwegt den Arm hinunterlief, erinnerte Kahlan daran, daß sie sich bereits verletzt hatte. Aber wenigstens laufen konnte sie.

Just in diesem Augenblick stieß Nadine einen langen, spitzen Schrei aus und fiel ins Wasser.

»Laßt bloß die Fackel nicht los!« schrie Kahlan.

Nadine, bis zur Brust im reißenden Wasser, reckte die Fackel in die Höhe, um zu verhindern, daß sie gelöscht wurde. Kahlan packte sie am Handgelenk und suchte verzweifelt Halt, als die Strömung Nadine mit sich zog. Da war nichts, wo Kahlan sich mit ihrer anderen Hand hätte festhalten können. Sie hakte die Absätze ihrer Stiefel über die Kante des Trittsteins, um zu verhindern, daß sie ebenfalls mitgerissen wurde.

Nadine schlug, nach einem der Trittsteine suchend, mit ihrer freien Hand um sich. Sie fand einen und packte ihn. Mit Kahlans Hilfe zog sie sich wieder hoch.

»Gütige Seelen, ist das Wasser kalt.«

»Ich hab' doch gesagt, Ihr sollt vorsichtig sein!«

»Mich hat etwas, vermutlich eine Ratte, am Bein gestreift«, sagte sie und versuchte wieder zu Atem zu kommen.

»Bestimmt war sie tot. Ich habe welche vorübertreiben sehen. Jetzt paßt auf.«

Nadine nickte verlegen. Nadine war an Kahlan vorbeigespült worden und hatte so die Führung übernommen. Kahlan wußte nicht, wie sie problemlos ihre Positionen hätten tauschen sollen, also gab sie Nadine einfach ein Zeichen weiterzugehen.

Die Frau drehte sich um und wollte sich auf den Weg machen.

Plötzlich brach eine dunkle Gestalt aus den schwarzen Tiefen hervor. Triefend vor Wasser kam Marlin an die Oberfläche und packte Nadines Knöchel mit der einen Hand. Kreischend wurde sie mit den Füßen voran in das tintenschwarze Naß gezogen.

11. Kapitel

Im Fallen schlug Nadine mit der Fackel zu und erwischte Marlin auf der Nase. Er ließ sie los, während er wie von Sinnen versuchte, sich das brennende Pech aus den Augen zu wischen. Die Strömung riß ihn fort.

Kahlan packte Nadine am Arm, mit dem sie die Fackel noch immer über Wasser hielt und half ihr zum zweiten Mal auf den Trittstein hinauf. Die beiden drückten sich mit dem Rücken flach an die Wand, rangen nach Luft und zitterten vor Schreck.

»Na schön«, sagte Kahlan schließlich, »wenigstens wissen wir jetzt, welche Richtung er eingeschlagen hat.«

Nadine schlotterte. Das Haar klebte ihr an Kopf und Hals. »Ich kann nicht schwimmen. Nun weiß ich, warum ich es nie lernen wollte. Es gefällt mir nicht.«

Kahlan lächelte in sich hinein. Die Frau hatte mehr Mumm, als sie vermutet hatte. Beim Gedanken daran, warum Nadine hier war und wer sie geschickt hatte, verschwand das Lächeln.

Dann wurde Kahlan bewußt, daß sie in der Plötzlichkeit des Überfalls die Gelegenheit verpaßt hatte, Jagang zu erledigen.

»Laßt mich vorangehen.«

Nadine hielt die Fackel mit beiden Händen. Kahlan legte ihr die Arme um die Hüften, dann drehten sie sich auf Zehenspitzen umeinander und tauschten auf dem Stein die Plätze. Die Frau war so kalt wie ein Fisch im Winter. Kahlan war nach dem Aufenthalt in den kalten Tunneln, wo ihr das eiskalte Wasser um die Knöchel spülte, nicht viel wärmer. Ihre Zehen waren taub.

»Was, wenn er stromaufwärts entkommt?« fragte Nadine.

»Das halte ich für unwahrscheinlich, mit nur einem Arm. Er wird sich an einem Trittstein festgehalten haben, so daß nur sein Gesicht aus dem Wasser schaute, während er versteckt im Wasser lag und auf uns lauerte.«

»Und wenn er es noch mal versucht?«

»Ich gehe jetzt voran. Dann kriegt er mich zu fassen, und das wird dann sein letzter Fehler sein.«

»Und wenn er wartet, bis Ihr vorüber seid, und dann auftaucht und wieder mich packt?«

»Dann müßt Ihr beim nächsten Mal eben noch fester zuschlagen.«

»Ich habe so fest zugeschlagen, wie ich konnte!«

Kahlan lächelte und drückte Nadine tröstlich den Arm. »Das weiß ich doch. Ihr habt genau das Richtige getan. Ihr habt Eure Sache gut gemacht.«

Zoll für Zoll schoben sie sich an der Wand entlang und passierten mehrere leichte Biegungen. Dabei hielten sie die ganze Zeit nach dem Gesicht von Marlin Ausschau, das ihnen jederzeit plötzlich aus dem Wasser entgegenblicken konnte. Die beiden erschraken jedesmal, wenn sie etwas entdeckten, stets jedoch stellte sich heraus, daß es nichts weiter war als ein Stück Treibgut.

Die Fackel flackerte inzwischen bedenklich und schien fast heruntergebrannt zu sein. Sämtliche Abflußkanäle führten nach draußen, und sie waren in diesem ein gutes Stück gelaufen. Kahlan wußte, der Tunnel mußte bald enden.

Sie war sich darüber im klaren, daß die Überlegung eher auf Hoffnung fußte denn auf Ortskenntnis. Als Mädchen hatte sie die Tunnel und Abflußkanäle hier unten ausgekundschaftet, allerdings nicht, wenn sie vom Schmelzwasser dermaßen angeschwollen waren. Zwar hatte sie eine recht gute Vorstellung davon, wo sie sich in etwa befand, ihren genauen Standort kannte sie dagegen nicht. Sie mußte daran denken, wie endlos ihr einige der Abflußkanäle damals vorgekommen waren.

Während sie so dahingingen, schien das tosende Geräusch des Wassers seinen Klang zu verändern. Kahlan war nicht sicher, was das zu bedeuten hatte. Vor ihnen machte der Tunnel einen Knick nach rechts.

Ein dumpfer Schlag, den sie eher spürte als hörte, ließ sie stehenbleiben. Sie streckte eine Hand aus, nicht nur, um Nadine zu stoppen, sondern auch als Zeichen, daß die andere sich still verhalten sollte.

Das nasse Mauerwerk der Wände leuchtete auf und reflektierte glitzernd den bläulichen Widerschein von irgend etwas hinter der Kurve. Ein dumpfes Heulen wurde immer heller, bis Kahlan es schließlich deutlich über dem Tosen des Wassers hören konnte.

Plötzlich schoß ein brodelnder Feuerball explosionsartig hervor. Wütendes gelbes und blaues Feuer, das den gesamten Tunnel füllte, kam kreisend und unter lautem Geheul auf sie zugerast.

Flüssiges Feuer, das in seiner alles verzehrenden Bedrohlichkeit zu kochen schien.

Zaubererfeuer.

Kahlan packte Nadine bei den Haaren. »Tief Luft holen!«

Nadine mit sich reißend, stürzte sich Kahlan knapp vor dem wütenden Getöse des kochenden Feuers ins Wasser. Das eiskalte Wasser war ein solcher Schock, daß sie es fast eingeatmet hätte.

Umgeben vom tosenden Wasser, war es schwierig, oben und unten zu unterscheiden. Kahlan riß die Augen auf. Über sich sah sie den schwankenden Lichtschein des Infernos. Nadine setzte alles daran, sich an die Oberfläche zu kämpfen. Kahlan stemmte sich mit ihrer Linken gegen die Unterseite eines Trittsteins, um unter Wasser zu bleiben, und hielt Nadine mit ihrem gesunden Arm ebenfalls unten. Nadine hatte panische Angst zu ertrinken und wollte sich losreißen. Auch Kahlan packte die Panik.

Als alles dunkel wurde, stieß Kahlan mit brennenden Lungen den Kopf durch die Oberfläche und riß Nadine mit sich hoch. Die Frau schluckte Wasser, hustete und versuchte keuchend Luft zu schöpfen. Lange, nasse Haarsträhnen verklebten die Gesichter der beiden.

Ein zweiter wirbelnder Feuerball raste den Tunnel entlang.

»Tief Luft holen!« schrie Kahlan.

Sie nahm einen tiefen Atemzug und tauchte unter, wobei sie Nadine mit sich riß. Und zwar keinen Augenblick zu früh! Kahlan wußte, vor die Wahl gestellt, hätte Nadine es vorgezogen, im Feuer zu sterben, statt zu ertrinken, aber das Wasser war ihre einzige Chance. Zaubererfeuer brannte mit todbringender Zielstrebigkeit, mit der Entschlossenheit des Zauberers, der es heraufbeschwor.

Lange hielten sie das nicht durch. Das Wasser war so kalt, daß sie bereits jetzt unkontrollierbar zitterten. Kaltes Wasser allein konnte einen Menschen töten. Sie durften nicht hier bleiben, sonst wäre es am Ende ebenso sicher mit ihnen vorbei, als wenn sie sich dem Zaubererfeuer aussetzten.

Durch Marlins Angriff hindurch war an Jagang nicht heranzukommen. Wenn sie ihn rechtzeitig erreichen wollten, gab es nur einen Weg: Sie würden unter dem Feuer hindurch müssen. Unter Wasser.

Kahlan unterdrückte ihre Panik, die sie bei der Vorstellung zu ertrinken befiel, vergewisserte sich, daß sie Nadines Hüfte sicher gefaßt hatte, dann stieß sie sich von dem Trittstein fort, an den sie sich geklammert hatte, als ginge es um ihr Leben.

Das grimmig nasse Wasser riß sie in seiner eiskalten Strömung fort.

Sie fühlte, wie sie sich unter Wasser um ihre eigene Achse drehte und dabei immer wieder gegen den Felsen stieß. Als sie mit der Schulter gegen etwas prallte, hätte sie fast losgebrüllt, doch die Vorstellung, ihren Atem mit einem Schlag zu verlieren, verschloß ihr die Kehle um so fester.

Als der Luftmangel zu stark wurde und ihr die Dunkelheit die

Orientierung nahm, war ihr klar, daß sie auftauchen mußte. Sie hielt Nadine mit ihrem gesunden Arm an sich gepreßt. Mit der anderen Hand gelang es ihr, sich an einem Stein festzuhalten. Wegen des zusätzlichen Gewichts von Nadine kam es ihr vor, als würde ihr die Strömung den Arm aus dem Gelenk reißen.

Als sie auftauchte, war es hell. Keine zwanzig Fuß entfernt befand sich ein steinernes Gitterfenster. Das Licht des späten Nachmittags fiel durch die Öffnung oberhalb der Wasserlinie.

Kahlan zog Nadines Kopf über Wasser und drückte der Frau eine Hand auf den Mund.

Auf einem der Trittsteine seitlich von ihnen, in der Nähe des steinernen Gitters, das Gesicht von ihnen abgewandt, stand Marlin.

Kahlan sah die zersplitterten Schäfte von wenigstens einem Dutzend Pfeile, die aus seinem Rücken hervorlugten. Nach seinem Schwanken zu urteilen, als er auf den nächsten Stein trat, hatte Marlin sicher nicht mehr lange zu leben.

Der Stumpf seines linken Armes blutete nicht. Wenn sie sich nur darauf verlassen könnte, daß er starb, bevor er die Burg erreichte. Man konnte deutlich sehen, daß Jagang den verwundeten Mann unerbittlich weitertrieb. Sie hatte keine Ahnung, wozu der Traumwandler fähig war, wenn es darum ging, den Verstand des Mannes zu kontrollieren und ihn am Leben und in Bewegung zu halten. Das Leben, von dem er Besitz ergriffen hatte, scherte ihn nicht. Jederzeit war er bereit, Marlin für die Durchsetzung seiner Ziele jeden erdenklichen Schmerz zuzufügen.

Der Zauberer hob eine Hand und richtete sie mit gespreizten Fingern auf den steinernen Rost. Kahlan war unter Zauberern großgeworden: Marlin beschwor einen Luftzauber herauf. Ein Teil des Gittergeflechts explodierte in einer Wolke aus Staub und Steinsplittern nach außen. Durch die herausgesprengte Öffnung fiel weiteres Licht herein.

Durch den plötzlich breiteren Abflußkanal konnte das Wasser

mit vermehrtem Druck herausströmen. Kahlan hatte in ihrem verletzten Arm keine Kraft, und der wachsende Sog des abfließenden Wassers riß sie von der Stufe fort. Nadine entglitt ihr ebenfalls.

Im mächtigen Griff des Wassers suchte Kahlan verzweifelt nach einem Halt, fand aber keinen. Sie drehte und wand sich, versuchte mit Händen und Füßen irgend etwas zu fassen zu bekommen. Sie hatte keine Gelegenheit gehabt, richtig Luft zu holen, außerdem hatte sie gegen das Entsetzen über ihren Atemmangel ankämpfen müssen.

Mit den Fingern erwischte sie die scharfe Steinkante am Rand des herausgesprengten Lochs. Sie wurde weiter hinuntergezogen und hart gegen den unteren Teil des Rostes gedrückt. Es gelang ihr lediglich, mit letzter Kraft den Kopf bis zum Hals hochzuhieven. Ihr erschien es, als atmete sie mehr Wasser als Luft.

Kahlan schaute hoch. Jagangs fieses Grinsen hieß sie willkommen. Er stand nur wenige Fuß entfernt.

Die Wucht des drückenden Wassers preßte sie fest gegen den zersprengten Rost. Sie hatte nicht die Muskelkraft, um sich gegen den reißenden Strom zu wehren. So sehr sie sich auch abmühte, sie kam nicht an den Zauberer heran. Sie schaffte es gerade eben, Luft zu holen.

Sie sah über die Schulter. Was sie sah, raubte ihr den Atem, um den sie gerade noch so heftig gekämpft hatte. Sie befanden sich auf der Ostseite des Palastes – der hohen Seite des Fundaments. Das Wasser schoß unter Getöse aus der Öffnung des Abflußkanals, um gut fünfzig Fuß in die Tiefe zu stürzen, bevor es donnernd auf die darunterliegenden Felsen klatschte.

Jagang lacht stillvergnügt in sich hinein. »Sieh an, sieh an, Schätzchen, wie nett von Euch vorbeizuschauen, um Zeuge meiner Flucht zu werden.«

»Wo wollt Ihr hin, Jagang?« brachte sie hervor.

»Ich dachte, ich gehe hinauf in die Burg.«

Kahlan schnappte nach Luft und bekam statt dessen einen Mundvoll Wasser. Sie hustete und würgte es heraus. »Warum wollt Ihr zur Burg? Was wollt Ihr dort?«

»Ihr täuscht Euch, Kleines, wenn Ihr glaubt, ich würde Euch irgendwas verraten, was Ihr nicht wissen sollt.«

»Was habt Ihr mit Cara gemacht?«

Er lächelte, antwortete jedoch nicht. Er hob Marlins Hand. Ein Stoß geballter Luft schlug ein weiteres Stück des Rosts zur Seite.

Der Stein, an dem sie sich festhielt, gab nach. Sie schrammte mit dem Rücken über die abgebrochene Kante. Kahlan schnappte nach einem festen Stück und bekam es gerade noch mit den Fingern zu fassen, bevor sie aus dem Kanal herausgedrückt wurde. Als sie nach unten sah, blickte sie auf die Felsen unterhalb des Fundaments. Über ihr toste das Wasser.

Mühsam schob sie die Finger über das scharfkantige Gestein und versuchte verzweifelt, sich wieder hinter die Überreste des Rosts zu ziehen. Panik verlieh ihren Bemühungen Kraft. Es gelang ihr, hinter das Steingitter zu kommen, sie konnte allerdings nicht mehr von dort weg. Das Wasser hielt sie gefangen.

»Schwierigkeiten, Kleines?«

Kahlan hätte ihn am liebsten angeschrien, konnte aber bestenfalls keuchend nach Luft schnappen, während sie dagegen ankämpfte, durch die Öffnung gespült zu werden. Ihre Arme brannten vor Anstrengung. Sie hatte keine Ahnung, wie sie ihn aufhalten sollte.

Sie dachte an Richard.

Jagang hob erneut Marlins Hand und spreizte die Finger.

Plötzlich tauchte Nadine unmittelbar hinter ihm aus dem Wasser auf. Mit einer Hand hielt sie sich an einer steinernen Treppenstufe fest, mit der anderen umklammerte sie noch immer die Fackel. Mit einem Gesicht, als stünde sie am Rand des Wahnsinns, holte sie zu einem wuchtigen Schlag aus und verpaßte Marlin einen Hieb in die Kniekehlen.

Seine Beine knickten unter ihm weg, und er stürzte direkt vor Kahlan kopfüber ins Wasser. Mit der einen Hand blieb er am zerbrochenen Rost hängen. Als er sah, was ihn draußen erwartete, versuchte er verzweifelt, sich zurückzustoßen. Offenbar hatte er nicht vorausgesehen, daß es vom Abflußkanal womöglich keinen Weg nach unten gab.

Nadine krallte sich an den Trittstein, als ginge es ums nackte Überleben.

Kahlan griff mit ihrem verletzten Arm nach hinten, stopfte ihre linke Hand unter Wasser durch eine Öffnung des Gitters und ballte sie zur Faust, um sie dort festzuklemmen.

Mit der anderen packte sie Marlin an der Kehle.

»Sieh mal an, was ich hier habe«, preßte sie zwischen zusammengebissenen Zähnen hindurch, »den großen und allmächtigen Kaiser Jagang.«

Er grinste und zeigte ihr sein schiefes Gebiß. »Genaugenommen, Schätzchen«, sagte er mit Jagangs nervend unverschämter Stimme, »habt Ihr nur Marlin.«

Sie zog sich dicht an sein Gesicht heran. »Meint Ihr wirklich? Wißt Ihr nicht, daß die Magie eines Konfessors schneller wirkt als ein Gedanke? Deswegen hat niemand eine Chance, wenn wir ihn erst einmal berührt haben. Niemand. Die magischen Bande meiner Treue zu Richard verwehren dem Traumwandler den Zugang zu meinem Verstand. Marlins Verstand ist jetzt unser Schlachtfeld. Glaubt Ihr etwa, Eure Magie arbeitet schneller als meine? Was meint Ihr? Kann ich Euch zusammen mit Marlin überwältigen?«

»Zwei auf einen Streich?« sagte er mit einem fiesen Grinsen. »Das glaube ich kaum, Schätzchen.«

»Wir werden sehen. Vielleicht kriege ich Euch doch. Vielleicht machen wir dem Krieg und der Imperialen Ordnung gleich hier an Ort und Stelle ein Ende.«

»Ach, Schätzchen, was seid Ihr nur für eine Närrin. Der Mensch ist dazu bestimmt, seine Welt von den Fesseln der Magie zu befreien. Selbst wenn Ihr mich hier auf der Stelle töten würdet, wäre das nicht das Ende der Imperialen Ordnung. Sie wird das einzelne Individuum überleben, auch mich, denn die gesamte Menschheit strebt danach, unsere Welt zu erben.«

»Erwartet Ihr wirklich, daß ich glaube, Ihr tut das nicht aus Selbstsucht? Aus reiner Machtgier?«

»Gewiß nicht. Ich genieße das Herrschen. Aber ich reite nur ein Pferd, daß sich bereits in vollem Galopp befindet. Euch wird es niedertrampeln. Ihr seid eine Närrin, wenn Ihr weiter an der sterbenden Religion der Magie festhaltet.«

»Eine Närrin, die Euch immerhin bei der Kehle gepackt hält – Euch, den großen Jagang, der angeblich den Triumph des Menschen über die Magie sucht und dabei selbst Magie anwendet!«

»Im Augenblick noch. Wenn jedoch die Magie stirbt, werde ich es sein, der den Wagemut und die Kraft besitzt zu herrschen – und zwar ohne Magie.«

In Kahlan erwachte ein wilder Zorn. Dies war der Mann, der den Tod Tausender unschuldiger Menschen angeordnet hatte. Dies war der Schlächter von Ebinissia. Dies war der Mann, der die Welt versklaven würde.

Dies war der Mann, der die Absicht hatte, Richard umzubringen.

In der Stille ihrer Gedanken, im Kern ihrer Kraft, wo es keine Kälte gab, keine Erschöpfung, keine Angst, hatte sie alle Zeit der Welt. Er machte zwar keine Anstalten zu fliehen, doch selbst dann wäre es hoffnungslos für ihn gewesen. Er gehörte ihr.

Kahlan tat, was sie unzählige Male zuvor auch schon getan hatte – sie gab ihre Zurückhaltung auf.

Eine kaum wahrnehmbare Zeitspanne lang war etwas anders als sonst. Da, wo sonst nichts war, entstand ein Widerstand. Eine Wand.

Ihre Kraft durchstieß sie wie heißer Stahl Glas.

Die Magie breitete sich explosionsartig in Marlins Verstand aus.

Donner ohne Hall.

Gesteinssplitter regneten nach der Erschütterung herab. Wassertropfen tanzten. Trotz der Strömung des Wassers bildete sich ein Kreis aus Wellen um die beiden, der nach außen wogte und eine Wand aus Staub und Gischt vor sich hertrieb.

Nadine, die sich an den Trittstein klammerte, stieß einen Schmerzensschrei aus, weil sie die Freisetzung der Konfessorenkraft aus nächster Nähe erlebt hatte.

Marlins Kiefer erschlaffte. Wenn der Verstand eines Menschen durch einen Konfessor zerstört wurde, verwandelte er sich in ein willenloses Werkzeug, das auf Befehle angewiesen war.

Marlin sperrte sich gegen diese Willenlosigkeit.

Blut strömte ihm aus Ohren und Nase. Sein Kopf fiel in der tosenden Strömung zur Seite. Seine toten Augen wurden starr.

Kahlan löste ihren Griff von seinem Hals, als seine Hand am Gitter erschlaffte und das Wasser seinen Körper mitriß. Marlins Leiche stürzte auf die Felsen unten zu.

Kahlan wußte: Um ein Haar hätte sie Jagang gehabt. Sie hatte versagt. Seine Gedanken, seine Fähigkeiten als Traumwandler waren zu schnell, als daß sie ihn mit ihrer Konfessorenmagie hätte packen können.

Nadine streckte die Hand nach ihr aus. »Gebt mir die Hand. Ich kann mich nicht ewig hier festhalten!«

Kahlan faßte ihr Handgelenk. Der Einsatz seiner Kraft beraubte einen Konfessor seiner gesamten Energie. Wenn sie von ihrer Magie Gebrauch gemacht hatte, brauchte sogar Kahlan, die Mutter Konfessor und vielleicht der stärkste je geborene Konfessor, mehrere Stunden, bevor sie ihre Kraft ein weiteres Mal einsetzen konnte. Sie war erschöpft und hatte der Strömung nichts mehr entgegenzusetzen. Hätte Nadine sie nicht festgehalten, wäre sie längst hinuntergetrieben worden.

Mit Nadines Hilfe gelang es Kahlan, sich auf die Trittsteine hinaufzuziehen. Bibbernd vor Kälte zogen sich die beiden hoch.

Nadine brach angesichts der Woge des Grauens, die vorübergezogen war und sie fast mitgerissen hätte, in Tränen aus. Kahlan war zum Weinen zu erschöpft, aber sie wußte, wie Nadine zumute war.

»Ich habe ihn nicht berührt, als Ihr Eure Magie eingesetzt habt, trotzdem dachte ich, mir würde jedes einzelne Gelenk entzweigerissen. Ich habe doch … ich habe doch nichts abbekommen, oder? Keine Magie? Ich werde nicht sterben, oder?«

»Nein, mit Euch ist alles in Ordnung«, versicherte ihr Kahlan. »Ihr habt den Schmerz nur deshalb gespürt, weil Ihr so nahe dran wart, das ist alles. Hättet Ihr ihn allerdings berührt, wäre das sehr viel übler für Euch ausgegangen – Ihr wärt vernichtet worden.«

Nadine nickte nur stumm zur Antwort. Kahlan legte den Arm um sie und flüsterte ihr ein Dankeschön ins Ohr. Nadines Tränen wichen einem Lächeln.

»Wir müssen zurück zu Cara«, sagte Kahlan. »Und zwar schnell.«

»Aber wie? Die Fackel ist heruntergebrannt. An der Außenwand gibt es keinen Weg nach unten, und wenn wir versuchen umzukehren, werden wir uns in der Dunkelheit verlaufen. Es sei denn, die Soldaten kommen und bringen Fackeln mit, um uns den Weg zu leuchten.«

»Nichts ist unmöglich«, erwiderte Kahlan erschöpft. »Wir sind bei jeder Abzweifung rechts abgebogen, also brauchen wir uns auf dem Rückweg immer nur links zu halten.«

Nadine streckte die Hand aus und deutete nach hinten in die völlige Dunkelheit. »In den Gängen mag das ja alles gut und schön sein, aber als wir diesen Abflußkanal betreten haben, sind wir auf die andere Seite gewechselt. Drüben gibt es keine Trittsteine. Wir werden die Öffnung niemals finden.«

»An der Stelle, wo das Wasser in der Mitte des Tunnels über den

Trittstein fließt, macht es ein anderes Geräusch. Ist Euch das nicht aufgefallen? Ich werde die Stelle wiederfinden.« Kahlan faßte Nadine bei der Hand, um sie zu ermutigen. »Wir müssen es versuchen. Cara braucht Hilfe.«

Nadine starrte in stummer Qual einen Augenblick lang vor sich hin, dann sagte sie: »Na schön, doch wartet einen Augenblick.«

Sie riß einen Streifen des zerfetzten Saums von Kahlans Kleid, wickelte ihn ihr um den Oberarm und verband damit so provisorisch die Wunde. Kahlan zuckte zusammen, als Nadine den Knoten festzurrte.

»Gehen wir«, meinte Nadine. »Aber seid vorsichtig, bis ich den Riß vernähen und einen Umschlag auflegen kann.«

12. Kapitel

Der Rückweg durch den Abflußtunnel gestaltete sich quälend langsam. Wenigstens blieb ihnen auf dem blinden Marsch, auf dem sie sich am kalten, glitschigen Mauerwerk entlangtasteten, während ihnen das Wasser an den Knöcheln zerrte und sie ständig Angst haben mußten, im Dunkeln in die tosenden Fluten zu stürzen, die grauenhafte Vorstellung erspart, Marlin könnte plötzlich auftauchen, sie an den Beinen packen und in die Tiefe ziehen. Als Kahlan hörte, wie sich das Rauschen des Wassers veränderte und das Echo in den Gang hineinhallte, hielt sie sich an Nadines Hand fest und suchte tastend mit dem Fuß nach dem Trittstein, der über den Kanal führte.

Sie waren schon ein Stück weit durch das dunkle Labyrinth der Tunnel und Gänge zurückgegangen, da fanden die Soldaten sie und leuchteten ihnen mit Fackeln den Weg. Kahlan folgte dem flackernden Schein in einem Zustand dumpfer Benommenheit, während sie immer tiefer in das schwarze Nichts vordrangen. Es kostete sie einige Mühe weiterzugehen. Nichts hätte Kahlan lieber getan, als sich hinzulegen – sogar hier auf den kalten, nassen Steinen.

In den Gängen vor der Grube drängten sich Hunderte wildentschlossener Soldaten. Sämtliche Bogenschützen hatten ihre Pfeile eingelegt. Speere wurden einsatzbereit gehalten, ebenso Schwerter und Äxte. Andere Waffen steckten nach dem Kampf mit Marlin noch immer im Gestein. Sie bezweifelte, daß man sie mit etwas anderem als Magie je herausbekommen würde. Die Toten und Verwundeten waren fortgeschafft worden, aber die Stellen, wo sie gelegen hatten, waren deutlich sichtbar mit Blut markiert.

Aus der Grube drangen keine Schreie mehr.

Kahlan erkannte Kommandant Harris wieder, der zuvor im Saal der Bittsteller gewesen war. »Ist jemand nach unten geklettert, um ihr zu helfen, Kommandant?«

»Nein, Mutter Konfessor.«

Er besaß nicht mal den Anstand, deswegen einen hilflosen Eindruck zu erwecken. D'Haraner fürchteten sich vor Magie und empfanden es nicht als Kränkung ihres Stolzes, das auch zuzugeben. Lord Rahl war die Magie gegen die Magie, und sie waren der Stahl gegen den Stahl. So einfach war das.

Kahlan brachte es nicht über sich, die Männer dafür zu tadeln, daß sie Cara im Stich gelassen hatten. Sie hatten ihre Tapferkeit im Kampf mit Marlin bewiesen. Es war etwas anderes, in die Grube hinunterzusteigen, als gegen etwas zu kämpfen, das aus ihr heraufgeklettert war.

Was ihren Teil des Bundes anbetraf, der Stahl gegen den Stahl, so waren d'Haranische Soldaten bereit, bis in den Tod zu kämpfen. Daher erwarteten sie, daß Lord Rahl seinen Teil erfüllte, und der bestand darin, sich mit der Magie auseinanderzusetzen.

Kahlan sah die Angespanntheit in den wartenden Augen. »Der Zauberer ist tot. Es ist vorbei.«

Überall rechts und links im Gang war ein erleichtertes Aufatmen zu hören, der besorgte Ausdruck auf dem Gesicht des Kommandanten verriet ihr allerdings, daß sie ziemlich mitgenommen aussah.

»Ich denke, wir sollten Hilfe für Euch holen, Mutter Konfessor.«

»Später.« Kahlan begab sich zur Leiter. Nadine folgte ihr. »Seit wann ist sie still, Kommandant?«

»Seit vielleicht einer Stunde.«

»Ungefähr zu der Zeit ist Marlin gestorben. Begleitet uns und nehmt noch ein paar Männer mit, damit wir Cara heraufholen können.«

Cara befand sich auf der gegenüberliegenden Seite des Raumes, in der Nähe der Wand, wo Kahlan sie zuletzt gesehen hatte. Kahlan kniete auf der einen Seite nieder, Nadine auf der anderen, während die Soldaten die Fackeln so hielten, daß sie etwas sehen konnten.

Cara wand sich in Zuckungen. Sie hatte die Augen geschlossen und schrie nicht mehr, aber sie schüttelte sich heftig und schlug mit Armen und Beinen auf den Steinfußboden.

Sie drohte an ihrem eigenen Erbrochenen zu ersticken.

Kahlan packte Cara an der Schulter ihres roten Lederanzugs und zog sie mit einem Ruck zur Seite. »Öffnet ihr den Mund!«

Nadine beugte sich von hinten über sie und drückte mit dem Daumen hinten gegen Caras Kiefer und zwang ihn so nach unten. Mit der anderen Hand drückte sie von oben auf ihr Kinn, damit ihr Mund offenblieb. Kahlan wischte Cara mehrere Male mit zwei Fingern durch den Mund, bis sie ihre Luftröhre freigelegt hatte.

»Atmen!« brüllte Kahlan. »Atmen, Cara, atmen!«

Nadine klopfte der am Boden liegenden Frau auf den Rücken und entlockte ihr ein gurgelndes, feuchtes, würgendes Husten, das schließlich Ähnlichkeit mit einem eindeutigen, wenn auch japsenden Luftholen bekam.

Cara konnte zwar atmen, ihre Zuckungen fanden jedoch kein Ende. Kahlan fühlte sich hilflos.

»Ich gehe besser meine Sachen holen«, sagte Nadine.

»Was ist mit ihr?«

»Ich weiß es wirklich nicht. Ein Krampfanfall. Ich bin kein Fachmann, dennoch glaube ich, wir sollten etwas dagegen unternehmen. Vielleicht kann ich ihr helfen. Möglicherweise habe ich in meinem Beutel das Richtige für sie.«

»Ihr beide geht mit und zeigt ihr den Weg. Laßt eine Fackel hier.«

Nadine und die beiden Soldaten kletterten hastig die Leiter hoch, nachdem einer der beiden eine Fackel in eine Wandhalterung gesteckt hatte.

»Mutter Konfessor«, meinte Kommandant Harris, »es ist noch nicht lange her, da ist ein Raug'Moss im Saal der Bittsteller aufgetaucht.«

»Ein was?«

»Ein Raug'Moss. Aus D'Hara.«

»Ich weiß nicht viel über D'Hara. Was sind das für Leute?«

»Sie gehören einer geheimen Sekte an. Ich weiß selbst nicht viel über sie. Die Raug'Moss bleiben unter sich. Man sieht sie nur selten –«

»Kommt zur Sache. Was will er hier?«

»Dieser hier ist der Hohepriester persönlich. Die Raug'Moss sind Heiler. Er behauptet, er habe gespürt, daß ein neuer Lord Rahl Herrscher von D'Hara geworden ist, und sei gekommen, um seinem neuen Herrn seine Dienste anzubieten.«

»Ein Heiler? Steht nicht einfach so herum – geht und holt ihn. Vielleicht kann er helfen. Beeilt Euch.«

Kommandant Harris schlug sich mit der Faust aufs Herz, dann kletterte er rasch die Leiter hoch.

Kahlan zog Caras Kopf in ihren Schoß und versuchte, ihre Zuckungen zu beruhigen. Sie hatte keine Ahnung, was sie sonst tun sollte. Damit, wie man Menschen Schmerzen zufügte, kannte sie sich aus, wie man sie heilte, wußte sie kaum. Sie war es leid, Menschen Schmerzen zuzufügen. Sie hätte gern mehr darüber erfahren, wie man Menschen heilte. So wie Nadine.

»Haltet durch, Cara«, sagte sie leise, während sie die zitternde Frau hin und her wiegte. »Gleich kommt Hilfe. Haltet durch.«

Kahlans Blick wurde vom oberen Mauerabschnitt gegenüber angezogen. Die in Stein gemeißelten Worte starrten sie an. Wie alle Konfessoren kannte sie beinahe sämtliche Sprachen in den Midlands, Hoch-D'Haran jedoch nicht. Hoch-D'Haran war eine tote Sprache, nur wenige Menschen beherrschten diesen alten Dialekt.

Richard war dabei, Hoch-D'Haran zu lernen. Er und Berdine arbeiteten zusammen an der Übersetzung des Tagebuchs, das sie in der Burg der Zauberer gefunden hatten – Kolos Tagebuch, wie sie es genannt hatten –, das während des Großen Krieges vor dreitausend Jahren geschrieben worden war. Richard konnte die Prophezeiung an der Wand bestimmt verstehen.

Ihr wäre es lieber gewesen, wenn er es nicht könnte. Sie wollte nicht wissen, was sie besagte. Prophezeiungen bedeuteten doch nur Ärger.

Sie wollte nicht glauben, daß Jagang eine unbekannte, um sich greifende Epidemie der Qualen auf sie losgelassen hatte, aber sie fand auch keinen vernünftigen Grund, weshalb sie an seinem Wort zweifeln sollte. Die Soldaten trauten sich nicht einmal, herunterzukommen und festzustellen, weshalb Cara zu schreien aufgehört hatte. Sie hätte an ihrem eigenen Erbrochenen ersticken können. Etwas so Simples, und nicht etwa Magie, hätte ihr Tod sein können, weil alle sich fürchteten oder weil es niemanden scherte, ob sie starb.

»Haltet durch, Cara. Mir ist das nicht gleichgültig.« Sie strich der Mord-Sith das Haar aus der feuchtkalt verklebten Stirn. »Mir nicht. Wir wollen, daß Ihr überlebt.«

Kahlan drückte die zitternde Frau an sich, so als versuche sie, ihre Worte, ihre Besorgnis in die Frau hineinzupressen. Ihr fiel auf, daß Cara sich gar nicht so sehr von ihr unterschied. Auch die Mord-Sith war dafür abgerichtet worden, Menschen Schmerzen zuzufügen.

Alles in allem war Kahlan ihr ziemlich ähnlich. Sie benutzte ihre Kraft, um den Verstand eines Menschen zu zerstören. Sie wußte, daß sie es tat, um andere zu retten, trotzdem tat sie ihnen weh. Mord-Sith fügten Menschen ebenfalls Schmerzen zu, allerdings ging es ihnen darum, ihrem Herrn zu helfen, sein Leben zu erhalten – und das wiederum sollte die Existenz des d'Haranischen Volkes sichern.

Gütige Seelen, war sie nicht ebenfalls nur eine dieser Mord-Sith, die sie aus dem Wahnsinn zurückzuholen versuchte?

Kahlan spürte wie der Strafer, der um ihren Hals hing, gegen ihre Brust drückte, während sie Cara in den Armen hielt. War sie in mehr als einer Hinsicht eine Schwester des Strafers?

Wäre Nadine gleich zu Beginn getötet worden, hätte sie das gekümmert? Nadine half den Menschen. Sie verdiente ihren Lebensunterhalt nicht damit, daß sie ihnen Leid zufügte. Kein Wunder, daß Richard sich zu ihr hingezogen gefühlt hatte.

Sie wischte sich über die Wange, als die Tränen heftiger zu fließen begannen.

Ihre Schultern zuckten. Alles tat ihr weh. Sie wünschte sich nichts sehnlicher, als von Richard in die Arme genommen zu werden. Sicher würde er wütend sein, aber im Augenblick brauchte sie ihn so dringend. Es tat ihr an der Schulter weh, die zitternde Frau im Schoß zu halten, dennoch ließ sie nicht los.

»Haltet durch, Cara. Ihr seid nicht allein. Ich bin bei Euch. Ich lasse Euch nicht alleine. Das verspreche ich Euch.«

»Geht es ihr schon besser?« erkundigte sich Nadine, als sie hastig die Leiter heruntergeklettert kam.

»Nein. Sie ist immer noch bewußtlos und zittert genau wie vorher.«

Nadine kniete nieder und ließ ihren Beutel neben Kahlan zu Boden fallen. Die Gegenstände darin stießen mit gedämpftem Klingeln aneinander.

»Ich habe den Männern gesagt, sie sollen oben warten. Wir sollten sie erst dann woandershin schaffen, wenn wir sie aus diesem Zustand befreien können, und dabei wären sie nur im Weg.«

Nadine ging daran, verschiedene Gegenstände aus ihrem Beutel hervorzuholen. Kleine gefaltete Briefchen, Lederbeutel mit eingeritzten Markierungen und zugestöpselte Behälter aus Horn, in die ebenfalls Symbole geritzt worden waren.

»Blaues Wanzenkraut«, murmelte sie vor sich hin, während sie die rätselhaften Markierungen mit zusammengekniffenen Augen musterte. »Nein, ich glaube nicht, daß das etwas nützt, außerdem müßte sie mehrere Tassen davon trinken.« Sie holte mehrere weitere Lederbeutel hervor, bevor sie beim nächsten innehielt. »Gerebelte Winterwicke. Das könnte helfen, jedoch müßten wird sie irgendwie dazu bringen, daß sie es raucht.« Sie stöhnte gereizt. »Das wird nicht gehen.« Sie betrachtete nachdenklich ein Horn. »Beifuß«, murmelte sie und stellte es zur Seite. »Mutterkraut?« Sie legte das Horn in den feuchten Schoß ihres Kleides. »Ja, Zehrkraut könnte auch ganz nützlich sein«, befand sie, ein anderes musternd. Sie tat das Horn zu denen in ihrem Schoß.

Kahlan nahm eines der Hörner, die Nadine ausgemustert hatte, und zog den Korken heraus. Ein beißender Anisgeruch ließ sie zurückschrecken. Sie stopfte den Korken wieder hinein und legte es zurück.

Darauf nahm sie ein zweites zur Hand. In die Patina des Horns hatte man zwei tiefe Kreise geritzt. Durch die beiden Kreise ging ein waagerechter Strich. Kahlan ruckelte den hölzernen Stöpsel vorsichtig hin und her und versuchte, ihn herauszuziehen.

Nadine schlug Kahlan das Horn aus der Hand. »Nicht!«

Kahlan sah überrascht auf. »Entschuldigung. Ich hatte nicht die Absicht, in Euren Sachen herumzuschnüffeln. Ich wollte –«

»Nein, darum geht es nicht.« Sie nahm das Horn mit den zwei von einer Linie durchstoßenen Kreisen und hielt es in die Höhe. »Das ist pulverisierter Hundspfeffer. Wenn Ihr beim Öffnen nicht aufpaßt, könntet Ihr davon etwas auf die Hände, oder schlimmer noch, in die Augen bekommen. Es handelt sich um einen starken Wirkstoff, der einen Menschen für eine Weile handlungsunfähig macht. Wärt Ihr beim Öffnen unachtsam gewesen, hättet Ihr geblendet und nach Luft japsend auf dem Boden gelegen, überzeugt, daß Euer Ende nahe sei.

Ich habe mit dem Gedanken gespielt, Cara damit zu behandeln

und ihre Zuckungen zu stoppen, indem ich sie lähme, entschied dann jedoch, es besser nicht auszuprobieren. Hundspfeffer macht teils dadurch bewegungsunfähig, daß er die Atmung beeinflußt. Man hat das Gefühl, als würden einem die Augen aus dem Kopf gebrannt, als würde man geblendet. Man denkt, die Nase stehe in Flammen, man ist überzeugt, das Herz werde einem zerspringen, und man bekommt keine Luft. Wenn man es abzuwaschen versucht, wird es nur noch schlimmer, weil das Pulver ölhaltig ist und sich nur verteilt.

Schädlich ist es eigentlich nicht, und man erholt sich nach einer kurzen Weile wieder vollständig, nur bis dahin ist man handlungsunfähig und vollkommen hilflos. Ich glaube, es wäre nicht gut, Cara auf diese Weise ruhigzustellen, weil sie ohnehin schon schwer Luft bekommt. Es könnte ihren Zustand verschlimmern, anstatt ihr zu helfen.«

»Wißt Ihr denn überhaupt eine Möglichkeit, wie Ihr ihr helfen könnt?« fragte Kahlan und gab sich Mühe, nicht allzu kritisch zu klingen.

Nadines Hand verharrte am Rand des Beutels. »Na ja, ich ... ich denke schon. Die Symptome findet man nicht so häufig, daher bin ich nicht ganz sicher, aber mein Vater hatte sie einmal beiläufig erwähnt.«

Kahlan war alles andere als beruhigt. Nadine fand ein kleines Fläschchen in ihrem Beutel und begutachtete es im Licht der Fackel. Sie zog den Korken heraus, hielt das Fläschchen mit einem Finger zu und stellte es auf den Kopf.

»Haltet ihr den Kopf hoch.«

»Was ist das?« fragte Kahlan, während sie Cara umdrehte. Sie sah zu, wie Nadine das Mittel auf Caras Schläfen verrieb.

»Lavendelöl. Es lindert die Kopfschmerzen.«

»Ich glaube, sie hat mehr als bloß Kopfschmerzen.«

»Ich weiß. Aber vielleicht schwächt es ihre Schmerzen ein wenig ab, bis ich etwas gefunden habe, mit dem ich sie ruhigstellen kann. Ein einzelnes Mittel allein wird ihr kaum helfen. Ich muß wohl versuchen, etwas zusammenzumischen.

Die Schwierigkeit besteht darin, daß wir sie wegen der krampfartigen Zuckungen nicht dazu bringen können, einen Absud oder Tee zu trinken. Herzgespann und Lindenblüten haben beruhigende Wirkung, doch werden wir sie nicht so weit kriegen, daß sie eine ganze Tasse davon in Wasser gelöst trinken kann. Schwarzer Andorn würde das Erbrechen unterbinden, allerdings müßte sie davon fünf Tassen pro Tag trinken. Ich wüßte nicht, wie wir ihr bei diesen Zuckungen auch nur eine einflößen können. Vielleicht bringen wir sie so weit, daß sie ein wenig Mutterkraut einnimmt. Aber eine Hoffnung habe ich noch ...«

Nadines langes, nasses Haar hing ihr um den Kopf, während sie in ihrem Beutel kramte. Sie brachte ein weiteres kleines braunes Fläschchen zum Vorschein.

»Ja! Ich habe es tatsächlich mitgenommen!«

»Was ist das?«

»Passionsblumentinktur. Das ist ein starkes Betäubungs- und Schmerzmittel. Ich hörte, wie mein Vater sagte, es beruhige Menschen, die sich in einem Zustand äußerster Erregtheit befinden. Ich vermute, mit Erregtheit meinte er so etwas wie Zuckungen. Da es sich um eine Tinktur handelt, können wir ihr etwas hinten auf die Zunge träufeln. Auf diese Weise wird sie es schlucken.«

Cara schüttelte sich heftig in Kahlans Armen. Die Mutter Konfessor nahm sie noch fester in die Arme, bis sie ein wenig stiller hielt. Kahlan war nicht recht wohl bei dem Gedanken, sich auf Nadines Vermutungen zu verlassen, aber sie wußte keine bessere Lösung. Irgend etwas mußte geschehen.

Nadine war soeben dabei, das Wachssiegel des kleinen braunen Fläschchens Passionsblumentinktur mit dem Daumennagel zu öffnen, als ein Schatten in die Tür oben trat. Nadine erstarrte.

Die reglose Silhouette einer Gestalt füllte den Türrahmen und schien die beiden Frauen ausgiebig zu betrachten. Der Mann drehte sich ohne das geringste Flattern seines Gewandes um und begann, die Leiter hinabzusteigen.

In der Stille war nur das leise Zischen der Fackel zu hören, als Kahlan Cara zerstreut über die Stirn strich und beobachtete, wie der Mann in dem Kapuzengewand die Leiter heruntergeklettert kam.

13. Kapitel

Nadine hielt inne.

»Wer ...?«

»Er ist eine Art Heiler«, flüsterte Kahlan, während sie beobachtete, wie der Mann mechanisch nach unten geklettert kam. »Aus D'Hara. Mir wurde berichtet, er sei gekommen, um Richard seine Dienste anzubieten. Ich glaube, er ist ein wichtiger Mann.«

Nadine ging mit einem Murren darüber hinweg. »Was will er denn ohne Kräuter oder dergleichen anfangen?« Sie beugte sich vor, ohne ihn aus den Augen zu lassen. »Er scheint überhaupt nichts bei sich zu haben.«

Kahlan sagte ihr, sie solle still sein. Steinstaub knirschte unter seinen Stiefeln, als sich der Mann umdrehte. Das Geräusch hallte durch die angespannte Stille der Grube. Er kam gemessenen Schritts näher. Die Fackel befand sich hinter ihm an der Wand, so daß Kahlan seine Gesichtszüge unter der großen Kapuze nicht erkennen konnte.

Er war so groß wie Richard und hatte ebenso breite Schultern.

»Mord-Sith«, stellte er mit einer Stimme fest, die glatt und herrisch wirkte und ebenfalls ein wenig an Richards erinnerte.

Er zog eine Hand unter seinem Gewand hervor und machte eine Geste. Kahlan gehorchte und drehte Cara mit dem Rücken auf den Steinfußboden. Während er Caras Zittern zu begutachten schien, wollte Kahlan ihn nicht damit behelligen, daß sie die beiden einander vorstellte. Sie wollte nichts anderes, als daß jemand Cara half.

»Was ist mit ihr passiert?« fragte er aus dem Schatten seiner Kapuze heraus, mit einer Stimme, die fast ebenso tief und dunkel war.

»Sie hatte die Kontrolle über den Mann, der –«

»Er hatte die Gabe? Sie war mit ihm verbunden?«

»Ja«, antwortete Kahlan. »So nannte sie es.« Aus seiner Kehle löste sich ein Grunzen, als wollte er sich die Information gedanklich einverleiben. »Wie sich herausstellte, war der Mann von einem Traumwandler besessen und –«

»Was ist ein Traumwandler?«

»Soweit ich verstanden habe, jemand, der in den Verstand eines anderen eindringen kann, indem er in die Zwischenräume seiner Gedanken schlüpft. Auf diese Weise kann er den Betreffenden beherrschen. Er hatte insgeheim von diesem Mann Besitz ergriffen, mit dem sie verbunden war.«

Er dachte einen Augenblick lang nach. »Verstehe. Fahrt fort!«

»Wir kamen hier herunter, um den Mann zu verhören –«

»Um ihn zu foltern.«

Kahlan atmete gereizt durch. »Nein. Ich erklärte Cara, daß wir ihn nur befragen wollten, um, wenn möglich, Antworten zu erhalten. Der Mann war ein gedungener Mörder, den man geschickt hatte, um Lord Rahl zu töten. Und wenn er diese Fragen nicht beantwortet hätte, dann wäre Cara bereit gewesen, zu tun, was immer sie tun mußte, um an diese Antworten zu kommen – und um Lord Rahl zu schützen.

Aber soweit kam es gar nicht. Wir fanden heraus, daß dieser Traumwandler die Kontrolle über den Zauberer hatte und über seine Gabe. Der Traumwandler benutzte die Gabe des Mannes, um in das Gestein hinter Euch eine Prophezeiung zu schreiben.«

Der Heiler drehte sich nicht mal um. »Und weiter?«

»Dann wollte er fliehen. Cara hat versucht, ihn aufzuhalten –«

»Über ihre Verbindung?«

»Ja. Sie stieß einen Schrei aus, wie ich ihn noch nie zuvor gehört hatte, hielt sich die Ohren zu und brach zusammen.« Kahlan deutete mit dem Kopf auf Nadine. »Diese Frau und ich haben den

Mann verfolgt. Glücklicherweise haben wir ihn erwischt. Er kam zu Tode. Als wir zurückkamen, fanden wir Cara auf dem Fußboden vor. Sie wand sich in Krämpfen.«

»Ihr hättet sie nicht alleine lassen dürfen. Sie hätte an ihrem Erbrochenen ersticken können.«

Kahlan preßte die Lippen aufeinander und schwieg. Ihr Gegenüber stand einfach da und sah zu, wie Cara sich schüttelte.

Schließlich riß ihr der Geduldsfaden. »Sie ist eine der persönlichen Leibwächterinnen von Lord Rahl. Wir brauchen sie. Habt Ihr die Absicht, Ihr zu helfen, oder wollt Ihr einfach nur rumstehen?«

»Immer mit der Ruhe«, entgegnete er in besorgtem Ton. »Zuerst muß man hinschauen, bevor man handelt, sonst richtet man am Ende noch mehr Schaden an.«

Kahlan funkelte die düstere Gestalt wütend an. Endlich ging er in die Hocke und setzte sich auf seine Fersen. Er ergriff Caras Handgelenk mit einer seiner großen Hände und schob einen Finger zwischen ihren Handschuh und ihren Ärmel. Mit einer fahrigen Geste deutete er auf die am Boden verteilten Gegenstände.

»Was ist das alles?«

»Das sind meine Arzneien«, erklärte Nadine. Sie reckte das Kinn vor. »Ich bin Heilerin.«

Noch immer Caras Handgelenk haltend, hob der Mann mit der anderen einen Lederbeutel hoch und betrachtete die Zeichen darauf. Er legte ihn wieder hin und nahm Nadine die beiden Hörner aus dem Schoß.

»Mutterkraut«, sagte er und warf es zurück in Nadines Schoß. Er betrachtete die Symbole auf dem anderen. »Zehrkraut.« Er warf es ebenfalls zurück.

»Ihr seid keine Heilerin, Ihr seid eine Kräuterfrau.«

»Wie könnt Ihr es wagen –«

»Habt Ihr der Frau, abgesehen von dem Lavendelöl, irgend etwas von Euren Arzneien gegeben?«

»Woher wißt … Ich hatte noch keine Zeit, ihr etwas anders zu geben.«

»Gut«, verkündete er. »Das Lavendelöl wird ihr nicht helfen, aber wenigstens schadet es auch nicht.«

»Na ja, ich weiß natürlich, daß es ihr die krampfartigen Zuckungen nicht nehmen wird. Es sollte nur ihre Schmerzen ein wenig lindern. Gegen die Zuckungen wollte ich ihr Passionsblumentinktur geben.«

»Ach, wirklich? Dann ist es ein Glück, daß ich rechtzeitig gekommen bin.«

Nadine verschränkte die Arme über der Brust. »Wieso denn das?«

»Weil Passionsblumentinktur sie mit großer Wahrscheinlichkeit getötet hätte.«

Nadines Miene verfinsterte sich. Sie löste die Arme voneinander und stemmte die Fäuste in die Hüften. »Passionsblumen sind ein starkes Beruhigungsmittel. Wahrscheinlich hätte es ihre Zuckungen zum Stillstand gebracht. Hättet Ihr Euch nicht eingemischt, hätte ich sie inzwischen längst wiederbelebt.«

»Ach, tatsächlich? Habt Ihr ihren Puls gefühlt?«

»Nein.« Nadine wurde vorsichtig. »Warum auch? Welchen Unterschied hätte das gemacht?«

»Ihr Puls geht schwach, unregelmäßig und schleppend. Diese Frau kämpft mit aller Kraft gegen einen Herzstillstand. Hättet Ihr ihr Passionsblumen verabreicht, hätte es genau das bewirkt, was Ihr gerade sagtet: Es hätte sie beruhigt. Ihr Herz hätte ausgesetzt.«

»Ich … ich verstehe nicht, wieso …«

»Selbst eine einfache Kräuterfrau sollte wissen, daß Vorsicht angebracht ist, wenn man es mit Magie zu tun hat.«

»Magie.« Nadine ließ den Kopf hängen. »Ich bin aus Westland. Ich hatte noch nie zuvor mit Magie zu tun. Ich wußte nicht, daß Magie sich auf Heilkräuter auswirkt. Tut mir leid.«

Er ignorierte ihre Entschuldigung und zeigte auf Cara. »Öffnet die Knöpfe und macht sie oben herum frei.«

»Warum?« wollte Nadine wissen.

»Macht schon! Oder wollt Ihr sie sterben lassen? Lange wird sie nicht mehr durchhalten.«

Nadine beugte sich vor und ging daran, die Leiste mit den kleinen roten Lederknöpfen seitlich über Caras Rippen aufzuknöpfen. Als sie damit fertig war, machte er ihr ein Zeichen, daß sie das Ledergewand öffnen sollte. Nadine sah kurz zu Kahlan. Die nickte, und sie zog das geschmeidige Leder zurück und machte Caras Brust frei.

»Dürfte ich Euren Namen erfahren?« fragte Kahlan ihn.

»Drefan.« Anstatt sich nach ihrem zu erkundigen, legte er Cara ein Ohr auf die Brust und horchte.

Er ging um sie herum, bis er sich an Caras Kopf befand, und drängte Kahlan so, ihm eiligst Platz zu machen. Nun untersuchte er kurz die blutende Wunde über ihrem linken Ohr, dann, nachdem er sie offenbar als unbedeutend abgetan hatte, fuhr er damit fort, systematisch ihren Halsansatz abzutasten.

Kahlan konnte nichts von seinem Gesicht sehen, das im Schatten der tief heruntergezogenen Kapuze lag. Die eine Fackel spendete ohnehin nicht viel Licht.

Drefan beugte sich vor und umfaßte Caras Brüste mit seinen großen Händen.

Kahlan richtete sich auf. »Was glaubt Ihr, was Ihr da tut?«

»Ich untersuche sie.«

»So nennt Ihr das?«

Er lehnte sich auf seine Fersen zurück. »Betastet ihre Brüste.«

»Warum?«

»Damit Ihr seht, was ich herausgefunden habe.«

Schließlich löste Kahlan den Blick von seiner Kapuze, faßte aber nicht wie er beherzt zu, sondern legte die Rückseite ihrer Finger seitlich an Caras linke Brust. Sie war heiß – sie glühte vor Fieber. Sie befühlte die andere. Sie war eiskalt.

Auf einen Wink von Drefan tat Nadine es ihr nach. »Was hat das zu bedeuten?« fragte sie.

»Ich möchte mit meinem endgültigen Urteil warten, bis ich die Untersuchung abgeschlossen habe, aber es verheißt nichts Gutes.«

Er legte ihr die Finger seitlich an den Hals und fühlte erneut ihren Puls. Er strich ihr mit den Daumen nach außen über die Stirn. Dann beugte er sich vor und hielt sein Ohr nacheinander an ihre beiden. Prüfend sog er ihren Atem ein. Vorsichtig hob er ihren Kopf an und ließ ihn kreisen. Er breitete ihre Arme zu den Seiten aus, machte die Lederkleidung weiter auf, so daß Caras Oberkörper bis zur Hüfte nackt war, woraufhin er sich über sie beugte und ihren Unterleib bis unter die Rippen abtastete.«

Den Kopf zur Seite geneigt, als konzentriere er sich, berührte er mit seinen Fingern einen Augenblick lang die Vorderseite ihrer Schultern, die Seiten ihres Halses, die Schädelbasis, ihre Schläfen, mehrere Stellen auf dem Brustkorb und ihre Handflächen.

Kahlan wurde allmählich ungeduldig. Sie sah eine Menge Grabschen und Betatschen, von Heilen jedoch keine Spur. »Und?«

»Ihre Aura ist ernsthaft verknotet«, verkündete er, während er ohne jede Scham seine große Hand unter das rote Leder auf Caras Hüfte schob.

Starr vor Fassungslosigkeit, verfolgte Kahlan, wie seine Hand bis zwischen ihre Beine glitt. Sie konnte sehen, wie er seine Finger unter dem engen Leder in ihr Geschlechtsteil einführte.

So fest sie konnte, boxte Kahlan ihn auf den Oberarm, auf einen äußerst empfindlichen Nerv.

Er zuckte vor Schmerz zurück. Stöhnend kippte er seitlich auf die Hüfte und hielt sich den Arm, wo sie ihn getroffen hatte.

»Wie könnt Ihr es wagen, sie so zu begrabschen! Das lasse ich nicht zu, habt Ihr verstanden!«

»Ich habe sie nicht begrabscht«, knurrte er.

Die Erregung war noch nicht aus Kahlans Stimme gewichen. »Wie nennt Ihr das denn?«

»Ich habe versucht festzustellen, was dieser Traumwandler mit ihr angestellt hat. Er hat ihre Aura stark durcheinandergebracht und dadurch ihren Verstand so verwirrt, daß sie ihren Körper nicht mehr kontrollieren kann.

Genaugenommen leidet sie gar nicht unter krampfhaften Zuckungen. Sie hat unkontrollierbare Muskelkontraktionen. Ich wollte mich vergewissern, ob er nicht den Teil ihres Gehirns aktiviert hat, der für die Erregung zuständig ist, ob er sie nicht in den Zustand eines dauerhaften Orgasmus versetzt hat. Dazu muß ich wissen, in welchem Ausmaß er die Sperren und Auslöser gestört hat, damit mir klar wird, wie sich der Prozeß umkehren läßt.«

Nadine bekam große Augen und beugte sich vor. »Magie wäre zu so etwas fähig? Daß ein Mensch einen ... andauernden ...?«

Er nickte und beugte seinen schmerzenden Arm. »Vorausgesetzt, der Fachmann weiß, was er tut.«

»Könntet Ihr so etwas zustande bringen?« fragte sie kaum hörbar.

»Nein. Ich besitze weder die Gabe noch irgendeine andere Form von Magie. Aber ich weiß, wie man heilt – vorausgesetzt, der Schaden ist nicht allzu groß.« Die Kapuze schwenkte zu Kahlan herum. »Darf ich jetzt fortfahren, oder wollt Ihr zusehen, wie sie stirbt?«

»Macht weiter. Aber wenn Ihr Eure Hand noch einmal dort unten hinlegt, werdet Ihr in Zukunft ein einarmiger Heiler sein.«

»Ich habe bereits herausgefunden, was ich wissen muß.«

Nadine beugte sich wieder vor. »Hat sie ...?«

»Nein.« Er machte eine gereizte Handbewegung. »Zieht ihr die Stiefel aus.«

Nadine ging schwerfällig um sie herum und tat, was man ihr aufgetragen hatte. Er drehte sich leicht in Kahlans Richtung, so als wollte er sie aus den Tiefen seiner Kapuze heraus betrachten. »Wußtet Ihr, wo sich dieser bestimmte Nerv in meinem Arm befindet, oder war das einfach Glück?«

Kahlan musterte den Schatten und versuchte seine Augen zu erkennen. Es war unmöglich. »Ich wurde in diesen Dingen ausgebildet – damit ich mich und andere verteidigen kann.«

»Ich bin beeindruckt. Mit solchen Kenntnissen über die Nerven könntet Ihr lernen, wie man heilt, anstatt den Menschen weh zu tun.« Er richtete seine Aufmerksamkeit auf Nadine. »Drückt die dritte vordere Achse des Rückenmeridians nach unten.«

Nadine zog ein Gesicht. »Was?«

Er fuchtelte mit der Hand herum und zeigte es ihr. »Zwischen der Sehne hinten an ihrer Ferse und dem Knochen, der zu den Seiten hin vorsteht. Drückt dort mit Daumen und einem Finger zu. An beiden Knöcheln.«

Nadine tat, wie ihr geheißen, während Drefan mit seinen beiden kleinen Fingern hinter Caras Ohren und gleichzeitig mit den beiden Daumen auf ihren Schultern zudrückte. »Fester, Frau.« Er legte Cara beide Handflächen übereinander auf das Brustbein.

»Jetzt den zweiten Meridian«, brummte er.

»Was?«

»Geht einen halben Zoll nach unten und wiederholt dort dieselbe Prozedur. An beiden Knöcheln.« Er glitt mit Fingern hoch zu Caras Kopf, konzentrierte sich ganz auf seine Arbeit. »Sehr gut. Den ersten Meridian.«

»Wieder einen halben Zoll nach unten?« fragte Nadine.

»Ja, ja. So beeilt Euch doch.«

Er hielt Caras Ellenbogen zwischen Daumen und Zeigefinger und hob sie beide ein paar Zoll in die Höhe.

Schließlich ließ er sich mit einem Seufzer auf die Fersen zurücksinken. »Erstaunlich«, murmelte er wie zu sich selbst. »Das ist nicht gut.«

»Was denn?« wollte Kahlan wissen. »Soll das heißen, daß Ihr ihr nicht helfen könnt?«

Er machte eine wegwerfende Handbewegung, so als wäre er zu beschäftigt, um zu antworten.

»Antwortet mir«, hakte Kahlan beharrlich nach.

»Wenn ich will, daß Ihr mich behelligt, *Frau*, dann werde ich Euch darum bitten.«

Nadine beugte sich vor und legte den Kopf schief. »Habt Ihr eigentlich eine Ahnung, mit wem Ihr sprecht?« Sie deutete mit dem Kinn auf Kahlan.

Er war damit beschäftig, Caras Ohrläppchen abzutasten. »Ihrem Aussehen nach würde ich sagen mit irgendeiner Putzfrau. Einer, die dringend ein Bad benötigt.«

»Ich habe gerade ein Bad genommen«, erwiderte Kahlan kaum hörbar.

Nadine senkte gewichtig die Stimme. »Ihr tätet gut daran, ein wenig Respekt an den Tag zu legen, Heiler. Ihr gehört der gesamte Palast hier. Alles. Sie ist die Mutter Konfessor höchstpersönlich.«

Er strich Cara mit dem Finger über die Innenseite ihrer Oberarme. »Tatsächlich? Nun, das ist schön für sie. Und jetzt seid bitte still, alle beide.«

»Außerdem ist sie die Verlobte von Lord Richard Rahl.«

Drefans Hand erstarrte. Sein ganzer Körper spannte sich an.

»Und da Lord Rahl der Herrscher D'Haras ist und Ihr aus D'Hara stammt«, fuhr Nadine fort, »macht ihn das vermutlich zu Eurem Dienstherrn. An Eurer Stelle würde ich gegenüber der zukünftigen Frau von Lord Richard Rahl ein wenig mehr Respekt an den Tag legen. Ich habe gesehen, wie er Leuten für ihre Grobheiten die Zähne ausgeschlagen hat.«

Drefan bewegte keinen Muskel.

Kahlan fand, daß Nadine es sehr derb formuliert hatte, bezweifelte aber, daß man es deutlicher hätte ausdrücken können.

»Und nicht nur das«, fügte Nadine hinzu, »sie ist es auch gewesen, die den Meuchelmörder getötet hat. Mit Magie.«

Endlich räusperte sich Drefan. »Verzeiht mir, Herrin ...«

»Mutter Konfessor«, verbesserte Kahlan ihn.

»Ich bitte untertänigst um Verzeihung ... Mutter Konfessor. Ich hatte keine Ahnung. Ich hatte nicht die Absicht, einen ...«

Kahlan schnitt ihm das Wort ab. »Verstehe. Ihr wart mehr darum bemüht, Cara hier zu heilen, als Euch mit Förmlichkeiten abzugeben. Genau wie ich. Könnt Ihr ihr helfen?«

»Ja.«

»Dann fahrt bitte fort damit.«

Er wandte sich augenblicklich wieder Cara zu. Stirnrunzelnd verfolgte Kahlan, wie seine Hände nach einem bestimmten Muster über den dahingestreckten Körper glitten, wobei seine Finger unter einer nicht erkennbaren Anstrengung zu zittern begannen.

Nadine, zu Caras Füßen, verschränkte erneut die Arme. »Das nennt Ihr heilen? Meine Kräuter hätten besser gewirkt als dieser Unfug, und obendrein schneller.«

Er schaute hoch. »Unfug? Ihr haltet das für Unfug? Für irgendeinen Hokuspokus? Habt Ihr auch nur die geringste Ahnung, junge Frau, womit wir es hier zu tun haben?«

»Mit einem Krampfanfall. Dagegen muß man etwas tun, nicht beten.«

Er richtete sich auf. »Ich bin der Hohepriester der Raug'Moss. Es ist nicht meine Art, für meine Heilerfolge zu beten.« Nadine schnaubte spöttisch. Er nickte, als hätte er einen Entschluß gefaßt. »Ihr wollt sehen, womit wir es zu tun haben? Ihr wollt einen Beweis, den Ihr mit Eurem schlichten Kräuterfrauenblick begreifen könnt?«

Nadines Blick verfinsterte sich. »Angesichts fehlender Ergebnisse wäre ein kleiner Beweis nicht schlecht.«

Er deutete auf etwas. »Ich habe ein Horn mit Beifuß gesehen.

Gebt es mir. Vermutlich habt Ihr auch eine Wachskerze in Eurem Beutel. Zündet sie an.«

Während Nadine die Kerze zur Fackel trug, um sie dort anzuzünden, schlug Drefan sein Gewand auf und entnahm einem Beutel mehrere Gegenstände. Nadine reichte ihm die brennende Kerze. Er träufelte heißes Wachs neben sich auf den Fußboden und steckte die Kerze darin fest.

Der Hohepriester langte unter sein Gewand und holte ein langes Messer mit dünner Klinge hervor. Er beugte sich vor und preßte es zwischen Caras Brüste. Der rubinrote Tropfen unter der Messerspitze wurde immer größer. Er legte das Messer zur Seite und beugte sich über sie. Mit einem langstieligen Löffel schöpfte er das Blut von ihrer Haut.

Er lehnte sich zurück, entkorkte das Horn, das Nadine ihm gegeben hatte, und schüttelte ein wenig Beifuß auf das Blut im Löffel. »Das nennt Ihr Beifuß! Man darf nur die pelzige Unterseite der Blätter sammeln. Ihr habt das ganze Blatt daruntergemischt.«

»Das spielt keine Rolle. Es ist alles Beifuß.«

»Von sehr schlechter Qualität, wenn man es so macht. Ihr solltet wissen, daß man Beifuß von hoher Qualität benutzt. Was für eine Kräuterfrau seid Ihr eigentlich?«

Nadine kniff empört die Augen zusammen. »Er wirkt prächtig. Wollt Ihr Euch etwa herausreden, damit Ihr uns nicht beweisen müßt, Ihr wüßtet, was Ihr tut? Wollt Ihr Euer Versagen etwa auf die schlechte Qualität des Beifußes schieben?«

»Für meine Zwecke ist die Qualität mehr als ausreichend, für Eure hingegen nicht.« Sein Ton wurde belehrend und dabei geradezu höflich. »Reinigt das nächste Mal die Probe, die Ihr gesammelt habt, und Ihr werdet feststellen, daß es wesentlich besser wirkt.«

Er beugte sich vor, hielt den Löffel in die Spitze der Kerzenflamme, bis der Beifuß sich entzündete und dabei reichlich Rauch und einen schweren moschusartigen Geruch absonderte. Drefan ließ den qualmenden Löffel über Caras Bauch kreisen und hüllte ihn so in Rauch.

Schließlich gab er den Löffel mit dem kokelnden Beifuß an Nadine weiter. »Haltet ihr das zwischen die Füße.«

Er legte die Finger an die Schläfen und sprach leise murmelnd einen Sprechgesang.

Dann löste er die Hände von seinem Kopf. »Jetzt paßt auf, und Ihr werdet sehen, was ich sehen kann, Ihr werdet fühlen, was ich – ohne den Rauch – fühlen kann.«

Er legte Cara die Daumen an die Schläfen und die kleinen Finger seitlich an den Hals.

Ein Ruck ging durch die dichte Schicht aus Beifußrauch.

Kahlan stockte der Atem, als sie seilartige Rauchlinien sah, die sich über Caras gesamtem Körper wanden und schlängelten. Drefan löste seine Hände, und die Rauchspuren erstarrten zu einem ruhenden Geflecht aus Linien. Einige spannten sich von ihrem Brustbein zu ihren Brüsten, ihren Schultern, Hüften und Schenkeln. Ein Gewirr aus Linien führte von der oberen Hälfte ihres Kopfes zu Punkten überall auf ihrem Körper.

Drefan fuhr mit dem Finger an einer entlang. »Seht Ihr diese hier? Von ihrer linken Schläfe zum linken Bein? Seht her.« Er preßte seine Finger links gegen die Unterseite ihres Schädels, und die Rauchlinie wechselte hinüber auf das rechte Bein. »Da. Dort gehört sie hin.«

»Was hat das alles zu bedeuten?« fragte Kahlan verwundert.

»Das sind ihre Meridianlinien: der Fluß ihrer Kraft, ihres Lebens. Ihre Aura. Es ist noch mehr als das, aber es ist schwierig, Euch das alles mit ein paar wenigen Worten zu erklären. Ich habe nichts anderes getan als das, was ein Sonnenstrahl tut, der die durch die Luft treibenden Staubpartikel sichtbar macht.«

Nadine war die Kinnlade heruntergeklappt. Sie hockte da wie erstarrt und hielt den rauchenden Löffel. »Wie habt Ihr die Linie dazu gebracht, sich zu bewegen?«

»Dadurch, daß ich eine heilende Kraft mit Hilfe meiner Lebensenergie dorthin gezwungen habe, wo sie benötigt wird.«

»Dann besitzt Ihr Magie.«

»Nein, Übung. Preßt ihre Fersen, wie beim ersten Mal.«

Nadine legte den Löffel beiseite und drückte auf Caras Fersen. Das Gewirr der Linien, die zu den Beinen hinunterführten, drehte und entwirrte sich und verschob sich in einer geraden Linie von den Hüften zu den Beinen.

»Da«, meinte Drefan. »Ihr habt soeben ihre Beine entwirrt. Seht Ihr, wie sie sich beruhigt haben?«

»Das war ich?« fragte Nadine ungläubig.

»Ja. Aber das war der einfache Teil. Seht Ihr das hier?« Er deutete auf ein Geflecht aus Linien, das von ihrem Kopf ausging. »Dies ist der gefährliche Teil dessen, was der Traumwandler angerichtet hat. Es muß rückgängig gemacht werden. Diese Linien deuten darauf hin, daß sie ihre Muskeln nicht kontrollieren kann. Sie kann nicht sprechen, und sie wurde geblendet. Seht Ihr, hier? Diese Linie, die von ihren Ohren nach außen führt und dann wieder zurück zu ihrer Stirn? Das ist die einzige, die korrekt verläuft. Sie kann alles hören und verstehen, was wir sagen, sie kann nur nicht darauf reagieren.«

Jetzt blieb auch Kahlan der Mund offenstehen. »Sie kann uns verstehen?«

»Jedes Wort. Seid versichert, sie weiß, daß wir Ihr zu helfen versuchen. Und nun, bitte, muß ich mich konzentrieren. Dies alles muß in der richtigen Reihenfolge geschehen, sonst verlieren wir sie.«

Kahlan machte eine auffordernde Handbewegung in seine Richtung. »Natürlich. Tut, was Ihr müßt, um sie zu retten.«

Drefan beugte sich über seine Arbeit, arbeitete sich um Caras Körper herum, preßte seine Finger oder seine flache Hand auf verschiedene Stellen ihres Körpers. Ab und zu benutzte er die Messerspitze und schnitt in die Haut. Er entnahm nie mehr als einen Tropfen Blut. Bei fast jedem Handgriff bewegten sich einige der seilartigen Rauchlinien. Sie entwirrten sich, einige legten sich auf Caras Körper, während andere sich in schwungvollem Bogen nach außen krümmten, bevor sie zu einer von ihm behandelten Stelle zurückkehrten.

Als er das Fleisch zwischen ihrem Daumen und Zeigefinger zusammendrückte, streckten sich nicht nur die Rauchlinien über ihrem Arm, sondern Cara stöhnte erleichtert auf, drehte den Kopf und bewegte die Schultern. Es war überhaupt die erste normale Reaktion, die Cara zeigte. Nachdem er ihr das Messer oben in die Fersen gestochen hatte, japste sie keuchend nach Luft und begann in gleichmäßigem, wenn auch schnellem Rhythmus zu atmen. Ein Gefühl der Erleichterung und Hoffnung durchströmte Kahlan.

Schließlich hatte er sie einmal ganz umrundet und bearbeitete ihren Kopf, indem er ihr die Daumen längs des Nasenrückens und quer über die Stirn aufdrückte. Ihr Körper war vollkommen ruhig und zuckte nicht mehr. Ihre Brust hob und senkte sich mühelos.

Er preßte ihr die Messerspitze zwischen die Augenbrauen. »Das sollte genügen«, murmelte er in sich hinein.

Cara schlug die blauen Augen auf. Ihr Blick suchte herum, bis er Kahlan fand. »Ich habe gehört, was Ihr gesagt habt«, sagte sie leise. »Ich danke Euch, meine Schwester.«

Kahlan lächelte erleichtert. Sie wußte, was sie meinte. Cara hatte tatsächlich mitbekommen, wie Kahlan zu ihr gesagt hatte, sie sei nicht allein.

»Ich habe Marlin erwischt.«

Cara lächelte. »Ihr macht mich stolz darauf, in Euren Diensten zu stehen. Leider war all Eure Mühe, mich zu heilen, umsonst.«

Kahlan runzelte die Stirn. Sie wußte nicht, worauf die Mord-Sith hinauswollte. Cara drehte den Kopf zurück und sah hoch zu Drefan, der sich über sie beugte.

»Wie fühlt Ihr Euch?« erkundigte er sich. »Fühlt sich jetzt wieder alles normal an?«

Sie runzelte die Stirn, und sie bekam einen benommen verwirrten Blick, der an Bestürzung grenzte.

»Lord Rahl?« fragte sie ungläubig.

»Nein. Ich bin Drefan.«

Er schlug seine Kapuze mit beiden Händen zurück. Kahlan bekam große Augen, ebenso Nadine.

»Aber Darken Rahl war auch mein Vater. Ich bin Lord Rahls Halbbruder.«

Kahlan starrte ihn verwundert an. Dieselbe Größe, derselbe muskulöse Körperbau wie bei Richard. Blondes Haar wie das von Darken Rahl, wenn auch kürzer und nicht so glatt. Richards Haar war dunkler und nicht so fein. Drefans Augen, eher stechend blau wie die von Darken Rahl als grau wie Richards, wiesen dennoch die gleiche raubvogelhafte Schrägstellung auf. Seine Züge besaßen dieselbe unfaßbare Perfektion einer Statue wie die von Darken Rahl. Diese grausame Vollkommenheit hatte Richard nicht geerbt. Drefans Äußeres, irgendwo in der Mitte zwischen beiden, neigte ein wenig mehr zu Darken Rahl als zu Richard.

Aber obschon kein Mensch Drefan mit Richard verwechseln würde, hätte niemand Mühe zu erkennen, daß sie Brüder waren.

Sie fragte sich, wieso Cara dieser Irrtum unterlaufen war. Dann sah sie den Strafer in Caras Faust. Mit ›Lord Rahl‹ hatte Cara gar nicht ihn gemeint. Sie hatte in ihrem verwirrten Zustand keinesfalls Richard in ihm gesehen.

Sie hatte ihn für Darken Rahl gehalten.

14. Kapitel

In der vollkommenen Stille hörte man nur, wie Richard mit dem Daumennagel auf eine der Spitzen des zurückgebogenen Handschutzes seines Schwertes klickte. Der Ellenbogen seines anderen Armes ruhte auf dem polierten Tisch, während er den Kopf mit dem Daumen unter seinem Kinn und dem Zeigefinger an seiner Schläfe stützte. Gelassener Miene bemühte er sich, seinen Zorn im Zaum zu halten. Er war außer sich. Diesmal waren sie zu weit gegangen, und das wußten sie.

In Gedanken war er die gesamte Liste mit möglichen Strafen durchgegangen, hatte sie aber allesamt verworfen, nicht weil sie zu streng waren, sondern weil er wußte, daß sie nichts bewirken würden. Schließlich entschied er sich für die Wahrheit. Nichts war härter als die Wahrheit, und bei nichts anderem war die Wahrscheinlichkeit so groß, daß es ihm gelang, zu ihnen durchzudringen.

Berdine, Raina, Ulic und Egan warteten in einer Reihe vor ihm. Stocksteif standen sie da, die Augen auf irgendeinen Punkt hinter seinem Kopf gerichtet, während er an dem Tisch in dem kleinen Zimmer saß, das er als Empfangs- und Arbeitszimmer benutzte.

An der Wand neben dem Tisch hingen kleine Landschaftsbilder mit idyllischen ländlichen Szenen, durch das Fenster aber, durch das die Strahlen der Morgensonne in flachem Winkel fielen, funkelte das massige Antlitz der Burg der Zauberer unheilvoll auf ihn herab.

Er war erst seit einer Stunde wieder in Aydindril – lange genug, um in Erfahrung zu bringen, was seit seinem Aufbruch am vergangenen Abend vorgefallen war. Seine vier Bewacher waren seit vor Einbruch der Dämmerung zurück. Als Raina und Egan am Abend zuvor ins Lager hereinspaziert waren, hatte er ihnen den Befehl erteilt, nach Aydindril zurückzukehren. Sie hatten geglaubt, er würde sie nicht mitten in der Nacht zurückschicken. Darin hatten sie sich getäuscht. So unverschämt sie sonst auch waren, der Blick in seinen Augen hatte dafür gesorgt, daß keiner der vier es wagte, sich zu widersetzen.

Auch Richard war viel früher als geplant zurückgekehrt. Er hatte den Soldaten die Löscheichen gezeigt, hatte ihnen erklärt, was sie davon sammeln sollten, und war dann, anstatt die Arbeiten zu beaufsichtigen, noch vor Sonnenaufgang wieder nach Aydindril aufgebrochen. Nach dem, was er in jener Nacht gesehen hatte, war er zum Schlafen zu nervös gewesen und hatte so schnell wie möglich wieder in Aydindril sein wollen.

Während er mit den Fingern auf die Tischplatte trommelte, beobachtete Richard, wie seine Bewacher schwitzten. Berdine und Raina trugen ihre baune Lederkleidung. Ihre langen, geflochtenen Zöpfe waren durch den harten Ritt in Unordnung geraten.

Die beiden gewaltigen, blondschöpfigen Soldaten, Ulic und Egan, trugen dunkle Lederuniformen.

Die dicken Lederharnische waren so geformt, daß sie wie eine zweite Haut über den deutlichen Konturen ihrer Muskeln lagen. Mitten auf der Brust, in das Leder eingekerbt, sah man den verschnörkelten Buchstabe ›R‹, der für das Haus Rahl stand, und darunter zwei gekreuzte Schwerter. Um die Arme, gleich über den Ellenbogen, trugen sie goldene Reifen, auf denen rasiermesserscharfe Dorne blinkten – Waffen für den Nahkampf.

Kein D'Haraner außer Lord Rahls persönlichen Leibwächtern trug solche Waffen. Es waren die seltensten, höchsten Ehrenzeichen, die sie sich, er wußte nicht wie, verdient hatten.

Richard hatte die Herrschaft über ein Volk angetreten, das er nicht kannte, mit Bräuchen, die ihm größtenteils ein Rätsel waren, und Erwartungen, die er nur teilweise begriff.

Auch diese vier hatten seit ihrer Rückkehr herausgefunden, was am Abend zuvor mit Marlin geschehen war. Sie wußten, weshalb man sie gerufen hatte, aber bislang hatte er noch nicht zu ihnen gesprochen. Er versuchte erst seine Wut in den Griff zu bekommen.

»Lord Rahl?«

»Ja, Raina?«

»Seid Ihr erzürnt über uns? Weil wir Eure Befehle nicht befolgt haben und mit der Nachricht der Mutter Konfessor zu Euch rausgekommen sind?«

Die Nachricht war ein Vorwand gewesen, und das wußten sie ebensogut wie er.

Klick, klick, klick machte sein Daumennagel. »Das wäre alles. Ihr könnt gehen. Alle miteinander.«

Ihre Haltung entspannte sich, doch niemand machte Anstalten zu gehen.

»Gehen?« fragte Raina. »Werdet Ihr uns nicht bestrafen?« Ein spöttisches Lächeln machte sich auf ihrem Gesicht breit. »Vielleicht eine Woche lang die Ställe ausfegen oder so etwas?«

»Nein, Raina. Ihr werdet nicht bestraft. Ihr dürft gehen.«

Die beiden Mord-Sith schmunzelten. Berdine beugte sich zu Raina hinüber und flüsterte ihr etwas zu, laut genug, daß er es hören konnte.

»Er hat erkannt, daß wir am besten wissen, wie man ihn beschützt.«

Alle zusammen traten sie zur Tür.

»Bevor Ihr geht«, sagte Richard und kam gemächlich um den Tisch herum, »möchte ich, daß Ihr eins wißt.«

»Und das wäre?« fragte Berdine.

Richard ging an ihnen vorbei und blieb dabei lange genug stehen, um allen in die Augen zu blicken.

»Daß ich enttäuscht von Euch bin.«

Raina verzog das Gesicht. »Ihr seid von uns enttäuscht? Ihr werdet uns nicht anschreien oder bestrafen, Ihr seid einfach nur enttäuscht?«

»So ist es. Ihr habt mich enttäuscht. Ich dachte, ich könnte Euch vertrauen. Dem ist nicht so.« Richard wandte sich ab. »Wegtreten!«

Berdine räusperte sich. »Lord Rahl, Ulic und ich haben Euch auf Euern Befehl hin begleitet.«

»Tatsächlich? Hätte ich also Euch anstelle von Raina hiergelassen, um Kahlan zu beschützen, dann hättet Ihr meinen Befehl befolgt und wärt hiergeblieben?« Sie antwortete nicht. »Ich habe auf Euch alle gezählt, und Ihr habt mich zum Narren gemacht, weil ich Euch vertraut habe.« Er ballte die Hände zu Fäusten, um nicht loszubrüllen. »Ich hätte mich persönlich um Kahlans Schutz gekümmert, wenn ich gewußt hätte, daß ich mich nicht auf Euch verlassen kann.«

Richard stützte sich mit einem Arm an der Fensterscheibe ab und starrte hinaus in den kalten Frühlingsmorgen. Die vier hinter ihm traten verlegen von einem Fuß auf den anderen.

»Lord Rahl«, wagte sich Raina schließlich vor, »für Euch würden wir unser Leben hergeben.«

Richard drehte sich zu ihnen um. »Und dabei Kahlan sterben lassen!« Er bemühte sich, seinen Ton zu mäßigen. »Ihr könnt Euer Leben opfern, soviel Ihr wollt. Spielt Eure Spielchen, ganz wie es Euch beliebt. Tut so, als tätet Ihr etwas Wichtiges. Spielt, Ihr seid meine Leibwächter. Nur kommt mir nicht in die Quere, und auch nicht den Leuten, die mir bei der schwierigen Aufgabe helfen, der Imperialen Ordnung Einhalt zu gebieten.«

Er deutete mit einer knappen Handbewegung auf die Tür. »Wegtreten.«

Berdine und Raina sahen sich an. »Wir werden draußen auf dem Gang sein, falls Ihr uns braucht, Lord Rahl.«

Richard bedachte sie mit einem solch kalten Blick, daß ihnen die Farbe aus dem Gesicht wich. »Ich brauche Euch nicht mehr. Ich kann keine Menschen gebrauchen, denen ich nicht vertrauen kann.«

Berdine mußte schlucken. »Aber –«

»Aber was?«

Sie schluckte erneut. »Was ist mit Kolos Tagebuch? Wollt Ihr nicht, daß ich Euch bei der Übersetzung helfe?«

»Das schaffe ich schon. Sonst noch was?«

Sie schüttelten allesamt den Kopf.

Nacheinander verließen sie das Zimmer. Raina, am Ende der Reihe, zögerte und drehte sich noch einmal um. Ihre dunklen Augen hielten sich am Boden fest.

»Lord Rahl, werdet Ihr uns später mit hinausnehmen, um die Backenhörnchen zu füttern?«

»Ich habe zu tun. Sie werden auch ohne uns wunderbar zurechtkommen.«

»Aber ... was ist mit Reggie?«

»Mit wem?«

»Reggie. Das ist der, dem das Stückchen am Ende des Schwanzes fehlt. Er ... er ... hat in meiner Hand gesessen. Er wird nach uns suchen.«

Richard betrachtete sie eine von Schweigen erfüllte Ewigkeit lang. Er schwankte hin und her zwischen dem Wunsch, sie in den Arm zu nehmen oder sie anzuschreien. Mit der Umarmung hatte er es jedenfalls schon versucht, und das hätte Kahlan beinahe das Leben gekostet.

»Vielleicht ein andermal. Wegtreten.«

Sie wischte sich mit dem Handrücken über die Nase. »Jawohl, Lord Rahl.«

Raina zog leise die Tür hinter sich zu. Richard harkte sich die Haare nach hinten und ließ sich in seinen Sessel fallen. Mit einem Finger drehte er Kolos Tagebuch langsam auf dem Tisch und biß dabei die Zähne aufeinander. Kahlan hätte sterben können, während er unterwegs war und nach irgendwelchen Bäumen gesucht hatte. Kahlan hätte sterben können, während die Menschen, von denen er glaubte, daß sie sie beschützten, ihre eigenen Pläne verfolgten.

Ihm schauderte bei der Vorstellung, was die zusätzliche Magie, der zusätzliche Zorn seines Schwertes anrichten würde, wenn er es in diesem Augenblick blankzöge. Er konnte sich nicht erinnern, jemals ohne das Schwert in der Hand so wütend gewesen zu sein. Er konnte sich den Zorn der Magie des Schwertes zusätzlich zu seinem eigenen nicht vorstellen.

Die Worte aus der Prophezeiung auf der Felswand in der Grube gingen ihm in ihrer gespenstischen höhnischen Endgültigkeit immer wieder durch den Kopf.

Ein leises Klopfen ließ die hundertste geflüsterte Wiederholung der Prophezeiung in seinem Kopf verstummen.

Es klopfte. Er wußte, wer es war.

»Kommt herein, Cara.«

Die hochgewachsene, blonde Mord-Sith schlüpfte durch die Tür und drückte sie mit dem Rücken zu. Sie hielt den Kopf gesenkt und sah so elend aus, wie er sie noch nie gesehen hatte.

»Kann ich Euch sprechen, Lord Rahl?«

»Warum tragt Ihr Euer rotes Leder?«

Sie schluckte, bevor sie antwortete. »Das ist eine ... Mord-Sith-Angelegenheit.«

Er fragte nicht nach einer Erklärung. Im Grunde war es ihm egal. Sie war es, auf die er gewartet hatte. Sie war es, um die sein ganzer Zorn kreiste.

»Verstehe. Was wollt Ihr?«

Cara näherte sich dem Tisch und stand mit hängenden Schultern da. Um den Kopf trug sie eine Bandage. Man hatte ihm jedoch berichtet, die Verletzung sei nicht ernst. An den roten Rändern um ihre Augen war deutlich zu erkennen, daß sie in der letzten Nacht nicht geschlafen hatte. »Wie geht es der Mutter Konfessor heute morgen?«

»Als ich sie verließ, ruhte sie sich gerade aus. Sie wird sich wieder erholen. Ihre Verletzungen waren nicht ernsthaft, nicht so ernsthaft, wie sie leicht hätten sein können. Wenn man bedenkt, was passiert ist, kann sie von Glück reden, daß sie noch lebt. Wenn man bedenkt, daß sie überhaupt erst gar nicht hinunter zu Marlin hätte gehen dürfen, wenn man bedenkt, daß ich Euch ausdrücklich gesagt habe, niemand von Euch solle die Grube betreten.«

Cara schloß die Augen. »Es war allein mein Fehler, Lord Rahl. Ich war es, die sie dazu überredet hat. Ich wollte Marlin verhören. Sie hat versucht, mich davon abzuhalten. Sie kam nur mit, um darauf zu achten, daß ich ihn in Frieden lasse, wie Ihr es befohlen hattet.«

Wäre Richard nicht so wütend gewesen, hätte er womöglich gelacht. Selbst wenn Kahlan ihm die Wahrheit nicht gestanden hätte, so kannte er Cara gut genug, um ihre Beichte als pure Erfindung abzutun. Er wußte zudem auch, daß Cara sich nicht besonders angestrengt hatte, um Kahlan von dem Meuchelmörder fernzuhalten.

»Ich dachte, ich hätte ihn unter Kontrolle. Ich habe einen Fehler gemacht.«

Richard beugte sich nach vorne. »Hatte ich Euch nicht ausdrücklich gesagt, daß ich nicht will, daß eine von Euch dort runtergeht?«

Ihre Schultern bebten, als sie gesenkten Kopfes nickte.

»Ja, Lord Rahl.«

»War Euch in irgendeiner Weise unklar, wie ich das meinte?«

»Nein, Lord Rahl.«

Richard lehnte sich in seinen Sessel zurück. »Das war der Fehler, Cara. Versteht Ihr das? Nicht, daß Ihr keine Kontrolle über ihn hattet – das überstieg Eure Fähigkeiten. Dort hinabzusteigen war eine Entscheidung, die Ihr selbst getroffen habt. Darin bestand Euer Fehler.

Ich liebe Kahlan mehr als alles andere auf dieser oder irgendeiner anderen Welt. Nichts ist mir so wertvoll. Ich habe darauf vertraut, daß *Ihr* sie beschützt, daß Ihr für ihre Sicherheit sorgt.«

Das Licht, das durch das Scherengitter drang, spielte in Tupfern über ihre rote Lederkleidung – wie Sonnenschein, der durch ein Blätterdach fällt.

»Lord Rahl«, sagte sie kleinlaut, »ich bin mir über das Ausmaß meines Fehlers und seine Bedeutung vollkommen im klaren.

Lord Rahl, würdet Ihr mir eine Bitte gewähren?«

»Die wäre?«

Sie fiel auf die Knie und beugte sich flehend nach vorn. Sie nahm ihren Strafer und hielt ihn in beiden Händen.

»Darf ich die Art meiner Hinrichtung wählen?«

»Was?«

»Eine Mord-Sith trägt bei ihrer Hinrichtung stets ihre rote Lederkleidung. Hat sie bis dahin ehrenhaft gedient, erhält sie die Erlaubnis, die Art ihrer Hinrichtung selbst zu wählen.«

»Und wofür würdet Ihr Euch entscheiden?«

»Für meinen Strafer, Lord Rahl. Ich weiß, ich habe Euch enttäuscht – ich habe ein unverzeihliches Verbrechen begangen – aber in der Vergangenheit habe ich ehrenvoll gedient. Bitte! Erlaubt, daß es mit meinem Strafer geschieht. Das ist mein einziger Wunsch. Entweder Berdine oder Raina kann die Hinrichtung durchführen. Sie wissen, wie.«

Richard kam um den Tisch herum. Er lehnte sich an dessen Kante und sah hinab auf Caras zusammengesunkene, bebende Gestalt. Er verschränkte die Arme.

»Abgelehnt.«

Ihre Schultern erbebten, als sie zu schluchzen begann. »Darf ich fragen, für was Lord Rahl sich … entscheiden wird?«

Fast zärtlich sagte er: »Seht mich an, Cara.« Ihr tränenverschmiertes Gesicht kam hoch. »Ich bin wütend, Cara, aber ganz gleich, wie wütend ich zuvor war, nie, niemals würde ich eine von euch hinrichten lassen.«

»Ihr müßt. Ich habe Euch enttäuscht. Ich habe Euren Befehl

mißachtet, Eure Geliebte zu beschützen. Ich habe einen unverzeihlichen Fehler begangen.«

Richard mußte lächeln. »Ich weiß nicht, ob es Fehler gibt, die unverzeihlich sind. Verrat ist vielleicht unverzeihlich, ein Fehler jedoch nicht. Wenn wir damit anfangen wollten, Menschen für ihre Fehler hinzurichten, dann, so fürchte ich, wäre ich schon lange tot. Ich mache ständig Fehler. Einige davon waren ziemlich schwerwiegend.«

Sie schüttelte den Kopf und sah ihm staunend ins Gesicht. »Eine Mord-Sith weiß, wann sie es verdient hat, hingerichtet zu werden. Ich habe es verdient.« Er bemerkte die eiserne Entschlossenheit in diesen blauen Augen. »Entweder führt Ihr sie durch, oder ich werde es tun.«

Richard stand eine Weile da und versuchte abzuschätzen, an welche Pflichten eine Mord-Sith gebunden sein mochte. Versuchte, den Wahnsinn in diesen Augen abzuschätzen.

»Sehnt Ihr Euch nach dem Tod, Cara?«

»Nein, Lord Rahl. Seit Ihr unser Lord Rahl seid, überhaupt nicht mehr. Deswegen muß ich es tun. Ich habe Euch enttäuscht. Eine Mord-Sith lebt und stirbt nach einem strengen Pflichtenkodex ihrem Herrn gegenüber. Weder Ihr noch ich könnt verhindern, was geschehen muß. Mein Leben ist verwirkt. Ihr müßt die Hinrichtung durchführen, oder ich werde es tun.«

Richard wußte, daß sie nicht um Mitgefühl buhlen wollte. Mord-Sith blufften nicht. Wenn es ihm nicht irgendwie gelang, ihre Meinung zu ändern, würde sie tun, was sie sagte.

Dies wissend und aus der daraus folgenden, widerwärtigen Erkenntnis heraus, daß es seine einzige Wahl war, tat er den geistigen Sprung von der Klippe des gesunden Menschenverstandes hinab in den Wahnsinn, wo ein Teil des Verstandes dieser Frau und, wie er fürchtete, auch des seinen heimisch war.

Die Entscheidung war gefallen, so unwiderruflich wie ein Herzschlag.

Die Muskeln angesichts der Unwiderruflichkeit gespannt, zog er sein Schwert. Das leise, unverwechselbare Klirren von Stahl erklang im Raum und fuhr ihm in die Knochen.

Dieser scheinbar einfache Vorgang setzte den Zorn des Schwertes frei. Der Riegel des Tors zum Tod war zurückgezogen. Es raubte ihm den Atem wie eine Wand aus Säuredampf. Aus diesem Wind erhob sich ein Sturm des Zorns.

»Dann«, erklärte er ihr, »soll Magie zu Eurem Richter und zu Eurem Henker werden.«

Sie kniff krampfhaft die Augen zu.

»Seht mich an!«

Der Zorn des Schwertes durchfuhr ihn und wollte ihn mit sich fortreißen. Er mußte kämpfen, nicht die Beherrschung zu verlieren, wie stets, wenn er der Raserei freien Lauf ließ.

»Ihr werdet mir in die Augen sehen, während ich Euch töte!«

Sie öffnete die Augen. Sie runzelte die Stirn, Tränen liefen ihr übers Gesicht. Alles Gute, das sie je getan hatte, alle Tapferkeit im Anblick der Gefahr, jedes Opfer, das sie für ihre Pflicht erbracht hatte, war ihr durch ihre Schande genommen. Man hatte ihr die Ehre eines Todes durch ihren eigenen Strafer verwehrt. Aus diesem Grund, und allein aus diesem Grund, weinte sie.

Richard preßte die rasiermesserscharfe Schneide gegen seinen Unterarm und gab der Klinge ihren Vorgeschmack auf das Blut. Er legte das Schwert der Wahrheit an seine Stirn, berührte seine Haut mit dem kalten Stahl und dem warmen Blut.

Er sprach die beschwörenden Worte. »Klinge, sei mir heute treu.«

Dies war der Mensch, der ihn mit seiner Vermessenheit, und nur durch Glück letztendlich doch nicht, fast um Kahlan gebracht hätte. Ihn um alles gebracht hätte.

Sie verfolgte, wie sich die Klinge über ihm erhob. Sie sah das Ungestüm, den gerechten Zorn in seinen Augen. Sie sah die Magie, die dort aufblitzte.

Sie sah den Tod, der in ihnen funkelte.

Die Knöchel seiner beiden Fäuste waren weiß, so fest hielt er das Heft.

Er wußte, daß er der Magie ihren Willen nicht abschlagen konnte – wenn er eine Chance haben wollte. Er ließ dem Zorn über diese Frau freien Lauf, weil sie ihre Pflicht, Kahlan zu beschützen, verletzt hatte. Ihre Anmaßung hätte Kahlan das Leben und ihn die Zukunft kosten, ihm seine Daseinsberechtigung nehmen können. Er hatte seine größte Liebe ihrer Obhut anvertraut, und sie hatte sein Vertrauen nicht gerechtfertigt.

Er hätte zurückkommen und Kahlan tot vorfinden können, wegen ebendieser Frau, die hier vor ihm auf den Knien lag. Aus keinem anderen Grund.

Der Irrsinn dessen, was sie hier taten, zu was sie beide geworden waren, die Erkenntnis, daß es keinen anderen Ausweg gab – für keinen von ihnen –, war ihrer beider Augen anzusehen.

Er war wild entschlossen, sie in zwei Hälften zu spalten.

Das forderte der Zorn des Schwertes.

Nichts anderes würde er akzeptieren.

Er sah es vor sich.

Er wollte es.

Ihr Blut.

Mit einem wütenden Aufschrei, mit seiner ganzen Kraft, mit all seiner Wut und seinem Zorn, senkte er die Klinge herab auf ihr Gesicht.

Die Schwertspitze sirrte.

Bis in jede Einzelheit konnte er verfolgen, wie das Licht auf der polierten Klinge blinkte, während sie durch einen Streifen Sonnenlicht hindurchglitt. Er sah die Tropfen seines Schweißes im Licht der Sonne funkeln, als wären sie im leeren Raum erstarrt. Er hätte sie zählen können. Er sah die Stelle, wo die Klinge sie treffen würde. Sie sah die Stelle, wo die Klinge sie treffen würde. Seine Muskeln schrien auf vor Anstrengung, während seine Lungen wütend brüllten.

Zwischen ihren Augen, einen Zoll vor ihrer Haut, blieb die Klinge so fest stecken, als hätte man sie mit dumpfem Krachen in eine undurchdringliche Mauer versenkt.

Der Schweiß lief ihm übers Gesicht. Seine Arme zitterten. Sein wutentbrannter Schrei hallte im Raum wider.

Schließlich zog er die Klinge zurück.

Sie starrte aus großen, runden, fassungslosen Augen zu der Klinge hoch. Ihr Atem ging in schnellen, kurzen Stößen. Aus ihrer Kehle entwich ein langer, tiefer Klagelaut.

»Es wird keine Hinrichtung geben«, sagte Richard mit belegter Stimme.

»Wie …«, sagte sie leise, »wie … ist das möglich? Wie kann sie so einfach innehalten?«

»Tut mir leid, Cara, aber die Magie des Schwertes hat diese Entscheidung getroffen. Sie hat entschieden, daß du leben sollst. Du wirst dich ihrer Entscheidung unterwerfen müssen.«

Endlich schwenkten ihre Augen herum und suchten seine. »Ihr wart bereit, es zu tun. Ihr wart bereit, mich hinzurichten.«

Er ließ das Schwert in die Scheide gleiten.

»Ja.«

»Warum bin ich dann nicht tot?«

»Weil die Magie anders entschieden hat. Es steht uns nicht zu, ihr Urteil in Frage zu stellen. Wir müssen uns ihm unterwerfen.«

Richard war ziemlich sicher gewesen, daß die Magie des Schwertes Cara nichts anhaben würde. Die Magie ließ nicht zu, daß er jemandem etwas antat, der zu seinen Verbündeten gehörte. Darauf hatte er gezählt.

Trotzdem hatte er gewisse Zweifel gehegt. Cara hatte Kahlan an den Rand einer Katastrophe gebracht, wenn auch nicht absichtlich. Er war nicht vollkommen sicher gewesen, ob dies die Klinge nicht veranlassen würden, ihren Tod zu verlangen. Dies war das Wesen der Magie des Schwertes der Wahrheit – man konnte sich nie vollkommen sicher sein.

Zedd hatte Richard bei der Übergabe des Schwertes erklärt, daß darin die Gefahr liege. Das Schwert vernichte den Feind und verschone den Freund, die Magie des Schwertes aber folge seinem Träger und nicht der Wahrheit. Zedd hatte ihm erklärt, Zweifel könnten möglicherweise den Tod eines Freundes bedeuten oder das Entkommen eines Feindes ermöglichen.

Und er wußte, er mußte Cara davon überzeugen, daß die Magie sie verschont hatte und nicht er. Sonst wäre sie gezwungen, zu tun, was sie versprochen hatte.

Sein ganzes Innenleben fühlte sich an, als sei es zu Knoten verschlungen. Seine Knie zitterten. Er war in eine Welt der Angst hinabgesogen worden und auf keinen Fall sicher gewesen, daß es wie von ihm geplant ablief.

Schlimmer noch, er war nicht einmal völlig sicher, ob es nicht ein Fehler war, sie zu verschonen.

Richard nahm Caras Kinn in die Hand. »Das Schwert der Wahrheit hat seinen Entschluß gefällt. Es hat entschieden, daß Ihr leben und eine zweite Chance erhalten sollt. Ihr müßt es akzeptieren.«

Cara nickte in seiner Hand. »Ja, Lord Rahl.«

Er griff ihr unter den Arm und half ihr auf die Beine. Dabei konnte er selbst kaum stehen und fragte sich, ob er an ihrer Stelle so sicher hätte aufstehen können.

»Ich werde mich in Zukunft bessern, Lord Rahl.«

Richard zog ihren Kopf an seine Schulter und hielt sie einen Augenblick lang fest an sich gedrückt – was er schon lange hatte tun wollen. Sie schlang die Arme dankbar und voller Hingabe um ihn.

»Mehr verlange ich nicht, Cara.«

Sie wollte schon zur Tür, als Richard ihren Namen rief. Sie drehte sich wieder um.

»Bestraft werden müßt Ihr trotzdem noch.«

Sie senkte den Blick. »Ja, Lord Rahl.«

»Morgen nachmittag. Ihr werdet lernen, wie man Streifenhörnchen füttert.«

Sie sah auf. »Lord Rahl?«

»Wollt Ihr Streifenhörnchen füttern?«

»Nein, Lord Rahl.«

»Dann ist dies Eure Strafe. Holt Berdine und Raina. Sie haben auch eine Strafe verdient.«

Richard schloß die Tür hinter ihr, lehnte sich dagegen und schloß die Augen. Das Inferno des Zorns hatte seinen Ärger aufgezehrt. Er fühlte sich leer und schwach. Er zitterte so heftig, daß er kaum stehen konnte.

Ihm wurde fast übel bei der lebhaften Erinnerung an den Blick in ihren Augen, als er das Schwert mit all seiner Kraft auf sie herabgesenkt hatte, in der Annahme, daß er sie töten würde. Er hatte sich schon auf spritzendes Blut und zersplitterte Knochen gefaßt gemacht. Blut und Knochen eines Menschen, der ihm sehr viel bedeutete.

Er hatte getan, was er hatte tun müssen, um ihr das Leben zu retten, aber um welchen Preis?

Die Prophezeiung ging ihm durch den Kopf, und Übelkeit und Angst warfen ihn auf die Knie, während ihm der kalte Schweiß ausbrach.

15. Kapitel

Die Soldaten, die Richard in den Fluren um die Gemächer der Mutter Konfessor postiert hatte, traten zur Seite und schlugen sich mit der Faust auf das Kettenhemd über ihrem Herz. Geistesabwesend erwiderte er den militärischen Gruß, während er mit wehendem goldenem Cape an ihnen vorbeieilte. Die Soldaten kreuzten ihre langen Spieße vor den drei Mord-Sith und den beiden großen Leibwächtern, die ihm in einigem Abstand folgten. Er hatte den Soldaten, als er sie postiert hatte, eine sehr kurze Liste derer gegeben, die durchgelassen werden sollten. Seine fünf Bewacher standen nicht auf dieser Liste.

Er drehte sich um und sah, wie Strafer in Fäuste schnellten. Er sah Cara in die Augen. Widerstrebend ließen die drei Mord-Sith ihre Waffen wieder los.

Seine fünf Bewacher scheuten den Konflikt mit den Wachen und bezogen hinter den Soldaten Posten. Auf ein Handzeichen von Cara verschwanden Raina und Ulic rasch den Flur hinunter. Zweifellos hatte sie die beiden losgeschickt, um eine Möglichkeit zu suchen, wie sich die Posten am anderen Ende des Flures umgehen ließen.

Als er um die vorletzte Ecke vor Kahlans Gemach bog, sah er Nadine auf einem Sessel mit vergoldeten Beinen sitzen. Sie ließ die Beine baumeln wie ein gelangweiltes Kind, das darauf wartet, nach draußen gehen und spielen zu dürfen. Dann sah sie ihn kommen und sprang auf.

Sie sah frischgewaschen aus. Ihr dichtes Haar glänzte. Er runzelte leicht die Stirn. Ihr Kleid wirkte enger als am Tag zuvor. Es stellte ihren verlockenden Körper deutlicher heraus. Daß es dasselbe Kleid war, wußte er. Wahrscheinlich bildete er sich das bloß ein. Ihren Körper so vorteilhaft zur Schau gestellt zu sehen, erinnerte ihn daran, daß es einmal eine Zeit gegeben hatte …

Sie zügelte ihre Begeisterung, spielte mit einer Haarsträhne und setzte ein Lächeln auf. Ihr Entzücken, ihn zu sehen, geriet ins Wanken, als er näher kam. Sie machte einen Schritt in Richtung Wand, und er blieb vor ihr stehen.

Nadine wich seinem Blick aus. »Richard. Guten Morgen. Ich dachte, ich hätte gehört, wie jemand sagte, du seist schon wieder zurück. Ich wollte« – sie deutete auf Kahlans Tür, um eine Entschuldigung zu haben, woanders hinzusehen – »ich wollte … nachfragen, wie es Kahlan heute morgen geht. Ich, na ja, ich muß ihr einen frischen Umschlag machen. Darum wollte ich warten, bis sie auf ist und …«

»Kahlan hat mir erzählt, wie sehr du ihr geholfen hast. Danke, Nadine. Ich weiß das mehr zu schätzen, als du ahnst.«

Sie zuckte mit einer Schulter. »Wir sind Kernländer, du und ich.« In der beklemmenden Stille drehte sie eine Locke um die Finger. »Tommy und die dürre Rita Wellington haben geheiratet.«

Richard betrachtete die Oberseite ihres gesenkten Kopfes, während sie weiter mit der Haarsträhne spielte. »Das war wohl zu erwarten. Jedenfalls wollten ihre Eltern das doch, oder?«

Nadine sah nicht von ihrer Haarsträhne auf. »Er prügelt ihr die Seele aus dem Leib. Einmal mußte ich ihr Umschläge machen und Kräuter geben, nachdem er sie an einer Stelle zum Bluten gebracht hat … du weißt schon, da unten. Die Leute sagen, es gehe sie nichts an, und sie tun, als wüßten sie nichts davon.«

Richard wußte nicht recht, worauf sie hinauswollte. Ganz sicher würde er nicht nach Kernland zurückgehen, um Tommy Lancaster so etwas wie ein anständiges Benehmen einzubleuen. »Jedenfalls, wenn er so weitermacht, werden ihm ihre Brüder am Ende noch eine Lektion erteilen und den Schädel einschlagen.«

Nadine sah nicht auf. »Das hätte ich sein können.« Sie räusperte sich. »Ich könnte mit Tommy verheiratet sein und jedem etwas vorheulen, der bereit wäre, sich anzuhören, wie ... also, das hätte ich sein können. Ich hätte es sein können, die schwanger wird und sich fragen muß, ob er sie schlägt, bis sie auch dieses Kind verloren hätte.

Ich glaube, ich bin dir etwas schuldig, Richard. Und da du schließlich ein Junge aus Kernland bist ... ich wollte einfach helfen, falls du in Schwierigkeiten bist.« Sie zuckte erneut mit einer ihrer Schultern. »Kahlan ist wirklich nett. Die meisten Frauen hätten ... ich glaube, sie ist so ungefähr die hübscheste Frau, die ich je gesehen habe. Ganz anders als ich.«

»Ich war nie der Meinung, daß du mir etwas schuldig seist, Nadine. Ich hätte für jeden dasselbe getan, ganz gleich, über wen Tommy an jenem Tag hergefallen wäre. Aber dafür, daß du Kahlan geholfen hast, gebührt dir mein aufrichtiger Dank.«

»Sicher. Wahrscheinlich war es dumm von mir zu glauben, du hättest ihn deshalb daran gehindert, weil ...«

Sie stand kurz davor, in Tränen auszubrechen, und Richard merkte, daß er sich nicht klar genug ausgedrückt hatte. Also legte er ihr sanft die Hand auf die Schulter. »Nadine, aus dir ist ebenfalls eine schöne Frau geworden.«

Sie sah auf, und ihr Lächeln wurde strahlender. »Du findest mich hübsch?« Sie strich ihr blaues Kleid über den Hüften glatt.

»Ich habe beim Mittsommernachtsfest nicht mit dir getanzt, weil du noch die kleine ungeschickte Nadine Brighton warst.«

Sie fing wieder an, die Haarlocke um den Finger zu wickeln. »Ich tanze gerne mit dir. Weißt du, daß ich die Buchstaben N. C. in meine Kiste mit der Aussteuer geschnitzt habe? Für Nadine Cypher.«

»Tut mir leid, Nadine. Michael ist tot.«

Sie sah stirnrunzelnd hoch. »Michael? Nein ... der war damit nicht gemeint. Du warst gemeint.«

Richard entschied, daß die Unterhaltung weit genug gegangen war. Es gab wichtigere Dinge, um die er sich kümmern mußte.

»Ich bin jetzt Richard Rahl. Ich kann nicht in der Vergangenheit leben. Meine Zukunft liegt an Kahlans Seite.«

Nadine faßte ihn am Arm, als er sich abwenden wollte. »Tut mir leid. Das weiß ich. Ich weiß, daß ich einen großen Fehler gemacht habe. Mit Michael, meine ich.«

Richard fing sich gerade noch rechtzeitig, um eine beleidigende Entgegnung hinunterzuschlucken. Was hätte das für einen Sinn? »Ich weiß zu schätzen, daß du Kahlan geholfen hast. Ich nehme an, du möchtest dich auf den Weg zurück nach Hause machen. Erzähle allen, daß es mir gutgeht. Ich werde zu Besuch kommen, sobald –«

»Kahlan hat mich eingeladen, eine Weile hierzubleiben.«

Das erwischte Richard kalt. Kahlan hatte vergessen, ihm dies zu erzählen. »Oh. Und du möchtest also ein, zwei Tage bleiben?«

»Aber ja. Ich dachte, das würde mir gefallen. Ich war zuvor noch nie von zu Hause fort. Falls du einverstanden bist, meine ich. Ich möchte nicht …«

Richard befreite seinen Arm sachte aus ihrer Hand. »Also schön. Wenn sie dich eingeladen hat, dann bin ich einverstanden.«

Sie begann zu strahlen, als sei sie blind gegen die Ablehnung in seinem Gesicht. »Richard, hast du letzte Nacht den Mond gesehen? Alle sind ganz aufgeregt deswegen. Hast du ihn gesehen? War er so außergewöhnlich, so bemerkenswert, wie alle sagen?«

»Noch viel außergewöhnlicher«, antwortete er, während seine Stimmung sich verfinsterte.

Er marschierte davon, bevor sie noch ein weiteres Wort anbringen konnte.

Sein leises Klopfen rief eine rundliche Frau in Dienstbotenuniform an die Tür. Ihr gerötetes Gesicht blinzelte durch den schmalen

Spalt. »Lord Rahl. Nancy ist der Mutter Konfessor gerade beim Anziehen behilflich. Sie wird in einer Minute fertig sein.«

»Beim Anziehen!« rief er gegen die sich schließende Tür. Der Riegel fiel mit einem Klicken an seinen Platz. »Sie sollte das Bett hüten!«

Da er keine Antwort bekam, beschloß er, lieber zu warten und keine Szene zu machen. Einmal, als er den Kopf hob, sah er, wie Nadine um die Ecke schaute. Ihr Gesicht verschwand sofort wieder. Er lief vor der Tür auf und ab und kam sich vor, als stünde er im Begriff, in eine andere Welt einzutreten. Der Palast der Konfessoren war ein Ort voller Pracht, voller Macht und Geschichte, aber mehr denn alle anderen Orte im Palast erinnerten ihn die Gemächer der Mutter Konfessor daran, daß er in Wirklichkeit nur ein Waldführer war. Er fühlte sich hier nicht in seinem Element.

Die Gemächer der Mutter Konfessor waren eben jener majestätische, stille Zufluchtsort, der einem Menschen angemessen war, vor dem Könige und Königinnen niederknieten. Hätte Richard diesen Raum gesehen, bevor er Kahlan kennengelernt hatte, wäre fraglich gewesen, ob er je den Mut aufgebracht hätte, sie anzusprechen. Selbst jetzt wurde er noch verlegen, wenn er daran dachte, wie er ihr, als er noch nicht wußte, wer und was sie war, beigebracht hatte, Fallen zu bauen und Wurzeln auszugraben.

Er mußte jedoch schmunzeln, wenn er daran dachte, wie lernbegierig sie sich gezeigt hatte. Zum Glück hatte er die Frau kennengelernt, bevor er die Stellung begriff, die sie bekleidete, und die Magie, über die sie gebot. Er dankte den Guten Seelen, daß sie in sein Leben getreten war, und betete, daß sie auf ewig ein Teil davon sein würde. Sie bedeutete ihm alles.

In den drei marmornen Feuerstellen im Salon der Mutter Konfessor brannte Feuer. Die schweren Vorhänge vor den zehn Fuß hohen Fenstern waren leicht geöffnet. Durch die hohen Schlitze fiel gerade genügend Licht herein, um Lampen überflüssig zu machen. Vermutlich paßte grelles Sonnenlicht nicht zu diesem Ort der Ruhe. Es gab nur wenige Häuser in Kernland, die in diesen Raum nicht hineingepaßt hätten.

Auf einem glänzenden Mahagonitisch an der Seite stand ein silbernes Tablett mit Tee, Suppe, Keksen, Birnenscheiben und braunem Brot. Nichts davon war angerührt. Der Anblick erinnerte ihn daran, daß er seit dem Mittag des vergangenen Tages nichts mehr gegessen hatte, schaffte es aber nicht, seinen Appetit anzuregen.

Die drei Frauen in den frischen, grauen Kleidern mit den Spitzenkragen und -manschetten blickten ihn erwartungsvoll an, als wollten sie sehen, ob er es wagen würde, einfach zur Mutter Konfessor hineinzugehen oder ein anderes skandalöses Betragen an den Tag zu legen.

Richard warf einen Blick auf die Tür gegenüber, und sein Sinn für Anstand ließ ihn die naheliegende Frage stellen: »Ist sie fertig angekleidet?«

Die Frau, die zuvor die Tür einen Spaltbreit geöffnet hatte, errötete. »Ich hätte Euch nicht hereingelassen, Sir, wäre sie es nicht.«

»Natürlich.« Er ging geräuschlos über die flauschigen, dunklen Teppiche. Dann blieb er stehen und sah sich um. Sie beobachteten ihn wie drei Eulen. »Danke, meine Damen. Das wäre dann alles.«

Sie verneigten sich und verabschiedeten sich widerstrebend. Als die letzte die Tür hinter sich zuzog und dabei einen verstohlenen Blick über die Schulter warf, wurde ihm bewußt, daß sie es vermutlich für den Gipfel der Ungehörigkeit hielten, wenn ein Mann, der mit einer Frau verlobt war, alleine mit ihr im Schlafzimmer zurückblieb. Und im Fall der Mutter Konfessor galt dies doppelt.

Richard stöhnte gereizt. Sobald er sich irgendwo in der Nähe der Gemächer der Mutter Konfessor befand, brachte es irgendein Dienstbote stets fertig, alle paar Minuten zu erscheinen und sich zu erkundigen, ob sie etwas benötige. Die Mannigfaltigkeit der Dinge, deren möglichen Bedarf sie bei ihr vermuteten, verfehlte niemals seine Wirkung auf ihn. Manchmal erwartete er, daß einer von ihnen glatt auf sie zuginge, um sie zu fragen, ob ihre Tugend beschützt werden müsse. Außerhalb ihrer Gemächer war das Personal freundlich, scherzte sogar mit ihm, sobald er ihnen die Befangenheit genommen hatte oder ihnen beim Tragen half. In ihren Gemächern verwandelten sie sich ausnahmslos in unverschämte, beschützende Raubvogelmütter.

Im Schlafzimmer stand gegenüber der Tür das riesige Bett, dessen vier dunkel polierte Pfosten in die Höhe ragten wie die Säulen vor einem Palast. Die schwere, reichbestickte Tagesdecke fiel an den Seiten des Bettes herab wie ein bunter, in der Bewegung erstarrter Wasserfall. Sonnenstrahlen fielen quer über die dunklen, kostbaren Teppiche und die untere Hälfte des Bettes.

Richard mußte daran denken, wie Kahlan ihm ihr Bett beschrieben und ihm erzählt hatte, sie könne gar nicht abwarten, bis sie ihn endlich darin hätte, wenn sie erst einmal verheiratet wären. Er sehnte sich sehr danach, mit ihr in einem Bett zu liegen. Seit jener Nacht zwischen den Welten war er nicht mehr – jedenfalls nicht auf diese Weise – mit ihr allein gewesen, mußte allerdings zugeben, daß ihn dieses Bett einschüchterte. Dabei hatte sie ihm versichert, das sei ganz ausgeschlossen.

Kahlan stand vor der Reihe von Glastüren, die auf den breiten Balkon hinausführten, und sah durch den offenen Vorhang nach draußen. Sie starrte hinaus über das steinerne Geländer zur Burg der Zauberer. Der Anblick ihres weißen Seidenkleides, das sanft über ihre hinreißenden Körperformen floß, und ihres bewundeerungswürdigen Haarschopfes, der über ihren Rücken fiel, raubte ihm fast den Atem. Ihre Schönheit erfüllte ihn mit Sehnsucht. Er entschied, daß das Bett ganz in Ordnung wäre.

Als er sie zart an der Schulter berührte, zuckte sie zusammen.

Sie drehte sich um und hatte ein strahlendes Lächeln im Gesicht. »Ich dachte, es sei schon wieder Nancy.«

»Was soll das heißen, du dachtest, ich sei Nancy? Du wußtest nicht, daß ich es bin?«

»Woher sollte ich es wissen?«

Er zuckte die Achseln. »Na ja, einfach so. Ich weiß immer sofort, daß du es bist, wenn du hereinkommst. Dazu muß ich dich nicht sehen.«

Sie runzelte ungläubig die Stirn. »Das kannst du nicht.«

»Natürlich kann ich das.«

»Und wie?«

»Du hast einen unvergleichlichen Duft. Ich kenne die Geräusche, die du machst, das Geräusch deines Atems, die Art, wie du gehst, wie du innehältst. Das alles ist einzigartig an dir.«

Die Furchen in ihrer Stirn vertieften sich. »Machst du Scherze? Meinst du wirklich? Ist das dein Ernst?«

»Natürlich. Kannst du mich an diesen Dingen nicht erkennen?«

»Nein. Aber wahrscheinlich hast du einen so großen Teil deines Lebens im Wald verbracht und beobachtet, geschnüffelt und gelauscht.« Sie schlang ihren gesunden Arm um ihn. »Ich weiß noch immer nicht recht, ob ich dir glauben soll.«

»Stell mich irgendwann auf die Probe.« Richard strich ihr übers Haar. »Wie fühlst du dich. Und wie geht es deinem Arm?«

»Mir geht es gut. Es ist halb so schlimm. Nicht so schlimm wie damals, als der Dorfälteste Toffalar mich verletzt hat. Weißt du noch? Das war weitaus schlimmer.«

Er nickte. »Wieso bist du nicht im Bett? Du hattest den Befehl, dich auszuruhen.«

Sie versetzte ihm einen Klaps vor den Bauch. »Sei still. Es geht mir gut.« Nun betrachtete sie ihn von Kopf bis Fuß. »Und du siehst aus, als ginge es dir mehr als gut. Ich kann nicht glauben, daß du das für mich hast anfertigen lassen. Ihr seht prächtig aus, Lord Rahl.«

Richard berührte sanft ihre Lippen. Sie versuchte, ihn zu einem leidenschaftlicheren Kuß an sich zu ziehen, aber er wich zurück.

»Ich habe Angst, ich könnte dir weh tun«, entschuldigte er sich.

»Richard, es geht mir gut, wirklich. Vorhin war ich erschöpft, weil ich zu allem anderen auch noch meine Kraft benutzt hatte. Deshalb dachten die Leute, ich sei schwerer verletzt, als ich tatsächlich war.«

Er betrachtete sie eine ganze Weile abschätzend, bevor er sich zu der Art von Kuß nach vorne beugte, nach der er sich so gesehnt hatte.

»Das ist schon besser«, hauchte sie, nachdem sie sich wieder voneinander gelöst hatten. Sie stieß ihn leicht zurück. »Hast du Cara gesehen, Richard? Du warst so schnell weg und hattest diesen Blick in den Augen. Ich hatte keine Zeit, richtig mit dir zu sprechen. Es war nicht ihre Schuld.«

»Ich weiß. Du hast es mir gesagt.«

»Du hast sie doch nicht angeschrien, oder?«

»Wir hatten eine Unterredung.«

Sie sah ihn aus zusammengekniffenen Augen an. »Eine Unterredung. Was hatte sie zu ihrer Verteidigung vorzubringen? Sie wollte dir doch nicht etwa erzählen, sie sei ...?«

»Was tut Nadine noch hier?«

Sie sah ihn an. Sie nahm sein Handgelenk. »Richard, du hast Blut an deinem ... deinem ... Arm.«

Besorgt sah sie ihm ins Gesicht. »Was hast du getan? Richard ... du hast ihr doch nichts angetan, oder? Richard, das sieht aus, als ... als hättest du ...«

Sie krallte sich mit einer Faust in sein Hemd. »Du hast ihr doch nichts angetan? Sag mir, daß du ihr nichts angetan hast!«

»Sie wollte hingerichtet werden. Sie überließ mir die Wahl, wie. Also nahm ich das Schwert wie damals bei den Ältesten der Schlammenschen.«

»Geht es ihr gut? Es geht ihr doch gut, nicht wahr?«

»Es geht ihr gut.«

Kahlan sah ihm mit besorgter Miene in die Augen. «Und dir? Geht es dir auch gut?«

»Es ging mir schon besser. Kahlan, was hat diese Nadine noch hier verloren?«

»Sie bleibt nur ein wenig zu Besuch, das ist alles. Bist du Drefan schon begegnet?«

Richard hielt sie von sich, als sie versuchte, ihm den Kopf an die Brust zu legen. »Was hat sie hier zu suchen? Wieso hast du sie eingeladen hierzubleiben?«

»Ich mußte, Richard. Man kann Ärger, der von Shota kommt, nicht so einfach von sich weisen. Das solltest du eigentlich wissen. Wir müssen wissen, was gespielt wird, bevor wir etwas unternehmen können, um sicherzustellen, daß Shota uns keine Schwierigkeiten macht.«

Richard ging zur verglasten Tür und starrte hinaus auf den Berg, der sich über der Stadt auftürmte. Die Burg der Zauberer starrte zurück.

»Das gefällt mir nicht. Kein bißchen.«

»Mir auch nicht«, meinte sie hinter ihm. »Sie hat mir geholfen, Richard. Ich habe nicht gedacht, daß sie den Mumm hätte, einen kühlen Kopf zu bewahren, doch den hatte sie. Das alles hat sie ebenfalls sehr verwirrt. Hier geht mehr vor sich, als wir mit bloßem Auge sehen. Wir müssen unseren Verstand gebrauchen und dürfen uns nicht vor den Tatsachen verschließen.«

Er seufzte tief. »Es gefällt mir trotzdem nicht, dennoch hast du nicht ganz unrecht. Ich heirate eine kluge Frau.«

Er hörte, wie Kahlan hinter ihm geistesabwesend ihr Kleid glattstrich. Ihr Duft, der von ihr ausging, besänftigte ihn.

»Ich kann verstehen, wieso sie dir gefiel. Sie ist eine wundervolle Frau und obendrein eine Heilerin. Das muß schmerzlich für dich gewesen sein.«

Die Burg der Zauberer schien den morgendlichen Sonnenschein in ihre dunklen Steinmauern aufzusaugen. Dort sollte er hingehen. »Was muß schmerzlich für mich gewesen sein?«

»Daß du sie mit Michael ertappt hast. Sie erzählte mir, daß du sie dabei erwischt hast, wie sie deinen Bruder küßte.«

Richard wirbelte herum und starrte sie mit offenem Mund und fassungslos an. »Sie hat dir *was* erzählt?«

Kahlan deutete mit der Hand nach hinten auf die Tür, so als könnte Nadine erscheinen und für sich selbst sprechen. »Sie sagte, du hättest sie erwischt, als sie deinen Bruder küßte.«

»Ihn küßte?«

»Das hat sie gesagt.«

Richard richtete seinen wütenden Blick wieder auf das Fenster. »Das hat sie tatsächlich erzählt?«

»Was hat sie dann getan? Willst du damit sagen, du hättest sie erwischt, als sie –«

»Kahlan, gestern abend sind vor der Grube sechzehn Mann umgekommen, und ein Dutzend weitere überleben diesen Tag vielleicht nicht. Ich habe Leibwächter, denen ich die Frau, die ich liebe, nicht zum Schutz anvertrauen kann. Wir haben es mit einer Hexe zu tun, die ihr Leben zu einem Feldzug gegen uns gemacht hat. Wir haben es mit Jagang zu tun, der uns Botschaften in Gestalt wandelnder Toter schickt. Irgendwo laufen die Schwestern der Finsternis frei herum. Die halbe Armee in Aydindril ist krank und im Ernstfall kampfunfähig. Da sind Abgesandte, die auf eine Unterredung mit uns warten. Unten sitzt unter Bewachung ein Halbbruder von mir, von dessen Existenz ich keine Ahnung hatte. Ich glaube, wir haben Wichtigeres zu tun, als uns über Nadines ... Nadines Probleme mit der Wahrheit zu unterhalten.«

Kahlan sah ihn einen Augenblick lang voller Zärtlichkeit an. »So schlimm steht es also. Jetzt weiß ich, was dieser Blick in deinen Augen zu bedeuten hat.«

»Weißt du noch, was du mir einmal erzählt hast? ›Laß nie eine schöne Frau den Weg für dich wählen, wenn ihr ein Mann den Blick verstellt‹.«

Sie legte ihm die Hand auf die Schulter. »Nadine wählte nicht den Weg für mich. Ich habe sie gebeten zu bleiben, weil ich meine Gründe dafür hatte.«

»Nadine hängt sich an das, was sie will, wie ein Hund an seine Witterung, aber ich spreche gar nicht über sie. Ich meine Shota. Sie weist dir einen Weg, und du läufst ihn schnurstracks entlang.«

»Wir müssen herausfinden, was sich am Ende dieses Weges befindet und welche Gründe Shota hat, ihn uns zu zeigen.«

Richard drehte sich wieder zur Glastür um. »Ich will wissen, was Marlin – Jagang – sonst noch gesagt hat. Jedes Wort. Ich möchte, daß du dich an jedes Wort erinnerst.«

»Wieso schreist du mich nicht an und bringst es hinter dich?«

»Ich will dich nicht anschreien. Du hast mir eine Todesangst eingejagt, indem du in die Grube gegangen bist. Ich will dich nur beschützen. Ich will dich heiraten.« Er drehte sich erneut um und sah ihr in die grünen Augen. »Ich glaube, ich weiß, wie es funktioniert. Mit den Schlammenschen, meine ich.«

Sie kam näher. »Wirklich? Und wie?«

»Zuerst erzähle mir alles, was Jagang gesagt hat.«

Richard betrachtete untätig die Burg der Zauberer, während sie die gesamte Geschichte durchging: Wie Jagang erzählt hatte, er habe sich das Ja'La-Spiel angesehen und daß der Name in seiner Muttersprache ›Spiel des Lebens‹ bedeutete. Daß er Zeuge jener großartigen Tat werden wolle, die Marlin begangen hatte, daß er wolle, daß Schwester Amelia zu ihm zurückkehrte, bevor er sich offenbart, daß er außer denen, die Richard zerstört hatte, noch andere Prophezeiungen gefunden und eine Prophezeiung mit verknüpfter Gabelung heraufbeschworen habe.

»Mehr weiß ich nicht«, endete sie. »Warum beobachtest du so aufmerksam die Burg?«

»Ich frage mich, warum Schwester Amelia dort hingegangen ist. Und was Marlin dort vorhatte. Hast du irgendeine Ahnung?«

»Nein. Jagang wollte es mir nicht verraten. Richard, hast du die Prophezeiung in der Grube gelesen?«

Sein Magen rebellierte. »Ja.«

»Und? Was bedeutet sie?«

»Das weiß ich nicht. Zuerst muß ich sie übersetzen.«

»Richard Rahl, vielleicht kannst du, ohne hinzusehen, sagen, daß ich es bin, die eintritt, aber ich brauche dir nicht in die Augen zu sehen, um zu wissen, daß du mir nicht die Wahrheit sagst.«

Richard lächelte nicht. »Prophezeiungen besagen mehr als ihre Worte. Das ist dir doch bekannt. Man hört nur die Worte, trotzdem muß sie nicht das bedeuten, wonach sie klingt. Wenn Jagang eine Prophezeiung gefunden hat, heißt das außerdem noch lange nicht, daß er sie heraufbeschwören kann.«

»Na ja, das stimmt allerdings. Ich habe ihm dasselbe geantwortet. Er meinte, der Beweis für die Richtigkeit käme mit einem roten Mond. Die Wahrscheinlichkeit ist nicht sehr groß –«

Richard wirbelte herum: »Wie bitte? Davon hast du mir vorher nichts erzählt. Was hat Jagang gesagt?«

Ihr Gesicht wurde blaß. »Ich hatte es ganz vergessen … erst als du davon sprachst … ich sagte zu Jagang, ich glaube ihm nicht – daß er die Prophezeiung heraufbeschworen habe. Er erwiderte, der Beweis dafür käme mit dem roten Mond. Weißt du, was das heißt, Richard?«

Richards Zunge fühlte sich geschwollen an. Er zwang sich zu blinzeln.

»Gestern nacht war der Mond rot. Ich habe mein ganzes Leben unter freiem Himmel verbracht. Noch nie habe ich etwas auch nur im entferntesten Ähnliches gesehen. Es war, als sehe man den Mond durch ein Glas Rotwein. Ich bekam eine Gänsehaut. Deswegen bin ich früher zurückgekommen.«

»Richard, was stand in der Prophezeiung? Sag es mir.«

Er starrte sie an und suchte nach einer Lüge, mit der er sie beschwichtigen konnte. Er fand keine.

Er flüsterte: »Dort stand: ›Mit dem roten Mond kommt der Feuersturm. Der, der mit der Klinge verbunden ist, wird mit ansehen, wie sein Volk stirbt. Wenn er nichts unternimmt, dann werden er und alle, die er liebt, in dieser Glut sterben, denn keine Klinge, sei sie aus Stahl oder aus Magie erschaffen, kann seinen Gegner berühren.‹«

Das Schweigen stand wie ein Echo im stillen Raum. Kahlan war erbleicht.

»Wie lautet der Rest? Jagang sagte, es handele sich um eine Prophezeiung mit verknüpfter Gabelung. Wie lautet der Rest?« Ihre Stimme brach. »Der andere Ast? Sag es mir, Richard. Und lüg mich nicht an. Wir stecken gemeinsam in dieser Geschichte. Wenn du mich liebst, dann wirst du es mir nicht vorenthalten!«

Geliebte Seelen, laßt sie die Worte hören, aber nicht meine Angst. Gebt mir die Kraft, ihr wenigstens das zu ersparen.

Seine linke Hand umklammerte das Heft des Schwertes. Die erhabenen Buchstaben des Wortes WAHRHEIT schnitten in seine Haut. Er kniff die Augen zusammen, um klar zu sehen.

Zeige keine Furcht.

»›Um das Inferno zu löschen, muß er das Heilmittel im Wind suchen. Im Blitzgewitter wird man ihn auf diesem Pfad sehen können, denn die Frau in Weiß, seine wahre Liebe, wird ihn in ihrem Blut verraten.‹«

16. Kapitel

Kahlan fühlte, wie ihr die Tränen übers Gesicht liefen.

»Richard.« Sie unterdrückte ein Schluchzen. »Richard, du weißt, ich würde niemals … du glaubst doch nicht, ich könnte jemals … ich schwöre es, bei meinem Leben. Niemals würde ich … du mußt mir glauben …«

Er zog sie in seine Arme, als sie die Beherrschung verlor und einen angsterfüllten Klagelaut ausstieß.

»Richard«, schluchzte sie an seiner Brust, »ich würde dich nie verraten. Um nichts auf dieser Welt. Nicht einmal, um den ewigen Qualen in der Unterwelt durch die Hand des Hüters zu entgehen.«

»Das weiß ich. Natürlich weiß ich das. Und du weißt ebensogut wie ich, daß man eine Prophezeiung nicht wörtlich nehmen darf. Laß dich davon nicht quälen. Genau das will Jagang. Er weiß nicht einmal selbst, was sie bedeutet, er hat sie einfach dort hingeschrieben, weil die Worte klangen wie etwas, das er hören wollte.«

»Aber … ich …« Sie bekam ihre Tränen nicht unter Kontrolle.

»Pst.« Er hielt sie mit seinen großen Händen an sich gedrückt.

Dann brach sich das Entsetzen der vergangenen Nacht und der noch schlimmere Schrecken der Prophezeiung in einem unkontrollierbaren Weinanfall Bahn. Nie hatte sie angesichts einer Schlacht geweint, aber in der Geborgenheit seiner Arme verlor sie die Fassung. Sie wurde von einer Flut aus Tränen fortgespült, die nicht weniger reißend war als der reißende Sturzbach im Tunnel unter dem Palast.

»Kahlan, du darfst nicht daran glauben. Bitte.«

»Aber dort steht ... ich werde ...«

»So hör mir doch zu. Habe ich dir nicht gesagt, du sollst nicht dort hinabsteigen, um Marlin zu verhören? Habe ich dir nicht gesagt, ich würde es selbst tun, sobald ich zurück bin, weil es zu gefährlich sei. Ich wollte nicht, daß du dort unten hingehst.«

»Ja, aber ich hatte Angst um dich und wollte einfach –«

»Du hast es gegen meinen ausdrücklichen Wunsch getan. Welche Gründe du auch hattest, du tatest es gegen meinen Willen, habe ich nicht recht?« Sie nickte an seiner Brust. »Das könnte der Verrat aus der Prophezeiung sein. Du wurdest verwundet, warst voller Blut. Du hast mich verraten, und du hattest Blut an dir. Dein Blut.«

»Das, was ich getan habe, würde ich nicht als Verrat bezeichnen. Ich tat es für dich, weil ich dich liebe und weil ich Angst um dich hatte.«

»Verstehst du denn nicht? Die Worte einer Prophezeiung bedeuten nicht unbedingt das, was sie zu besagen scheinen. Im Palast der Propheten, in der Alten Welt, haben sowohl Warren als auch Nathan mich gewarnt, daß Prophezeiungen nicht so gedacht sind. Die Worte stehen nur in einem verborgenen Zusammenhang mit der Prophezeiung.«

»Aber ich begreife nicht, wie –«

»Ich versuche dir nur zu erklären, daß es so etwas Einfaches sein könnte. Man darf eine Prophezeiung nicht die Kontrolle über die eigenen Ängste gewinnen lassen. Tu das nicht.«

»Zedd hat etwas Ähnliches gesagt. Er meinte, es gebe Prophezeiungen über mich, die er mir nicht verraten wolle, weil man sich nicht auf die Worte verlassen könne. Er meinte, du hättest richtig gehandelt, die Worte einer Prophezeiung zu ignorieren. Aber dieser Fall liegt anders, Richard. Hier steht, daß ich dich verraten werde.«

»Ich sagte dir doch schon, vielleicht gibt es eine ganz einfache Erklärung.«

»Blitze sind nichts Einfaches. Wenn man von einem Blitz getroffen wird, dann ist das ein Symbol dafür, daß man getötet wird, wenn nicht sogar ein klarer Hinweis auf die Todesart. In der Prophezeiung heißt es, ich würde dich verraten und deswegen würdest du sterben.«

»Das glaube ich nicht. Ich liebe dich, Kahlan. Ich weiß, daß das unmöglich ist. Du würdest mich nicht verraten oder mir Schaden zufügen. Das würdest du nicht tun.«

Kahlan krallte sich in sein Hemd und schluchzte. »Deswegen schickte Shota Nadine. Damit du eine andere heiratest, weil sie weiß, daß ich dein Untergang wäre. Shota versucht dich zu retten – vor mir.«

»Das glaubte sie schon einmal, und dann stellte sich heraus, daß sie sich geirrt hatte. Erinnerst du dich noch? Hätte Shota ihren Willen bekommen, hätten wir Darken Rahl niemals Einhalt gebieten können. Er wäre jetzt unser aller Herrscher, wenn wir uns ihrer Auslegung der Zukunft gefügt hätten. Mit den Prophezeiungen verhält es sich nicht anders.« Richard faßte sie bei den Schultern und hielt sie auf Armeslänge von sich, damit er ihr in die Augen sehen konnte. »Liebst du mich?«

Ihre verletzte Schulter summte vor Schmerz, als er sie dort berührte, sie weigerte sich aber, sich aus seinem Griff zu lösen. »Mehr als mein eigenes Leben.«

»Dann vertraue mir. Ich werde nicht zulassen, daß die Prophezeiung uns vernichtet. Am Ende wird sich alles zum Besten wenden, du wirst sehen. Wir können nicht über die Lösung nachdenken, solange wir uns auf das Problem konzentrieren.«

Sie rieb sich die Augen. Er klang so selbstsicher. Seine Zuversicht beruhigte sie und gab ihr Auftrieb. »Du hast recht. Entschuldige.«

»Willst du mich heiraten?«

»Natürlich, aber ich wüßte nicht, wie wir uns so lange aus der Verantwortung stehlen können, um abzureisen und –«

»Die Sliph.«

Sie machte ein ungläubiges Gesicht. »Die was?«

»Die Sliph, oben in der Burg der Zauberer. Ich habe darüber nachgedacht. Wir sind in ihr, mit ihrer Magie, den ganzen Weg in die Alte Welt und zurück gereist, und es hat jeweils weniger als einen Tag gedauert. Ich kann die Sliph wecken, und wir können in ihr reisen.«

»Doch sie würde uns in die Alte Welt bringen, nach Tanimura. Und dort, in der Nähe von Tanimura, hält sich Jagang auf.«

»Das ist trotzdem noch viel näher bei den Schlammenschen als Aydindril. Außerdem glaube ich, daß die Sliph auch an andere Orte reisen kann. Sie fragte mich, wohin ich reisen wolle. Demnach kann sie auch andere Ziele aufsuchen, möglicherweise eins, das viel näher an den Schlammenschen liegt.«

Kahlan, die über die Aussicht auf eine rasche Hochzeit ihre Tränen vergessen hatte, warf einen Blick hinauf zur Burg der Zauberer. »Wir könnten zu den Schlammenschen reisen, getraut werden und in wenigen Tagen wieder zurück sein. So lange können wir bestimmt von hier fortbleiben.«

Richard nahm sie lächelnd von hinten in die Arme. »Bestimmt.«

Kahlan wischte sich die letzte Träne fort und drehte sich in seinen Armen um. »Wie schaffst du es nur immer wieder, dir so etwas auszudenken?«

Er deutete mit einem Nicken auf ihr Bett. »Ich hatte einen sehr starken Beweggrund.«

Kahlan, deren Gesicht sich zu einem Schmunzeln verzog, wollte ihn gerade mit einer eindeutigen Unschicklichkeit belohnen, als es an der Tür klopfte. Sie ging sofort auf, ohne daß jemand geantwortet hätte. Nancy steckte den Kopf herein.

»Alles in Ordnung, Mutter Konfessor?« Sie warf einen bedeutungsschwangeren Blick auf Richard.

»Ja. Was gibt es?«

»Fräulein Nadine läßt fragen, ob sie den Umschlag wechseln dürfte.«

»Ach, tatsächlich?« erwiderte Kahlan mit düsterem Unterton.

»Ja, Mutter Konfessor. Aber wenn es Euch … ungelegen kommt, könnte ich sie bitten, zu warten, bis –«

»Bittet sie nur herein«, sagte Richard.

Nancy zögerte. »Ihr werdet das Oberteil Eures Kleides ablegen müssen, Mutter Konfessor. Um an den Umschlag heranzukommen.«

»Das ist schon in Ordnung«, flüsterte Richard in Kahlans Ohr. »Ich muß gehen und mit Berdine sprechen. Ich habe Arbeit für sie.«

»Ich hoffe, es hat nichts mit Pferdemist zu tun.«

Richard feixte. »Nein. Ich möchte, daß sie an Kolos Tagebuch arbeitet.«

»Warum?«

Er gab ihr einen Kuß auf den Scheitel. »Wissen ist eine Waffe. Ich habe die Absicht, vortrefflich gewappnet zu sein.« Er sah zu Nancy hinüber. »Braucht Ihr mich noch, damit ich Euch bei ihrem Kleid helfe?«

Nancy brachte es fertig, gleichzeitig eine böse Miene zu ziehen und rot zu werden.

»Ich nehme an, das heißt, Ihr kommt allein zurecht.« An der Tür wandte er sich noch einmal zu Kahlan um. »Ich werde warten, bis Nadine mit dir fertig ist, dann sollten wir diesen Drefan aufsuchen. Für ihn habe ich ebenfalls Arbeit. Ich hätte … dich gerne dabei.«

Nachdem er die Tür geschlossen hatte, strich Nancy sich das kurze braune Haar zurück und trat zu Kahlan, um ihr mit dem Kleid zu helfen. »Das Kleid, das Ihr gestern getragen habt, war so zerschlissen, daß es nicht mehr zu flicken war.«

»Das dachte ich mir.« Konfessoren besaßen eine Reihe von Kleidern, die alle völlig gleich waren. Konfessoren trugen Schwarz, nur die Mutter Konfessor trug Weiß. Sie mußte an das blaue Hochzeitskleid denken, das sie tragen würde. »Nancy, könnt Ihr Euch noch erinnern, wie Euer Gatte Euch den Hof machte?«

Nancy hielt inne. »Ja, Mutter Konfessor.«

»Dann müßt Ihr wissen, wie Ihr Euch gefühlt hättet, wenn ständig jemand hereingekommen wäre, sobald Ihr mit ihm allein wart.«

Nancy zog das Kleid über Kahlans Schultern. »Ich durfte vor unserer Hochzeit nicht mit ihm allein sein, Mutter Konfessor. Ich war jung und unwissend. Meine Eltern handelten richtig, als sie über mich und meine jugendliche Sprunghaftigkeit wachten.«

»Ich bin eine erwachsene Frau, Nancy. Ich bin die Mutter Konfessor. Ich kann nicht zulassen, daß Ihr und die anderen Frauen ständig den Kopf in mein Schlafzimmer steckt, sobald Richard bei mir ist. Au!«

»Entschuldigung. Das war meine Schuld. Es ist nicht richtig, Mutter Konfessor.«

»Darüber zu entscheiden ist meine Angelegenheit.«

»Wenn Ihr meint, Mutter Konfessor.«

Kahlan streckte den Hals aus, während Nancy ihr das Kleid über den Ärmel stülpte. »Ich meine das ernst.«

Nancy warf einen kurzen Blick auf das Bett. »In diesem Bett wurdet Ihr gezeugt. Wer weiß, wie viele Mütter Konfessor schon ihre Töchter hier empfangen haben. Ihr müßt eine vererbte Tradition fortsetzen. Nur verheiratete Mütter Konfessor nahmen ihre Männer mit in dieses Bett, um ein Kind zu empfangen.«

»Und nicht eine von ihnen aus Liebe. Ich wurde nicht in Liebe empfangen, Nancy. Aber mein Kind wird das sein, sollte ich je eins haben.«

»Um so mehr ein Grund, daß dies mit dem Segen der Guten Seelen geschieht – im heiligen Bund der Ehe.«

Kahlan verschwieg, daß die Guten Seelen sie an einen Ort zwischen den Welten gebracht hatten, um ihre Verbindung zu weihen. »Die Guten Seelen wissen, wie es in unseren Herzen aussieht, für keinen von uns gibt es einen anderen, noch wird es je einen anderen geben.«

Nancy machte sich an der Bandage zu schaffen. »Und Ihr seid ganz versessen darauf. Genau wie meine Tochter und ihr junger Freund.«

Wenn Nancy nur wüßte, wie versessen.

»Das ist es nicht. Ich sage nur, daß ich nicht will, daß Ihr zu mir hereingeplatzt kommt, sobald Richard bei mir ist. Man wird uns bald trauen. Wir sind einander unwiderruflich versprochen.

Zur Liebe gehört mehr, als nur ins Bett zu springen, müßt Ihr wissen. Zum Beispiel, einander ganz nahe zu sein, einander in den Armen zu liegen. Könnt Ihr das verstehen? Ich kann mich nicht gut von meinem zukünftigen Ehemann küssen und mir meine Wunden von ihm versorgen lassen, wenn Ihr alle zwei Minuten den Kopf zur Tür hereinsteckt, habe ich recht?«

»Ja, Mutter Konfessor.«

Nadine klopfte an die offene Tür. »Darf ich reinkommen?«

»Ja, natürlich. Hier, legt Euren Beutel auf das Bett. Ich komme jetzt allein zurecht, Nancy. Danke.«

Nancy schüttelte mißbilligend den Kopf und schloß die Tür hinter sich. Die Kräuterfrau setzte sich neben Kahlan aufs Bett und ging daran, den Verband vollständig abzulösen. Kahlan betrachtete Nadines Kleid mißtrauisch.

»Dieses Kleid, Nadine ... es ist doch dasselbe, das Ihr gestern getragen habt, oder nicht?«

»Aber ja.«

»Es scheint –«

Nadine sah an sich herab. «Die Frauen haben es für mich gewaschen, aber es ist ... Oh, jetzt weiß ich, worauf Ihr hinauswollt. Es ist im Tunnel aufgeplatzt, als wir baden gingen. An den Nähten war der Stoff teilweise eingerissen, also mußte ich es enger machen, um es noch zu retten.

Seit ich von zu Hause fortging, hatte ich nie viel Appetit, wenn ich daran dachte ... ich meine, ich war so sehr mit der Reise beschäftigt, daher konnte ich es an den Nähten enger machen und das Kleid auf diese Weise retten. Es ist nicht zu eng. Es paßt wunderbar so.«

»Ich werde in Anbetracht Eurer Hilfe dafür sorgen, daß Ihr ein neues Kleid bekommt, das bequemer ist.«

»Aber nein. Dieses hier ist wunderbar.«

»Verstehe.«

»Hm, Eure Schnittwunde sieht heute morgen kein bißchen schlechter aus. Das ist ermutigend.« Sie wischte den alten Umschlag vorsichtig ab. »Ich sah Richard hinausgehen. Er wirkte aufgeregt. Ihr habt Euch doch hoffentlich nicht gestritten?«

Mit Kahlans Geduld hatte es ein Ende. »Nein. Er war aus einem anderen Grund erregt.«

Nadine unterbrach ihre Arbeit. Sie wandte sich ihrem Beutel zu und drehte sich mit einem Horn wieder um. Nachdem sie es geöffnet hatte, erfüllte der Duft von Kiefernpech die Luft. Kahlan zuckte zusammen, als Nadine es auf den Umschlag tupfte. Dann ging die Kräuterfrau daran, den Verband wieder um den Arm zu wickeln.

»Es gibt keinen Grund zur Besorgnis«, meinte Nadine in beiläufigem Ton. »Liebende haben oft ihre kleinen Streitereien. Aber nicht immer bedeutet das das Ende ihrer Beziehung. Richard wird bestimmt wieder zur Vernunft kommen. Nach einer Weile.«

»Genaugenommen«, sagte Kahlan, »erklärte ich ihm, daß ich Verständnis hätte für ihn und Euch. Für das, was vorgefallen ist. Deswegen war er so aufgebracht.«

Nadine wickelte langsamer. »Wie meint Ihr das?«

»Ich habe ihm von Eurer Geschichte erzählt, als Ihr Euch von ihm beim Küssen habt erwischen lassen. Über den kleinen ›Schubs‹, den Ihr ihm gabt. Wißt Ihr noch?«

Nadine zog die Enden des Verbandes herum. Plötzlich beeilten sich ihre Finger, sie miteinander zu verschnüren. »Ach, diese Geschichte.«

»Ja, diese Geschichte.«

Nadine vermied es aufzusehen. Sie schob Kahlan den Ärmel des Kleides über die Hand. Nachdem sie das Kleid über Kahlans Schulter gestreift hatte, ließ sie das Horn sofort in den Beutel zurückfallen.

»Das sollte genügen. Ich wechsele den Umschlag besser später noch einmal.«

Kahlan sah zu, wie Nadine den Beutel aufhob und zur Tür eilte. Sie rief ihren Namen. Die Frau blieb zögernd stehen und drehte sich halb herum.

»Es scheint, Ihr habt mich angelogen. Richard hat mir erzählt, was wirklich passiert ist.«

Nadines Sommersprossen verschwanden unter einer tiefdunklen Röte. Kahlan stand auf und deutete mit einer Handbewegung auf einen mit Quasten verzierten samtenen Sessel.

»Möchtet Ihr die Dinge vielleicht zurechtrücken? Mir Eure Version erzählen?«

Nadine stand einen Augenblick lang stocksteif da, dann sank sie in den Sessel. Sie faltete die Hände im Schoß und senkte den Blick auf sie. »Ich sagte doch schon, ich mußte ihm einen Schubs geben.«

»Das nennt Ihr einen Schubs?«

Nadine errötete noch mehr. »Na ja.« Sie machte eine vage Handbewegung. »Ich wußte, daß Jungs ihren Kopf verlieren, wenn es um ihre … ihre Lust geht. Ich dachte, das wäre für mich die beste Gelegenheit, ihn dazu zu bringen, mir einen Antrag zu machen.«

Kahlan war verwirrt, ließ es sich aber nicht anmerken. »Wie es scheint, war es dafür ein wenig spät.«

»Na ja, nicht unbedingt. Ich würde am Ende auf jeden Fall einen von ihnen bekommen, wenn ich mich von Richard so erwischen ließe, nackt, oben auf Michael, und offensichtlich mit einer Menge Spaß. Michael war ganz verrückt nach mir, soviel war sicher.«

Kahlan zog die Augenbrauen hoch. »Wie kamt Ihr auf die Idee, daß –?«

»Ich hatte mir alles genau überlegt. Richard würde nach mir eintreffen. Er würde mich auf Michaels Lanze sehen, wo ich vor Vergnügen schrie, und durch diesen Anblick und meine Bereitwilligkeit würde er von Lust übermannt werden. Dann würde er den Kopf verlieren und mich schließlich ebenfalls nehmen.«

Kahlan starrte benommen vor sich hin. »Wie wolltet Ihr Richard auf diese Weise für Euch gewinnen?«

Nadine räusperte sich. »Na ja, das war so: Ich habe mir ausgerechnet, Richard würde Gefallen daran haben, mich zu besitzen. Dafür wollte ich schon sorgen. Beim nächsten Mal wollte ich ihn dann zurückweisen. Und er nach einer Kostprobe wäre so verrückt nach mir, daß er mir einen Heiratsantrag machen würde.

Machte Richard mir keinen Antrag, und ich würde schwanger, dann könnte ich behaupten, das Kind sei von ihm, und dann würde er mich heiraten, weil es ja tatsächlich von ihm stammen konnte. War ich nicht schwanger, und er machte mir keinen Antrag, nun, dann wäre da noch immer Michael. Ich dachte, der Zweitbeste wäre immer noch besser als gar keiner.«

Kahlan wußte nicht, was tatsächlich geschehen war. Richard hatte es nicht gesagt. Sie befürchtete, Nadine könnte ihre Geschichte genau an diesem Punkt beenden. Kahlan konnte nicht gut zugeben, daß sie nicht wußte, was als nächstes geschehen war, schlimmer noch, sie hatte Angst zu hören, wie erfolgreich Nadines bizarrer Plan gewesen war. In der ersten Version, der Version des Kusses, hatte Richard sich abgewendet. Doch Kahlan wußte, daß diese Version nicht stimmte.

Sie beobachtete, wie die Ader seitlich an Nadines Hals pochte. Kahlan verschränkte die Arme und wartete.

Endlich fand Nadine ihre Stimme zurück und fuhr fort. »Na ja, so sah jedenfalls mein Plan aus. Er erschien mir durchaus erfolgversprechend. Ich rechnete mir aus, im günstigsten Fall Richard zu gewinnen und im ungünstigsten Michael.

Doch klappte es nicht so, wie ich dachte. Richard kam herein und erstarrte. Ich sah lächelnd über meine Schulter. Ich lud ihn ein, bei dem Spaß mitzumachen oder später zu mir zu kommen. Ich würde mich dann auch um ihn kümmern.«

Kahlan hielt den Atem an.

»Damals sah ich diesen Blick in Richards Augen zum ersten Mal. Er sagte kein Wort. Er machte einfach kehrt und ging hinaus.«

Nadine fuhr sich mit der Hand unters Haar, das ihr Gesicht umgab, und wischte sich damit schniefend über die Nase. »Ich dachte, mir würde wenigstens Michael bleiben. Der lachte mich aus, als ich ihm sagte, er hätte mir einen Antrag gemacht. Er lachte bloß. Danach wollte er nie wieder mit mir zusammensein. Er hatte bekommen, was er wollte. Danach war ich ihm nicht mehr von Nutzen. Er ging zu anderen Mädchen.«

»Aber wenn Ihr bereit gewesen wart ... Gütige Seelen, warum habt Ihr nicht einfach Richard verführt?«

»Weil ich befürchtete, er würde genau das erwarten und hätte sich schon dagegen gewappnet. Ich war nicht das einzige Mädchen, mit dem er tanzen ging. Ich hatte Angst, er wollte sich nicht festlegen; wenn ich einfach versuchte, ihn zu verführen, war er vielleicht darauf vorbereitet und würde mich abweisen. Ich hatte ein Gerücht gehört, daß Bess Pratter es darauf angelegt hätte. Offenbar hatte sie keinen Erfolg gehabt. Ich hatte Angst, der Anstoß wäre nicht stark genug.

Ich hoffte, daß die Eifersucht ihn zu einer Entscheidung zwingen würde. Mein Plan, so dachte ich, würde ihn so überraschen, daß er einfach vor Eifersucht und Lust den Kopf verlöre und dann mir gehörte. Ich hatte gehört, es gebe bei einem Mann keinen mächtigeren Antrieb als Eifersucht und Lust.«

Nadine strich sich das Haar mit beiden Händen zurück. »Ich kann gar nicht glauben, daß Richard Euch davon erzählt hat. Ich dachte, er würde niemals jemandem davon erzählen.«

»Hat er auch nicht«, gab Kahlan tonlos zurück. »Richard starrte mich bloß an, als ich ihm sagte, Ihr hättet erzählt, er habe Euch dabei erwischt, wie Ihr seinen Bruder küßt. Er hat mir nichts erzählt. Das habt Ihr gerade ganz von selbst getan.«

Nadine ließ das Gesicht in die Hände sinken.

»Ihr seid vielleicht mit Richard aufgewachsen, aber Ihr habt ihn nicht besonders gut gekannt. Gütige Seelen, Ihr hattet nicht die geringste Ahnung, wie er wirklich war.«

»Es hätte klappen können. Ihr wißt längst nicht soviel, wie Ihr meint. Richard ist ein einfacher Junge aus Kernland, der nie etwas besessen hat und der sich den Kopf von schönen Dingen und Menschen, die tun, was er sagt, hat verdrehen lassen. Deswegen hätte der Plan gelingen können – weil er einfach will, was er sieht. Ich wollte ihm nur helfen zu erkennen, was ich zu bieten hatte.«

Kahlan dröhnte der Kopf. Sie kniff sich in den Nasenrücken und schloß die Augen.

»Nadine, die Gütigen Seelen sind meine Zeugen, Ihr müßt so ungefähr die dümmste Frau sein, die mir je begegnet ist.«

Nadine sprang auf. »Ihr haltet mich für dumm? Ihr liebt ihn. Ihr begehrt ihn.« Sie tippte sich mit dem Finger an die eigene Brust. »Ihr wißt, wie es sich hier drinnen anfühlt, wenn man ihn begehrt. Ich habe ihn nicht weniger begehrt als Ihr. Wenn Ihr müßtet, würdet Ihr dasselbe versuchen. Ihr würdet in diesem Augenblick, so gut Ihr ihn auch kennt, dasselbe tun, wenn Ihr der Meinung wärt, es sei Eure einzige Chance. Eure einzige Chance! Jetzt erzählt mir nur nicht, Ihr würdet so etwas nicht tun!«

»Nadine«, antwortete Kahlan ruhig, »Ihr habt von Liebe nicht die geringste Ahnung. Es geht nicht darum, sich zu nehmen, was man haben will. Es geht darum, das Glück für den zu wollen, den man liebt.«

Die andere Frau beugte sich mit giftigem Gesichtsausdruck vor. «Ihr würdet dasselbe tun wie ich, wenn Ihr müßtet!«

Die Worte aus der Prophezeiung gingen Kahlan durch den Kopf. *Im Blitzgewitter wird man ihn auf diesem Pfad sehen können, denn die Frau in Weiß, seine wahre Liebe, wird ihn in ihrem Blut verraten…‹*

»Ihr täuscht Euch, Nadine, das würde ich nicht. Um nichts in der Welt würde ich riskieren, daß Richard ein Leid geschieht. Um keinen Preis. Ich würde ein Leben in Elend und Einsamkeit auf mich nehmen, ehe ich das zuließe. Ich würde ihn sogar eher Euch überlassen, als ihm weh zu tun.«

17. Kapitel

Kahlan sah Nadine noch hinterher, die wütend durch den Flur davonstürmte, als eine atemlose, strahlende Berdine ganz aufgeregt vor ihr stehenblieb.

»Mutter Konfessor, Lord Rahl möchte, daß ich die ganze Nacht aufbleibe und für ihn arbeite. Ist das nicht wunderbar?«

Kahlan zuckte mit den Brauen. »Ganz wie Ihr meint, Berdine.«

Berdine eilte strahlend in dieselbe Richtung weiter, in die auch Nadine gelaufen war. Auf der anderen Seite des Ganges, ein Stück entfernt, redete Richard auf eine Gruppe von Soldaten ein. Hinter den Soldaten, wiederum ein Stück weiter den Gang hinauf, standen Cara und Egan und sahen zu.

Richard bemerkte Kahlan, ließ die Wachen stehen und kam zu ihr. Als er sie erreicht hatte, krallte sie eine Faust in sein Hemd und nahm ihn sich zur Brust.

»Beantworte mir eine Frage, Richard«, zischte sie zwischen zusammengebissenen Zähnen hindurch.

»Was ist denn?« fragte Richard unschuldig erstaunt.

»Warum bist du je mit dieser Hure tanzen gegangen?«

»So habe ich dich noch nie reden hören, Kahlan.« Richard warf einen Blick in die Richtung, in die Nadine entschwunden war. »Wie hast du sie dazu gebracht, daß sie dir davon erzählt?«

»Ich habe sie ausgetrickst.«

Richard lächelte verschmitzt. »Du hast ihr gesagt, ich hätte dir die Geschichte erzählt, hab' ich recht?«

Sie nickte nur, und sein Lächeln wurde breiter. »Ich habe einen schlechten Einfluß auf dich.«

»Tut mir leid, Richard, daß ich sie gebeten habe hierzubleiben. Davon wußte ich nichts. Sollte ich Shota jemals in die Finger bekommen, werde ich sie erwürgen. Verzeih mir.«

»Da gibt es nichts zu verzeihen. Meine Gefühle waren mir einfach dabei im Weg, das zu erkennen. Es war richtig von dir, sie zu bitten hierzubleiben.«

»Bist du sicher, Richard?«

»Sowohl Shota als auch die Prophezeiung erwähnen den ›Wind‹. Dabei spielt Nadine irgendeine Rolle. Sie muß erst einmal hierbleiben. Ich werde sie besser bewachen lassen, damit sie nicht abreist.«

»Wir brauchen keine Wachen. Nadine wird nicht abreisen.«

»Wieso bist du da so sicher?«

»Geier geben niemals auf. Sie kreisen, solange sie glauben, daß es Knochen geben wird, die man abnagen kann.« Kahlan sah nach hinten in den menschenleeren Flur. »Sie hatte tatsächlich die Frechheit, mir zu sagen, ich hätte an ihrer Stelle ebenso gehandelt.«

»Nadine tut mir ein bißchen leid. Sie hat auch ihre guten Seiten, aber was wahre Liebe ist, wird sie wohl nie erfahren.«

Kahlan spürte seine Wärme in ihrem Rücken. »Wie konnte Michael dir so was antun? Wie konntest du ihm je vergeben?«

»Er war mein Bruder«, meinte Richard leise. »Ich hätte ihm alles vergeben. Eines Tages werde ich vor den Guten Seelen stehen. Ich möchte ihnen keinen Grund liefern zu sagen, ich sei nicht besser gewesen.

Was er jedoch anderen angetan hat, das konnte ich ihm nie verzeihen.«

Sie legte ihm die Hand tröstend auf den Arm. »Ich glaube, jetzt verstehe ich, warum du willst, daß ich dich zu Drefan begleite. Die Seelen haben dich mit Michael auf eine harte Probe gestellt. Ich denke, du wirst feststellen, daß Drefan ein besserer Bruder ist. Er ist vielleicht ein wenig arrogant, aber er ist ein Heiler. Außerdem dürfte es schwer sein, zwei so schlechte Menschen zu finden.«

»Nadine ist auch eine Heilerin.«

»Nicht, verglichen mit Drefan. Seine Begabung grenzt an Magie.«

»Glaubst du, er besitzt Magie?«

»Ich glaube nicht, allerdings kann ich das unmöglich genau sagen.«

»Ich werde es spüren. Falls er Magie besitzt, werde ich es erfahren.«

Die Wachen auf ihren Posten in der Nähe des Salons der Mutter Konfessor salutierten, nachdem Richard ihnen Anweisungen gegeben hatte. Kahlan blieb an seiner Seite, während sie den Flur entlanggingen. Cara richtete sich auf, als Richard kurz vor ihr stehenblieb. Selbst Egan reckte erwartungsvoll den Kopf. Cara sah müde und elend aus, fand Kahlan.

»Cara«, sagte Richard schließlich, »ich werde jetzt diesen Heiler aufsuchen, der Euch gerettet hat. Wie ich hörte, ist er ebenfalls ein unehelicher Sohn von Darken Rahl, genau wie ich. Warum begleitet Ihr mich nicht? Ich hätte nichts dagegen, eine ... gute Freundin dabeizuhaben.«

Cara runzelte die Stirn. Sie war den Tränen nahe. »Wenn Ihr es wünscht, Lord Rahl.«

»Ich wünsche es. Du auch, Egan. Egan, ich habe den Soldaten gesagt, daß ihr alle passieren dürft. Holt Raina und Ulic und nehmt sie ebenfalls mit.«

»Ich bin unmittelbar hinter Euch, Lord Rahl«, antwortete Egan mit einem strahlenden Lächeln.

»Wo wartet Drefan?« fragte Kahlan.

»Ich sagte den Wachen, sie sollen ihn in einem Gästezimmer im Südostflügel unterbringen.«

»Am anderen Ende des Palastes? Warum so weit weg?«

Richard bedachte sie mit einem Blick, dem sie nichts entnehmen konnte. »Weil ich wollte, daß er hierbleibt, unter Bewachung, und das war der Punkt, wo er am weitesten von deinen Gemächern entfernt ist.«

Cara trug noch immer ihre rote Lederkleidung. Sie hatte keine Zeit gefunden, sich umzuziehen. Die Soldaten, die den Südostflügel des Palasts der Konfessoren bewachten, grüßten mit einem Faustschlag aufs Herz und traten für Richard, Kahlan, Ulic, Egan und Raina in ihrer braunen Lederkleidung zur Seite. Für Cara wichen sie einen zusätzlichen Schritt zurück. Kein D'Haraner wollte die Aufmerksamkeit einer Mord-Sith in roter Lederkleidung auf sich lenken.

Nachdem sie den Palast in forschem Tempo durchquert hatten, blieben sie alle vor einer einfachen, von Leder, Muskeln und Stahl flankierten Tür stehen. Richard zog abwesend das Schwert ein Stück heraus, ließ es wieder zurückgleiten und vergewisserte sich auf diese Weise, daß es locker in der Scheide steckte.

»Ich glaube, er hat mehr Angst als du«, flüsterte ihm Kahlan zu. »Er ist ein Heiler. Er sagte, er sei gekommen, um dir seine Hilfe anzubieten.«

»Er ist am selben Tag hier aufgetaucht wie Nadine und Marlin. Ich glaube nicht an Zufälle.«

Kahlan kannte den Blick in seinen Augen. Er verband sich mit seinem Schwert über einen tödlichen Magiestrom, ohne es auch nur anzufassen. Jeder Zoll von ihm, jeder harte Muskelstrang, jede fließende Bewegung verriet den ruhig und dennoch angespannt lauernden Tod.

Richard stieß die Tür auf, ohne anzuklopfen, und betrat den kleinen fensterlosen Raum. Es war eines der einfachen Gästezimmer, kärglich mit einem Bett, einem kleinen Tisch und zwei einfachen Holzstühlen möbliert. An der Seite stand ein schlichter Kiefernkleiderschrank. Ein kleiner gemauerter Kamin sorgte in der kalten, parfümierten Luft für ein wenig Wärme.

Kahlan hielt sich nahe bei Richard, und da sie klug genug war, sich seinem Schwert nicht in den Weg zu stellen, blieb sie einen halben Schritt hinter ihm zurück, ließ seinen Arm jedoch nicht los. Ulic und Egan nahmen zu beiden Seiten Aufstellung. Ihr blondes Haar streifte fast die niedrige Decke. Cara und Raina kamen hinter ihnen hervor und schirmten Richard und Kahlan ab.

Drefan kniete vor dem Tisch an der gegenüberliegenden Wand. Jemand hatte Dutzende von Kerzen beliebig auf dem Tisch verteilt. Auf den Lärm des ganzen Durcheinanders hin erhob er sich geschmeidig und drehte sich um.

Seine blauen Augen erfaßten Richard, als hätte er das Zimmer allein betreten. Die beiden schätzten einander ab, versunken in stumme Gedanken, die Kahlan allenfalls erraten konnte.

Und dann fiel Drefan auf die Knie und berührte mit der Stirn den Fußboden.

»Herrscher Rahl, führe uns. Herrscher Rahl, lehre uns. Herrscher Rahl, beschütze uns. In Deinem Licht gedeihen wir. In Deiner Gnade finden wir Schutz. Deine Weisheit erfüllt uns mit Demut. Wir leben nur, um zu dienen. Unser Leben gehört Dir.«

Kahlan sah, wie Richards zwei riesenhafte Leibwächter und beide Mord-Sith fast reflexartig auf die Knie fielen, um sich der Preisung des Herrschers von D'Hara anzuschließen. In Aydindril hatte sie zahllose D'Haraner bei dieser Anbetung gesehen. Sie hatte an Richards Seite gestanden, als die Schwestern des Lichts niedergekniet waren und ihm die Treue geschworen hatten. Richard hatte ihr erzählt, daß im Palast des Volkes zu Darken Rahls Zeiten jeder zweimal täglich jeweils zwei Stunden die Andachtsplätze aufsuchte, ebendiese Worte wieder und wieder vor sich hin sagte und dabei den gefliesten Boden mit der Stirn berührte.

Drefan erhob sich wieder und nahm eine entspannte, selbstsichere Haltung an. Er war edel gekleidet, trug ein weißes Rüschenhemd, das bis zur Brustmitte offen war, hohe Stiefel, die knapp unterhalb der Knie umgeschlagen waren, und enge, dunkle Hosen, die seine Männlichkeit genug herausstellten, um Kahlan die Schamesröte auf die Wangen zu treiben. Sie zwang sich, ihre Augen abzuwenden. An seinem breiten Ledergürtel konnte sie wenigstens vier Beutel erkennen, deren Laschen von geschnitzten Knochenstiften zugehalten wurden. Lose über seine Schultern drapiert, hing das einfache Flachsgewand, das sie schon kannte.

Von derselben Größe und demselben Körperbau wie Richard und mit den schönen Gesichtszügen Darken Rahls, bot er einen eindrucksvollen Anblick. Sein locker herabhängendes blondes Haar ließ sein braungebranntes Gesicht noch schöner erscheinen. Kahlan konnte nicht umhin, sie mußte die Fleisch und Blut gewordene Mischung von Darken Rahl und Richard einfach ausgiebig betrachten.

Richard deutete mit der Hand auf die Kerzen. »Was ist das?«

Drefan hielt die blauen Augen weiter auf Richard gerichtet. »Ich habe gebetet, Lord Rahl. Habe meinen Frieden mit den Guten Seelen gemacht, für den Fall, daß ich heute zu ihnen gehen sollte.«

Da lag keine Angst in seiner Stimme. Es handelte sich um die schlichte, selbstgewisse Feststellung einer Tatsache.

Richards Brust schwoll unter einem tiefen Atemzug an. Er stieß die Luft mit einem Seufzer aus. »Cara, Ihr bleibt hier. Raina, Ulic, Egan, bitte wartet draußen.« Beim Hinausgehen warf er ihnen einen flüchtigen Blick zu. »Ich zuerst.«

Sie antworteten mit einem grimmigen Nicken. Es war ein Kode: Sollte Richard den Raum nicht als erster wieder verlassen, dann würde Drefan auf dem Weg nach draußen sterben – eine Vorsichtsmaßnahme, die Kahlan ebenfalls anwandte.

»Ich bin Drefan, Lord Rahl. Zu Euren Diensten, solltet Ihr mich für würdig befinden.« Er verneigte den Kopf vor Kahlan. »Mutter Konfessor.«

»Was wolltet Ihr damit sagen, es könnte sein, daß Ihr Euch heute zu den Guten Seelen gesellt?« fragte Richard.

Drefan schob seine Hände in die gegenüberliegenden Ärmel seines Gewandes.

»Das hängt mit einer kleinen Geschichte zusammen, Lord Rahl.«

»Nehmt die Hände aus den Ärmeln und erzählt mir diese Geschichte.«

Drefan zog seine Hände heraus. »Verzeiht.« Er hob sein Gewand mit dem kleinen Finger ein Stück an, so daß man das lange Messer mit der dünnen Klinge sehen konnte, das in der Scheide an seinem Gürtel steckte. Er zog das Messer mit Daumen und einem Finger heraus, schleuderte es in die Luft und fing es an der Spitze auf. »Verzeiht mir. Ich hatte vor, es vor Eurem Besuch abzulegen.«

Ohne sich umzudrehen, warf er es über die Schulter. Das Messer blieb fest in der Wand stecken. Er bückte sich, nahm ein schwereres Messer aus seinem Stiefel und warf dieses beim Aufrichten mit seiner anderen Hand über die Schulter, so daß es ebenfalls, einen Zoll vom ersten entfernt, in der Wand steckenblieb. Er griff hinter seinem Rücken unter den Umhang, und zum Vorschein kam eine gefährlich aussehende, gekrümmte Klinge. Ohne hinzusehen, schleuderte er sie ebenfalls in die Wand hinter sich, wo sie sich zu den beiden anderen gesellte.

»Sonst noch irgendwelche Waffen?« fragte Richard in geschäftsmäßigem Ton.

Drefan breitete die Arme aus. »Meine Hände, Lord Rahl, und mein Wissen.« Er hielt die Hände weiter ausgebreitet. »Aber selbst meine Hände wären nicht schnell genug, Eure Magie zu besiegen, Lord Rahl. Bitte durchsucht mich, und vergewissert Euch, daß ich ansonsten unbewaffnet bin.«

Richard ging auf das Angebot nicht ein. »Und, wie lautet die Geschichte nun?«

»Ich bin der uneheliche Sohn von Darken Rahl.«

»Genau wie ich«, meinte Richard.

»Nicht ganz. Ihr seid der mit der Gabe gesegnete Erbe Darken Rahls. Ein entscheidender Unterschied, Lord Rahl.«

»Mit der Gabe gesegnet? Darken Rahl hat meine Mutter vergewaltigt. Ich hatte oft Grund, meine Magie als Fluch zu betrachten.«

Drefan nickte respektvoll. »Ganz wie Ihr wollt, Lord Rahl. Aber Darken Rahl betrachtete seine Nachkommen mit anderen Augen als Ihr. Für ihn gab es einerseits den Erben und andererseits nur nutzlose Schwächlinge. Ihr seid sein Erbe, ich bin nur einer der nutzlosen Schwächlinge.

Die üblichen Dinge, die man mit dem Akt der Zeugung in Verbindung bringt, waren für den Herrscher D'Haras nicht von Belang. Frauen waren ... einfach dazu da, um ihm Vergnügen zu bereiten oder seine Leibesfrucht auszutragen. Die, die eine minderwertige Leibesfrucht empfingen – die ohne Gabe –, waren in seinen Augen unfruchtbares Land. Selbst Eure Mutter wäre, nachdem sie diese kostbare Leibesfrucht ausgetragen hatte, für ihn nicht wichtiger gewesen als der Dreck in seinem Lieblingsgarten.«

Richard nahm eine steife Haltung an. »Er hat meine Geschwister getötet?«

»So ist es, Lord Rahl«, bestätigte Cara. »Nicht methodisch, sondern eher seiner üblen Laune folgend.«

»Von diesen anderen Kindern weiß ich nichts. Bis zum vergangenen Herbst wußte ich nicht einmal, daß er mein Vater ist. Wie kommt es, daß du noch lebst?« fragte er Drefan.

»Meine Mutter wurde nicht ...« Drefan hielt inne und suchte nach einem unverfänglichen Weg, es auszudrücken. »Meine Mutter erfuhr nicht eine so unglückliche Behandlung wie Eure hochgeschätzte Mutter, Lord Rahl.

Meine Mutter war eine Frau voller Ehrgeiz und Habgier. Sie sah in unserem Vater ein Mittel, an gesellschaftlichem Rang zu gewinnen. Wie ich habe erzählen hören, hatte sie ein hübsches Gesicht und einen schönen Körper und gehörte zu den wenigen, die mehrfach in sein Schlafgemach gerufen wurden. Die meisten konnten sich dessen nicht rühmen. Offenbar gelang es ihr, seinen Appetit auf ihre Reize zu entwickeln. Um es rundheraus zu sagen, sie war eine begabte Hure.

Sie hoffte, diejenige zu sein, die ihm den mit der Gabe gesegneten Erben schenkt, um in ihrem gesellschaftlichen Rang noch ein wenig höher aufzusteigen.

Das ist ihr nicht gelungen.« Drefans Wangen erröteten. »Sie bekam mich.«

»Das mag in ihren Augen ein Versagen gewesen sein«, erwiderte Richard mit ruhiger Stimme, »aber nicht in den Augen der Guten Seelen. Ihr seid in ihren Augen nicht geringer als ich.«

Drefan lächelte. »Vielen Dank, Lord Rahl. Sehr großzügig von Euch, den Guten Seelen das zuzugestehen, was ihnen immer schon gehörte. Nicht alle Menschen tun das. ›Deine Weisheit erfüllt uns mit Demut‹«, zitierte er aus der Andacht.

Drefan schaffte es, auf höfliche Weise Respekt zu zeigen, ohne unterwürfig zu werden. Er schien aufrichtig, voller Achtung zu sein, verlor dabei jedoch auch seine noble Haltung nicht. Anders als in der Grube war er sehr auf Höflichkeit bedacht, trotzdem strahlte er die Erhabenheit eines Rahl aus: Wie oft er sich auch verbeugte, an seinem sicheren Auftreten änderte das nichts. Und wie bei Richard, haftete seinem Auftreten eine angeborene Autorität an.

»Und was geschah dann?«

Drefan holte tief Luft. »Sie brachte mich als Säugling zu einem Zauberer, um mich testen zu lassen, in der Hoffnung, den mit der Gabe gesegneten Erben präsentieren zu können, der ihr Reichtum, Stellung und die katzbuckelnde Bewunderung von Darken Rahl einbringen würde. Hatte ich schon erwähnt, daß sie obendrein auch eine Närrin war?«

Richard antwortete nicht, und Drefan fuhr fort.

»Der Zauberer eröffnete ihr die schlechten Neuigkeiten: Ich war ohne die Gabe geboren worden. Statt den Paß in ein Leben voller Annehmlichkeiten in der Hand zu halten, war nun ihr Schicksal besiegelt. Darken Rahl war dafür bekannt, daß er solchen Frauen die Eingeweide aus dem Leib riß – Zoll für Zoll.«

»Offenbar«, sagte Richard, »gelang es Euch, ihm nicht weiter aufzufallen. Wie das?«

»Dafür war meine liebe Frau Mutter verantwortlich. Sie wußte, daß sie mich vielleicht würde aufziehen können, ohne je von ihm bemerkt oder getötet zu werden, aber sie wußte auch, daß dies ein hartes Leben werden würde, in dem man sich verstecken und bei jedem Klopfen an der Tür erschrecken mußte.

Statt dessen brachte sie mich, als ich kaum mehr als ein Säugling war, zu einer entlegenen Gemeinschaft von Heilern, damit diese mich unerkannt großziehen würden und mein Vater nichts von mir erführe.«

»Das muß schwer für sie gewesen sein«, stellte Kahlan fest.

Seine stechenden blauen Augen richteten sich auf sie. »Gegen ihren Kummer verschrieb sie sich ein wirksames Mittel, das wiederum von den Heilern bereitgestellt wurde: Bilsenkraut.«

»Bilsenkraut«, wiederholte Richard. »Bilsenkraut ist ein Gift.«

»Ja. Es wirkt schnell, hat aber die unangenehme Eigenschaft, dabei äußerst schmerzhaft zu sein.«

»Diese *Heiler* haben ihr Gift gegeben?« fragte Richard fassungslos.

Drefans raubvogelhafter Blick, in dem gleichzeitig etwas Warnendes lag, kehrte zu Richard zurück. »Es ist der Beruf eines Heilers, das verlangte Mittel bereitzustellen. Manchmal handelt es sich dabei um den Tod.«

»Da habe ich eine andere Vorstellung von einem Heiler«, sagte Richard, der den raubvogelhaften Blick auf gleiche Art erwiderte.

»Einem Menschen, der im Sterben liegt – ohne Hoffnung auf Besserung und unter großen Leiden – kann man nicht besser dienen als mit dem wohltätigen Akt, ihm beim Beenden seines Leidens behilflich zu sein.«

»Eure Mutter lag nicht ohne Hoffnung auf Besserung im Sterben.«

»Wenn Darken sie gefunden hätte, wäre ihr Leid vollkommen gewesen, um es vorsichtig auszudrücken. Ich weiß nicht, wieviel Ihr über Euren Vater wißt, aber er war für seinen Einfallsreichtum beim Bereiten von Schmerzen bekannt und dafür, daß er sie genüßlich in die Länge zog. Sie lebte in ständiger Angst vor diesem Schicksal. Das trieb sie fast in den Wahnsinn. Bei jedem Schatten brach sie in Tränen aus. Die Heiler konnten nichts tun, um ihr dieses Schicksal zu ersparen und sie vor Darken Rahl zu beschützen. Hätte Darken Rahl sie finden wollen, hätte er sie auch gefunden. Wäre sie bei den Heilern geblieben und dort entdeckt worden, hätte er sie allesamt erschlagen, weil sie sie versteckt hatten. Sie opferte ihr Leben, damit ich eine Chance hatte, meines zu leben.«

Kahlan zuckte zusammen, als das Holz im Kamin knackte. Drefan zeigte keine Regung, ebensowenig Richard.

»Das tut mir leid«, sagte Richard leise. »Mein Großvater brachte seine Tochter, meine Mutter, nach Westland, um sie vor Darken Rahl zu verbergen. Wahrscheinlich war auch er sich über die Gefahr im klaren, in der sie schwebte. Und ich.«

Drefan zuckte die Achseln. »Dann sind wir uns sehr ähnlich, Ihr und ich: Flüchtlinge vor unserem Vater. Nur, daß Ihr nicht getötet worden wärt.«

Richard nickte, wie zu sich selbst. »Er hat versucht, mich zu töten.«

Drefan runzelte neugierig die Stirn. »Tatsächlich? Erst will er einen mit der Gabe gesegneten Erben, und dann versucht er, ihn umzubringen?«

»Er wußte ebensowenig wie ich, daß er mich gezeugt hatte.« Richard kam zum Thema zurück. »Und was hatte das zu bedeuten, daß Ihr Frieden mit den Guten Seelen schließen wollt, für den Fall, daß Ihr heute noch zu ihnen geht?«

»Die Heiler, die mich aufzogen, haben mir nie verschwiegen, wer ich war. Seit ich denken kann, weiß ich, daß ich der uneheliche Sohn unseres Herrschers Vater Rahl bin. Ich lebte stets in der Gewißheit, daß er jeden Augenblick kommen und mich töten konnte. Jede Nacht betete ich zu den Guten Seelen und dankte ihnen für einen weiteren Tag ohne meinen Vater und ohne das, was er mir antun würde.«

»Hatten die Heiler keine Angst, daß er kommen und sie ebenfalls töten könnte, weil sie Euch versteckten?«

»Mag sein. Sie haben es stets abgestritten. Sie sagten, um sich selbst hätten sie keine Angst, sie könnten stets behaupten, ich sei ein Findelkind gewesen, dessen Eltern sie nicht kannten.«

»Muß ein hartes Leben gewesen sein.«

Drefan kehrte ihnen den Rücken zu und schien eine Weile in die Kerzen zu starren, bevor er weitersprach. »Immerhin war es ein Leben. Mein Leben. Dennoch war ich es leid, ständig in Furcht vor ihm zu leben.«

»Er ist tot«, sagte Richard. »Ihr braucht Euch nicht mehr vor ihm zu fürchten.«

»Deswegen bin ich hier. Als ich spürte, wie die Bande zerrissen, und man später bestätigte, daß er tot war, hielt ich mein privates Grauen für beendet. Man hat mich seit meiner Ankunft hier bewacht. Ich wußte, dieses Zimmer durfte ich nicht nach Belieben verlassen. Schließlich kannte ich den Ruf der Wachen, mit denen Ihr Euch umgebt. Dieses Risiko ging ich ein, als ich hierherkam.

Ob der neue Lord Rahl ebenfalls meinen Tod wollte, war mir nicht bekannt, aber ich beschloß, der stets über meinem Haupt schwebenden Todesdrohung ein Ende zu machen. Ich kam, um dem Herrscher D'Haras meine Dienste anzubieten, falls er diese wollte, oder mein Leben sollte, so dies sein Wille wäre, wegen des Verbrechens meiner Geburt verwirkt sein.

Wie auch immer, es hätte ein Ende. Ich will, daß es ein Ende hat.«

Drefan, dessen Augen feucht wurden, drehte sich zu Richard um. »Ihr habt es gehört, Lord Rahl. Verzeiht mir oder tötet mich. Was auch immer, ich glaube nicht, daß es mir noch viel ausmacht, aber bringt die Sache zu Ende – so oder so.«

Seine Brust hob und senkte sich, und sein Atem ging schwer.

Richard musterte seinen Bruder in der trägen Stille. Kahlan konnte bestenfalls ahnen, was jetzt in ihm vorging: die Gefühle, die diese Überlegungen ausgelöst haben mochten, die Schatten der Vergangenheit und das Licht der Hoffnung auf das, was vielleicht einmal sein würde.

Schließlich streckte er die Hand aus.

»Ich bin Richard, Drefan. Willkommen im neuen D'Hara, einem D'Hara, das für die Befreiung von der Schreckensherrschaft kämpft. Wir kämpfen dafür, daß niemand mehr wie du in Angst leben muß.«

Die beiden Männer faßten sich am Handgelenk. Ihre großen, kräftigen Hände hatten dieselbe Größe.

Drefan sagte leise: »Ich danke dir … Richard.«

18. Kapitel

»Wie ich hörte, hast du Cara das Leben gerettet«, sagte Richard. »Ich möchte mich bei dir bedanken. Das kann dir nicht leichtgefallen sein, schließlich wußtest du, daß Cara eine meiner Leibwächterinnen ist, die dir am Ende vielleicht etwas antun würde ... falls die Dinge sich für dich nicht gut entwickelten.«

»Ich bin ein Heiler. Das ist mein Beruf – Richard. Ich fürchte, es wird mir schwerfallen, dich beim Namen zu nennen und nicht ›Lord Rahl‹ – eine Weile jedenfalls. Ich spüre die Bande zu dir, zu dir als dem Herrscher Rahl.«

Richard zuckte verlegen die Achseln. »Ich kann mich noch immer nicht recht daran gewöhnen, daß die Menschen mich Lord Rahl nennen.« Er strich sich mit dem Finger über die Unterlippe. »Haben wir ... weißt du, ob wir ... noch weitere Halbgeschwister haben?«

»Da bin ich ganz sicher. Einige müssen überlebt haben. Einem Gerücht zufolge haben wir zumindest noch eine jüngere Schwester.«

»Eine Schwester?« Richard schmunzelte. »Wirklich? Eine Schwester. Was glaubst du, wo sie ist? Kennst du ihren Namen?«

»Tut mir leid, Lord ... Richard; nun, wenigstens kenne ich ihren Namen: Lindie. In der Nachricht, die ich erhielt, hieß es, wenn sie noch lebte, müsse sie wenigstens vierzehn Jahre alt sein. Der Betreffende, der mir ihren Namen verriet, behauptete, er wisse nur ihren Vornamen und daß sie in D'Hara geboren sei, im Südwesten des Palastes des Volkes.«

»Sonst noch etwas?«

»Ich fürchte nein. Jetzt hast du alles gehört, was ich weiß.« Drefan wandte sich zu Kahlan. »Wie fühlt Ihr Euch? Hat diese Kräuterfrau, wie hieß sie doch gleich, Euch ordentlich zusammengeflickt?«

»Ja«, antwortete Kahlan. »Nadine hat ihre Sache gut gemacht. Es tut noch etwas weh, und mir dröhnt der Kopf ein wenig, wahrscheinlich wegen all der Dinge, die sich zugetragen haben. Vergangene Nacht habe ich wegen der Schmerzen in meiner Schulter nicht gut geschlafen, aber das war zu erwarten. Es geht mir gut.«

Er trat auf sie zu, und bevor sie wußte, wie ihr geschah, hatte er ihren Arm gepackt. Er hob ihn an, drehte ihn, zog daran, fragte jedesmal, ob es weh tue. Als er zufrieden war, stellte er sich hinter sie und umfaßte ihr Schlüsselbein mit den Fingern, während er ihr gleichzeitig die Daumen in den Halsansatz drückte. Ein Schmerz schoß ihre Wirbelsäule hoch. Das Zimmer verschwamm vor ihren Augen.

Er drückte unter ihrem Arm zu, dann hinten auf der Schulter. »So. Wie ist das?«

Kahlan ließ ihren Arm kreisen und stellte fest, daß der Schmerz stark nachgelassen hatte. »Viel besser. Vielen Dank.«

»Seid aber vorsichtig. Ich habe die Schmerzen teilweise betäubt, trotzdem muß der Arm in Ruhe verheilen, bevor Ihr ihn wieder richtig benutzen könnt. Habt Ihr noch Kopfschmerzen?« Kahlan nickte. »Mal sehen, was ich dagegen tun kann.«

An der Hand führte er sie zum Tisch und setzte sie auf einen Stuhl. Er ragte groß über ihr auf und versperrte ihr die Sicht auf Richard.

Drefan zog an ihren Armen, drückte und bearbeitete die Haut zwischen ihren Daumen und den Zeigefingern. Im Vergleich zu seinen Händen wirkten ihre so klein. Seine ähnelten denen von Richard. Groß und kräftig, wenn auch nicht so schwielig. Er preßte so stark, daß es schmerzte, aber sie beklagte sich nicht, denn sie fand, er müsse wissen, was er tue.

Da er unmittelbar vor ihr stand, mußte sie die Augen nach oben verdrehen, wenn sie nicht gezwungen sein wollte, auf seine enge Hose zu starren. Sie beobachtete, wie seine Hände die ihren kneteten – wie seine Finger sich über ihr Fleisch tasteten. Sie mußte daran denken, wie er Cara berührt hatte. Lebhaft erinnerte sie sich noch an die kräftigen Finger, die sich unter Caras rote Lederkleidung und zwischen ihre Beine geschoben hatten. Sich in sie hineingebohrt hatten.

Ohne Vorwarnung zog Kahlan ihre Hände zurück.

»Danke, es geht schon viel besser«, log sie.

Er sah lächelnd mit seinem stechenden, falkenartig blauäugigen Rahl-Blick auf sie herab. »So schnell habe ich Kopfschmerzen noch nie geheilt. Seid Ihr sicher, daß sie schon besser sind?«

»Ja. Es waren nur leichte Kopfschmerzen. Sie sind jetzt fort. Danke.«

»Gern geschehen«, antwortete er. Er betrachtete sie eine ganze Weile, das dünne Lächeln nach wie vor auf den Lippen. Endlich wandte er sich zu Richard um.

»Man sagte mir, du sollst der Mutter Konfessor hier angetraut werden. Du bist ein völlig anderer Lord Rahl als unser Vater. Darken Rahl hätte eine Heirat niemals in Betracht gezogen. Natürlich ist er wahrscheinlich nie von einer so wunderschönen Frau wie deiner Verlobten in die Ehe gelockt worden. Erlaubt, daß ich euch beiden meine Glückwünsche ausspreche. Wann ist die Hochzeit?«

»Bald«, warf Kahlan rasch ein und stellte sich neben Richard.

»Ganz recht«, stimmte Richard zu. »Bald. Das genaue Datum steht noch nicht fest. Wir … müssen zuvor noch einiges erledigen.

Hör zu, Drefan, ich könnte deine Hilfe gebrauchen. Wir haben eine Anzahl Verwundeter, und einige von ihnen befinden sich in ernstem Zustand. Sie wurden von demselben Mann verwundet, der auch Cara verletzt hat. Ich wüßte es wirklich zu schätzen, wenn du sehen könntest, was du für sie tun kannst.«

Drefan nahm seine Messer wieder an sich und steckte sie ein, ohne hinzusehen. »Deswegen bin ich hier: um zu helfen.« Er wollte zur Tür.

Richard faßte ihn am Arm. »Laß mich besser vorgehen. Solange ich keinen anderen Befehl gebe, stirbst du, wenn du das Zimmer vor mir verläßt. Das wollen wir schließlich nicht.«

Als Richard Kahlans Arm nahm und sich zur Tür umdrehte, trafen sich für einen Augenblick ihrer und Caras Blick. Ihr Gehör habe keinen Schaden erlitten, hatte Drefan gesagt. Sie hatte alles mitbekommen, auch wenn sie nicht hatte reagieren können. Sie muß gehört haben, wie Kahlan ihn gewarnt hatte, sie nicht noch einmal dort unten zu berühren. Sie muß gewußt haben, was Drefan tat, war aber nicht in der Lage gewesen, ihn daran zu hindern. Kahlans Gesicht brannte, wenn sie daran dachte.

Sie drehte sich um und drückte beim Hinausgehen Richards Hand.

Richard blickte rechts und links den Flur entlang, und als er niemanden sah, schob er sie rückwärts gegen die holzgetäfelte Wand vor ihren Gemächern und drückte ihr einen Kuß auf die Lippen. Sie war froh, daß Drefan ihre Schmerzen im Arm ein wenig gelindert hatte. Es tat kaum noch weh, wenn sie Richard die Arme um den Hals schlang.

Sie stöhnte, als ihre Lippen sich berührten. Der lange Tag hatte sie ermüdet, und ihr Arm schmerzte immer noch ein bißchen, doch stöhnte sie weder vor Müdigkeit noch vor Unbehagen – sondern aus Verlangen.

Er zog sie in seine Arme und drehte sich so, daß er statt ihrer mit dem Rücken an der Wand lehnte. Er drückte sie mit seinen kräftigen Armen an seinen Körper und hob sie, als sein Kuß fordernder wurde, fast mit den Zehen vom Boden. Sie biß ihm zärtlich in die Unterlippe, dann löste sie sich, um Luft zu holen.

»Ich kann gar nicht recht glauben, daß weder Nancy noch eine ihrer Aufpasserinnen hier auf uns wartet«, wunderte sich Richard.

Sie hatten ihre Bewacher hinter einer Ecke zurückgelassen. Endlich waren sie allein – ein seltener Luxus. Kahlan war zwar unter Menschen aufgewachsen, aber jetzt fand sie ihre ständige Gegenwart ermüdend. Es lag ein großer Wert darin, einfach seine Ruhe zu haben.

Sie drückte ihm schnell einen neckischen Kuß auf die Lippen. »Ich glaube nicht, daß Nancy uns behelligen wird.«

»Bestimmt nicht?« fragte Richard mit einem verschmitzten Grinsen. »Aber, Mutter Konfessor, wer wacht denn jetzt über Eure Tugend?«

Sie gab ihm einen zarten Kuß. »Gütige Seelen, hoffentlich niemand.«

Er überraschte sie mit einem plötzlichen Themenwechsel. »Was hältst du von Drefan?«

Auf diese Frage war sie nicht vorbereitet. »Und du?«

»Ich hätte gerne einen Bruder, dem ich vertrauen und an den ich glauben kann. Er ist ein Heiler. Unser Heiler war beeindruckt, wie er einigen der Männer geholfen hat. Er meinte, wenigstens einer von ihnen werde nur dank Drefans Zutun überleben. Nadine war mehr als nur ein wenig neugierig auf die Kräutermischungen, die er in den Lederbeuteln an seinem Gürtel bei sich trägt. Die Vorstellung, einen Bruder zu haben, der den Menschen hilft, gefällt mir. Etwas Nobleres als das kann es nicht geben.«

»Glaubst du, er besitzt Magie?«

»In seinen Augen habe ich nichts davon gesehen. Ich bin sicher, sonst hätte ich sie erkannt. Ich kann nicht erklären, wie ich Magie spüre. Manchmal sehe ich sie um einen Menschen in der Luft funkeln oder jemandem an den Augen an, doch bei Drefan ist mir nichts dergleichen aufgefallen. Meines Erachtens ist er einfach ein begabter Heiler.

Ich bin ihm dankbar, daß er Cara gerettet hat. Was er zumindest behauptet. Nun, was wäre, wenn sie sich nach Marlins Tod und nachdem die Verbindung zu ihm unterbrochen war, von selbst erholt hätte?«

Daran hatte Kahlan nicht gedacht. »Du traust ihm also nicht?«

»Ich weiß nicht recht. Nach wie vor glaube ich nicht an Zufälle.« Er seufzte ungeduldig. »Kahlan, du mußt ganz ehrlich sein. Du darfst nicht zulassen, daß ich mich blenden lasse, nur weil er mein Bruder ist und ich ihm vertrauen will. Ich war noch nie besonders sicher in meinem Urteil, wenn es um einen Bruder ging. Wenn du irgendeinen Grund hast, an ihm zu zweifeln, dann sag ihn mir.«

»Einverstanden.«

Er beugte sich zu ihr vor. »Du könntest mir zum Beispiel erklären, warum du ihn angelogen hast.«

Kahlan runzelte die Stirn. »Was meinst du?«

»Bei den Kopfschmerzen. Ich konnte sehen, daß sie nicht verschwunden waren. Wieso hast du ihm erzählt, sie seien weg?«

Kahlan legte ihm die Hand an die Wange.

»Ich wünsche dir wirklich einen Bruder, auf den du stolz sein kannst, Richard, aber ich will, daß auch alles mit rechten Dingen zugeht. Wahrscheinlich hat mich deine Bemerkung über Zufälle stutzig werden lassen, das ist alles.«

»Sonst noch was, außer meiner Bemerkung über Zufälle?«

»Nein. Ich hoffe, er kann deinem Herzen ein wenig Bruderliebe bringen. Ich bete dafür, daß es nicht mehr als ein kleiner Zufall ist.«

»Ich auch.«

Sie drückte ihn liebevoll. »Ich weiß, die weiblichen Dienstboten sind ganz aus dem Häuschen wegen ihm. Vermutlich wird er bald die ersten Herzen brechen, nach all den schwärmerischen Blicken, die ich gesehen habe.

Ich verspreche dir, Bescheid zu sagen, wenn er mir einen Grund zu der Annahme gibt, daß etwas nicht stimmt.«

»Danke.«

Er hatte bei ihrer Bemerkung über die Frauen, die Drefan ausnahmslos mochten, nicht gelächelt. Richard hatte nie Eifersucht gezeigt, dazu hatte er keinen Grund, auch wenn sie kein Konfessor gewesen wäre. Trotzdem, da war diese schmerzliche Geschichte mit Michael, die, das wurde ihr jetzt klar, Vernunft vielleicht weniger wichtig machte. Sie wünschte sich, sie hätte nicht davon angefangen.

Er fuhr ihr mit den Fingern durchs Haar, hielt ihren Kopf mit beiden Händen und küßte sie. Sie wich zurück.

»Warum hast du Nadine heute nachmittag mitgenommen?«

»Wen?«

Er beugte sich wieder über sie. Sie wich zurück.

»Nadine. Hast du sie etwa schon vergessen? Die Frau in dem engen Kleid.«

»Ach, diese Nadine.«

Sie piekste ihm in die Rippen. »Dir ist das Kleid also auch aufgefallen?«

Er runzelte die Stirn. »Fandest du, daß heute etwas daran anders war?«

»O ja, da war etwas anders. Warum hast du sie mitgenommen?«

»Weil sie eine Heilerin ist. Sie ist kein schlechter Mensch – sie hat ihre guten Seiten. Ich dachte, wo sie ohnehin hier ist, könnte sie sich wenigstens nützlich machen. Vielleicht fühlt sie sich dann auch ein bißchen besser. Ich habe sie überwachen lassen, ob die Männer den Löscheichentee auch richtig aufgesetzt hatten und ob er stark genug war. Sie schien froh zu sein, helfen zu können.«

Kahlan mußte an Nadines Lächeln denken, als Richard sie gebeten hatte, ihn zu begleiten. Froh gewesen war sie schon, das stimmte, aber nicht nur, weil sie helfen konnte. Das Lächeln hatte Richard gegolten. Wie auch das Kleid.

»So«, neckte Richard, »genau wie all die anderen Frauen denkst du also auch, Drefan sehe gut aus?«

Sie fand seine Hose zu eng. Abermals zog sie Richard an sich und küßte ihn, in der Hoffnung, er würde nicht bemerken, daß sie rot wurde, und dafür den falschen Grund annehmen.

»Wer?« hauchte sie verträumt.

»Drefan. Hast du ihn schon vergessen? Der Mann in der engen Hose?«

»Tut mir leid, ich kann mich nicht an ihn erinnern«, sagte sie und gab ihm einen Kuß auf den Hals, und beinahe stimmte es sogar. Sie sehnte sich nach Richard und nach sonst gar nichts.

In ihren Gedanken war kein Platz für Drefan. Sie dachte an fast nichts anderes als an die Zeit, die sie mit Richard an jenem seltsamen Ort zwischen den Welten verbracht hatte, wo sie wie nie zuvor oder danach zusammengewesen waren – wirklich zusammen. So wollte sie ihn wieder haben. Und zwar jetzt.

An seinen Händen, die ihren Rücken hinabglitten, und an der fordernden Art, wie er sie auf den Hals küßte, erkannte sie, daß er das gleiche wollte, und ebenso sehr.

Aber sie wußte auch, daß Richard auf keinen Fall den Eindruck erwecken wollte, er sei so wie sein Vater. Niemand sollte glauben, sie sei für ihn dasselbe, als das Darken Rahl die Frauen betrachtet hatte: ein vergnügliches Abenteuer für den Herrscher D'Haras. Deshalb ließ er sich auch so mühelos von ihren Zofen in die Schranken weisen. Trotz seiner verzweifelten Einwände setzte er sich nie über sie hinweg, wenn sie ihn verscheuchten.

Auch die drei Mord-Sith schienen Kahlan davor bewahren zu wollen, als etwas Geringeres zu erscheinen denn die wahre Verlobte des Herrschers von D'Hara. Wann immer Richard mit dem Gedanken spielte, nachts ihr Zimmer aufzusuchen, und sei es nur, um zu reden, waren stets entweder Cara, Berdine oder Raina zur Stelle und stellten ein paar spitze Fragen, mit denen sie ein Treffen verhinderten. Wenn Richard daraufhin eine finstere Miene aufsetzte, erinnerten sie ihn daran, daß er ihnen befohlen hatte, die Mutter Konfessor zu beschützen. Diesen Befehl hatte er nie zurückgenommen.

Heute befolgten die drei Mord-Sith seine Befehle peinlich genau, und als er Cara und Raina aufgetragen hatte, sie sollten hinter der Ecke unten im Flur Posten beziehen, waren sie widerspruchslos dort zurückgeblieben.

Da die Hochzeit so kurz bevorstand, beschlossen Kahlan und Richard zu warten, obwohl sie bereits einmal zusammengewesen waren. Damals war ihnen das irgendwie unwirklich vorgekommen – an einem Ort zwischen den Welten, einem Ort, wo es keine Wärme gab, keine Kälte, kein Licht, keinen Boden unter den Füßen, und doch hatten sie sehen können und in einem dunklen Irgendwo gelegen, das fest genug war, sie zu tragen.

Mehr als alles war ihr in Erinnerung geblieben, wie er sich angefühlt hatte. Sie beide waren die einzige Wärmequelle gewesen, die einzige Lichtquelle an jenem Ort zwischen den Welten, an den die Guten Seelen sie geführt hatten.

Jetzt, als sie mit den Händen über die Muskeln auf seiner Brust und seinem Bauch strich, fühlte sie diese Wärme erneut. Sie bekam kaum Luft, als sie spürte, wie er seine Lippen auf ihre preßte. Sie wollte seinen Mund überall auf ihrem Körper fühlen. Sie wollte seine Blicke überall auf ihr spüren. Sie wollte ihn auf der anderen Seite der Tür.

»Richard«, flüsterte sie ihm ins Ohr, »bitte bleib heute nacht bei mir.« Seine Hände waren schuld daran, daß sie all ihre Zurückhaltung verlor.

»Kahlan, ich dachte …«

»Bitte, Richard. Ich will dich in meinem Bett. Ich will dich in mir.«

Er stöhnte hilflos auf, als er ihre Worte hörte, als er spürte, was ihre Hände taten.

»Ich hoffe, ich störe nicht«, ließ sich eine Stimme vernehmen.

Richard stand mit einem Ruck senkrecht. Kahlan wirbelte herum. Wegen der dicken Teppiche war ihnen entgangen, wie Nadine sich leise genähert hatte.

»Nadine«, sagte Kahlan, indes sie wieder zu Atem kam. »Was …?«

Sie verschränkte verlegen die Hände hinter dem Rücken und fragte sich, ob Nadine bemerkt hatte, wo diese sich einen Moment zuvor noch befunden hatten. Wo Richards Hände gewesen waren, mußte sie gesehen haben. Kahlan spürte, wie ihr Gesicht rot wurde.

Nadines kühler Blick ging von Richard zu Kahlan. »Ich wollte nicht stören. Ich bin nur gekommen, um Euren Umschlag zu wechseln. Und um mich zu entschuldigen.«

»Zu entschuldigen?« wiederholte Kahlan, während sie noch immer nach Atem rang.

»Ja. Ich habe vorhin ein paar Dinge zu Euch gesagt, und vermutlich waren die ein wenig … nun, unpassend. Vielleicht habe ich etwas gesagt, das ich besser nicht gesagt hätte. Deshalb wollte ich mich entschuldigen.«

»Schon gut«, sagte Kahlan. »Ich weiß, wie Euch in diesem Augenblick zumute war.«

Nadine nahm ihren Beutel zur Hand und zog die Augenbrauen hoch. »Der Umschlag?«

»Für heute ist mein Arm versorgt. Aber Ihr könntet mir den Umschlag morgen wechseln.« Kahlan war darauf bedacht, die zähe Stille zu füllen. »Drefan hat mich vorhin behandelt.«

»Ach so.« Sie ließ den Beutel sinken. »Dann geht Ihr beide also jetzt zu Bett?«

»Nadine«, sagte Richard in mühsam beherrschtem Ton, »danke, daß du so für Kahlan sorgst. Gute Nacht.«

Nadine betrachtete ihn mit einem kalten, wütenden Blick. «Du hast nicht einmal die Absicht, sie erst zu heiraten? Du wirfst sie einfach aufs Bett und nimmst sie dir wie irgendein Mädchen, das dir zufällig im Wald begegnet? Das scheint mir ein wenig derb für den großen und mächtigen Lord Rahl. Und dabei habt ihr die ganze Zeit so getan, als wärt ihr etwas Besseres als wir einfachen Leute.«

Sie sah Richard von oben herab an, dann richtete sie ihren zornerfüllten Blick auf Kahlan. »Wie ich schon sagte, er will, was man ihm zeigt. Shota hat mir von Euch berichtet. Vermutlich wißt Ihr ebenfalls, wie man Männer dazu bringt, sich zu entscheiden. Wie es aussieht, würdet Ihr tatsächlich alles tun, um ihn zu bekommen. Ich sagte ja schon, Ihr seid nicht besser als ich.«

Den Beutel in der Hand, machte sie kehrt und stapfte davon.

Kahlan und Richard standen in der beklemmenden Stille und betrachteten den menschenleeren Flur.

»Und das aus dem Mund einer Hure«, brachte Kahlan endlich hervor.

Richard wischte sich mit dem Handrücken übers Gesicht. »Vielleicht hat sie nicht ganz unrecht.«

»Vielleicht«, gab Kahlan widerstrebend zu.

»Also, dann gute Nacht. Schlaf gut.«

»Du auch. Ich werde an dich denken, wie du in dem kleinen Gästezimmer schläfst.«

Er beugte sich vor und gab ihr einen Kuß auf die Wange.

»Ich gehe noch nicht gleich ins Bett.«

»Wo willst du denn hin?«

»Ich dachte, vielleicht springe ich in einen Pferdetrog.«

Sie bekam ihn an dem breiten, mit Leder gepolsterten Band um sein Handgelenk zu fassen. »Richard, ich weiß nicht, wie lange ich das noch durchhalte. Werden wir heiraten, bevor etwas passiert?«

»Sobald wir uns vergewissert haben, daß hier alles in Ordnung ist, wecken wir die Sliph. Das verspreche ich dir. Bei den Gütigen Seelen, das verspreche ich.«

»Was meinst du mit alles?«

»Sobald wir wissen, daß es den Männern bessergeht und ein paar andere Dinge zu meiner Zufriedenheit geregelt sind. Ich will sichergehen, daß Jagang seine Drohungen nicht wahr machen kann. Noch ein paar Tage. Versprochen.«

Sie hielt jeweils einen seiner Finger in jeder Hand und sah ihm voller Sehnsucht in die grauen Augen. »Ich liebe dich«, flüsterte sie. »In ein paar Tagen oder nach einer Ewigkeit, ich werde dir gehören. Ob man uns ganz offiziell traut oder nicht, ich bin auf ewig dein.«

»In unseren Herzen sind wir bereits eins. Die Guten Seelen wissen, wie sehr das stimmt. Sie wollen, daß wir zusammen sind, das haben sie bereits bewiesen, und sie werden über uns wachen. Sei unbesorgt, man wird uns ganz förmlich trauen.«

Er wollte gehen, drehte sich aber noch einmal mit einem gequälten Ausdruck in den Augen um. »Ich wünschte nur, Zedd könnte dabeisein, wenn wir heiraten. Gütige Seelen, wie sehr ich mir das wünsche. Und daß er jetzt hier wäre, um mir zu helfen.«

Als er sich an der Ecke des Flures umsah, warf Kahlan ihm eine Kußhand zu. Niedergeschlagen ging sie in ihre leeren, einsamen Gemächer zurück und warf sich auf das große Bett. Sie mußte an Nadines Worte denken: »Shota hat mir von Euch berichtet.« Vor Verzweiflung kamen ihr die Tränen.

»Ihr werdet heute abend also doch nicht ... hier oben übernachten?« wollte Cara wissen, als er an ihr vorüberging.

»Wie kommt Ihr denn auf die Idee?« fragte Richard.

Cara zuckte die Achseln. »Ihr habt uns an der Ecke warten lassen.«

»Vielleicht wollte ich Kahlan bloß einen Gutenachtkuß geben, ohne daß ihr zwei Euer Urteil über mein Können abgebt.«

Beide, Cara und Raina, lächelten. Es war das erste Lächeln, das er an diesem Tag bei ihnen bemerkte.

»Ich habe bereits gesehen, wie Ihr die Mutter Konfessor küßt«, sagte Cara. »Ihr scheint recht begabt zu sein. Sie wird dann immer ganz atemlos und verlangt nach mehr.«

Auch wenn ihm nicht nach Lächeln zumute war, tat er es trotzdem. Wenigstens hellte sich dann Caras Miene auf. »Das spricht nicht für meine Begabung. Das spricht nur dafür, daß sie mich liebt.«

»Ich bin auch schon geküßt worden«, sagte Cara, »und ich habe Euch küssen sehen. Ich glaube, ich kann mit einer gewissen Befugnis behaupten, daß Ihr dafür eine Begabung habt. Wir haben Euch von hinter der Ecke beobachtet.«

Richard versuchte, ein empörtes Gesicht zu machen, errötete jedoch nur. »Ich hatte Euch den Befehl gegeben, hier unten zu warten.«

»Es ist unsere Pflicht, über Euch zu wachen. Das können wir nur, wenn wir Euch nicht aus den Augen lassen.«

Richard schüttelte den Kopf. Er konnte wegen der Mißachtung seines Befehls nicht böse sein. Wie hätte er das tun können, wenn sie alles Ungemach in Kauf nahmen, um ihn zu beschützen? Kahlan hatten sie dadurch nicht in Gefahr gebracht.

»Was haltet Ihr beide von Drefan?«

»Er ist Euer Bruder, Lord Rahl«, antwortete Raina. »Die Ähnlichkeit ist nicht zu übersehen.«

»Ich weiß, daß die Ähnlichkeit nicht zu übersehen ist. Ich wollte wissen, was Ihr von ihm haltet.«

»Wir kennen ihn nicht, Lord Rahl«, äußerte sich Raina.

»Ich auch nicht. Hört zu, ich bin Euch nicht böse, wenn Ihr mir erzählt, daß Ihr ihn nicht mögt. Um die Wahrheit zu sagen, würde ich einfach gerne wissen, was Ihr über ihn denkt. Also, Cara? Was haltet Ihr von ihm?«

Sie zuckte die Achseln. »Ich habe nie einen von Euch beiden geküßt, aber nach dem, was ich gesehen habe, würde ich lieber Euch küssen.«

Richard stemmte die Hände auf die Hüften. »Was soll das heißen?«

»Ich war verletzt, gestern, und er hat mir geholfen. Trotzdem gefällt mir nicht, daß Meister Drefan ausgerechnet jetzt gekommen ist, zur gleichen Zeit wie Marlin und Nadine.«

Richard seufzte. »Genau das denke ich auch. Ständig bitte ich die Menschen, mich nicht danach zu beurteilen, was mein Vater war, und nun muß ich feststellen, daß ich dasselbe bei Drefan tue. Ich würde ihm wirklich gern vertrauen. Bitte, Ihr beide, solltet Ihr irgendeinen Grund zur Sorge haben, dann kommt ohne Zögern zu mir und erzählt ihn mir.«

»Na ja«, sagte Cara, »ich mag seine Hände nicht.«

»Wie meint Ihr das?«

»Er hat Hände wie Darken Rahl. Ich habe gesehen, wie er damit bereits Frauen betätschelt, die um ihn herumscharwenzeln. Das hat Darken Rahl auch getan.«

Richard warf die Hände in die Höhe. »Wann hatte er denn dafür Zeit? Er war den größten Teil des Tages mit mir zusammen.«

»Er nahm sich die Zeit, als Ihr Euch mit Soldaten unterhieltet und als Ihr unterwegs wart, um nach den Männern bei Nadine zu sehen. Lange hat er nicht dafür gebraucht. Die Frauen kamen zu ihm. Ich habe noch nie so viele Frauen gesehen, die einem Mann schöne Augen machen. Ihr müßt zugeben, er ist recht ansehnlich.«

Richard wußte nicht, was so besonders toll an seinem Aussehen war. »Waren Frauen dabei, die es nicht freiwillig über sich ergehen ließen?«

Sie zögerte lange mit der Antwort. »Nein, Lord Rahl.«

»Nun, ich habe auch schon andere Männer gesehen, die sich so aufgeführt haben. Ein paar Freunde von mir waren auch darunter. Sie mögen Frauen, und Frauen mögen sie. Solange die Frauen es freiwillig tun, wüßte ich nicht, was mich das angeht. Andere Dinge bereiten mir mehr Sorgen.«

»Was zum Beispiel?«

»Wenn ich das nur wüßte.«

»Solltet Ihr herausfinden, daß er ganz unschuldig hier ist und nichts als helfen will, wie er behauptet, dann könnt Ihr stolz auf ihn sein, Lord Rahl. Euer Bruder ist ein bedeutender Mann.«

»Ist er das? Wie bedeutend ist er?«

»Euer Bruder ist der Führer seiner Sekte von Heilern.«

»Tatsächlich? Davon hat er nichts erwähnt.«

»Er wollte sich zweifellos nicht damit rühmen. Bescheidenheit gegenüber Lord Rahl ist bei den D'Haranern ganz normal und einer der Grundsätze dieser alter Sekte von Heilern.«

»Kann sein. Er ist also der Anführer dieser Heiler?«

»Ja«, sagte Cara. »Er ist der Hohepriester der Raug'Moss.«

»Der was?« fragte Richard leise. »Wie habt Ihr sie genannt?«

»Die Raug'Moss, Lord Rahl.«

»Wo steckt Berdine?«

»Vermutlich in ihrem Bett.«

Richard lief los und rief ihnen unterwegs Befehle zu. »Cara, Ihr stellt für die Nacht Posten um Kahlans Gemächer auf. Raina, Ihr geht und weckt Berdine und bittet sie, in mein Arbeitszimmer zu kommen.«

»Jetzt, Lord Rahl?« wollte Raina wissen. »So spät noch?«

»Ja. Bitte.«

Zwei Stufen auf einmal nehmend, eilte Richard hinauf in sein Arbeitszimmer, wo er das Tagebuch, Kolos Tagebuch, geschrieben auf Hoch-D'Haran, aufbewahrte.

Auf Hoch-D'Haran bedeutete *Raug'Moss* ›Göttlicher Wind‹.

Die beiden Warnungen, die Shota Nadine für Richard mitgegeben hatte, ›der Wind jagt ihn‹ und die Worte aus der Prophezeiung unten in der Grube, ›er muß das Mittel im Wind suchen‹, gingen ihm immer wieder durch den Kopf.

19. Kapitel

Diesmal«, warnte Ann, »überläßt du das Reden besser mir. Verstanden?«

Ihre Brauen zogen sich so dicht zusammen, daß Zedd glaubte, sie würden sich berühren. Sie beugte sich weit vor, und er konnte noch den Geruch von Wurst in ihrem Atem riechen. Mit dem Fingernagel tippte sie an seinen Halsring – eine zusätzliche Warnung, wenn auch eine ohne Worte.

Zedd setzte eine Unschuldsmiene auf. »Wenn es dir Freude macht, bitte, aber meine Geschichten haben stets dein Wohlergehen und unser gemeinsames Ziel zum Zweck.«

»Oh, gewiß. Und dein gescheiter Witz ist auch stets ein Genuß.«

Zedd fand ihr aufgesetztes Lächeln etwas übertrieben, das ironische Lob hätte vollauf genügt. In diesen Dingen gab es gewisse Verhaltensweisen, die die Höflichkeit gebot. Diese Frau mußte wirklich noch lernen, wo die Grenze lag.

Zedd richtete den Blick wieder auf das, was jenseits von ihr lag, auf das anstehende Problem. Er ließ ein kritisches Auge über die schwach beleuchtete Tür des Gasthauses wandern. Es stand auf der anderen Straßenseite am Ende eines schmalen Plankenwegs. Über der Gasse zwischen zwei Lagerhäusern hing ein kleines Schild: »Gasthaus zum Hofnarren«.

Zedd kannte den Namen der großen Stadt nicht, die sie im Dunkeln erreicht hatten, trotzdem wußte er, daß er sie lieber links liegengelassen hätte. Er hatte in der Stadt mehrere Gasthäuser gesehen, und für dieses hätte er sich nicht entschieden, hätte er die Wahl gehabt.

Das Gasthaus zum Hofnarren sah aus, als hätte man sich erst im nachhinein dazu durchgerungen, ein Hinterhaus als Herberge zu nutzen; entweder wollten die Besitzer es vor den suchenden Augen ehrlicher Menschen verbergen oder aber den kritischen Blicken der Behörden entziehen. Nach den Gästen zu urteilen, die Zedd bereits gesehen hatte, neigte er eher zur zweiten Vermutung. Die meisten Männer sahen aus wie Söldner oder Straßenräuber.

»Das gefällt mir nicht«, murmelte er wie zu sich selbst.

»Dir gefällt auch gar nichts«, fauchte Ann. »Du bist der am schlechtesten gelaunte Mensch, der mir je untergekommen ist.«

Zedd zog überrascht die Augenbrauen hoch. »Warum sagst du so etwas? Gewöhnlich gelte ich als ein äußerst angenehmer Reisegefährte. Ist noch etwas von der Wurst übrig?«

Ann verdrehte die Augen. »Nein. Was paßt dir diesmal nicht?«

Der Zauberer beobachtete, wie ein Mann sich nach beiden Seiten umsah, bevor er sich zur Tür hinten in der dunklen Gasse aufmachte. »Warum sollte Nathan dort absteigen?«

Ann blickte über die Schulter zur anderen Seite der menschenleeren Straße, wo überfrorene Schneewehen von Wagenspuren durchzogen waren. Umständlich steckte sie eine verirrte Strähne ihres ergrauenden Haars in den lockeren Knoten an ihrem Hinterkopf.

»Um eine warme Mahlzeit und etwas Schlaf zu bekommen.« Sie drehte sich wieder zu Zedd um und sah ihn finster an. »Das heißt, falls er überhaupt dort ist.«

»Ich habe dir doch gezeigt, wie man den magischen Faden spürt, mit dem ich ihm die Spürwolke angehängt habe. Du hast ihn doch gespürt, und Nathan auch.«

»Stimmt schon«, gab Ann zu. »Aber jetzt, wo wir ihn fassen werden und wissen, daß er da drinnen ist, gefällt es dir plötzlich nicht.«

»Ganz recht«, erwiderte er kühl. »Es gefällt mir nicht.«

Der finstere Ausdruck auf Anns Gesicht verlor an Ungestüm, und sie wurde ernst. »Was macht dir Sorgen?«

»Sieh dir das Schild an. Hinter dem Namen.«

Ein Paar Frauenbeine ragte in der Form eines V nach oben.

Sie blickte ihn an, als sei er nicht recht bei Verstand. »Zedd, der Mann war fast eintausend Jahre im Palast der Propheten eingesperrt.«

»Da hast du es: Er war eingesperrt.« Zedd tippte gegen den Rada'Han genannten Ring, der um seinen Hals lag, jenen Ring, den sie ihm angelegt hatte, um ihn einzufangen und zu zwingen, ihr zu gehorchen. »Nathan wird keine große Lust verspüren, sich wieder in einen Halsring einschließen zu lassen. Wahrscheinlich waren Jahrhunderte der Planung sowie die richtige Wendung der Ereignisse notwendig, damit er sich von seinem befreien und fliehen konnte. Ich möchte nicht wissen, wie der Mann mit Hilfe von Prophezeiungen Geschehnisse beeinflußt oder unmittelbar verändert hat, um jene Wendung des Schicksals herbeizuführen, die ihm Gelegenheit gab, seinen Halsring loszuwerden.

Und jetzt soll ich glauben, daß er ein solches Haus aufsucht, nur um mit einer Frau zusammenzusein? Wo er doch wissen muß, daß wir ihm auf den Fersen sind?«

Ann starrte ihn sprachlos ungläubig an. »Soll das heißen, Zedd, Nathan könnte deiner Ansicht nach Geschehnisse – Prophezeiungen – beeinflußt haben, um sich seines Rada'Hans zu entledigen?«

Zedd sah hinüber auf die andere Straßenseite und schüttelte den Kopf. »Ich sage nur, daß es mir nicht gefällt.«

»Wahrscheinlich war er scharf auf das, was da drinnen geboten wird, und hat vollkommen vergessen, sich wegen mir zu sorgen. Er sehnte sich einfach nach ein wenig weiblicher Gesellschaft und hat nicht an die Gefahr gedacht, von mir erwischt zu werden.«

»Du kennst Nathan seit über neun Jahrhunderten. Ich erst seit kurzem.« Er beugte sich näher zu ihr und zog eine Augenbraue hoch. »Aber so blöd bin nicht einmal ich. Nathan ist alles andere als dumm. Er ist ein Zauberer von bemerkenswerten Fähigkeiten.

Wenn du ihn unterschätzt, begehst du einen schwerwiegenden Fehler.«

Sie musterte einen Augenblick lang sein Gesicht. »Du hast recht. Vielleicht ist es eine Falle. Nathan würde mich nicht töten, um zu fliehen, aber davon abgesehen … Vielleicht hast du recht.«

Zedd knurrte empört.

»Zedd«, sagte Ann nach langem, verlegenem Schweigen, »diese Sache mit Nathan ist wichtig. Wir müssen ihn fassen. Früher hat er mir immer geholfen, wenn wir in den Prophezeiungen auf Bedrohungen gestoßen sind, und er ist nach wie vor ein Prophet. Propheten sind jedoch gefährlich. Nicht, weil sie uns absichtlich Schwierigkeiten bereiten wollen, sondern wegen der Natur der Prophezeiungen.«

»Mich brauchst du davon nicht zu überzeugen. Ich kenne die Gefahren der Prophezeiungen sehr gut.«

»Im Palast hielten wir Propheten stets unter Verschluß, denn wenn sie frei herumliefen, bestand immer die Möglichkeit, daß sie Unheil anrichten. Ein Prophet, der auf Ärger aus war, konnte ihn haben. Aber auch ein Prophet, der nur seinen Frieden wollte, stellte eine Gefahr dar – nicht nur für andere, sondern auch für sich selbst. Die Menschen rächen sich allzuoft am Überbringer einer Wahrheit, so als sei das Wissen darum die Ursache des Unglücks. Prophezeiungen sind nicht dazu bestimmt, von Ohren gehört zu werden, die nicht darauf vorbereitet sind, von Menschen, die von Magie – und erst recht von Prophezeiungen – keine Ahnung haben.

Einmal erlaubten wir einer Frau, Nathan zu besuchen, wie wir dies gelegentlich auf seinen Wunsch hin taten.«

Zedd sah sie stirnrunzend an. »Ihr habt Prostituierte zu ihm gelassen?«

Ann zuckte verlegen die Achseln. »Wir wußten, wie einsam er war. Es war nicht die wünschenswerteste Lösung, aber dennoch verschafften wir ihm von Zeit zu Zeit Gesellschaft. Wir waren nicht herzlos.«

»Wie großmütig von euch.«

Ann wich seinem Blick aus. »Als wir ihn im Palast einsperrten, taten wir unsere Pflicht, trotzdem hatten wir Mitleid mit ihm. Es war nicht seine Entscheidung, mit der Gabe der Prophezeiung geboren zu werden.

Wir warnten ihn stets davor, den Frauen Prophezeiungen zu verraten, einmal tat er es hingegen doch. Die Frau floh schreiend aus dem Palast. Wir erfuhren nie, wie sie hatte entkommen können, ohne daß wir es verhindern konnten.

Sie verbreitete die Prophezeiung, bevor wir sie ausfindig machten. Dadurch wurde ein Bürgerkrieg ausgelöst. Tausende fanden den Tod. Frauen und Kinder starben.

Manchmal wirkt Nathan verrückt, so als sei er nicht bei Verstand. Zu anderen Zeiten erscheint er mir wie der am meisten aus dem Gleichgewicht geratene Mensch, dem ich je begegnet bin. Nathan beurteilt die Welt nicht nur danach, was er um sich herum sieht, sondern er sieht sie auch durch den Filter der Prophezeiung, die ihn im Geist heimsucht.

Als ich ihn darauf ansprach, gab er vor, sich weder an die Prophezeiung zu erinnern, noch der jungen Frau etwas erzählt zu haben. Erst viel später, nachdem es mir gelungen war, mehrere Prophezeiungen miteinander zu verketten, fand ich heraus, daß eines der Kinder, die gestorben waren, ein Junge war, der in einer Prophezeiung als derjenige bezeichnet wurde, der als Erwachsener mittels Folter und Mord herrschen würde. Unzählige Menschen, Zehntausende, wären gestorben, hätte dieser Junge überlebt und wäre er zum Mann herangewachsen. Nathan hatte diesen gefährlichen Ast der Prophezeiung im Keim erstickt. Ich habe keine Ahnung, wieviel dieser Mann weiß und für sich behält.

Ein Prophet kann ebenso leicht großes Unheil anrichten. Ein Prophet, der nach Macht strebt, hat gute Chancen, die Welt zu beherrschen.«

Zedd beobachtete noch immer die Tür. »Also sperrt ihr sie ein.«

»Ja.«

Zedd zupfte an einem Faden seines kastanienbraunen Gewandes. Er betrachtete im schwachen Licht ihre geduckte Gestalt. »Ann, ich bin der Oberste Zauberer. Wenn ich dafür kein Verständnis hätte, würde ich dir nicht helfen.«

»Danke«, sagte sie leise.

Zedd wog ihre Möglichkeiten ab. Viele waren es nicht. »Wenn ich dich recht verstehe, weißt du nicht sicher, ob Nathan geistig gesund ist. Aber wenn, dann ist er womöglich gefährlich.«

»Vermutlich, ja. Andererseits half Nathan mir oft, Menschen Leid zu ersparen. Vor Hunderten von Jahren warnte er mich vor Darken Rahl und erzählte mir von einer Prophezeiung, der zufolge ein Kriegszauberer – Richard – geboren werden würde. Gemeinsam sorgten wir dafür, daß Richard ungestört aufwachsen konnte, damit du Zeit hättest, deinen Enkelsohn zu einem Mann heranzuziehen, der seine Fähigkeiten zum Wohle der Menschen einsetzt.«

»Dafür danke ich Dir«, sagte Zedd. »Aber du hast mir diesen Ring um den Hals gelegt, und das gefällt mir ganz und gar nicht.«

»Das verstehe ich. Das habe ich weder gern getan, noch bin ich stolz darauf. Manchmal verlangen verzweifelte Umstände nach verzweifelten Taten. Die Guten Seelen werden das letzte Wort über meine Taten sprechen.

Je schneller wir Nathan finden, desto eher nehme ich dir den Rada'Han ab. Natürlich möchte ich dich nicht über diesen Ring wie einen Gefangenen halten. Aber in Anbetracht der fürchterlichen Folgen, wenn es mir nicht gelingt, Nathan in die Finger zu bekommen, tue ich, was mir mein Gefühl vorschreibt.«

Zedd deutete mit dem Daumen über die Schulter. »Und das gefällt mir auch nicht.«

Ann sah gar nicht hin. Sie wußte, worauf er zeigte. »Was hat ein roter Mond mit Nathan zu tun?«

»Ich behaupte nicht, daß er etwas mit Nathan zu tun hat. Er gefällt mir einfach nicht.«

Unter der dichten Wolkendecke waren sie während der vergangenen Tage nachts nur mühsam vorangekommen, zum einen wegen der Dunkelheit, zum anderen auch, weil die Spürwolke schwer zu erkennen war, die Zedd Nathan angehängt hatte. Zum Glück waren sie so nahe gewesen, daß sie die magische Verbindung spürten, ohne die Wolke sehen zu müssen. Sie diente ohnehin lediglich dazu, den Verfolger so dicht heranzuführen, daß er diese Verbindung fühlte.

Zedd wußte, daß sie sich Nathan sehr weit genähert hatten – bis auf wenige hundert Fuß. So dicht am Ziel, verwirrte die Magie der Verbindung Zedds Sinne, behinderte seine magische Urteilskraft und seine Möglichkeiten, über seine Gabe Zugang zu seinen vertrauten Fähigkeiten zu finden. So nah am Ziel benahm sich die Magie wie ein Bluthund, der Witterung aufgenommen hatte und so sehr auf das Objekt seiner Suche fixiert war, daß er außer der Fährte nichts mehr sah. Es war eine unangenehme Form der Blindheit und ein weiterer Grund für dieses unbehagliche Gefühl.

Er könnte die Verbindung unterbrechen, aber das wäre riskant, solange sie Nathan noch nicht tatsächlich gefunden hatten. Einmal unterbrochen, ließe sie sich nicht ohne Körperkontakt wiederherstellen.

Die heftigen Schneefälle der letzten paar Tage hatten sie aufgehalten und die Reise kalt und beschwerlich gemacht. Vorhin war es wenigstens aufgeklart, allerdings blies noch immer ein bitterkalter, schneidender Wind. Sie hatten sich auf den Mondaufgang gefreut, auf das Licht, während sie Nathan immer näher kamen.

Stumm vor Staunen, hatten die beiden mitangesehen, wie der Mond am Horizont aufgestiegen war. Er war rot gewesen.

Zuerst dachten sie, es läge vielleicht am Dunst, doch als der Mond hoch über ihren Köpfen stand, wußte Zedd, daß kein harmloses atmosphärisches Ereignis dafür verantwortlich war. Schlimmer noch, wegen der Wolkendecke während der letzten Tage wußte er nicht, wann der Mond sich zum erstenmal rot verfärbt hatte.

»Zedd«, brach Ann schließlich das beklemmende Schweigen, »hast du eine Ahnung, was das bedeutet?«

Der Zauberer sah zur Seite und tat, als lasse er den Blick prüfend über die Schatten wandern. »Du vielleicht? Du bist viel älter als ich. Du mußt doch über solche Zeichen etwas wissen.«

Er hörte, wie sie nervös an ihrem wollenen Gewand herumzupfte. »Du bist ein Zauberer der Ersten Ordnung. Ich unterwerfe mich in diesen Dingen deinem sachkundigen Urteil.«

»Plötzlich findest du mein Urteil interessant?«

»Zedd, wir wollen nicht darüber streiten. Ein solches Zeichen ist meines Wissens beispiellos, trotzdem erinnere ich mich an einen Hinweis auf einen roten Mond in einem alten Text, einem Text aus der Zeit des Großen Krieges. Im Buch stand nicht, was es bedeutet, nur daß das Phänomen damals große Aufregung verursachte.«

Zedd kauerte sich in den Schatten des Gebäudes, hinter dem sie sich versteckten. Er lehnte sich mit dem Rücken an die Schindeln und winkte Ann zu sich. Sie setzte sich neben ihn.

»In der Burg der Zauberer gibt es Dutzende von Bibliotheken, riesige Bibliotheken, von denen die meisten wenigstens so groß sind wie die Gewölbekeller mit den Büchern im Palast der Propheten, viele sogar erheblich größer. Dort stehen auch zahlreiche Bücher mit Prophezeiungen.«

Es gab Bücher mit Prophezeiungen in der Burg der Zauberer, die als so gefährlich galten, daß sie hinter mächtigen Schilden aufbewahrt wurden, die den privaten Bereich des Obersten Zauberers sicherten. Nicht einmal den Zauberern von früher, die in der Burg lebten, als Zedd noch jünger war, war es gestattet, diese Prophezeiungen zu lesen. Zedd hatte zwar Zugang zu ihnen, nachdem er Oberster Zauberer geworden war, trotzdem hatte er längst nicht alle gelesen. Die, die er gelesen hatte, hatten ihm schlaflose Nächte und Schweißausbrüche bereitet.

»Gütige Seelen«, setzte er hinzu, »in der Burg der Zauberer gibt es so viele Bücher, daß ich nicht einmal Zeit hatte, sämtliche Titel zu lesen. Früher gab es für jede Bibliothek ganze Kuratorienstäbe. Ganz früher, lange vor meiner Zeit, wurden diese Kuratoren zusammengerufen, wenn man eine Antwort suchte. Jeder kannte seine Bücher und konnte sich zu Wort melden, wenn er Quellen zum fraglichen Thema kannte. Auf diese Weise war es verhältnismäßig einfach, die entsprechenden Bücher und Prophezeiungen ausfindig zu machen, die bei dem anstehenden Problem von Nutzen sein konnten.

In meiner frühen Jugend gab es nur noch zwei Zauberer, die als Kuratoren arbeiteten. Zwei Männer konnten nicht einmal annähernd all das Wissen verfügbar machen, das dort aufbewahrt wurde. In diesen Büchern ist ein ungeheures Ausmaß an Informationen enthalten, aber eine bestimmte Stelle zu finden ist eine gewaltige Aufgabe. Man muß sich von der Gabe leiten lassen, wenn man die Suche auch nur ansatzweise eingrenzen will.

Ein bestimmtes Wissen in dieser Bibliothek zu finden ist, als schwimme man mitten im Ozean und brauche etwas zu trinken. Wissen gibt es im Überfluß, und doch kann man verdursten, bevor man es findet. Als ich jung war, zeigte man mir die wichtigeren Bücher über Geschichte, Magie und Prophezeiungen. Ich beschränkte meine Studien weitgehend auf diese Bücher.«

»Was ist mit dem roten Mond?« fragte Ann. »Was stand darüber in den Büchern, die du gelesen hast?«

»Ich kann mich erinnern, nur einmal etwas über einen roten Mond gelesen zu haben. Allerdings handelte es sich nur um eine unklare Randbemerkung. Ich wünschte, ich hätte daran gedacht, mich weiter in das Thema zu vertiefen, aber das tat ich nicht. Es gab andere Dinge in den Büchern, die damals wichtiger waren und meine

Aufmerkamkeit verlangten – wirkliche Dinge, keine hypothetischen.«

»Was stand in diesem Buch?«

»Wenn ich mich recht erinnere, und ich will nicht behaupten, daß dem so ist, stand dort etwas über einen Riß zwischen den Welten. Dort stand, sollte es zu einem solchen Riß kommen, wäre das entsprechende Warnzeichen ein roter Mond, drei Nächte lang.«

»Drei Nächte. Nach allem, was wir wissen, können wir bei dem bedeckten Himmel, den wir hatten, die drei Nächte mit rotem Mond bereits hinter uns haben. Was ist, wenn der Himmel ständig bedeckt ist? Man würde die Warnung übersehen.«

Zedd kniff konzentriert die Augen zusammen, als er versuchte, sich zu erinnern, was er gelesen hatte. »Nein ... nein, dort stand, der, an den sich die Warnung richtete, würde das Warnzeichen drei Nächte lang sehen – alle drei Nächte, in denen der Mond rot ist.«

»Und was genau ist mit einer solchen Warnung gemeint? Was für einen Riß könnte es zwischen den Welten geben?«

»Wenn ich das nur wüßte.« Zedd ließ seinen weißen, welligen Haarschopf nach hinten gegen die Wand sinken. »Als die Kästchen der Ordnung von Darken Rahl geöffnet wurden, der Stein der Tränen aus einer anderen Welt in diese gelangte und der Hüter der Unterwelt kurz davor stand, durch den Riß in unsere Welt zu gelangen, war nie ein roter Mond zu sehen.«

»Dann bedeutet der rote Mond vielleicht gar nicht, daß ein Riß entstanden ist. Vielleicht erinnerst du dich falsch.«

»Vielleicht. Am lebhaftesten sind mir meine Gedanken von damals in Erinnerung geblieben. Ich habe mir einen roten Mond vorgestellt und mir gesagt, ein solches Bild müßte ich mir einprägen, für den Fall, daß ich es je in Wirklichkeit sähe. Ich müßte mir genau merken, daß es große Schwierigkeiten bedeutet, und sofort nach der Bedeutung des Zeichens suchen.«

Ann berührte seinen Arm, eine mitfühlende Geste, wie sie sie zuvor noch nie gemacht hatte. »Zedd, wir haben Nathan so gut wie gefunden. Heute abend werden wir ihn fassen. Wenn es soweit ist, werde ich dir den Rada'Han abnehmen, damit du schnell nach Aydindril zurückfahren und dich um diese Angelegenheit kümmern kannst. Um es genau zu sagen, sobald wir Nathan haben, brechen wir alle zusammen auf. Nathan wird verstehen, wie ernst die Lage ist, und ebenfalls helfen. Wir reisen mit dir zusammen nach Aydindril und helfen dir.«

Es paßte Zedd zwar nicht, daß diese Frau darauf bestanden hatte, er solle sie bei Nathans Gefangennahme begleiten. Inzwischen hatte er jedoch begriffen, welche Angst sie davor hatte, was Nathan anstellen könnte, solange er sich auf freiem Fuß befand. Sie war auf seine Hilfe angewiesen. Manchmal fiel es ihm schwer, seine Entrüstung aufrechtzuerhalten. Er wußte, wie verzweifelt sie zu verhindern versuchte, daß die Prophezeiungen zusammen mit Nathan in die Welt gelangten.

Zedd war klar, welche Gefahren drohten, wenn Menschen mit nackten Prophezeiungen konfrontiert wurden. Seit er ein Junge war, hatte man ihm immer wieder Vorträge darüber gehalten, wie gefährlich Prophezeiungen selbst für einen Zauberer waren.

»Klingt nach einem guten Handel. Ich helfe dir, Nathan zurückzubekommen, und ihr beide helft mir, die Bedeutung des roten Mondes herauszufinden.«

»Also abgemacht – wir arbeiten freiwillig zusammen. Ich muß zugeben, daß mir diese Entwicklung sehr willkommen ist.«

»Tatsächlich?« fragte Zedd. »Warum nimmst du mir dann nicht diesen Halsring ab?«

»Das werde ich tun. Sobald wir Nathan haben.«

»Nathan bedeutet dir mehr, als du eingestehen willst.«

Sie schwieg einen Augenblick. »Das stimmt. Wir haben jahrhundertelang zusammengearbeitet. Er kann der Ärger in Menschengestalt sein, trotzdem hat er eigentlich ein gutes Herz.« Ihre Stimme wurde leiser, als sie den Kopf wegdrehte. Zedd glaubte zu sehen, wie sie sich mit der Hand über die Augen wischte. »Ich mag diesen unverbesserlichen, wundervollen Mann sehr.«

Zedd sah zur verschwiegenen Tür des Gasthauses hinüber.

»Es gefällt mir immer noch nicht«, tuschelte er. »Irgend etwas stimmt hier nicht. Wenn ich nur wüßte, was.«

Endlich fragte sie: »Also, wie wollen wir jetzt weiter vorgehen?«

»Ich dachte, das Reden wolltest du übernehmen.«

»Tja, du hast mich vermutlich überzeugt, daß Vorsicht geboten ist. Was sollen wir deiner Meinung nach tun?«

»Ich gehe alleine rein und bitte um ein Zimmer. Du wartest draußen. Wenn ich ihn finde, bevor er das Haus verläßt, überrasche ich ihn. Wenn er rauskommt, bevor ich ihn aufgetrieben habe, oder wenn etwas ... schiefgeht, greifst du ihn dir.«

»Nathan ist ein Zauberer, Zedd. Ich besitze nur schwache Magie. Wenn er seinen Rada'Han noch um den Hals hätte, könnte ich ihn mühelos kontrollieren, aber er trägt ihn nicht mehr.«

Zedd ließ sich das einen Augenblick durch den Kopf gehen. Sie durften nicht riskieren, daß er entkam. Außerdem konnte Ann etwas zustoßen. Es könnte schwierig werden, wenn sie Nathan ein zweites Mal suchen müßten. Wenn er erst wußte, daß sie ihm auf den Fersen waren, würde er vielleicht hinter die Geschichte mit der Spürwolke kommen und sich von ihr befreien. Das war allerdings nicht wahrscheinlich.

»Du hast recht«, sagte er schließlich. »Ich lege draußen vor der Tür ein Netz, das ihn zum Stolpern bringt, wenn er herauskommt. Dann kannst du ihm diesen höllischen Ring um den Hals legen.«

»Klingt gut. Welche Art Netz willst du benutzen?«

»Wie du selbst gesagt hast, dürfen wir auf keinen Fall versagen.« Er musterte ihre Augen im schlechten Licht. »Verdammt! Ich kann nicht glauben, daß ich das tatsächlich tue«, murmelte er. »Gib mir mal für einen Augenblick den Halsring.«

Ann suchte unter ihrem Gewand nach dem Beutel an ihrer Hüfte. Als ihre Hand zum Vorschein kam, schimmerte matt das Licht des roten Mondes auf dem Rada'Han.

»Den hat er getragen?« fragte Zedd.

»Fast eintausend Jahre lang.«

Zedd brummte. Er nahm den Halsring in die Hände, ließ seine Magie in diesen kalten Gegenstand der Unterjochung fließen und vermischte sie mit der Magie des Halsrings. Er fühlte das warme Summen der Additiven Magie des Halsrings, und er fühlte das eiskalte Kribbeln seiner Subtraktiven Magie.

Er gab ihr den Halsring zurück. »Ich habe den Bann auf seinen Rada'Han abgestimmt.«

»Was für einen Bann hast du dir ausgedacht?« fragte sie mißtrauisch.

Er sah die Entschlossenheit in ihren Augen. »Einen Lichtbann. Wenn er ohne mich herauskommt ... hast du zwanzig Schläge seines Herzens Zeit, ihm das hier um den Hals zu legen, oder das Lichtnetz zündet.«

Wenn sie ihm den Halsring nicht rechtzeitig umlegen konnte, um den Bann auszulöschen, würde Nathan verbrennen. Ohne den Halsring gäbe es für Nathan vor einem solchen Bann kein Entrinnen. Mit ihm würde er zwar dem Bann entkommen, doch dafür gäbe es dann kein Entkommen vor ihr.

Ein Dilemma.

Zedd mochte sich in diesem Augenblick nicht besonders.

Ann seufzte schwer. »Wenn jemand anderes herauskommt, löst er ihn doch nicht aus, oder?«

Zedd schüttelte den Kopf. »Ich werde ihn mit der Spürwolke verbinden. Der Bann wird ihn erkennen, und zwar nur ihn und allein daran.«

Er senkte warnend die Stimme. »Wenn es dir nicht gelingt, ihm das Ding rechtzeitig umzulegen, und das Netz zündet, dann werden auch andere in Nathans Nähe verletzt oder getötet werden, wenn sie zu nahe dran sind. Kannst du ihm also das Ding aus irgendeinem Grund nicht umlegen, dann sorge dafür, daß du rechtzeitig verschwindest. Gut möglich, daß er lieber sterben will, als dieses Ding noch einmal um den Hals zu tragen.«

20. Kapitel

Zedd schlenderte, sich gemächlich umsehend, in die düstere Gaststube und mußte feststellen, daß sein schweres kastanienbraunes Gewand mit den schwarzen Ärmeln und den von einer Kapuze überdeckten Schultern hier fehl am Platz war. Das weiche Licht der Lampen stellte die drei Reihen Silberbrokat an jeder Manschette und den breiteren Goldbrokatstreifen, der rings um den Hals und senkrecht die Vorderseite hinunterlief, protzig heraus. Ein roter Samtgürtel mit einer goldenen Gürtelschnalle raffte das prächtige Gewand an der Hüfte.

Er vermißte seine schlichten Kleider, doch die hatte er vor langem abgelegt – auf Adies Drängen. Die alte Magierin hatte diese Maskerade persönlich für ihn ausgesucht. Für mächtige Zauberer war eine schlichte Ausstaffierung so etwas wie eine militärische Uniform. Zedd vermutete jedoch, seine alten Kleider hatten ihr einfach nicht gefallen.

Er vermißte Adie. Ihr mußte das Herz brechen, weil sie ihn vermutlich für tot hielt. Das bereitete ihm Kummer. Fast alle hielten ihn für tot. Vielleicht würde er Ann, sobald sie Zeit hätten, bitten, eine Nachricht zu schreiben, um Adie mitzuteilen, daß er noch lebte.

Am meisten Sorgen machte er sich allerdings um Richard. Der Junge brauchte ihn. Richard hatte die Gabe, und ohne rechte Anweisung war er so hilflos wie ein aus dem Nest gefallenes Adlerküken. Wenigstens hatte Richard das Schwert der Wahrheit, das ihn erst einmal beschützte. Zedd hatte vor, seinen Enkel aufzusuchen, sobald sie Nathan gefaßt hatten. Lange würde es nicht mehr dauern, dann konnte er sich auf den Weg zu Richard machen.

Der Wirt musterte Zedds auffallende Kleidung, dabei blieb sein Blick an der goldenen Gürtelschnalle hängen. Eine Ansammlung hagerer Gäste in Fellen, abgerissenem Leder und zerlumpten Wollklamotten bedachte ihn aus den Nischen an der Wand rechts von ihm mit neugierigen Blicken. Zwei grobgezimmerte Tische standen unbesetzt auf dem mit Stroh bestreuten Fußboden und warteten auf Gäste.

»Das Zimmer kostet eine Silbermünze«, verkündete der Wirt gelangweilt. »Wenn Ihr Gesellschaft wollt, macht das noch eine Silbermünze.«

»Wie es scheint, erweist sich meine Kleiderwahl als recht kostspielig«, merkte Zedd an.

Der stämmige Wirt lächelte mit einem Mundwinkel und streckte seine fleischige Hand aus, die Handfläche nach oben. »Es kostet, was es kostet. Wollt Ihr jetzt ein Zimmer oder nicht?«

Zedd ließ eine einzelne Silbermünze in die Hand des Mannes gleiten.

»Dritte Tür links.« Er deutete mit einem Nicken seines braunen Lockenkopfs hinten auf den Flur. »An Gesellschaft interessiert, alter Mann?«

»Ihr müßtet mit der Dame teilen, die gerade gerufen hat. Ich dachte, vielleicht hättet Ihr Interesse, ein wenig mehr Profit zu machen. Sehr viel mehr.«

Die Brauen des Mannes zuckten neugierig, während seine Hand sich um die Silbermünze schloß.

»Und das heißt?«

»Nun, wie ich hörte, ist ein guter alter Freund von mir dafür bekannt, daß er hier absteigt. Ich habe ihn eine ganze Weile nicht gesehen. Wäre er heute abend hier, und könntet Ihr mich zu seinem Zimmer führen, wäre ich vor Glück und Freude so überwältigt, daß ich mich törichterweise von einer Goldmünze trennen würde. Von einer ganzen Goldmünze.«

Der Mann musterte ihn erneut von Kopf bis Fuß.

»Hat dieser Freund von Euch einen Namen?«

»Nun«, Zedd senkte die Stimme, »wie viele Eurer anderen Gäste hat er mit Namen seine Schwierigkeiten – er scheint sie einfach nicht lange behalten zu können und muß sich ständig neue ausdenken. Aber ich kann Euch verraten, daß er groß ist, älter und weißes Haar hat, das ihn bis hinunter auf die Schultern reicht.«

Der Mann beulte mit der Zunge die Innenseite seiner Wange aus. »Er ist zur Zeit ... beschäftigt.«

Zedd holte die Goldmünze hervor, steckte sie aber wieder ein, als der Wirt danach greifen wollte. »Das sagt Ihr. Ich würde gerne selbst entscheiden, wie beschäftigt er ist.«

»Das macht noch eine Silbermünze.«

Zedd zwang sich, seine Stimme im Zaum zu halten. »Wofür?«

»Für die Zeit und die Gesellschaft der Dame.«

»Ich habe nicht die Absicht, mich Eurer Dame zu bedienen.«

»Das sagt Ihr. Wenn Ihr ihn mit ihr zusammen seht, befällt Euch vielleicht ein Stimmungswandel, und Ihr beschließt, Eure Jugend etwas ... aufleben zu lassen. Es ist mein Geschäftsprinzip, mir erst das Geld geben zu lassen. Wenn sie mir sagt, Ihr hättet sie nicht mehr als angelächelt, könnt Ihr die Silbermünze zurückbekommen.«

Zedd wußte, daß dieser Fall niemals eintreten würde. Sein Wort stünde gegen ihres, und ihr Wort enthielte den süßen Klang, wenn schon nicht der Wahrheit, dann des zusätzlichen Gewinns. Doch wie die Dinge lagen, war der Preis nicht wichtig, sosehr ihn das auch ärgerte. Zedd suchte in einer Innentasche und gab ihm die Silbermünze.

»Das letzte Zimmer rechts«, sagte der Gastwirt. »Und im Zimmer nebenan haben wir einen Gast, der nicht gestört werden möchte.«

»Ich werde Eure Gäste nicht behelligen.«

Er grinste Zedd verschlagen an. »So unscheinbar sie ist, ich bot ihr ein wenig Gesellschaft an – ohne Aufpreis –, und sie meinte zu mir, wenn jemand ihre Ruhe stört, zieht sie mir bei lebendigem Leib das Fell über die Ohren. Einer Frau, die dreist genug ist, alleine hier hereinspaziert zu kommen, glaube ich aufs Wort. Ich werde ihr die Silbermünze nicht zurückgeben, wenn Ihr sie weckt. Ich werde sie aus Eurer Börse nehmen. Kapiert?«

Zedd nickte gedankenversunken und überlegte kurz, ob er sich etwas zu essen bestellen sollte – er war hungrig –, dann aber verwarf er den Gedanken widerstrebend.

»Habt Ihr vielleicht zufällig eine Hintertür, für den Fall, daß ich nachts … ein wenig Luft brauche?« Zedd wollte nicht, daß Nathan zur falschen Tür hinausschlüpfte. »Ich bin mir darüber im klaren, daß das ein wenig extra kostet.«

»Hinten stoßen wir an die Schmiede«, erklärte der Wirt im Fortgehen. »Es gibt keine zweite Tür.«

Letztes Zimmer rechts. Nur ein Eingang. Ein Ausgang. Irgend etwas stimmte da nicht. So töricht wäre Nathan niemals. Und doch spürte Zedd das Knistern der Magie seiner Verbindung in der Luft.

Sosehr er auch daran zweifelte, daß Nathan wie auf dem Präsentierteller für sie im Bett bereitläge, er schlich leise durch den Flur. Angestrengt lauschte er auf ungewöhnliche Geräusche, hörte aber nur das einstudierte Stöhnen vorgetäuschter Leidenschaft einer Frau im zweiten Zimmer links.

Das Ende des Flures wurde von einer einsamen Kerze in einer hölzernen Halterung an der Seite beleuchtet. Vom vorletzten Zimmer aus konnte Zedd das leise Schnarchen der dreisten Dame hören, die nicht gestört werden wollte. Er hoffte, daß sie während der ganzen Geschichte weiterschlief.

Zedd legte sein Ohr an die letzte Tür rechts. Er hörte das leise, kehlige Lachen einer Frau. Wenn etwas schiefging, konnte ihr etwas zustoßen. Wenn es ganz und gar schiefging, konnte sie dabei den Tod finden.

Er hatte Zeit, aber wenn Nathan abgelenkt war, wäre das zweifellos hilfreich. Der Mann war schließlich ein Zauberer. Zedd wußte nicht genau, wie heftig sich Nathan einer Gefangennahme widersetzen würde.

Wie heftig er selbst sich widersetzen würde, war ihm jedoch klar. Damit war der Fall für ihn entschieden. Er konnte es sich nicht leisten, die Gelegenheit verstreichen zu lassen, solange Nathan abgelenkt war.

Zedd stieß die Tür auf, warf eine Hand nach vorn und entflammte die Luft mit lautlosen, verwirrenden Blitzen aus Hitze und Licht.

Das nackte Pärchen auf dem Bett fuhr erschrocken zurück und hielt sich die Augen zu. Mit einer Faust voller Luft schleuderte Zedd Nathan von der Frau herunter und an den hinteren Rand des Bettes. Während Nathan ächzend wild um sich schlug, packte Zedd die Frau am Handgelenk und stieß sie nach hinten aus dem Weg. Dabei riß sie ein Laken mit.

Als die Lichtblitze erloschen und noch bevor sie es schaffte, sich das Laken umzulegen, setzte Zedd ein Netz frei, das sie auf der Stelle erstarren ließ. Fast im selben Augenblick warf er ein ähnliches Netz über den Mann hinter dem Bett, nur daß dieses Netz mit schwerwiegenden Folgen durchwirkt war für den Fall, daß er versuchte, es mit Magie abzuwehren. Für Höflichkeiten oder Nachsicht war keine Zeit.

Plötzlich wurde es in dem schummrigen Zimmer still. Außer einem leisen dumpfen Poltern auf dem Fußboden hörte man fast keinen Laut. Nur auf dem Waschtisch flackerte schwach eine einsame Kerze. Zedd war erleichtert, daß alles so gut gelaufen war und er die Frau nicht verletzt hatte.

Er ging um das Fußende des Bettes herum, um sich den Mann auf dem Boden anzusehen, der wie erstarrt dalag, den Mund zum Ansatz eines Schreis geöffnet, die Hände zusammengekrallt, um sich zu verteidigen.

Das war nicht Nathan.

Zedd starrte ihn ungläubig an. Er konnte die Magie des Hakens im Zimmer spüren. Er wußte, daß dies der Mann war, den er gejagt hatte.

Er beugte sich über den Mann. »Ich weiß, daß du mich verstehen kannst, also hör mir genau zu. Ich werde jetzt die Magie lockern, die dich hält, aber wenn du schreist, ziehe ich sie wieder fester an und lasse dich für immer in diesem Zustand. Denk genau nach, bevor du es riskierst, um Hilfe zu rufen. Wie du dir wahrscheinlich schon gedacht hast, bin ich ein Zauberer, und niemand, der hier auftaucht, wird etwas zu deiner Rettung tun können, wenn du mein Mißfallen erregst.«

Zedd fuhr vor dem Mann mit der Hand hin und her und nahm den Schleier des Netzes zurück. Der Mann krabbelte auf allen vieren rückwärts an die Wand, sagte aber noch immer kein Wort. Er war alt, aber nicht älter, als Nathan wirkte. Sein Haar war weiß, wenn auch, im Gegensatz zu Nathans glattem Haar, wellig. Es war auch nicht ganz so lang, aber offenbar hatte die knappe Beschreibung dem Wirt gereicht, um in diesem Mann den Gesuchten zu vermuten.

»Wer bist du?« fragte Zedd.

»Ich heiße William. Dann seid Ihr Zedd.«

Zedd richtete sich auf. »Woher weißt du das?«

»Der Kerl, nach dem Ihr wohl sucht, hat es mir gesagt.« Er zeigte auf den Stuhl ganz in der Nähe. »Was dagegen, wenn ich meine Hose anziehe? Ich habe so ein Gefühl, daß ich sie heute nicht mehr auszuziehen brauche.«

Zedd neigte den Kopf leicht zur Seite, deutete auf den Stuhl und gab William zu verstehen, er solle endlich loslegen. »Red weiter dabei. Und denk dran, ich hab' dir gesagt, daß ich Zauberer bin. Ich bemerke es, wenn mir jemand einen Bären aufbinden will. Denk außerdem daran, daß ich plötzlich bei sehr schlechter Laune bin.«

Was das Erkennen von Lügen anbetraf, sprach Zedd nicht ganz

die Wahrheit, dennoch zählte er darauf, daß der Mann das nicht wußte. Was seine Laune anbetraf, stimmte das, was er gesagt hatte.

»Ich bin dem Mann, den Ihr verfolgt, zufällig begegnet. Er hat mir seinen Namen nicht verraten. Er bot mir an ...« William blickte hinüber zur Frau, während er sich seine Hosen hochzog. »Darf sie das hören?«

»Wegen ihr brauchst du dir keine Sorgen zu machen. Sondern wegen mir.« Zedd knirschte mit den Zähnen. »Red schon.«

»Na ja, er bot mir an ...« Er linste zu der Frau hinüber. Ihr faltiges Gesicht war zu einer erschrockenen Maske erstarrt. »Er bot mir ... einen Beutel voll Geld, wenn ich ihm einen Gefallen tue.«

»Was für einen Gefallen?«

»Daß ich mich für ihn ausgebe. Er trug mir auf, wenigstens bis hierher zu reiten, als sei der Hüter höchstpersönlich hinter mir her. Er sagte, wenn ich hier sei, könnte ich es langsamer angehen lassen, anhalten oder mich ausruhen, was immer ich wollte. Er meinte, Ihr würdet mich einholen.«

»Und das wollte er?«

William knöpfte seine Hose zu, ließ sich nach hinten auf den Stuhl fallen und ging daran, seine Stiefel überzustreifen. »Er sagte, ich könne Euch nicht abschütteln und Ihr würdet mich früher oder später einholen, aber er wollte nicht, daß das passiert, bevor ich wenigstens bis hierhin gekommen wäre. Ich bin sehr schnell geritten, aber ich muß gestehen, ich glaubte nicht, daß Ihr mir so dicht auf den Fersen seid, also dachte ich, ich genieße ein wenig von meinem verdienten Geld.«

William stand auf und schob einen Arm in ein braunes Wollhemd. »Ich soll Euch eine Nachricht übergeben.«

»Eine Nachricht? Was für eine Nachricht?«

William stopfte sein Hemd in die Hose, dann griff er in eine Hosentasche und zog einen ledernen Geldbeutel heraus. Er schien voller Münzen zu sein.

William öffnete den Beutel umständlich. »Sie ist hier drin, zusammen mit dem Geld, das er mir gab.«

Zedd entriß dem Mann den Beutel. »Ich sehe selber nach.«

Der Geldbeutel enthielt überwiegend Goldmünzen, dazu ein wenig Silber. Zedd nahm eine der Münzen zwischen Daumen und Zeigefinger. Er spürte das leichte Nachkribbeln von Magie. Die Münzen waren ursprünglich wahrscheinlich Kupferstücke gewesen, und Nathan hatte sie in Gold verwandelt.

Zedd hatte gehofft, daß Nathan diesen Trick nicht kenne. Gegenstände in Gold zu verwandeln war gefährliche Magie. Selbst Zedd tat das nur, wenn ihm keine andere Wahl blieb.

Im Beutel, neben den Münzen, steckte ein zusammengefaltetes Stück Papier. Er zog es heraus, drehte es in den Fingern um und unterzog es in dem schwachen Licht einer genauen Prüfung, dabei achtete er aufmerksam auf jede Art magischer Fallstricke, die womöglich damit verbunden waren.

William zeigte darauf. »Das ist der Zettel, den er mir gab. Er sagte, ich solle ihn Euch geben, wenn Ihr mich schnappt.«

»Und weiter? Hat er noch etwas gesagt, außer daß du mir diese Nachricht übergeben sollst?«

»Na ja, als wir uns trennten, zögerte er kurz und trug mir noch auf: ›Sag Zedd, es ist nicht, was er denkt.‹«

Zedd dachte einen Augenblick darüber nach. »Wohin ist er gegangen?«

»Weiß ich nicht. Ich saß auf meinem Pferd, und er war nach wie vor zu Fuß. Er sagte, ich solle losreiten, dann gab er meinem Pferd einen Klaps auf den Hintern, und ich ritt los.«

Zedd warf William den Beutel zu. Während er den Mann weiter im Auge behielt, faltete er das Papier auseinander. Im schwachen Schein der einen Kerze überflog er die Nachricht.

Entschuldige, Ann, aber ich habe wichtige Dinge zu erledigen. Eine von unseren Schwestern steht im Begriff, eine große Dumm-

heit zu begehen. Ich muß sie daran hindern, wenn ich kann. Sollte ich dabei umkommen, möchte ich, daß du weißt, wie sehr ich dich liebe, doch ich nehme an, das war dir bereits klar. Solange ich dein Gefangener war, konnte ich es nie aussprechen. Zedd, wenn der Mond rot aufgeht, wie ich es erwarte, dann schweben wir alle in tödlicher Gefahr. Geht der Mond drei Tage lang rot auf, bedeutet dies, daß Jagang eine Prophezeiung mit verknüpften Ästen heraufbeschworen hat. Du mußt zum Jocopo-Schatz gehen. Wenn du statt dessen wertvolle Zeit darauf verschwendest, mich zu verfolgen, werden wir alle sterben, und der Kaiser wird den gesamten Gewinn einstreichen. Eine Prophezeiung mit verknüpften Ästen zwingt seinem Opfer ein Dilemma auf. Tut mir leid, Zedd, aber das genannte Opfer ist Richard. Mögen die Seelen seiner gnädig sein. Wenn mir die Bedeutung der Prophezeiung bekannt wäre, würde ich sie dir mitteilen, doch das ist leider nicht der Fall – die Seelen haben mir den Zugang zu ihr verweigert. Ann, begleite Zedd. Er wird deine Hilfe brauchen. Mögen die Guten Seelen mit euch beiden sein.

Zedd blinzelte, um seinen verschwommenen Blick zu klären. Dann sah er den Fleck. Er drehte die Nachricht um und sah, daß der Fleck ein Wachsrest war. Die Nachricht war versiegelt gewesen, doch im schwachen Licht war ihm das zunächst nicht aufgefallen.

Zedd hob rechtzeitig den Kopf, um Williams Knüppel zu sehen. Er zuckte zurück, spürte aber trotzdem den betäubenden Schmerz eines Hiebs. Er krachte mit der Schulter auf den Fußboden.

William sprang auf ihn und drückte ihm ein Messer an die Kehle.

»Wo ist dieser Jocopo-Schatz, alter Mann! Raus mit der Sprache, oder ich schlitze dir die Kehle auf!«

Zedd spürte, wie das Zimmer wankte, und versuchte sein Sehvermögen zu stabilisieren. Ihm war so übel, daß er keine Luft bekam. Er war augenblicklich schweißnaß.

Williams Augen thronten wild über ihm. »Red schon!«

Der Mann stach ihn in den Oberarm. »Raus damit! Wo ist der Schatz!«

Eine Hand senkte sich herab und packte William bei den Haaren. Es war eine mittelalte Frau in einem dunklen Gewand. Zedd konnte sich keinen Reim darauf machen, wer sie war oder was sie hier tat. Die Frau stieß William überraschend kraftvoll nach hinten. Er schlug krachend neben der offenen Tür gegen die Wand und sackte zu Boden.

Sie grinste spöttisch auf Zedd herab. »Ihr habt einen großen Fehler gemacht, alter Mann, indem Ihr Nathan habt entkommen lassen. Ich dachte, wenn ich diesem alten Weibsstück folge, brächte mir das den Propheten ein. Aber was finde ich am Ende Eures magischen Hakens? Diesen Trottel hier, anstelle von Nathan. Tja, nun werde ich Euch ein paar Unannehmlichkeiten bereiten müssen. Ich will diesen Propheten.«

Sie machte kehrt und stieß eine Hand nach vorn, in Richtung auf die nackte Frau, die wie erstarrt dastand. Ein Donnerschlag explodierte im Zimmer, als sich ein mitternachtsschwarzer Blitz im Bogen von ihrer Hand entlud. Der tödliche Lichtblitz schnitt die Frau mitsamt dem Laken, das sie in Händen hielt, säuberlich entzwei. Blut spritzte an die Wand. Ihre obere Hälfte stürzte zu Boden wie eine in Stücke geschlagene Statue. Als ihr Oberkörper aufschlug, ergossen sich ihre Eingeweide über den Fußboden, ihre Beine verharrten jedoch in der bisherigen Stellung.

Die Frau, die über ihm schwebte, drehte sich um. Ihre Augen schienen aus verflüssigtem Zorn zu bestehen.

»Falls Ihr ebenfalls eine Kostprobe Subtraktiver Magie am eigenen Leib spüren wollt, ein Glied nach dem anderen, dann braucht Ihr mir bloß einen Grund zu liefern. Und jetzt zeigt mir die Nachricht.«

Zedd öffnete die Hand und hielt sie ihr hin. Sie streckte die Hand aus. Er versuchte sich trotz des Schwindelgefühls zu konzentrieren. Bevor sie das Stück Papier an sich reißen konnte, setzte er es in Brand. Es ging in einer leuchtend gelben Stichflamme zu Asche auf.

Mit einem wütenden Aufschrei wirbelte sie zu William herum. »Was stand da drauf, du Wurm?«

William, der bis zu diesem Augenblick starr vor Schreck gewesen war, sprang durch die Tür und rannte den Flur entlang.

Ihr langes, dünnes Haar peitschte um ihr Gesicht, als sie wieder zu Zedd herumwirbelte. »Ich werde zurückkommen und mir die Antworten von Euch holen. Ihr werdet mir alles gestehen, bevor ich Euch schließlich töte.«

Während sie auf die Tür zustürzte, fühlte Zedd, wie eine unbekannte Kombination von Magie seinen hastig errichteten Schild durchbrach. Ein Schmerz explodierte in seinem Kopf.

Er versuchte wieder zu Sinnen zu kommen und sich mit aller Macht aus dem Zugriff der blendenden Schmerzen zu befreien. Er war nicht gelähmt, aber unfähig zu überlegen, wie er sich überwinden sollte, jemals wieder aufzustehen. Nutzlos wie eine auf dem Rücken liegende Schildkröte, strampelte er mit Armen und Beinen in der Luft.

Der brennende Schmerz machte es schwierig, mehr zu tun, als bei Bewußtsein zu bleiben. Er preßte die Hände seitlich an den Kopf und hatte das Gefühl, sein Schädel würde platzen und er müsse ihn zusammenhalten. Er hörte seinen eigenen keuchenden Atem.

Plötzlich ließ der dumpfe Schlag eines Aufpralls die Luft erzittern und hob ihn für einen kurzen Augenblick vom Boden.

Ein greller Blitz erhellte das Zimmer, als das Dach in Stücke riß. Das tosende Krachen splitternden Holzes und berstender Balken ging fast im ohrenbetäubenden Knall des Donners unter. Der Schmerz verschwand.

Das Lichtnetz hatte gezündet.

Staubwolken stiegen in die Höhe, als rings um ihn rauchende

Trümmer niedergingen. Zedd rollte sich zu einer Kugel zusammen und bedeckte schützend den Kopf, während Holz und Schutt auf ihn herabprasselten. Es klang, als befände man sich während eines Hagelsturms unter einem Kessel.

Endlich senkte sich Stille über die Szene, und Zedd nahm die Hände vom Kopf und schaute hoch. Zu seiner Überraschung stand das Gebäude noch – wenn man es so nennen wollte. Das Dach war größtenteils verschwunden, so daß der Wind den Staub in die dunkle Nacht hatte tragen können. Die Wände waren durchlöchert wie mottenzerfressene Lumpen. Ganz in der Nähe lagen die blutverschmierten Überreste der Frau.

Zedd unterzog seinen Körper einer eingehenden Prüfung und stellte zu seiner Überraschung fest, daß er, gemessen an den Umständen, in erstaunlich gutem Zustand war. Blut lief ihm an der Schläfe herunter, dort, wo William ihn getroffen hatte, und sein Arm pochte an der Stelle, wo ihn das Messer verletzt hatte, davon abgesehen schien er jedoch unverletzt. Kein schlechtes Ergebnis, wenn man bedachte, was hätte geschehen können.

Von draußen hörte er ein Stöhnen. Eine Frau kreischte hysterisch. Männer warfen Trümmerstücke zur Seite und riefen auf der Suche nach Toten und Verletzten deren Namen.

Plötzlich trat jemand die Tür auf. Sie flog, schief an einer Angel hängend, nach innen.

Zedd seufzte vor Erleichterung, als er eine bekannte, gedrungene Gestalt ins Zimmer huschen sah, deren rotes Gesicht von Sorge gezeichnet war.

»Zedd! Zedd, lebst du noch?«

»Verdammt, findest du, ich sehe nicht lebendig aus?«

Ann kniete neben ihm nieder. »Ich finde, du siehst grauenhaft aus. Du blutest am Kopf.«

Sie half ihm sich aufzusetzen, wobei er laut stöhnte. »Ich kann dir gar nicht sagen, wie froh ich bin, dich lebend zu sehen. Ich hatte

Angst, du könntest dem Lichtzauber zu nahe gewesen sein, als er zündete.«

Sie tastete sich durch sein blutverkrustetes Haar und untersuchte die Wunde. »Das war nicht Nathan, Zedd. Fast hätte ich dem Mann den Halsring umgelegt, denn der Bann reagierte auf ihn. Dann kam Schwester Roslyn aus der Tür gestürzt. Sie warf sich auf ihn und brüllte ihn wegen irgendeiner Nachricht an.

Roslyn ist eine Schwester der Finsternis. Sie hat mich nicht gesehen. Meine Beine sind nicht mehr das, was sie einmal waren, aber ich bin gerannt wie ein Mädchen von zwölf, als ich sah, wie sie versuchte, ihre Subtraktive Magie zu benutzen, um den Bann aufzuheben.«

»Das hat wohl nicht funktioniert«, murmelte Zedd. »Wahrscheinlich ist sie noch nie an einen Bann geraten, der von einem Obersten Zauberer ausgesprochen wurde. Aber so gewaltig habe ich ihn ganz bestimmt nicht angelegt. Die Subtraktive Magie hat seine Kraft verstärkt. Das hat unschuldige Menschen das Leben gekostet.«

»Wenigstens auch das dieser gottlosen Frau.«

»Ann, mach mich wieder gesund, dann müssen wir diesen Menschen helfen.«

»Wer war dieser Mann, Zedd? Wieso hat er den Bann ausgelöst? Wo ist Nathan?«

Zedd streckte die Hand aus und öffnete die fest geschlossene Faust. Er ließ die Wärme der Magie in die Asche auf seiner Hand strömen. Die pulvrigen, schwarzen Überreste begannen zuerst zu verklumpen, dann hellte die Asche auf und wurde grau. Die verkohlten Überreste setzten sich wieder zu dem Stück Papier zusammen, das sie einst gewesen waren, und dieses nahm schließlich seine blaßbräunliche Farbe an.

»Ich habe noch nie jemanden gesehen, der das konnte«, flüsterte Ann staunend.

»Sei froh, daß das auch auf Schwester Roslyn zutrifft, sonst hätten wir noch größere Schwierigkeiten als ohnehin schon. Es hat seine Vorteile, Oberster Zauberer zu sein.«

Ann nahm ihm das zerknüllte Stück Papier aus der Hand. Ihre Augen wurden feucht, während sie die Nachricht von Nathan las. Nachdem sie zu Ende gelesen hatte, liefen ihr die Tränen lautlos über das rundliche Gesicht.

»Gütiger Schöpfer«, sagte sie schließlich kaum hörbar.

Ihm brannten ebenfalls die Tränen in den Augen. »Allerdings«, antwortete er leise.

»Was ist dieser Jocopo-Schatz, Zedd?«

Er kniff die Augen zusammen und sah sie scharf an. »Ich hatte gehofft, du wüßtest das. Warum sollte Nathan uns sagen, wir sollen etwas beschützen, ohne uns mitzuteilen, um was es sich dabei handelt?«

Draußen schrien Menschen vor Schmerzen und riefen um Hilfe. Weit entfernt ging krachend ein Mauerstück oder vielleicht der Teil eines Daches zu Boden. Männer brüllten sich Anweisungen zu, während sie sich durch die Trümmer schaufelten.

»Nathan vergißt, daß er anders ist als andere Menschen. So wie du dich an gewisse Dinge vor ein paar Jahrzehnten erinnerst, erinnert sich auch er an das, was war, nur liegt das nicht ein paar Jahrzehnte, sondern ein paar Jahrhunderte zurück.«

»Ich wünschte, er hätte uns Genaueres gesagt.«

»Wir müssen diesen Schatz finden. Und wir werden ihn finden. Ich habe schon ein paar Ideen.« Sie drohte ihm mit dem Zeigefinger. »Und du wirst mich begleiten! Wir haben Nathan noch immer nicht gefaßt. Der Halsring bleibt vorerst dran. Du wirst mich begleiten, hast du verstanden? Ich höre ja gar keine Widerworte!«

Zedd hob die Hand und löste den Ring von seinem Hals.

Ann bekam große Augen, ihr fiel die Kinnlade runter.

Zedd warf ihr den Rada'Han in den Schoß. »Wir müssen diesen

Jocopo-Schatz finden, von dem Nathan sprach. In dieser Angelegenheit macht er keine Scherze. Die Sache ist todernst. Ich glaube ihm. Wir stecken in großen Schwierigkeiten. Ich werde dich begleiten, aber diesmal müssen wir vorsichtiger sein. Diesmal müssen wir unsere Spur mit Magie verwischen.«

»Zedd«, erwiderte sie endlich leise, »wie hast du den Halsring runterbekommen? Das ist unmöglich.«

Zedd starrte sie finster an, damit ihm beim Gedanken an die Prophezeiung, die Richard in die Falle locken würde, nicht selbst die Tränen kamen. »Wie gesagt, es hat seine Vorteile, wenn man Oberster Zauberer ist.«

Ihr Gesicht wurde tiefrot. »Hast du einfach ... seit wann hättest du den Rada'Han schon abnehmen können?«

Zedd zuckte mit einer knochigen Schulter. »Es hat ein paar Tage gedauert, bis ich dahinterkam. Ungefähr seitdem. Etwa nach den ersten zwei oder drei Tagen.«

»Und trotzdem hast du mich begleitet? Du bist trotzdem mitgekommen? Warum?«

»Wahrscheinlich, weil ich Frauen mag, die in größter Verzweiflung handeln und nicht erstarren. Damit beweisen sie Charakter.« Er ballte die zitternden Hände zu Fäusten. »Glaubst du alles, was Nathan in seiner Nachricht schrieb?«

»Ich wünschte, ich könnte das verneinen. Tut mir leid, Zedd.« Ann schluckte. »Er schrieb: ›Mögen die Seelen ihm gnädig sein‹ und meinte Richard damit. Nathan schreibt nicht ›Gütige Seelen‹, sondern bloß ›Seelen‹.«

Zedd fuhr sich mit seinen astdürren Fingern übers Gesicht. »Nicht alle Seelen sind gut. Es gibt auch böse Seelen. Was weißt du über Prophezeiungen mit doppelter Gabelung?«

»Anders als bei deinem Halsring gibt es aus ihnen kein Entrinnen. Die in ihnen genannte Katastrophe muß herbeigeführt werden, damit die Prophezeiung in Kraft treten kann. Was immer es ist, das

Ereignis ist bereits geschehen. Einmal in Kraft getreten, ist die Katastrophe ihrem Wesen nach selbstbestimmend, das heißt, das Opfer hat nur die Möglichkeit, eine der beiden Gabelungen der Prophezeiungen zu wählen. Das Opfer kann lediglich bestimmen, auf welche Weise es lieber … aber das weißt du doch sicher? Als Oberster Zauberer mußt du das wissen.«

»Ich hatte gehofft, du würdest mir sagen, ich hätte mich geirrt«, sagte Zedd leise. »Ich wünschte, Nathan hätte die Prophezeiung wenigstens für uns aufgeschrieben.«

»Sei froh, daß er es nicht getan hat.«

21. Kapitel

Clarissa bemühte sich, ihr Zittern unter Kontrolle zu bekommen, und klammerte sich an das verwitterte Fensterbrett im Steinturm der Abtei. Die andere Hand preßte sie auf ihr heftig klopfendes Herz. Obwohl ihr der beißende Rauch in den Augen brannte, zwang sie sich, ab und an zu blinzeln, während sie wie gebannt dastand und den Tumult in der Stadt und auf dem Platz unten beobachtete.

Der Lärm war ohrenbetäubend. Schlachtrufe brüllend, drängten die Angreifer weiter vor, schwangen Schwerter, Äxte und an Ketten hängende Morgensterne. Die Luft war angefüllt vom Sirren der Pfeile. Pferde wieherten in panischer Angst. Kugeln aus Licht und Feuer kamen heulend aus der weiteren Umgebung herangeflogen und brachen explodierend durch die steinernen Mauern. Die wild entschlossenen Angreifer stießen in gellende Hörner und strömten wie wilde Tiere brüllend durch die Breschen in den Mauern der Stadt herein, so daß die Straßen in der unfaßbaren Masse ihrer bräunlichschwarzen Flut versanken. Überall zischten und tosten Flammen.

Stadtbewohner weinten ohne jede Scham, als sie mit ausgestreckten Händen flehend noch um Gnade baten, während sie bereits zum Tod durch das Schwert verurteilt waren. Clarissa sah, wie die blutverschmierte Leiche eines Mannes aus dem Rat der Sieben hinter einem Pferd an einem Seil durch die Straßen geschleift wurde.

Über all dem hörte man die schrillen Schreie von Frauen, deren Kinder, Ehemänner, Brüder und Väter vor ihren Augen niedergemetzelt wurden.

Der heiße Wind wehte das wilde Gemisch aus Gerüchen einer brennenden Stadt heran, Pech und Holz, Öl und Stoff, Haut und Fleisch, doch über all dem lag, in jedem Atemzug, den sie einsog, der Übelkeit erregende Gestank von Blut.

Alles geschah genau so, wie er es vorhergesagt hatte. Clarissa hatte ihn ausgelacht. Jetzt glaubte sie nicht mehr, daß sie irgendwann in ihrem Leben jemals wieder würde lachen können. Als ihr klar wurde, wie kurz diese Zeit sein konnte, hätten ihre Beine fast unter ihr nachgegeben.

Nein. Daran wollte sie nicht denken. Hier war sie sicher. Man würde die Abtei nicht entweihen. Sie hörte, wie die Menschenmenge, die unten im großen Saal Zuflucht suchte, jammerte und vor Entsetzen schrie. Dies war ein geheiligter Ort, gewidmet der Anbetung des Schöpfers und der Guten Seelen. Es käme einer unermeßlichen Gotteslästerung gleich, wenn diese Bestien an einer so heiligen Stätte Blut vergießen würden.

Und doch hatte er ihr genau das vorhergesagt.

Unten, draußen auf den Straßen, war der Widerstand der Armee zerschmettert worden. Noch nie zuvor hatten die Verteidiger Renwolds einem Angreifer gestattet, einen Fuß in die Stadt zu setzen. Es hieß, die Mauern seien so sicher, als verteidige der Schöpfer sie höchstpersönlich. Bereits früher hatten es Feinde versucht und waren stets wieder abgezogen, nachdem sie sich eine blutige Nase geholt hatten. Keiner Horde von Wilden war es je gelungen, eine Bresche in die Stadtmauer zu schlagen. Renwold hatte jedem Angriff standgehalten.

An diesem Tag aber war Renwold gefallen, so wie er es vorhergesagt hatte.

Da sich die Bewohner frech geweigert hatten, die Stadt und ihre Schätze friedlich und kampflos aufzugeben, gewährte man ihnen keine Gnade.

Einige hatten auf Kapitulation gedrängt und argumentiert, der rote Mond während der vergangenen drei Nächte sei ein schlechtes Omen. Doch diese Stimmen waren nur vereinzelt laut geworden. Man hielt die Stadt für uneinnehmbar.

An diesem Tag hatten sich die Guten Seelen und der Schöpfer von den Menschen von Renwold abgewendet. Was ihr Verbrechen war, vermochten sie nicht zu ergründen, aber es mußte gewiß fürchterlich sein, wenn es keine Gnade seitens der Guten Seelen zuließ.

Von ihrem Ausguck auf dem höchsten Punkt der Abtei konnte sie sehen, wie die Bewohner Renwolds in den Straßen, im Marktviertel und in den Innenhöfen zu kleinen Gruppen zusammengetrieben wurden. Sie kannte viele der Menschen, die unter vorgehaltener Waffe unten in den Innenhof getrieben wurden. Die Angreifer sortierten die Männer und diejenigen, die einen Beruf hatten, aus: Schmiede, Bogenmacher, Pfeilmacher, Bäcker, Brauer, Metzger, Müller und Tischler – jeden, für den sich möglicherweise eine Verwendung finden ließ. Diese Männer kettete man aneinander, um sie als Sklaven abzuführen. Die Alten, die kleinen Jungs und die, die scheinbar nicht von Nutzen waren – Hausdiener, Dienstmänner am Hof, Gastwirte, städtische Beamte und Kaufleute – wurden auf der Stelle ermordet, sei es durch einen raschen Schwertschlag seitlich in den Hals, durch einen Speer in die Brust, durch ein Messer in den Unterleib oder durch einen Morgenstern auf den Schädel. Das Gemetzel hatte kein System.

Starren Blicks verfolgte Clarissa, wie ein Angreifer mit einem Knüppel auf den Kopf eines am Boden liegenden Mannes einprügelte, der offenbar nicht sterben wollte. Es erinnerte sie an einen Fischer, der einen Wels am Flußufer erschlägt – ein ekelhaftes, dumpfes klatschendes Geräusch. Der Mann mit dem Knüppel schien sich nicht mehr dabei zu denken als der Fischer. Der Blödmann Gus, der arme Schwachkopf, der für Kaufleute, Ladenbesitzer und Gaststätten Botendienste erledigte und den man für seine Arbeit mit etwas zu essen, einem Bett und dünnem Bier entlohnte, trat ein letztes

Mal aus, als sein Schädel mit einem weithin schallenden Krachen nachgab.

Clarissa schlug sich die zitternden Finger vor den Mund, als sie spürte, wie ihr der Mageninhalt hinten im Hals hochzusteigen drohte. Sie schluckte ihn hinunter und schnappte keuchend nach Luft.

Das geschah nicht wirklich, versuchte sie sich einzureden. Sie träumte. Immer wieder wiederholte sie in Gedanken diese Lüge. *Dies geschieht nicht wirklich. Dies geschieht nicht wirklich. Dies geschieht nicht wirklich.*

Und es geschah doch. Gütiger Schöpfer, es geschah tatsächlich.

Clarissa sah zu, wie die Frauen von den Männern getrennt wurden. Die alten Frauen wurden allesamt umgebracht. Die Frauen, die zu behalten man für wert befand, wurden schreiend und nach ihren Männern rufend, in eine Gruppe gestoßen. Angreifer sortierten sie aus und trennten sie weiter nach Alter und, wie es schien, nach Aussehen.

Lachende Eroberer hielten die Frauen fest, während andere Bestien methodisch von Frau zu Frau gingen, ihre Unterlippe packten und diese mit einem dünnen Dorn durchbohrten. Dann wurde jeder Frau ein Ring durch die Lippe gezogen.

Auch das hatte er ihr vorhergesagt: Die Frauen würden als Sklavinnen gezeichnet werden. Auch darüber hatte sie gelacht. Und warum auch nicht? Er kam ihr ebenso einfältig und dumm vor wie der Unsinn, den der Blödmann Gus jedem erzählte. Lang und breit hatte er sich immer über seine albernen Ideen ausgelassen.

Clarissa kniff die Augen zusammen, um besser sehen zu können. Offenbar bekamen die verschiedenen Gruppen der Frauen verschiedenfarbige Ringe. Bei einer Gruppe älterer Frauen jeden Körperbaus waren sie kupferfarben. Eine Gruppe jüngerer Frauen wehrte sich unter großem Geschrei gegen die silbernen Ringe, die für sie bestimmt waren. Sie hörten erst auf, sich zu wehren, und fügten sich dann willig, als man ein paar von denen, die am heftigsten Widerstand leisteten, Schwerter in den Leib rammte.

Die kleinste Gruppe mit den jüngsten, hübschesten Frauen befand sich in den Klauen des allergrößten Grauens, denn sie standen inmitten eines Trupps von stämmigen Angreifern. Diese Frauen erhielten goldene Ringe. Das Blut lief ihnen vom Kinn auf ihre prunkvollen Kleider.

Clarissa kannte die meisten dieser Frauen. Es war schwer, sich nicht an die Menschen zu erinnern, die einen regelmäßig demütigten. Selbst Anfang Dreißig und unverheiratet, war Clarissa bei vielen zum Ziel des Spotts geworden, aber diese hatten sie am grausamsten behandelt. Sie warfen ihr im Vorübergehen spöttische Seitenblicke zu, nannten sie untereinander ›alte Jungfer‹ oder ›altes Weib‹, und das gerade laut genug, daß sie es hören konnte.

Clarissa hatte nie geplant, in diesem Alter noch ohne Mann zu sein. Sie hatte immer eine Familie gewollt. Sie war nicht recht sicher, wieso das Leben an ihr vorübergegangen war, ohne ihr die Gelegenheit zu geben, einen Gatten zu finden.

Dabei war sie nicht häßlich, aber sie wußte, daß sie bestenfalls nicht mehr als gewöhnlich war. Ihre Figur war ganz ordentlich, sie hatte Fleisch auf den Knochen. Ihr Gesicht war weder entstellt noch runzelig oder grotesk. Wann immer sie nachts an einem Fenster vorüberging und ihr Konterfei betrachtete, fand sie nicht, daß ihr eine häßliche Frau entgegenstarrte. Sie wußte, daß dieses Gesicht nicht unbedingt zu Balladen inspirierte, abstoßend war es jedoch nicht.

Da es hingegen mehr verfügbare Frauen als Männer gab, reichte es einfach nicht, ›nicht häßlich‹ zu sein. Die hübschen, jüngeren Frauen verstanden das nicht: Sie hatten Männer im Überfluß, die ihnen den Hof machten. Den älteren Frauen war es durchaus bewußt, und sie waren freundlicher, trotzdem galt sie in ihren Augen als Pechvogel. Außerdem hatten sie Angst, übermäßig freundlich zu sein, um sich nicht mit jenem unheimlichen Makel anzustecken, der eine Heirat verhinderte.

Jetzt wollte sie bestimmt kein Mann mehr: sie war zu alt. Zu alt, wie die Männer sicherlich befürchteten, Söhne zu gebären. Sie war in der Falle der Zeit gefangen, allein und als alte Jungfer. Ihre Arbeit füllte ihre Zeit aus, machte sie aber bestimmt nicht so glücklich wie eine Familie.

So sehr die Sticheleien dieser jungen Frauen schmerzten und so gern sie gesehen hätte, daß sie einmal am eigenen Leib diese Demütigung erfahren würden, das hatte sie ihnen nicht gewünscht.

Lachend zerrissen die Angreifer die Leibchen ihrer eleganten Kleider und musterten die jungen Frauen wie Vieh.

»Gütiger Schöpfer«, betete sie weinend, »bitte laß dies nicht nur deshalb geschehen, weil ich wollte, daß sie die Scham der Demütigung kennenlernen. Das habe ich ihnen nicht gewünscht. Gütiger Schöpfer, ich bitte dich, mir zu verzeihen, daß ich ihnen jemals etwas Schlechtes gewünscht habe. Das wollte ich nicht, ich schwöre es bei meiner Seele.«

Clarissa stockte der Atem. Sie beugte sich aus dem kleinen Fenster, um besser sehen zu können, als sie einen Trupp Angreifer gewahrte, der mit einem Rammbock voranstürmte. Sie verschwanden unter einem Mauervorsprung unter dem Fenster.

Sie spürte, wie das Gebäude von einem dumpfen Schlag widerhallte. Die Menschen im großen Saal schrien. Wieder ein dumpfer Schlag. Dann noch einer, woraufhin sie hörte, wie Holz zersplitterte. Unten brach ein Höllenspektakel los wie in der Unterwelt selbst.

Sie entweihten die Abtei des Schöpfers. Genau wie der Prophet es vorhergesagt hatte.

Clarissa krallte beide Hände über ihrem Herz in ihr Kleid, als sie hörte, wie das Gelächter unten von neuem einsetzte. Unkontrollierbar schüttelte sie sich. Bald würden sie die Stufen heraufkommen und sie finden.

Was würde mit ihr geschehen? Würde sie mit einem Ring durch die Lippe gezeichnet und versklavt werden? Hätte sie den Mut zu kämpfen und getötet zu werden, anstatt sich zu unterwerfen?

Nein. Sie wußte, die Antwort lautete nein. Wenn es hart auf hart käme, würde sie überleben wollen. Sie wollte nicht abgeschlachtet werden wie diese Menschen auf dem Platz unten oder wie der Blödmann Gus. Den Tod fürchtete sie mehr als das Leben.

Ihr stockte der Atem, als die Tür mit einem Knall aufgestoßen wurde.

Der Abt platzte in das kleine Zimmer. »Clarissa!« Er war weder jung noch körperlich fit und vom hastigen Treppensteigen außer Atem. Seine Leibesfülle ließ sich unter seinem mattbraunen Gewand nicht verheimlichen.

Sein rundes Gesicht war so aschfahl wie das einer drei Tage alten Leiche.

»Clarissa! Die Bücher!« keuchte er. »Wir müssen fort. Müssen die Bücher mitnehmen. Nehmt sie und versteckt Euch!«

Sie blinzelte ihn verständnislos an. Es würde Tage dauern, das Zimmer voller Bücher einzupacken, und mehrere Karren wären nötig, sie abzutransportieren. Es gab keine Möglichkeit, sich zu verstecken. Es gab keinen Ort, wo man hätte hinlaufen können. Wie sollte man durch die nachdrängenden Reihen der Angreifer entkommen können?

Die Anweisung war lächerlich, geboren aus wahnsinniger Angst.

»Abt, wir haben keine Chance zu entkommen.«

Er lief zu ihr und ergriff ihre Hände. Er fuhr sich mit der Zunge über die Lippen. Seine Augen zuckten umher. »Sie werden uns nicht bemerken. Wir tun so, als gingen wir unserer Arbeit nach. Sie werden uns keine Fragen stellen.«

Sie wußte nicht, was sie auf eine derartige Selbsttäuschung antworten sollte. Allerdings kam sie auch gar nicht mehr dazu, es zu versuchen. Drei Männer mit blutbefleckten Uniformen aus Leder und Fell traten durch die Tür. Sie waren so groß und das Zimmer so klein, daß sie nur drei Schritte brauchten, um die Entfernung bis zum Abt zu überbrücken.

Zwei hatten fettiges, lockiges, verfilztes Haar. Der dritte war kahlgeschoren, trug aber wie die beiden anderen einen dichten Bart. Alle hatten einen Goldring im linken Nasenflügel.

Der mit dem glänzenden Schädel packte den Abt bei seinem weißen Haarkranz und riß seinen Kopf nach hinten. Der Abt winselte.

»Beruf? Hast du einen Beruf?«

Der Abt, dessen Kopf so weit nach hinten gebogen war, daß er nur an die Decke starren konnte, breitete flehend die Hände aus.

»Ich bin der Abt. Ein Mann des Gebetes.« Er fuhr sich erneut mit der Zunge über die Lippen und fügte fast schreiend hinzu: »Und die Bücher! Ich kümmere mich um die Bücher!«

»Bücher. Wo sind sie?«

»Die Archive befinden sich im Lesesaal.« Da sein Kopf nach hinten verdreht war, zeigte er blindlings ins Leere. »Clarissa weiß Bescheid. Clarissa kann sie Euch zeigen. Sie arbeitet mit ihnen. Sie kann sie Euch zeigen. Sie kümmert sich um sie.«

»Also kein Beruf?«

»Ich bin ein Mann des Gebetes! Ich werde für Euch zu unserem Schöpfer und den Guten Seelen beten. Ihr werdet sehen. Ich bin ein Mann des Gebetes. Ihr braucht nicht einmal etwas dafür zu spenden. Ich werde für Euch beten. Ohne Spende.«

Der Kerl mit dem rasierten Schädel spannte seine schweißglänzenden Muskeln an, riß den Kopf des Abts noch weiter nach hinten und schlitzte ihm mit einem langen Messer die Kehle auf. Clarissa fühlte, wie ihr warmes Blut ins Gesicht spritzte, als der Abt durch die klaffende Wunde ausatmete.

»Einen Betbruder können wir nicht gebrauchen«, sagte der Angreifer und stieß den Abt zur Seite.

Clarissa riß entsetzt die Augen auf, als sie sah, wie sich das Blut auf dem braunen Gewand des Abts ausbreitete. Sie kannte ihn fast ihr ganzes Leben lang. Er hatte sie vor Jahren aufgenommen und, indem er ihr Arbeit als Schreiberin gegeben hatte, ihren Hungertod verhindert. Er hatte Mitleid mit ihr gehabt, weil sie keinen Mann fand, außerdem verfügte sie über keinerlei Fertigkeit außer Lesen. Lesen konnten nicht viele, Clarissa aber konnte es, und damit verdiente sie ihr Brot.

Daß sie die dicklichen Hände des Abts und seine sabbernden Lippen ertragen mußte, war eine Bürde, die sie auf sich nehmen mußte, wenn sie ihre Arbeit behalten und weiter ihren Lebensunterhalt verdienen wollte. Es war nicht gleich von Anfang an so gewesen, doch als sie allmählich mit ihrer Arbeit vertraut wurde und sie ihrer Fähigkeiten sicher war, begriff sie ganz allmählich, daß sie Dinge hinzunehmen hatte, die ihr nicht gefielen.

Vor langer Zeit hatte sie ihn einmal gebeten, damit aufzuhören. Das hatte nichts bewirkt, und sie hatte ihm gedroht. Er erklärte ihr, man werde sie aus dem Haus weisen, wenn sie derart skandalöse Vorwürfe gegen einen angesehenen Abt erhob. Wie sollte eine auf sich gestellte Frau alleine draußen auf dem Land überleben? hatte er gefragt. Welch ein Schicksal hätte sie dann wohl zu ertragen?

Wahrscheinlich war dies nicht das Schlimmste, was ihr widerfahren konnte. Andere Menschen litten Hunger, und Stolz füllte ihnen nicht den Bauch. Manche Frauen litten unter ihren Ehemännern mehr. Wenigstens schlug der Abt sie nicht.

Sie hatte ihm nie etwas Böses gewollt. Er sollte sie nur in Ruhe lassen. Sie wollte ihm nichts Böses. Er hatte sie aufgenommen, ihr Arbeit und Essen gegeben. Andere hatten nichts als Verachtung für sie übrig.

Der brutale Kerl kam zu ihr und riß sie aus dem Schockzustand, der sie befallen hatte, weil sie die Ermordung des Abtes mitansehen mußte. Er schob das Messer in seinen Gürtel.

Daraufhin packte er ihr Kinn mit seinen schwieligen, blutverschmierten Fingern und drehte ihren Kopf von einer Seite zur anderen. Er kniff sie probeweise in die Hüfte. Sie fühlte, wie ihr Gesicht vor Erniedrigung brannte, weil sie so taxiert wurde.

Er wandte sich an einen der anderen. »Beringe sie.«

Einen Augenblick lang verstand sie nicht. Ihre Knie fingen an zu zittern, als einer der stämmigen Kerle vortrat und ihr bewußt wurde, was gemeint war. Sie hatte Angst loszuschreien. Sie wußte, was sie ihr antun würden, wenn sie sich wehrte. Sie wollte nicht, daß man ihr die Kehle aufschlitzte wie dem Abt oder ihr den Schädel einschlug wie dem armen Blödmann Gus. Gütiger Schöpfer, sie wollte nicht sterben.

»Welche Sorte, Kommandant Mallack?«

Der kahlköpfige Mann blickte ihr in die Augen. »Den silbernen.«

Silber. Nicht Kupfer. Silber.

Ein irres Lachen hallte ganz hinten durch ihren Kopf, als der Mann ihre Unterlippe zwischen Daumen und einem Knöchel packte.

Diese Männer, die darin erfahren waren, Fleisch zu beurteilen, hatten ihr gerade einen höheren Wert bescheinigt als ihre eigenen Leute. Und wenn auch nur als Sklavin.

Sie riß sich zusammen, um den Schrei zu unterdrücken, als sie spürte, wie der Dorn sich in den Rand ihrer Lippe bohrte. Der Kerl drehte ihn, bis er durch war. Sie blinzelte und versuchte durch die Tränen der Schmerzen etwas zu erkennen.

Nicht Gold, sagte sie sich, natürlich nicht Gold, aber auch nicht Kupfer. Sie fanden, daß sie einen Silberring wert war. Einesteils widerte sie ihre übertriebene Eitelkeit an. Was blieb ihr jetzt noch?

Der Mann, der nach Schweiß, Blut und Ruß stank, stieß ihr den gespalteten Ring durch die Lippe. Sie stöhnte hilflos vor Schmerz. Er beugte sich vor und schloß den Ring mit seinen schiefen gelben Zähnen.

Sie unternahm keinen Versuch, sich das vom Kinn tropfende Blut abzuwischen, als Kommandant Mallack ihr noch einmal in die Augen sah.

»Jetzt bist du Eigentum der Imperialen Ordnung.«

22. Kapitel

Clarissa glaubte, in Ohnmacht zu fallen. Wie konnte ein Mensch das Eigentum eines anderen sein? Zu ihrer Schande erkannte sie, zugelassen zu haben, daß sie für den Abt nicht viel mehr gewesen war. Oberflächlich betrachtet war er freundlich zu ihr gewesen, als Gegenleistung aber hatte er sie wie sein Eigentum betrachtet.

Sie wußte, daß diese Bestien nicht freundlich sein würden. Sie wußte, was sie mit ihr anstellen würden, und das würde beträchtlich schlimmer sein als die betrunkenen, impotenten Gefühlswallungen des Abtes. Der stahlharte Blick in den Augen des Mannes verriet ihr, daß diese Männer keine Schwierigkeiten hätten, alles durchzusetzen, was sie wollten.

Wenigstens war es Silber. Sie wußte nicht, wieso das für sie eine Rolle spielte, aber so war es.

»Ihr habt also Bücher hier?« fragte Kommandant Mallack. »Sind Prophezeiungen dabei?«

Der Abt hätte den Mund halten sollen. Um die Bücher zu beschützen, wollte sie jedenfalls nicht sterben. Außerdem würden diese Männer alles hier auseinandernehmen und sie ohnehin finden. Die Bücher waren nicht versteckt. Schließlich war man überzeugt gewesen, die Stadt sei vor einer Eroberung sicher.

»Ja.«

»Der Kaiser will, daß man alle Bücher zu ihm bringt. Du wirst uns zeigen, wo sie sich befinden.«

Clarissa schluckte. »Selbstverständlich.«

»Wie läuft's, Jungs?«, ließ sich eine freundliche Stimme hinter den

Männern vernehmen. »Alles in Ordnung? Wie es scheint, habt ihr alles gut im Griff.«

Die drei Männer drehten sich um. Ein munterer älterer Herr stand in der Tür. Sein voller Schopf aus weißem, glattem Haar fiel ihm bis auf die breiten Schultern. Er trug hohe Stiefel, braune Hosen und ein weißes Rüschenhemd unter einer offenen grünen Weste. Der Saum seines schweren, braunen Umhangs schwebte dicht über dem Boden. In einer eleganten Scheide an seiner Hüfte steckte ein Schwert.

Der Prophet.

»Wer seid Ihr?« knurrte Kommandant Mallack.

Der Prophet warf sich den Umhang beiläufig über die eine Schulter. »Ein Mann, der eine Sklavin braucht.« Er schob einen der Männer zur Seite und ging gemessenen Schritts auf Clarissa zu. Mit seiner großen Hand faßte er sie am Kinn und begutachtete ihr Gesicht. »Diese hier wird genügen. Wieviel wollt Ihr für sie?«

Der kahlköpfige Kommandant Mallack krallte seine Faust in das weiße Hemd. »Die Sklaven gehören der Imperialen Ordnung. Sie sind sämtlich Eigentum des Kaisers.«

Der Prophet blickte mißbilligend auf die Hand an seinem Hemd hinab. Dann schlug er sie fort. »Finger weg von meinem Hemd, mein Freund. Eure Hände sind schmutzig.«

»Gleich sind sie voller Blut! Wer seid Ihr? Was ist Euer Beruf?«

Einer der anderen Männer setzte dem Propheten ein Messer an die Rippen. »Beantwortet Kommandant Mallacks Frage, oder Ihr sterbt. Was ist Euer Beruf?«

Der Prophet tat die Frage mit einer wegwerfenden Handbewegung ab.

»Keiner, der Euch interessieren würde. Also, was wollt Ihr für die Sklavin? Ich bin in der Lage, ein hübsches Sümmchen zu bezahlen. Warum solltet Ihr Jungs nicht auch einen Gewinn herausschlagen? Ich mißgönne niemandem seinen Profit.«

»Wir haben alle Beute, die wir wollen. Man braucht hier doch bloß zuzugreifen.« Der Kommandant sah zu dem Mann hinüber, der Clarissa den Ring durch die Lippe gebohrt hatte. »Töte ihn.«

Der Prophet wehrte die Männer mit einer lässigen Handbewegung ab. »Ich will Euch nichts Böses, Jungs.« Er beugte sich ein wenig vor. »Vielleicht überlegt Ihr es Euch noch mal?«

Kommandant Mallack öffnete den Mund, doch dann zögerte er. Er brachte kein Wort hervor. Clarissa vernahm ein gequältes Grummeln, das aus den Eingeweiden der drei Männer stammte. Die Männer rissen die Augen auf.

»Was ist?« erkundigte sich der Prophet. »Alles in Ordnung? Also, was haltet Ihr von meinem Angebot, Männer? Wieviel wollt Ihr für sie?«

Die Gesichter der drei Männer verzerrten sich gequält. Clarissa roch einen üblen Gestank.

»Nun ja«, meinte Kommandant Mallack mit gepreßter Stimme. »Ich denke ...« Er verzog das Gesicht. »Wir, ah, wir müssen gehen.«

Der Prophet verneigte sich. »Oh, vielen Dank, Männer. Also fort mit Euch. Und überbringt meinem Freund, dem Kaiser Jagang, meine Empfehlung.«

»Aber was wird aus ihm?« fragte einer der Männer den Kommandanten, während sie sich langsam davonschlichen.

»Nicht lange, und ein anderer kommt vorbei und tötet ihn«, antwortete der Kommandant, derweil alle drei krummbeinig zur Tür hinausschlurften.

Der Prophet wandte sich ihr zu. Sein Lächeln verschwand, als er sie mit seinem Habichtblick betrachtete.

»Nun, habt Ihr Euch mein Angebot noch einmal überlegt?«

Clarissa zitterte. Sie war sich nicht recht im klaren, wen sie mehr fürchten sollte, die Angreifer oder den Propheten. Die Männer würden ihr weh tun. Was der Prophet ihr antun würde, wußte sie nicht. Vielleicht erzählte er ihr, auf welche Weise sie sterben wird.

Er hatte ihr vorhergesagt, wie eine ganze Stadt sterben würde, und genau so war es gekommen. Sie befürchtete, daß er alles wahrmachen konnte, was er sagte. Propheten besaßen Magie.

»Wer seid Ihr?« fragte sie leise.

Er machte eine dramatische Verbeugung. »Nathan Rahl. Ich habe es Euch bereits erklärt, ich bin Prophet. Verzeiht, daß ich davon absah, mich vorzustellen, aber wir haben nicht gerade sehr viel Zeit.«

Seine stechend blauen Augen machten ihr angst, trotzdem zwang sie sich zu fragen: »Wozu wollt Ihr eine Sklavin?«

»Nun, nicht für denselben Zweck wie diese Kerle.«

»Ich möchte nicht –«

Er nahm ihren Arm und zog sie ans Fenster. »Seht hinaus. Schaut hin!«

Zum ersten Mal verlor sie die Kontrolle über ihre Tränen und ließ ihnen unter hoffnungslosem Schluchzen freien Lauf. »Gütiger Schöpfer ...«

»Er wird nicht kommen und helfen. Niemand kann diesen Leuten jetzt noch helfen. Ich kann Euch retten, aber Ihr müßt Euch einverstanden erklären, mir im Gegenzug ebenfalls zu helfen. Ich werde mein Leben und das von Zehntausenden anderer nicht wegen Euch aufs Spiel setzen, wenn Ihr mir nicht von Nutzen seid. Eher werde ich mir eine andere Frau suchen, die mich lieber begleitet, als zur Sklavin dieser Bestien zu werden.«

Sie zwang sich, ihm in die Augen zu sehen. »Ist es gefährlich?«

»Ja.«

»Sterbe ich, wenn ich Euch helfe?«

»Vielleicht. Vielleicht überlebt Ihr auch. Wenn Ihr sterbt, dann bei einer noblen Tat: bei dem Versuch, noch größeres Leid als dieses zu verhindern.«

»Könnt Ihr den Menschen nicht helfen? Könnt Ihr dem kein Ende machen?«

»Nein. Was geschieht, geschieht. Wir können bestenfalls danach trachten, die Zukunft zu gestalten – die Vergangenheit können wir nicht ändern.

Ihr habt eine gewisse Ahnung, welche Gefahren die Zukunft birgt. Ihr hattet hier einmal einen Propheten wohnen, der einige seiner Prophezeiungen aufgeschrieben hat. Er war kein bedeutender Prophet, trotzdem ließ er sie hier zurück, wo ihr Narren sie als Offenbarung des Göttlichen Willens betrachtet.

Das sind sie nicht. Es sind lediglich Worte, die eine Möglichkeit ausdrücken. Es steht in Eurer Macht, Euer Schicksal zu bestimmen. Ihr könnt bleiben und dieser Armee als Hure dienen, oder Ihr könnt Euer Leben aufs Spiel setzen und etwas tun, das sich lohnt getan zu werden.«

Sie zitterte unter dem kräftigen Zugriff seines Armes. »Ich … ich habe Angst.«

Seine tiefblauen Augen wurden sanfter. »Clarissa, würde es trösten, wenn ich Euch gestehe, daß ich ebenfalls ganz fürchterliche Angst habe?«

»Wirklich? Ihr wirkt so selbstsicher.«

»Sicher weiß ich nur eins: wie ich versuchen kann zu helfen. Und jetzt müssen wir in eure Archive gehen, bevor diese Kerle die Bücher zu Gesicht bekommen.«

Clarissa drehte sich um, froh über die Ausrede, sich seinem Blick zu entziehen. »Hier hinunter. Ich zeige Euch den Weg.«

Sie führte ihn die steinerne Wendeltreppe an der Rückseite des Zimmers hinunter. Die wurde nicht oft benutzt, weil sie schmal und beschwerlich zu begehen war. Der Prophet, der die Abtei entworfen hatte, war ein zierlicher Mann gewesen und hatte die Treppe seinen Bedürfnissen entsprechend angelegt. Daher war sie so schmal, daß sie sich nicht vorstellen konnte, wie dieser Prophet es schaffte, sie hinunterzusteigen. Aber es gelang ihm.

Auf dem dunklen Absatz unten entzündete er eine kleine Flamme in seiner Hand. Clarissa blieb erstaunt stehen und fragte sich, wieso er sich nicht die Hand versengte. Er drängte sie weiterzugehen. Eine niedrige Holztür führte zu einem kurzen Flur. Die Treppe in dessen Mitte führte weiter nach unten in die Archive. Durch die Tür am Ende des Flures kam man in den Hauptsaal der Abtei. Hinter dieser Tür wurden in diesem Augenblick Menschen ermordet.

Sie stieg die Treppe hinunter und nahm bei jedem Schritt zwei Stufen. Nathan bekam ihren Arm zu fassen, als sie ausrutschte, und verhinderte so, daß sie stürzte. Dies sei nicht die Gefahr, vor der er sie gewarnt hatte, scherzte er.

Unten in dem dunklen Raum streckte er eine Hand aus, und plötzlich entzündeten sich die an hölzernen Stützpfeilern hängenden Lampen. Die Stirn in Falten gelegt, ließ er den Blick prüfend über die Regale wandern, die die Wände des Raumes säumten. Zwei robuste Tische boten Platz zum Lesen und Schreiben.

Während er zu den Regalen links hinüberging, versuchte sie sich verzweifelt einen Ort zu überlegen, an dem sie sich vor den Soldaten der Imperialen Ordnung verbergen konnte. Irgendein Versteck mußte es doch geben. Früher oder später würden die Eroberer gewiß wieder abziehen, dann konnte sie wieder hervorkommen und wäre gerettet.

Sie fürchtete sich vor dem Propheten. Er erwartete etwas von ihr. Sie wußte nicht, was, bezweifelte jedoch, daß sie den Mut aufbringen würde, es zu tun. Sie wollte nichts weiter als ihre Ruhe.

Der Prophet schlenderte an den Regalen vorbei, blieb mal hier, mal dort stehen, um einen Band herauszunehmen. Er schlug die Bücher nicht auf, die er herauszog, sondern warf sie alle in der Mitte des Raumes auf den Boden und trat weiter zum nächsten Regal. Sämtliche Bücher, die er herauszog, enthielten Prophezeiungen. Er wählte längst nicht alle Bücher mit Prophezeiungen aus, aber die, die er herauszog, enthielten allesamt Prophezeiungen.

»Wieso ich?« fragte sie ihn, während sie ihm zusah. »Warum wollt Ihr gerade mich?«

Er hielt inne, den Finger auf einen schweren, in Leder gebundenen Band gelegt. Während er das Buch herauszog, sah er sie an wie ein Habicht eine Maus. Er trug es zu dem Haufen aus acht oder zehn Büchern hinüber, die bereits auf dem Fußboden lagen, legte es hin und nahm eins der anderen in die Hand.

Schließlich blieb er vor ihr stehen und blätterte darin.

»Hier. Lest das.«

Sie hob das schwere Buch aus seinen Händen und las die Stelle, auf die er zeigte:

Wenn sie aus freien Stücken geht, dann wird die Beringte in der Lage sein, das zu berühren, das lange nur den Winden allein anvertraut war.

Das lange nur den Winden allein anvertraut war. Die Unverständlichkeit der Worte weckte in ihr den Wunsch davonzurennen.

»Die Beringte«, sagte sie. »Bin ich damit gemeint?«

»Wenn Ihr Euch entscheidet, aus freien Stücken zu gehen.«

»Und wenn ich mich entscheide, hierzubleiben und mich zu verstecken? Was dann?«

Er zog eine Augenbraue hoch. »Dann werde ich mir eine andere Frau suchen, die fliehen will. Ich habe Euch dieses Angebot zuerst gemacht, weil ich meine Gründe dafür hatte. Außerdem könnt Ihr lesen. Es gibt mit Sicherheit noch andere, die lesen können. Wenn es sein muß, werde ich eine andere finden.«

»Was ist das, das die ›Beringte‹ berühren kann?«

Er riß ihr das Buch aus den zitternden Händen und klappte es zu. »Versucht nicht zu verstehen, was die Worte bedeuten. Ich weiß, daß Ihr das hier versucht, aber ich bin ein Prophet, und ich kann Euch mit großem Nachdruck versichern, daß ein solches Unterfangen vollkommen sinnlos wäre. Ganz gleich, was Ihr Euch denkt und wovor Ihr Euch fürchtet, Ihr werdet einem Irrtum aufsitzen.«

Ihre Entschlossenheit, mit ihm fortzugehen, ließ nach. Trotz seiner scheinbaren Freundlichkeit oben im Turm, als er sie gerettet hatte, machte ihr der Prophet angst. Vor einem Mann, der solche Dinge wußte wie er, mußte man sich ja fürchten.

Sie erschrak, als er ihren Namen aussprach.

»Clarissa«, wiederholte er. »Geht und holt ein paar von den Soldaten her. Erklärt ihnen, daß Ihr den Auftrag habt, sie zu den Archiven unten zu führen.«

»Warum? Warum wollt Ihr, daß ich sie holen gehe?«

»Tut, was ich sage. Erklärt ihnen, Kommandant Mallack habe gesagt, Ihr sollt sie zu den Büchern führen. Falls es Schwierigkeiten gibt, erklärt ihnen, er habe noch hinzugefügt, sie ›sollen ihren armseligen Hintern sofort zu den Büchern runterschaffen, oder der Traumwandler wird ihnen einen Besuch abstatten, den sie noch bedauern werden!‹«

»Aber wenn ich dort hinaufgehe …«

Sie ließ den Satz unbeendet, als er sie fest ansah. »Falls Ihr Schwierigkeiten habt, dann sagt ihnen diese Worte, und Ihr werdet zurechtkommen. Bringt sie hierher.«

Sie öffnete den Mund, um zu fragen, warum er wollte, daß sie zu den Büchern herunterkämen, doch angesichts seiner Miene schwieg sie. Sie lief die Treppe hoch, froh, von dem Propheten fort zu sein, auch wenn sie sich darüber im klaren war, daß sie diesen brutalen Kerlen gegenübertreten mußte.

Vor der Tür zum großen Saal zögerte sie. Sie konnte fliehen. Doch der Abt hatte ihr denselben Vorschlag gemacht, fiel ihr ein, und den hatte sie für töricht gehalten. Es gab keinen Ort, wo man sich hätte verbergen können. Sie hatte einen silbernen Ring, vielleicht war der zu irgend etwas gut. Diese Männer maßen ihr wenigstens so viel Wert bei.

Sie öffnete die Tür und machte einen Schritt, doch dann blieb sie bei dem Anblick, der sie begrüßte, stehen und riß die Augen auf. Die Doppeltür zur Straße hin war zersplittert. Der Fußboden war mit Leichen von Männern übersät, die in die Abtei geflohen waren, um dort Schutz zu suchen.

Der große Saal war zum Bersten mit Eroberern gefüllt. Zwischen den blutigen Toten wurden Frauen vergewaltigt. Clarissa stand offenen Mundes da wie zu Eis erstarrt und gaffte.

Männer standen in Gruppen zusammen und warteten darauf, daß sie an die Reihe kämen. Die größten Gruppen warteten auf die Frauen mit den Goldringen. Was diesen Frauen angetan wurde, trieb Clarissa den Mageninhalt hoch. Sie hielt sich die Hand vor den Mund und zwang sich, ihn hinunterzuschlucken.

Wie gebannt stand sie da, unfähig, den Blick von der nackten Manda Perlin abzuwenden, einer jener jungen Frauen, die sie oft gequält hatte. Manda hatte einen reichen Mann mittleren Alters geheiratet, der Geld verlieh und in Frachtgut investierte. Ihr Mann, Rupert Perlin, lag gleich daneben. Man hatte ihm die Kehle mit solcher Wucht aufgeschlitzt, daß ihm der Kopf fast vom Körper getrennt worden war.

Manda winselte in Todesangst, während die brutalen Kerle sie zu Boden drückten. Sie grölten vor Lachen über ihr Gewinsele, waren in all dem Lärm jedoch kaum zu hören. Clarissa spürte, wie ihr die Tränen kamen. Das waren keine Menschen. Das waren wilde Tiere.

Ein Kerl packte Clarissa bei den Haaren. Ein anderer hakte ihr einen Arm ums Bein. Sie lachten, als ihr Schrei sich unter den der anderen mischte. Sie lag noch nicht ganz auf dem Rücken, da hatte man ihr den Rock schon hochgeschoben.

»Nein!« schrie sie.

Sie lachten sie genauso aus, so wie die anderen Kerle Manda auslachten.

»Nein – man hat mich geschickt!«

»Gut«, erwiderte einer der Männer. »Ich war es leid zu warten, bis ich an der Reihe bin.«

Er versetzte ihr einen Schlag, als sie versuchte, seine Hände abzuwehren. Der Schmerz des deftigen Hiebs lähmte sie, daß ihr die Ohren summten.

Sie hatte einen silbernen Ring. Das mußte doch etwas bedeuten. Sie hatte einen silbernen Ring.

Keine zwei Fuß entfernt hörte sie eine Frau ächzen, als sich ein Mann auf ihren Rücken warf. Ihr hatte der Silberring auch nichts genützt.

»Mallack!« schrie Clarissa. »Kommandant Mallack hat mich geschickt!«

Der Kerl krallte ihr eine Faust ins Haar und drückte ihr einen dreckigen, stacheligen Kuß auf die Lippen. Die Ringwunde in ihrer Lippe brannte vor Schmerz, und sie spürte, wie ihr das Blut erneut in Strömen über das Kinn rann.

»Meinen Dank an Kommandant Mallack«, sagte er. Er biß ihr ins Ohr und entlockte ihr damit erneut einen Schrei, während der andere Kerl ihre Unterwäsche begrapschte. Verzweifelt versuchte sie sich zu erinnern, was der Prophet ihr zu sagen aufgetragen hatte.

»Eine Nachricht!« stieß sie hervor. »Kommandant Mallack hat mich mit einer Nachricht hergeschickt. Er sagte, ich soll Euch nach unten zu den Büchern bringen. Ich soll Euch sagen, Ihr sollt Euren jämmerlichen Hintern sofort nach unten zu den Büchern schaffen, sonst würde Euch der Traumwandler einen Besuch abstatten, den Ihr noch bedauern würdet.«

Die Männer stießen deftige Flüche aus, dann rissen sie sie an den Haaren auf die Beine. Sie strich ihr Kleid mit zitternden Händen glatt. Das halbe Dutzend Männer, das um sie herumstand, lachte. Einer schob ihr wieder eine Hand zwischen die Beine.

»Na los, steh nicht einfach rum und vergnüge dich, Miststück. Geh schon. Zeig uns den Weg.«

Ihre Beine besaßen gerade noch so viel Kraft wie ein nasses Tau, und sie mußte sich den ganzen Weg die Treppe hinunter am Geländer festhalten. Während sie das halbe Dutzend Männer zu den Archiven hinunterführte, konnte sie die Bilder dessen, was sie soeben gesehen hatte, nicht aus ihrem Kopf verbannen.

Der Prophet empfing sie an der Tür, als sei er gerade im Begriff zu gehen.

»Da seid Ihr ja. Wurde auch langsam Zeit«, sagte er mit gereizter Stimme. Er deutete mit einer Handbewegung nach hinten in den Raum. »Alles in Ordnung. Fangt an, sie einzupacken, bevor etwas dazwischenkommt, oder der Kaiser macht aus uns allen Feuerholz.«

Die Männer runzelten verwirrt die Stirn. Sie sahen sich flüchtig um. In der Mitte, wo Clarissa den Propheten die Bücher hatte stapeln sehen, die er den Regalen entnommen hatte, befand sich nur noch ein weißer Aschefleck. Die Lücken, dort, wo er die Bände herausgezogen hatte, waren wieder geschlossen worden.

»Ich rieche Rauch«, sagte einer der Männer.

Der Prophet verpaßte dem Kerl einen Schlag auf den Schädel. »Idiot! Die halbe Stadt steht in Flammen, und du riechst endlich Rauch? Los jetzt, an die Arbeit! Ich muß über die Bücher, die ich gefunden habe, Bericht erstatten.«

Einer von ihnen hielt Clarissa am Arm fest, als der Prophet sie nach draußen führen wollte. »Laßt sie hier. Wir werden ein wenig Zerstreuung brauchen.«

Der Prophet funkelte die Männer wütend an. »Sie ist eine Schreiberin, du Narr! Sie kennt sämtliche Bücher. Wir haben wichtigere Aufgaben für sie, als euch faule Einfaltspinsel zu unterhalten. Wenn ihr mit eurer Arbeit fertig seid, gibt es Frauen genug. Oder wäre es euch lieber, wenn ich euch Kommandant Mallack melde?«

Nathans Rolle verwirrte die Soldaten zwar nach wie vor, trotzdem beschlossen sie, sich an die Arbeit zu machen. Der Prophet schloß hinter sich die Tür. Er schob Clarissa vor sich her.

Auf der Treppe, wo sie mit ihm in der Stille allein war, blieb sie stehen und lehnte sich an das Geländer, um sich abzustützen. Ihr war schwindlig und übel. Er berührte ihre Wange mit den Fingern.

»Hört zu, Clarissa. Ganz ruhig durchatmen. Denkt nach. Setzt Euch hin, sonst verliert Ihr das Bewußtsein.«

Die Tränen liefen ihr übers Gesicht. Sie deutete auf den Saal, wo sie die Männer abgeholt hatte. »Ich … ich habe gesehen, wie …«

»Ich weiß, was Ihr gesehen habt«, antwortete er fast zärtlich.

Sie gab ihm eine Ohrfeige. »Wieso habt Ihr mich dort raufgeschickt? Ihr braucht diese Männer doch gar nicht!«

»Ihr glaubt, Ihr könnt Euch verstecken. Das könnt Ihr nicht. Sie werden jedes Loch in dieser Stadt durchsuchen. Wenn sie damit fertig sind, werden sie alles bis auf die Grundmauern niederbrennen. Von Renwold wird nichts übrigbleiben.«

»Aber ich … ich könnte … ich habe Angst, mit Euch zu gehen. Ich will nicht sterben.«

»Ihr solltet nur wissen, was geschieht, wenn Ihr Euch entschließt hierzubleiben. Clarissa, Ihr seid eine hübsche, junge Frau.« Er deutete mit dem Kinn auf den großen Saal. »Glaubt mir, Ihr wollt nicht hierbleiben und erfahren, was all diese Frauen während der nächsten drei Tage und später als Sklaven der Imperialen Ordnung zu erleiden haben. Bitte glaubt mir, das wollt Ihr ganz sicher nicht.«

»Wie können sie so etwas nur tun? Wie bringen sie das fertig?«

»Das ist die unaussprechliche Wirklichkeit des Krieges. Es gibt keine Verhaltensregeln außer denen, die der Aggressor aufstellt oder die der Sieger durchsetzen kann. Man kann sich dem entweder aussetzen, oder man kämpft dagegen.«

»Könnt … könnt Ihr nichts tun, um diesen Menschen zu helfen?«

»Nein«, erwiderte er leise. »Ich kann nur Euch helfen, aber ich werde keine wertvolle Zeit darauf verschwenden, es sei denn, Ihr seid es wert, gerettet zu werden. Die Opfer sind einen schnellen Tod gestorben. So fürchterlich er auch war, er trat rasch ein.

Gewaltigen Menschenmengen, einem Vielfachen der Menschen, die hier in dieser Stadt gelebt haben, droht ein grausamer, qualvoller, langsamer Tod. Ich kann diesen Menschen hier nicht helfen, aber ich kann versuchen, jenen anderen zu helfen. Lohnt es sich, frei zu sein, ist das Leben lebenswert, wenn ich es nicht versuche?

Der Zeitpunkt ist gekommen, an dem Ihr Euch entscheiden müßt, ob Ihr helfen wollt, ob Euer Leben lebenswert ist, ob Eure Seele, das Geschenk des Schöpfers, dies wert ist.«

Bilder dessen, was sich oben im großen Saal und draußen auf den Straßen abspielte, was der ganzen Stadt angetan wurde, schossen ihr durch den Kopf. Sie fühlte sich, als wäre sie bereits tot. Wenn ihr die Gelegenheit geboten wurde, anderen zu helfen und ein neues Leben anzufangen, dann mußte sie sie ergreifen. Dies war die einzige Chance, die sie bekommen würde. Das wußte sie. Sie wischte sich die Tränen aus den Augen und schließlich auch das Blut vom Kinn. »Ja, ich werde Euch helfen. Ich schwöre bei meiner Seele, daß ich tun werde, was Ihr verlangt, wenn es eine Chance bedeutet, Leben zu retten, eine Chance, frei zu sein.«

»Selbst wenn ich etwas von Euch verlange, vor dem Ihr Euch fürchtet? Selbst wenn Ihr glaubt, Ihr werdet dabei sterben?«

»Ja.«

Als sie sein warmes Lächeln sah, wurde ihr leichter ums Herz. Überraschend zog er sie an sich und nahm sie tröstend in den Arm. Sie begann abermals zu weinen.

Nathan legte ihr den Finger auf die Lippen, und sie verspürte das warme Gefühl, daß jemand zu ihr hielt. Die Erinnerung an das Gesehene verlieh ihr die Entschlossenheit, diesen Verbrechern Einhalt zu gebieten und sie daran zu hindern, andere mit gleichen Greueltaten heimzusuchen. Ihre Gedanken waren von der Hoffnung erfüllt, etwas Bedeutsames tun zu können, das auch anderen Menschen die Freiheit bringen würde.

Clarissa betastete ihre Lippe, nachdem Nathan seine Hand zurückgezogen hatte. Sie pochte nicht mehr. Die Wunde um den Ring war verheilt.

»Danke – Prophet.«

»Nathan.« Er strich ihr übers Haar. »Wir müssen gehen. Je länger wir bleiben, desto größer die Gefahr, daß wir nicht mehr entkommen.«

Clarissa nickte. »Ich bin bereit.«

»Noch nicht.« Er nahm ihre Wangen in seine großen Hände. »Wir müssen durch die Stadt gehen, durch die ganze Stadt, um von hier zu fliehen. Ihr habt schon zuviel gesehen. Ich möchte nicht, daß Ihr noch mehr seht oder hört. Wenigstens das will ich Euch ersparen.«

»Aber ich verstehe nicht, wie wir jemals an der Imperialen Ordnung vorbeikommen sollen.«

»Das laßt nur meine Sorge sein. Erst einmal werde ich Euch mit einem Bann belegen. Ihr werdet blind sein, damit Ihr nicht noch mehr von dem Leiden und Sterben seht, das Eure Stadt über sich ergehen lassen muß, und Ihr werdet taub sein, damit Ihr auch nichts davon hört.«

Vermutlich hatte er Angst, sie könnte in Panik geraten und sich verraten. Sie wußte nicht, daß er sich damit vielleicht irrte.

»Wenn Ihr meint, Nathan. Ich werde tun, was Ihr verlangt.«

Er stand dort im Dämmerlicht, zwei Stufen unter ihr, damit sein Gesicht sich auf gleicher Höhe mit ihrem befand, und lächelte sie voller Wärme an. Denn so alt er war, er war ein auffallend gutaussehender Mann.

»Ich habe die richtige Frau ausgewählt. Ihr werdet Eure Sache gut machen. Ich bete, daß die Guten Seelen Euch für Eure Hilfe die Freiheit schenken.«

Sie hielt im Gehen seine Hand, und das war ihre einzige Verbindung mit der Welt. Sie konnte das Gemetzel nicht sehen. Sie konnte die Schreie nicht hören. Sie konnte die Feuer nicht riechen. Und doch wußte sie, daß diese Dinge rings um sie geschahen.

In ihrer Welt des Schweigens betete sie im Gehen, sie betete, daß die Guten Seelen für diejenigen sorgten, die an diesem Tag gestorben waren, und für die, die noch lebten, erflehte sie von den Guten Seelen Kraft.

Er lenkte sie um Trümmer herum und um die Hitze der Brände. Er hielt ihre Hand fest, wenn sie über Geröll stolperte. Stundenlang, endlos schienen sie durch die Ruinen dieser Stadt zu laufen.

Gelegentlich blieben sie stehen, und sie verlor den Kontakt zu seiner Hand, während sie still und alleine in ihrer Welt der Stille stand. Sie konnte weder sehen noch hören, daher kannte sie den genauen Grund für den Halt nicht, sie vermutete jedoch, daß Nathan gezwungen war, sich herauszureden. Manchmal schien ein solcher Halt kein Ende zu nehmen, und ihr Herz raste bei dem Gedanken an die unsichtbaren Gefahren, die Nathan vielleicht gerade abwendete. Manchmal legte er ihr dann plötzlich den Arm um die Hüfte und drängte sie zum Rennen.

Sie fühlte sich in seiner Obhut sicher und auch ermutigt.

Ihre Hüftgelenke schmerzten vom Gehen, und ihre müden Füße pochten. Schließlich legte er ihr beide Hände auf die Schultern, drehte sie herum und half ihr sich zu setzen. Sie spürte kühles Gras unter sich.

Plötzlich kehrte ihr Sehvermögen zurück, zusammen mit ihrem Gehör und dem Geruchssinn.

Vor ihr breiteten sich weite, niedrige grüne Hügel aus. Sie blickte sich um und sah nur Landschaft. Nirgendwo waren Menschen. Die Stadt Renwold war nicht zu entdecken.

Sie faßte Mut und gab sich dem aufkeimenden warmen Gefühl der Erleichterung darüber hin, daß sie nicht nur dem Gemetzel entronnen war, sondern auch ihrem alten Leben.

Das Grauen hatte sich so tief in ihre Seele eingebrannt, daß sie glaubte, in einem Glutofen der Angst neu geformt worden zu sein, und herausgekommen war ein neuer, glänzender Barren, der gehärtet war für das, was vor ihnen lag.

Was immer ihr bevorstand, es konnte nicht schlimmer sein als das, was ihr bevorgestanden hätte, wäre sie geblieben. Hätte sie sich entschieden zu bleiben, wäre das eine Abkehr davon gewesen, anderen und sich selbst zu helfen.

Sie wußte nicht, was er von ihr verlangen würde, aber jeder Tag in Freiheit war ein Tag, den sie ohne den Propheten nicht erlebt hätte.

»Danke, Nathan, daß Ihr mich ausgesucht habt.«

Er blickte gedankenversunken in die Ferne und schien sie nicht zu hören.

23. Kapitel

Schwester Verna drehte sich nach dem Durcheinander um und sah einen Späher von seinem schweißbedeckten Pferd herunterspringen, noch bevor es in der fast völligen Dunkelheit zum Stillstand kam. Der Späher keuchte und versuchte, gleichzeitig wieder zu Atem zu kommen und dem General Bericht zu erstatten. Die sichtlich gespannte Körperhaltung des Generals lockerte sich, als er den Bericht entgegennahm. Mit einer munteren Geste forderte er seine Offiziere auf, ihre Besorgnis ebenfalls aufzugeben.

Sie konnte den Bericht des Spähers nicht hören, wußte jedoch, was er besagte. Sie brauchte keine Prophetin zu sein, um zu wissen, was der Kundschafter gesehen hatte.

Diese Narren. Sie hätte ihm dasselbe erzählen können.

Der lächelnde General Reibisch kam auf sie zu, die buschigen Brauen gutgelaunt hochgezogen. Als er in den Lichtkreis des Lagerfeuers trat, entdeckten seine gräulich-grünen Augen sie.

»Prälatin! Hier seid Ihr. Es gibt gute Neuigkeiten!«

Verna, in Gedanken bei anderen, wichtigeren Dingen, lockerte das Tuch über ihren Schultern.

»Verratet es mir nicht, General: Meine Schwestern und ich müssen nicht die ganze Nacht nervöse Soldaten beruhigen und Banne aussprechen, die Euch verraten, wo in Panik geratene Männer sich versteckt haben, um das Ende der Welt abzuwarten.«

Er kratzte sich am rostfarbenen Bart. »Nun, ich weiß Eure Hilfe zu schätzen, Prälatin, aber nein, das müßt Ihr nicht. Ihr hattet wie gewöhnlich recht.«

Sie schnaubte, als wollte sie sagen: »Hab' ich es Euch nicht gleich gesagt.«

Der Späher hatte oben auf einem Hügel Ausschau gehalten und von dort aus das Aufgehen des Mondes früher sehen können als jeder unten im Tal.

»Mein Mann sagt, der Mond sei heute nacht nicht rot aufgegangen. Ich weiß, das hattet Ihr mir schon mitgeteilt, und auch, daß es nicht mehr als drei Nächte lang dauern würde, dennoch bin ich überaus erleichtert, daß alles wieder seinen gewohnten Gang geht, Prälatin.«

Seinen gewohnten Gang geht! Das wohl kaum.

»Freut mich, General, daß wir alle zur Abwechslung mal eine ganze Nacht lang werden durchschlafen können. Ich hoffe außerdem, daß Eure Männer etwas gelernt haben und in Zukunft, wenn ich ihnen erkläre, daß die Unterwelt nicht im Begriff steht, uns zu verschlingen, ein wenig mehr Vertrauen zu mir fassen.«

Er lächelte hilflos. »Ja, Prälatin. Ich glaube Euch natürlich, doch einige von diesen Männern sind abergläubischer, als für ihren Kampfesmut gut ist. Magie macht ihnen angst.«

Sie beugte sich ein wenig näher zu dem Mann vor und senkte die Stimme. »Das sollte sie auch.«

Er räusperte sich. »Ja, Prälatin. Nun, ich denke, wir alle sollten jetzt ein wenig schlafen.«

»Eure Boten sind noch nicht zurück, nicht wahr?«

»Nein.« Er fuhr sich mit dem Finger über den unteren Teil der weißen Narbe, die von seiner linken Schläfe bis zu seinem Kiefer reichte. »Ich gehe nicht davon aus, daß sie Aydindril schon erreicht haben.«

Verna seufzte. Sie hätte gerne erst Nachricht gehabt. Die Entscheidung wäre ihr dann leichter gefallen.

»Vermutlich nicht.«

»Was ist Eure Meinung, Prälatin? Wie lautet Euer Rat? Nach Norden?«

Sie starrte ins Leere, sah den Funken zu, die aus dem Feuer spiralförmig in die Dunkelheit aufstiegen, und spürte dessen Hitze auf dem Gesicht. Sie hatte wichtigere Entscheidungen zu fällen.

»Ich weiß nicht. Richards genaue Worte an mich lauteten: ›Reitet nach Norden. Eine Armee von einhunderttausend d'Haranischen Soldaten zieht auf der Suche nach Kahlan Richtung Süden. Bei ihnen seid Ihr sicherer aufgehoben und sie bei Euch ebenfalls. Erklärt General Reibisch, daß sie bei mir in Sicherheit ist.‹«

»Es hätte die Dinge vereinfacht, wenn er sich klarer ausgedrückt hätte.«

»Er hat zwar nicht ausdrücklich befohlen, daß wir nach Norden gehen sollen, zurück nach Aydindril, aber das war damit gemeint. Gewiß dachte er, das würden wir tun. Trotzdem, ich beherzige Euren Rat in Angelegenheiten wie diesen.«

Er zuckte die Achseln. »Ich bin Soldat. Und ich denke wie ein Soldat.«

Richard war nach Tanimura gegangen, um Kahlan zu retten, und es war ihm gelungen, den Palast der Propheten mitsamt seinem Gewölbekeller voller Prophezeiungen zu zerstören, bevor Kaiser Jagang ihn erobern konnte. Richard hatte gesagt, er müsse sofort nach Aydindril zurückkehren und habe keine Zeit für Erklärungen, aber nur er und Kahlan besäßen die erforderliche Magie, die ihnen die umgehende Rückkehr erlaubte. Die anderen könne er nicht mitnehmen. Er hatte ihr erklärt, sie solle nach Norden ziehen, wo sie auf General Reibisch und seine d'Haranische Armee stoßen würde.

General Reibisch ging nur widerstrebend wieder nach Norden zurück. Er argumentierte, angesichts einer so großen Streitmacht, die bereits so weit im Süden stand, wäre es strategisch von Vorteil, einer Invasion der Neuen Welt die Spitze zu nehmen, bevor sie in die besiedelten Gebiete vordringen konnte.

»General, ich will Eure Beweggründe nicht in Frage stellen, dennoch fürchte ich, Ihr unterschätzt das Ausmaß der Bedrohung. Den

Informationen zufolge, die ich zusammentragen konnte, sind die Streitkräfte der Imperialen Ordnung stark genug, sogar eine Armee von dieser Größe mit Leichtigkeit vernichtend zu schlagen. Ich zweifle nicht an den Fähigkeiten Eurer Männer, doch allein durch ihre Übermacht wird die Imperiale Ordnung Euch in einem Stück verschlingen.

Ich verstehe Eure Gründe, nur selbst die große Zahl von Männern, über die Ihr verfügt, wird nicht ausreichen. Außerdem fehlt sie uns dann, wenn wir eine große Armee aufstellen, die gegen die Imperiale Ordnung eine reelle Chance hat.«

Der General lächelte beruhigend. »Was Ihr sagt, Prälatin, ergibt Sinn. Ich habe stets auf vernünftige Einwände wie die Euren gehört. Die Sache ist nur die, Krieg hat nichts mit Vernunft zu tun. Manchmal muß man die Gelegenheit, die die Guten Seelen einem zum Geschenk machen, einfach beim Schopf ergreifen und sich ins Getümmel stürzen.«

»Hört sich an wie eine sichere Methode, ins Verderben zu laufen.«

»Nun, ich diene schon lange als Soldat und bin immer noch dabei. Wenn man beschließt, sich dem Feind zu stellen, bedeutet das noch lange nicht, daß man sein Kinn vorstrecken muß, damit er einem einen ordentlichen Schlag darauf versetzt.«

Verna betrachtete den Mann aus zusammengekniffenen Augen. »An was dachtet Ihr?«

»Mir scheint, wir sind bereits am richtigen Ort. Boten können sich erheblich schneller fortbewegen als eine Armee. Ich denke, wir sollten eine sichere Position einnehmen, die sich leichter verteidigen läßt, und uns nicht von der Stelle rühren.«

»Und wo?«

»Wenn wir östlich weiterziehen, in das Hochland im Süden von D'Hara, befinden wir uns möglicherweise in einer besseren Stellung, um zu reagieren. Ich kenne das Land dort. Sollte die Imperiale Ordnung versuchen, durch D'Hara in die Neue Welt vorzudringen, auf dem einfachen Weg durch das Tal des Kern, dann sind wir zur Stelle, um sie aufzuhalten. In dem unwegsameren Gelände dort kommen uns die Bedingungen entgegen. Nur weil man mehr Leute hat, bedeutet das nicht, daß man sie auch alle einsetzen kann. Ein Tal hat nur eine gewisse Breite.«

»Und wenn sie sich auf ihrem Zug nach Norden weiter westlich halten, die Berge umgehen und dann weiter durch die Wildnis ziehen?«

»Dann haben wir diese Armee hier, mit der wir uns rasch hinter sie setzen können, während unsere anderen Streitkräfte nach Süden ziehen und ihnen entgegentreten. Der Feind wäre gezwungen, seine Streitkräfte aufzuteilen und an zwei Fronten gegen uns zu kämpfen. Hinzu kommt noch, daß es ihre Möglichkeiten begrenzen würde, denn es würde schwierig für sie werden, sich frei zu bewegen.«

Verna dachte über seine Worte nach. Sie hatte in den alten Büchern über Schlachten gelesen und verstand, worauf seine Strategie abzielte. Offenbar war sie klüger, als sie anfangs gedacht hatte. Der Mann war kühn, dabei jedoch kein Narr.

»Sobald unsere Truppen an einem strategischen Punkt stehen«, fuhr er fort, »können wir Boten nach Aydindril und in den Palast des Volkes in D'Hara entsenden. Sowohl aus D'Hara als auch aus den Ländern der Midlands können wir Verstärkung bekommen, und Lord Rahl kann uns seine Anweisungen übermitteln. Marschiert die Imperiale Ordnung ein, nun, dann sind wir bereits vor Ort.«

»Richard gefällt es möglicherweise nicht, daß ihr Euch hier festsetzt, anstatt umzukehren und Aydindril zu beschützen.«

»Lord Rahl ist ein vernünftiger Mann –«

Verna unterbrach ihn mit einem schallenden Lachen. »Richard und vernünftig? Ihr strapaziert meine Bereitwilligkeit, Euch zu glauben, General.«

Er sah sie mißbilligend an. »Wie gesagt, Lord Rahl ist ein vernünftiger Mann. Er erklärte mir, er will, daß ich mich laut und deutlich zu Wort melde, wenn ich etwas zu sagen habe und der Ansicht bin, es sei wichtig. Ich denke, es ist wichtig. In Angelegenheiten des Krieges hört er auf meinen Rat. Die Boten sind bereits mit meinem Brief unterwegs. Wenn ihm mein Vorschlag nicht gefällt, kann er mir das mitteilen und mir befehlen, nach Norden zu ziehen, und ich werde es tun. Aber solange ich nicht sicher weiß, ob dies sein Wunsch ist, sollten wir, glaube ich, unsere Arbeit tun und die Neue Welt vor der Imperialen Ordnung schützen.

Ich habe Euch um Rat gefragt, Prälatin, weil Ihr über Magie verfügt. Von Magie verstehe ich nichts. Wenn Ihr Schwestern des Lichts etwas zu sagen habt, das für unseren Kampf wichtig ist, dann höre ich auf Euch. Wir stehen auf derselben Seite, müßt Ihr wissen.«

Verna ließ sich erweichen. »Verzeiht, General. Wahrscheinlich vergesse ich das manchmal.« Sie lächelte ihn an. »Die Ereignisse der letzten Monate haben mein Leben auf den Kopf gestellt.«

»Lord Rahl hat die gesamte Welt auf den Kopf gestellt. Er hat allem eine Ordnung wiedergegeben.«

Sie lächelte in sich hinein. »Das hat er allerdings.« Sie blickte dem General wieder in seine graugrünen Augen. »Euer Plan erscheint mir sinnvoll – im ungünstigsten Fall hält er die Imperiale Ordnung auf –, trotzdem würde ich vorher gerne noch mit Warren sprechen. Manchmal beweist er überraschenden … Scharfblick. So sind Zauberer eben.«

Der General nickte. »Magie ist nicht meine Sache. Dafür ist Lord Rahl zuständig. Und natürlich Ihr.«

Beim Gedanken daran, daß Richard derjenige war, der bei diesen Menschen für die Magie zuständig war, mußte Verna ein Lachen unterdrücken. Was Magie anbetraf, schaffte es der Junge kaum, sich nicht selbst im Weg zu stehen.

Nein, ganz stimmte das nicht. Richard vollbrachte oft überraschende Dinge mit seiner Magie. Das Problem war, daß er sich gewöhnlich selbst damit überraschte. Immerhin war er ein Kriegszauberer, der einzige, der in den letzten dreitausend Jahren geboren worden war, und ihrer aller Hoffnungen in diesem Krieg gegen die Imperiale Ordnung hingen an seiner Führung.

Richards Herz und damit seine Entschlossenheit saßen am rechten Fleck. Er würde sein Bestes geben. Es war die Sache der anderen, ihn dabei zu unterstützen und ihn am Leben zu erhalten.

Der General trat von einem Bein aufs andere und kratzte sich unter dem Ärmel seines Kettenhemdes. »Prälatin, die Imperiale Ordnung behauptet, der Magie in dieser Welt ein Ende machen zu wollen. Dabei wissen wir alle, daß sie bei ihrem Versuch, uns zu vernichten, selbst Magie einsetzt.«

»Das stimmt.«

Er wußte, daß die meisten Schwestern der Finsternis auf einen Wink von Kaiser Jagang bereitstanden. Er hatte auch junge Zauberer, die ihm zu Befehl waren. Außerdem hatte er eine Anzahl von Schwestern des Lichts gefangengenommen und beherrschte sie mit Hilfe seiner Fähigkeiten als Traumwandler. Das war es, was ihr Gewissen quälte. Als Prälatin oblag es letzten Endes ihr, für die Sicherheit der Schwestern des Lichts zu sorgen. Einige ihrer Schwestern befanden sich nun in Jagangs Hand.

»Nun, Prälatin, in Anbetracht der Tatsache, daß die gegnerischen Truppen wahrscheinlich von Zauberern begleitet werden, frage ich mich, ob ich darauf zählen kann, daß Ihr und Eure Schwestern gegen sie antretet. Lord Rahl meinte: ›Ihr seid bei Ihnen sicherer aufgehoben, und sie bei Euch ebenfalls.‹ Für mich klingt das, als wollte er, daß Ihr Eure Magie benutzt, um uns gegen die Armee der Imperialen Ordnung zu unterstützen.«

Verna hätte gern geglaubt, daß sich der General täuschte. Zu gern hätte sie auch geglaubt, daß die Schwestern des Lichts, die den Auftrag hatten, das Werk des Schöpfers zu tun, darüber erhaben wären, jemandem ein Leid zuzufügen.

»Das gefällt mir gar nicht, General Reibisch, nur fürchte ich, ich bin trotzdem einverstanden. Wenn wir diesen Krieg verlieren, verlieren wir ihn alle gemeinsam, nicht nur unsere Soldaten auf dem Schlachtfeld. Alle freien Menschen werden zu Sklaven der Imperialen Ordnung werden. Wenn Jagang gewinnt, wird er die Schwestern des Lichts hinrichten lassen. Wir alle müssen entweder kämpfen oder sterben.

Die Imperiale Ordnung wird sich nur ungern so bequem in Eure Pläne fügen wollen. Möglicherweise versuchten sie, unbemerkt vorbeizuschleichen – weiter westlich, möglicherweise sogar weiter östlich von Euch. Die Schwestern könnten dabei helfen, die Bewegungen des Feindes aufzuspüren, sollte er in die Neue Welt vordringen.

Wenn jene, die Magie besitzen, die Bewegungen der Imperialen Ordnung vor Euch verbergen, werden unsere Schwestern das merken. Wir werden Eure Augen sein. Wenn es zu Kämpfen kommt, wird der Feind Magie einsetzen, um Euch zu besiegen. Wir werden unsere Kraft benutzen, um diesen Plan zu vereiteln.«

Der General sah einen Augenblick nachdenklich in die Flammen. Er schaute kurz zu den Männern hinüber, die sich zur Nacht schlafen legten.

»Danke, Prälatin. Ich weiß, diese Entscheidung fällt Euch nicht leicht. Seit Ihr bei uns seid, habe ich die Schwestern als sanftmütige Frauen kennengelernt.«

Verna mußte schallend lachen. »General, Ihr habt uns überhaupt noch nicht kennengelernt. Die Schwestern des Lichts sind vieles, sanftmütig hingegen sind sie ganz bestimmt nicht.« Sie machte eine knappe Bewegung mit dem Handgelenk. Der Dacra schnellte hervor. Ein Dacra ähnelte einem Messer, hatte jedoch einen spitzen Dorn anstelle einer Klinge.

Verna ließ den Dacra um die Finger kreisen. »Ich mußte schon einmal Männer töten.« Der Widerschein des Feuers blinkte und funkelte auf der Waffe, die sie mit geübter Leichtigkeit herumwirbelte und über die Fingerknöchel wandern ließ. »Eins kann ich Euch versichern, General, ich war dabei alles andere als sanftmütig.«

Er runzelte die Stirn. »Ein Messer in begabten Händen wie den Euren bedeutet Ärger, aber den Waffen des Krieges ist es wohl kaum ebenbürtig.«

Sie lächelte höflich. »Diese Waffe verfügt über tödliche Magie. Wenn Ihr eine dieser Waffen auf Euch zukommen seht, dann lauft davon. Sie braucht bloß Eure Haut zu ritzen – und sei es nur Euer kleiner Finger –, und Ihr seid tot, bevor Ihr mit den Augen blinzeln könnt.«

Er richtete sich auf, und seine Brust schwoll unter einem tiefen Seufzer an. »Danke für die Warnung. Und danke für Eure Hilfe, Prälatin. Ich bin froh, Euch auf unserer Seite zu wissen.«

»Ich bedaure, daß Jagang einige von unseren Schwestern des Lichts unter seiner Kontrolle hat. Sie können dasselbe tun wie ich, vielleicht sogar mehr.« Als sie sah, wie blaß sein Gesicht geworden war, gab sie ihm einen tröstlichen Klaps auf die Schulter. »Gute Nacht, General Reibisch. Schlaft gut – der rote Mond ist verschwunden.«

Verna sah zu, wie der General sich unter seine Offiziere mischte, mal hier, mal dort mit ihnen redete, nach seinen Männern sah und Befehle erteilte. Nachdem er in der Dunkelheit untergetaucht war, drehte sie sich um und ging zu ihrem Zelt.

Tief in Gedanken versunken, zündete sie mit ihrem Han die Kerzen im Innern des kleinen Feldzeltes an, das die Männer ihr zur Verfügung gestellt hatten. Der Mond war aufgegangen, und Annalina – die eigentliche Prälatin – wartete bestimmt schon.

Verna zerrte das kleine Reisebuch aus der Geheimtasche in ihrem Gürtel. Reisebücher besaßen eine Magie, aufgrund derer eine Nachricht, die in das eine geschrieben wurde, gleichzeitig in seinem Gegenstück erschien. Prälatin Annalina besaß das Gegenstück zu Vernas. Sie setzte sich auf ihre Decken und schlug das Buch in ihrem Schoß auf.

Eine Nachricht wartete. Verna zog eine Kerze näher heran und beugte sich in dem schwachen Licht vor, um die Schrift in dem Reisebuch besser erkennen zu können.

Wir haben Schwierigkeiten hier, Verna. Endlich haben wir Nathan oder jemanden, den wir für Nathan hielten, eingeholt. Wie sich herausstellte, war der Mann, den wir verfolgt haben, gar nicht unser Prophet. Er hat uns getäuscht. Er ist verschwunden, und wir wissen nicht, wohin.

Verna seufzte. Sie hatte sich schon gedacht, daß es zu gut geklungen hatte, um wahr zu sein, als Ann ihr berichtete, sie seien dem Propheten ganz dicht auf den Fersen.

Nathan hat uns eine Nachricht hinterlassen. Die Nachricht verheißt noch größeren Ärger als die Vorstellung, daß er frei herumläuft. Er behauptet, er habe wichtige Dinge zu erledigen – eine ›unserer Schwestern‹ stehe im Begriff, eine sehr große Dummheit zu begehen, und er müsse sie, wenn möglich, daran hindern. Wir haben keine Ahnung, wohin er aufgebrochen ist. Er bestätigte mir außerdem, was Warren deinem Bericht zufolge sagte: Der rote Mond bedeutet, daß Jagang eine Prophezeiung mit verknüpften Gabelungen in Kraft gesetzt hat. Nathan forderte mich und Zedd auf, wir müßten zum Jocopo-Schatz gehen. Wir alle würden sterben, sollten wir statt dessen Zeit darauf vergeuden, ihn zu verfolgen.

Ich glaube ihm. Wir müssen miteinander sprechen, Verna. Antworte, wenn du da bist, Verna. Ich werde warten.

Verna zog den Stift aus dem Buchrücken. Sie hatten den Mondaufgang als Zeitpunkt ausgemacht, um über das Reisebuch miteinander zu korrespondieren. Sie schrieb in ihr Buch:

Da bin ich, Ann. Was ist passiert? Geht es Euch gut?

Einen Augenblick später erschienen im Buch die ersten Worte.

Das ist eine lange Geschichte, und dafür habe ich jetzt keine Zeit, aber Schwester Roslyn war ebenfalls hinter Nathan her. Sie wurde zusammen mit wenigstens achtzehn unschuldigen Menschen getö-

tet. Die genaue Zahl, die in dem Lichtbann verbrannt wurde, kennen wir nicht.

Verna bekam große Augen, als sie hörte, daß Menschen auf diese Weise getötet worden waren. Sie wollte fragen, wie sie auf die Idee gekommen waren, ein so gefährliches Netz auszuwerfen, entschied sich jedoch dagegen und las weiter.

Zuallererst, Verna, müssen wir wissen, ob du eine Ahnung hast, was der ›Jocopo-Schatz‹ ist. Nathan hat es nicht näher erklärt.

Verna legte einen Finger an die Lippen, preßte die Augen fest zusammen und versuchte sich zu erinnern. Sie hatte den Namen schon einmal gehört. Auf ihrer Reise in die Neue Welt war sie über zwanzig Jahre unterwegs gewesen, und der Name war ihr bereits untergekommen.

Ann, ich glaube, gehört zu haben, daß die Jocopo ein Volk seien, das irgendwo in der Wildnis lebt. Wenn ich mich recht erinnere, sind sie alle tot – sie wurden in einem Krieg ausgerottet. Sämtliche Spuren von ihnen wurden vernichtet.

In der Wildnis, sagst du. Bist du sicher, daß es die Wildnis war, Verna?

Ja.

Warte einen Augenblick, bis ich Zedd die Neuigkeiten berichtet habe.

Die Minuten zogen sich träge dahin, während Verna auf die leere Stelle am Ende der Schrift starrte. Endlich kamen wieder Worte zum Vorschein.

Zedd hat einen Wutanfall bekommen, flucht wüst und fuchtelt mit den Armen um sich. Er schwört Eide auf das, was er Nathan antun wird. Ich bin ziemlich sicher, daß seine meisten Absichten praktisch undurchführbar sind. Der Schöpfer demütigt mich dafür, daß ich mich darüber beschwert habe, Nathan sei unverbesserlich. Ich glaube, ich bekomme soeben eine Lektion darüber erteilt, was unverbesserlich wirklich bedeutet.

Die Wildnis ist ein weites Land, Verna. Hast du irgendeine Vorstellung, wo genau?

Nein. Tut mir leid. Ich erinnere mich, nur ein einziges Mal gehört zu haben, wie jemand die Jocopo erwähnte. Irgendwo im Süden von Kelton bewunderte ich in einem Raritätenladen eine alte Tonscherbe. Dem Besitzer zufolge stammte sie von einer untergegangenen Kultur aus der Wildnis. Er nannte sie die Jocopo. Das ist alles, was ich weiß. Damals war ich auf der Suche nach Richard, nicht nach verschwundenen Kulturen. Ich werde mich mit Warren beraten. Vielleicht weiß er etwas aus den Büchern.

Danke, Verna. Wenn du etwas herausfindest, benachrichtige mich sofort. Hast du eine Ahnung, welche Dummheit diese Schwester Nathans Ansicht nach begehen will?

Nein. Wir befinden uns alle hier bei der d'Haranischen Armee. General Reibisch will sich südlich halten, um sich der Imperialen Ordnung in den Weg zu stellen, sollte sie einmarschieren. Wir warten auf Nachricht von Richard. Es gibt allerdings Schwestern des Lichts, die von Jagang festgehalten werden. Wer weiß schon, wozu er sie zwingen wird?

Ann, hat Nathan irgend etwas von einer Prophezeiung mit verknüpfter Gabelung erwähnt? Warren kann vielleicht helfen, wenn Ihr mir den Wortlaut der Prophezeiung mitteilt.

Es folgte eine Pause, bevor Anns Schrift aufs neue erschien.

Nathan hat uns den genauen Wortlaut nicht mitgeteilt. Er schrieb, die Seelen hätten ihm den Zugang zu der Bedeutung verwehrt. Er behauptete aber, das Opfer des Dilemmas sei Richard.

Verna verschluckte sich vor Schreck an ihrer Spucke. Sie mußte kräftig husten, um sie wieder aus ihren Lungen herauszubekommen. Da ihr die Augen dabei tränten, hielt sie das Buch in die Höhe und las die letzte Nachricht noch einmal. Schließlich bekam sie ihre Lungen und die Kehle wieder frei.

Ann, Ihr habt Richard geschrieben. Meint Ihr wirklich Richard?

Ja.

Verna schloß die Augen und versuchte mit einem leisen Gebet ihre panikartige Unruhe zu unterdrücken.

Sonst noch etwas? schrieb Verna.

Im Augenblick nicht. Deine Information über die Jocopo wird uns weiterhelfen. Wir können unsere Suche jetzt einengen und wissen, wonach wir fragen müssen. Ich danke dir. Solltest du noch mehr herausfinden, lasse es mich wissen. Zedd klagt über lebensbedrohenden Hunger.

Ann, ist alles in Ordnung mit Euch und dem Obersten Zauberer?

Alles in bester Ordnung. Er trägt seinen Halsring nicht mehr.

Ihr habt ihm den Halsring abgenommen? Bevor Ihr Nathan gefunden habt? Warum habt Ihr das getan?

Habe ich nicht. Das war er selbst.

Verna riß die Augen auf, als sie dies las. Sie hatte Angst zu fragen, wie ihm etwas Derartiges gelungen war, daher unterließ sie es. Verna glaubte, Anns Nachricht entnehmen zu können, daß dies ein wunder Punkt war.

Und trotzdem begleitet er Euch?

Ich bin nicht ganz sicher, wer hier wen begleitet, Verna, aber fürs erste haben wir beide die unheilverkündende Natur von Nathans Nachricht verstanden. Der Prophet benimmt sich manchmal ganz vernünftig.

Ich weiß. Zweifellos versucht der alte Knabe jetzt, irgendeine Frau zu becircen, damit sie über ihn herfällt und in seinem Bett landet. Möge der Schöfer Euch beschützen, Prälatin.

In Wirklichkeit war Ann die Prälatin. Sie hatte Verna jedoch zur Prälatin ernannt, nachdem sie und Nathan ihren Tod vorgetäuscht hatten und zu einer wichtigen Mission aufgebrochen waren. Zur Zeit hielt jeder noch Ann und Nathan für tot und Verna für die Prälatin.

Danke, Verna. Noch eins. Zedd macht sich Sorgen wegen Adie. Er möchte gerne, daß du sie mal zur Seite nimmst und ihr erklärst, daß er lebt und wohlauf ist, sich allerdings in den ›Händen einer Verrückten‹ befindet.

Soll ich den Schwestern mitteilen, daß Ihr wohlauf seid, Ann?

Es dauerte eine Weile, bis die nächste Nachricht aufs neue sichtbar wurde.

Nein, Verna. Im Augenblick nicht. Es ist für dich und für sie einfacher, wenn sie dich als Prälatin betrachten. Nach dem, was Nathan uns erzählt hat, und in Anbetracht dessen, was wir jetzt unternehmen müssen, wäre es nicht ratsam, ihnen das zu erzählen. Wer weiß, wie lange das noch stimmt.

Verna verstand. Die Wildnis war eine gefährliche Gegend. Verna hatte dort Menschen töten müssen. Dabei hatte sie nicht mal versucht, Informationen aus ihnen herauszubekommen. Sie war sogar bestrebt gewesen, den Kontakt zu Menschen dort zu vermeiden. Damals war Verna jung und beweglich gewesen. Ann war fast so alt wie Nathan. Aber sie war eine Magierin und hatte einen Zauberer bei sich. Zedd war zwar auch nicht gerade mehr der Jüngste, aber er war alles andere als hilflos. Die Tatsache, daß es ihm gelungen war, seinen Rada'Han abzunehmen, sprach Bände über seine Fähigkeiten.

Sagt so etwas nicht, Ann. Seid vorsichtig. Ihr und Zedd müßt Euch gegenseitig beschützen. Wir alle brauchen Euch.

Danke, mein Kind. Paß auf die Schwestern des Lichts auf, Prälatin. Wer weiß, vielleicht will ich eines Tages die Führung wieder übernehmen.

Verna mußte lächeln, so tröstlich fand sie das Gepräch mit Ann, die selbst in auswegloser Lage noch den Humor behielt. Davon konnte Verna nur träumen. Ihr Lächeln erlosch, als ihr einfiel, daß Ann erzählt hatte, Richard sei das in der todbringenden Prophezeiung genannte Opfer.

Sie dachte über Nathans Warnung nach, eine der Schwestern stehe im Begriff, eine Dummheit zu machen. Hätte Nathan sich doch nur ein wenig klarer ausgedrückt. Mit ›Dummheit‹ konnte beinahe alles mögliche gemeint sein. Verna war nicht geneigt, ohne weiteres zu glauben, was Nathan von sich gab, andererseits kannte Ann ihn weit besser als Verna.

Sie dachte an die Schwestern, die Jagang gefangenhielt. Einige waren Schwestern des Lichts, und ein paar wenige waren liebe Freundinnen von Verna, und das schon seit ihrer Novizinnenzeit. Diese fünf – Christabel, Amelia, Janet, Phoebe und Verna – waren zusammen im Palast aufgewachsen.

Von diesen hatte Verna Phoebe zu einer ihrer Verwalterinnen ernannt. Nur Phoebe befand sich zur Zeit bei ihr. Christabel, Vernas beste Freundin, hatte sich dem Hüter der Unterwelt zugewandt. Sie war eine Schwester der Finsternis geworden und von Jagang gefangengenommen worden. Die beiden letzten von Vernas Freundinnen, Amelia und Janet, waren ebenfalls von Jagang gefangengenommen worden. Janet war dem Licht treu geblieben, das wußte Verna, aber bei Amelia war sie nicht sicher. Wenn sie noch immer treu ergeben war …

Verna preßte ihre zitternden Finger an die Lippen und dachte an ihre beiden Freundinnen, zwei Schwestern des Lichts, die Sklaven des Traumwandlers waren.

Am Ende war es das, was sie zu ihrem Entschluß ermutigte.

Verna spähte in Warrens Zelt hinein. Unaufgefordert spielte ein Lächeln über ihre Lippen, als sie seine Gestalt auf seinen Decken in der Dunkelheit erblickte, wo er wahrscheinlich den Gedanken eines jungen Propheten nachhing. Sie mußte darüber lächeln, wie sehr sie ihn liebte und daß sie wußte, wie sehr er sie liebte.

Verna und Warren waren beide im Palast der Propheten aufgewachsen und kannten sich fast schon ihr Leben lang. Mit ihrer Gabe als Magierin war sie für die Ausbildung junger Zauberer bestimmt, während seine Gabe als Zauberer ihn eher für Prophezeiungen vorsah.

Zwischen ihnen hatte es erst ernstlich gefunkt, als Verna mit Richard in den Palast zurückgekehrt war. Dank Richard, der das Leben im Palast vollkommen verändert hatte, waren Verna und Warren einander nähergekommen, und ihre Freundschaft entwickelte sich. Als Verna dann während ihres Kampfes gegen die Schwestern der Finsternis zur Prälatin ernannt wurde, waren sie und Warren auf Gedeih und Verderb aufeinander angewiesen. Im Laufe dieser Auseinandersetzungen war ihr Verhältnis über bloße Freundschaft hinausgegangen. Nach all den Jahren hatten sie endlich ihre Liebe füreinander entdeckt.

Ihr fiel ein, was sie ihm mitzuteilen hatte, und ihr Lächeln verblaßte.

»Warren«, flüsterte sie, »bist du wach?«

»Ja«, kam die leise Antwort.

Bevor er Gelegenheit hatte, sich aufzurichten und sie in die Arme zu schließen, und sie womöglich ihren Mut verlor, trat sie in sein Zelt und platzte damit heraus.

»Warren, mein Entschluß steht fest. Ich werde keine Widerworte von dir dulden. Verstehst du? Die Sache ist zu wichtig.« Er schwieg, also fuhr sie fort. »Amelia und Janet sind meine Freundinnen. Abgesehen davon, daß sie Schwestern des Lichts in der Hand des Feindes sind, liebe ich sie. Sie würden dasselbe für mich tun, das weiß ich. Ich werde mich bemühen, sie und so viele wie möglich zu retten.«

»Ich weiß«, flüsterte er.

Er wußte es. Was bedeutete das? Schweigen breitete sich in der Dunkelheit aus. Verna runzelte die Stirn. Es war nicht Warrens Art, in einer solchen Angelegenheit nicht zu widersprechen. Auf seine Argumente war sie vorbereitet gewesen, nicht aber auf sein stummes Einverständnis.

Mit ihrem Han, der Kraft des Lebens und der Seele, über die die

Gabe der Magie funktionierte, entzündete Verna eine Flamme in ihrer Hand und ließ sie auf eine Kerze überspringen. Er lag zusammengekauert auf seiner Decke, die Knie angezogen, während sein Kopf auf den Händen ruhte.

Sie kniete vor ihm hin. »Warren? Stimmt etwas nicht?«

»Verna«, antwortete er leise, »ich bin zu der Erkenntnis gelangt, daß es nicht so wunderbar ist, ein Prophet zu sein, wie ich mir das vorgestellt hatte.«

Warren war genauso alt wie Verna, sah aber jünger aus, weil er den Palast der Propheten nie verlassen hatte, dessen Bann den Alterungsprozeß verlangsamte, während sie gut zwanzig Jahre lang nach Richard gesucht hatte. Im Augenblick wirkte Warren nicht sehr jung.

Er hatte erst vor kurzem seine erste Vision als Prophet gehabt. Er hatte ihr erklärt, daß eine Prophezeiung als Vision eines Ereignisses erscheine, die von den Worten der Prophezeiung nur begleitet werde. Die Worte seien das, was niedergeschrieben wurde, es sei jedoch die Vision, die die eigentliche Prophezeiung darstellte. Deswegen brauchte ein Prophet auch so lange, um die wahre Bedeutung der Worte zu begreifen. Sie beschworen die Vision herauf, die von einem anderen Propheten weitergegeben wurde.

Kaum jemand wußte dies. Jeder versuchte, eine Prophezeiung anhand ihrer Worte zu verstehen. Nach allem, was Warren ihr erzählt hatte, wußte Verna inzwischen, daß diese Methode im günstigsten Fall völlig ungeeignet war, und im ungünstigsten gefährlich. Prophezeiungen waren nur für andere Propheten bestimmt.

Sie runzelte die Stirn. »Du hattest eine Vision? Eine weitere Prophezeiung?«

Warren überging die Frage und stellte selber eine.

»Haben wir Rada'Hans dabei?«

»Nur die Halsringe für die jungen Männer, die uns entkommen sind. Wir hatten keine Zeit, weitere mitzunehmen. Warum?«

Er legte den Kopf wieder auf seine Hände.

Verna drohte ihm mit dem Finger. »Warren, wenn das ein Trick ist, um mich dazu zu bringen, daß ich bei dir bleibe, dann wird er nicht funktionieren. Hast du gehört? Ich werde gehen, und zwar alleine. Das ist mein letztes Wort.«

»Verna«, entgegnete er leise. »Ich muß dich begleiten.«

»Nein. Es ist zu gefährlich. Ich liebe dich zu sehr. Ich werde nicht das Leben eines anderen aufs Spiel setzen. Wenn es sein muß, werde ich dir als Prälatin befehlen hierzubleiben. Ganz sicher, Warren.«

Sein Kopf kam wieder hoch. »Verna, ich liege im Sterben.«

Eine eiskalte Gänsehaut überzog kribbelnd ihre Arme und Beine.

»Was? Warren –«

»Ich habe diese Kopfschmerzen. Die Kopfschmerzen der Gabe.«

Verna blieben die Worte im Hals stecken, als ihr bewußt wurde, wie sehr sein Leben bedroht war.

Der einzige Grund, weshalb Schwestern des Lichts Knaben mit der Gabe bei sich aufnahmen, bestand darin, ihnen das Leben zu retten. Wenn sie nicht ausgebildet wurden, konnte die Gabe sie töten. Die Kopfschmerzen waren ein Anzeichen dafür, daß die verhängnisvolle Gabe sich fehlentwickelt hatte. Abgesehen davon, daß der Halsring den Schwestern die Kontrolle über die jungen Zauberer gab, schützte er das Leben des betreffenden Knaben, bis er gelernt hatte, seine Gabe zu beherrschen.

Wegen der sich überschlagenden Ereignisse hatte Verna Warren den Halsring lange vor der üblichen Zeit abgenommen.

»Aber du hast lange studiert, Warren. Du weißt, wie man die Gabe beherrscht. Du dürftest eigentlich keinen Rada'Han mehr brauchen.«

»Wäre ich ein gewöhnlicher Zauberer, stimmte das vielleicht, aber meine Gabe ist für Prophezeiungen ausersehen. Jahrhundertelang war Nathan der einzige Prophet im Palast. Wir wissen nicht, wie die Magie bei einem Propheten funktioniert. Ich hatte erst vor kurzem meine erste Prophezeiung. Das markierte eine neue Ebene meiner Fähigkeiten. Und jetzt habe ich die Kopfschmerzen.«

Plötzlich geriet Verna in Panik. Ihre Augen tränten. Sie schlang die Arme um ihn.

»Ich werde hierbleiben, Warren. Ich werde nicht fortgehen. Wir werden etwas unternehmen. Vielleicht können wir einem der Jungen den Halsring abnehmen, und ihr könnt ihn euch teilen. Das könnte funktionieren. Das werden wir als erstes ausprobieren.«

Er zog sie fest an sich. »Es wird nicht funktionieren, Verna.«

Plötzlich schoß ihr ein Gedanke durch den Kopf, der sie erleichtert aufatmen ließ. Es war so einfach.

»Alles in Ordnung, Warren. Mir ist gerade eingefallen, was wir machen können. Hör zu.«

»Verna, ich weiß, was –«

Sie sagte ihm, er solle still sein. Sie nahm ihn bei den Schultern und sah ihm in die blauen Augen. Sie strich ihm das blonde, lockige Haar zurück. »Hör zu, Warren. Es ist einfach. Der Grund, weshalb die Schwestern gegründet wurden, war der, daß sie Knaben mit der Gabe helfen sollten. Man gab uns Rada'Hans, um sie zu beschützen, während wir ihnen beibringen, wie man die Gabe beherrscht.«

»Das weiß ich alles, Verna, doch –«

»Hör zu. Wir benutzen die Halsringe nur, weil wir keine Zauberer haben, die helfen können. In der Vergangenheit weigerten sich habgierige Zauberer, denen zu helfen, die mit der Gabe geboren wurden. Ein erfahrener Zauberer kann sich mit deinen Gedanken vereinen und den Schutz an dich weitergeben – dir zeigen, wie man die Gabe richtig benutzt. Für einen Zauberer ist das ein Kinderspiel, aber nicht für eine Magierin. Wir brauchen nichts weiter zu tun, als einen Zauberer aufzusuchen.«

Verna zog das Reisebuch umständlich aus ihrem Gürtel und hielt es ihm vor die Augen. »Wir haben einen Zauberer – Zedd. Wir brauchen nichts weiter zu tun, als mit Ann zu sprechen und sie und

Zedd dazu zu bringen, sich mit uns zu treffen. Der Zauberer kann dir helfen, und dann geht es dir wieder gut.«

Warren starrte sie an. »Es wird nicht funktionieren, Verna.«

»Sag das nicht. Woher willst du das wissen, Warren.«

»Ich weiß es eben. Ich hatte noch eine weitere Prophezeiung.«

Verna ließ sich auf die Fersen sinken. »Wirklich? Wie lautete sie?«

Warren preßte sich die Fingerspitzen an die Schläfen. Sie sah, daß er Schmerzen hatte. Die von der Gabe hervorgerufenen Kopfschmerzen waren überaus quälend. Wenn man nichts dagegen unternahm, führten sie am Ende zum Tod.

»Jetzt hör du mir mal zur Abwechslung zu, Verna. Ich hatte eine Prophezeiung. Die Worte sind nicht wichtig. Aber ihre Bedeutung.« Er löste seine Hände von seinem Kopf und sah ihr in die Augen. In diesem Moment kam er ihr sehr alt vor. »Du mußt tun, was du geplant hast, und dich auf die Suche nach den Schwestern machen. In der Prophezeiung war nicht die Rede davon, ob du damit Erfolg haben wirst, doch muß ich dich begleiten. Wenn ich etwas anderes tue, werde ich sterben. Es handelt sich um eine Prophezeiung mit verknüpften Gabelungen – eine ›Entweder-oder‹-Prophezeiung.«

Sie räusperte sich. »Aber ... es wird doch sicher ...«

»Nein. Wenn ich bleibe oder versuche Zedd aufzusuchen, sterbe ich. Die Prophezeiung bestätigt nicht, ob ich überlebe, wenn ich mit dir gehe, immerhin besagt sie, daß meine einzige Chance darin besteht, dich zu begleiten. Wenn du mich zwingst hierzubleiben, werde ich sterben. Wenn du versuchst, mich zu Zedd zu bringen, werde ich sterben. Wenn du möchtest, daß ich eine Überlebenschance habe, dann mußt du mich mitnehmen. Entscheide dich, Prälatin.«

Verna mußte schlucken. Als Schwester des Lichts, als Magierin, sah sie am trüben Blick in seinen Augen, wie sehr ihm die Kopfschmerzen der Gabe zusetzten. Sie wußte auch, daß Warren sie über eine Prophezeiung nicht anlügen würde. Er würde vielleicht irgendeinen Trick versuchen, um sie zu begleiten, eine falsche Prophezeiung würde er nicht benutzen.

Er war ein Prophet. Prophezeiungen bedeuteten sein Leben. Und vielleicht seinen Tod.

Sie ergriff seine Hände. »Besorg ein paar Vorräte und zwei Pferde. Ich werde gehen und Adie noch etwas sagen, dann muß ich mit meinen Beraterinnen sprechen und ihnen erklären, was sie zu tun haben, solange wir fort sind.«

Verna küßte seine Hand. »Ich lasse nicht zu, daß du stirbst, Warren. Dafür liebe ich dich zu sehr. Wir werden dies gemeinsam durchstehen. Ich bin nicht müde. Laß uns nicht bis morgen früh warten. Wir können in einer Stunde aufbrechen.«

Warren zog sie an sich und schloß sie voller Dankbarkeit in seine Arme.

24. Kapitel

Aus dem Schatten heraus sah er zu, wie der Mann mittleren Alters die Tür schloß und einen Augenblick in der Diele stehenblieb, um sein Hemd über den Kugelbauch zu ziehen und in die Hose zu stopfen. Der Mann lachte gutgelaunt in sich hinein, dann entfernte er sich schweren Schritts durch die Diele, stieg die Treppe hinunter und verschwand aus dem Blickfeld.

Es war spät. Erst in einigen Stunden würde die Sonne aufgehen. Wegen der rotgestrichenen Wände spendeten die Kerzen, die man vor versilberten Reflektoren zu beiden Seiten der schmalen Diele angebracht hatte, reichlich wenig brauchbares Licht. So mochte er es – wenn der tröstliche Deckmantel der Schatten in tiefster Nacht dem schändlichen Verlangen seine Stimmung verlieh.

Ausschweifungen gab man sich am besten nachts hin. Und im Dunkeln.

Er blieb eine Weile in der Stille der Diele stehen und kostete sein Verlangen aus. Er ließ seiner Lust freien Lauf und spürte, wie deren wollüstiger Schmerz ihn ganz erfüllte.

Er schloß den Mund und atmete durch die Nase, um all die Gerüche besser aufnehmen zu können, die ebenso übersinnlich wie beharrlich waren. Er zog die Schultern nach hinten und benutzte die Bauchmuskeln, um langsamer und tiefer einzuatmen.

Eine Vielzahl unterschiedlicher Düfte konnte er unterscheiden, angefangen bei den Gerüchen, die Männer mit hereinbrachten und wieder mit hinaus in ihren Alltag nahmen, die Gerüche ihrer Arbeit – nach Pferd, Ton, Getreidestaub, nach dem Wollfett, das die Soldaten zur Pflege ihrer Uniformen verwendeten, und dem Öl, das sie zum Schärfen ihrer Waffen benutzten, bis hin zu den zarten Spuren von Mandelöl und dem schalen Staub und dem feuchten Holz des Gebäudes.

Es war ein Fest auf ihn einströmender Sinnlichkeit, das eben erst begann.

Noch einmal blickte er kurz und prüfend die Diele entlang. Aus keinem der anderen Zimmer hörte er Geräusche der Lust. Es war spät, selbst für ein Etablissement wie dieses. Der fette, dickbäuchige Mann war wahrscheinlich der letzte gewesen, abgesehen von ihm selbst.

Er war gern der letzte. Die Klarheit der vor ihm liegenden Ereignisse, die zurückgebliebenen Gerüche bedrängten ihn mit einem Ansturm von Empfindungen. In diesem Zustand der Erregung waren seine Sinne stets geschärft, und er genoß jede Einzelheit.

Für einen Moment schloß er die Augen und spürte das Beben seines Verlangens. Sie würde ihm helfen. Sie würde sein sehnliches Begehren mehr als befriedigen, und aus diesem Grunde war er hier. Sie gab sich stets bereitwillig hin.

Andere Männer, wie der dickbäuchige Kerl, warfen sich einfach auf eine Frau, stöhnten kurz im Augenblick der Befriedigung, dann war es vorbei. Sie verschwendeten niemals einen Gedanken daran, was die Frau empfand, wonach es sie verlangte, oder daran, sie zu befriedigen. Diese Männer waren brünftige Tiere, unkundig aller Künste, die zum Höhepunkt für beide beitragen konnten. Ihr eifriger Blick, ihr Wollen war zu sehr auf das Objekt ihrer Lust gerichtet, und das, was zu echter Befriedigung führte, nahmen sie nicht wahr.

Das Flüchtige, das Vergängliche war es, das eine über die Sinne hinausreichende Erfahrung erzeugte. Dank einer ungewöhnlichen Wahrnehmung und seiner einzigartigen Bewußtheit gelang es ihm, solche vergänglichen Ereignisse einzufangen, sie auf ewig in seinem Gedächtnis zu speichern und so einer dem Wesen nach flüchtigen Befriedigung Dauer zu verleihen.

Er schätzte sich glücklich, daß er solche Dinge sah und daß zumindest er den Frauen Erfüllung schenken konnte.

Schließlich holte er tief Luft und schlich dann lautlos weiter durch den Flur. Dabei vermerkte er die Art und Weise, wie die Schatten und winzigen Lichtstrahlen, die von den versilberten Kerzenreflektoren zurückgeworfen wurden, über seinen Körper glitten. Er glaubte, vorausgesetzt, er wäre achtsam, eines Tages vielleicht die Berührung des Lichtes und der Dunkelheit spüren zu können.

Ohne anzuklopfen, öffnete er die Tür, aus der der dickbäuchige Mann gekommen war, trat in ihr Zimmer ein und stellte zufrieden fest, das es fast ebenso trüb beleuchtet war wie die Diele. Er schloß die Tür mit einem Finger.

Hinter der Tür war die Frau gerade dabei, ihren Schlüpfer über ihre Beine hochzustreifen. Sie machte die Knie breit und ging ein wenig in die Hocke, dann zog sie sie fest an ihren Körper. Als sie plötzlich den Blick ihrer himmelblauen Augen hob und ihn ansah, bestand ihre einzige Reaktion darin, daß sie die beiden Hälften ihres Morgenmantels über den Rest ihres nackten Körpers schlug und den Seidengürtel mit einer knappen Bewegung zwanglos zu einem losen Knoten band.

In der Luft stand der Geruch der heißen Kohlen in der wärmenden Kohlenpfanne unter dem Bett, der saubere Wohlgeruch von Seife, der sanfte Duft von Körperpuder und das widerwärtige Odeur eines Übelkeit erregenden, süßlichen Parfüms. Ganz wie die Dunkelheit, die Schatten formt, durchdrang all dies der in der Luft stehende scharfe Geruch der Lust, den die interessante Würze von Samenflüssigkeit noch unterstrich.

Das Zimmer hatte keine Fenster. Das Bett, bezogen mit fleckigen, zerwühlten Laken, hatte man in eine hintere Ecke geschoben. Obwohl es nicht groß war, nahm es einen Großteil des Zimmers ein. An der Wand neben dem Kopfende stand eine kleine, schlicht gearbeitete Fichtentruhe, vermutlich für persönliche Dinge. An der Wand über dem Kopf des Bettes hing eine Tuschzeichnung zweier in Leidenschaft vereinter Menschen. Sie überließ nichts der Phantasie.

Neben der Frau, hinter der Tür, stand auf einem wackelig aussehenden Schränkchen ein Waschbecken. Die weiße Schüssel wies am Rand eine nierenförmige Absplitterung auf und hatte einen Sprung, der wie eine Ader aussah, die von der Niere fortlief. Die Kleider, die über dem Beckenrand hingen, tropften noch. Das milchig trübe Wasser schwappte träge von einer Seite auf die andere. Sie hatte sich gerade gewaschen.

Sie hatten alle ihre Eigenheiten. Manche machten sich nicht die Mühe, sich zu waschen, aber das waren gewöhnlich die älteren, unattraktiven Frauen, die wenig Geld bekamen und die nur wenig scherte. Ihm war aufgefallen, daß die jüngeren, hübscheren, teuereren Frauen sich nach jedem Mann wuschen. Er zog jene vor, die sich wuschen, bevor er zu ihnen kam, doch am Ende war ihm seine Lust wichtiger als derart banale Dinge.

Träge dachte er darüber nach, ob die, mit denen er zusammengewesen war und die keine Berufshuren waren, jemals einen Gedanken an diese Dinge verschwendeten. Vermutlich nicht. Er bezweifelte, ob andere Menschen sich über derart abseitige Dinge den Kopf zerbrachen. Andere achteten einfach nicht auf das Zusammenspiel der Einzelheiten.

Andere Frauen, die auf der Suche nach Liebe waren, befriedigten ihn, wenn auch nicht auf die gleiche Weise. Stets wollten sie reden und umworben werden. Sie wollten. Er wollte. Am Ende war sein Wollen stärker als das, was er vorgezogen hätte, und er gab ihnen, bevor sein Verlangen befriedigt werden konnte, ein wenig von dem, was sie verlangten.

»Ich dachte, ich wär' für heute abend fertig«, sagte sie. Ihre Worte hatten einen seidig glatten Klang, mit einem angenehmen, leicht kecken Schwung, verrieten aber kein wirkliches Interesse bei der Aussicht auf einen weiteren späten Gast.

»Ich glaube, ich bin der letzte«, sagte er und versuchte zu klingen, als wolle er sich rechtfertigen, um sie nicht zu verärgern. Es war nie so befriedigend, wenn sie verärgert waren. Nichts mochte er mehr, als wenn sie geradezu versessen darauf waren, ihm alle Wünsche zu erfüllen.

Sie seufzte. »Na schön.«

Weder zeigte sie sich verängstigt darüber, daß ein Mann, obwohl sie kaum etwas anhatte, einfach, ohne anzuklopfen, in ihr Zimmer eintrat, noch verlangte sie Geld. Silas Latherton unten, mit seinem Knüppel und dem langen Messer im Gürtel, sorgte dafür, daß die Frauen nichts zu befürchten hatten. Er ließ auch niemanden die Treppe hinauf, der nicht im voraus bezahlt hatte, damit die Frauen nicht mit der Unannehmlichkeit behelligt wurden, das Geld einzufordern. Allerdings hatte dadurch er und nicht sie die Kontrolle über ihre Einkünfte und deren Verteilung.

Ihr kurzes, glattes Blondhaar war zerzaust – von Meister Dickbauch, zweifellos – er fand das Wirrwarr jedoch aufreizend. Es verriet deutlich, was sie soeben getan hatte, und verlieh ihrem Äußeren etwas Erotisches – einem Äußeren, das ihm im übrigen ausgesprochen gut gefiel.

Sie hatte einen ansehnlichen, festen Körper, lange Beine und wundervoll geformte Brüste, zumindest nach dem, was er davon gesehen hatte, bevor sie den Morgenmantel geschlossen hatte. Er würde ihre Schönheit noch einmal sehen, und er konnte warten.

Die Vorfreude steigerte seine Erregung noch. Im Gegensatz zu ihren anderen Männern hatte er es nicht eilig, die Sache hinter sich zu bringen. Hatte es erst einmal angefangen, war es nur allzu schnell vorbei. Er konnte sich nicht mehr bremsen, wenn es einmal angefangen hatte. Erst einmal wollte er all die kleinen Einzelheiten genießen, damit er sie für alle Zeiten in seinem Gedächtnis aufbewahren konnte.

Sie war mehr als nur hübsch, entschied er. Sie war ein Geschöpf, das Züge besaß, die die Phantasien der Männer mit quälenden Erinnerungen an sie aufheizte, und sie zwang, immer und immer wieder zu ihr zurückzukehren, um zu versuchen, sie, wenn auch nur für flüchtige Augenblicke, zu besitzen. Die Selbstsicherheit, die sich in ihrer Körperhaltung offenbarte, verriet ihm, daß sie dies wußte. Die Häufigkeit, mit der Männer ihr Geld ausgaben, um sie zu besitzen, war eine dauernde Bestärkung dieser Selbstsicherheit.

Bei aller Anmut und unübersehbarer Schönheit besaßen diese Züge jedoch eine gewisse Härte, eine Schroffheit, die ihren wahren Charakter Lügen strafte. Zweifellos sahen die anderen Männer nur ihr hübsches Gesicht, aber nahmen nie Notiz davon.

Er schon. Er bemerkte die kaum merklichen Dinge, und sie waren ihm schon oft aufgefallen. Bei ihr handelte es sich um eine Niederträchtigkeit in ihren hübschen Zügen, die sie vor jemandem wie ihm nicht verbergen konnte.

»Bist du neu?« fragte er, obwohl er es längst wußte.

»Mein erster Tag hier«, antwortete sie. Auch das wußte er.

»Aydindril ist groß genug, daß es hier genug Kunden für mich gibt, aber angesichts der riesigen Armee hier läuft das Geschäft noch besser. Blaue Augen sind in dieser Gegend nicht sehr häufig. Meine blauen Augen erinnern die d'Haranischen Soldaten an die Mädchen zu Hause. So viele zusätzliche Männer, das bedeutet, daß Frauen wie ich sehr gefragt sind.«

»Und so kannst du einen besseren Preis herausschlagen.«

Sie gestattete sich ein kleines selbstgefälliges, wissendes Grinsen. »Wenn du es dir nicht leisten könntest, wärst du nicht hier oben. Also hör auf, dich zu beschweren.«

Er hatte nur eine Feststellung treffen wollen und bedauerte die Art, wie sie seine Worte auffaßte. Ihre Stimme hatte einen barschen Unterton. Er versuchte die Wogen des Mißfallens zu glätten.

»Soldaten können manchmal derb mit einer jungen Frau umgehen, die so attraktiv ist wie du.« Ihre himmelblauen Augen zuckten nicht einmal, als sie das Kompliment vernahm. Wahrscheinlich hatte sie es so oft gehört, daß sie taub war gegen solches Lob. »Freut mich, daß du zu Silas Latherton gekommen bist«, setzte er hinzu. »Er läßt nicht zu, daß seine Gäste die jungen Damen grob anfassen. Hier unter seinem Dach bist du sicher aufgehoben. Freut mich, daß du hierher gekommen bist.«

»Danke.« Ihr Tonfall hatte nichts Warmes, aber wenigstens waren die Wogen geglättet. »Ich bin froh, daß sich sein Ruf unter seinen Kunden rumgesprochen hat. Einmal wurde ich verprügelt. Gefallen hat mir das nicht. Abgesehen von den Schmerzen, konnte ich einen ganzen Monat nicht arbeiten.«

»Das muß schrecklich gewesen sein. Die Schmerzen, meine ich.«

Sie zeigte mit dem Kopf aufs Bett. »Ziehst du deine Sachen aus, oder was?«

Er erwiderte nichts, sondern deutete auf ihren Morgenmantel. Während sie den Knoten des Seidengürtels lockerte, sah er zu.

»Wie du willst«, sagte sie und ließ den Mantel gerade so weit auseinanderklaffen, daß er verführt werden würde weiterzumachen.

»Ich möchte ... ich möchte, daß du auch deinen Spaß dabei hast.«

Sie zog die Augenbrauen hoch. »Schätzchen, mach dir wegen mir keine Sorgen. Mir wird es schon Spaß machen. Du bringst mich sicher richtig auf Touren. Aber du bist es, der dafür bezahlt. Kümmern wir uns also erst einmal um dein Vergnügen.«

Der leicht sarkastische Unterton in ihrer Stimme gefiel ihm. Sie verbarg ihn geschickt hinter ihrer gehauchten Art zu sprechen, ihm jedoch war er nicht entgangen.

Mit Bedacht, langsam, legte er, eine nach der anderen, vier Goldmünzen auf den Waschtisch neben ihr. Das war das Zehnfache dessen, was Silas Latherton unten für die Gesellschaft seiner Frauen verlangte, und wahrscheinlich dreißigmal soviel, wie er ihr für jeden Mann bezahlte. Während er seine Hand zurückzog, betrachtete sie die Münzen, so als zählte sie sie ganz für sich, um sich zu vergewissern, ob sie auch wirklich sah, was sie zu sehen glaubte. Es war eine Menge Geld.

Sie blickte ihn fragend an.

Ihm gefiel das verwirrte Zucken in ihren Augen. Frauen wie sie ließen sich nicht oft durch Geld verwirren, aber sie war jung, und wahrscheinlich war noch kein Mann so großzügig zu ihr gewesen. Daß sie das beeindruckte, gefiel ihm.

»Du sollst deinen Spaß haben. Ich bin bereit, dafür zu zahlen, daß ich zusehen kann, wie du deinen Spaß hast.«

»Schätzchen, für soviel Geld wirst du dich an meine Schreie erinnern, bis du ein alter Mann geworden bist.«

Dessen war er sicher.

Sie setzte ihr bestes Lächeln auf und ließ den Mantel von den Schultern gleiten. Indem sie ihn fest aus ihren großen, himmelblauen Augen ansah, hängte sie den Morgenmantel an einen Holzhaken an der Rückseite der Tür.

Sie strich ihm über die Brust, dann schlang sie ihm die Arme um die Hüften. Sachte, aber zielstrebig preßte sie ihre festen Brüste an ihn.

»So, und was möchtest du, Schätzchen? Ein paar hübsche Kratzspuren auf deinem Rücken, um deine junge Frau eifersüchtig zu machen?«

»Nein«, sagte er. »Nein, ich will nur zusehen, wie du deinen Spaß hast. Du hast so ein hübsches Gesicht und einen so schönen Körper. Ich glaube, wenn man dich gut genug bezahlt, dann gefällt dir deine Rolle, das ist alles. Ich will sehen, wie du dich amüsierst.«

Sie schielte zu den Münzen hinüber, dann schaute sie lächelnd zu ihm hoch. »Oh, das werde ich, Schätzchen. Versprochen. Ich bin eine sehr talentierte Hure.«

»Das hatte ich gehofft.«

»Ich werde dich mit meinen Reizen so betören, daß du immer wieder in mein Bett willst.«

»Du scheinst meine Gedanken zu lesen.«

»Ich heiße Rose«, hauchte sie ihn an.

»Ein Name, so schön wie du selbst.« Und genauso einfallslos.

»Und du? Wie soll ich dich nennen, wenn du regelmäßig zu mir kommst, wonach ich mich schon jetzt sehne?«

»Mir gefällt der Name, den du mir bereits gegeben hast. Mir gefällt es, wie er sich von deinen Lippen anhört.«

Sie fuhr sich mit der Zunge über die Lippen. »Freut mich, dich kennenzulernen, Schätzchen.«

Er schob einen Finger unter den Saum ihres Höschens.

»Kann ich das haben?«

Sie strich ihm mit der Hand nach unten über den Bauch und gab, als sie ihn berührte, ein Stöhnen zum besten.

»Ich habe einen langen Tag hinter mir. Es ist nicht gerade … sauber. Ich habe ein paar saubere in meiner Truhe. Für das, was du bezahlt hast, kannst du so viele davon haben, wie du willst. Du kannst sie alle haben, Schätzchen, wenn du willst.«

»Das hier genügt mir voll und ganz. Ich brauche nur dieses.«

Sie schaute geziert lächelnd zu ihm hoch. »Verstehe. Das gefällt dir also, ja?«

Er antwortete nicht.

»Warum ziehst du es mir nicht aus?« neckte sie ihn. »Hol dir deine Beute.«

»Ich will zusehen, wie du es tust.«

Ohne zu zögern, ließ sie das Höschen so effektvoll, wie sie konnte, über ihre Beine nach unten gleiten. Dann drückte sie sich wieder an ihn und streichelte ihm, wobei sie den Blick nicht von seinen Augen ließ, damit über die Wangen. Sie setzte ein verruchtes Lächeln auf und legte es ihm in die Hand.

»Da hast du es. Nur für dich, mein Schätzchen. Genau wie du es magst – mit dem Duft von Rose.«

Er betastete es mit seinen Fingern, spürte die Wärme, die noch darin steckte. Sie reckte sich, um ihn zu küssen. Hätte er es nicht besser gewußt, hätte er nicht gewußt, was sie war, er hätte glauben können, sie wollte ihn mehr als alles andere im Leben. Doch er würde sie zufriedenstellen.

»Was soll ich für dich tun?« hauchte sie. »Sag es mir, und es gehört dir – und dieses Angebot mache ich anderen Männern nicht. Aber ich bin so scharf auf dich. Egal was. Sag es mir einfach.«

Er konnte den Schweiß der anderen Männer auf ihr riechen. Er roch den beißenden Geruch ihrer Lust.

»Sehen wir doch einfach, wie es sich ergibt, was meinst du, Rose?«

»Was immer du sagst, Schätzchen.« Sie lächelte verträumt. »Was auch immer.«

Sie zwinkerte ihm zu, während sie die vier Goldmünzen vom Waschtisch raffte. Aufreizend schwankend ging sie zu der kleinen Truhe hinüber und hockte sich davor hin. Er hatte sich gefragt, ob sie in die Hocke gehen oder sich bücken würde. Zufrieden registrierte er dieses Detail, das Überbleibsel aus einer gezierten, zurückhaltenden Vergangenheit.

Als sie die Münzen unter einige ihrer Kleidungsstücke in der Truhe schob, erblicke er oben auf ihren Sachen ein kleines mit ein wenig Rot verziertes Kissen. Ein solches Detail machte ihn neugierig. Es schien hier fehl am Platz.

»Was ist das?« fragte er und wußte, daß er sich mit seinem Geld ihre Geduld erkauft hatte.

Sie hielt es hoch, so daß er es sehen konnte. Es war ein kleines Kopfkissen, ein Ziergegenstand, ein kleines Nichts. Eine rote Rose war darauf gestickt.

»Ich habe es selbst gemacht, als ich noch jünger war. Damit's schön riecht, habe ich es mit Zedernspänen gefüllt.« Sie strich mit den Fingern liebevoll über die Rose. »Meine Namensvetterin – eine Rose für Rosa. Mein Vater nannte mich so. Er war aus Nicobarese.

Rosa bedeutet Rose in seiner Sprache. Er rief mich immer kleine Rosa und sagte, ich wüchse im Garten seines Herzens.«

Dieses Detail versetzte ihn in Erstaunen. Er war begeistert, etwas derart Intimes von ihr zu erfahren. Er fühlte sich, als besäße er sie bereits. Das Vergnügen, eine solche scheinbar unbedeutende Kleinigkeit zu wissen, pulsierte durch seine Adern.

Während er zusah, wie sie das kleine Paket aus ihrer Vergangenheit in ihre Truhe zurücklegte, dachte er über ihren Vater nach und fragte sich, ob der wußte, wo sie war, oder ob er sie, die Rose, die in seinem Herzen verwelkte, vielleicht angewidert davongejagt hatte. Er stellte sich eine heftige, zornerfüllte Szene vor. Er dachte an ihre Mutter – hatte die ihre Wahl im Leben verstanden, oder beweinte sie eine verlorene Tochter?

Jetzt spielte er ebenfalls eine Rolle in dem, was sie darstellte, in ihrem Leben.

»Darf ich dich Rosa nennen?« fragte er.

Sie sah über die Schulter. Ihre Augen beobachteten seine Finger, die ihre Unterhose zu einer Kugel zusammenknüllten.

Lächelnd wandte sie ihm den Blick wieder zu. »Du bist jetzt mein ganz besonderer Kunde. Ich habe noch keinem anderen Mann meinen richtigen Namen verraten. Es wäre mir ein Vergnügen, ihn von deinen Lippen zu hören.«

Sein Herz klopfte, und er taumelte vor Begierde. »Danke, Rosa«, sagte er leise und meinte es auch so. »Ich sehne mich so danach, dir Vergnügen zu bereiten.«

»Deine Hände zittern ja.«

Das taten sie immer, bis es losging. Danach waren sie fest und sicher wie Stein. Sobald er anfing, würde er ganz ruhig werden. Dies war nur die Vorfreude.

»Entschuldige.«

Ein heiseres, lustvolles Lachen löste sich aus ihrer Kehle. »Aber warum denn? Es erregt mich, daß du nervös bist.«

Er war nicht nervös, nicht im geringsten, aber er war erregt.

Ihre Hände stellten fest, daß er es war. »Ich möchte wissen, wie du schmeckst.« Sie leckte ihm das Ohr. »Ich habe heute abend keinen Gast mehr. Wir haben alle Zeit der Welt, es zu genießen.«

»Ich weiß«, gab er leise zurück. »Deswegen wollte ich der letzte sein.«

»Ja«, neckte sie ihn, »ich will auch, daß es ganz lange dauert. Kannst du machen, daß es lange dauert, Schätzchen?«

»Ich kann, und ich werde«, versprach er. »Ganz lange.«

Auf sein Versprechen hin gab sie ein zufriedenes Schnurren von sich und drehte sich in seinen Armen herum, um ihr Hinterteil an ihn zu pressen. Sie bog ihren Rücken nach hinten durch, wiegte ihren Kopf an seiner Brust und stöhnte erneut. Er verkniff sich ein Grinsen, als er ihr in die himmelblauen Augen blickte.

Ja, sie war eine talentierte Hure.

Seine Hand glitt über den unteren Teil ihres Rückens, zählte die Wirbel und befingerte die Räume zwischen ihnen. Sie stöhnte fordernd.

Ihr Gewackel mit dem Hintern war schuld, daß er die gesuchte Stelle verfehlte.

Sie wankte.

Beim zweiten Mal rammte er ihr das Messer unten in den Rücken, traf die richtige Stelle zwischen den Wirbeln und durchtrennte ihr das Rückenmark.

Er warf ihr einen Arm um die Hüfte, um sie zu stützen. Diesmal war das schockierte, ächzende Stöhnen echt. Kein Mensch in den anderen Zimmern würde es von jenem unterscheiden können, das sie normalerweise für Männer von sich gab. Andere achteten nicht auf solche feinen Einzelheiten.

Er schon, und er genoß den Unterschied.

Als ihr Mund aufklaffte und sie schreien wollte, stopfte er ihr das zerknüllte Höschen hinein. Er erwischte genau den richtigen Zeitpunkt, so daß nur der Ansatz ihres Keuchens zu hören war, bevor der Ton schriller wurde. Daraufhin riß er den seidenen Gürtel vom Morgenmantel am Haken neben sich ab und wickelte ihn ihr viermal um den Kopf, um den Knebel in ihrem Mund zu fixieren. Mit einer Hand und unter Zuhilfenahme seiner Zähne zog er ihn fest und schlang ihn zu einem Knoten.

Zu gern hätte er ihre tiefempfundenen, aufrichtigen Schreie gehört, doch das hätte ein vorzeitiges Ende ihres Vergnügens bedeutet. Er liebte diese Schreie. Sie waren immer ehrlich.

Nun preßte er seinen Mund seitlich an ihren Kopf. Er konnte den Männerschweiß in ihren Haaren riechen.

»Oh, Rosa, du wirst mich so befriedigen. Du wirst mir mehr Vergnügen bereiten als allen anderen Männern zuvor. Ich möchte, daß du auch auf deine Kosten kommst. Ich weiß, das ist es, was du immer gewollt hast. Ich bin der Mann, auf den du gewartet hast. Endlich bin ich da.«

Er ließ sie zu Boden gleiten. Ihre Beine waren jetzt nutzlos. Sie würde nirgendwohin gehen.

Sie versuchte, ihm einen Stoß zwischen die Beine zu versetzen. Er fing ihre zierliche kleine Faust mit der Hand auf. Während er ihre Faust aufquetschte, betrachtete er ihre aufgerissenen, himmelblauen Augen. Er nahm ihre Handfläche zwischen Daumen und Zeigefinger und bog sie nach hinten, bis ihr Handgelenk brach.

Sodann benutzte er die Ärmel ihres Morgenmantels, um ihr die Hände zu fesseln, damit sie sich den Knebel nicht aus ihrem Mund ziehen konnte. Sein Herz schlug wie ein Hammer, als er auf ihr gedämpftes Winseln lauschte. Er konnte ihre Worte hinter dem Knebel nicht verstehen, aber sie steigerten seine Erregung, denn er spürte, welche Schmerzen darin zum Ausdruck kamen.

Ein Sturm der Empfindungen toste durch seinen Verstand. Wenigstens schwiegen die Stimmen noch, und er konnte sich ganz seiner Lust hingeben. Er war nicht sicher, was diese Stimmen waren, dennoch war er gewiß, sie nur wegen seiner einzigartigen Geisteskraft hören zu können. Seine unvergleichliche Wahrnehmung war es, die es ihm ermöglichte, so unendlich schwache Nachrichten aus dem Äther aufzufangen, und weil er auf die Einzelheiten achtete.

Tränen liefen ihr übers Gesicht. Ihre perfekt gezupften Brauen zogen sich zusammen, gingen in der Mitte hoch und zerfurchten die Haut auf ihrer Stirn zu säuberlichen Falten. Er zählte sie, denn es war etwas Besonderes.

Mit aufgerissenen, angsterfüllten himmelblauen Augen beobachtete sie, wie er seine Kleider auszog und sie zur Seite legte. Es wäre nicht gut, wenn sie sich mit Blut vollsaugen würden.

Das Messer lag jetzt fest in seiner Hand. Er stand über ihr, nackt und erigiert, um ihr zu zeigen, welche guten Dienste sie ihm bislang leistete.

Und dann begann er.

25. Kapitel

Kahlan, gefolgt von Cara, erreichte die Tür des kleinen Zimmers, das Richard als Arbeitszimmer benutzte, im selben Augenblick wie eine junge Frau mit kurzen schwarzen Haaren, die ein kleines Silbertablett mit heißem Tee trug. Raina, die zusammen mit Ulic und Egan neben der Tür Wache stand, gähnte.

»Hat Richard nach Tee verlangt, Sarah?«

Die junge Frau machte einen Hofknicks, so gut dies mit dem Tablett in der Hand möglich war. »Ja, Mutter Konfessor.«

Kahlan nahm der jungen Frau das Tablett aus der Hand. »Schon gut, Sarah. Ich gehe hinein – ich werde es ihm bringen.«

Sarah errötete und versuchte, sich an das Tablett zu klammern. »Aber Mutter Konfessor, das solltet Ihr nicht tun müssen.«

»Red kein dummes Zeug. Ich bin durchaus in der Lage, ein Tablett zehn Schritte weit zu tragen.«

Kahlan trat einen Schritt zurück und bekam das Tablett dadurch vollends in die Hand. Sarah wußte nicht, was sie mit ihren Händen anstellen sollte, also verbeugte sie sich.

»Ja, Mutter Konfessor«, sagte sie, bevor sie ging. Anstatt sich darüber zu freuen, daß man ihr half, zog sie ein Gesicht, als sei sie gerade überfallen und ausgeraubt worden. Sarah versah ihren Dienst wie die meisten Dienstboten im Palast äußerst gewissenhaft.

»Ist er schon lange auf?« fragte Kahlan, an Raina gerichtet.

Raina bedachte sie mit einem mißmutigen Blick. »Ja. Schon die ganze Nacht. Ich habe ihm schließlich einige Wachen hiergelassen und bin zu Bett gegangen. Außerdem hatte er Berdine die ganze Nacht über oben bei sich.«

Was zweifellos der Grund für ihren mißmutigen Blick war.

»Es war sicher wichtig, aber ich werde sehen, ob ich ihn nicht dazu bringen kann, nachts eine Pause einzulegen, damit er ein wenig Schlaf bekommt – oder wenigstens Berdine.«

»Das wäre mir sehr lieb«, brummte Cara. »Raina wird unausstehlich, wenn Berdine nicht ins Bett kommt.«

»Berdine braucht ihren Schlaf«, rechtfertigte sich Raina.

»Bestimmt war es wichtig, Raina, dennoch habt Ihr recht. Wer nicht genug schläft, nützt nicht viel. Ich werde ihn daran erinnern – manchmal verliert er sich in seiner Arbeit und vergißt darüber ganz die Bedürfnisse anderer.«

Rainas dunkle Augen hellten auf. »Danke, Mutter Konfessor.«

Kahlan balancierte das Tablett auf einer Hand und öffnete die Tür. Cara bezog neben Raina Posten, linste Kahlan hinterher, um sich zu vergewissern, daß sie mit dem Tablett zurechtkam, und schloß dann die Tür.

Richard stand mit dem Rücken zu ihr und starrte aus dem Fenster. Dem heruntergebrannten Feuer im Kamin gelang es kaum, die Kälte aus dem Zimmer zu vertreiben.

Kahlan schmunzelte in sich hinein. Sie würde seine Prahlerei Lügen strafen. Sie kam nicht einmal mehr dazu, das Tablett auf dem Tisch abzusetzen, die Tasse mit einem leisen Klingeln gegen die Kanne schlagen zu lassen und damit seine Aufmerksamkeit auf sich zu lenken, damit er sie für das Dienstmädchen hielt, als Richard bereits, ohne sich umzudrehen, zu sprechen begann.

»Kahlan. Wie schön. Ich bin froh, daß du gekommen bist.«

Stirnrunzelnd setzte sie das Tablett ab.

»Du stehst mit dem Rücken zur Tür. Woher wußtest du, daß ich es bin?«

Richard drehte sich um und machte ein verwirrtes Gesicht. »Warum sollte ich denken, daß es die Frau mit dem Tee ist, wo du es bist, die ihn hereinbringt?« Die Frage schien ihn zu verwirren.

»Ich schwöre es, Richard, manchmal bereitest du mir eine Gänsehaut.«

Er hob ihr Kinn mit einem Finger an und gab ihr einen Kuß. »Ich freue mich, dich zu sehen. Es war einsam ohne dich.«

»Hast du gut geschlafen?«

»Geschlafen? Ich ... wahrscheinlich nicht. Wenigstens scheinen die Tumulte sich gelegt zu haben. Ich weiß nicht, was wir getan hätten, wenn der Mond ein weiteres Mal rot aufgegangen wäre. Wie können Menschen wegen einer solchen Geschichte einfach außer Rand und Band geraten.«

»Du mußt zugeben, es war eigenartig und ... beängstigend.«

»Tu' ich ja, nur deswegen will ich doch nicht schreiend durch die Straßen rennen, Fenster einschlagen und Feuer legen.«

»Vermutlich, weil du Lord Rahl bist und ein wenig besonnener.«

»Und ich habe ein Gefühl für Ordnung. Ich lasse nicht zu, daß Leute solche Verwüstungen anrichten, ganz zu schweigen davon, daß sie unschuldige Menschen verletzen. Beim nächsten Mal werde ich die Tumulte sofort von den Soldaten niederschlagen lassen und nicht auf die Vernunft der Menschen setzen. Ich habe mich um wichtigere Dinge zu kümmern als um diesen kindischen Aberglauben.«

Er stand kurz davor, aus der Haut zu fahren, wie Kahlan an seinem kaum beherrschten Ton erkennen konnte.

Seine Augen tränten. Sie wußte, wenn jemand nicht genug Schlaf bekam, dann löste sich sein Abstand zu den Dingen schnell auf. Eine Nacht, das mochte vielleicht noch angehen, doch drei in Folge, das war eindeutig zu viel. Hoffentlich trübte dies sein Urteilsvermögen nicht.

»Wichtigere Dinge. Du meinst deine Arbeit mit Berdine?«

Er nickte. Kahlan schenkte ihm Tee ein und reichte ihn ihm. Er starrte einen Augenblick die Tasse an, bevor er sie entgegennahm.

»Du mußt der armen Frau mehr Schlaf gönnen, Richard. Sie wird dir nicht helfen können, wenn sie vollkommen übermüdet ist.«

Er nahm einen kleinen Schluck. »Ich weiß.« Daraufhin drehte er sich zum Fenster und gähnte. »Ich mußte sie auf mein Zimmer schicken, um ein Nickerchen zu halten. Sie fing an, Fehler zu machen.«

»Du mußt ebenfalls ein wenig schlafen, Richard.«

Er blickte aus dem Fenster zu den mächtigen Steinmauern der Burg der Zauberer am Hang des Bergmassivs. »Ich bin möglicherweise dahintergekommen, was der rote Mond bedeutet.«

Der düstere Unterton in seiner Stimme ließ sie zögern.

»Und was bedeutet er?« fragte sie schließlich.

Er drehte sich zum Tisch und stellte die Tasse ab. »Ich ließ Berdine nach Stellen suchen, wo Kolo das Wort *moss* verwendet oder von einem roten Mond spricht, in der Hoffnung, dadurch vielleicht einen Hinweis zu entdecken.«

Er klappte das auf dem Tisch liegende Tagebuch auf. Oben in der Burg der Zauberer hatte er es gefunden, zusammen mit dem Mann, der es verfaßt hatte. Kolo hatte die Sliph bewacht, jenes seltsame Geschöpf, das Menschen über große Entfernungen transportieren konnte, als die Türme, die die Alte von der Neuen Welt trennten, vollendet wurden. Während die Türme aktiviert wurden, hatte man Kolo eingemauert, und dort, bei der Sliph, war er auch gestorben.

Das Tagebuch hatte sich bereits als unbezahlbare Quelle des Wissens erwiesen, war jedoch auf Hoch-D'Haran geschrieben, was das Verständnis verkomplizierte. Berdine sprach etwas Hoch-D'Haran, allerdings keine so alte Form. Sie hatten ein anderes Buch zu Hilfe nehmen müssen, das in einer ähnlich alten Form des Hoch-D'Haran verfaßt war. Richards Kindheitserinnerungen an die Übersetzung dieses Buches halfen Berdine, die Wörter zu verstehen, die sie dann als Querverweise verwendeten, um die Übertragung des Tagebuches voranzutreiben.

Nach und nach lernte Richard eine ganze Menge sowohl von der volkstümlichen Variante des Hoch-D'Haran als auch von seiner sehr viel älteren Geheimsprachenversion, trotzdem kamen sie enttäuschend langsam voran.

Nachdem Richard Kahlan nach Aydindril zurückgebracht hatte, erklärte er ihr, wie er sie nur mit Hilfe des Buches hatte retten können. Er hatte erzählt, daß er manchmal scheinbar problemlos darin lesen könne, er und Berdine dagegen an anderen Stellen festsäßen. Manchmal könne er eine Seite in wenigen Stunden entschlüsseln, und dann wieder benötigten sie Tage, um einen einzigen Satz zu übertragen.

»*Moss?* Du sagtest, du hättest sie das Wort *moss* nachsehen lassen. Was bedeutet es?«

Er nippte an seinem Tee und setzte die Tasse wieder ab. »*Moss?* Oh, das bedeutet ›Wind‹ auf Hoch-D'Haran.« Er schlug eine Seite auf, die durch ein Lesezeichen gekennzeichnet war. »Weil es so lange gedauert hat, das Tagebuch zu übersetzen, haben wir nur nach Schlüsselbegriffen gesucht, uns dann auf die betreffenden Passagen konzentriert und auf unser Glück gehofft.«

»Ich dachte, du hättest erzählt, du übersetzt das Buch, um Kolos Verwendung der Sprache besser zu verstehen.«

Er seufzte genervt. »Dafür fehlt mir die Zeit, Kahlan. Wir mußten unser Vorgehen ändern.«

Das gefiel Kahlan nicht.

»Man erzählte mir, Richard, dein Bruder sei der Hohepriester eines Ordens mit dem Namen *Raug'Moss.* Ist das Hoch-D'Haran?«

»Es bedeutet ›Göttlicher Wind‹«, murmelte er.

Er tippte auf das Buch und schien ganz offenkundig nicht darüber diskutieren zu wollen. »Siehst du, hier? Berdine hat die Stelle gefunden, wo Kolo von einem roten Mond spricht. Er verlor darüber vollkommen die Fassung. Die gesamte Burg der Zauberer war deswegen in Aufruhr. Er schreibt, sie seien von der ›Mannschaft‹ verraten worden. Er sagt, die Mannschaft habe wegen ihrer Verbrechen vor Gericht gestellt werden sollen. Wir hatten noch keine Zeit, dem weiter nachzugehen. Aber …«

Richard schlug das Buch wieder weiter vorne auf, wo eine ihrer niedergeschriebenen Übersetzungen eingefügt war, und las ihr die Stelle vor:

»›Heute erfüllte sich, vielleicht nur dank der hervorragenden, unermüdlichen Arbeit einer Mannschaft aus fast einhundert Leuten, einer unserer sehnlichsten Wünsche. Die Dinge, deren Verlust wir für den Fall, daß wir überrannt werden sollten, am meisten fürchteten, wurden gesichert. Ein Jubelschrei löste sich aus den Kehlen aller in der Burg, als wir heute Nachricht erhielten, daß wir Erfolg gehabt hatten. Manch einer hatte dies nicht für möglich gehalten, doch zum Erstaunen aller ist es vollbracht: Der Tempel der Winde ist verschwunden.‹«

»Verschwunden?« fragte Kahlan. »Was ist der Tempel der Winde? Wohin ist er verschwunden?«

Richard klappte das Buch zu. »Das weiß ich nicht. Weiter hinten schreibt Kolo, die Mannschaft, die dies vollbracht hatte, habe sie alle verraten. Hoch-D'Haran ist eine eigenartige Sprache. Die Worte haben unterschiedliche Bedeutung, je nachdem, wie man sie verwendet.«

»Das ist in den meisten Sprachen so. Auch in unserer.«

»Ja, nur manchmal schreibt man in Hoch-D'Haran einem Wort, das normalerweise je nach Verwendung unterschiedliche Bedeutungen hat, absichtlich Mehrfachbedeutungen zu. Man kann sich nicht eine Bedeutung aussuchen und alle übrigen weglassen. Das macht das Übersetzen entsprechend schwierig.

In der alten Prophezeiung zum Beispiel, in der der Bringer des Todes genannt wird, steht das Wort ›Tod‹ für drei verschiedene Dinge, je nachdem, wie es verwendet wird: Es steht für den Bringer der Unterwelt, also für die Welt der Toten, für den Bringer der Seelen, also für die Seelen der Toten, und für den Bringer des Todes, sprich für das Töten. Jede Bedeutung ist anders, und doch sind alle drei beabsichtigt. Das war der Schlüssel.

Die Prophezeiung stand in dem Buch, das wir aus dem Palast der Propheten mitgebracht hatten. Warren konnte die Prophezeiungen erst übersetzen, nachdem ich ihm erklärt hatte, daß alle drei Bedeutungen zutreffen. Er erzählte mir, aus diesem Grund sei er seit dreitausend Jahren der erste, der die tatsächliche Bedeutung der Prophezeiung, so wie sie aufgeschrieben wurde, begriffen habe.«

»Was hat das mit dem Tempel der Winde zu tun?«

»Wenn Kolo von ›Winden‹ spricht, dann meint er, glaube ich, manchmal einfach nur den Wind, so wie man sagt, heute weht der Wind. Aber manchmal, wenn er von ›Wind‹ spricht, dann denkt er an den Tempel der Winde. Ich glaube, er benutzt es als Kurzform, um sich einerseits auf den Tempel der Winde zu beziehen und ihn andererseits von anderen Tempeln zu unterscheiden.«

Kahlan sah ihn fassungslos an. »Soll das etwa heißen, du glaubst, Shotas Nachricht, der Wind sei auf der Jagd nach dir, bedeutet in Wahrheit, der Tempel der Winde sei auf der Jagd nach dir?«

»Ich kann es nicht mit Sicherheit sagen.«

»Das wäre ein ziemlicher Gedankensprung, wenn das wirklich deine Überzeugung ist – Kolos Art, sich auf den Tempel der Winde zu beziehen, als Beweis dafür zu nehmen, daß Shota von demselben Ort spricht.«

»Wenn Kolo davon spricht, alle seien in Aufruhr gewesen und man habe diese Männer vor Gericht gestellt, dann klingt das bei ihm so, als besäßen die Winde eine Art sinnliche Wahrnehmung.«

Diesmal räusperte sich Kahlan. »Willst du mir etwa weismachen, Richard, Kolo behauptet, dieser Ort, dieser Tempel der Winde, sei zu Empfindungen fähig?«

Sie fragte sich, wie lange es her war, seit er ein bißchen Schlaf gefunden hatte, und ob er noch bei klarem Verstand war.

»Ich sagte, ich sei mir nicht sicher.«

»Aber genau darauf willst du hinaus.«

»Na ja, es klingt ... absurd, wenn man es so formuliert. Doch wenn man es auf Hoch-D'Haran liest, hört es sich ganz anders an. Ich weiß nicht, wie ich den Unterschied erklären soll, trotzdem gibt es einen. Wenn auch möglicherweise nur einen graduellen.«

»Graduell oder nicht, wie kann ein Ort zu sinnlichen Wahrnehmungen oder Empfindungen fähig sein?«

Richard seufzte. »Ich habe keine Ahnung. Darauf habe ich mir noch keinen Reim machen können. Warum, glaubst du, habe ich mir die ganze Nacht um die Ohren geschlagen?«

»Aber so etwas ist unmöglich.«

Seine trotzigen Augen wandten sich zu ihr. »Die Burg der Zauberer ist einfach nur ein Ort, und doch weiß er, wann jemand ihn schändet. Er reagiert auf diese Schändung, indem er dem Betreffenden Einhalt gebietet, ihn sogar tötet, wenn es sein muß, um zu verhindern, daß ein Unbefugter einen Ort betritt, an dem dieser nichts zu suchen hat.«

Kahlan verzog das Gesicht. »Das sind die Schilde, Richard. Zauberer haben diese Schilde angebracht, um zu verhindern, daß gefährliche Gegenstände gestohlen werden oder sich Menschen an Orte begeben, an denen ihnen etwas zustoßen könnte.«

»Dennoch reagieren sie, ohne daß jemand ihnen sagen muß, was sie zu tun haben, oder?«

»Das tut eine Fußangel auch. Deshalb ist sie noch lange nicht zu Empfindungen fähig. Was du sagen willst, ist, daß der Tempel der Winde von Schilden geschützt wird. Mehr behauptest du also gar nicht – nur, daß er Schilde hat?«

»Ja und nein. Es geht um mehr als einfache Schilde. Schilde sichern nur. Bei Kolo klingt es so, als könne der Tempel der Winde ... ich weiß nicht, als könne er denken und, wenn nötig, Entscheidungen treffen.«

»Entscheidungen treffen. Welche zum Beispiel?«

»An der Stelle, wo er schreibt, alle seien in Panik wegen des roten Mondes, schreibt er auch, die Mannschaft, die den Tempel der Winde fortgeschickt hat, habe sie alle verraten.«

»Na … und?«

«Na, und ich denke eben, daß der Tempel der Winde den Mond rot gefärbt hat.«

Kahlan beobachtete seine Augen und war von dem überzeugten Blick in ihnen wie gelähmt. »Ich werde nicht fragen, wie so etwas überhaupt möglich sein soll, aber nehmen wir im Augenblick einmal an, es stimmt. Warum sollte der Tempel der Winde den Mond rot färben?«

Richard hielt ihrem festen Blick stand. »Als Warnung.«

»Wovor?«

»Die Schilde in der Burg der Zauberer funktionieren durch Überwachung. Fast niemand kann sie passieren. Ich kann es, weil ich über die richtige Art von Magie verfüge. Wenn jemand, der Unheil anrichten will, genug Magie und Kenntnisse besitzt, dann kann auch er die Schilde passieren. Was geschieht dann?«

»Nun, nichts. Er passiert sie eben.«

»Genau. Ich glaube, der Tempel der Winde kann mehr. Ich glaube, er kann unterscheiden, ob jemand die Schutzanlagen geschändet oder beschädigt hat, und eine Warnung aussenden.«

»Den roten Mond«, sagte sie leise.

»Das ergäbe Sinn.«

Sie legte ihm zärtlich eine Hand auf den Arm. »Du brauchst dringend etwas Ruhe, Richard. Das alles kannst du unmöglich nur aus Kolos Tagebuch schließen. Es ist nur ein einziges Tagebuch, das vor langer Zeit geschrieben wurde.«

Er riß seinen Arm los. »Ich weiß nicht, wo ich sonst suchen soll. Shota sagte, der Wind mache Jagd auf mich! Ich brauche nicht schlafen zu gehen, um Alpträume zu haben.«

In diesem Augenblick verstand Kahlan, daß es nicht Shotas

Nachricht war, die ihn antrieb. Es war die Prophezeiung unten in der Grube.

Der erste Teil der Prophezeiung lautete: *Mit dem roten Mond kommt der Feuersturm.*

Der zweite Teil war es, der ihr richtig Angst einjagte.

Um das Inferno zu löschen, muß er das Heilmittel im Wind suchen. Im Blitzgewitter wird man ihn auf diesem Pfad sehen können, denn die Frau in Weiß, seine wahre Geliebte, wird ihn in ihrem Blut verraten.

Sie sah, daß ihm diese Prophezeiung mehr Angst einjagte, als er zugab.

Es klopfte.

»Was ist?« brüllte Richard.

Cara öffnete die Tür und steckte den Kopf herein. »General Kerson wünscht Euch zu sprechen, Lord Rahl.«

Richard fuhr sich durchs Haar. »Bittet ihn herein, Cara.«

Er legte Kahlan eine Hand auf die Schulter und starrte zum Fenster hinaus. »Tut mir leid«, sagte er leise. »Du hast recht. Ich brauche etwas Schlaf. Vielleicht kann mir Nadine ein paar von ihren Kräutern geben, damit ich einschlafe. Mein Verstand scheint mir sonst keine Ruhe zu gönnen.«

Lieber würde sie ihm etwas von Shota verabreichen lassen. Kahlan antwortete nur mit einer vorsichtigen Berührung, denn sie hatte Angst, ihre Stimme in diesem Augenblick auf die Probe zu stellen.

General Kerson kam mit einem strahlenden Lächeln im Gesicht ins Zimmer marschiert. Er salutierte mit einem Faustschlag auf sein Herz.

»Lord Rahl. Guten Morgen. Und es ist wirklich ein guter Morgen, dank Euch.«

Richard nippte an seinem Tee. »Wie das?«

Der General versetzte Richard einen Klaps auf die Schulter. »Den Männern geht es wieder besser. Die Arzneien, die Ihr verordnet habt – der Knoblauch, die Blaubeeren, der Löscheichentee –, sie haben gewirkt. Sie sind alle wieder gesund. Ich habe eine ganze Armee strahlender Männer, die bereit sind, zu tun, was ihnen befohlen wird. Ich kann Euch nicht sagen, wie erleichtert ich bin, Lord Rahl.«

»Das hat Euer Lächeln soeben getan, General. Mir fällt ebenfalls ein Stein vom Herzen.«

»Meine Männer fühlen sich moralisch aufgerichtet, weil ihr neuer Lord Rahl ein Beherrscher großartiger Magie und imstande ist, den Tod an ihrer Tür abzuweisen. Jeder einzelne dieser Männer möchte Euch zu einem Bier einladen und einen Trinkspruch auf Eure Gesundheit und ein langes Leben ausbringen.«

»Das war keine Magie. Das waren nur Arzneien, die ... Dankt ihnen für ihr Angebot, aber ich ... was ist mit den Tumulten? Sind sie vergangene Nacht wieder ausgebrochen?«

Der General tat dies mit einem Brummen ab. »Die Unruhen sind größtenteils vorbei. Die Besorgnis wich von den Menschen, nachdem der Mond wieder normal aussah.«

»Schön. Das sind gute Neuigkeiten, General. Danke für Euern Bericht.«

Der General rieb mit einem Finger über das glattrasierte Kinn. »Äh, da wäre noch ein weiterer Punkt, Lord Rahl.« Er sah kurz zu Kahlan hinüber. »Wenn wir vielleicht ...« Der Mann stieß einen Seufzer aus. »Gestern ... wurde eine Frau ermordet.«

»Das tut mir leid. Kanntet Ihr sie?«

»Nein, Lord Rahl. Sie war eine ... eine Frau, die ... Geld als Gegenleistung nahm für ...«

»Falls Ihr auszudrücken versucht, daß sie eine Hure war, General«, warf Kahlan ein, »ich habe dieses Wort schon mehrfach gehört. Ich werde nicht in Ohnmacht fallen, wenn ich es jetzt erneut höre.«

»Ja, Mutter Konfessor.« Er wandte seine Aufmerksamkeit wieder Richard zu. »Sie wurde heute morgen tot aufgefunden.«

»Was ist ihr zugestoßen? Wie wurde sie umgebracht?«

Der General wirkte mit jedem Augenblick unglücklicher. »Seit vielen Jahren schon sehe ich Tote, Lord Rahl. Ich kann mich nicht erinnern, wann ich mich das letzte Mal bei einem solchen Anblick übergeben habe.«

Richard stützte eine Hand auf die ledernen Beutel an seinem breiten Gürtel. »Was hat man ihr angetan?«

Der General blickte zu Kahlan hinüber, als bitte er sie um Nachsicht, während er einen Arm um Richards Schulter legte und ihn beiseite zog. Kahlan konnte die geflüsterten Worte nicht verstehen, aber der Ausdruck auf Richards Gesicht verriet ihr, daß sie sie auch nicht hören wollte.

Richard ging zum Kamin hinüber, blieb stehen und starrte in die Flammen.

»Das tut mir leid. Aber Ihr habt doch sicher Leute, die dieser Sache nachgehen können. Warum kommt Ihr damit zu mir?«

Der General verzog das Gesicht und räusperte sich. »Nun, versteht Ihr, Lord Rahl? Es war, nun ja, es war Euer Bruder, der sie fand.«

Richard drehte sich um und zog eine finstere Miene. »Was hatte Drefan in einem Bordell zu suchen?«

»Nun, äh, diese Frage habe ich ihm auch gestellt, Lord Rahl. Mir kommt er nicht vor wie ein Mann, der Schwierigkeiten hätte –« Der General wischte sich verlegen mit der Hand durchs Gesicht. »Ich fragte ihn, und er antwortete, es sei seine Sache, nicht meine, wenn er in ein Hurenhaus gehe.«

An seinen deutlich hervortretenden Gesichtszügen erkannte Kahlan, daß Richard seinen Ärger nur mühsam unterdrückte. Unvermittelt schnappte er sich sein goldenes Cape vom Stuhl.

»Gehen wir. Bringt mich dorthin. Bringt mich in dieses Haus, in dem Drefan verkehrt. Ich will mit den Leuten dort reden.«

Kahlan und der General eilten Richard hinterher, als er durch die Tür nach draußen schoß. Sie bekam ihn am Ärmel zu fassen und sah zum General hinüber.

»General, könntet Ihr uns einen Augenblick alleine lassen?«

Nachdem dieser sich ein Stück weit den Flur hinunter entfernt hatte, zerrte Kahlan Richard in die andere Richtung, fort von Cara, Raina, Ulic und Egan. Ihrer Meinung nach war Richard zur Zeit nicht in der Verfassung, einer solchen Sache nachzugehen. Außerdem war sie aus einem bestimmten Grund zu ihm gekommen.

»Da sind Abgesandte, die darauf warten, uns zu sprechen, Richard. Sie warten bereits seit Tagen.«

»Drefan ist mein Bruder.«

»Er ist ein erwachsener Mann.«

Richard rieb sich die Augen. »Ich muß mich darum kümmern, außerdem habe ich eine Menge anderer Dinge auf dem Herzen. Würde es dir etwas ausmachen, mit den Abgesandten allein zu sprechen? Erkläre ihnen, ich sei in einer wichtigen Angelegenheit fortgerufen worden, und sie könnten die Kapitulation ihres Landes ebensogut dir anbieten, anschließend solle man dann damit beginnen, sämtliche Herrschaftsvereinbarungen zu regeln.«

»Das kann ich tun. Ich weiß, daß ein paar von ihnen froh wären, mit mir sprechen zu können, wenn sie dir dann nicht gegenübertreten müßten. Sie haben Angst vor dir.«

»Ich tue ihnen doch nichts«, wandte Richard ein.

»Du hast sie fast um den Verstand gebracht vor Angst, Richard, als du damals ihre Kapitulation verlangt hast. Du hast versprochen, sie zu vernichen, sollten sie es wagen, sich der Imperialen Ordnung anzuschließen.

Sie hatten Angst, du könntest es ohnehin tun, aus einer Laune heraus. Dir geht der Ruf des Herrschers von D'Hara voraus, und du gibst ihren Befürchtungen Nahrung. Du kannst nicht erwarten, daß sie sich in deiner Gegenwart plötzlich wohl fühlen, nur weil sie deine Bedingungen akzeptiert haben.«

Er beugte sich vor und flüsterte ihr ins Ohr: »Nun, dann erkläre ihnen einfach, wie liebenswert ich bin.«

»Ich kann ihnen mitteilen, daß du dich darauf freust, gemeinsam mit ihnen für unseren Frieden und Wohlstand zu arbeiten«, antwortete sie lächelnd. »Sie vertrauen mir und werden auf das hören, was ich sage.

Aber Tristan Bashkar, der Gesandte aus Jaria, ist ebenfalls hier, zusammen mit einem Paar aus dem Königshaus von Grennidon. Die drei sind wichtige Persönlichkeiten; sie haben die größten stehenden Heere. Daher erwarten sie, daß du dich mit ihnen triffst. Möglicherweise werden sie sich nicht damit zufriedengeben, mir ihre Kapitulation anzubieten. Sie werden verhandeln wollen.«

»Stell sie zufrieden.«

»Tristan Bashkar ist kein umgänglicher Mensch, sondern ein harter Verhandler, genau wie Leonora und Walter Cholbane aus Grennidon.«

»Das ist einer der Gründe, weshalb ich den Bund der Midlands aufgekündigt habe: zu viele wollen streiten und sich in Positur setzen. Damit ist es vorbei. Die Kapitulation erfolgt bedingungslos.« Richard hakte einen Daumen hinter seinen breiten Ledergürtel. Seine Gesichtszüge verhärteten sich. »Die Bedingungen sind für alle gerecht, für alle gleich und stehen nicht zur Debatte. Entweder ist man für oder gegen uns.«

Kahlan fuhr ihm mit dem Finger über den schwarzen Ärmel seines Hemdes, über das Auf und Ab seiner Muskeln. Er war mit dem Tagebuch beschäftigt gewesen. Zu lange war es her, daß sie in diesen Armen gelegen hatte.

»Richard, wenn es um Rat geht, bist du auf mich angewiesen. Ich kenne diese Länder. Sie nur dazu zu bringen einzuwilligen, ist nicht das einzige Ziel. Man wird Opfer verlangen müssen. Wir brauchen in diesem Krieg ihre volle Zusammenarbeit.

Du bist Lord Rahl, der Herrscher D'Haras. Du stellst die Forderungen. Du hast gesagt, die Kapitulation sei zwar bedingungslos, trotzdem werde ihr Volk mit Respekt behandelt. Ich kenne diese

Abgesandten. Sie erwarten, dich zu sprechen, eben als Zeichen deines Respekts ihnen gegenüber.«

»Du bist die Mutter Konfessor. Wir sind eins, in dieser Angelegenheit wie in allem anderen auch. Du hast diese Völker lange geführt, bevor ich kam. Dein Rang ist nicht geringer als der meine. Du hattest sehr, sehr lange ihren Respekt. Erinnere sie daran.«

Richard warf kurz einen Blick auf den wartenden General und die anderen am Ende des Flures. Dann sah er ihr wieder in die Augen.

»Es ist, soweit es Drefan betrifft, vielleicht nicht die Angelegenheit des Generals, aber es ist meine. Ich werde mich nicht noch einmal von einem Bruder täuschen lassen. Nach deinen eigenen Worten und dem, was andere mir gesagt haben, scharwenzeln die Frauen im Palast bereits um ihn herum. Wenn er sich bei diesen Huren irgend etwas fängt und die jungen Frauen hier damit ansteckt ... dann geht mich das sehr wohl etwas an.

Ich werde nicht zulassen, daß mein Bruder unschuldige Frauen, die ihm vertrauen, weil er mein Bruder ist, mit Krankheiten ansteckt.«

Sarah, jene Frau, die Richard den Tee hatte bringen wollen, war jung und vertrauensselig. Sie gehörte zu den Frauen, die Drefan in seinen Bann gezogen hatte.

Kahlan strich ihm über den Rücken. »Verstehe. Wenn du mir versprichst, dich ein wenig schlafen zu legen, gehe ich und spreche mit den Abgesandten. Du wirst mit ihnen reden, sobald du Zeit hast. Es wird ihnen nichts anderes übrigbleiben, als zu warten. Du bist Lord Rahl.«

Richard beugte sich vor und gab ihr einen Kuß auf die Wange. »Ich liebe dich.«

»Dann heirate mich.«

»Bald. Wir werden die Sliph bald wecken.«

»Sieh dich vor, Richard. Marlin sagte, diese Schwester der Finsternis – ich habe ihren Namen vergessen – habe Aydindril verlassen und sei zu Jagang zurückgekehrt, doch vielleicht hat er gelogen. Sie könnte noch immer dort draußen herumlaufen.«

»Schwester Amelia. Ich erinnere mich an sie, weißt du. Als ich das erste Mal in den Palast der Propheten kam, war sie eine von Vernas Freundinnen, die uns begrüßt haben: die Schwestern Phoebe, Janet und Amelia. Ich kann mich noch gut an Schwester Amelias Freudentränen erinnern, als sie Verna nach all den Jahren wiedersah.«

»Jetzt ist sie bei Jagang.«

Er nickte. »Verna muß untröstlich sein, daß ihre Freundin sich in der Hand des Traumwandlers befindet, und schlimmer noch, daß sie eine Schwester der Finsternis ist. Vorausgesetzt, Verna weiß das überhaupt.«

»Sieh dich vor. Was immer Jagang behauptet, es ist möglich, daß er sich noch in Aydindril herumdrückt.«

»Das bezweifele ich zwar, dennoch werde ich mich vorsehen.«

Er drehte sich um und gab Cara ein Zeichen. Sie kam angelaufen.

»Cara, bitte begleitet Kahlan. Berdine soll sich ein wenig ausruhen. Ich werde Raina, Ulic und Egan mitnehmen.«

»Ja, Lord Rahl. Ich werde für ihre Sicherheit sorgen.«

Richard mußte schmunzeln. »Das weiß ich, Cara, aber damit entgeht Ihr Eurer Strafe nicht.«

Die Mord-Sith zeigte keinerlei Regung. »Ja, Lord Rahl.«

»Welcher Strafe?« fragte Kahlan, als sie außer Hörweite waren.

»Eine höchst ungerechte Strafe, Mutter Konfessor.«

»So schlimm? Was denn?«

»Ich muß Streifenhörnchen füttern.«

Kahlan unterdrückte ein Schmunzeln. »Das klingt nicht so schrecklich, Cara.«

Cara ließ ihren Strafer in die Faust schnellen.

»Deswegen ist es ja auch so ungerecht, Mutter Konfessor.«

26. Kapitel

Kahlan saß alleine in dem reich geschmückten Sessel der Mutter Konfessor, dem höchsten auf dem halbkreisförmigen Podium, unter dem reich geschmückten Fresko von Magda Searus, der ersten Mutter Konfessor, und ihrem Zauberer Merritt. Die beiden waren unter die Kuppel gemalt, die den gewaltigen Ratssaal krönte. Kahlan verfolgte, wie die Abgesandten sich ihr über die weite Marmorfläche näherten.

Magda Searus war von ihrem Ehrenplatz aus Zeuge jener langen Geschichte geworden, die der Bund der Midlands hinter sich gebracht hatte. Sie war auch Zeuge gewesen, als Richard ihn zerschlagen hatte. Kahlan betete, daß Magda Searus' Seele dies verstand und seine Beweggründe guthieß. Sie waren wohlmeinend, ungeachtet dessen, wie sein Handeln auf manche wirken mußte.

Cara stand hinter Kahlans rechter Schulter. Kahlan hatte geschwind eine Reihe von Verwaltern zusammengerufen, die sich um Staatsangelegenheiten wie die Unterzeichnung der Kapitulationsdokumente und Handelsverordnungen kümmern sollten, dazu mehrere d'Haranische Offiziere, die die Kommandoangelegenheiten überwachten. Sie alle warteten links hinter ihr.

Kahlan versuchte, sich auf das zu konzentrieren, was sie sagen und tun mußte. Nach Richards Bemerkungen über den Tempel der Winde fiel es ihr allerdings schwer, an etwas anderes zu denken. Er war der Ansicht, der Tempel der Winde sei zu Empfindungen fähig. Die Winde machten Jagd auf Richard. Ja, der Tempel der Winde selbst jagte ihn. Diese Drohung erfüllte jeden dunklen Winkel ihres Herzens.

Die Schritte der Abgesandten und die Stiefeltritte der sie eskortierenden Soldaten hallten über die weiten Marmorflächen und rissen sie aus ihren trüben Gedanken. Die nahende Gruppe schritt durch gleißendes Sonnenlicht, das durch die Fenster am unteren Kuppelrand hereinfiel. Kahlan setzte ihre Konfessorenmiene auf, wie es ihre Mutter ihr beigebracht hatte, ein Gesicht, das nichts verriet und das verbarg, wie es in ihrem Inneren aussah.

Offene Rundbogen rings um den Saal verdeckten Treppen, die zu den mit Kolonnaden versehenen Balkonen mit den polierten Mahagonigeländern hinaufführten. An diesem Tag standen jedoch keine Besucher hinter dem Geländer.

Die von d'Haranischen Soldaten flankierte Gruppe kam vor dem prachtvollen, mit Schnitzereien verzierten Pult zum Stehen. Tristan Bashkar aus Jara und Leonora und Walter Cholbane aus Grennidon standen in vorderster Reihe. Hinter ihnen folgten die Botschafter Seldon aus Mardovia, Wexler aus Pendisan und Brumford aus Togressa.

Kahlan wußte, daß Jara und Grennidon, Länder von unermeßlichem Reichtum und mit großen stehenden Heeren, vermutlich als Gegenleistung für ihre Kapitulation am hartnäckigsten um den Erhalt ihres privilegierten Status kämpfen würden. Deren Selbstvertrauen mußte sie als erstes erschüttern. Da sie den größten Teil ihres Lebens in einer Stellung von Autorität und Macht gedient hatte, erst als Konfessor und später dann als Mutter Konfessor, wußte Kahlan sehr genau, was sie zu tun hatte. Sie kannte diese Leute und wußte, wie sie dachten. Eine Kapitulation war hinnehmbar, solange sie dem Rang nach weiter über gewissen Ländern stehen konnten und solange man ihnen uneingeschränkte Machtbefugnis in ihren inneren Angelegenheiten zubilligte.

Eine solche Haltung war nicht länger akzeptabel. Sie durfte nicht hingenommen werden, wenn sie alle eine Chance gegen die Imperiale Ordnung haben wollten. Kahlan mußte Richards Versprechen und die Bedingungen der Kapitulation mittragen. Davon hing die Zukunft jedes einzelnen Landes der Midlands ab.

Wenn dieser neue Bund gegen die Imperiale Ordnung Bestand haben wollte, durfte es keine eigenständigen Länder geben, die ihre eigenen Ziele verfolgten. Sie mußten jetzt zu einer Einheit werden, mußten einer einzigen Befehlsgewalt unterstehen und zusammenhalten wie ein Volk und nicht wie ein Bündnis, das im kritischen Augenblick auseinanderbrechen konnte und der Imperialen Ordnung dadurch vielleicht ermöglichte, ihnen allen die Freiheit zu rauben.

»Lord Rahl ist mit Angelegenheiten unserer gegenseitigen Sicherheit bei unserem Kampf befaßt. Ich bin an seiner Stelle gekommen, um mir Eure Entscheidung anzuhören. Man wird Eure Worte an ihn weiterleiten, so wie Ihr sie zu mir sprecht. Als Mutter Konfessor, Königin von Galea, Königin von Kelton und Verlobte des Herrschers von D'Hara habe ich die Machtbefugnis, im Namen des D'Haranischen Reiches zu sprechen. Mein Wort hat dieselbe Gültigkeit wie das von Lord Rahl.«

Die Worte waren gegen ihre Absicht hervorgesprudelt, aber genau das war es – das D'Haranische Reich. Richard war sein oberster Führer, seine oberste Autorität.

Die Abgesandten verneigten sich und bestätigten murmelnd, daß sie verstanden hatten.

Diese mächtigen Leute mußten begreifen, daß die Ordnung der Dinge nicht mehr so wie früher war, daher kehrte Kahlan die Reihenfolge, in der diese Angelegenheit verhandelt wurde, um.

»Botschafter Brumford, bitte tretet vor.«

Tristan Bashkar und Leonora Cholbane erhoben sofort die ersten Einwände. Es war noch nie vorgekommen, daß einem unbedeutenderen Land das Wort zuerst erteilt wurde.

Kahlans wütender Blick ließ sie verstummen. »Ihr erhaltet die Erlaubnis zu sprechen, wenn ich sie Euch erteile. Vorher nicht. Ein

Land, das sich uns noch nicht durch Aufgabe seiner Eigenständigkeit angeschlossen hat, bekleidet in meinen Augen keinen Rang.

Erwartet nicht, daß man Euch diese Anmaßung durchgehen läßt, wie dies in der Vergangenheit im Bund der Midlands üblich war. Der Bund der Midlands existiert nicht mehr. Ihr seid jetzt ein Teil des D'Haranischen Reiches.«

Eisiges Schweigen senkte sich über den Saal.

Als sie zum ersten Mal davon erfuhr, daß Richard fast genau dieselben Worte in ebendiesen Räumen vor den Abgesandten der Midlands gesprochen hatte, war Kahlan am Boden zerstört gewesen. Am Ende hatte sie begriffen, daß es keinen anderen Ausweg gab.

Tristan Bashkar und die Cholbanes, denen ihre Worte gegolten hatten, standen mit rotem Gesicht, aber schweigend da. Als sie den Blick auf Botschafter Brumford richtete, fiel ihm ihre Aufforderung wieder ein, und er eilte nach vorn.

Der freundliche Botschafter Brumford raffte sein umfangreiches violettes Gewand mit einer Hand zusammen, senkte ein Knie auf den Marmorboden und machte eine tiefe Verbeugung.

»Mutter Konfessor«, begann er, indem er sich aufrichtete, »Togressa steht bereit, sich Euch und allen freien Menschen in unserem Bund gegen die Tyrannei anzuschließen.«

»Danke, Botschafter. Wir heißen Togressa als Mitglied des D'Haranischen Reiches willkommen. Das Volk von Togressa wird den gleichen Rang bekeiden wie alle anderen bei uns. Wir wissen, daß Euer Volk seinen Teil tun wird.«

»Das wird es. Danke, Mutter Konfessor. Bitte leitet meine Botschaft weiter an Lord Rahl, daß wir uns freuen, ein Teil D'Haras zu sein.«

Kahlans Lächeln kam aus tiefstem Inneren. »Lord Rahl und ich teilen Eure Freude, Botschafter Brumford.«

Er trat zur Seite, als Kahlan den muskulösen, untersetzten, feurig dreinblickenden Botschafter Wexler von Pendisan nach vorne rief.

»Mutter Konfessor«, sagte er, als er sich erhob und seinen ledernen Überwurf richtete, »Pendisan ist ein kleines Land mit einer kleinen Legion unter Waffen stehender Männer, aber wir sind leidenschaftliche Kämpfer, was jeder bezeugen kann.

Die Mutter Konfessor ist stets mit der gleichen Leidenschaft für uns eingetreten. Wir waren stets einer Meinung mit den Midlands und mit der Mutter Konfessor, daher messen wir Euren Worten große Bedeutung bei. Mit allergrößtem Respekt hören wir auf Euren Rat und schließen uns D'Hara an.

Wir senken unsere Schwerter vor Euch und vor Lord Rahl. Das Volk von Pendisan, sowohl jene von einfachem Fleisch und Blut als auch jene mit magischen Fähigkeiten, haben den Wunsch, in vorderster Front gegen die Horden von jenseits der Wildnis zu kämpfen, auf daß der Feind einen bitteren Vorgeschmack auf unsere Grausamkeit bekomme. Von diesem Tag an werden wir allen als die D'Haraner aus Pendisan bekannt sein, so dies Euch gefällt.«

Gerührt von seinen Worten, verneigte Kahlan sich vor ihm. Das Volk von Pendisan hatte zwar einen gewissen Hang zur Dramatik, aber deswegen war diese Bemerkung nicht weniger aufrichtig gemeint. So klein das Land auch war, man durfte das Volk nicht auf die leichte Schulter nehmen. Die unumwundene Behauptung seines Botschafters über seine Grausamkeit war keine leere Prahlerei. Wenn seine Zahl nur so groß wäre wie sein Kampfesmut.

»Die vorderste Reihe kann ich Euch nicht versprechen, Botschafter Wexler, doch wird es uns eine Ehre sein, Euer Volk in unserem Kampf an unserer Seite zu wissen. Wir werden es achten, unabhängig davon, wo es kämpft.«

Mit sachlicher Miene wandte sie sich dem Botschafter von Mardovia zu. Auch die Mardovianer waren ein stolzes Volk und nicht weniger leidenschaftlich. Ihnen blieb auch gar nichts anderes übrig, wenn sie auf dem harten Boden der Wildnis überleben wollten. Allerdings handelte es sich ebenfalls um ein kleines Land.

»Botschafter Seldon, bitte tretet vor und verkündet die Entscheidung Mardovias.«

Botschafter Seldon kam leichten Schritts nach vorn, wobei er die anderen aufmerksam beobachtete. Er verneigte sich aus der Hüfte, wodurch sein weißes Haar über den Goldbesatz auf seinen Schultern seines roten Wappenrocks fiel.

»Mutter Konfessor. Der Rat der Sieben von Mardovia in unserer Mutterstadt Renwold hat mich mit der Pflicht der langen Reise nach Aydindril beauftragt, um seine Entscheidung zu überbringen. Der Rat der Sieben hat weder den Wunsch noch die Absicht, die Herrschaft über unser geliebtes Volk an Außenstehende abzutreten, seien sie nun D'Haraner oder die Imperiale Ordnung.

Euer Krieg gegen die Imperiale Ordnung ist nicht der unsere. Der Rat der Sieben hat beschlossen, daß Mardovia unabhängig und neutral bleiben wird.«

Ein Soldat hinter ihr hustete in die Stille hinein. Das Geräusch hallte durch den gesamten marmornen Ratssaal.

»Botschafter Seldon, Mardovia liegt mitten in der östlichen Wildnis, nicht weit von der Alten Welt. Dort seid Ihr verwundbar.«

»Die Mauern, Mutter Konfessor, die unsere Mutterstadt Renwold umgeben, haben allen Prüfungen der Zeit standgehalten. Wie Ihr sagt, liegen wir mitten zwischen den Völkern der Wildnis. In der Vergangenheit haben diese Völker uns oft überfallen. Keinem ist auch nur gelungen, eine Bresche in die Mauern zu schlagen, erst recht nicht, unsere unerschütterlichen Verteidiger zu besiegen. Stattdessen treiben die verschiedenen Völker der Wildnis jetzt Handel mit uns, und mit Renwold ist in der östlichen Wildnis der Midlands ein Handelszentrum entstanden, das von allen respektiert wird, die uns einst erobern wollten.«

Kahlan beugte sich vor. »Die Imperiale Ordnung ist nicht irgendein Stamm der Wildnis, Botschafter. Sie wird Euch vernichten. Besitzt der Rat der Sieben nicht genug Verstand, das zu erkennen?«

Botschafter Seldon lächelte nachsichtig. »Ich verstehe Eure Sorge, Mutter Konfessor, aber wie ich schon sagte, die Mauern von Renwold leisteten uns gute Dienste. Seid versichert, Renwold wird nicht an die Imperiale Ordnung fallen.« Sein Gesichtsausdruck verhärtete sich. »Es wird auch nicht an diesen neuen Bund fallen, den Ihr zusammen mit D'Hara bildet.

Große Zahlen bedeuten nicht viel gegen einen Felsbuckel in der Wildnis. Ein Eroberer wird es schnell leid werden, sich die Zähne an einem so winzigen Brocken auszubeißen. Unsere geringe Größe, unsere Lage und unsere Mauern sorgen dafür, daß sich die Mühe nicht einmal ansatzweise lohnt. Schlössen wir uns Euch an, wären wir verwundbar, denn dann stünden wir für Widerstand.

Unsere Neutralität bedeutet keinerlei feindselige Absicht. Wir sind bereit, mit Eurem Bund Handel zu treiben, so wie wir bereit sind, mit der Imperialen Ordnung Handel zu treiben. Wir wünschen niemandem etwas Schlechtes, aber verteidigen werden wir uns selbst.«

»Botschafter Seldon, Eure Frau und Eure Kinder befinden sich in Renwold. Begreift Ihr nicht, in welcher Gefahr Eure Familie schwebt?«

»Meine geliebte Frau und die Kinder sind hinter den Mauern von Renwold in Sicherheit, Mutter Konfessor. Ich habe keine Angst um sie.«

»Werden Eure Mauern auch gegen Magie standhalten? Die Imperiale Ordnung setzt Zauberer ein! Oder hat Euch die Vergangenheit so trunken gemacht, daß Ihr die Bedrohung Eurer Zukunft nicht erkennt?«

Sein Gesicht hatte sich gerötet. »Der Beschluß des Rates der Sieben ist endgültig. Wir haben keine Angst um unsere Sicherheit. Auch bei uns gibt es Menschen, die über Magie verfügen und die die Mauern vor Magie schützen. Neutralität hat nichts Bedrohliches. Vielleicht solltet Ihr die Guten Seelen um Gnade bitten, schließlich seid Ihr es, die den Krieg will. Nach den Gesetzen der Gewalt zu leben, heißt sie herausfordern.«

Kahlan trommelte mit den Fingerspitzen auf die Tischplatte, während alles auf ihre Entgegnung wartete. Sie wußte, selbst wenn sie diesen Mann überzeugen konnte, würde dies nichts nützen. Der Rat der Sieben hatte seinen Beschluß gefaßt, und dieser Mann konnte ihn nicht abändern, selbst wenn er wollte.

»Botschafter Seldon, Ihr werdet Aydindril bis zum Ende des heutigen Tages verlassen haben. Ihr werdet zum Rat der Sieben in Renwold zurückkehren und ihm erklären, daß D'Hara Neutralität nicht anerkennt. In diesem Kampf geht es um unsere Welt – darum, ob sie im Licht gedeihen oder im Schatten der Tyrannei verdorren wird. Lord Rahl hat verfügt, daß niemand neutral bleiben kann. Ich habe verfügt, daß es für die Imperiale Ordnung keine Gnade geben wird. In diesem Punkt sind wir einer Meinung.

Ihr entscheidet Euch entweder für uns oder gegen uns. Die Imperiale Ordnung sieht das ebenso.

Erklärt dem Rat der Sieben, daß Mardovia von nun an gegen uns steht. Einer von uns beiden, entweder D'Hara oder die Imperiale Ordnung, wird Mardovia erobern. Weist den Rat an, zu den Guten Seelen zu beten und sie zu bitten, daß wir es sind, die Euch erobern und Renwold einnehmen, und nicht die Imperiale Ordnung. Wir werden für Euren Widerstand harte Sanktionen verhängen, doch Euer Volk wird überleben. Sollte die Imperiale Ordnung als erste über Euch herfallen, dann werden sie Eure Verteidiger vernichtend schlagen und Euer Volk versklaven. Mardovia wird nur noch Vergangenheit sein.«

Sein nachsichtiges Lächeln wurde breiter. »Seid unbesorgt, Mutter Konfessor. Renwold wird gegen jedes Land standhalten, selbst gegen die Imperiale Ordnung.«

Kahlan betrachtete ihn mit kalter Wut. »Ich habe mitten unter den Toten in den Mauern von Ebinissia gestanden. Ich habe mit angesehen, welches Gemetzel die Imperiale Ordnung angerichtet hat. Und mir entging nicht, was sie davor mit den Lebenden gemacht haben. Ich bete für die armen Menschen, die unter den Selbsttäuschungen des Rates der Sieben zu leiden haben werden.«

Verärgert gab Kahlan den Wachen ein Handzeichen, sie möchten den Mann aus dem Ratssaal hinausbegleiten. Was mit dem Volk von Mardovia geschehen würde, wenn die Imperiale Ordnung zuerst angriff, wußte sie. Und auch, daß Richard nicht das Leben von Verbündeten aufs Spiel setzen konnte, nur um Renwold zu dessen eigener Sicherheit einzunehmen. Das Land lag zu weit abseits. Sie würde ihm davon abraten, wie auch jeder seiner Generäle.

Mardovia war verloren, und seine Neutralität würde die Imperiale Ordnung anlocken, wie der Geruch von Blut die Wölfe.

Sie war durch die Tore in den mächtigen Mauern von Renwold gegangen. Die Mauern waren beeindruckend. Unbezwingbar waren sie nicht. Die Imperiale Ordnung verfügte über viele Zauberer wie Marlin. Dem Zaubererfeuer würden die Mauern nicht standhalten, trotz der Menschen mit magischen Fähigkeiten, die Renwold verteidigten.

Kahlan versuchte, das Schicksal Mardovias aus ihren Gedanken zu verbannen, und bat die beiden Mitglieder der königlichen Familie von Grennidon vorzutreten.

»Wo steht Grennidon?« knurrte sie.

Walter Cholbane räusperte sich. Seine Schwester war es, die das Wort ergriff.

»Grennidon, ein Land von großer Bedeutung, ein Land mit weiten Feldern, deren Erzeugnisse –«

Kahlan schnitt ihr das Wort ab. »Ich fragte, wo Grennidon steht.«

Leonora rieb sich die Hände und versuchte die Entschlossenheit in Kahlans Augen abzuschätzen.

»Die königliche Familie bietet ihre Kapitulation an, Mutter Konfessor.«

»Danke, Leonora. Wir freuen uns für Euch und Euer Volk. Bitte sorgt dafür, daß meinen Offizieren alles an Information gewährt wird, was sie benötigen, damit Eure Armee unter unser gemeinsames Oberkommando gestellt werden kann.«

»Ja, Mutter Konfessor«, stammelte sie. »Mutter Konfessor, sollen unsere Streitkräfte vor den Mauern von Renwold zur Ader gelassen werden, um diese niederzureißen?«

Grennidon lag im Norden von Mardovia und befand sich in der günstigsten Angriffsposition, Kahlan wußte aber, daß Grennidon keinen Gefallen daran finden würde, einen Handelspartner anzugreifen. Zudem hatten einige aus dem Rat der Sieben in die königliche Familie Cholbane eingeheiratet.

»Nein. Renwold ist eine Stadt der lebenden Toten. Die Geier werden an den Knochen ihrer Bewohner nagen. Bis dahin ist der Handel mit Mardovia untersagt. Wir treiben Handel nur mit denen, die sich uns anschließen.«

»Ja, Mutter Konfessor.«

»Mutter Konfessor«, warf Walter, ihr Bruder, ein, »wir möchten einige der Bedingungen mit Lord Rahl besprechen. Wir haben Wertvolles anzubieten, außerdem möchten wir ihn auf einige wichtige Punkte aufmerksam machen.«

»Die Kapitulation erfolgt bedingungslos. Es gibt nichts zu besprechen. Lord Rahl trug mir auf, Euch daran zu erinnern, daß es keinerlei Verhandlungen geben wird. Entweder entscheidet Ihr Euch für uns oder gegen uns. Also: Wollt Ihr nun Eure Kapitulation vor Unterzeichnung der Urkunden zurückziehen und statt dessen das Schicksal Mardovias teilen?«

Er atmete tief durch. »Nein, Mutter Konfessor.«

»Danke. Sobald Lord Rahl Zeit findet – wie ich hoffe, bald –, wird er sich gerne anhören, was Ihr als geschätztes Mitglied des D'Haranischen Reiches vorzubringen habt. Bedenkt bitte, daß Ihr von nun an Teil D'Haras seid, dessen Herrscher er ist.«

Sie hatte sie weniger respektvoll behandelt als die beiden kleineren Länder, die ihre Kapitulation angeboten hatten. Es nicht zu tun, wäre darauf hinausgelaufen, sie zu ermutigen und so Schwierigkeiten heraufzuschwören. Die beiden gehörten zu denen, die stets die roten Gemächer verlangten.

Walter und Leonora wirkten gelöster, nachdem Kahlan ihre Zustimmung entgegengenommen hatte. Die Cholbanes konnten bis zum Ende zäh und hartnäckig sein, aber war erst einmal Einigung erzielt und hatten sie ihr Wort gegeben, blickten sie nicht mehr zurück, überlegten sie niemals, was gewesen wäre, wenn. Diese Eigenschaft machte die Verhandlungen mit ihnen erträglich.

»Wir haben verstanden, Mutter Konfessor«, sagte Walter.

»So ist es«, fügte seine Schwester hinzu. »Und wir freuen uns auf den Tag, an dem die Imperiale Ordnung für unser Volk keine Bedrohung mehr darstellt.«

»Ich danke Euch beiden. Ich weiß, dieses Verhalten muß Euch barsch erscheinen, aber Ihr sollt wissen, daß wir hocherfreut sind, Euch und Euer Volk zu uns zu zählen.«

Als sie sich entfernten, um die Dokumente zu unterzeichnen und sich mit den Offizieren zu besprechen, richtete Kahlan ihre Aufmerksamkeit auf Tristan Bashkar aus Jara.

»Gesandter Bashkar, wo steht Jara?«

Tristan Bashkar war ein Mitglied der königlichen Familie von Jara. Ein Gesandter bekleidete dort eine Position von hohem Rang und Vertrauen. Von den hier Versammelten war er der einzige mit genügend Machtbefugnis, um den Entschluß zur Übergabe seines Landes abzuändern, ohne zu Beratungen nach Hause zurückzukehren. Gab es seiner Meinung nach gute Gründe, konnte er von den Anweisungen der königlichen Familie abweichen und damit auch Jaras Standpunkt verändern.

Kaum den Dreißigern entwachsen, stand ihm sein Alter gut zu Gesicht. Zudem machte er sich sein Äußeres zunutze, um die Menschen von seinem regen Verstand abzulenken. Hatte er die Menschen erst einmal mit seinem gefälligen Lächeln, seinen hellbraunen Augen und seinen glattzüngigen Schmeicheleien entwaffnet, entlockte er ihnen Zugeständnisse, bevor sie etwas davon merkten.

Er strich sich eine dichte Haarsträhne aus der Stirn – eine zwanghafte Angewohnheit. Oder vielleicht eine Methode, die Aufmerksamkeit auf seine Augen zu lenken, von denen Menschen sich leicht ablenken ließen.

Er breitete rechtfertigend die Hände aus. »Ich fürchte, Mutter Konfessor, es ist nicht so einfach wie ein schlichtes Ja oder Nein, wenn ich Euch auch versichern möchte, daß wir uns in Übereinstimmung mit dem großen Reich D'Haras befinden und sowohl Lord Rahls als selbstverständlich auch Eure Weisheit bewundern. Wir haben den Rat der Mutter Konfessor stets über den aller anderen gestellt.«

Kahlan seufzte. »Tristan, ich bin nicht in Stimmung für Eure üblichen Spiele. Ihr und ich, wir haben uns in diesen Räumen häufiger, als ich mich erinnern kann, Dispute geliefert. Stellt mich heute nicht auf die Probe. Ich werde das nicht zulassen.«

Als Mitglied der königlichen Familie war er in allen Kriegskünsten gut ausgebildet und hatte in der Vergangenheit hervorragend gekämpft. Breitschultrig und groß, war er eine stattliche Erscheinung. Sein ungezwungenes Lächeln besaß etwas Spielerisches, das alles Bedrohliche überdeckte. Daher kehrte Kahlan Tristan Bashkar sozusagen nie den Rücken zu.

Beiläufig knöpfte er seinen dunkelblauen Rock auf und stemmte eine Hand auf die Hüfte. Durch diese kleine Geste wurde ein reich verziertes Messer sichtbar, das in einer Scheide an seinem Gürtel steckte. Kahlan hatte hinter vorgehaltener Hand flüstern hören, daß Tristan Bashkar, wenn er in die Schlacht ging, lieber sein Messer zog als das Schwert. Es ging auch das Gerücht, es bereite ihm ein sadistisches Vergnügen, seinen Feind in Stücke zu schneiden.

»Ich gestehe, Mutter Konfessor, daß ich in der Vergangenheit mit der Offenlegung unserer Haltung zurückhaltend war, weil ich dadurch unser Volk vor der Habgier anderer Völker beschützen wollte, doch diesmal liegen die Dinge anders. Seht Ihr, nach unserer Einschätzung der Situation –«

»Das interessiert mich nicht. Ich will nur wissen, ob Ihr auf unserer Stelle steht oder auf der unserer Feinde. Wenn Ihr auf der unserer Feinde steht, Tristan, dann gebe ich Euch mein Wort, daß wir morgen früh Truppen in den königlichen Palast in Sandilar einreiten lassen werden, und die Soldaten werden entweder mit der bedingungslosen Kapitulation zurückkehren oder mit den Köpfen der königlichen Familie.

General Baldwin steht mit einer keltonischen Streitmacht von beträchtlicher Größe hier in Aydindril. Ihn werde ich schicken – Keltonier lassen ihre Königin niemals im Stich. Ich bin jetzt Königin von Kelton. Wollt Ihr Streit mit General Baldwin?«

»Selbstverständlich nicht, Mutter Konfessor. Wir wollen keinen Streit, aber wenn Ihr mich nur zu Ende anhören würdet –«

Kahlan schlug mit der flachen Hand auf den Tisch und brachte ihn damit zum Schweigen. »Als die Imperiale Ordnung Aydindril besetzt hielt, bevor Richard es befreite, saß Jara als Verbündeter der Imperialen Ordnung mit im Rat.«

»Wie damals auch D'Hara«, erinnerte er sie freundlich.

Kahlan funkelte ihn wütend an. »Ich wurde vor den Rat gestellt und eben jener Verbrechen für schuldig erklärt, die die Imperiale Ordnung begangen hatte. Zauberer Ranson beantragte die Todesstrafe. Das Ratsmitglied aus Jara saß an diesem Tisch und wollte mich enthaupten lassen.«

»Mutter Konfessor ...«

Kahlan zeigte mit einem Finger nach rechts. »Genau dort hat er gesessen und meine Hinrichtung gefordert.«

Sie blickte Tristan wieder in die braunen Augen. »Wenn Ihr genau hinseht, dann werdet Ihr vermutlich immer noch den Fleck an der Vorderseite des Tisches dort drüben erkennen können. Richard hat diese verräterischen Ratsmitglieder im Zuge der Befreiung Aydindrils hingerichtet. Diesen Fleck hat das Ratsmitglied aus Jara hinterlassen. Wie ich hörte, hat Richard den Mann fast in zwei Hälften geteilt, so wütend war er über den Verrat an mir und an dem Volk der Midlands.«

Tristan stand höflich da und ließ sich seine Gefühle nicht anmerken. »Daß dieses Ratsmitglied für Jara sprach, war keine Entscheidung der königlichen Familie, Mutter Konfessor. Der Mann war eine Marionette der Imperialen Ordnung.«

»Dann schließt Euch uns an.«

»Das wollen wir, und das war auch unsere Absicht. Um es ganz offen auszusprechen, man hat mich mit der Befugnis hergeschickt, eben dies zu erreichen.«

»Was immer Ihr verlangt, Tristan, Ihr werdet es nicht bekommen. Wir machen allen das gleiche Angebot. Sonderregelungen gibt es für niemand.«

»Würde man es als Sonderregelung auslegen, Mutter Konfessor, wenn Ihr mich zu Ende anhörtet?«

Kahlan seufzte. »Faßt Euch kurz, und vergeßt nicht, Tristan, Euer Lächeln hat keine Wirkung auf mich.«

Er lächelte trotzdem. »Als Mitglied der königlichen Familie habe ich die Machtbefugnis und den Auftrag, Jara zu übergeben und Euch anzuschließen. Vor die Wahl gestellt, ist dies unser Wunsch.«

»Dann tut es.«

»Der rote Mond steht diesem Vorhaben im Weg.«

Kahlan richtete sich auf. »Was hat das damit zu tun?«

»Javas Kedar, unser Sterndeuter, hat großen Einfluß auf die königliche Familie, Mutter Konfessor. Er hat die Sterne zu unserer Kapitulation befragt und die Ansicht geäußert, daß die Sterne diesem Vorhaben wohlgesinnt sind.

Vor meiner Abreise erklärte mir Javas Kedar, die Sterne würden ein Zeichen geben, sollten sich die Umstände ändern. Ich solle auf dieses Zeichen achten. Der rote Mond hat mich bei unserem Vorhaben zögern lassen.«

»Der Mond ist kein Stern.«

»Der Mond steht am Himmel, Mutter Konfessor. Javas Kedar berät auch anhand der Mondsymbole.«

Kahlan zwickte sich mit Daumen und Zeigefinger in den Nasenrücken und seufzte. »Wollt Ihr zulassen, Tristan, daß aufgrund dieses Aberglaubens Unheil über Euer Volk kommt?«

»Nein, Mutter Konfessor. Aber ich bin bei meiner Ehre dazu verpflichtet, den Glauben meines Volkes zu beherzigen. Lord Rahl hat gesagt, eine Kapitulation bedeute nicht, daß wir unsere Sitten und Gebräuche aufgeben müssen.«

»Tristan, Ihr habt die entnervende Angewohnheit, die Wahrheit zurechtzustutzen, bis sie Euch paßt. Richard sagte, ein Land müsse seine Gebräuche nicht aufgeben, solange diese niemandem schaden und sie keine für alle gültigen Gesetze brechen. Ihr überschreitet eine gefährliche Grenze.«

»Wir wollen unter keinen Umständen seine Vorschriften umgehen oder irgendwelche Grenzen überschreiten, Mutter Konfessor. Ich verlange nichts weiter als ein wenig Zeit.«

»Zeit. Zeit wozu?«

»Zeit, Mutter Konfessor, um mich zu vergewissern, ob der rote Mond ein Zeichen dafür ist, daß wir Grund haben, einen Zusammenschluß mit D'Hara zu fürchten. Ich kann jetzt einfach nach Jara zurückreisen und mich mit Javas Kedar beraten, oder ich kann hier eine Weile abwarten, wenn Euch das lieber ist, um mich davon zu überzeugen, daß der rote Mond kein Zeichen der Gefahr darstellt.«

Die Jaraner und besonders die königliche Familie, soviel wußte Kahlan, glaubten leidenschaftlich an die Unterweisung durch die Sterne. Wieviel Mühe Tristan auch darauf verwendete, Weiberröcken hinterherzujagen, böte eine schöne Frau ihm seine Reize an, liefe er vor ihr davon, wenn er der Überzeugung wäre, daß die Sterne dagegen waren.

Er würde mindestens einen Monat brauchen, um nach Jara zurückzukehren, den Sternendeuter zu Rate zu ziehen und nach Aydindril zurückzukehren.

»Wie lange müßtet Ihr in Aydindril warten, bis Ihr Euch sicher wärt und ruhigen Gewissens kapitulieren könntet?«

Er legte einen Augenblick lang nachdenklich die Stirn in Falten. »Wenn Aydindril einige Wochen lang sicher bliebe, würde ich das Zeichen ruhigen Gewissens nicht als böses Omen betrachten.«

Kahlan trommelte mit ihren Fingern auf den Tisch.

»Ihr habt zwei Wochen Zeit. Keinen Tag länger.«

»Danke, Mutter Konfessor. Ich werde dafür beten, daß wir den Zusammenschluß mit D'Hara in zwei Wochen vollziehen können.« Er verneigte sich. »Guten Tag, Mutter Konfessor. Ich sehe dem für uns günstigen Entschluß der Sterne mit Freude entgegen.«

Er entfernte sich einen Schritt, drehte sich aber noch einmal um. »Übrigens, wißt Ihr vielleicht einen Platz, wo ich solange wohnen könnte? Unser Palast wurde während Eures Kampfes mit dem Lebensborn niedergebrannt. Wegen der Zerstörungen in Aydindril ist es nicht einfach, eine Unterkunft zu finden.«

Sie wußte, worauf er hinauswollte – er wollte in der Nähe sein, damit er sehen konnte, ob die Sterne einen Schlag gegen die d'Haranische Führung führten. Der Mann hatte eine zu hohe Meinung von sich und hielt sich für klüger, als er war.

Kahlan lächelte. »Aber ja, ich weiß etwas. Ihr werdet gleich hier bleiben, wo wir ein Auge auf Euch halten können, bis die zwei Wochen vorüber sind.«

Er knöpfte seinen blauen Rock zu. »Vielen Dank für Eure Gastfreundschaft, Mutter Konfessor.«

»Noch etwas, Tristan. Solltet Ihr, solange Ihr Gast unter meinem

Dach seid, eine der Frauen, die hier leben und arbeiten, auch nur mit einem Finger berühren, werde ich dafür sorgen, daß man Euch etwas ganz Bestimmtes abschneidet.«

Er lachte amüsiert. »Ich wußte gar nicht, daß Ihr dem Gerede über mich Glauben schenkt, Mutter Konfessor. Leider muß ich oft auf käufliche Reize zurückgreifen, wenn ich Gesellschaft will. Es schmeichelt mir jedoch, daß Ihr mich für so begabt im Gewinnen von jungen Damen haltet. Sollte ich Eure Regeln brechen, erwarte ich, daß man mich vor Gericht stellt und mich zu einer Strafe Eurer Wahl verurteilt.«

Vor Gericht.

Richard hatte erzählt, die Menschen, die der Tempel der Winde fortgeschickt hatte, seien vor Gericht gestellt worden. In der Burg der Zauberer existierten Aufzeichnungen sämtlicher dort abgehaltener Gerichtsverhandlungen. Sie hatte nie eines dieser Bücher gelesen, aber man hatte ihr davon berichtet. Vielleicht ließe sich anhand der Aufzeichnungen über die Gerichtsverhandlungen feststellen, was mit dem Tempel der Winde geschehen war.

Als Kahlan Tristan Bashkar hinter einem Wachenpaar verschwinden sah, mußte sie an Richard denken und fragte sich, was er wohl herausbekommen würde. Ob er abermals einen Bruder verlieren würde?

Kahlan kannte die meisten Frauen, die im Palast der Konfessoren arbeiteten. Sie respektierten Richard als einen ehrenvollen Mann. Die Vorstellung, daß sie einen Mann anbeteten, der sie dadurch zu gewinnen hoffte, indem er ihr Vertrauen in Richard ausnutzte, behagte ihr ganz und gar nicht.

Der Gedanke an Richard versetzte ihr einen schmerzlichen Stich. Er hoffte, Drefan würde sich als ein Bruder erweisen, auf den er stolz sein konnte. Hoffentlich wurde Drefan nicht zum Problem. Sie mußte daran denken, wie er Cara begrabscht hatte.

Kahlan wandte sich an die Mord-Sith. »Drei weitere Länder, die auf unserer Seite stehen, eines verloren und eines, das sich noch entscheiden muß.«

Cara lächelte verschwörerisch. »Eine Schwester des Strafers muß imstande sein, Angst in die Herzen der Menschen einzupflanzen. Der Strafer steht Euch gut, Mutter Konfessor. Ich meinte zu hören, wie einigen von ihnen auf dem Weg hierher die Knie geschlottert haben.«

27. Kapitel

Unter dem Gerassel und Geklirre von Waffen und Rüstungen marschierten die nachfolgenden Soldaten die steile, gepflasterte Straße hinauf. Schmale Häuser von meist drei oder vier Stockwerken standen Seite an Seite, ihre oberen Stockwerke ragten über die unteren, so daß die obersten fast den Himmel verdeckten. Es war ein düsterer Teil der Stadt.

Überall hatten sich Soldaten jubelnd bei Richard bedankt, als er vorüberkam, und hatten ihm gute Gesundheit und ein langes Leben gewünscht. So mancher hatte ihn zu einem Getränk einladen wollen. Einige waren vor ihm hergelaufen und hatten die Preisung gesprochen: »Herrscher Rahl, führe uns. Herrscher Rahl, beschütze uns. In deinem Licht gedeihen wir. In deiner Gnade finden wir Schutz. Deine Weisheit erfüllt uns mit Demut. Wir leben nur, um zu dienen. Unser Leben gehört dir.«

Sie hatten ihn als großen Zauberer bejubelt, weil er sie beschützt und sie von ihrer Krankheit geheilt hatte. Richard war ihr Beifall mehr als unangenehm. Er hatte sie schließlich lediglich angewiesen, allgemein bekannte Heilmittel gegen Darmbeschwerden zu nehmen. Magie hatte er nicht eingesetzt.

Wiederholt hatte er zu erklären versucht, daß es sich nicht um Magie gehandelt habe, daß die Dinge, die sie gegessen und getrunken hatten, sie gesund gemacht hatten. Die Soldaten wollten nichts davon wissen. Sie hatten von ihm Magie erwartet, und in ihren Augen hatten sie sie bekommen. Schließlich hatte er die Erklärungsversuche aufgegeben und war dazu übergegangen, ihnen zum Dank für ihre Lobpreisungen zuzuwinken. Hätten sie einen Kräuterhändler aufgesucht, wären sie zweifellos ebenso gesund, würden sich aber über den Preis beklagen.

Allerdings war es ein gutes Gefühl, zu wissen, daß er Menschen zur Abwechslung einmal geholfen hatte, anstatt ihnen Schaden zuzufügen. Jetzt verstand er, wie Nadine sich fühlen mußte, wenn sie den Menschen mit ihren Kräutern erfolgreich zur Seite stand.

Er war vor dem Verlangen eines Zauberers nach Ausgewogenheit gewarnt worden. Ausgewogenheit gab es in allen Dingen, ganz besonders aber in der Magie. Er vertrug kein Fleisch mehr – ihm wurde schlecht davon –, und er vermutete, daß es an der Gabe lag, die einen Ausgleich für all das Töten suchte, zu dem er gelegentlich gezwungen war. Die Vorstellung, daß den Menschen zu helfen ein Teil der Ausgewogenheit im Leben eines Kriegszauberers war, gefiel ihm dagegen.

Mürrische Menschen, die ihren eigenen Geschäften nachgingen, traten in der engen Straße zur Seite und stapften durch den schmutzigen Schnee, der noch an den geschützten Stellen lag, um sich an den Soldaten vorbeizudrücken. Düster dreinblickende Gruppen junger Männer beobachteten sie argwöhnisch und verschwanden hinter der nächsten Ecke, als Richard und seine Eskorte näher kamen.

Richard griff geistesabwesend nach dem golddurchwirkten Lederbeutel an seinem Gürtel. Er enthielt weißen Zauberersand. Zauberersand bestand aus den kristallisierten Knochen jener Zauberer, die in den Türmen der Verdammnis, die die Alte und die Neue Welt voneinander trennten, ihr Leben gelassen hatten. Es handelte sich um eine Form konzentrierter Magie. Weißer Zauberersand verlieh den damit gezeichneten Bannen Macht – den guten wie auch den bösen. Der richtige Bann, gezeichnet in weißen Zauberersand, konnte den Hüter herbeirufen.

Er berührte den anderen golddurchwirkten Beutel an seinem Gürtel. Eine kleine fest verschnürte Ledertasche darin enthielt schwarzen Zauberersand. Diesen Sand hatte er selbst in einem der Türme gesammelt. Seit Errichtung der Türme hatte niemand mehr schwarzen Zauberersand finden können. Er konnte nur von jemandem aus den Trümmern geholt werden, der Subtraktive Magie besaß.

Schwarzer Zauberersand war das Gegenstück des weißen. Beide Arten hoben sich gegenseitig auf. Bereits ein Korn des schwarzen konnte einen mit dem weißen gezeichneten Bann verunreinigen, sogar einen solchen, der den Hüter herbeirufen sollte. Richard hatte ihn dazu benutzt, Darken Rahls Geisterseele zu besiegen und ihn zurück in die Unterwelt zu schicken.

Prälatin Annalina hatte ihm gesagt, er müsse den schwarzen Sand wie seinen Augapfel hüten – ein Löffel davon sei Königreiche wert. Somit besaß er wohl den Gegenwert mehrerer Königreiche. Er ließ den kleinen Lederbeutel mit dem schwarzen Sand weder aus den Augen, noch gab er ihn jemals aus der Hand.

Kinder, die zum Schutz gegen den kalten Frühlingstag in mehrere Schichten zerlumpter Kleidungsstücke gehüllt waren, spielten in der engen Straße ›Fang den Fuchs‹. Sie rannten von Tür zu Tür und kreischten vor Vergnügen über die Aussicht, den Fuchs zu finden, und noch lauter, als sie sahen, daß die eindrucksvolle Prozession ihre eigene Straße heraufgezogen kam.

Selbst der Anblick fröhlicher Kinder konnte Richards Gesicht kein Lächeln entlocken.

»Da ist es, Lord Rahl«, sagte General Kerson.

Der General deutete mit dem Daumen auf eine Tür zur Rechten, die man ein paar Fuß weit in die Schindelfassade des Hauses nach hinten versetzt hatte. Die verblichene rote Farbe blätterte vom unteren Rand ab, wo die Witterung ihr am meisten zugesetzt hatte. Auf einem kleinen Schild war zu lesen: *»Latherton Gästehaus«.*

Der große, untersetzte Kerl drinnen auf dem Stuhl vor dem wackeligen Tisch, auf dem trockene Kekse und eine Flasche standen, hob nicht einmal den Kopf. Sein Haar war zerzaust, seine Kleidung unordentlich. Er wirkte betrunken. Hinter ihm gab es eine Treppe und daneben einen schmalen Flur, der nach hinten in das Dunkel führte.

»Hier ist zu«, brummte er leise.

»Bist du Silas Latherton?« fragte Richard, während sein Blick über das Durcheinander aus schmutzigen Kleidungsstücken und Bettlaken schweifte, die darauf warteten, gewaschen zu werden. Ein halbes Dutzend leerer Wasserkannen stand an der Wand neben einem Stapel Putzlumpen.

Der Mann sah unter einer verwirrt in Falten gelegten Stirn auf. »Ja. Wer seid Ihr? Ihr kommt mir bekannt vor.«

»Ich bin Richard Rahl. Vielleicht erkennst du die Ähnlichkeit mit meinem Bruder Drefan.«

»Drefan.« Der Mann riß die Augen auf. »Lord Rahl.« Sein Stuhl scharrte geräuschvoll über den Dielenboden, als er ihn zurückschob und sich erhob, um sich zu verbeugen. »Verzeiht mir. Ich habe Euch nicht erkannt. Ich habe Euch noch nie gesehen. Ich wußte gar nicht, daß der Heiler Euer Bruder ist. Ich bitte Lord Rahl um Vergebung ...«

Jetzt erst bemerkte Silas die dunkelhaarige Mord-Sith an Richards einer Seite, den muskulösen General auf der anderen, Richards zwei hünenhafte Leibwächter, die hinter ihm in die Höhe ragten, und die geschlossenen Reihen der Soldaten, die von der Straße hereindrängten. Er fuhr sich mit den Fingern durch das fettige schwarze Haar und nahm eine aufrechte Haltung ein.

»Zeig mir das Zimmer, wo ... wo die Frau ermordet wurde«, sagte Richard.

Silas Latherton verbeugte sich zweimal, bevor er die Stufen hinaufeilte und sich dabei das Hemd in die Hose stopfte. Mit einem Blick über die Schulter vergewisserte er sich, daß Richard ihm folgte, und er nahm stets zwei Stufen auf einmal. Die Treppe protestierte ächzend und stöhnend unter seinem Gewicht.

Schließlich blieb er auf dem oberen Flur vor einer Tür stehen. Da die Wände rot gestrichen waren, lieferten die Kerzen zu beiden Enden des Flures nur wenig Helligkeit. Es stank.

»Hier herein, Lord Rahl«, sagte Silas.

Als er sich anschickte, die Tür zu öffnen, packte ihn Raina und stieß ihn beiseite. Mit einem finsteren Blick, der eine Gewitterwolke nachdenklich gemacht hätte, wies sie ihn an seinen Platz.

Sie öffnete die Tür und trat, den Strafer in der Hand, vor Richard ins Zimmer. Richard wartete einen Augenblick, während Raina das Zimmer nach Gefahren absuchte. Das war einfacher, als zu widersprechen. Silas hielt den Blick starr zu Boden gerichtet, während Richard und General Kerson in das kleine Zimmer hineingingen. Ulic und Egan bezogen neben der Tür Posten und verschränkten die massigen Arme vor der Brust.

Viel zu sehen gab es nicht: ein Bett, daneben eine kleine Kieferntruhe und einen Waschtisch. Ein dunkler Fleck verfärbte die ungehobelten Bodendielen aus Fichtenholz. Der Blutfleck reichte bis unters Bett und bedeckte nahezu den gesamten Fußboden.

Die Größe überraschte ihn nicht. Der General hatte ihm erzählt, was man der Frau angetan hatte.

Das Wasser im Waschbecken schien wenigstens zur Hälfte aus Blut zu bestehen. Der Lappen, der über der Seite hing, war durch und durch rot. Der Mörder hatte sich das Blut abgewaschen, bevor er gegangen war. Entweder war er reinlich, oder er hatte nicht blutüberströmt an Silas vorbei das Haus verlassen wollen.

Richard öffnete die Kieferntruhe. Sie enthielt ordentlich gestapelte Kleider und sonst nichts. Er ließ den Deckel wieder fallen.

Mit der Hand stützte er sich an den Türpfosten. »Eine Frau wird so verstümmelt, man schneidet ihr die Brüste ab und sticht hundertmal auf sie ein, und niemand hat auch nur das Geringste gehört?«

Er bemerkte, wie die Erschöpfung seiner Stimme eine gewisse

Schärfe verlieh. Seine schlechte Laune war vermutlich auch nicht gerade hilfreich.

Silas schluckte. »Sie wurde geknebelt, Lord Rahl. Ihre Hände waren ebenfalls gefesselt.«

Richard setzte eine finstere Miene auf. »Sie muß mit den Füßen um sich getreten haben. Hat niemand gehört, wie sie um sich getreten hat? Wenn ich in Stücke geschnitten würde, wenn ich geknebelt wäre und man mir die Hände gefesselt hätte, hätte ich wenigstens den Waschtisch umgetreten. Sie muß mit den Füßen um sich getreten und versucht haben, jemand auf sich aufmerksam zu machen.«

»Wenn, dann hab' ich nichts davon gehört. Von den anderen Frauen hat auch keine was gehört. Wenigstens haben sie nichts davon erwähnt, und ich glaube, sie hätten mich geholt, wenn sie etwas mitbekommen hätten. Wenn es Ärger gibt, sind sie immer sofort bei mir. Immer. Sie wissen, daß ich nicht gerade zimperlich bin, wenn es darum geht, sie zu beschützen.«

Richard rieb sich die Augen. Die Prophezeiung ließ ihm keine Ruhe. Er hatte Kopfschmerzen.

»Schaff die anderen Frauen her. Ich will mit ihnen sprechen.«

»Sie haben mich verlassen, als –« Er machte eine unbestimmte Handbewegung. »Bis auf Bridget.«

Er lief zum Ende des Flures und klopfte an die letzte Tür. Eine Frau mit zerzaustem rotem Haar streckte den Kopf zur Tür heraus, nachdem er leise auf sie eingeredet hatte. Dann zog sie sich wieder ins Zimmer zurück und kam einen Augenblick später wieder hervor, wobei sie einen cremefarbenen Morgenmantel um ihren Körper raffte. Sie schlang einen flüchtigen Knoten in den seidenen Gürtel und folgte Silas durch den Flur zu Richard.

Hier, mitten im Bauch des stinkenden Bordells, wurde Richard mit jedem Augenblick wütender über sich. Er hatte zwar versucht, sachlich zu bleiben, trotzdem hatte er sich bereits darüber gefreut, einen Bruder zu haben. Er begann, Drefan zu mögen. Drefan war ein Heiler. Was hätte edelmütiger sein können?

Silas und die Frau verbeugten sich. Sie sahen beide aus, wie Richard sich fühlte: dreckig, müde und bestürzt.

»Hast du irgendwas gehört?« Bridget schüttelte den Kopf. Ihre Augen wirkten gequält. »Kanntest du die Frau, die gestorben ist?«

»Rose«, sagte Bridget. »Ich bin ihr nur ein einziges Mal begegnet, für ein paar Minuten. Sie ist gestern erst zu uns gekommen.«

»Hat einer von euch eine Idee, wer sie ermordet hat?«

Silas' und Bridgets Blicke trafen sich.

»Wir wissen, wer es getan hat, Lord Rahl«, behauptete Silas, in dessen Stimme ein leidenschaftlicher Unterton mitschwang. »Der dicke Harry.«

»Der dicke Harry? Wer ist das? Wo können wir ihn finden?«

Zum erstenmal verzog Wut das Gesicht von Silas Latherton. »Ich hätte ihn nicht mehr reinlassen dürfen. Die Frauen mögen ihn nicht.«

»Von uns Mädchen wollte ihn keine mehr bedienen«, sagte Bridget. »Er säuft, und wenn er säuft, wird er fies. Wir haben es nicht nötig, uns so was bieten zu lassen, nicht solange die Armee ...« Sie ließ den Satz unbeendet, als ihr Blick auf den General fiel. Sie schlug einen anderen Ton an und fuhr fort: »Im Augenblick haben wir genug Kunden. Wir müssen uns nicht mit schäbigen Säufern wie dem dicken Harry abgeben.«

»Die Frauen sagten alle, sie wollten Harry nicht mehr nehmen«, fügte Silas hinzu. »Als er gestern abend kam, wußte ich, daß alle ihn ablehnen würden. Harry war richtig hartnäckig und wirkte halbwegs nüchtern, also fragte ich Rose, ob sie ihn nehmen würde, schließlich war sie neu und ...«

»Und wußte nicht, daß sie in Gefahr war«, beendete Richard den Satz.

»So war das nicht«, entgegnete Silas, als wolle er sich rechtfertigen.

»Harry wirkte nicht betrunken. Aber betrunken oder nicht, ich wußte, die anderen Frauen wollten ihn nicht, also fragte ich Rose, ob sie interessiert sei. Sie meinte, sie könne das Geld gebrauchen. Harry war ihr letzter Gast. Ein wenig später wurde sie entdeckt.«

»Wo können wir diesen Harry finden?«

Silas kniff die Augen zusammen. »In der Unterwelt, da wo er hingehört.«

»Du hast ihn umgebracht?«

»Keiner hat gesehen, wer ihm seine fette Kehle aufgeschlitzt hat. Keine Ahnung, wer es war.«

Richards Blick fiel auf das lange Messer, das in Silas' Gürtel steckte. Er konnte es dem Mann nicht verdenken. Hätten sie den dicken Harry gefaßt, würde er für sein Verbrechen genau das bekommen, was inzwischen bereits erledigt war. Allerdings hätte er vorher eine Verhandlung und Gelegenheit zu gestehen bekommen, nur um sicherzustellen, daß er die Tat auch wirklich begangen hatte.

Zu diesem Zweck wurden Konfessoren eingesetzt: um sich zu vergewissern, ob man den Richtigen verurteilt hatte. War ein Krimineller erst einmal von deren Magie berührt worden, gestand er all seine Verbrechen. Richard hätte nicht gewollt, daß Kahlan hörte, was man dieser Rose angetan hatte. Schon gar nicht von der Bestie, die die Untat begangen hatte.

Ihm wurde übel bei der Vorstellung, daß Kahlan einen solchen Mann anfassen mußte, einen Mann, der auf so brutale Weise eine Frau ermordet hatte. Er befürchtete, daß er Harry eigenhändig umgebracht hätte, um zu verhindern, daß Kahlan ihn berühren mußte.

Er war sich darüber im klaren, daß sie Männer berührt hatte, die keinen Deut besser waren. Sie sollte dies nie wieder tun müssen. Er konnte sich vorstellen, wie schmerzlich es für sie sein mußte, sich die Beichte derart unmenschlicher Verbrechen in allen Einzelheiten anzuhören. Er mochte nicht daran denken, welch grauenhafte Erinnerungen sie bis in ihre Träume verfolgten.

Richard zwang sich, den Gedanken abzuschütteln, und musterte Bridget. »Wieso bist du geblieben, als die anderen alle fortgelaufen sind?«

Sie zuckte die Achseln. »Einige von ihnen haben Kinder und hatten Angst um sie. Ich nehme ihnen ihre Angst nicht übel, aber wir waren hier immer sicher. Silas war stets anständig zu mir. Woanders bin ich schon verprügelt worden, hier jedoch nicht. Es war nicht Silas' Fehler, daß ein Wahnsinniger das verbrochen hat. Silas hat unsere Wünsche immer respektiert, wenn wir gesagt haben, daß wir einen Mann nicht mehr empfangen wollten.«

Richard spürte, wie sich ihm der Magen zusammenschnürte. »Aber Drefan war bei dir?«

»Klar. Er war bei allen Mädchen.«

»Bei allen Mädchen«, wiederholte Richard. Er hatte Mühe, seinen Zorn im Zaum zu halten.

»Na, sicher. Er war bei allen von uns. Nur bei Rose nicht. Sie hatte noch keine Gelegenheit, schließlich war sie erst ...«

»Und Drefan hatte keine Lieblingsdame?« Richard hatte gehofft, sein Halbbruder hätte sich auf eine Frau beschränkt, die er mochte, eine Frau, die gesund war.

Bridget legte die Stirn in Falten und machte ein fragendes Gesicht. »Wie kann ein Heiler eine Lieblingsdame haben?«

»Na ja, gab es eine, die er vorzog, oder nahm er einfach die, die gerade frei war?«

Die Frau bohrte einen Finger in ihren roten Schopf und kratzte sich am Kopf.

»Ich glaube, Ihr habt ein falsches Bild von Drefan, Lord Rahl. Er hat uns niemals angefaßt ... nicht so. Er kam nur her, um seine Arbeit zu verrichten.«

»Um zu heilen?«

»Ja«, sagte Bridget. Silas bestätigte dies mit einem Nicken. »Die Hälfte der Mädchen hatte ständig irgendein Wehwehchen.

Hautausschläge und Entzündungen und so weiter. Die meisten Leute, die Kräuter und Heilmittel verkaufen, wollen mit uns nichts zu tun haben, also müssen wir mit unseren Wehwehchen leben.

Drefan erklärte uns, wie wir uns waschen sollen. Er gab uns Kräuter und Salben, die wir auf die entzündeten Stellen streichen sollten. Er war schon zweimal hier, richtig spät, als wir mit der Arbeit fertig waren, um uns nicht in die Quere zu kommen, während wir unseren Lebensunterhalt verdienen. Er sah auch nach den Kindern. Zu ihnen war Drefan besonders nett. Eines hatte einen schlimmen Husten, und es ging ihm viel besser, nachdem Drefan ihm etwas zum Einnehmen gegeben hatte.

Heute früh war er wieder hier. Erst hat er eins der Mädchen untersucht, dann ging er nach oben zu Roses Zimmer, um nach ihr zu sehen. Dabei hat er sie gefunden. Hals über Kopf ist er aus dem Zimmer gestürzt und hat gebrüllt und« – sie zeigte auf den Boden zu Richards Füßen – »sich erbrochen. Wir sind alle auf den Flur rausgelaufen und haben gesehen, wie er sich dort auf den Knien die Seele aus dem Leib kotzte.«

»Er kam also nicht her, um … um … und er hat nie –«

Bridget prustete los. »Ich hab's ihm angeboten – umsonst, schließlich hatte er mir und all den anderen so wundervoll geholfen. Er erwiderte nur, aus dem Grund sei er nicht hier. Er wolle nur helfen, weil er ein Heiler sei.

Ich hab's ihm angeboten, stellt Euch vor, und ich kann sehr überzeugend sein,« – dabei zwinkerte sie – »aber er hat abgelehnt. Er kann richtig nett lächeln, wirklich. Genau wie Ihr, Lord Rahl.«

»Herein«, kam die Antwort auf Richards Klopfen.

Drefan kniete vor seiner Ansammlung von Kerzen, die auf dem Tisch an der Wand standen. Er hielt den Kopf gesenkt und hatte die Hände zum Gebet gefaltet.

»Hoffentlich störe ich nicht«, sagte Richard.

Drefan sah über die Schulter und erhob sich. Seine Augen erinnerten Richard an Darken Rahl. Er hatte die gleichen blauen Augen, denselben unbestimmbar eigenartigen, verwirrenden Blick. Richard konnte nicht anders, diese Augen beunruhigten ihn. Manchmal hatte er das Gefühl, Darken Rahl selbst starre ihn aus ihnen an.

Menschen, die in der Furcht vor Darken Rahl gelebt hatten, bekamen es wahrscheinlich auch mit der Angst zu tun, wenn sie Richard in die Augen sahen.

»Was tust du?« wollte Richard wissen.

»Ich bete zu den Guten Seelen, damit sie über die Seele eines bestimmten Menschen wachen.«

»Über wessen Seele?«

Drefan seufzte. Er wirkte müde und verdrossen.

»Die Seele einer Frau, die niemand mochte.«

»Eine Frau mit Namen Rose?«

Drefan nickte. »Woher weißt du von ihr?« Er tat seine eigene Frage mit einer Handbewegung ab. »Entschuldige – das war unüberlegt. Du bist Lord Rahl. Vermutlich berichtet man dir solche Dinge.«

»Ja, nun, solche Dinge kommen mir tatsächlich zu Ohren.« Richard entdeckte im Zimmer einen Gegenstand, den er beim letzten Besuch noch nicht gesehen hatte. »Wie ich bemerke, hast du dich entschlossen, die Einrichtung ein wenig freundlicher zu gestalten.«

Drefan sah, wohin Richard blickte, und trat an den Stuhl neben dem Bett. Er kam mit einem kleinen Kissen zurück. Liebevoll strich er mit den Fingern über die darauf gestickte Rose.

»Das gehörte ihr. Niemand wußte, woher sie stammte, also bestand Silas – das ist der Mann, der das Haus leitet –, er bestand darauf, daß ich dies für die Hilfe, die ich den Frauen dort gewähre, annehme. Ihr Geld will ich nicht. Wenn sie Geld übrig hätten, würden sie einen anderen Beruf ausüben.«

Richard war kein Fachmann, aber die Rosenstickerei wirkte, als sei sie mit Sorgfalt gestickt worden. »Glaubst du, sie hat das gemacht?«

Drefan zuckte die Achseln. »Silas wußte es nicht. Vielleicht, ja. Vielleicht hat sie es auch irgendwo gesehen und gekauft, weil eine Rose darauf war, wie ihr Name.«

Er strich behutsam mit dem Daumen über die Rose und starrte darauf.

»Drefan, was tust du an … einem solchen Ort? Hier gibt es genug Menschen, die deiner Künste bedürfen. Die Soldaten, die unten in der Grube verwundet wurden. Du hast reichlich zu tun. Warum gehst du in Hurenhäuser?«

Drefan fuhr mit einem Finger über den Stiel der Rose aus grünem Garn. »Um die Soldaten kümmere ich mich. Ich gehe in meiner freien Zeit zu den Huren, bevor die Menschen auf den Beinen sind und meine Hilfe brauchen.«

»Aber warum suchst du sie überhaupt auf?«

Seine Augen füllten sich mit Tränen, während er auf die Rose des Kissens starrte.

»Meine Mutter war eine Hure«, gestand er leise. »Ich bin der Sohn einer Hure. Einige von diesen Frauen haben Kinder. Jedes von ihnen hätte ich sein können.

Meine Mutter nahm genau wie Rose den falschen Mann mit ins Bett. Niemand kannte Rose. Niemand wußte, wer sie war oder woher sie kam. Ich kenne nicht mal den Namen meiner eigenen Mutter – sie wollte ihn den Heilern nicht verraten, bei denen sie mich zurückließ. Nur, daß sie eine Hure war.«

»Tut mir leid, Drefan. Das war eine ziemlich dumme Frage.«

»Nein, es war eine vollkommen logische Frage. Niemand mag diese Frauen, ich meine als Menschen. Sie werden von den Männern, die zu ihnen gehen, verprügelt. Sie stecken sich mit entsetzlichen Krankheiten an. Andere Menschen blicken voller Verachtung auf sie herab.

Kräuterhändler wollen nicht, daß sie ihre Läden betreten – das verleiht ihnen einen gewissen Ruf, und die anständigen Kunden bleiben aus. Viele der Krankheiten, die diese Frauen haben, kann nicht einmal ich heilen. Sie sterben eines traurigen, langsamen Todes. Und das nur für Geld! Einige von ihnen sind Trinkerinnen, und die Männer demütigen sie und bezahlen sie mit Schnaps. Sie sind ständig betrunken und kennen den Unterschied nicht mehr.

Manche von ihnen glauben, sie könnten einen reichen Mann finden und seine Mätresse werden. Sie glauben, sie werden ihn befriedigen und seine Gunst gewinnen. Wie meine Mutter. Statt dessen kriegen sie kleine Bastarde wie mich.«

Richard zuckte innerlich zusammen. Und er war bereit gewesen, Drefan für einen gefühllosen Opportunisten zu halten.

»Nun, wenn du dich dadurch besser fühlst, ich bin auch ein Sohn dieses Bastards.«

Drefan sah auf und lächelte. »Vermutlich. Wenigstens hat deine Mutter dich geliebt. Meine nicht. Sie hat mir nicht mal ihren Namen hinterlassen.«

»Sag so etwas nicht, Drefan. Deine Mutter hat dich geliebt. Sie hat dich an einen Ort gebracht, wo du in Sicherheit warst, oder nicht?«

Er nickte. »Und ließ mich bei Menschen zurück, die sie nicht kannte.«

»Aber sie ließ dich zurück, weil sie mußte, damit du in Sicherheit warst. Kannst du dir vorstellen, wie schmerzlich das für sie gewesen sein muß? Kannst du dir vorstellen, wie es ihr das Herz gebrochen haben muß, dich bei wildfremden Menschen zurückzulassen? Sie muß dich sehr geliebt haben, um das für dich zu tun.«

Drefan lächelte. »Weise Worte, mein Bruder. Bei einer solchen Gesinnung gelingt es dir womöglich eines Tages noch, etwas aus dir zu machen.«

Richard erwiderte das Lächeln. »Manchmal müssen wir verzweifelte Taten begehen, um die zu retten, die wir lieben. Ich habe einen

Großvater, der große Bewunderung für Verzweiflungstaten hegt. Ich glaube, dank deiner Mutter beginne ich zu verstehen, weshalb.«

»Einen Großvater?«

»Den Vater meiner Mutter.« Richard strich über den erhabenen Golddraht, der das Wort WAHRHEIT auf dem Heft seines Schwertes bildete. »Einer der größten Männer, die ich je die Ehre hatte zu kennen. Meine Mutter starb, als ich noch klein war, und mein Vater – der Mann, den ich für meinen Vater hielt – war oft geschäftlich als Händler unterwegs. Zedd hat mich praktisch allein aufgezogen. Ich denke, von ihm habe ich mehr als von jedem anderen.«

Zedd besaß die Gabe. Richard hatte die Gabe nicht nur von Darken Rahl geerbt, sondern auch von Zedd – von seiner Mutter Seite ebenso wie von der seines Vaters. Von beiden Abstammungslinien. Für Richard war es ein Trost zu wissen, daß die Gabe eines guten Menschen durch seine Adern floß, und nicht nur die von Darken Rahl.

»Lebt er noch?«

Richard wich dem Blick aus Drefans blauen Darken-Rahl-Augen aus. »Ich glaube, ja. Ich denke nicht, daß außer mir jemand das noch glaubt, aber ich schon. Manchmal habe ich das Gefühl, wenn ich nicht daran glaube, ist er tatsächlich tot.«

Drefan legte Richard eine Hand auf die Schulter. »Dann bewahre dir deinen Glauben, vielleicht hast du recht. Du hast Glück, daß du eine Familie hast. Ich weiß, wovon ich spreche, denn ich habe keine.«

»Jetzt hast du eine, Drefan. Du hast wenigstens einen Bruder und schon bald eine Schwägerin.«

»Danke, Richard. Das bedeutet mir sehr viel.«

»Und was ist mit dir? Wie ich hörte, ist die Hälfte aller Frauen aus dem Palast hinter dir her. Hast du schon eine ins Auge gefaßt?«

Drefan lächelte kühl. »Mädchen, weiter nichts. Mädchen, die zu wissen meinen, was sie wollen, und die sich von törichten Äußerlichkeiten beeinflussen lassen, die keinerlei Bedeutung haben. Ich sehe, wie sie alle auch dir schöne Augen machen. Manche Menschen fühlen sich von Macht angezogen. Menschen wie meine Mutter.«

»Schöne Augen, mir! Das bildest du dir ein.«

Drefan wurde ernst. »Kahlan ist wunderschön. Du kannst dich glücklich schätzen, eine Frau von einem solchen Wesen und mit einem so edlen Charakter zu haben. Einer solchen Frau begegnet man nur einmal im Leben, und auch nur dann, wenn die Guten Seelen einem wohlgesinnt sind.«

»Ich weiß. Ich bin der glücklichste Mann der Welt.« Richards Blick ging ins Leere. Er dachte an die Prophezeiung und an das, was er in Kolos Tagebuch gelesen hatte. »Ohne sie wäre mein Leben nicht lebenswert.«

Drefan lachte und gab Richard einen Klaps auf den Rücken. »Wärst du nicht mein Bruder, und ein guter noch dazu, ich würde sie dir ausspannen und sie für mich selber haben wollen. Wenn ich es mir recht überlege, nimm dich besser in acht, vielleicht überlege ich mir das sogar noch mal.«

Richard schloß sich seinem Lächeln an. »Ich werde mich in acht nehmen.«

Drefan zeigte warnend mit dem Zeigefinger auf Richard. »Behandle sie bloß gut.«

»Ich wüßte gar nicht, was ich sonst tun sollte.« Richard erfaßte das kleine, schlichte Zimmer mit einer ausladenden Handbewegung und wechselte das Thema. »Wieso bist du noch hier? Wir können dir bessere Gemächer suchen als dieses.«

Drefan ließ seinen Blick durchs Zimmer schweifen. »Das ist das Gemach eines Königs verglichen mit meiner Unterkunft daheim. Wir leben einfach. Hier habe ich fast mehr Prunk, als ich ertragen kann.« Er runzelte die Stirn. »Nicht, welches Haus man hat, zählt. Das ist nicht das Glück. Was zählt, ist die Einstellung und wie man sich um seine Mitmenschen kümmert – was man tun kann, um jenen zu helfen, denen sonst niemand hilft.«

Richard zog die Bänder an seinen Handgelenken zurecht. Darunter schwitzte seine Haut stets. »Da hast du recht, Drefan.«

Es war ihm gar nicht aufgefallen, aber er hatte sich an seine Umgebung gewöhnt. Seit er Kernland verlassen hatte, hatte er viele prunkvolle Orte gesehen. Sein eigenes Zuhause, damals in Kernland, war nicht annähernd so ansehnlich wie dieses einfache Zimmer, dennoch war er dort glücklich gewesen. Er war glücklich gewesen, ein Waldführer zu sein.

Aber wie Drefan sagte, mußte ein Mensch anderen helfen, denen auf keine andere Weise geholfen werden konnte. Er war dazu verdammt, Lord Rahl zu sein. Sein Ausgleich war Kahlan. Jetzt mußte er nur den Tempel der Winde finden, bevor alles verloren war.

Wenigstens hatte er eine Frau, die er mehr liebte, als er je für möglich gehalten hätte. Und jetzt hatte er auch einen Bruder.

»Drefan, weißt du, was *Raug'Moss* bedeutet?«

»Ich habe gelernt, daß es altes Hoch-D'Haran ist und ›Göttlicher Wind‹ bedeutet.«

»Sprichst du Hoch-D'Haran?«

Drefan strich sich eine blonde Strähne aus der Stirn. »Nur dieses eine Wort.«

»Wie ich hörte, bist du ihr Hohepriester. Du hast es weit gebracht, wenn du Anführer einer Gemeinschaft von Heilern geworden bist.«

»Ich habe nie ein anderes Leben kennengelernt. Hohepriester zu sein bedeutet allerdings meist, daß die anderen jemanden haben, dem sie die Schuld zuweisen können, wenn irgend etwas schiefläuft. Wenn jemand, dem wir zu helfen versuchen, sich nicht erholt, zeigen die Heiler auf mich und sagen: ›Er ist unser Anführer. Sprecht mit ihm.‹ Hohepriester zu sein bedeutet, daß ich Berichte und Aufzeichnungen lesen muß und bestürzten Anverwandten erkläre, daß wir nur Heiler sind und den Ruf des Hüters nicht ungeschehen machen können. Klingt beeindruckender, als es in Wahrheit ist.«

»Sicherlich übertreibst du. Ich bin stolz, daß du es so weit gebracht hast. Wer sind die Raug'Moss? Woher stammen sie?«

»Der Legende nach wurden die Raug'Moss vor Tausenden Jahren von Zauberern gegründet, deren Gabe das Heilen war. Dann begann die Gabe auszusterben, und Zauberer, besonders jene, die für das Heilen begabt waren, wurden immer seltener.«

Daraufhin erzählte Drefan Richard die Geschichte, wie die Gemeinschaft der Raug'Moss sich mit dem Aussterben der Zauberer zu verändern begonnen hatte. Besorgt, ihre Arbeit könnte mit ihnen aussterben, beschlossen die Zaubererheiler, Lehrlinge aufzunehmen, die nicht die Gabe besaßen. Mit der Zeit gab es immer weniger Zauberer, die die Arbeit beaufsichtigen konnten, bis vor langer Zeit schließlich der letzte Zauberer gestorben war.

Für Richard klang das ganz so, als lese er in Kolos Tagebuch. Denn auch in der Burg der Zauberer war es vor langer Zeit anders zugegangen. Damals war sie noch von Zauberern und ihren Familien bevölkert gewesen.

»Jetzt gibt es bei uns niemanden mehr mit der Gabe«, berichtete Drefan. »Die Raug'Moss haben viele Schlüsselbegriffe der Gesundheit und des Heilens gelernt, aber wir verfügen nicht annähernd über die Fähigkeiten der Zauberer von damals. Wir besitzen keine Magie, die uns hilft. Mit dem Wissen, das uns die wahren Heiler aus alter Zeit überliefert haben, tun wir, was wir können, aber unsere Möglichkeiten sind begrenzt. Es ist ein einfaches Leben, ein hartes Leben, aber es schenkt uns Belohnungen und Annehmlichkeiten, die weltlicher Besitz nicht bietet.«

»Verstehe. Es ist sicher ein nicht zu überbietendes Gefühl, Menschen zu helfen.«

Drefans Gesicht bekam einen neugierigen Ausdruck. »Und was ist mit dir? Mit deinen Fähigkeiten?«

Richard wich Drefans Blick aus. Seine Hand umfaßte das Heft seines Schwertes fester.

»Ich wurde als Kriegszauberer geboren«, sagte er leise. »Ich wurde zum *fuer grissa ost drauka* ernannt, das ist Hoch-D'Haran für ›Bringer des Todes‹.«

Im Zimmer kehrte Stille ein.

Richard räusperte sich. »Anfangs war ich darüber ziemlich bestürzt, aber seitdem habe ich begriffen, daß ein Kriegszauberer auch nur anderen helfen soll, indem er sie vor jenen beschützt, die Tyrannei verbreiten wollen. Vor Menschen wie unserem Bastardvater – Darken Rahl.«

»Ja«, sagte Drefan in die beklemmende Stille hinein. »Manchmal ist das Töten die beste Verwendung für unsere Fähigkeiten – um auf diese Weise ein Leben zu beenden, das keine Hoffnung kennt, nur Schmerz, oder um ein Leben zu beenden, das anderen nichts anderes bringt als Leid.«

Richard rieb mit dem Daumen über die Symbole auf dem silbernen Band an seinem Handgelenk. »Ja, jetzt verstehe ich, was du meinst. Ich glaube, früher war das bei mir anders. Wir sind beide gezwungen, Dinge zu tun, die uns nicht gefallen, die aber getan werden müssen.«

Drefan lächelte dünn. »Im Gegensatz zu meinen Heilern haben das nicht viele je begriffen. Ich bin froh, daß du zu letzteren gehörst. Manchmal ist das Töten ein Akt größter Nächstenliebe. Ich bin sehr vorsichtig, wem gegenüber ich diese Worte ausspreche. Gut zu wissen, daß mein Bruder sie versteht.«

»Das gilt für mich genauso, Drefan.«

Bevor Richard weitere Fragen stellen konnte, wurden sie von einem Klopfen unterbrochen. Raina streckte den Kopf zur Tür herein. Ihr langer, dunkler Zopf fiel nach vorn über ihre Schulter.

»Was gibt's, Raina?«

Raina verdrehte die Augen und deutete auf jemanden hinter ihr.

»Nadine wünscht Euch zu sprechen. Irgend etwas scheint sie ganz aus der Fassung gebracht zu haben, und sie will nur mit Euch reden.«

Auf Richards Zeichen hin öffnete die Mord-Sith die Tür ein wenig weiter, und Nadine schob sich, blind gegen Rainas tadelnden Blick, herein.

»Richard, du mußt mit mir kommen.« Sie faßte seine Hand mit beiden Händen. »Bitte! Bitte, Richard, kommst du mit? Da ist jemand, der dich dringend sprechen muß.«

Sie schien ehrlich besorgt zu sein und zerrte an seiner Hand. »Bitte, Richard.«

Richard war noch immer auf der Hut. »Was dagegen, wenn ich Drefan mitnehme?«

»Natürlich nicht. Ich wollte dich sowieso darum bitten.«

»Gehen wir also, wenn es wirklich wichtig ist.«

Sie hielt seine Hand fest und zog ihn hinter sich her.

28. Kapitel

Richard bemerkte Kahlan, die ihm in der Vorhalle entgegenkam. Sie runzelte die Stirn, als sie sah, daß Nadine ihn an der Hand hinter sich herzog. Drefan, Raina, Ulic und Egan folgten ihm auf dem Fuße; alle zusammen bahnten sich den Weg durch das Palastpersonal und die patrouillierenden Soldaten.

Nadine warf Kahlan einen zornigen Blick zu, bevor sie in den Korridor einbog, der zu ihrem Zimmer führte. Richard fragte sich, was das alles zu bedeuten hatte. Gereizt zog er seine Hand mit einem Ruck aus ihrem Griff, lief ihr aber weiter hinterher. Nadine steuerte um einen Walnußholztisch an der Wand herum, der unter einem alten Wandteppich stand, auf dem eine Herde weißschwänziger Hirsche vor schneebedeckten Bergen im Hintergrund zu sehen war. Sie warf einen prüfenden Blick über die Schulter, um zu sehen, ob Richard ihr noch folgte.

Kahlan und Cara holten sie ein. Die Mutter Konfessor gesellte sich zum Sucher.

»Also«, meinte Cara von hinten und strich sich über ihren Zopf, »wenn das kein interessanter Anblick ist.«

Richard warf ihr einen verärgerten Blick zu. Nadine drehte sich um und griff ungeduldig erneut nach seiner Hand.

»Du hast es mir versprochen. Komm weiter.«

»Versprochen habe ich gar nichts. Ich sagte, ich begleite dich«, protestierte Richard. »Ich sagte nicht, ich würde rennen.«

»Der große, starke Lord Rahl kann mit mir nicht Schritt halten?«, spottete Nadine. »Der Waldführer, den ich von früher kannte, konnte selbst im Halbschlaf schneller laufen.«

»Ich bin im Halbschlaf«, murrte er.

»Die Wachen sagten mir, du seist zurück und zu Drefan gegangen«, flüsterte Kahlan ihm zu. »Ich war gerade unterwegs dorthin, um dich zu treffen. Was hat diese Prozession zu bedeuten?«

In ihrer geflüsterten Frage schwang Verärgerung mit. Er sah, daß sie kurz auf Nadines Hand schielte, die seine fest umklammert hielt.

»Keine Ahnung. Sie will, daß ich jemanden aufsuche.«

»Und dabei mußt du ihre Hand halten?« knurrte sie leise.

Er ließ erneut los.

Kahlan warf verstohlen einen Blick auf Drefan, der hinter Cara und Raina ging. Sie hakte sich bei Richard ein. »Wie fühlst du dich? Was hast du ... herausgefunden?«

Richard legte seine Hand auf ihre und drückte sie. »Es ist alles in Ordnung«, sagte er leise zu ihr. »Es war nicht, was ich dachte. Ich erzähle es dir später.«

»Was ist mit dem Mörder? Hat ihn schon jemand gefunden?«

»Ja, jemand hat ihn gefunden und für sein Verbrechen getötet«, erklärte Richard ihr. »Was ist mit den Abgesandten? Hast du dich darum gekümmert?«

Ihre Antwort ließ einen Augenblick auf sich warten. »Grennidon, Togressa und Pendisan haben kapituliert. Jara wird es vielleicht noch, aber dort möchte man noch zwei Wochen auf ein Zeichen aus dem Himmel warten.« Richard runzelte die Stirn. «Mardovia hat sich geweigert, sich uns anzuschließen. Sie haben beschlossen, neutral zu bleiben.«

Richard blieb mit einem Ruck stehen. »Was?«

Diejenigen, die hinter ihm gingen, wären fast auf ihn aufgelaufen.

»Sie weigern sich zu kapitulieren. Sie bestehen auf ihrer Neutralität.«

»Die Imperiale Ordnung erkennt keine Neutralität an. Und wir auch nicht. Hast du ihnen das nicht erklärt?«

Kahlans Gesicht war nichts anzumerken. »Natürlich habe ich das.«

Richard hatte sie nicht anschreien wollen. Er war wütend auf Mardovia, nicht auf sie.

»General Reibisch steht im Süden. Vielleicht können wir ihn Mardovia einnehmen lassen, bevor die Imperiale Ordnung sie zu faulendem Fleisch zermalmt.«

»Richard, sie haben ihre Chance gehabt. Jetzt sind sie lebende Tote. Wir dürfen das Leben unserer Soldaten nicht dafür verschwenden, Mardovia einzunehmen, nur um die Menschen dort zu schützen. Das ergäbe keinen Sinn und würde uns nur schwächen.«

Nadine drängte sich zwischen die beiden und funkelte Kahlan wütend an. »Ihr habt mit diesem üblen Jagang gesprochen. Ihr wißt, wie er ist. Diese Menschen werden alle umkommen, wenn Ihr sie dem Traumwandler überlaßt. Das Leben unschuldiger Menschen ist Euch einfach gleichgültig. Ihr seid herzlos.«

Aus den Augenwinkeln sah Richard etwas Rotes aufblitzen, als Cara ihren Strafer in die Hand schnellen ließ.

Richard drängte Nadine weiter. »Kahlan hat recht. Es hat nur einen Augenblick gedauert, bis es in meinen dicken Schädel eingedrungen war. Mardovia hat sich für seinen Weg entschieden, jetzt muß es ihn auch bis zum Ende gehen. Wenn du mir jetzt jemanden zeigen willst, dann tu das. Ich habe wichtige Dinge zu erledigen.«

Nadine schnaubte beleidigt, warf ihr dichtes braunes Haar mit einer knappen Bewegung über die Schulter und marschierte weiter. Cara und Raina bedachten ihren Hinterkopf mit grimmigen Blicken. Und ein solcher Blick einer Mord-Sith war meist der Auftakt zu ernsten Konsequenzen. Richard hatte Nadine soeben wahrscheinlich vor diesen Konsequenzen bewahrt. Eines Tages würde er etwas gegen Shota unternehmen müssen. Bevor Kahlan es versuchte.

Richard beugte sich zu Kahlan vor. »Entschuldige. Ich bin todmüde und habe einfach nicht nachgedacht.«

Sie drückte seinen Arm. »Du hast versprochen, ein wenig zu schlafen, schon vergessen?«

»Sobald ich mich um diese Geschichte mit Nadine gekümmert habe, was immer es ist.«

Vor ihrer Zimmertür nahm Nadine Richard wieder bei der Hand und zog ihn hinein. Bevor er protestieren konnte, sah er den Jungen auf dem roten Stuhl sitzen. Richard glaubte, in ihm einen der Ja'La-Spieler wiederzuerkennen, denen er zugesehen hatte.

Der Junge war in Tränen aufgelöst. Als er Richard in das Zimmer kommen sah, sprang er vom Stuhl hoch und riß sich die schlabbrige Wollmütze von seinem blonden Haarschopf. Er stand da und zerknüllte sie, vor Erwartung zitternd, in der Hand, während ihm die Tränen über das Gesicht liefen.

Richard ging vor dem Jungen in die Hocke. »Ich bin Lord Rahl. Ich habe gehört, du mußt mich sprechen. Wie heißt du?«

Er schniefte. Die Tränen kamen immer wieder. »Yonick.«

»Also, Yonick, ganz ruhig. Was ist passiert?«

Er bekam nur das Wort ›Bruder‹ heraus, dann wurde er von Schluchzern überwältigt. Richard nahm den Jungen in die Arme und tröstete ihn. Der weinte heftig und klammerte sich an Richard. Sein Elend war herzzerreißend.

»Kannst du mir erzählen, was los ist, Yonick?«

»Bitte, Vater Rahl, mein Bruder ist krank. Sehr krank.«

Richard stellte den Jungen vor sich auf die Beine. »Tatsächlich? Woran ist er denn erkrankt?«

»Das weiß ich nicht«, jammerte Yonick. »Wir haben ihm Kräuter gekauft. Wir haben alles versucht. Er ist so krank. Seit ich das letzte Mal hier bei Euch war, ist er immer kränker geworden.«

»Als du das letzte Mal bei mir warst?«

»Ja«, fauchte Nadine. »Er war vor ein paar Tagen hier und hat um deine Hilfe gebettelt.« Nadine bohrte einen Finger in Kahlans Richtung. »Sie hat ihn weggeschickt.«

Kahlans Gesicht wurde tiefrot. Ihre Lippen bewegten sich, aber sie brachte kein Wort heraus.

»Sie interessiert sich doch nur für ihre Armeen und wie man den Menschen Leid zufügen kann. Um einen kleinen, armen, kranken Jungen schert sie sich nicht. Sie würde sich nur um ihn kümmern, wenn er irgendein toller, wichtiger Diplomat wäre. Sie weiß nicht, was es heißt, arm und krank zu sein.«

Richard brachte Caras Vorstoß mit einem wütenden Blick zum Stillstand. Er wandte sich zornerfüllt Nadine zu.

»Das reicht.«

Drefan legte Kahlan eine Hand auf die Schulter. »Ich bin sicher, Ihr hattet guten Grund für Euer Handeln. Schließlich konntet Ihr nicht wissen, wie krank sein Bruder ist. Niemand macht Euch einen Vorwurf.«

Richard wandte sich wieder dem Jungen zu. »Mein Bruder hier, Drefan, ist ein Heiler, Yonick. Bringe uns zu deinem Bruder, und wir werden sehen, ob wir ihm helfen können.«

»Und ich habe Kräuter«, mischte sich Nadine ein. »Ich werde deinem Bruder ebenfalls helfen, Yonick. Wir werden alles tun, was wir können. Das versprechen wir.«

Yonick rieb sich die Augen. »Bitte beeilt Euch. Kip ist sehr krank.«

Kahlan stand kurz davor, in Tränen auszubrechen. Richard hatte ihr zärtlich eine Hand auf den Rücken gelegt. Er spürte, wie sie zitterte. Es machte ihm angst, wie krank der Bruder des Jungen inzwischen womöglich war, und er wollte ihr das ersparen. Er befürchtete, sie könnte sich Vorwürfe machen.

»Warum wartest du nicht hier, während wir der Sache nachgehen.«

Ihre feuchtglänzenden grünen Augen blitzten ihn an. »Ich komme mit«, sagte sie zwischen zusammengepreßten Zähnen hindurch.

Richard gab den Versuch auf, sich das dichtgedrängte Gewirr aus engen Straßen und verschlungenen Gassen einzuprägen, durch das sie kamen, und merkte sich einfach nur, wo die Sonne am Himmel stand, um nicht die Orientierung zu verlieren, während Yonick sie durch einen Irrgarten von Gebäuden und ummauerten, mit Wäsche vollgehängen Innenhöfen führte.

Hühner flatterten gackernd vor ihnen auseinander. In manchen der winzigen Höfe standen ein paar Ziegen oder Schafe, gelegentlich das eine oder andere Schwein. Die Tiere wirkten inmitten der eng beieinander stehenden Häuser wie Fremdkörper.

Die Menschen oben ließen sich in ihren Gesprächen von Fenster zu Fenster nicht stören. Einige lehnten sich, auf ihre Ellenbogen gestützt weit vor, um die von einem kleinen Jungen angeführte Prozession zu betrachten. Sie erregte einiges Aufsehen. Richard wußte, daß es eher der Lord Rahl in seiner schwarzen Kriegszaubererkleidung mit dem goldenen Cape und die Mutter in ihrem ursprünglichen weißen Kleid waren, die hier bestaunt wurden, und nicht so sehr die Gruppe von Soldaten und die beiden Mord-Sith – Soldaten gab es überall, und die Menschen in der Stadt hatten wahrscheinlich nicht die geringste Ahnung, wer die beiden Frauen in brauner Lederkleidung waren.

Die Menschen auf den Straßen und in den kleinen Gassen schoben ihre Karren mit Gemüse, Holz oder Haushaltsgütern zur Seite, um Platz zu machen. Andere standen an den Wänden und sahen zu, als sei es eine improvisierte Miniaturparade, die unerwarteterweise durch ihre Gegend kam.

An Kreuzungen jubelten Soldaten auf Patrouille ihrem Lord Rahl zu und bedankten sich lautstark für ihre Heilung.

Richard hielt Kahlan fest an der Hand. Seit Verlassen des Palastes hatten sie kein einziges Wort gesprochen. Er hatte Nadine gezwungen, hinter ihnen zu gehen, zwischen den beiden Mord-Sith. Er hoffte, daß die Frau klug genug war, den Mund zu halten.

Yonick zeigte nach vorn. »Gleich da hinauf.«

Sie folgten ihm, als er von der Straße in eine enge Gasse zwischen Steinmauern einbog, die das untere Stockwerk eines Hauses bildeten. Wasser, das vom tauenden Schnee oben herabtröpfelte, spritzte den Matsch aus der Gasse ein paar Fuß hoch an die Mauern. Mit einer Hand hatte Kahlan Richards Hand gefaßt, mit der anderen hielt sie den Saum ihres Kleides hoch und folgte ihm über die Reihe von Bohlen, die man in den Schlamm gelegt hatte.

Vor einer Tür unter einem kleinen Vordach blieb Yonick stehen. Die Menschen zu beiden Seiten sahen neugierig aus den Fenstern. Als Richard ihn eingeholt hatte, öffnete der Junge die Tür und rannte, nach seiner Mutter rufend, die Stufen hoch.

Am oberen Ende der Treppe öffnete sich quietschend eine Tür. Eine Frau in einem braunen Kleid mit weißer Schürze starrte dem Jungen entgegen, der die Treppe hochgelaufen kam.

»Mutter – es ist Lord Rahl! Ich habe Lord Rahl mitgebracht!«

»Den Guten Seelen sei Dank!« rief sie.

Sie legte ihrem Sohn erschöpft eine Hand auf den Rücken, als er ihr die Arme um die Hüfte schlang. Mit der anderen Hand deutete sie auf eine Tür im Hintergrund des kleinen, als Küche, Eß- und Wohnzimmer genutzten Raumes.

»Danke, daß Ihr gekommen seid«, sagte sie undeutlich zu Richard, brach aber in Tränen aus, bevor sie den Satz beenden konnte.

Yonick rannte ins hintere Zimmer. »Hier entlang, Lord Rahl.«

Richard drückte der Frau im Vorbeigehen den Arm, um sie zu beruhigen, und folgte Yonick. Kahlan hielt seine andere Hand noch immer fest umklammert. Nadine und Drefan folgten ihnen auf dem Fuße, dahinter Cara und Raina. Als die übrigen hereinkamen, hielt Yonick sie an der Schlafzimmertür zurück.

Eine einzelne Kerze auf einem kleinen Tisch kämpfte fast vergeblich gegen das Leichentuch der Dunkelheit an. Eine Schüssel mit Wasser und einem seifigen Lappen hielt neben der Kerze Wache.

Der Rest des Zimmers, das größtenteils von drei Strohlagern eingenommen wurde, schien nur darauf zu lauern, daß die Bemühungen der Kerze erlahmten und die Nacht von dem Zimmer Besitz ergreifen konnte.

Auf dem hintersten Strohlager lag eine schmächtige Gestalt. Richard, Kahlan, Nadine und Drefan drängten sich um sie. Yonick und seine Mutter, Silhouetten im Licht aus dem Nebenraum, standen am Rand der Dunkelheit und sahen zu.

Im Zimmer roch es nach verfaultem Fleisch.

Drefan schlug die Kapuze seines flachsenen Gewandes zurück. »Öffnet die Läden, damit ich etwas erkennen kann.«

Cara zog beide Läden auf, schob sie gegen die Wand und ließ Licht in das winzige Zimmer, so daß man einen blondschöpfigen Jungen sehen konnte, der bis zum Hals in ein weißes Laken und eine Decke eingehüllt war. Sein Hals war stark angeschwollen. Sein ungleichmäßiger Atem rasselte.

»Wie heißt er?« rief Drefan nach hinten zur Mutter.

»Kip«, weinte sie jämmerlich.

Drefan tätschelte dem Jungen die Schulter. »Wir sind hier, um dir zu helfen, Kip.«

Nadine drängte sich dazwischen. »Ja, Kip, wir werden dich im Nu wieder auf den Beinen haben.«

Sie legte die Hand wegen des fauligen Gestanks, der ihnen allen den Atem raubte, über Nase und Mund.

Der Junge reagierte nicht. Er hielt die Augen geschlossen. Das verschwitzte Haar klebte ihm auf seiner Stirn.

Der Hohepriester der Raug'Moss schlug die Bettdecke bis zu Kips Hüften auf, bis unterhalb der Hände, die auf seinem Bauch ruhten. Die Fingerspitzen des Jungen waren schwarz.

Drefan versteifte sich. »Gütige Seelen«, entfuhr es ihm kaum hörbar.

Er ließ sich auf die Fersen zurücksinken und tippte mit dem

Handrücken gegen die Beine der beiden Mord-Sith, die sie von hinten überragten.

»Schafft Richard hier raus«, drängte er sie leise. »Schafft ihn raus, sofort.«

Ohne Fragen zu stellen, schoben Cara und Raina ihre Hände unter Richards Arme und schickten sich an, ihn hochzuzerren. Richard befreite sich mit einem Ruck aus ihrem Griff.

»Was soll das?« wollte er wissen. »Was ist?«

Drefan wischte sich mit der Hand über den Mund. Er blickte über die Schulter zu Yonick und seiner Mutter. Sein Blick erfaßte die übrigen und kam dann auf Richard zur Ruhe. Er beugte sich weiter vor.

»Der Junge hat die Pest.«

Richard starrte ihn an.

»Was haben wir, um ihn heilen zu können?«

Drefan zog die Augenbrauen hoch. Er wandte sich wieder dem Jungen zu und hielt eine seiner kleinen Hände hoch. »Sieh dir seine Finger an.« Sie waren schwarz. Er zog die Bettdecke zur Seite. »Sieh dir seine Zehen an.« Die waren ebenfalls schwarz. Er öffnete die Hose des Jungen. »Sieh dir seinen Penis an.« Auch dessen Spitze war schwarz.

»Das ist Brand. Er zersetzt die Gliedmaßen. Deswegen nennt man diese Krankheit den Schwarzen Tod.«

Richard räusperte sich. »Was können wir für ihn tun?«

Drefan senkte die Stimme noch mehr. »Hast du nicht gehört, was ich gesagt habe, Richard? Der Schwarze Tod. Manchmal erholen sich Menschen wieder von der Pest, aber nicht, wenn die Krankheit so weit fortgeschritten ist.«

»Wären wir eher zu ihm gekommen …« Nadine ließ ihren Vorwurf unbeendet.

Kahlans Hand krallte sich in Richards Arm. Er hörte, wie sie einen Aufschrei unterdrückte.

Richard funkelte Nadine wütend an. Sie wendete den Blick ab.

»Und, Kräuterfrau, weißt du, wie man die Pest kuriert?« fragte Drefan voller Spott.

»Na ja, ich –« Nadine wurde rot und verstummte.

Die Lider des Jungen öffneten sich flatternd. Er wälzte den Kopf in ihre Richtung.

»Lord … Rahl«, hauchte er flach atmend.

Richard legte ihm die Hand auf die Schulter. »Ja, Kip. Ich bin gekommen, um mir dich anzusehen. Ich bin hier.«

Kip nickte kaum merklich. »Ich habe schon gewartet.« Seine Brust hielt nach jedem Atemzug länger inne.

»Was könnt Ihr tun, um ihm zu helfen?« hörten sie eine tränenvolle Frage von der Tür. »Wann wird er wieder gesund werden?«

Drefan öffnete den Kragen seines weißen Rüschenhemdes und beugte sich noch näher zu Richard. »Sag irgend etwas Nettes zu dem Jungen – mehr können wir nicht tun. Er wird nicht mehr lange durchhalten. Ich gehe und spreche mit der Mutter. Das gehört zur Arbeit eines Heilers dazu.«

Sein Halbbruder erhob sich und zog Nadine mit sich fort. Kahlan lehnte sich an Richards Schulter. Er hatte Angst, sie anzusehen, weil sie dann in Tränen ausbrechen könnte. Weil er dann in Tränen ausbrechen könnte.

»Bald bist du wieder auf den Beinen und wirst Ja'La spielen, Kip. Du hast die Krankheit so gut wie überstanden. Ich würde gerne kommen und mir eins deiner Ja'La-Spiele ansehen. Ich verspreche dir, ich komme, sobald es dir wieder bessergeht.«

Ein schwaches Lächeln huschte über das Gesicht des Jungen. Seine Lider schlossen sich halb. Sein Brustkorb senkte sich, als der Atem aus seinen Lungen wich.

Richard hockte da und lauerte klopfenden Herzens darauf, daß die Lungen des Jungen sich wieder füllten. Sie taten es nicht.

Stille senkte sich über das Zimmer und wartete geduldig darauf, daß es wieder dunkel wurde.

Richard hörte von draußen das Quietschen der Räder eines Handkarrens und das ferne, heisere Geschrei von Raben. Helles Kinderlachen wehte in der Luft vorbei.

Das Kind vor ihm würde nie wieder lachen.

Kahlans Kopf fiel gegen seine Schulter. Leises Schluchzen überkam sie, während sie sich in seinen Ärmel krallte.

Richard zog das Laken über den toten Körper.

Langsam hob sich die Hand des Jungen von seinem Bauch. Richard erstarrte.

Die Hand schwebte zielbewußt auf Richards Kehle zu. Die schwarzen Finger krümmten sich und krallten sich mit tödlich festem Griff in Richards Hemd.

Kahlan erstarrte.

Sie beide wußten, daß der Junge gerade eben gestorben war.

Die Hand des Jungen zog Richard näher heran. Die längst verstummten Lungen füllten sich noch einmal mit einem Atemzug.

Richard, dem sich die Nackenhaare sträubten, ging mit seinem Ohr ganz nahe heran.

»Die Winde«, flüsterte der tote Junge, »machen Jagd auf dich.«

29. Kapitel

Richard starrte benommen geradeaus, während Drefan den toten Jungen in ein Laken schlug. Nur Richard und Kahlan hatten gesehen, was passiert war – hatten gehört, was der tote Junge gesagt hatte. Hinter ihm, im vorderen Zimmer, jammerte die Mutter.

Drefan beugte sich nah an ihn heran. »Richard.« Drefan berührte seinen Arm. »Richard.«

Richard erschrak. »Was?«

»Was willst du tun?«

»Tun? Wie meinst du das?«

Drefan sah über die Schulter und betrachtete die anderen hinten an der Tür. »Was willst du den Leuten erzählen? Er ist an der Pest gestorben. Willst du das geheimhalten?«

Richard schien seine Gedanken nicht ordnen zu können.

Kahlan schob sich an ihm vorbei. »Geheimhalten? Warum?«

Drefan holte tief Luft. »Nun ja, die Nachricht von einer Pestepidemie könnte eine Panik auslösen. Wenn wir die Leute davon unterrichten, glaubt mir, dann hat die Nachricht den Palast schneller erreicht als wir.«

»Glaubt Ihr, andere haben sich ebenfalls angesteckt?« wollte sie wissen.

Drefan zuckte die Achseln. »Ich bezweifele, daß wir es nur mit einem Einzelfall zu tun haben. Wir müssen den Leichnam sofort vergraben oder verbrennen. Seine Bettdecke, das Bett und alles, womit er sonst in Berührung gekommen ist, sollte auch verbrannt werden. Das Zimmer sollte ausgeräuchert werden.«

»Werden die Leute nicht wissen wollen, was hier vor sich geht?« fragte Richard. »Werden sie nicht von selbst daraufkommen?«

»Wahrscheinlich.«

»Wie können wir es dann geheimhalten?«

»Du bist Lord Rahl. Dein Wort ist Gesetz. Du müßtest sämtliche Informationen zurückhalten. Die Familie verhaften. Sie eines Verbrechens beschuldigen. Nimm sie in Gewahrsam, bis diese Geschichte vorüber ist. Lasse ihre gesamten Habseligkeiten von Soldaten fortschaffen und verbrennen und ihr Haus versiegeln.«

Richard rieb sich die Augen mit den Fingerspitzen. Er war der Sucher der Wahrheit und nicht deren Unterdrücker.

»Das können wir einer Familie, die gerade einen Sohn verloren hat, nicht antun. Das werde ich nicht tun. Wäre es außerdem nicht besser, wenn die Leute Bescheid wüßten? Haben die Menschen kein Recht darauf zu erfahren, in welcher Gefahr sie schweben?«

Drefan nickte. »Wenn ich zu entscheiden hätte, würde ich wollen, daß die Menschen Bescheid wissen. Ich habe die Pest bereits kennengelernt, in kleinen Orten. In einigen versuchte man, die Kunde davon zu unterdrücken, um eine Panik zu vermeiden, als jedoch immer mehr Menschen zu sterben begannen, ließ sie sich nicht mehr geheimhalten.«

Richard fühlte sich, als sei der Himmel über ihm eingestürzt. Er kämpfte darum, seine Gedanken zu ordnen, doch die Worte des toten Jungen hallten ihm immer wieder durch den Kopf. *Die Winde machen Jagd auf dich.*

»Wenn wir versuchen, die Menschen zu belügen, werden sie uns gar nichts mehr glauben. Wir müssen ihnen die Wahrheit sagen. Sie haben ein Recht darauf.«

»Richard hat recht«, stimmte Kahlan zu. »Wir sollten nicht versuchen, die Menschen zu täuschen, erst recht nicht in einer Angelegenheit, die sie das Leben kosten kann.«

Drefan bestätigte mit einem Nicken, daß er derselben Ansicht war. »Wenigstens haben wir Glück mit der Jahreszeit. In der Hitze des Sommers wütet die Pest am schlimmsten. Hätten wir jetzt Sommer, könnte es sein, daß sie wild um sich greift. Im kälteren Frühlingswetter dürfte sie sich nicht so schnell ausbreiten. Mit etwas Glück handelt es sich um einige wenige Fälle, die bald ausgestanden sind.«

»Mit etwas Glück«, wiederholte Richard murmelnd. »Glück ist etwas für Träumer, und ich habe nur Alpträume. Wir müssen die Menschen warnen.«

Drefan blickte einen nach dem anderen mit seinen blauen Augen an. »Ich verstehe, und ich stimme deinen Überlegungen zu. Viel können wir allerdings nicht tun, außer die Toten rasch zu verscharren und ihre Habseligkeiten zu verbrennen. Es gibt Heilmittel, aber ich fürchte, sie sind nur von begrenztem Wert.

Ich will dich nur warnen: Die Nachricht von einer Pestepidemie wird sich verbreiten wie ein Feuersturm.«

Richard bekam eine kribbelnde Gänsehaut.

Mit dem roten Mond wird der Feuersturm kommen.

»Mögen die Guten Seelen uns das ersparen«, flüsterte Kahlan. Ihr ging das gleiche durch den Kopf wie ihm.

Richard sprang auf. »Yonick.« Er ging durch das Zimmer, damit der Junge nicht gezwungen war, sich seinem toten Bruder zu nähern.

»Ja, Lord Rahl?« Seine Stirn legte sich in Falten, als er sich bemühte, seine Tränen zurückzuhalten.

Richard stellte ein Knie auf den Boden und nahm den Jungen bei den Schultern.

»Es tut mir so leid, Yonick. Wenigstens leidet dein Bruder nicht mehr. Er ist jetzt bei den Guten Seelen und ruht in Frieden. Sicherlich hofft er, daß wir uns an die schönen Zeiten mit ihm erinnern und nicht traurig sind. Die Guten Seelen werden über ihn wachen.«

Yonick wischte sich das blonde Haar auf Seite. »Aber … ich …«

»Ich will nicht, daß du dir Vorwürfe machst. Niemand hätte etwas für ihn tun können. Niemand. Manchmal werden Menschen krank, und keiner von uns hat die Macht, sie wieder gesund zu machen. Niemand hätte irgend etwas ausrichten können. Selbst wenn du mich gleich zu Anfang geholt hättest.«

»Aber Ihr habt Magie.«

Richard war zutiefst verzweifelt. »Für einen solchen Fall nicht«, erwiderte er leise.

Er nahm Yonick einen Augenblick lang in die Arme. Im Zimmer nebenan weinte sich die Mutter an Rainas Schulter aus. Nadine war damit beschäftigt, ein paar Kräuter für die Frau zusammenzustellen und ihr Anweisungen für die Anwendung zu geben. Die Frau an Rainas Schulter nickte und hörte schluchzend zu.

»Ich brauche deine Hilfe, Yonick. Ich muß die anderen Jungs aus der Ja'La-Mannschaft aufsuchen. Kannst du mich dahin bringen, wo sie wohnen?«

Yonick wischte sich mit dem Ärmel über die Nase. »Warum denn?«

»Ich fürchte, sie können auch krank werden. Das müssen wir wissen.«

Der Junge drehte sich sichtlich besorgt zu seiner Mutter um. Richard gab Cara ein Zeichen.

»Wo ist dein Vater, Yonick?«

»Er ist ein Filzmacher. Er arbeitet die Straße runter, und dann die dritte rechts. Jeden Tag ist er bis spät in den Abend bei der Arbeit.«

Richard erhob sich. »Cara, schickt ein paar Soldaten los, die Yonicks Vater holen sollen. Er sollte jetzt hier bei seiner Frau sein. Sorgt dafür, daß ein paar Soldaten für heute und morgen seinen Platz einnehmen und aushelfen, so gut sie können, damit seiner Familie der Verdienst nicht verlorengeht. Sagt Raina, sie soll bei der Mutter bleiben, bis Yonicks Vater zu Hause ist. Das dürfte nicht lange dauern, anschließend kann sie nachkommen.«

Am Fuß der Treppe faßte Kahlan ihn am Arm, hielt ihn zurück

und bat Drefan und Nadine, draußen bei Yonick zu warten, solange Cara unterwegs war, um seinen Vater zu suchen. Kahlan schloß die Tür zur Gasse, so daß sie unten im düsteren Treppenhaus mit Richard alleine war.

Sie wischte sich die Tränen mit zitternden Fingern von den Wangen. Aus ihren grünen Augen rannen immer neue.

»Richard.« Sie schluckte und rang keuchend nach Atem. »Ich wußte nichts davon, Richard. Da war Marlin, und diese Schwester der Finsternis … Ich hatte ja keine Ahnung, daß Yonicks Bruder so krank war, sonst hätte ich niemals –«

Richard hob die Hand, damit sie schwieg. Er sah ihr jedoch an dem verängstigten Blick an, daß es seine finstere Miene war, die sie hatte verstummen lassen.

»Wage nicht zu glauben, dich wegen Nadines grausamer Lügengeschichten erklären zu müssen. Wage es ja nicht. Ich kenne dich, und ich würde niemals so etwas von dir denken. Niemals.«

Sie schloß erleichtert die Augen und ließ sich an seine Brust sinken. »Der arme Junge«, weinte sie.

Er strich ihr über das lange braune Haar. »Ja, ich weiß.«

»Wir haben beide gehört, was der Junge nach seinem Tod gesagt hat, Richard.«

»Noch ein warnendes Zeichen dafür, daß der Tempel der Winde geschändet wurde.«

Sie schob sich von ihm zurück. Ihre grünen Augen suchten seine.

»Wir müssen jetzt alles noch einmal überdenken, Richard. Was du mir über den Tempel der Winde erzählt hast, stammt aus einer einzigen Quelle, und die ist nicht einmal offiziell. Es handelt sich bloß um ein Tagebuch eines einzelnen, der sich damit die Zeit vertrieben hat, während er die Sliph bewachte. Davon abgesehen hast du es nur in Auszügen gelesen, und es ist auf Hoch-D'Haran, was sich nur schwer genau übersetzen läßt. Vielleicht hast du aus dem Tagebuch eine falsche Vorstellung von diesem Tempel der Winde gewonnen.«

»Na ja, ich weiß nicht, ob ich dir zustimmen würde, daß –«

»Du bist todmüde. Du denkst nicht nach. Jetzt kennen wir die Wahrheit. Der Tempel der Winde versucht überhaupt nicht, eine Warnung zu schicken – er versucht, dich zu töten!«

Richard zögerte, als er die Sorge in ihrem Gesicht sah. Er sah nicht nur den Kummer in ihren Augen, sondern auch die Sorge um ihn.

»Bei Kolo klang das ganz anders. Nach allem, was ich gelesen habe, glaube ich, der rote Mond ist eine Warnung, daß der Tempel der Winde geschändet wurde. Als damals der rote Mond zu sehen war –«

»– schrieb Kolo, alles sei in Aufruhr gewesen. Über den Aufruhr hat er sich nicht näher ausgelassen, stimmt's? Vielleicht deswegen, weil der Tempel versuchte, sie umzubringen. Kolo schrieb, die Mannschaft, die den Tempel der Winde fortgeschickt hat, habe sie verraten.

Sieh den Tatsachen ins Gesicht, Richard. Dieser Junge hat gerade eine Warnung des Tempels der Winde überbracht: ›Der Wind macht Jagd auf dich.‹ Wenn man Jagd auf etwas macht, dann will man es töten. Der Tempel der Winde macht Jagd auf dich – und versucht dich zu töten.«

»Warum hat er dann nicht mich, sondern den Jungen getötet?«

Darauf wußte sie keine Antwort.

Draußen auf der Gasse beobachtete Drefan aus seinen blauen Darken-Rahl-Augen, wie Richard und Kahlan über die Bohlen im Schlamm zurückkamen. Es schien, als gewährten diese Augen einen Einblick in seine Gedanken. Vermutlich mußten Heiler scharfe Menschenbeobachter sein, diese Augen aber gaben Richard ein Gefühl von Nacktheit. Wenigstens konnte er in ihnen keinerlei Magie erkennen.

Nadine und Yonick warteten in stummer Sorge. Richard flüsterte Kahlan zu, sie solle bei Drefan und Yonick warten. Er faßte Nadine am Arm.

»Nadine, würdest du mich einen Augenblick begleiten, bitte?«

Sie sah ihn strahlend an. »Sicher, Richard.«

Er half ihr die Stufen zum Treppenhaus hoch. Während Richard die Tür schloß, war sie damit beschäftigt, nervös ihr Haar zu richten.

Als die Tür geschlossen war, drehte er sich zu der lächelnden Nadine um und stieß sie krachend mit dem Rücken gegen die Wand, so fest, daß ihr die Luft wegblieb.

Sie stieß sich von der Wand ab. »Richard –«

Er packte sie bei der Kehle, stieß sie noch einmal gegen die Wand und hielt sie dort fest.

»Du und ich, wir wollten niemals heiraten.« Die Magie des Schwertes, sein Zorn, übertrug sich auf seine Stimme. Sie strömte durch seine Adern. »Wir wollten niemals heiraten. Ich liebe Kahlan. Ich werde Kahlan heiraten. Es gibt nur einen einzigen Grund, daß du noch hier bist: Irgendwie bist du in diese Geschichte verwickelt. Du wirst erst einmal bleiben, bis wir uns Klarheit verschaffen.

Ich kann dir verzeihen, was du mir angetan hast, und habe es bereits getan, aber solltest du noch einmal voller Absicht etwas so Grausames und Verletzendes zu Kahlan sagen, wirst du den Rest deines Lebens unten in der Grube verbringen. Hast du mich verstanden?«

Nadine legte zärtlich ihre Finger auf seinen Unterarm. Sie lächelte geduldig, so als wäre sie überzeugt, er sei unfähig, die Situation ganz zu erfassen, und sie würde ihm gleich ihre vernünftige Sichtweise nahebringen.

»Ich weiß, du bist jetzt aufgebracht, Richard, das sind wir alle, aber ich wollte dich nur warnen. Ich wollte nicht, daß du nicht über den Vorfall unterrichtet bist. Du solltest die Wahrheit wissen über das, was sie –«

Er stieß sie abermals krachend gegen die Wand. Er versuchte, sich zu zügeln, um ihr verständlich machen zu können, daß er mehr als verärgert war und daß er meinte, was er sagte.

»Ich weiß, du hast auch Gutes in dir, Nadine. Ich weiß, Menschen sind dir nicht gleichgültig. Damals in Kernland waren wir Freunde, also werde ich es bei einer Warnung bewenden lassen. Und du solltest ernst nehmen, was ich sage. Es gibt Ärger. Eine Menge Menschen werden Hilfe brauchen. Du hast den Menschen immer helfen wollen. Ich gebe dir Gelegenheit, genau das zu tun.

Aber Kahlan ist die Frau, die ich liebe, und die Frau, die ich heiraten werde. Ich lasse nicht zu, daß du etwas daran änderst oder versuchst, ihr weh zu tun. Wage nicht einmal, auch nur daran zu denken, mich in diesem Punkt auf die Probe zu stellen, sonst suche ich mir eine andere Kräuterfrau, die mir hilft. Hast du das begriffen?«

»Ja, Richard. Was immer du sagst. Ich verspreche es. Wenn du sie wirklich willst, dann mische ich mich nicht ein, gleich, wie verkehrt –«

Er hob den Zeigefinger. »Du stehst mit den Zehen bereits auf der Linie, Nadine. Einen Schritt weiter, und es gibt, das schwöre ich dir, kein Zurück mehr.«

»Ja, Richard.« Sie lächelte auf eine verständnisvolle, geduldige, leidgeplagte Weise. »Was immer du sagst.«

Sie schien sich damit zufriedenzugeben, daß er ihr zugehört hatte. Sie erinnerte ihn an ein Kind, daß sich unartig benahm, um die geliebten Eltern auf sich aufmerksam zu machen. Er funkelte sie wütend an, bis er sicher war, daß sie kein Wort mehr von sich geben würde, dann erst öffnete er die Tür.

Drefan hatte sich hingehockt, hatte Yonick eine Hand auf die Schulter gelegt und sprach leise beruhigend auf den Jungen ein. Aus ihren grünen Augen beobachtete Kahlan, wie Nadine eine Hand nach hinten ausstreckte, damit Richard ihr auf die schmale Bohle im Matsch hinunterhalf.

»Drefan«, wandte sich Richard an seinen Halbbruder, als er wieder bei ihnen war, »ich muß mit dir über ein paar Dinge sprechen, die du da drinnen gesagt hast.«

Drefan strich Yonick über den Rücken und erhob sich dann. »Über welche Dinge?«

»Zum einen wolltest du, daß Cara und Raina mich dort rausschaffen. Ich will wissen, warum.«

Drefan sah erst Richard, dann Yonick einen Augenblick lang nachdenklich an. Dann schlug er sein Gewand auf und hakte es hinter eine der Ledertaschen an seinem Gürtel. Er öffnete den Beutel an der Vorderseite seines Gürtels und schüttete ein wenig trockenes Pulver aus einem Ledersäckchen auf ein Stück Papier. Er drehte das Papier zusammen und gab es dem Jungen.

»Bevor wir uns die anderen Jungen ansehen gehen, würdest du das bitte zu deiner Mutter hochbringen, Yonick, und ihr sagen, sie soll es ein paar Stunden in heißem Wasser ziehen lassen und einen Tee daraus kochen, ihn dann durchseihen und dafür sorgen, daß alle aus der Familie ihn heute abend trinken? Er wird helfen, die Abwehrkräfte deiner Familie zu stärken, damit ihr gesund bleibt.«

Yonick betrachtete das Papier in seiner Hand. »Natürlich. Ich sag' es meiner Mutter und bin gleich wieder hier.«

»Du brauchst dich nicht zu beeilen«, sagte Drefan. »Wir werden auf dich warten.«

Richard wartete, bis Yonick die Tür geschlossen hatte. »Also gut, ich weiß, du wolltest mich wegen der Gefahr, mich bei dem kranken Jungen mit der Pest anzustecken, da rausbringen. Aber wir sind alle in Gefahr, nicht wahr?«

»Ja, nur habe ich keine Ahnung, wie sehr. Du bist Lord Rahl. Ich wollte dich so weit weg haben wie möglich.«

»Wie steckt man sich mit der Pest an?«

Drefan warf einen Blick auf Kahlan und Nadine, dann auf Ulic und Egan, die hinten bei den Soldaten standen, die die beiden Enden der Gasse bewachten. Er holte tief Luft.

»Niemand weiß, wie die Pest von einem Menschen auf den anderen übertragen wird oder ob sie sich überhaupt auf diesem Weg ausbreitet. Einige glauben, es sei der Zorn der Seelen, der über uns gekommen ist, und die Seelen entscheiden, wen sie dahinraffen soll. Es gibt andere, die behaupten, die Ausdünstungen verunreinigten die Luft eines Ortes, einer Stadt, und brächten so jeden in Gefahr. Andere beharren darauf, man könne sich damit nur anstecken, wenn man mit dem infektiösen Atem eines Kranken in Berührung kommt.

Aus Gründen der Vorsicht muß ich davon ausgehen, daß die Pest, wie Feuer, um so gefährlicher ist, je näher man ihr kommt. Ich wollte nicht, daß du der Gefahr so nah bist, das ist alles.«

Richard war übel vor Müdigkeit. Nur seine entsetzliche Angst hielt ihn noch auf den Beinen. Kahlan war dem Jungen auch nahe gekommen.

»Du meinst also, es sei möglich, daß wir uns alle angesteckt haben, nur weil wir im selben Haus mit jemandem waren, der daran erkrankt ist.«

»Ja.«

»Aber die Familie des kranken Jungen hat sie nicht, und sie wohnen mit ihm unter einem Dach. Seine Mutter hat ihn gepflegt. Müßte nicht wenigstens sie sich angesteckt haben, wenn das stimmt?«

Drefan überlegte sich sorgfältig die Worte, die er als nächstes sagte. »Ich habe mehrere Male einen einzelnen Fall der Pest gesehen. Einmal, als ich jung und noch in der Ausbildung war, begleitete ich einen Heiler nach Castaglen, einer Ortschaft, die von der Pest heimgesucht wurde. Dort habe ich vieles von dem gelernt, was ich über die Pest weiß.

Alles begann damit, daß ein Händler mit einem Karren voller Waren in den Ort kam. Man erzählte sich, er habe bei seiner Ankunft gehustet, sich erbrochen und über quälende Kopfschmerzen geklagt. Mit anderen Worten, er war bereits von der Pest befallen, als er in Castaglen eintraf. Wir fanden nie heraus, wie er sich damit angesteckt hatte, möglicherweise jedoch hatte er vergiftetes Wasser getrunken, hatte bei einem kranken Bauern übernachtet, oder die Seelen hatten sich entschieden, ihn damit zu strafen.

Die Bewohner des Ortes, die einem altbekannten Händler eine Freundlichkeit erweisen wollten, brachten ihn in einem Zimmer unter, wo er am nächsten Morgen starb. Eine Zeitlang blieben alle gesund, und die Leute dachten, die Gefahr sei vorüber. Wenig später hatten sie den Mann vergessen, der mitten unter ihnen gestorben war.

Wegen der Verwirrung, die Krankheit und Tod ausgelöst hatten, waren die Berichte, die wir bei unserer Ankunft erhielten, sehr unterschiedlich. Wir konnten jedoch ermitteln, daß der erste Ortsbewohner einigen Berichten zufolge wenigstens vierzehn Tage, anderen Berichten nach sogar bis zu zwanzig Tage nach Ankunft des Händlers an der Pest erkrankte.«

Richard kniff sich in die Unterlippe und überlegte. »Vor ein paar Tagen, während des Ja'La-Spiels, ging es Kip noch gut. Seine eigentliche Ansteckung muß demzufolge noch etwas länger zurückliegen.«

Bei aller Trauer um den Tod des Jungen empfand Richard große Erleichterung darüber, daß seine Befürchtung nicht logisch schien. Wenn Kip die Pest lange vor dem Ja'La-Spiel bekommen hatte, dann war Jagang nicht darin verwickelt. Die Prophezeiung hatte nichts damit zu tun.

Warum aber dann die Warnung, die Winde machten Jagd auf ihn?

»Das bedeutet auch«, fuhr Drefan fort, »daß die Familie des toten Jungen noch erkranken kann. Im Augenblick scheinen alle gesund zu sein, sie könnten sich jedoch bereits tödlich mit der Pest infiziert haben. Genau wie die Menschen in Castaglen.«

»Dann«, sagte Nadine, »haben wir uns womöglich alle schon angesteckt, nur weil wir mit dem Jungen in einem Zimmer waren. Dieser entsetzliche Gestank, das war seine Krankheit. Am Ende haben wir alle die Pest, weil wir ihn eingeatmet haben, nur werden wir das erst in ein paar Wochen wissen.«

Drefan warf ihr einen herablassenden Blick zu. »Ich kann nicht leugnen, daß diese Möglichkeit besteht. Willst du davonlaufen, Kräuterfrau, und die nächsten zwei oder drei Wochen damit zubringen, dich auf den Tod vorzubereiten, indem du die Dinge auslebst, die du immer schon hast tun wollen?«

Nadine reckte ihr Kinn vor. »Nein. Ich bin Heilerin. Ich habe vor zu helfen.«

Auf diese heimlich wissende Art, die ihm eigen war, lächelte Drefan. »Also gut. Ein echter Heiler steht über den bösartigen Phantomen, denen er nachjagt.«

»Aber sie könnte recht haben«, sagte Richard. »Wir könnten uns mit der Pest angesteckt haben.«

Drefan wehrte diese Befürchtung mit einer Handbewegung ab. »Wir dürfen uns nicht von Angst leiten lassen. Als ich in Castaglen war, habe ich mich um viele Menschen gekümmert, die der Tod bereits, genau wie diesen kleinen Jungen, in seinen Klauen hatte. Übrigens auch der Mann, der mich dorthin mitgenommen hatte. Wir wurden nicht krank.

Ich habe nie ein bestimmtes Erscheinungsmuster der Pest feststellen können. Wir kamen jeden Tag mit den Kranken in Berührung und haben uns niemals angesteckt. Vielleicht, weil wir soviel mit den Kranken zusammen waren, daß unser Körper sich an sie gewöhnt hatte und sich gegen ihren verderblichen Einfluß gewappnet hatte.

Gelegentlich wurde das Familienmitglied eines Kranken von der Pest befallen und starb, und danach alle anderen, selbst die, die dem Krankenzimmer ferngeblieben waren. In anderen Häusern wurde ich Zeuge, wie eines oder mehrere Kinder an der Pest dahinsiechten, die Mütter hingegen, die sie ohne Unterlaß pflegten, erkrankten nicht, ebensowenig wie andere Mitglieder des Haushaltes.«

Richard lächelte verzweifelt. »Das alles ist nicht sonderlich hilfreich, Drefan. Vielleicht so, vielleicht so, manchmal ja, manchmal nein.«

Drefan fuhr sich erschöpft mit der Hand übers Gesicht. »Ich erzähle dir nur, was ich gesehen habe, Richard. Es gibt Menschen, die dir voller Überzeugung erzählen werden, dieses oder jenes treffe zu. Bald werden Leute auf den Straßen unfehlbare Heilmittel verkaufen, unstrittige Schutzmittel gegen die Pest. Scharlatane, alle miteinander.

Was ich dir zu verstehen geben will, ist, daß ich die Antwort nicht kenne. Manchmal übersteigt das Wissen unser begrenztes Auffassungsvermögen. Es gehört zu unseren Grundsätzen als Heiler, daß ein kluger Mann die Grenzen seines Wissens und seiner Fähigkeiten eingesteht, weil alles andere zu großem Schaden führen kann.«

»Sicher.« Richard kam sich töricht vor, da er auf Antworten gedrängt hatte, die niemand kannte. »Du hast natürlich recht. Es ist besser, die Wahrheit zu kennen, als seine Hoffnung auf Lügen zu setzen.«

Er sah zum Himmel, um den Stand der Sonne zu prüfen, doch zogen Wolken auf, die sie verdeckten. Ein kalter Wind erhob sich. Wenigstens war es nicht warm. Drefan hatte gesagt, bei Hitze verbreite sich die Pest am schnellsten.

Er sah wieder Drefan an. »Kennst du irgendwelche Kräuter – irgend etwas –, mit denen man sie verhindern oder heilen kann?«

»Eine übliche Vorsichtsmaßnahme besteht darin, das Zuhause der Erkrankten mit Rauch zu behandeln. Angeblich kann Rauch die Luft von den Ausdünstungen reinigen. Es gibt Kräuter, die für das Ausräuchern von Krankenzimmern empfohlen werden – aber soweit ich weiß, keine, die die Pest an sich heilen. Selbst bei diesen Behandlungsmethoden wird der Betreffende sehr wahrscheinlich ganz genauso sterben, nur daß ihm die Kräuter vor seinem Dahinscheiden etwas Linderung verschaffen.«

Kahlan berührte Drefan am Arm. »Sterben alle, die an der Pest erkranken? Ist jeder, der sich ansteckt, zum Tod verurteilt?«

Drefan lächelte sie beruhigend an. »Nein, manche erholen sich wieder. Anfangs weniger, am Ende einer Epidemie mehr. Manchmal erholt sich der Betreffende, wenn das Gift aus dem Körper abgelassen und die Infektion auf die Spitze getrieben werden kann, und beschwert sich dann sein Leben lang über die Tortur der Behandlung.«

Richard sah Yonick aus der Tür kommen. Er legte Kahlan den Arm um die Hüfte und zog sie an sich.

»Es ist also möglich, daß wir uns alle bereits angesteckt haben.«

Drefan sah ihm einen Moment lang in die Augen. »Das ist möglich, trotzdem glaube ich es nicht.«

Richards Kopf pochte, nur lag das nicht an irgendeiner Seuche, das rührte vom Schlafmangel und der Angst her.

»Na gut, gehen wir also zu den Häusern der anderen Jungen und sehen wir, was wir herausfinden können. Wir müssen soviel wie möglich in Erfahrung bringen.«

30. Kapitel

Der erste Junge, den sie aufsuchten, Mark, war wohlauf. Mark freute sich über Yonicks Besuch und wunderte sich, daß er ihn und seinen Bruder Kip während der letzten Tage nicht gesehen hatte. Die junge Mutter bekam es angesichts der wichtigen Fremden, die plötzlich vor ihrer Tür standen und sich nach der Gesundheit ihres Sohnes erkundigten, mit der Angst zu tun. Richard war erleichtert, daß Mark, der zusammen mit Yonick und seinem Bruder an dem Ja'La-Spiel teilgenommen hatte, nicht erkrankt war.

Bislang war nur einer der Jungen, die an dem Ja'La-Spiel teilgenommen hatten, krank geworden. Es sah immer mehr danach aus, als seien seine Befürchtungen bezüglich Jagangs nichts weiter als in Panik gezogene Schlußfolgerungen. In Richard keimte so etwas wie Hoffnung auf.

Yonick erzählte dem bestürzten Mark von Kips Tod. Richard wies die Mutter an, nach Drefan zu schicken, sobald jemand aus der Familie krank werden sollte. Als Richard das Haus verließ, fühlte er sich viel besser.

Der zweite Junge, Sidney, war seit dem Morgen tot.

Als sie dann den dritten Jungen, in Decken gehüllt, hinter einem Haus, das nur aus einem Raum bestand, vorfanden, waren Richards Hoffnungen verblaßt.

Bert war schwer krank, aber wenigstens waren seine Gliedmaßen nicht schwarz wie die von Kip. Seine Mutter erzählte ihnen, er habe Kopfschmerzen gehabt und sich erbrochen. Während Drefan nach dem Jungen sah, reichte Nadine der Frau Kräuter.

»Streut sie ins Feuer«, erklärte Nadine ihr. »Es ist Beifuß, Fenchel und Hussuk. Sie erzeugen Rauch und helfen, die Krankheit zu vertreiben. Bringt Eurem Jungen heiße Kohlen, streut eine Prise der Kräuter auf die Kohlen und fächelt Eurem Jungen den Rauch zu, um sicherzustellen, daß er genug davon einatmet. Das wird helfen, ihm die Krankheit auszutreiben.«

»Glaubst du wirklich, das hilft?« fragte Richard leise, als Nadine wieder zu ihm und dem Jungen zurückkehrte. »Drefan meinte, er sei nicht davon überzeugt.«

»Ich habe gelernt, daß es angeblich bei ernsthaften Krankheiten wie der Pest hilft«, erwiderte sie mit gesenkter Stimme, »allerdings habe ich noch nie jemanden gesehen, der die Pest hatte, also kann ich es nicht mit Gewißheit sagen. Das ist das einzige Mittel, das ich kenne, Richard. Ich muß es versuchen.«

Obwohl er todmüde war und ihn Kopfschmerzen plagten, hatte Richard keine Mühe, die Hilflosigkeit aus ihrer Stimme herauszuhören. Sie wollte helfen. Wie Drefan gesagt hatte: Vielleicht nützte es etwas.

Richard beobachtete, wie Drefan ein Messer aus seinem Gürtel zog. Er gab Cara und Raina, die, nachdem sie Richards Anweisungen ausgeführt hatten, zu ihnen gestoßen waren, ein Zeichen, den kranken Jungen auf sein Lager zu drücken. Raina packte mit einer Hand Berts Kinn und hielt mit der anderen seine Stirn fest. Cara drückte seine Schultern in die Laken.

Mit ruhiger Hand durchstieß Drefan die Schwellung seitlich am Hals des Jungen. Berts Schreie gingen Richard an die Nerven. Fast hatte er das Gefühl, die Klinge an seiner eigenen Kehle zu spüren. Die Mutter stand händeringend ein Stück abseits und verfolgte regungslos das Geschehen.

Richard mußte daran denken, daß Drefan erzählt hatte, wenn der Betreffende überlebte, würde er sich sein Leben lang über die Tortur der Behandlung beklagen. Bert hätte allen Grund dazu.

»Was hast du Kips Mutter gegeben?« fragte Kahlan Nadine.

»Ich habe ihr ein paar Kräuter zum Ausräuchern des Hauses gegeben, dieselben wie der Frau hier«, antwortete Nadine. »Und ich habe ihr einen Beutel mit Hopfen, Lavendel, Schafgarbe und Blättern der Zitronenmelisse fertiggemacht, den sie in ihr Kopfkissen stecken soll, damit sie schlafen kann. Ich glaube trotzdem nicht, daß sie Ruhe finden wird, nachdem …« Sie wendete die Augen ab. »Jedenfalls könnte ich nicht schlafen«, sagte sie leise, wie zu sich selbst.

»Hast du irgendwelche Kräuter, die deiner Ansicht nach die Ausbreitung der Pest verhindern können?« fragte Richard. »Etwas, durch das die Menschen sich nicht weiter anstecken?«

Nadine sah Drefan zu, der Blut und Eiter vom Hals des Jungen wischte. »Tut mir leid, Richard. Aber ich weiß nicht genug darüber. Vielleicht hat Drefan recht. Er scheint sich gut auszukennen. Möglicherweise gibt es weder ein Mittel zur Heilung noch zur Vorbeugung.«

Richard trat neben den Jungen, hockte sich neben Drefan und sah seinem Bruder bei der Arbeit zu.

Drefan blickte ihn an, als er den Lappen in seiner Hand zurechtfaltete. »Wie ich schon sagte, manchmal, wenn die Krankheit auf die Spitze getrieben und der Eiter dräniert werden kann, erholt sich der Betreffende. Ich muß es versuchen.«

Drefan gab den beiden Mord-Sith ein Zeichen. Sie hielten den Jungen von neuem fest. Richard zuckte zusammen, als er beobachtete, wie Drefan das scharfe Messer tiefer in die Schwellung hineingleiten ließ und noch mehr Blut und gelblichweiße Flüssigkeit hervorholte. Glücklicherweise fiel Bert in Ohnmacht.

Richard wischte sich den Schweiß von der Stirn. Er fühlte sich hilflos. Er hatte sein Schwert, um sich zu wehren, gegen diese Krankheit war es ihm jedoch nicht von Nutzen. Er wünschte, daß die Bedrohung eine wäre, gegen die er kämpfen könnte.

Hinter ihm redete Nadine mit leiser Stimme, aber laut genug, daß er es hören konnte, auf Kahlan ein.

»Tut mir leid, was ich vorhin gesagt habe, Kahlan. Ich habe mein Leben der Hilfe für die Kranken verschrieben. Es macht mich so wütend, wenn ich Menschen leiden sehe. Deswegen war ich so verärgert. Nicht wegen Euch. Yonicks Leid hat mich mit Zorn erfüllt, und auf Euch bin ich losgegangen. Es war nicht Euer Fehler. Niemand hätte etwas tun können. Verzeiht mir.«

Richard drehte sich nicht um. Kahlan schwieg, doch vielleicht lächelte sie Nadine an, zum Zeichen, daß sie ihre Entschuldigung annahm.

Richard bezweifelte das.

Er kannte Kahlan. Sie erwartete von anderen ebenso viel wie von sich selbst. Sie verzieh nicht einfach, nur weil jemand sie darum bat. Das Vergehen selbst fiel ebenso ins Gewicht, und es gab Vergehen, die zu schwer wogen, als daß man sie vergeben konnte.

Die Entschuldigung hatte ohnehin nicht Kahlan gegolten, sondern Richard. Wie ein Kind, das man ausgeschimpft hatte, legte Nadine jetzt ihr bestes Betragen an den Tag und versuchte ihn damit zu beeindrucken, wie artig sie sein konnte.

Obwohl sie ihn verletzt hatte, fand ein Teil von ihm es tröstlich, Nadine um sich zu haben. Sie erinnerte ihn an sein Zuhause, an seine glückliche Kindheit. Sie war ein vertrautes Gesicht aus einer sorgenfreien Zeit. Andererseits war er über den tatsächlichen Grund ihres Kommens besorgt. Wie immer sie darüber dachte, sie hatte diesen Entschluß nicht selbst gefaßt. Jemand oder etwas hatte ihrem Tun Vorschub geleistet. Und doch – trotzdem hätte er ihr am liebsten bei lebendigem Leib das Fell über die Ohren gezogen.

Nachdem sie Bert verlassen hatten, führte sie Yonick eine gepflasterte Gasse hinunter zu einem Innenhof hinter der Wohnung von Darby Andersons Familie. In dem kleinen Hof, dessen matschiger Boden mit Holzspänen durchmengt war, standen Stapel unbehauenen Holzes, das von Persennings geschützt wurde, alte, rostige Zwei-Mann-Zugsägen, zwei Holzwerkbänke sowie aufgeworfene, gesplitterte oder verzogene Bretter, die seitlich an den Gebäuden lehnten.

Darby erkannte Richard und Kahlan vom Ja'La-Spiel wieder. Er war erstaunt, daß sie ihn zu Hause besuchten. Daß sie gekommen waren, um sich ein Ja'La-Spiel anzusehen, war ein Grund, sehr stolz zu sein, aber daß sie hier bei ihm erschienen, überstieg sein Fassungsvermögen. Hektisch bürstete er sich das Sägemehl aus dem kurzen braunen Haar und von seiner schmutzigen Arbeitskleidung.

Yonick hatte Richard erzählt, die gesamte Familie Anderson – Darby, seine zwei Schwestern, seine Eltern, die Eltern seines Vaters und eine Tante – lebe über ihrer kleinen Werkstatt. Clive Anderson, Darbys Vater, und Erling, sein Großvater, stellten Stühle her. Die beiden Männer hatten die Unruhe gehört, waren an die breite Doppeltür getreten und verbeugten sich.

»Verzeiht uns, Mutter Konfessor, Lord Rahl«, sagte Clive, nachdem Darby seinen Vater vorgestellt hatte, »aber wir wußten nicht, daß Ihr kommt, sonst hätten wir etwas vorbereitet – ich hätte meiner Frau gesagt, sie solle Tee kochen oder so. Wir sind leider nur einfache Leute.«

»Bitte macht Euch deswegen keine Gedanken, Meister Anderson«, sagte Richard. »Wir sind hier, weil wir um Euren Sohn besorgt sind.«

Erling, der Großvater, machte einen strengen Schritt auf Darby zu. »Was hat der Junge angestellt?«

»Nichts, wirklich nichts«, beruhigte ihn Richard. »Ihr habt einen wunderbaren Enkelsohn. Wir haben ihn vor ein paar Tagen Ja'La spielen sehen. Einer der anderen Jungen ist krank. Schlimmer noch, zwei weitere sind gestorben.«

Darby riß die Augen auf. »Gestorben? Wer denn?«

»Kip«, sagte Yonick mit erstickender Stimme.

»Und Sidney«, setzte Richard hinzu. »Bert ist ebenfalls sehr krank.«

Darby war schockiert. Sein Großvater legte dem Jungen tröstend die Hand auf die Schulter.

»Mein Bruder Drefan« – Richard deutete auf ihn – »ist Heiler. Wir sehen uns sämtliche Jungen aus der Ja'La-Mannschaft an. Ob Drefan helfen kann, wissen wir nicht, aber er möchte es gerne versuchen.«

»Mir geht es gut«, stellte Darby mit bebender Stimme fest.

Erling, ein unrasierter, knochiger Mann, hatte so schiefe Zähne, daß Richard sich fragte, wie er es schaffte, sein Essen zu kauen. Er sah Kahlans weißes Kleid und Richards goldenes Cape, das sich im schneidenden Wind aufblähte, und zeigte auf die Werkstatt.

»Bitte, wollt Ihr nicht eintreten? Heute geht ein kalter Wind. Drinnen ist es wärmer und geschützter. Wie es aussieht, werden wir heute abend etwas Schnee bekommen.«

Ulic und Egan bezogen beim hinteren Tor Posten. In der Gasse wimmelte es von Soldaten. Richard, Kahlan, Nadine und Drefan gingen in die Werkstatt. Cara und Raina folgten ihnen wie ein Schatten, blieben jedoch in der Nähe der Tür.

An Pflöcken in den staubigen Wänden hingen alte Stühle und Schablonen. In sämtlichen Ecken hatten Spinnweben, auf denen sich im Wald der Tau gesammelt hätte, gewaltige Mengen Sägemehl eingefangen. Auf der Werkbank lagen Stuhlteile, die verleimt wurden, eine feine Säge, eine Reihe kleiner Fein- und Rundhobel sowie eine Anzahl von Stemmeisen. Mehrere Rauh- und Tischlerhobel hingen neben Hämmern und anderen Werkzeugen an der Wand hinter der Werkbank.

Teilweise fertiggestellte Stühle, die man bis zur Endfertigung mit gedrehten Tauen fest zusammengebunden hatte oder die in Nut- und Federzwingen trockneten, standen überall auf dem Fußboden herum. Auf einem Sägebock, an dem der Großvater gestanden hatte, als sie den Innenhof betraten, lag ein gespaltenes Eschenscheit, das er mit einem Zugmesser bearbeitet hatte.

Clive, ein breitschultriger junger Mann, schien gewillt, seinem Vater das Reden zu überlassen.

»Was fehlt diesen Kindern?« fragte Erling. Drefan räusperte sich und überließ die Antwort Richard.

Richard war so müde, daß er sich kaum noch auf den Beinen halten konnte. Fast kam es ihm vor, als schlafe er und dies sei nur ein böser Traum.

»Sie haben die Pest. Zu meiner Erleichterung sehe ich, daß Darby gesund ist.«

Erling fiel das faltige Kinn herunter. »Die Guten Seelen mögen uns das ersparen!«

Clive erbleichte. »Meine Töchter sind krank.«

Plötzlich machte er kehrt und rannte zur Treppe, blieb dann aber unvermittelt stehen. »Bitte, Meister Drefan, werdet Ihr Euch um sie kümmern?«

»Selbstverständlich. Zeigt uns den Weg.«

Oben waren Darbys Mutter, seine Großmutter und die Tante damit beschäftigt gewesen, Fleischpasteten zuzubereiten. In einem Kessel, den man in die Feuerstelle gehängt hatte, kochten Pastinaken, und vom Wasserdampf waren die Fenster beschlagen.

Die drei Frauen warteten, durch Clives Rufe alarmiert, mit aufgerissenen Augen oben mitten im Gemeinschaftszimmer. Der Anblick der Fremden erschreckte sie, sie verbeugten sich jedoch sofort, als sie Kahlans weißes Kleid erblickten. Im Kleid der Mutter Konfessor mußte Kahlan niemandem in Aydindril vorgestellt werden und, was das anbetraf, auch niemandem in den gesamten Midlands.

»Hattie, dieser Mann hier, Meister Drefan, ist ein Heiler, und er ist gekommen, um sich die Mädchen anzusehen.«

Hattie, das kurze, sandfarbene Haar mit einem Kopftuch nach hinten gebunden, wischte sich die Hände an der Schürze ab. Ihr

Blick huschte zwischen all den Menschen hin und her, die in ihrem Heim standen. »Danke, hier entlang, bitte.«

»Wie geht es ihnen?« fragte Drefan Hattie auf dem Weg nach hinten ins Schlafzimmer.

»Beth klagt seit gestern über Kopfschmerzen«, antwortete Hattie. »Davor war ihr sehr übel. Die üblichen Kinderkrankheiten, weiter nichts.« Für Richard klang dies eher wie ein flehentliches Bitten. »Ich habe ihr etwas schwarzen Andorn zur Beruhigung gegeben.«

»Das ist gut«, versicherte ihr Nadine. »Ein Aufguß aus Flohkraut könnte auch helfen. Ich habe etwas dabei. Ich lasse es hier, für den Fall, daß sie es braucht.«

»Danke für Eure Freundlichkeit«, sagte Hattie, deren Besorgnis mit jedem Schritt wuchs.

»Was ist mit dem anderen Mädchen?« erkundigte sich Drefan.

Hattie hatte die Tür fast erreicht. »Lily ist nicht so krank, fühlt sich aber nicht recht wohl. Vermutlich stört es sie nur, daß ihre Schwester die ganze Aufmerksamkeit und Tee mit Honig bekommt. Kinder sind so. Sie hat ein paar kleine, runde Entzündungen an den Beinen.«

Drefan zögerte kurz.

Beth hatte Fieber, aber nicht übermäßig. Sie hatte einen rasselnden Husten und beklagte sich, ihr Kopf tue weh. Drefan überging sie fast ganz. Er betrachtete Lily auf die analytische Art, die ihm eigen war, wie sie in die Decken gewickelt dasaß und sich ernst mit ihrer Lumpenpuppe unterhielt.

Die Großmutter nestelte nervös an ihrem Kragen herum und verfolgte von der Tür aus, wie Hattie sich umständlich an der Bettdecke zu schaffen machte. Die Tante wischte Lilys Stirn mit einem feuchten Lappen ab, während Nadine ein paar tröstliche Worte zu dem Mädchen sagte. Nadine hatte wirklich eine beruhigende, freundliche Art an sich. Sie wählte Kräuter aus den Ledersäckchen in ihrem Beutel aus und wickelte sie zu mehreren Stoffpäckchen zusammen, während sie der aufmerksam zusehenden Mutter Anweisungen für die Zubereitung gab.

Richard und Kahlan gingen zusammen mit Drefan zu dem jüngeren Mädchen hinüber. Kahlan hockte sich hin, sprach mit ihr und erzählte ihr, was für eine hübsche Puppe sie habe, damit sie sich nicht vor Richard und Drefan ängstigte. Lily warf besorgte Blicke in ihre Richtung, während sie mit Kahlan schwatzte. Kahlan schlang einen Arm um Richard, um Lily zu zeigen, daß man sich vor ihm nicht fürchten müsse. Richard zwang sich zu lächeln.

»Lily«, sagte Drefan mit gezwungener Fröhlichkeit, »würdest du mir die wunden Stellen an deiner Puppe zeigen?«

»Sie hat hier ein Aua, da eins und da.« Sie schaute aus ihren großen, runden Augen hoch zu Drefan.

»Und tun sie ihr weh?«

Lily nickte. »Sie macht ›Au‹, wenn ich sie anfasse.«

»Wirklich? Nun, das ist wirklich schlimm. Aber es geht ihr bestimmt bald wieder besser.« Er ging in die Hocke, damit er nicht so hoch über ihr aufragte, legte Kahlan einen Arm um die Hüfte und zog sie zu sich herunter. »Das ist meine Freundin Kahlan, Lily. Ihre Augen sind nicht sehr gut. Sie kann die wunden Stellen auf den Beinen deiner Puppe nicht sehen. Würdest du Kahlan die auf deinen Beinen zeigen?«

Nadine sprach noch immer mit der Mutter über das andere Mädchen. Lily sah kurz zu ihr hinüber.

Kahlan strich Lily das Haar zurück und sagte ihr, was für eine hübsche Puppe sie habe. Lily strahlte. Kahlans langes Haar faszinierte sie. Kahlan erlaubte ihr, es anzufassen.

»Kannst du mir die wehen Stellen auf deinen Beinen zeigen?« fragte Kahlan.

Lily zog ihr weißes Nachthemd hoch. »Hier, genau wie bei meiner Puppe.«

Auf der Innenseite beider Oberschenkel hatte sie mehrere dunkle

Flecken in der Größe von Pennymünzen. Als Drefan sie vorsichtig berührte, sah Richard, daß sie hart wie Schwielen waren. Kahlan zog Lilys Nachthemd wieder herunter, strich es glatt und legte ihr die Decke über den Schoß, während Drefan ihr die Wange tätschelte und ihr erzählte, was für ein tapferes Mädchen sie sei und daß die ›Auas‹ ihrer Puppe am Morgen besser sein würden.

»Da bin ich aber froh«, freute sich Lily. »Sie mag es nämlich nicht, krank zu sein.«

Erling hobelte zerstreut an einem Stuhl herum, der auf der Werkbank stand. Richard sah, daß er nicht recht darauf achtete, was er tat, und ihn verdarb. Der Mann blickte nicht auf, als sie die Treppe runterkamen. Auf Richards Drängen war Clive oben bei seiner Frau und seinen Töchtern geblieben.

»Haben sie sich angesteckt?« fragte Erling mit heiserer Stimme.

Drefan legte dem alten Mann ermutigend die Hand auf die Schulter. »Ich fürchte, ja.«

Erling machte zitternd eine ungelenke Bewegung mit dem Hobel.

»Als ich jung war, habe ich in Sparlville gelebt. Eines Sommers kam die Pest. Sie raffte eine große Zahl von Menschen dahin. Ich hatte gehofft, das nicht noch einmal zu erleben.«

»Verstehe«, sagte Drefan mit gedämpfter Stimme. »Ich habe auch mit angesehen, wie sie ganze Dörfer hingerafft hat.«

»Es sind meine einzigen Enkeltöchter. Was können wir tun, um ihnen zu helfen?«

»Ihr könnt versuchen, das Haus auszuräuchern«, schlug Drefan vor.

Erling brummte: »Haben wir in Sparlville gemacht. Wir haben auch Heilmittel und Mittel zur Vorbeugung gekauft, aber die Menschen sind trotzdem gestorben.«

»Ich weiß«, sagte Drefan. »Ich wünschte, ich könnte etwas tun, leider habe ich noch nie von einem wirklich wirksamen Heilmittel gehört. Sollte Euch etwas einfallen, was damals in Eurer Jugend geholfen hat, dann probiert es aus. Ich kenne längst nicht alle Heilmethoden. Schlimmstenfalls wird es keinen Schaden anrichten, und günstigstenfalls hilft es vielleicht.«

Erling legte den Hobel beiseite. »Manche Leute haben Feuer angezündet, um die Krankheit aus ihrem Blut zu treiben. Andere meinten, es läge daran, daß ihr Blut wegen der Sommerhitze und des Fiebers bereits zu heiß sei, und versuchten, ihre Lieben anzufächeln, um ihr Blut zu kühlen. Was würdet Ihr empfehlen?«

Drefan schüttelte den Kopf. »Tut mir leid, ich weiß es einfach nicht. Ich habe gehört, daß Menschen sowohl durch beide Methoden geheilt wurden als auch in beiden Fällen trotzdem gestorben sind. Manche Dinge liegen nicht in unserer Hand. Niemand kann sich dem Zugriff des Hüters entziehen, wenn er kommt.«

Erling rieb sich das zerfurchte Kinn. »Ich bete zu den Guten Seelen, daß sie die Mädchen verschonen.« Seine Stimme versagte. »Sie sind zu gut, zu unschuldig, als daß der Hüter schon die Hand nach ihnen ausstrecken dürfte. Sie haben unzählige Freuden über dieses Haus und diese Familie gebracht.«

Drefan legte Erling die Hand abermals auf die Schulter. »Es tut mir leid, Meister Anderson, aber Lily hat die Male.«

Der Tischler rang um Atem und versuchte sich an der Werkbank festzuhalten. Drefan war darauf vorbereitet gewesen und fing ihn auf, damit er nicht hinfiel, als seine Knie nachgaben. Er half ihm, sich auf den Sägebock zu setzen.

Während Erling seine Tränen hinter beiden Händen verbarg, wendete Kahlan das Gesicht ab und vergrub es an Richards Schulter. Richard war wie benommen.

»Großvater«, rief Darby von der Treppe, »Was ist?«

Erling richtete sich auf. »Nichts, mein Junge. Ich sorge mich nur um deine Schwestern, das ist alles. Alte Männer werden komisch, weiter nichts.«

Darby kam erleichtert die übrigen Stufen herunter. »Das mit Kip tut mir wirklich leid, Yonick. Wenn dein Vater etwas braucht, läßt mich meiner bestimmt von der Arbeit fort, damit ich helfen kann.«

Yonick nickte. Er wirkte ebenfalls benommen.

Richard ging vor den Jungs in die Hocke. »Ist einem von euch beim Ja'La-Spiel etwas Merkwürdiges aufgefallen?«

»Etwas Merkwürdiges?« fragte Darby. »Was denn zum Beispiel?«

Richard fuhr sich mit dem Fingerkamm durchs Haar. »Ich weiß es nicht. Habt ihr mit irgendwelchen Fremden gesprochen?«

»Klar«, meinte Darby. »Es waren Unmengen von Leuten da, die wir nicht kannten. Soldaten haben sich das Spiel angesehen. Viele Leute, die ich nicht kannte, kamen, um uns nach unserem Sieg zu gratulieren.«

»Ist euch irgend jemand besonders im Gedächtnis geblieben? War irgendwas an ihnen seltsam?«

»Ich hab' gesehen, wie Kip nach dem Spiel mit einem Mann und einer Frau sprach«, sagte Yonick. »Es sah aus, als wollten sie ihm gratulieren. Sie beugten sich beim Sprechen über ihn und zeigten ihm etwas.«

»Sie zeigten ihm etwas? Was denn?«

»Tut mir leid«, sagte Yonick. »Aber das konnte ich nicht erkennen. Ich war zu sehr damit beschäftigt, mich von den Soldaten beglückwünschen zu lassen.«

Richard wollte dem Jungen mit seinen Fragen keine Angst einjagen, trotzdem mußte er auf Antworten drängen. »Wie sahen der Mann und die Frau aus?«

»Ich weiß nicht«, sagte Yonick. Die Tränen traten ihm in die Augen, als er sich an seinen Bruder erinnerte. »Der Mann war hager und jung. Die Frau war auch jung, aber älter als er. Ich glaube, sie war ziemlich hübsch. Sie hatte braunes Haar.« Er zeigte auf Nadine. »So wie ihres, nur nicht so dicht und nicht so lang.«

Richard sah zu Kahlan hoch. Der niedergeschlagene Ausdruck auf ihrem Gesicht verriet ihm, daß sie dasselbe befürchtete wie er.

»Ich erinnere mich an sie«, sagte Darby. »Meine Schwestern haben auch mit diesem Mann und der Frau gesprochen.«

»Aber von euch beiden keiner?«

»Nein«, sagte Darby. Yonick schüttelte den Kopf. »Wir waren so aufgeregt und sind überall herumgesprungen, weil wir das Spiel vor den Augen von Lord Rahl gewonnen hatten. Viele Soldaten gratulierten uns, und auch eine Menge anderer Leute. Ich habe mit den beiden nicht gesprochen.«

Richard ergriff Kahlans Hand. »Kahlan und ich müssen Beth und Lily etwas fragen«, sagte er zu Drefan. »Wir sind gleich zurück.«

Eng aneinandergeschmiegt und Trost in der Berührung des anderen suchend, stiegen sie die Stufen hoch. Richard hatte Angst vor dem, was ihm die beiden Mädchen erzählen würden.

»Frag du sie«, flüsterte Richard ihr zu. »Vor mir fürchten sie sich. Es fällt ihnen bestimmt leichter, mit dir zu sprechen.«

»Glaubst du, es ist möglich, daß es die beiden waren?«

Richard brauchte nicht zu fragen, wen sie meinte. »Ich weiß es nicht. Aber du hast mir erzählt, Jagang habe behauptet, er habe sich das Ja'La-Spiel angesehen – mit Marlins Augen. Schwester Amelia hat Marlin begleitet. Sie hatten hier in Aydindril irgend etwas vor.«

Richard beruhigte die Frauen, daß sie den Mädchen nur kurz eine Frage stellen müßten. Die Frauen beschäftigten sich weiter mit ihrer Arbeit, während er und Kahlan noch einmal ins Schlafzimmer gingen. Richard bezweifelte, daß sie auf ihre Fleischpasteten mehr acht gaben als Erling auf den Stuhl, den er verdorben hatte.

»Lily«, fragte Kahlan mit sanfter Stimme lächelnd zuerst das jüngere Mädchen, »weißt du noch, wie du deinem Bruder beim Ja'La-Spielen zugesehen hast?«

Lily nickte. »Er hat gewonnen. Wir haben uns richtig gefreut, daß er gewonnen hat. Vater hat gesagt, Darby hat einen Punkt erzielt.«

»Ja, wir haben ihn auch spielen sehen und haben uns für ihn gefreut. Erinnerst du dich noch an die beiden Leute, mit denen du gesprochen hast? Einen Mann und eine Frau?«

Sie runzelte die Stirn. »Als Mutter und Vater gejubelt haben? Diesen Mann und die Frau?«

»Ja. Weißt du noch, was sie zu dir gesagt haben?«

»Beth hat meine Hand gehalten. Sie wollten wissen, ob das mein Bruder war, den wir angefeuert haben.«

»Das stimmt«, rief Beth vom anderen Bett aus. Ihre Stimme versagte, als sie von einem Hustenanfall übermannt wurde. Nachdem sie sich erholt hatte und wieder Luft bekam, fuhr sie fort. »Sie meinten, Darby hätte richtig gut gespielt. Sie haben uns dieses hübsche Dings gezeigt, das sie dabeihatten.«

Richard starrte sie an. »Ein hübsches Dings?«

»Das glänzende Ding in dem Kästchen«, erklärte Lily.

»Das stimmt«, sagte Beth. »Sie haben es mir und Lily gezeigt.«

»Was war es denn?«

Beth dachte trotz Kopfschmerzen angestrengt nach. »Es war … es war … Ich weiß nicht genau. Es lag in einem Kästchen, das so schwarz war, daß man die Seiten nicht sehen konnte. Das Dings drinnen war richtig hübsch.«

Lily bestätigte das mit einem Nicken. »Meine Puppe hat es auch gesehen. Sie fand es auch richtig hübsch.«

»Habt ihr eine Ahnung, was es war?«

Beide schüttelten den Kopf.

»Es lag in einem Kästchen, das so schwarz war wie Mitternacht. Wenn man es ansieht, ist es so, als blicke man in ein schwarzes Loch«, wiederholte Richard.

Die beiden nickten.

»Klingt wie der Stein der Nacht«, flüsterte Kahlan ihm zu.

Richard kannte diese Schwärze gut. Nicht nur der Stein der Nacht war so, sondern auch die äußere Hülle der Kästchen der Ordnung.

Die Farbe war so düster, daß sie das Licht aus einem Raum zu saugen schien.

Seiner Erfahrung nach, bedeutete dieses Fehlen allen Lichts nichts Gutes. Der Stein der Nacht konnte Wesen aus der Unterwelt hervorholen, und die Kästchen der Ordnung enthielten eine Magie, die, in böser Absicht verwendet, die Welt des Lebendigen vernichten konnte. Mit den Kästchen konnte man ein Tor zur Unterwelt öffnen.

»Und drinnen lag etwas Leuchtendes«, fuhr Richard fort. »War es, als blicke man in eine Kerze oder die Flamme einer Lampe? War es so ein Leuchten?«

»Es war bunt«, sagte Lily. »Ich hab' hübsche Farben gesehen.«

»Wie buntes Licht«, sagte Beth. «Das Dings lag auf weißem Sand.«

Auf weißem Sand. Richards Nackenhaare sträubten sich. »Wie groß war das Kästchen?«

Beth hielt ihre Hände einen Fuß weit auseinander. »An der Seite ungefähr so lang. Aber es war nicht sehr dick. Ungefähr so wie ein Buch. Ja, wie ein aufgeschlagenes Buch. Daran hat das Kästchen mich erinnert – an ein Buch.«

»Und drinnen, in den Sand, waren da Linien hineingezeichnet? So ähnlich, wie man mit einem Stock Linien in die Erde kratzt?«

Beth nickte, während sie rasselnd hustete. Als der Anfall endlich nachließ, keuchte sie und bekam wieder Luft.

»Das stimmt. Da waren saubere Linien, in einem Muster. Genau so hat es ausgesehen. Es war ein Kästchen oder vielleicht ein großes Buch, und als sie es aufgemacht haben, um uns die hübschen Farben zu zeigen, war da weißer Sand drin, in den man sorgfältig Linien gezeichnet hatte. Dann haben wir die hübschen Farben gesehen.«

»Das heißt, auf dem Sand lag etwas? Dieses Ding, das das bunte Licht erzeugte, lag auf dem Sand?«

Beth kniff verwirrt die Augen zusammen und versuchte sich zu erinnern. »Nein ... eher kam das Licht aus dem Sand.« Sie ließ sich auf ihr Bett zurückfallen und wälzte sich, sichtlich von ihrer Krankheit gepeinigt, auf die Seite.

Von der Pest gepeinigt. Vom schwarzen Tod.

Aus einem schwarzen Kästchen.

Richard war unfähig, sich bei Lily zu bedanken. Er wagte nicht, sich auf seine Stimme zu verlassen.

Lily legte sich wieder hin. Ihre winzige Stirn zog sich in Falten. »Ich bin müde.« Sie schürzte die Lippen, den Tränen nahe. »Mir geht's nicht gut.«

Sie zog die Beine an und steckte sich den Daumen in den Mund.

Kahlan steckte die Decke rings um Lily fest und versprach ihr eine Überraschung, sobald sie wieder gesund war. Ihr liebevolles Lächeln lockte ein kleines Schmunzeln auf Lilys Lippen. Fast hätte Richard ebenfalls gelächelt. Fast.

Draußen vor dem Haus der Andersons nahm Richard Drefan in der Gasse beiseite. Kahlan sagte den anderen, sie sollen warten, dann stellte sie sich zu den beiden.

»Was sind Male?« wollte Richard wissen. »Du meintest zu dem Großvater, die Jüngste habe die Male.«

»Diese Flecken auf ihren Armen und Beinen werden Male genannt.«

»Und wieso hat den Mann vor Angst beinahe der Schlag getroffen, als er dich sagen hörte, daß das Mädchen sie habe?«

Drefan wendete seine blauen Augen ab. »Die Menschen sterben auf unterschiedliche Weise an der Pest. Den Grund dafür kenne ich nicht, man könnte sich höchstens vorstellen, daß es etwas mit ihrem Zustand zu tun hat. Kraft und Verletzbarkeit der Aura sind bei jedem anders.

Ich habe die unterschiedlichen Todesarten, die die Pest verursacht, nicht alle mit eigenen Augen gesehen, da sie zum Glück nur selten auftritt. Einen Teil meiner Kenntnisse habe ich aus den Aufzeichnungen, die die Raug'Moss aufbewahren. Die Pestepidemien, die ich gesehen habe, fanden stets an kleinen, entlegenen Orten statt. In der Vergangenheit, vor vielen hundert Jahren, gab es ein paar große Epidemien in großen Städten, und die Aufzeichnungen darüber habe ich gelesen.

Bei manchen Menschen bricht sie ganz plötzlich aus – sehr hohes Fieber, unerträgliche Kopfschmerzen, Erbrechen, brennende Schmerzen im Rücken. Diese Opfer sind fast von Sinnen, so heftig sind die Schmerzen über Tage oder Wochen, bis sie schließlich sterben. Manche erholen sich wieder. Beth ist so ein Fall. Ihr Zustand wird sich noch stark verschlimmern. Ich habe schon gesehen, daß Kranke wie sie alles überstanden haben. Sie hat eine kleine Chance.

Mitunter, wenn der Schwarze Tod sie übermannt und ihnen den Körper zersetzt, sehen die Opfer aus wie der erste Junge. Andere werden von entsetzlichen, schmerzhaften Schwellungen am Hals, in den Achselhöhlen oder der Leistengegend gepeinigt. Sie leiden jämmerlich, bis sie schließlich sterben. So ein Fall ist Bert. Wenn das Leiden in die entscheidende Phase und zum Ausbruch gebracht werden kann, erholen sich diese Menschen manchmal.«

»Und was ist mit Lily?« fragte Kahlan. »Was ist mit diesen Malen, wie Ihr sie genannt habt?«

»Ich habe sie noch nie zuvor gesehen, jedenfalls nicht mit eigenen Augen, aber ich habe in unseren Aufzeichnungen über sie gelesen. Die Male erscheinen auf den Beinen und manchmal auf der Brust. Menschen, die die Male aufweisen, wissen oft bis zum Ende gar nicht, daß sie erkrankt sind. Irgendwann stellen sie zu ihrem Entsetzen fest, daß sie die Male aufweisen, und kurz darauf sind sie tot.

Sie sterben unter wenig oder gar keinen Schmerzen. Aber sterben tun sie alle. Keiner, der die Male aufweist, überlebt. Der alte Mann muß sie schon einmal gesehen haben, denn er weiß das.

Bei den Pestepidemien, deren Zeuge ich wurde, traten diese Male nicht auf. In den Berichten heißt es, die schlimmsten Epidemien, bei denen der Tod sich am weitesten ausbreitete, seien durch die Male gekennzeichnet gewesen. Manche Menschen hielten sie für sichtbare Zeichen der tödlichen Berührung durch den Hüter.«

»Aber Lily ist noch ein kleines Mädchen«, protestierte Kahlan, als könnten Widerworte etwas ändern. »Sie wirkte gar nicht so krank. Wäre es nicht möglich, daß sie ...«

»Lily fühlt sich nicht wohl. Die Male an ihren Beinen sind voll ausgeprägt. Ihr Tod wird noch vor Mitternacht eintreten.«

»Heute abend?« fragte Richard bestürzt.

»Ja. Allerspätestens. Eher innerhalb der nächsten Stunden. Vielleicht sogar ...«

Aus dem Haus drang der langgezogene, schrille Schrei einer Frau. Das Entsetzen darin jagte Richard einen Schauer über den Rücken. Die Soldaten, die sich hinten, am anderen Ende der Gasse, mit gesenkter Stimme unterhalten hatten, verstummten. Das einzige Geräusch war ein Hund, der in der nächsten Straße bellte.

Aus dem Haus war der gequälte Schrei eines Mannes zu hören.

Drefan schloß die Augen. »Ich wollte es gerade sagen, vielleicht sogar schon eher.«

Kahlan vergrub ihr Gesicht an Richards Schulter. Sie krallte sich in sein Hemd. Richards Kopf wirbelte herum.

»Das sind Kinder«, weinte sie. »Dieser Bastard tötet Kinder!«

Drefans Brauen zogen sich zusammen. »Wovon redet sie?«

»Drefan« – Richard nahm Kahlan fester in die Arme, als sie zu zittern begann – »ich glaube, diese Kinder sterben, weil ein Zauberer und eine Magierin vor ein paar Tagen das Ja'La-Spiel besucht und diese Epidemie mit Magie ausgelöst haben.«

»Ausgeschlossen. Es dauert länger, bis die Menschen erkranken.«

»Der Zauberer war derselbe, der Cara bei deiner Ankunft verletzt hat. Er hat eine Prophezeiung auf der Wand der Grube zurückgelassen. Sie beginnt mit den Worten: ›Mit dem roten Mond kommt der Feuersturm‹.«

Drefan runzelte die Stirn und betrachtete ihn unschlüssig. »Wie kann Magie eine Epidemie auslösen?«

»Das weiß ich nicht«, sagte Richard leise.

Er ertrug es nicht, den nächsten Teil der Prophezeiung laut auszusprechen. *Der, der der Klinge verbunden ist, wird mit ansehen, wie sein Volk stirbt. Wenn er nichts unternimmt, werden er und alle, die er liebt, in dieser Glut sterben, denn keine Klinge, sei sie aus Stahl oder aus Magie erschaffen, kann seinen Gegner berühren.*

Kahlan lag zitternd in seinen Armen, und er wußte, sie litt Todesqualen wegen des letzten Teils der Prophezeiung.

Um dieses Inferno zu löschen, muß er das Heilmittel im Wind suchen. Lichtblitze wird man auf diesem Pfad sehen können, denn die Frau in Weiß, seine wahre Liebe, wird ihn in ihrem Blut verraten.

31. Kapitel

Eine Patrouille d'Haranischer Soldaten entdeckte sie am Rande des ausgedehnten Palastgeländes und nahm zackig Haltung an. Gleich hinter den Soldaten, in den Straßen der Stadt, sah Kahlan, wie Menschen, die ihren Geschäften nachgingen, überall innehielten, um sich vor der Mutter Konfessor und Lord Rahl zu verbeugen.

Obwohl das geschäftliche Treiben oberflächlich betrachtet wirkte wie an jedem anderen Tag, glaubte Kahlan, feine Unterschiede ausmachen zu können. Männer, die Fässer auf einen Karren luden, musterten argwöhnisch Passanten, die ganz in der Nähe vorübergingen, Ladenbesitzer taxierten ihre Kunden sorgfältig, Menschen, die durch die Straßen gingen, machten einen Bogen um jene, die stehengeblieben waren, um sich zu unterhalten. Die Gruppen der Menschen, die ein Schwätzchen hielten, schienen zahlreicher zu sein. Auffallend war das Fehlen von Gelächter.

Nach einem feierlichen Salut mit der Faust auf das Leder und das Kettenhemd über ihren Herzen begann die nicht weit entfernte Patrouille plötzlich, freundlich zu lächeln.

»Hurra, Lord Rahl!« rief ihnen einer der Soldaten zu. »Ihr habt uns geheilt! Unsere Gesundheit wiederhergestellt! Durch Euch geht es uns wieder gut. Lang lebe der große Zauberer, Lord Rahl.«

Richard erstarrte mitten im Schritt, sah nicht die Soldaten an, sondern hielt den Blick vor sich zu Boden gerichtet. Sein Umhang, in den eine Windbö gefahren war, umwehte ihn und hüllte ihn in goldenes Gefunkel.

Die anderen fielen ein. »Lang lebe Lord Rahl!«

Die Hände zu Fäusten geballt, setzte Richard sich, ohne in ihre Richtung zu blicken, wieder in Bewegung. Kahlan, den Arm um ihn geschlungen, ließ ihre Hand nach unten gleiten und drängte ihn, die Faust zu öffnen, damit sie ihre Finger in seine haken konnte. Sie drückte seine Hand, ein stummes Zeichen dafür, daß sie ihn verstand und bereit war, ihn zu unterstützen.

Hinter Drefan und Nadine konnte Kahlan aus den Augenwinkeln Cara sehen, die der Patrouille wütend Zeichen machte, damit sie still waren und weiter ihres Weges zogen.

In der Ferne vor ihnen, auf einer leichten Anhöhe, erhob sich der weite Palast der Konfessoren in all seiner Pracht der steinernen Säulen, der endlosen Mauern und eleganten Türme, die sich in ihrem unverfälschten Weiß vor dem dunkler werdenden Himmel abzeichneten. Nicht nur, daß die Sonne unterging, auch düstere Wolkenfetzen trieben vorbei, Vorboten eines Unwetters. Ein paar verirrte Schneeflocken wirbelten mit dem Wind vorüber – Kundschafter der Massen, die noch folgen würden. Es war noch längst nicht Frühling.

Kahlan hielt Richards Hand fest, als klammere sie sich ans Leben selbst. Vor ihrem inneren Auge sah sie Krankheit und Tod. Sie hatten sich um nahezu ein Dutzend kranker Kinder gekümmert, die von der Pest angesteckt worden waren. Richards bleiches Gesicht sah kaum besser aus als das der sechs Toten, die sie besucht hatte.

Innerlich tat ihr alles weh. Weil sie ihre Tränen, ihre Klagen, ihre Schreie unterdrückt hatte, verkrampften sich ihre Bauchmuskeln. Sie hatte sich eingeredet, sie dürfe nicht die Beherrschung verlieren und in Tränen ausbrechen, nicht vor den Müttern, die entsetzliche Angst hatten, daß ihre Kinder kränker sein könnten, als sie geglaubt hatten, oder die wußten, wie krank sie waren, es aber nicht wahrhaben wollten.

Viele dieser Mütter waren kaum älter als Kahlan. Es waren einfach Frauen, die vor einem niederschmetternden Elend standen und nur zu den Guten Seelen beten konnten, damit diese ihre Kinder verschonten. Kahlan konnte nicht behaupten, daß sie an ihrer Stelle nicht in denselben Zustand verfallen wäre.

In einigen Familien wie den Andersons gab es ältere Familienmitglieder, auf die die Eltern sich mit Rat und Tat verlassen konnten, aber manche Mütter waren jung und auf sich allein gestellt, hatten Männer, die selbst fast noch Kinder waren. Sie hatten niemanden, an den sie sich wenden konnten.

Kahlan legte ihre freie Hand auf einen schmerzhaften Krampf im Unterleib. Sie wußte, wie verzweifelt Richard war. Er hatte auf seinen Schultern mehr als genug zu tragen. Sie mußte stark sein für ihn.

Rechts und links standen majestätische Ahornbäume, deren nacktes, dichtes Astgeflecht sich über ihren Köpfen verflocht. Nicht mehr lange, und sie würden ausschlagen. Sie traten unter dem Tunnel aus Zweigen hervor und traten auf eine gewundene Promenade, die zum Palast hinaufführte.

Hinter ihnen führten Drefan und Nadine im Flüsterton eine Diskussion über Kräuter und Heilmittel, die man ausprobieren müsse. Nadine schlug etwas vor, und Drefan äußerte behutsam seine Meinung, ob dies sinnlos war oder vielleicht einen Versuch wert. Er hielt ihr einen Vortrag über den Verlauf der Krankheit und die Gründe für den Zusammenbruch der körperlichen Abwehrkräfte.

Kahlan gewann den vagen Eindruck, daß er die, die krank wurden, fast mit Verachtung betrachtete, so als sei – weil sie ihrer Aura und den Energieflüssen, von denen er ständig redete, so wenig Beachtung schenkten – nur zu erwarten, daß sie einer Pest erlagen, welche Menschen wie ihm, die sich besser um ihren Körper kümmerten, nichts anhaben konnte. Sie vermutete, daß jemand mit seinem Wissen über das Heilen von Menschen an denen verzweifeln mußte, die ihre Krankheit selbst verschuldeten, wie die Prostituierten und die Männer, die diese aufsuchten. Wenigstens war sie erleichtert, daß er nicht zu ihnen gehörte.

Sie war nicht sicher, ob Drefan mit allem, was er sagte, recht hatte, oder ob einfach Arroganz aus seinen Worten sprach. Sie war selbst schon an Menschen verzweifelt, die sich über Gefahren für ihre Gesundheit lustig machten. In ihrer Jugend kannte sie einen Diplomaten, der jedesmal krank wurde, wenn er schwere Soßen mit bestimmten Gewürzen zu sich nahm. Stets bekam er davon Atembeschwerden. Doch liebte er diese Soßen. Dann, eines Tages, bei einem offiziellen Abendessen, brach er nach dem Genuß einer solchen Soße tot am Tisch zusammen.

Kahlan hatte nie verstehen können, wieso der Mann diese Krankheit selbst vorangetrieben hatte, und es fiel ihr schwer, Mitleid für ihn zu empfinden. Tatsächlich hatte sie ihn stets mit Verachtung betrachtet, wenn er zu einem offiziellen Abendessen gekommen war. Sie fragte sich, ob Drefan über gewisse Menschen ebenso dachte, nur daß er sehr viel genauer wußte, was die Menschen erkranken ließ. Sie hatte gesehen, wie Drefan Caras Aura wiederhergestellt hatte, und sie wußte auch, daß Krankheiten manchmal über den Geist beeinflußt werden konnten.

Sie hatte mehrfach in einem Ort namens Langden haltgemacht, wo ein sehr abergläubischer und rückständiger Menschenschlag lebte. Der Heiler des Dorfes hatte entschieden, daß die Kopfschmerzen, die den Menschen von Langden so sehr zu schaffen machten, nur von bösen Geistern hervorgerufen worden sein konnten, die von ihnen Besitz ergriffen hatten. Er ordnete an, weißglühende Eisen an die Fußsohlen derer zu halten, die Kopfschmerzen hatten, um die bösen Geister auszutreiben. Das Mittel hatte eine erstaunliche Wirkung. Niemand in Langden wurde jemals wieder von Geistern besessen. Die Kopfschmerzen verschwanden.

Wenn nur die Pest ebenso einfach verschwände.

Wenn nur Nadine so einfach verschwände. Wegschicken konnten sie die Frau nicht, jetzt, wo die Menschen unter solcher Not litten.

Ob es ihr gefiel oder nicht, Nadine würde hierbleiben, bis alles vorüber war. Shota schien ihre gierigen Hände fester um Richard zu schließen.

Kahlan wußte nicht, was Richard zu Nadine gesagt hatte, doch konnte sie es sich denken. Nadine legte plötzlich eine übertriebene Höflichkeit an den Tag. Ihre Entschuldigung war dennoch nicht aufrichtig gemeint, soviel war Kahlan klar. Wahrscheinlich hatte Richard ihr gesagt, er werde sie bei lebendigem Leibe häuten, wenn sie nicht um Verzeihung bat. Aus Caras Blick, der häufig zu Nadine hinüberwanderte, schloß Kahlan, daß diese Frau Schlimmeres zu befürchten hatte als Richard.

Kahlan und Richard führten die anderen zwischen den hochaufragenden weißen Säulen zu beiden Seiten des Eingangs und durch die reich mit geometrischen Mustern verzierten Türen in den Palast. Die höhlenartige große Eingangshalle wurde durch Fenster aus blaßblauem Glas zwischen den mit goldenen Kapitellen gekrönten weißen Säulen sowie von Dutzenden von Lampen an den Wänden erhellt.

Eine in Leder gekleidete Gestalt kam ihnen von weitem über die schwarz-weißen Marmorquadrate entgegengeschlendert. Jemand anderes näherte sich von rechts, von den Gästezimmern her. Richard verlangsamte den Schritt, blieb stehen und drehte sich um.

»Ulic, würdest du bitte General Kerson suchen gehen? Möglicherweise hält er sich im d'Haranischen Hauptquartier auf. Weiß jemand, wo sich General Baldwin befindet?«

»Er befindet sich wahrscheinlich im Palast Keltons, auf der Königsstraße«, antwortete Kahlan. »Dort wohnt er, seit er uns im Kampf gegen den Lebensborn zu Hilfe kam.«

Richard nickte erschöpft. Kahlan glaubte nicht, daß sie ihn schon einmal in schlimmerem Zustand gesehen hatte. Seine leblosen Augen blickten starr aus einem aschfahlen Gesicht hervor. Wankend suchte er nach Egan, der keine zehn Fuß entfernt stand.

»Egan, da bist du. Geh bitte General Baldwin holen. Wo er steckt, weiß ich nicht, aber du kannst dich ja durchfragen.«

Egan blickte unschlüssig zu Kahlan hinüber. »Sollen wir sonst noch jemand herbringen, Lord Rahl?«

»Sonst noch jemand? Ja. Sag ihnen, sie sollen ihre Offiziere mitnehmen. Ich bin in meinem Arbeitszimmer. Dort bring sie hin.«

Ulic und Egan schlugen sich mit der Faust aufs Herz, dann wandten sie sich ihren Aufgaben zu. Im Hinausgehen gaben sie den beiden Mord-Sith per Hand ein Zeichen. Cara und Raina stellten sich daraufhin näher an Richard heran und schirmten ihn ab, als Tristan Bashkar, auf der Hut wie immer, vor ihm stehenblieb.

Berdine näherte sich im Schlendergang von der anderen Seite, ihre gespannte Aufmerksamkeit ganz auf das aufgeschlagene Tagebuch in ihren Händen konzentriert. Sie schien völlig versunken in das zu sein, was sie gerade las, und wurde ihre gesamte Umgebung nicht gewahr. Kahlan hielt sie mit der Hand zurück, bevor sie in Richard hineinlief. Sie schwankte ein wenig wie ein Ruderboot, das an Land getrieben und auf Grund gelaufen war.

Tristan verneigte sich. »Mutter Konfessor, Lord Rahl.«

»Wer seid Ihr?« fragte Richard.

»Tristan Bashkar aus Jara, Lord Rahl. Ich fürchte, wir wurden einander noch nicht offiziell vorgestellt.«

Richards graue Augen erwachten funkelnd zum Leben. »Nun, habt Ihr Euch enschieden zu kapitulieren, Gesandter Bashkar?«

Tristan hatte sich gerade in Erwartung einer offiziellen Vorstellung erneut verneigen wollen. Er hatte nicht erwartet, daß Richard dem mit seiner Frage zuvorkommen würde. Er räusperte sich und richtete sich auf. Sein Gesicht verstrahlte ein unbekümmertes Lächeln.

»Ich weiß Euer Entgegenkommen zu schätzen. Die Mutter Konfessor hatte die Güte, mir zwei Wochen Zeit zu lassen, um die Zeichen der Sterne zu beobachten.«

Richards Stimme wurde kräftiger. »Ihr riskiert, daß Euer Volk Schwerter anstelle von Sternen zu sehen bekommt.«

Tristan knöpfte seine Jacke auf. Aus den Augenwinkeln sah Kahlan, wie Cara ihren Strafer mit einer ruckartigen Bewegung in die Hand nahm. Tristan bemerkte es nicht. Sein Blick blieb auf Richard gerichtet, während er seine Jacke nach hinten schob und sie durch seine beiläufig in die Hüfte gestemmte Faust zurückhielt. Dadurch wurde das Messer an seinem Gürtel sichtbar. Raina ließ ihren Strafer in die Hand schnellen.

»Lord Rahl, wie ich der Mutter Konfessor erklärte, sieht unser Volk dem Zusammenschluß mit dem D'Haranischen Reich mit großer Freude entgegen.«

»Mit dem D'Haranischen Reich?«

»Tristan«, warf Kahlan ein, »wir sind im Augenblick ziemlich beschäftigt. Wir haben das bereits besprochen, und man hat Euch zwei Wochen Zeit gegeben. Wüdet Ihr uns jetzt bitte entschuldigen?«

Tristan strich eine Locke seines Haars zurück und musterte sie aus seinen hellbraunen Augen. »Ich werde also gleich zum Thema kommen. Ich hörte Gerüchte, in Aydindril sei eine Epidemie ausgebrochen.«

Richards Raubvogelblick kehrte plötzlich mit aller Schärfe zurück. »Das ist nicht nur ein Gerücht. Es stimmt.«

»Wie groß ist die Gefahr?«

Richards Hand fand das Heft seines Schwertes. »Solltet Ihr Euch der Imperialen Ordnung anschließen, Gesandter, werdet Ihr Euch wünschen, es sei die Pest und nicht ich, die über Euch kommen wird.«

Selten hatte Kahlan gesehen, daß zwei Menschen so schnell eine vollkommene Abneigung gegeneinander entwickelten. Sie wußte, daß Richard erschöpft und, nachdem er gerade so viele ernstlich erkrankte Kinder gesehen hatte, nicht bei Laune war, sich die Einwände eines Adligen vom Schlage Tristans anzuhören, der sich nach der Gefahr für seine eigene Haut erkundigte. Tristan hatte zwar nicht Kahlans Enthauptung angeordnet, aber dabei war doch ein Ratsmitglied aus seinem Land beteiligt gewesen. Richard hatte dieses jaranische Ratsmitglied getötet.

Kahlan wußte nicht, wieso Tristan eine so plötzliche Abneigung gegen Richard entwickelte, sah man einmal von der Tatsache ab, daß er die Kapitulation Jaras verlangte. Vermutlich war dies Grund genug: an seiner Stelle empfände sie vielleicht ebenso.

Kahlan erwartete jeden Augenblick, daß die beiden Männer die Schwerter zögen. Drefan stellte sich zwischen sie.

»Ich bin Drefan Rahl, der Hohepriester der Raug'Moss, einer Gemeinschaft von Heilern. Ich habe einige Erfahrung mit der Pest. Ich schlage vor, daß Ihr auf Eurem Zimmer bleibt und Kontakt mit Fremden meidet. Vor allem mit Prostituierten. Darüber hinaus solltet Ihr für ausreichend Schlaf und gute, gesunde Ernährung sorgen.

Das wird Euch helfen, Euern Körper gegen die Krankheit zu kräftigen. Darüber hinaus werde ich mit dem Personal hier im Palast besprechen, was man zur Vorbeugung tun kann. Ihr seid willkommen, Euch meinen Rat anzuhören, wie jeder andere auch.«

Tristan hatte Drefan gewissenhaft zugehört. Er verbeugte sich und dankte ihm für seinen Rat. »Nun, ich weiß die Wahrheit zu schätzen, Lord Rahl. Ein geringerer Mann hätte vielleicht versucht, mich über ein so ernstes Problem im unklaren zu lassen. Nun verstehe ich, warum Ihr so beschäftigt seid. Ich werde mich jetzt verabschieden, damit Ihr Euch um Euer Volk kümmern könnt.«

Berdine hatte sich unbemerkt neben Richard geschlichen, der dem Gesandten wütend hinterherschaute. So eifrig, wie sie im Tagebuch gelesen, und vor sich hinmurmelnd die Aussprache der d'Haranischen Worte geprobt hatte, bezweifelte Kahlan, ob sie von dem Gesagten etwas mitbekommen hatte.

»Ich muß Euch sprechen, Lord Rahl«, murmelte Berdine.

Richard legte ihr die Hand auf die Schulter, zum Zeichen, daß sie warten solle. »Drefan, Nadine, hat jemand von Euch etwas gegen Kopfschmerzen? Gegen richtig starke Kopfschmerzen?«

»Ich habe ein paar Kräuter, die Euch helfen werden, Richard«, schlug Nadine vor.

»Da weiß ich etwas Besseres.« Drefan beugte sich näher zu Richard. »Man nennt es Schlaf. Vielleicht erinnerst du dich, dieses Mittel früher einmal benutzt zu haben?«

»Ich weiß, ich bin seit einiger Zeit wach, Drefan, aber –«

»Seit vielen Tagen und Nächten.« Drefan hob warnend einen Finger. »Wenn du versuchst, die Folgen fehlenden Schlafs mit irgendwelchen Mittelchen zu überdecken, tust du dir selbst keinen Gefallen. Die Kopfschmerzen werden wiederkommen, schlimmer als zuvor. Du wirst deine Kräfte aufzehren. Damit tust du weder dir einen Gefallen noch sonst jemandem.«

»Drefan hat recht«, stimmte Kahlan zu.

Ohne aufzuschauen, blätterte Berdine die Seite um, die sie gerade im Tagebuch las.

»Das ist durchaus wahr. Ich fühle mich wesentlich besser, seit ich etwas geschlafen habe.«

Endlich schien Berdine zu bemerken, daß noch andere anwesend waren. »Jetzt, wo ich wach bin, kann ich besser nachdenken.«

Richard wehrte sich mit erhobener Hand gegen ihre Hartnäckigkeit. »Ich weiß. Bald, das verspreche ich. Was wolltet Ihr mir mitteilen, Berdine?«

»Was?« Sie las schon wieder. »Oh. Ich habe herausgefunden, wo der Tempel der Winde steht.«

Richards Braue schoß in die Höhe. »Was?«

»Nachdem ich etwas geschlafen hatte, konnte ich klarer denken. Mir wurde bewußt, daß wir unsere Suche dadurch eingeschränkt hatten, indem wir nur nach einer begrenzten Anzahl von Schlüsselwörtern suchten. Also malte ich mir aus, was die alten Zauberer in derselben Lage getan hätten. Ich kam zu dem Schluß, daß –«

»Wo ist er?« fuhr Richard sie an.

Endlich hob Berdine den Kopf und kniff die Augen zusammen. »Der Tempel der Winde steht auf dem Gipfel des Berges der Vier Winde.«

Jetzt erst bemerkte Berdine Raina. Die beiden Frauen begrüßten sich mit einem Lächeln. Ihre Blicke drückten warme Zuneigung füreinander aus.

Kahlan zuckte die Achseln, als Richard sie fragend ansah. »Das ist keine große Hilfe, Berdine, es sei denn, Ihr könnt uns sagen, wo dieser Berg liegt.«

Berdine runzelte kurz die Stirn, winkte dann entschuldigend ab. »Oh. Verzeihung. So lautet die Übersetzung« – sie runzelte erneut die Stirn – »glaube ich.«

Richard fuhr sich mit der Hand übers Gesicht. »Wie nennt Kolo ihn?«

Berdine blätterte zurück, drehte das Buch herum und tippte mit dem Finger auf eine Stelle in der Handschrift.

Richard kniff die Augen zusammen. *»Berglendursch ost Kymermosst«*, las er aus dem Tagebuch vor. »Berg der Vier Winde.«

»Eigentlich«, sagte Berdine, »bedeutet *Berglendursch* mehr als einfach nur Berg. *Berglen* heißt ›Berg‹ und *›dursch‹* bedeutet manchmal Fels, manchmal kann es allerdings auch etwas anderes bedeuten, ›willensstark‹ zum Beispiel, in diesem Fall aber heißt es, glaube ich, eher so etwas wie Felsberg oder großer Berg aus Fels. Ihr wißt schon, felsiger Berg der Vier Winde … so in der Art.«

Kahlan verlagerte das Gewicht auf ihren müden Füßen. »Berg Kymermosst?«

Berdine kratzte sich an der Nase. «Ja. Das klingt, als könnte es sich um denselben Ort handeln.«

»Es muß derselbe Ort sein«, sagte Richard, der zum erstenmal seit Stunden Hoffnung zu schöpfen schien. »Weißt du, wo er sich befindet?«

»Ja. Ich war schon auf dem Berg Kymermosst«, sagte Kahlan. »Windig ist es dort oben zweifellos – und felsig. Oben auf dem Gipfel stehen ein paar Ruinen, aber nichts, was einem Tempel ähnlich wäre.«

»Vielleicht sind das die Ruinen des Tempels«, schlug Berdine vor. »Wir wissen nicht, wie groß er war. Ein Tempel kann sehr klein sein.«

»Nein, in diesem Fall glaube ich das nicht.«

»Warum nicht?« wollte Richard wissen. »Was gibt es dort oben? Wie weit ist es?«

»Er liegt nicht weit entfernt in Richtung Nordosten. Vielleicht einen Tagesritt, je nachdem. Höchstens zwei. Es handelt sich um einen ziemlich unwirtlichen Ort. So trügerisch der alte Pfad ist, der auf den Berg hinauf- und über ihn hinwegführt, der Weg über Berg Kymermosst erspart einem die Durchquerung sehr schwierigen Geländes und mehrere Tagesreisen.

Oben auf dem Gipfel befinden sich einige alte Ruinen. Nur ein paar Nebengebäude, dem Aussehen nach. Ich habe eine Menge prächtiger Gebäude gesehen, mir ist klar, daß das, was dort oben steht, von seiner Architektur her nicht der Hauptkomplex war. Die Ruinen ähneln einigen der Nebengebäude hier im Palast der Konfessoren. Es gibt eine Straße, die zwischen den Gebäuden hindurchführt, ein wenig so wie die große Promenade hier, die genau zwischen den Nebengebäuden verläuft.«

Richard hakte einen Daumen hinter seinen breiten Ledergürtel. »Und wo führt sie nun hin, diese großartige Straße?«

Kahlan sah ihm fest in die grauen Augen. »Direkt bis zum Rand eines Abhanges. Die Felswand fällt vielleicht drei-, viertausend Fuß steil ab.«

»Gibt es irgendeine Art in den Abhang geschlagene Treppe? Irgend etwas, das zum eigentlichen Tempel hinunterführt?«

»Du verstehst nicht, Richard. Die Überreste der Gebäude stehen hart am Rand des Abhangs. Man sieht deutlich, daß die Gebäude, die Mauern und die Straße selbst einmal weitergeführt haben, denn sie sind genau an der Kante abgeschnitten. Der Berg ging einst an dieser Stelle weiter. Jetzt ist er verschwunden. Es ist alles weggebrochen. Ein Erdrutsch oder ähnliches. Was hinter den Ruinen lag, der Hauptkomplex und der eigentliche Berg, ist verschwunden.«

»Das jedenfalls schreibt Kolo. Die Mannschaft kehrte zurück, und der Tempel der Winde war verschwunden.« Richard wirkte niedergeschlagen. »Sie müssen Magie oder ähnliches benutzt haben, um den Tempel der Winde zu verbergen, damit niemand mehr dorthin gelangen konnte.«

»Also«, seufzte Berdine, »ich werde weiter im Tagebuch danach suchen, ob Kolo etwas davon erwähnt, daß der Tempel der Winde bei einem Erdrutsch oder einer Lawine in die Tiefe gestürzt ist.«

Richard nickte. »Vielleicht steht im Tagebuch noch mehr darüber.«

»Lord Rahl, werdet Ihr, bevor Ihr zu Eurer Heirat abreist, Zeit finden, mir zu helfen?«

Frostiges Schweigen senkte sich über die große Eingangshalle.

»Berdine –« Richards Mund bewegte sich, aber es kamen keine Worte heraus.

»Wie ich höre, sind die Soldaten wieder gesund«, sagte Berdine, während ihr Blick erst kurz zu Kahlan, dann wieder zu Richard hinüberwanderte. »Ihr sagtet, Ihr und die Mutter Konfessor würdet, sobald die Soldaten wieder gesund sind, aufbrechen, um Euch trauen zu lassen. Die Soldaten sind wieder gesund.« Sie schmunzelte. »Ich weiß, ich bin Eure Liebste, aber Ihr habt es Euch doch nicht etwa anders überlegt, oder? Keine kalten Füße bekommen?«

Sie wartete gespannt und schien nicht zu bemerken, daß niemand über ihren Scherz lachte.

Richard wirkte wie gelähmt. Er brachte es nicht über die Lippen.

Kahlan wußte, er hatte Angst, es offen auszusprechen. Er fürchtete, ihr das Herz zu brechen.

»Berdine«, sagte Kahlan in das bedrückende Schweigen hinein, »Richard und ich werden vorerst nicht abreisen, um zu heiraten. Die Hochzeit ist aufgeschoben. Zunächst jedenfalls.«

Sie hatte die Worte leise gesprochen, und doch schienen sie von den marmornen Wänden widerzuhallen, als hätte sie laut gebrüllt.

Nadines gespannt aufmerksames Gesicht verriet mehr, als hätte sie gegrinst. Irgendwie war es schlimmer, daß sie es nicht tat, denn es zeigte nur um so offensichtlicher, daß sie ihr Mienenspiel zügelte, dabei hätte ihr niemand einen Vorwurf machen können.

»Aufgeschoben?« Berdine kniff erstaunt die Augen zusammen. »Warum?«

Richard starrte Berdine an. Er hatte Angst, Kahlan anzusehen. »Jagang hat eine Epidemie in Aydindril ausgelöst, Berdine. Darum ging es in der Prophezeiung unten in der Grube. Es ist unsere Pflicht, uns um die Menschen hier zu kümmern, nicht um uns selbst ... Wie sähe das aus, wenn ...?«

Er verstummte.

Sie ließ das Tagebuch sinken. »Das tut mir leid.«

32. Kapitel

Kahlan starrte aus dem Fenster hinaus in die hereinbrechende Nacht, in das Schneegestöber. Richard saß hinter ihr an seinem Schreibtisch, den goldenen Umhang über eine Lehne seines Stuhls gelegt. Er arbeitete zusammen mit Berdine an dem Tagebuch und wartete darauf, daß die Offiziere eintrafen. Meist redete Berdine. Gelegentlich antwortete er mit einem Brummen, wenn sie ihm sagte, was ein Wort ihrer Ansicht nach bedeutete und warum. So müde, wie er war, glaubte Kahlan nicht, daß er Berdine eine große Hilfe war.

Sie sah über die Schulter. Drefan und Nadine standen eng beieinander am Kamin. Richard hatte sie gebeten mitzukommen, um etwaige Fragen der Generäle zu beantworten. Nadine beschränkte ihre Aufmerksamkeit auf Drefan und vermied es, Richard oder gar Kahlan anzusehen. Wahrscheinlich weil sie wußte, daß Kahlan das siegessichere Funkeln in ihren Augen bemerken würde.

Nein. Das war kein Sieg für Nadine – sondern für Shota. Dies war nur ein Aufschub. Nur bis … bis wann? Bis sie eine Pestepidemie eindämmen konnten? Bis die meisten Menschen in Aydindril gestorben waren? Bis sie selbst die Pest bekamen und starben, wie es in der Prophezeiung vorhergesagt wurde?

Kahlan ging zu Richard und legte ihm die Hand auf die Schulter. Sie brauchte dringend seine Berührung. Dankbar spürte sie, wie er seine Hand über ihre legte.

»Nur ein Aufschub«, sagte sie leise, ganz nah an sein Ohr gebeugt. »Das ändert nichts, Richard. Versprochen.«

Er tätschelte ihre Hand und sah lächelnd zu ihr hoch. »Ich weiß.«

Cara öffnete die Tür und steckte den Kopf herein. »Sie kommen, Lord Rahl.«

»Danke, Cara. Laßt die Tür offen und bittet sie herein.«

Raina zündete im Kamin einen langen Fidibus an. Sie legte Berdine eine Hand auf die Schulter, um ihr Gleichgewicht zu halten, als sie sich an ihr vorbeibeugte, um eine weitere Lampe am anderen Ende des Tisches anzuzünden. Ihr langer, dunkler Zopf glitt von ihrer Schulter und streifte Berdines Gesicht. Berdine strich sich über die Wange und lächelte Raina kurz an.

Es geschah überaus selten, daß man sah, wie die beiden sich berührten oder ihre Zuneigung vor anderen offen zeigten. Doch Kahlan wußte, daß Raina nach diesem Tag Trost brauchte. So abstumpfend ihre Ausbildung auch gewesen war, so taub sie gegen selbst unerträgliche Schmerzen war, ihre menschlichen Gefühle standen im Begriff, wiedererweckt zu werden. Kahlan sah Rainas dunklen Augen an, wie sehr es ihr zusetzte, Zeuge des Leidens und des Todes von Kindern geworden zu sein.

Sie hörte, wie Cara draußen in der Eingangshalle die Männer bat einzutreten. Der muskulöse, ergrauende General Kerson, wie ehedem eine beeindruckende Erscheinung in seiner polierten Lederuniform, kam durch die Tür marschiert. Unter dem Harnisch, der seine Arme bedeckte, zeichneten sich seine Muskeln ab.

Ihm folgte der Befehlshaber der keltonischen Streitkräfte, der robuste General Baldwin. Er war ein älterer Mann mit einem weißgesprenkelten dunklen Schnauzer, dessen Enden bis zum unteren Rand seines Kinn reichten. Wie stets wirkte er vornehm in seinem grünen, mit Seide gefütterten Wollumhang, der mit zwei Knöpfen an einer Schulter befestigt war. Ein Wappen, das von einer diagonalen schwarzen Linie durchteilt wurde, die einen gelben und einen blauen Schild voneinander trennte, schmückte die Vorderseite seines hellbraunen Wappenrocks.

Die beiden Generäle verneigten sich, bevor die Reihen der sie begleitenden Offiziere vollständig das Zimmer betreten hatten. General Baldwins Schädel schimmerte durch sein dünner werdendes graues Haar hindurch.

»Meine Königin«, sagte General Baldwin. »Lord Rahl.«

Kahlan neigte vor dem Mann den Kopf, während Richard den Stuhl nach hinten schob und sich erhob. Berdine schob rasch ihren Stuhl zur Seite, um ihm nicht im Weg zu sein. Sie sah nicht mal auf. Sie war eine Mord-Sith und außerdem beschäftigt.

»Lord Rahl«, sagte der General mit einem Faustschlag auf sein Herz zum Gruß, nachdem er sich wieder aufgerichtet hatte. »Mutter Konfessor.«

Die Offiziere hinter ihnen verbeugten sich. Richard ertrug es geduldig, bis sie damit fertig waren. Kahlan kam es vor, als könne er es gar nicht erwarten, endlich anzufangen.

Er tat dies schlicht. »Meine Herren, zu meinem Bedauern muß ich Euch davon in Kenntnis setzen, daß in Aydindril eine Seuche ausgebrochen ist.«

»Eine Seuche?« fragte General Kerson. »Was für eine Seuche?«

»Eine Krankheit. Eine Seuche, an der die Menschen erkranken und sterben. Diese Art von Seuche.«

»Der Schwarze Tod«, warf Drefan mit düsterer Stimme hinter Richard und Kahlan ein.

Die Männer schienen allesamt tief durchzuatmen. Sie warteten schweigend.

»Da sie erst vor kurzem ausgebrochen ist«, fuhr Richard fort, »werden wir einige Vorsichtsmaßnahmen ergreifen können. Zur Zeit sind uns weniger als zwei Dutzend Fälle bekannt. Natürlich läßt sich unmöglich sagen, wie viele sich angesteckt haben und noch erkranken werden. Von denen, von deren Erkrankung wir wissen, ist bereits fast die Hälfte tot. Bis zum Morgen wird ihre Zahl noch steigen.«

General Kerson räusperte sich. »Vorsichtsmaßnahmen, Lord

Rahl? Welche Vorsichtsmaßnahmen könnte man ergreifen? Habt Ihr ein weiteres Heilmittel für die Männer? Für die Menschen aus der Stadt?«

Richard strich sich mit den Fingerspitzen über die Stirn, während sein Blick zum Schreibtisch vor ihm wanderte.

»Nein, General, ich habe kein Heilmittel«, gestand er leise. Trotzdem hatte jeder seine Worte vernommen, so still war es im Zimmer.

»Aber was …?«

Richard richtete sich auf. »Wir müssen folgendes tun: Wir müssen die Männer trennen. Sie aufteilen. Mein Bruder hat die Pest schon einmal gesehen und über die großen Seuchen der Vergangenheit gelesen. Wir glauben, daß sie möglicherweise von Mensch zu Mensch übertragen wird, also wie in einer Familie, in der einer an einer Halsentzündung erkrankt und sich die anderen bei ihm anstecken.«

»Ich habe gehört, die Pest entstehe durch schlechte Luft«, warf einer der Offiziere aus dem Hintergrund ein.

»Wie ich hörte, ist auch das möglich«, antwortete Richard. »Auch eine Reihe von anderen Umständen soll sie auslösen können: schlechtes Wasser, schlechtes Fleisch, überhitztes Blut.«

»Magie?« wollte jemand wissen.

Richard verlagerte sein Gewicht. »Diese Möglichkeit besteht ebenfalls. Manche sagen, es handelt sich um ein Urteil der Seelen über unsere Welt, eine Strafe für das, was sie hier sehen. Ich persönlich glaube das nicht. Ich war heute nachmittag draußen und habe unschuldige Kinder leiden und sterben sehen. Ich kann nicht glauben, daß die Seelen uns etwas Derartiges antun würden, ganz gleich, wie aufgebracht sie sind.«

General Baldwin rieb sich das Kinn. »Wie breitet sie sich Eurer Ansicht nach dann aus, Lord Rahl?«

»Ich bin kein Fachmann, aber ich neige zur selben Erklärung wie mein Bruder. Die Pest verhält sich wie andere Krankheiten und wird durch die Luft oder über engen Kontakt übertragen. Das ergibt für mich am meisten Sinn, wenn diese Krankheit auch weitaus ernster ist. Diese Seuche, erklärte man mir, verläuft fast immer tödlich.

Wenn sie tatsächlich von einem Menschen auf den anderen übertragen wird, dürfen wir keine Zeit verlieren. Wir müssen alles in unserer Macht Stehende tun, um die Seuche von unseren Streitkräften fernzuhalten. Ich möchte, daß die Männer in kleinere Einheiten aufgeteilt werden.«

General Kerson breitete verzweifelt die Hände aus. »Wieso könnt Ihr nicht einfach Magie benutzen, um die Stadt von dieser Seuche zu befreien?«

Kahlan legte Richard die Hand auf den Rücken, um ihn daran zu erinnern, nicht die Beherrschung zu verlieren. Er schien jedoch keinen Zorn zu hegen.

»Tut mir leid, aber im Augenblick wüßte ich kein Heilmittel gegen diese Seuche. Ich wüßte nicht, daß je ein Zauberer eine Seuche durch den Einsatz von Magie geheilt hätte.

Ihr müßt verstehen, General, wenn jemand Magie beherrscht, heißt das nicht, daß er dem Hüter höchstpersönlich Einhalt gebieten kann, wenn die Zeit seiner Berührung gekommen ist. Wären Zauberer dazu imstande, ich versichere Euch, dann wären die Friedhöfe mangels Kunden längst verschwunden. Zauberern fehlt jene Macht, über die der Schöpfer verfügt.

Unsere Welt ist eine Welt der Ausgewogenheit. So wie wir alle, besonders die Soldaten, dem Hüter dabei helfen können, den Tod herbeizuführen, so können wir auch am Werk unseres Schöpfers teilhaben und Leben bewahren. Vielleicht wissen wir besser als die meisten, daß es die Pflicht der Soldaten ist, den Frieden und das Leben zu schützen. Im Gegenzug müssen wir manchmal Leben nehmen, um einen Feind aufzuhalten, der sonst einen noch größeren

Schaden anrichten würde. Allein das jedoch bleibt von uns in der Erinnerung, nicht das Leben, das wir zu bewahren suchten.

Auch ein Zauberer muß in einem ausgewogenen Verhältnis, in Harmonie mit der Welt stehen, in der er lebt. Schöpfer und Hüter, sie beide haben in unserer Welt eine feste Rolle, die sie spielen müssen. Es steht nicht in der Macht eines einfachen Zauberers, ihnen vorzuschreiben, was sein soll. Er kann sich dafür einsetzen, daß die Geschehnisse sich zu einem Ergebnis verbinden – zu einer Hochzeit, zum Beispiel, aber er kann dem Schöpfer nicht vorschreiben, als Folge dieser Ehe Leben zu erzeugen.

Ein Zauberer darf nie vergessen, daß er innerhalb unserer Welt arbeitet und sein Bestes geben muß, um den Menschen zu helfen – so wie ein Bauer einem Nachbarn hilft, der seine Ernte einbringen oder ein Feuer löschen muß.

Ein Zauberer kann Dinge tun, die jemand ohne Magie nicht bewirken kann, etwa so, wie Ihr kräftig genug seid, eine Streitaxt zu schwingen, ein alter Mann dagegen nicht. Ihr habt zwar starke Muskeln, dafür besitzt der Alte Weisheit, die er aus seiner Erfahrung gewonnen hat. Gut möglich, daß er Euch im Kampf durch seine Weisheit und nicht mit seiner Muskelkraft besiegt.

Ein Zauberer kann so groß sein, wie er will, er wäre niemals fähig, neues Leben in diese Welt zu setzen. Eine junge Frau, die weder Magie noch Erfahrung oder Weisheit hat, kann das, er dagegen nicht. Vielleicht hat sie am Ende mehr mit Magie zu tun als er.

Was ich Euch Männern zu erklären versuche, ist folgendes: Nur weil ich mit der Gabe geboren wurde, kann ich diese Seuche mit der Gabe nicht zum Stillstand bringen. Wir dürfen uns nicht darauf verlassen, daß Magie all unsere Probleme löst. Für einen Zauberer ist genauso wichtig, die Grenzen seiner Kräfte zu kennen, wie für einen Armeeoffizier die seiner Männer.

Viele von Euch haben gesehen, was mein Schwert gegen den Feind ausrichten kann. Doch so furchterregend es als Waffe auch ist, diesem unsichtbaren Feind kann es nichts anhaben. Andere Magie könnte sich als ebenso machtlos erweisen.«

»›Deine Weisheit erfüllt uns mit Demut‹«, zitierte General Kerson leise aus der Preisung.

Die Männer bekundeten ihre Zustimmung und kommentierten Richards logische Erklärungen mit einem Nicken. Kahlan war stolz auf ihn, weil er wenigstens sie überzeugt hatte. Sie fragte sich, ob er sich selbst ebenfalls überzeugt hatte.

»Das war nicht so sehr Weisheit«, brummte Richard, »sondern gesunder Menschenverstand.

»Bitte seid versichert, Ihr alle«, fuhr er fort, »dies bedeutet nicht, daß ich nicht die Absicht hätte, einen Weg zu finden, um diese Seuche zu beenden. Ich werde jedes Mittel prüfen, das sie vielleicht aufhalten könnte.« Er legte Berdine die Hand auf die Schulter. Sie sah hoch. »Berdine durchsucht mit mir die Bücher alter Zauberer, um herauszufinden, ob sie uns irgendwelche klugen Erkenntnisse hinterlassen haben.

Wenn es einen Weg gibt, wie Magie der Pest Einhalt gebieten kann, dann werde ich ihn entdecken. Im Augenblick jedoch müssen wir jene Mittel anwenden, die uns zur Verfügung stehen, um den Menschen zu helfen. Wir müssen die Männer aufteilen.«

»Aufteilen – und was dann?« fragte General Kerson.

»Aufteilen und aus Aydindril abziehen.«

General Kerson richtete sich auf. Die Glieder seines Kettenhemdes reflektierten das Licht der Lampe, so daß er wie das Traumbild einer Seele zu funkeln schien. »Und Aydindril schutzlos zurücklassen?«

»Nein«, beharrte Richard. »Nicht schutzlos. Mein Vorschlag geht dahin, die Truppen aufzuteilen, um die Wahrscheinlichkeit zu verringern, daß die Pest unter ihnen wütet, und sie rings um Aydindril in Stellung zu bringen. Wir können an sämtlichen Pässen, an allen Straßen und Zugangstälern, die nach Aydindril hineinführen, Abteilungen unserer Streitkräfte postieren. So kann keine Streitmacht gegen uns vorrücken.«

»Und wenn es doch eine tut?« wollte General Baldwin wissen. »Dann könnten sich diese kleineren, isolierten Einheiten als unzureichend erweisen, einen Angriff abzuwehren.«

»Wir werden Posten und Späher einsetzen. Wir werden ihre Zahl vergrößern müssen, damit es nicht zu unliebsamen Überraschungen kommt. Ich glaube nicht, daß Streitkräfte der Imperialen Ordnung schon so weit im Norden stehen, aber sollte es zu einem Angriff kommen, werden wir gewarnt sein und können unsere Truppen rasch zusammenziehen. Deshalb dürfen sie nicht zu weit auseinanderstehen, damit sie die Stadt, falls nötig, verteidigen können. Trotzdem muß ausreichender Abstand gewahrt bleiben, damit die Seuche nicht in der Armee um sich greift.

Jeder Vorschlag von Euch ist willkommen. Deshalb habe ich Euch hergebeten. Wenn Ihr zu einem Punkt Vorschläge habt, dann fühlt Euch frei und ergreift das Wort.«

Drefan trat vor. »Wir müssen in größter Eile handeln. Je eher die Männer fort sind, desto größer die Wahrscheinlichkeit, daß keiner mit der Krankheit in Berührung kommt.«

Die Offiziere nickten und dachten angestrengt nach.

»Die Offiziere, die uns heute begleitet haben, sollten hierbleiben«, sagte Drefan. »Möglicherweise sind sie mit jemandem in Berührung gekommen, den die Pest befallen hat. Stellt eine Liste aller Personen zusammen, mit denen sie eng zusammenarbeiten, und laßt sie ebenfalls hier in Aydindril isolieren.«

»Wir werden uns sofort darum kümmern«, sagte General Kerson. »Noch heute abend.«

Richard nickte. »Jede Abteilung unserer Streitkräfte muß natürlich mit den anderen in Verbindung bleiben, allerdings dürfen die Nachrichten nur mündlich übermittelt werden. Keine Briefe! Das Papier könnte die Seuche übertragen. Die Männer, die Befehle und

Nachrichten weitergeben, sollten beim Sprechen auf Distanz bleiben. Mindestens wie wir hier, in diesem Zimmer, mit mir auf der einen und Euch auf der anderen Seite.«

»Ist das nicht eine äußerst ungewöhnliche Vorsichtsmaßnahme?« fragte einer der Offiziere.

»Ich habe gehört«, erklärte Drefan, »daß Menschen, die die Pest haben, aber noch nicht an ihr erkrankt sind und daher nichts von ihrem Elend wissen, am charakteristischen Gestank der Pest in ihrem Atem erkannt werden können.« Die Männer nickten interessiert. »Aber diesen tödlichen Geruch zu riechen bedeutet, daß man sich mit der Pest ansteckt. Ihr wärt ebenfalls befallen und müßtet sterben.«

Ein Raunen ging durch die Reihen der Männer.

»Deswegen wollen wir, daß die Boten einander nicht zu nahe kommen«, sagte Richard. »Sollte einer bereits die Pest haben, dann wollen wir nicht, daß er sie auf eine andere Abteilung unserer Truppen überträgt. Es ist sinnlos, all diese Anstrengungen zu unternehmen, wenn wir dabei nicht in jedem einzelnen Punkt gewissenhaft vorgehen.

Es handelt sich um eine tödliche Krankheit. Wenn wir rasch und so umsichtig wie möglich handeln, gelingt es uns vielleicht, eine große Zahl von Menschen vor dem Tod zu bewahren. Wenn wir diese Vorsichtsmaßnahmen nicht ernst nehmen, kann es sein, daß innerhalb weniger Wochen alle Menschen in der Stadt und jeder einzelne unserer Männer tot sind.«

Besorgte Mienen zogen auf die Gesichter.

»Wir geben Euch den denkbar schlechtesten Ausblick«, sagte Drefan und lenkte damit ihre aufmerksamen Blicke wieder auf sich. »Wir wollen nicht so tun, als sei die Gefahr kleiner, als sie tatsächlich ist. Einige Umstände lassen jedoch hoffen. Das Wichtigste ist das Wetter. Die Seuchen, die ich miterlebt und über die ich gelesen habe, breiteten sich am schlimmsten bei sommerlicher Hitze aus.

Ich glaube nicht, daß die Epidemie bei der kalten Witterung in dieser Jahreszeit um sich greifen kann. Zumindest das verspricht Hoffnung.«

Die Männer seufzten ein wenig erleichtert. Nicht so Kahlan.

»Und noch etwas«, sagte Richard, einem nach dem anderen in die Augen blickend. »Wir sind D'Haraner. Wir sind Ehrenmänner. Unsere Soldaten werden dementsprechend auftreten. Ich will nicht, daß einer von uns die Bedrohung beschönigt und den Menschen erzählt, es bestehe keine Gefahr. Aber ich will auch nicht, daß jemand die Menschen absichtlich in Panik versetzt. Alle werden auch so schon verängstigt genug sein.

Außerdem seid Ihr Soldaten. Dies ist nicht weniger eine Schlacht als die Abwehr des Angriffs irgendeines anderen Feindes auf unser Volk. Dies ist Teil Eurer Aufgabe.

Einige der Männer werden in der Stadt zurückbleiben und helfen müssen. Möglicherweise brauchen wir bewaffnete Männer, um einen Aufruhr zu unterdrücken. Sollte es wie während des roten Mondes zu Tumulten kommen, möchte ich, daß diese augenblicklich beigelegt werden. Geht dabei vor, wie es die Lage erfordert, doch nicht härter. Vergeßt nicht, die Menschen in dieser Stadt sind Teil unseres Volkes – wir sind ihre Beschützer, nicht ihre Bewacher.

Weiterhin werden wir Männer brauchen, die beim Ausheben von Gräbern helfen. Ich glaube nicht, daß wir all die Toten verbrennen können, wenn die Seuche erst unter der Bevölkerung wütet.«

»Wie viele Opfer können Eurer Meinung nach den Tod finden, Lord Rahl?« wollte einer der Offiziere wissen.

»Tausende«, antwortete Drefan. »Zehntausende.« Er musterte sie alle eindringlich aus seinen blauen Augen. »Wenn es richtig schlimm wird, auch mehr. Ich habe gelesen, daß eine Pestepidemie innerhalb von drei Monaten fast jeden dritten Bewohner einer Stadt von nahezu einer halben Million Menschen das Leben kostete.«

Ein Offizier hinten pfiff leise.

»Noch etwas«, sagte Richard. »Einige Menschen werden in Panik ausbrechen. Sie werden aus Aydindril fliehen wollen, um sich vor der Gefahr in Sicherheit zu bringen. Die meisten dagegen werden bleiben wollen, nicht nur, weil sie kein anderes Zuhause kennen, sondern weil ihr ganzes Leben hier verwurzelt ist.

Wir dürfen nicht zulassen, daß Menschen aus Aydindril fliehen und die Seuche in andere Orte in den Midlands oder gar nach D'Hara verschleppen. Sie muß auf diese Stadt beschränkt werden. Wenn die Menschen in die umliegenden Berge fliehen oder sich von ihren Nachbarn fernhalten wollen, die sich angesteckt haben, dann müssen wir Verständnis für ihre Ängste aufbringen.

Sie sollen die Erlaubnis erhalten, hinaus aufs Land zu fliehen, wenn sie wollen, aber sie müssen in der Gegend bleiben. Unsere Soldaten sollen die Stadt und das umliegende Land mit einem Ring umgeben und sämtliche Wege von und nach Aydindril kontrollieren. Alle müssen innerhalb dieses Ringes bleiben.

Jeder, der flieht, könnte sich, ohne es zu wissen, mit der Seuche angesteckt haben und dadurch die Menschen an anderen Orten in Lebensgefahr bringen. Um dies zu verhindern, soll als letzter Ausweg auch Gewalt angewendet werden. Bitte bedenkt, daß diese Menschen nicht in böser Absicht handeln, sondern lediglich Angst um ihr Leben und das ihrer Familien haben.

Wer aus der Stadt flieht, um die Seuche abzuwarten, wird bald keine Lebensmittel mehr haben und dem Hunger erliegen. Erinnert die Menschen daran, Vorräte mitzunehmen, da sie auf dem Land wahrscheinlich nichts zu essen finden werden. Sie werden nicht weniger tot sein, wenn sie Hungers sterben und nicht an der Pest. Erinnert sie daran. Plünderungen von Bauernhöfen werden nicht geduldet. Einen gesetzlosen Zustand werden wir nicht zulassen.

Ich denke, das ist ungefähr alles, was ich zu sagen habe. Noch Fragen?«

»Werdet Ihr heute abend aufbrechen, meine Königin, oder am

Morgen?« fragte General Baldwin. »Und wo werdet Ihr unterkommen?«

»Richard und ich werden Aydindril nicht verlassen«, antwortete Kahlan.

»Was? Aber Ihr müßt fort«, drängte General Baldwin beharrlich. »Bitte, Ihr müßt beide fort von hier. Wir brauchen Euch als unsere Führer.«

»Wir haben erst erfahren, womit wir es zu tun hatten, als es schon zu spät war«, erwiderte Kahlan. »Möglicherweise sind wir bereits mit der Seuche in Berührung gekommen.«

»Wir halten das nicht für wahrscheinlich«, versuchte Richard ihre Ängste zu beschwichtigen. »Ich muß jedoch hierbleiben und herausfinden, ob es eine Magie gibt, die diese Seuche unterbinden kann. Ich werde zur Burg der Zauberer hinaufsteigen. Oben in den Bergen nützen wir keinem, und mir entgeht womöglich eine Gelegenheit, eine Lösung zu finden. Wir werden hierbleiben.

Drefan ist Hohepriester der Heiler der Raug'Moss aus D'Hara. Die Mutter Konfessor und ich könnten sich nicht in besseren Händen befinden. Er und Nadine werden ebenfalls hierbleiben und erforschen, wie man den Menschen ihre Lage erleichtern kann.«

Während die Männer weitere Fragen stellten und das Problem mit den Vorräten besprachen, trat Kahlan ans Fenster und betrachtete den Schnee und den Wind, die mit dem Frühlingswetter aufkamen. Richard redete zu seinen Männern wie ein Heerführer am Vorabend einer Schlacht, um sie für den bevorstehenden Kampf zu wappnen. Wie in jeder Schlacht würde der Tod reiche Beute davontragen.

Drefans Überzeugung zum Trotz, daß die Seuche in diesem kalten Wetter nicht in voller Stärke wüten werde, war Kahlan gewiß, dies treffe in diesem Fall nicht zu.

Dies war keine gewöhnliche Seuche. Diese Seuche war durch Magie ausgelöst worden, von einem Mann, der sie alle tot sehen wollte.

Ja'La dh Jin hatte Jagang es unten in der Grube genannt – Spiel des Lebens. Jagang war außer sich darüber, daß Richard den Ball gegen einen leichteren ausgewechselt hatte, damit alle Kinder Freude an dem Spiel haben konnten und nicht bloß die stärksten, die brutalsten. Bei diesen Kindern hatte Jagang mit dem Morden begonnen. Das war kein Zufall, das war eine Botschaft.

Das Spiel des Lebens.

Dies würde Jagangs Welt werden, wenn er gewann, eine Welt, in der die Barbarei herrschte.

33. Kapitel

Während der nächsten Stunde stellten die Männer Fragen, zumeist an Drefan gerichtet. Die beiden Generäle machten Richard Vorschläge, die das Kommando und die Logistik betrafen. Weitere Möglichkeiten wurden kurz besprochen, Pläne geschmiedet, Offizieren Pflichten übertragen. Die Armee sollte sich noch vor der Nacht in Marsch setzen. Es gab eine Menge Soldaten des Lebensborns aus dem Schoß der Kirche darunter, die sich ergeben hatten, und obwohl sie seitdem Richard die Treue geschworen hatten, hielt man es nach wie vor für klug, auch diese Männer aufzuteilen und mit jeder Einheit einige mitzuschicken, anstatt sie zusammenzulassen. Richard war mit dem Vorschlag einverstanden.

Als endlich alle gegangen waren, um sich an die Arbeit zu machen, ließ Richard sich auf seinen Stuhl sinken. Er hatte sich weit von seiner Existenz als Waldführer entfernt.

Kahlan war stolz auf ihn.

Sie öffnete den Mund, um ihm das zu sagen, doch Nadine kam ihr zuvor.

Richard murmelte ein tonloses »Danke«.

Zögernd legte Nadine ihm die Fingerspitzen hinten auf die Schulter. »Richard … für mich warst du immer … ich weiß nicht … einfach Richard. Ein Junge von zu Hause. Ein Waldführer.

Ich glaube, heute, und vor allem heute abend, mit all den wichtigen Männern, habe ich dich zum ersten Mal in einem anderen Licht gesehen. Du bist tatsächlich dieser Lord Rahl.«

Richard stützte seine Ellenbogen vor sich auf den Tisch und vergrub das Gesicht in seinen Händen. »Ich glaube, ich wäre lieber am

Grund dieses Abhangs, verschüttet zusammen mit dem Tempel der Winde.«

»Red keinen Unsinn«, sagte sie leise.

Kahlan stellte sich neben ihn und nahm eine bedrohliche Haltung ein. Nadine schwebte davon.

»Richard«, sagte sie, »du mußt ein wenig schlafen. Jetzt. Du hast es versprochen. Wir brauchen dich stark. Wenn du nicht ein bißchen schläfst –«

»Ich weiß.« Er stützte sich auf den Tisch und stand auf, dann wandte er sich an Drefan und Nadine. »Hat einer von euch beiden ein Mittel, das beim Einschlafen hilft? Ich habe es versucht ... in letzter Zeit liege ich einfach nur da. Meine Gedanken kommen einfach nicht zur Ruhe.«

»Eine Feng-San-Dissonanz«, verkündete Drefan sofort. »So, wie du die Grenzen der Belastbarkeit deines Körpers überschreitest, hast du dir das selbst zuzuschreiben. Unser Leistungsvermögen ist begrenzt, und wenn man –«

»Drefan«, schnitt ihm Richard mit freundlicher Stimme mitten im Satz das Wort ab, »ich weiß, was du meinst, aber ich tue, was ich tun muß. Das wirst du sicher verstehen. Jagang versucht, uns alle ins Grab zu bringen. Es nützt mir nichts, wenn ich munter bin wie ein Eichhörnchen im Frühling, wenn die Folge davon ist, daß wir am Ende alle tot sind.«

Drefan stöhnte. »Natürlich. Aber davon wirst du nicht kräftiger.«

»Ich werde also später versuchen, ein guter Junge zu sein. Was kann ich also tun, um heute nacht zu schlafen?«

»Meditieren«, erklärte Drefan. »Das wird deine Energieströme beruhigen und sie wieder in Einklang bringen.«

Richard rieb sich die Stirn. »Hunderttausende von Menschen laufen Gefahr zu sterben, Drefan, weil Jagang die ganze Welt unter seine Knute bringen will. Er hat uns bewiesen, daß seine Entschlossenheit keine Grenzen kennt.

Er fängt mit dem Morden bei den Kindern an.« Richards Knöchel wurden weiß, als er die Hände zu Fäusten ballte. »Nur, um mir eine Botschaft zu schicken! Hilflose Kinder!

Dieser Kerl hat kein Gewissen. Er will mir zeigen, wozu er bereit ist, um zu gewinnen. Um mich zur Aufgabe zu zwingen! Er glaubt, ich werde daran zerbrechen!«

Im Gegensatz zu seinen Knöcheln hatte sich Richards Gesicht dunkelrot verfärbt. »Da täuscht er sich. Niemals werde ich unser Volk einem solchen Tyrannen überlassen. Niemals! Ich werde tun, was immer ich muß, um diese Seuche aufzuhalten! Das schwöre ich!«

Das Zimmer hallte von der plötzlichen Stille wider. So wütend hatte Kahlan Richard noch nie gesehen. Wenn ihm die tödliche Raserei des Schwertes der Wahrheit in den Augen stand, lag das Ziel seines Zorns gewöhnlich auf der Hand. Der Zorn wurde durch eine greifbare Bedrohung ausgelöst und richtete sich gegen diese.

Hier handelte es sich um die hilflose Wut auf einen unsichtbaren Feind. Hier gab es keine Bedrohung, die er mit den Händen greifen konnte. Er hatte keine Möglichkeit, sie unmittelbar zu bekämpfen. Kahlan sah ihm an den Augen an, daß dieser Zorn nicht der Magie des Schwertes entsprang. Dies war ausschließlich Richards eigene Wut.

Schließlich entspannte sich seine Miene. Er holte tief Luft und fuhr sich mit der Hand übers Gesicht. Auch seine Stimme bekam er wieder unter Kontrolle.

»Wenn ich versuche zu meditieren, sehe ich in Gedanken doch nur wieder die kranken und toten Kinder vor mir. Ich ertrage es nicht, so etwas im Schlaf zu sehen. Ich brauche Schlaf und keine Träume.«

»Du willst schlafen, ohne zu träumen? Dir machen Träume zu schaffen?«

»Alpträume. Ich habe sie auch den ganzen Tag über, wenn ich

wach bin, nur sind sie dann Wirklichkeit. Der Traumwandler hat keinen Zugang zu meinen Träumen, trotzdem hat er eine Möglichkeit gefunden, mir Alpträume zu bereiten. Bitte, Gütige Seelen, gönnt mir wenigstens im Schlaf ein wenig Frieden.«

»Ein sicheres Anzeichen für die Feng-San-Meridian-Dissonanz«, bestätigte Drefan sich noch einmal selbst. »Du bist offenbar ein schwieriger Patient, wenn auch die Ursache offensichtlich ist.«

Er schob den Knochenstift aus der ledernen Schlaufe und öffnete die Klappe einer der Taschen an seinem Gürtel. Er zog einige Lederbeutel heraus. Einen davon stopfte er wieder zurück. »Nein, das nimmt die Schmerzen, nützt aber nicht viel, um einzuschlafen.« Er schnupperte an einem anderen. »Nein, davon würdest du dich übergeben.« Er suchte in seinen anderen Sachen und schloß schließlich die Klappe über den Taschen. »Etwas so Einfaches habe ich leider nicht dabei. Ich habe nur sehr seltene Arzneien mitgenommen.«

Richard seufzte. »Trotzdem, danke, daß du nachgesehen hast.«

Drefan wandte sich an Nadine. Sie war ganz verhaltener Eifer, preßte in gebändigter Freude die Lippen aufeinander, während die anderen miteinander sprachen.

»Die Kräuter, die Ihr Yonicks Mutter gegeben habt, wären für Richard nicht stark genug«, sagte Drefan zu ihr. »Habt Ihr keinen Hopfen?«

»Sicher«, antwortete sie ruhig, aber sichtlich erfreut, daß sie endlich gefragt wurde. »Natürlich als Tinktur.«

»Ausgezeichnet«, sagte Drefan. Er gab Richard einen Klaps auf den Rücken. »Meditieren kannst du ein anderes Mal. Heute abend wirst du im Nu schlafen. Nadine wird dir ein Mittelchen zubereiten. Ich werde mich jetzt mit den Dienstboten besprechen gehen und ihnen meine Empfehlungen geben.«

»Vergiß nicht zu meditieren«, brummte Richard, als Drefan hinausging.

Berdine blieb noch und las im Tagebuch, während Nadine, Cara,

Raina, Ulic, Egan und Kahlan Richard in sein Zimmer folgten, das ganz in der Nähe lag. Ulic und Egan bezogen draußen auf dem Gang Posten. Die übrigen betraten zusammen mit Richard das Zimmer.

Drinnen warf er sein goldenes Cape über einen Stuhl. Er zog den Waffengurt über den Kopf und legte das Schwert der Wahrheit darauf. Erschöpft streifte er den goldbesetzten Waffenrock über den Kopf und zog das Hemd aus, so daß er in einem schwarzen, ärmellosen Unterhemd dastand.

Nadine sah aus den Augenwinkeln zu und zählte dabei leise jeden Tropfen mit, den sie in ein Glas Wasser träufelte.

Richard ließ sich auf die Bettkante fallen. »Cara, würdet Ihr mir bitte die Stiefel ausziehen?«

Cara verdrehte die Augen. »Sehe ich aus wie ein Kammerdiener?«

Als Richard sie daraufhin anlächelte, ging sie in die Hocke und machte sich an die Arbeit.

Er stützte sich hinten auf seine Ellenbogen. »Sagt Berdine, ich möchte, daß sie nach weiteren Hinweisen auf diesen Berg der Vier Winde sucht. Sie soll sehen, was sie sonst noch darüber herausfinden kann.«

Cara schaute von seinen Füßen hoch. »Welch brillanter Einfall«, sagte sie mit geheuchelter Begeisterung. »Ich wette, darauf wäre sie allein nie gekommen, allwissender und weiser Meister.«

»Schon gut, schon gut. Ich werde offensichtlich nicht gebraucht. Wie steht es dort drüben mit meinem magischen Trank?«

»Soeben fertig geworden«, antwortete Nadine gut gelaunt.

Ächzend streifte Cara seinen anderen Stiefel ab. »Knöpft die Hosen auf, dann ziehe ich Euch die auch noch aus.«

Richard sah sie erbost an. »Das schaffe ich schon, danke.«

Cara lächelte in sich hinein, als er sich vom Bett herunterwälzte und zu Nadine ging. Sie reichte ihm das Glas Wasser mit der Hopfentinktur. Zusätzlich hatte sie noch etwas anderes ins Wasser gegeben.

»Trink nicht alles auf einmal. Ich habe fünfzig Tropfen hineingegeben. Wahrscheinlich ist das weit mehr, als du brauchst, aber ich wollte dir ein wenig mehr dalassen. Jetzt etwa ein Drittel, und wenn du dann nachts aufwachst, kannst du noch ein oder zwei Schlucke nehmen. Ich habe ein wenig Schädeldach und Baldrian beigegeben, damit du tief und traumlos schläfst.«

Richard stürzte die Hälfte hinunter. Er verzog das Gesicht. »Das Zeug schmeckt so widerlich, daß es mich entweder betäubt oder umbringt.«

Nadine lächelte ihn an. »Du wirst schlafen, Richard. Ganz bestimmt. Wenn du zu früh aufwachst, trinkst du einfach noch ein wenig.«

»Danke.« Er setzte sich auf die Bettkante und sah von einer Frau zur anderen. »Ich schaffe das mit meinen Hosen.«

Cara verdrehte die Augen und begab sich, Nadine vor sich herschiebend, zur Tür. Kahlan gab ihm einen Kuß auf die Wange.

»Geh ins Bett. Ich komme noch einmal, decke dich zu und gebe dir einen Gutenachtkuß, sobald ich mich um die Wachen gekümmert habe.«

Raina folgte Kahlan nach draußen und schloß die Tür. Nadine wartete und wippte auf den Fersen.

»Wie geht es dem Arm? Braucht Ihr einen Umschlag?«

»Meinem Arm geht es viel besser«, sagte Kahlan. »Ich glaube, er ist wieder gesund. Trotzdem, danke der Nachfrage.«

Kahlan verschränkte die Hände und sah die andere Frau an. Cara sah Nadine ebenfalls an. Und auch Raina.

Nadines Blick wanderte von einer Frau zur anderen. Sie sah zu Ulic und Egan hinüber, die sie ebenfalls ansahen. »Also schön. Dann gute Nacht.«

»Gute Nacht«, erwiderten Kahlan, Cara und Raina wie aus einem Mund.

Sie beobachteten, wie Nadine von dannen schlenderte.

»Ich behaupte noch immer, Ihr hättet mich sie töten lassen sollen«, flüsterte Cara.

»Vielleicht werde ich das noch nachholen«, gab Kahlan zurück. Sie klopfte an die Tür. »Richard? Liegst du im Bett?«

»Ja.«

Cara wollte Kahlan folgen, als diese die Tür öffnete.

Kahlan drehte sich um. »Es wird nur eine Minute dauern. Ich glaube nicht, daß ich in einer Minute meine Tugend verlieren kann.«

Cara runzelte die Stirn. »Bei Lord Rahl ist alles möglich.« Raina lachte und gab Cara einen Klaps auf den Arm, damit sie Kahlan in Ruhe ließ.

»Ich würde mir keine Sorgen machen. Nach dem, was wir heute erlebt haben, steht weder ihm noch mir der Sinn danach«, gab Kahlan zurück. Dann schloß sie die Tür.

Eine einzelne Kerze brannte. Richard war bis zum Bauch zugedeckt. Kahlan setzte sich auf die Bettkante und nahm seine Hand. Sie hielt sie sich ans Herz.

»Bist du sehr enttäuscht?« wollte er wissen.

»Wir werden heiraten, Richard. Ich habe mein ganzes Leben auf dich gewartet. Wir sind zusammen, das ist alles, was wirklich zählt.«

Richard lächelte. Seine müden Augen funkelten. »Na ja, alles nicht.«

Kahlan konnte nicht anders, sie mußte ebenfalls lächeln. Sie gab ihm einen Kuß auf die Knöchel seiner Hand.

»Solange du nur weißt, daß ich verstehe«, sagte sie. »Ich möchte nicht, daß du mit dem Gedanken einschläfst, ich wäre untröstlich darüber, daß es wieder einen Aufschub mit der Hochzeit gegeben hat. Wir werden heiraten, sobald wir können.«

Er legte ihr die andere Hand in den Nacken und zog sie zu einem zärtlichen Kuß herunter. Sie legte ihm die Hand auf die nackte Brust, fühlte seine warme Haut, seinen Atem, seinen Herzschlag. Wäre sie wegen des Elends der Kinder, dessen Zeuge sie heute geworden waren, nicht so niedergeschlagen gewesen, hätte seine Berührung sehnsüchtige Gefühle in ihrer Brust entfacht.

»Ich liebe dich«, sagte sie leise.

»Ich liebe dich, jetzt und auf ewig«, gab er leise zurück.

Sie blies die Kerze aus. »Schlaf gut, mein Liebster.«

Cara musterte Kahlan argwöhnisch, als sie die Tür hinter sich schloß. »Das waren zwei Minuten.«

Kahlan überging Caras kleine Stichelei. »Raina, würdet Ihr Richards Zimmer bewachen, bis Ihr zu Bett geht, und anschließend eine Wache aufstellen lassen?«

»Ja, Mutter Konfessor.«

»Ulic, Egan. Wegen des Schlaftranks wird Richard vielleicht nicht aufwachen können, wenn ihm Gefahr droht. Ich möchte, daß einer von euch hierbleibt, wenn Raina zu Bett geht.«

Ulic verschränkte seine massigen Arme. »Mutter Konfessor, keiner von uns beiden hat die Absicht, von dieser Stelle zu weichen, solange Lord Rahl schläft.«

Egan deutete auf den Boden vor der Wand gegenüber. »Wenn es sein muß, kann einer von uns dort ein Nickerchen halten. Wir werden beide hierbleiben. Macht Euch wegen Lord Rahls Sicherheit keine Sorgen.«

»Vielen Dank, euch allen. Noch etwas: Nadine darf nicht in dieses Zimmer hineingelassen werden – unter gar keinen Umständen.«

Alle nickten zufrieden. Kahlan wandte sich an die rothaarige Mord-Sith.

»Geht zu Berdine, Cara. Ich werde mir einen Umhang besorgen. Ihr beide solltet Eure Umhänge ebenfalls mitnehmen. Die Nacht ist stürmisch.«

»Und wo gehen wir hin?«

»Ich treffe Euch beide draußen bei den Stallungen.«

»Bei den Stallungen? Was wollt Ihr denn da? Es ist Zeit zum Abendessen.«

Cara würde wegen einer so unbedeutenden Angelegenheit wie dem Abendessen niemals zögern, ihre Pflicht zu tun. Sie war einfach nur mißtrauisch.

»Dann holt Euch etwas aus der Küche, das wir mitnehmen können.«

Cara verschränkte die Hände hinter dem Rücken. »Wohin soll es denn gehen?«

»Wir reiten aus.«

»Wir reiten aus. Und wohin reiten wir, Mutter Konfessor?«

»Zur Burg der Zauberer.«

Cara und Raina zogen die Augenbrauen hoch.

Caras Überraschung verwandelte sich in ein mißbilligendes Stirnrunzeln. »Weiß Lord Rahl, daß Ihr die Absicht habt, zur Burg hinaufzureiten?«

»Natürlich nicht. Hätte ich ihm gesagt, weshalb ich dorthin will, hätte er darauf bestanden, mich zu begleiten. Er braucht Schlaf, also habe ich geschwiegen.«

»Und warum reiten wir dorthin?«

»Weil der Tempel der Winde verschwunden ist. Die Zauberer, die dafür verantwortlich waren, wurden vor Gericht gestellt. In der Burg gibt es Aufzeichnungen von allen Gerichtsverhandlungen, die je stattgefunden haben. Diese Aufzeichnungen möchte ich finden. Richard kann morgen einen Blick hineinwerfen, sobald er ausgeschlafen hat. Vielleicht hilft ihm das weiter.«

»Wie sinnvoll, nach Einbruch der Dunkelheit zur Burg der Zauberer hinaufzureiten. Ich werde Berdine holen und auch etwas zu essen. Wir treffen uns dann bei den Stallungen. Tun wir doch so, als würden wir zu einem Picknick reiten«, spottete Cara munter.

34. Kapitel

Kahlan blinzelte die großen, nassen Schneeflocken von ihren Lidern, zog die Kapuze ihres Umhangs tiefer und dachte über ihre Dummheit nach, daß sie nicht daran gedacht hatte, statt ihres weißen Konfessorenkleides etwas Praktischeres anzuziehen. Sie stellte sich in den Steigbügeln auf, griff zwischen ihren Beinen hindurch und zog das Hinterteil ihres Kleides nach vorn, um die Beine gegen die Kälte des Sattels zu schützen. Zum Glück reichten ihre Stiefel hoch genug, so daß ihre Schenkel nicht dem Wind ausgesetzt waren, nachdem sie das Kleid hochgerafft hatte. Wenigstens saß sie wieder auf Nick, dem großen Schlachtroß, das ihr die galeanischen Soldaten geschenkt hatten. Nick war ein alter Freund.

Cara und Berdine schien ebenso unbehaglich zumute zu sein wie ihr, aber das lag sicher nur daran, daß sie Angst hatten, einen Ort der Magie zu betreten. Einmal waren sie bereits in der Burg der Zauberer gewesen. Sie wollten nicht gern wieder dorthin. Unten bei den Stallungen hatten sie versucht, es Kahlan auszureden. Die hatte sie jedoch nur an die Seuche erinnert.

Nicks Ohren zuckten bereits, bevor die dunklen Schatten der Soldaten aus dem Schneegestöber auftauchten und sie nach der Losung fragten. Kahlan wußte, daß sie die steinerne Brücke erreicht hatten. Die Wachen waren auf der stadtzugewandten Seite postiert.

Die Männer schoben ihre Schwerter in die Scheide zurück, als Cara sie anknurrte, froh darüber, jemanden zu haben, an dem sie ihre schlechte Laune auslassen konnte.

»Eine grauenhafte Nacht für einen Ausritt, Mutter Konfessor«, sagte einer der Soldaten, glücklich darüber, daß er das Wort an jemand anderes als die Mord-Sith richten konnte.

»Eine grauenhafte Nacht, um hier draußen Wache zu schieben«, gab sie zurück.

Der Mann blickte über die Schulter nach hinten. »Jede Nacht, in der man hier oben bei der Burg Wache schieben muß, ist grauenhaft.«

Kahlan lächelte. »Die Burg wirkt finster, Soldat, aber sie ist nicht so schlimm, wie sie aussieht.«

»Wenn Ihr es sagt, Mutter Konfessor. Ich für meinen Teil könnte ebensogut vor der Unterwelt Wache schieben.«

»Es hat doch niemand versucht, in die Burg zu gelangen, oder?«

»Wenn, dann hättet Ihr entweder davon gehört oder unsere Leichen hier gefunden, Mutter Konfessor.«

Kahlan drängte ihren großen Hengst weiter. Nick schnaubte und setzte sich auf dem glatten Schnee rutschend wieder in Bewegung. Sie vertraute ihm unter diesen Bedingungen und überließ ihm die Führung. Cara und Berdine folgten ihr, ruhig im Sattel hin- und herschwankend. Unten bei den Stallungen hatte Cara das Pferd an der Kandare gepackt, dem Tier ins Auge gesehen und ihm befohlen, ihr keine Schwierigkeiten zu bereiten. Kahlan hatte das eigenartige Gefühl, daß der Braune die Warnung verstanden hatte.

Kahlan konnte die steinernen Mauern zu beiden Seiten der Brücke gerade eben erkennen. Nur gut, daß die Pferde den Abgrund dahinter nicht sehen konnten. Daß Nick nicht scheuen würde, wußte sie, aber bei den anderen beiden war sie nicht sicher. Die jähen Felswände des gähnenden Abgrunds fielen Tausende von Fuß ab. Wenn man keine Flügel hatte, gab es nur diesen einen Weg in die Burg der Zauberer.

Im vom Schnee reflektierten Dämmerlicht verschmolz die riesige Burg mitsamt ihren hochaufragenden Mauern aus dunklem Stein, ihren Brustwehren, Bollwerken, Türmen, Wehrgängen und

Brücken mit der tintenschwarzen Dunkelheit des Berges, in den man sie hineingebaut hatte. Für jenen, der keine Magie besaß oder mit Magie nicht umzugehen wußte, bot die Burg einen düsteren Anblick unverkennbarer Bedrohlichkeit.

Kahlan war in Aydindril aufgewachsen und unzählige Male oben in der Burg gewesen, meist allein. Selbst als Kind hatte man ihr wie auch den anderen Konfessoren erlaubt, die Burg zu betreten. Als sie noch klein war, hatten die Zauberer mit ihr herumgealbert, in den Gängen Fangen gespielt und gelacht. Die Burg war für sie ein zweites Zuhause: bequem und sicher, einladend und beschützend.

Aber ihr war klar, daß in der Burg Gefahren lauerten, wie in jedem anderen Zuhause auch. Ein Zuhause konnte ein sicherer, einladender Ort sein, solange man nicht so unklug war, in die Feuerstelle zu laufen. Auch in der Burg gab es Orte, die man besser mied.

Erst als sie älter war, betrat sie die Burg nicht mehr allein. Ab einem bestimmten Alter wurde es für einen Konfessor gefährlich, überhaupt irgendwo allein hinzugehen. Hatte ein Konfessor erst die ersten Geständnisse entgegengenommen, war er ohne den Schutz seines Zauberers nirgendwo mehr sicher.

Ab einem bestimmten Alter machte sich ein Konfessor Feinde. Familienangehörige von Verurteilten glaubten selten, einer ihrer Lieben könne ein schlimmes Verbrechen begangen haben, oder aber sie gaben dem Konfessor die Schuld am Todesurteil des Betreffenden, obwohl ein Konfessor lediglich dessen Rechtmäßigkeit bestätigte.

Ständig kam es zu Mordversuchen an Konfessoren. Nie fehlte es an Leuten, angefangen bei einfachen Bürgern bis hin zu Königen, die einem Konfessor nach dem Leben trachteten.

»Wie werden wir ohne Lord Rahl durch die Schilde gelangen?« fragte Berdine. »Damals hat uns seine Magie ermöglicht, sie zu durchschreiten. Diesmal werden wir sie nicht passieren können.«

Kahlan lächelte den beiden Mord-Sith beruhigend zu. »Richard hat nicht gewußt, wohin er ging. Er ist einfach durch die Burg geirrt und hat instinktiv den richtigen Weg gefunden. Ich kenne die Wege, die keine Magie erfordern. Vielleicht gibt es dort ein paar schwache Schilde, aber die kann ich passieren. Und wenn ich sie passieren kann, dann kriege ich Euch ebenfalls hindurch, indem ich Euch bei der Hand nehme, genau wie Richard Euch durch die kräftigeren Schilde hindurchgebracht hat.«

Cara murrte übelgelaunt. Sie hatte gehofft, die Schilde würden sie aufhalten.

»Ich war schon so oft in der Burg, Cara. Es ist hier völlig sicher. Wir werden ausschließlich die Bibliotheken betreten. So wie Ihr meine Beschützer draußen in der Welt seid, so werde ich in der Burg der Eure sein. Wir sind Schwestern des Strafers. Ich werde nicht zulassen, daß Ihr mit gefährlicher Magie in Berührung geratet. Vertraut Ihr mir?«

»Nun ... vermutlich seid Ihr wirklich eine Schwester des Strafers.«

Sie kamen unter dem riesigen Fallgatter hindurch und traten in das Burggelände ein. Innerhalb der massiven Mauern schmolz der Schnee, sobald er den Boden berührte. Kahlan schlug ihre Kapuze zurück. Hier herrschte eine angenehme Wärme.

Sie schüttelte den Schnee von ihrem Umhang, atmete die frühlingsfrische Luft tief ein und füllte ihre Lungen mit dem vertrauten, besänftigend wirkenden Aroma. Nick wieherte freudig.

Kahlan führte die beiden Mord-Sith über die Kiesel- und Schotterfläche bis zum überwölbten Durchlaß in der Mauer, der einen Teil der Burg untertunnelte. Während sie durch den langen Durchgang ritten, tauchten die Lampen, die an Caras und Berdines Sattel hingen, das Mauergewölbe ringsum in ein gelblichrotes Licht.

»Warum reiten wir hier durch?« fragte Cara. »Lord Rahl hat uns durch das große Tor dort hinten geführt.«

»Ich weiß. Deshalb fürchtet Ihr Euch auch vor der Burg. Das war ein sehr gefährlicher Weg. Ich führe uns auf dem Weg hinein, den ich sonst immer benutzt habe. Er ist viel besser. Ihr werdet sehen.

Hier sind früher die Bewohner der Burg hineingegangen. Besucher nahmen wieder einen anderen Eingang, wo sie von einem Posten empfangen wurden, der sich um sie kümmerte.«

Hinter dem Tunnel musterten alle drei Pferde die mit üppigem Gras bestandene, weite Koppel. Die Schotterstraße führte an der Mauer entlang, in der sich der Haupteingang zur Burg befand. Auf der anderen Seite umschloß ein Zaun die Koppel. Links begrenzte die Burgmauer einen Teil der Koppel. Hinten gab es Stallungen.

Kahlan stieg ab und öffnete das Gatter. Nachdem sie Sattel und Zaumzeug abgenommen hatte, ließen sie alle drei ihren Pferden auf der Koppel freien Auslauf, wo sie grasen und in der milden Luft herumtollen konnten, wenn ihnen danach war.

Ein Dutzend breiter Granitstufen, über Jahrtausende hinweg ausgetreten, führte zu einem nach hinten versetzten Eingang, einer schlichten, aber schweren Doppeltür, durch die man in die Burg selbst gelangte. Cara und Berdine folgten mit den Laternen. Der Vorraum sog das Licht in seiner ungeheuren Weite auf, so daß die Säulen und Bögen im Schein der schwachen Flammen nur ansatzweise zu erkennen waren.

»Was ist das?« fragte Berdine in leisem Flüsterton. »Hört sich an wie rauschendes Wasser.«

»Hier gibt es … doch keine Ratten, oder?«

»Genaugenommen ist es ein Brunnen«, erklärte Kahlan, deren Stimme in der Ferne widerhallte. »Und Ratten gibt es in der Burg tatsächlich, Cara. Aber nicht dort, wo ich Euch hinbringe. Versprochen. Hier, gebt mir Eure Laterne. Ich will Euch das Gerüst dieses bedrohlichen Verlieses zeigen.«

Kahlan nahm die Laterne und ging gemächlich zu einer der Lampen an der rechten Wand hinüber. Sie hätte ohne Licht dorthin gehen können, so oft war sie schon hiergewesen, aber sie brauchte die

Flamme der Laterne. Sie fand die Hauptlampe, kippte den Zylinder nach hinten und zündete sie mit der Flamme aus Caras Laterne an.

Die Hauptlampe fing Feuer. Mit einer Folge von dumpfen, gedämpften Explosionen leuchteten die übrigen Lampen im Raum auf – Hunderte von ihnen – jeweils zwei gleichzeitig, paarweise, eine auf jeder Seite. Jeder der gedämpften Explosionen folgte fast augenblicklich die nächste, als die Lampen des riesigen Raumes nacheinander von der Hauptlampe entzündet wurden. Rasch wurde es im Raum heller, der Effekt glich dem Hochdrehen des Dochtes einer Lampe.

In Sekundenschnelle war der Vorraum fast taghell, getaucht in den sanften gelblich-orangefarbenen Schein aller Flammen. Der Anblick versetzte Cara und Berdine in fassungsloses Staunen.

Das verglaste Dach, einhundert Fuß weiter oben, war dunkel, tagsüber jedoch durchflutete es den Raum mit Wärme und Licht. Nachts, wenn der Himmel klar war, konnte man die Lampen herunterdrehen und den Sternenhimmel beobachten oder den Raum vom Mondlicht bescheinen lassen.

In der Mitte des gefliesten Raumes stand ein kleeblattförmiger Brunnen. Über der mittleren Schale schoß das Wasser fünfzehn Fuß weit in die Höhe, um dann über eine Stufe nach der anderen in breitere, mit einem welligen Kamm verzierte Schalen hinabzustürzen und schließlich aus in gleichmäßigen Abständen angeordneten Öffnungen im Boden in perfekt aufeinander abgestimmten Bögen in das untere Becken zu fließen. Eine Ummauerung aus scheckig weißem Marmor war so breit, daß sie als Bank dienen mochte.

Berdine stieg eine der fünf Stufen hinunter, die um den ganzen Raum herumliefen. »Er ist wunderschön«, flüsterte sie staunend.

Cara betrachtete die roten Marmorsäulen, die die Bögen unter der Empore rings um den gesamten ovalen Raum stützten. Sie lächelte fröhlich.

»Das ist ein ganz anderer Ort als der, an den uns Lord Rahl geschleppt hat«, sagte Cara stirnrunzelnd. »Die Lampen. Das war Magie. Hier gibt es Magie. Ihr habt gesagt, Ihr würdet uns von Magie fernhalten.«

»Ich sagte, ich würde Euch von gefährlicher Magie fernhalten. Die Lampen sind auch eine Art Schild, nur umgekehrt. Statt die Menschen fernzuhalten, heißen sie sie willkommen und helfen ihnen einzutreten. Sie sind ein Willkommensschild. Es handelt sich um eine freundliche Form der Magie, Cara.«

»Freundlich. Na klar.«

»Kommt, wir sind nicht zum Vergnügen hier. Wir haben eine Aufgabe zu erledigen.«

Kahlan führte sie durch die eleganten, warmen Korridore in die Bibliotheken, und zwar nicht auf dem furchteinflößenden Weg, den sie mit Richard gegangen waren. Sie stießen nur auf drei Schilde. Kahlans Magie erlaubte ihr, sie zu passieren, und indem sie Caras und Berdines Hand ergriff, war es möglich, auch sie hindurchzubringen, wenn sich die beiden auch über ein unangenehmes Kribbeln beklagten.

Diese Schilde schützten keine gefährlichen Bereiche und waren daher schwächer als andere in der Burg. Es gab Schilde, die Kahlan nicht passieren konnte, zum Beispiel jene, durch die Richard sie auf dem Weg hinunter zur Sliph geführt hatte. Kahlan war allerdings überzeugt, daß es auch andere Wege nach unten geben müsse. Richard hatte Schilde passiert, die ihres Wissens nach noch kein Zauberer passiert hatte.

Sie kamen an eine Kreuzung, wo ein Gang aus hellrosa Stein nach beiden Richtungen abzweigte. An bestimmten Stellen weitete sich der Gang zu großzügigen Räumen, wo gepolsterte Bänke standen, auf denen man sich unterhalten oder lesen konnte. In jedem dieser großen Vorzimmer gab es eine Doppeltür, hinter der sich eine Bibliothek verbarg.

»Hier war ich schon einmal«, äußerte sich Berdine. »Ich erinnere mich genau.«

»Ja, Richard hat Euch hergebracht, allerdings auf einem anderen Weg.«

Kahlan ging weiter bis zum achten Lesesaal und trat durch die Doppeltür in die dortige Bibliothek. Mit Hilfe ihrer Laterne zündete sie die Hauptlampe an, und wie zuvor flammten alle anderen auf, rissen den Raum aus seiner völligen Dunkelheit und erweckten ihn zum Leben. Die Böden bestanden aus poliertem Eichenholz, die Wände waren mit dem gleichen honigfarbenen Holz getäfelt. Tagsüber tauchten verglaste Fenster an der gegenüberliegenden Wand den Raum in helles Licht und gewährten einen herrlichen Blick auf Aydindril. Jetzt sah Kahlan wegen des Schneefalls nur die Lichter der Stadt unten.

Sie schlenderte durch den Mittelgang zwischen den Lesetischen und Reihen über Reihen mit Büchern hindurch und suchte nach dem einen Buch, an das sie sich erinnerte. Allein in diesem Raum befanden sich einhundertfünfundvierzig Reihen mit Büchern. Es gab bequeme Sessel, in die man sich zum Lesen setzen konnte, heute abend jedoch würden sie Tische brauchen, um die Bücher auszubreiten.

»Das ist also die Bibliothek«, meinte Cara. »In D'Hara, im Palast des Volkes, gibt es viel größere Bibliotheken als diese hier.«

»Dies ist nur einer von sechsundzwanzig ebensolchen Sälen. Ich kann bestenfalls ahnen, wie viele tausend Bücher sich hier in der Burg der Zauberer befinden«, sagte Kahlan.

»Wie sollen wir dann die finden, die wir suchen?« fragte Berdine.

»Das dürfte nicht so schwer sein, wie es klingt. Die Bibliotheken können ein verwirrender Irrgarten sein, wenn man etwas Bestimmtes sucht. Ich kannte einen Zauberer, der sein ganzes Leben lang immer wieder nach einer bestimmten Information suchte, die sich seines Wissens in dieser Bibliothek befand. Er hat sie nie gefunden.«

»Und wie sollen wir sie finden?«

»Es gibt Bücher, die sich so sehr auf ein bestimmtes Gebiet beschränken, daß sie zusammen aufbewahrt werden. Bücher über Sprachen zum Beispiel. Ich kann Euch zu sämtlichen Büchern über jede einzelne Sprache führen, weil es darin nicht um Magie geht. Deswegen stehen sie alle am selben Ort. Wie die Bücher über Magie und Prophezeiungen angeordnet sind – wenn überhaupt –, weiß ich nicht.

Jedenfalls ist diese Bibliothek der Ort, an dem bestimmte Aufzeichnungen, wie zum Beispiel die Aufzeichnungen über die hier abgehaltenen Gerichtsverhandlungen, aufbewahrt werden. Ich habe sie nicht gelesen, aber man hat mich darin unterrichtet.«

Kahlan machte kehrt und führte sie zwischen zwei Regalreihen hindurch. Kurz vor der Mitte des nahezu fünfzig Fuß langen Mittelganges blieb sie stehen.

»Hier sind sie. An der Schrift auf den Buchrücken kann ich erkennen, daß sie in verschiedenen Sprachen abgefaßt sind. Da ich außer Hoch-D'Haran alle Sprachen kenne, werde ich mir die in den anderen Sprachen vornehmen. Cara, Ihr untersucht die in Eurer Sprache, und Berdine, Ihr übernehmt die auf Hoch-D'Haran.«

Die drei begannen, Bücher aus den Regalen auszuwählen, sie zu den Tischen hinüberzutragen und auf drei Stapel aufzuteilen. Es waren nicht so viele, wie Kahlan befürchtet hatte. Berdine hatte nur sieben Bücher, Cara fünfzehn und Kahlan elf in unterschiedlichen Sprachen. Für Berdine würde es recht mühselig werden, das Hoch-D'Haran zu übersetzen, aber Kahlan beherrschte die anderen Sprachen fließend und würde Cara mit ihrem Stapel helfen können, sobald sie mit ihrem eigenen fertig war.

Während Kahlan mit der Arbeit begann, stellte sie rasch fest, daß es einfacher werden würde, als sie anfangs gedacht hatte. Jede Gerichtsverhandlung begann mit einer Erklärung über die Art des Verbrechens, was es erleichterte, diejenigen auszusondern, die mit dem Tempel der Winde nichts zu tun hatten.

Die Anschuldigungen reichten von Entwenden eines Andenkens von geringem Wert bis hin zu Mord. Eine Magierin wurde beschuldigt, einen Betörungsbann ausgesprochen zu haben, wurde jedoch freigesprochen. Ein Junge von zwölf Jahren wurde beschuldigt, einen Streit vom Zaun gebrochen zu haben, in dessen Verlauf ein anderer Junge sich den Arm gebrochen hatte. Weil der Angreifer Magie eingesetzt hatte, um die Verletzung herbeizuführen, bestand die Strafe in der Aussetzung seiner Ausbildung für die Dauer eines Jahres. Ein Zauberer wurde zum dritten Mal wegen Trunkenheit angeklagt, nachdem die vorhergegangenen Strafen nicht zur Besserung seines aggressiven Verhaltens geführt hatten. Er wurde für schuldig befunden und zum Tode verurteilt. Die Strafe wurde zwei Tage darauf vollstreckt, als er wieder nüchtern war.

Es war üblich, daß man betrunkenen Zauberern keine Gnade entgegenbrachte, sondern sie als die Gefahr betrachtete, die sie tatsächlich darstellten, denn im berauschten Zustand waren sie imstande, vielfältig Verletzungen und Tod herbeizuführen. Kahlan selbst hatte nur ein einziges Mal erlebt, wie Zauberer sich bis zum Vollrausch betrunken hatten.

Die Aufzeichnungen über die Verhandlungen waren faszinierend, doch der ernste Zweck ihres Hierseins zwang Kahlan, die Bücher bei der Suche nach Hinweisen auf den Tempel der Winde oder einer Mannschaft, die eines Verbrechens beschuldigt wurde, lediglich zu überfliegen. Die anderen beiden kamen ebenfalls gut voran. Eine Stunde später hatte Kahlan alle elf Bücher in den anderen Sprachen durchgesehen, Berdine hatte nur noch drei übrig und Cara sechs.

»Irgendwas gefunden?« fragte Kahlan.

Cara zog eine Augenbraue hoch. »Ich habe gerade einen Bericht über einen Zauberer gefunden, der auf dem Markt in der Stentorstraße gerne sein Gewand vor Frauen hochhob und ihnen befahl, ›die Schlange zu küssen‹. Ich wußte gar nicht, daß Zauberer in solche Schwierigkeiten geraten können.«

»Es sind Menschen, genau wie wir anderen.«

»Nein, das sind sie nicht. Sie besitzen Magie«, widersprach Cara.

»Die besitze ich auch. Habt Ihr etwas gefunden, Berdine?«

»Nein, nichts, wonach ich gesucht hätte. Nur ganz gewöhnliche Verbrechen.«

Kahlan wollte schon nach einem der Bücher greifen, die Cara noch nicht durchgearbeitet hatte, aber dann zögerte sie.

»Berdine, Ihr wart doch unten in dem Raum mit der Sliph.«

Berdine tat, als fröstele ihr, und grunzte angewidert. »Erinnert mich nicht daran.«

Kahlan schloß die Augen und versuchte, sich den Raum ins Gedächtnis zu rufen, konnte sich allerdings nur undeutlich erinnern, was sich sonst noch dort unten befand.

»Wißt Ihr, ob es da weitere Bücher gab, Berdine?«

Berdine kaute an einem Fingernagel und kniff konzentriert die Augen zusammen. »Ich erinnere mich, daß Kolos Tagebuch aufgeschlagen auf dem Tisch lag. Und an ein Tintenfaß mit Feder. Ich erinnere mich an Kolos Gebeine, die neben dem Stuhl auf dem Boden lagen. Der größte Teil seiner Kleider war längst verrottet. Er trug noch immer seinen Ledergürtel.«

Kahlan erinnerte sich in etwa an die gleichen Dinge. »Aber wißt Ihr, ob dort Bücher in den Regalen standen?«

Kahlan sah an die Decke und dachte nach. »Nein.«

»Nein, da waren keine, oder nein, ich weiß es nicht mehr?«

»Nein, ich weiß es nicht mehr. Lord Rahl war ganz aufgeregt, daß er Kolos Tagebuch gefunden hatte. Er meinte, das sei etwas anderes als die Bücher in der Bibliothek und er habe das Gefühl, das sei jenes, wonach er gesucht hatte: nach etwas anderem eben.«

Kahlan erhob sich. »Ihr zwei sucht weiter in den Büchern. Ich steige hinunter und sehe nach, nur um ganz sicherzugehen.«

Caras Stuhl kippte scheppernd an die Wand, als sie aufstand. »Ich werde Euch begleiten.«

»Dort unten gibt es Ratten.«

Ihrer Miene nahm einen gequälten Ausdruck an. Cara stemmte eine Hand in die Hüfte. »Das wäre nicht das erste Mal, daß ich Ratten zu Gesicht bekomme. Ich werde Euch begleiten.«

Kahlan konnte sich noch gut an Caras Rattengeschichte erinnern. »Das ist nicht nötig, Cara. In der Burg brauche ich Euren Schutz nicht. Draußen ja, aber hier kenne ich die Gefahren besser als Ihr.

Ich sagte, ich würde Euch nicht mit gefährlicher Magie in Berührung bringen. Dort unten gibt es gefährliche Magie.«

»Dann bedroht sie auch Euch.«

»Nein, denn ich kenne mich damit aus. Ihr nicht. Ihr wärt in Gefahr, nicht ich. Als ich noch ein kleines Mädchen war, ließ meine Mutter mich in der gesamten Burg der Zauberer frei herumlaufen, weil man mich über die Gefahren aufgeklärt und mir beigebracht hatte, wie man ihnen aus dem Weg geht. Ich weiß, was ich tue.

Bitte, bleibt hier bei Berdine und seht die Bücher bis zu Ende durch. Das spart uns Zeit, außerdem ist es wichtig. Je eher wir das Gesuchte finden, desto schneller können wir zurück nach Hause und Richard bewachen. Das ist unsere eigentliche Aufgabe.«

Caras Lederanzug knarzte, als sie ihr Gewicht aufs andere Bein verlagerte. »Vermutlich kennt Ihr die Gefahren hier wirklich besser als ich. Ich denke, Ihr habt recht, wenn Ihr zurück nach Hause wollt. Dort unten wartet Nadine.«

35. Kapitel

Während sie immer tiefer hinabstieg, versuchte Kahlan die Karte von der Burg der Zauberer in ihrem Gedächtnis mit den Durchgängen, Treppenhäusern und Räumen zu vergleichen, die sie durchquerte. Ratten quiekten und flitzten vor ihrer Laterne davon.

Sie hatte den Turm vor Kolos Zimmer zwar schon oft von den Brustwehren und Wehrgängen oben von der Burg aus gesehen, war aber, bevor Richard sie dorthin mitgenommen hatte, nie unten gewesen. Unglücklicherweise hatte Richard sie durch gefährliche Durchgänge und Schilde geführt, die sie allein niemals würde passieren können.

Sie vertraute darauf, daß es noch andere Wege zu Kolos Raum gab. Große Bereiche der Burg waren überhaupt nicht durch Schilde gesichert. Sie brauchte bloß einen Weg ohne Schilde zu finden, oder mit Schilden, die sie passieren konnte.

Oftmals dienten die ›harten‹ Schilde, wie Zauberer sie gewöhnlich nannten, lediglich dazu, etwas zu schützen, das sich unmittelbar dahinter befand, und nicht, den Durchgang in einen anderen Bereich zu verwehren. Für viele der Räume, in die Richard sie geführt hatte, galt eben dieses: Es handelte sich um Orte bedrohlicher Magie, die sie noch nie zuvor gesehen hatte. Sie boten meist einen direkteren Weg, erforderten aber eine besondere Art der Magie.

Wenn sie sich nicht täuschte und Richard die gefährlichen Orte auf verschlungenen Pfaden durchquert hatte, anstatt die harten Schilde zu passieren, die insbesondere den Turm sicherten, dann gab es einen Weg in das Turmzimmer, auf dem sich die gefährlichen

Bereiche umgehen ließen. Ihrer Erfahrung nach funktionierte die Burg genau so: Wenn der Raum im Turm einen verbotenen Bereich darstellte, dann wäre er durch eigene harte Schilde gesichert. Wenn nicht, dann gäbe es zumindest einen Weg, auf dem sie hineingelangen konnte. Sie mußte ihn nur finden.

Zwar hatte sie in der Burg viel Zeit zugebracht, aber einen großen Teil dieser Zeit war sie in den Bibliotheken gewesen und hatte studiert. Sie hatte ihre Umgebung natürlich erkundet, aber die Burg war beinahe unvorstellbar weitläufig. Nicht nur, daß der Teil, den man von außen sehen konnte, ungeheuer groß war, ein sehr viel größerer Teil lag verborgen im Inneren des Berges. Die Außenmauern waren nur die Spitze, der sichtbare Teil eines Zahns, dessen sehr viel größere Wurzel darunter verborgen war.

Kahlan durchquerte den leeren, aus dem Gestein geschlagenen Raum und gelangte zu einem Durchgang auf der anderen Seite. In der Burg der Zauberer gab es zahlreiche ungenutzte Räume. Einige davon, wie der, den sie gerade durchquert hatte, schienen nicht mehr zu sein als Knotenpunkte, an denen sich verschiedene Gänge trafen und die man vielleicht vergrößert hatte, um Orientierungspunkte zu erhalten.

Der rechteckige Durchgang durch den Fels vorne sah aus, als hätte man ihn sorgfältig aus dem Gestein geschlagen. Das Licht ihrer Laterne fiel auf Streifen mit Symbolen, die man in den Granit geritzt hatte, dazu auf runde Flächen im Bereich der verschlungenen Schnitzereien, die man auf Hochglanz poliert hatte. Jeder der umlaufenden Streifen markierte die Position eines sanften Schildes, der beim Passieren ein Kribbeln auf ihrer Haut auslöste.

Vorne sah sie, daß der Gang sich in drei gabelte. Sie hatte die Kreuzung noch nicht erreicht, als die Luft rings um sie plötzlich zu summen begann. Sie brauchte zwei Schritte, um ihren Vorwärtsschwung zu bremsen. Mit jedem dieser Schritte wurde der unangenehme Summton höher. Ihr langes Haar hob sich von Schultern und

Rücken und stand in alle Richtungen ab. Das vorne in den Fels geritzte Band begann augenblicklich rot zu glühen.

Kahlan trat mehrere Schritte zurück. Der Summton wurde tiefer. Ihr Haar legte sich wieder.

Sie stieß einen leisen Fluch aus. Ein Summen war eine dringende Warnung, sich fernzuhalten, weil man einen gefährlichen Schild vor sich hatte. Das rote Glühen zeigte den Bereich des Schildes selbst an.

Manche dieser harten Schilde hinderten Personen, die nicht über die erforderliche Magie verfügten, sogar daran, ihnen zu nahe zu kommen, indem sie die Luft so dicht wie Schlamm und schließlich wie Fels machten. Andere verhinderten nicht nur den Zutritt, sondern sengten einem glatt Haut und Muskeln von den Knochen. Die weniger starken Schilde hatten den Zweck, Menschen, die keine Magie besaßen und somit keine Ahnung hatten, daran zu hindern, sich der Gefahr zu nähern.

Kahlan machte kehrt, hielt die Laterne in die Höhe und ging rasch auf demselben Weg in den Raum zurück, aus dem sie gekommen war. Sie entschied sich für einen anderen Gang, der ungefähr in ihre Richtung führte. Dieser wirkte weitaus freundlicher, da Wände und Decke weiß getüncht waren, wodurch ihr die Laterne besser den Weg leuchten konnte.

In dem weißen Gang stieß sie auf überhaupt keine Schilde. Eine Treppe führte sie tiefer in die Burg hinab. Ein weiterer Felsgang an deren unterem Ende ermöglichte ihr ein rasches Vorankommen ganz ohne Schilde. In Gedanken ging sie alle Gänge, Räume, Treppenhäuser und engen Tunnel noch einmal durch. Sie war ziemlich sicher, daß es einen Weg in den Turm hinein und wieder hinaus gab, ohne auf Schilde zu stoßen.

Kahlan stieß die Tür am Ende des Felsganges auf und trat hinaus auf einen Laufsteg mit einem eisernen Geländer. Sie hielt die Laterne vor sich in die Höhe.

Sie befand sich im untersten Stockwerk des Turms.

Der Laufsteg führte um den Innenraum herum. Treppen führten an der Innenseite des gewaltigen Turmes hinauf, und auf dem Weg nach oben gab es Absätze und weitere Türen. In der Mitte, auf dem Grund des Turmes, lauerte ein Becken mit schwarzem Wasser. Felsen durchbrachen da und dort die Wasseroberfläche, Käfer flitzten hastig darüber. Auf den Felsen hockten reglos Salamander, die die Augen verdrehten und sie beobachteten.

Hier hatte Richard gegen die Königin der Mriswiths gekämpft. Ihre stinkenden, zerplatzten Eier lagen immer noch überall auf den Felsen verteilt.

Noch immer trieben kleine Stücke der aus Kolos Raum herausgesprengten Tür auf dem Becken und bildeten Inseln, auf denen fette Käfer mit einem Zischen auf die Störung reagierten.

Auf der anderen Seite des Wassers, an der gegenüberliegenden Wand des runden Turmsaales, befand sich das Loch, durch das man in Kolos Raum gelangte.

Kahlan begab sich schnell um den Laufsteg herum zu der breiten Plattform davor. Die Türöffnung war aufgesprengt worden, wodurch geschwärzte, schartige Ränder entstanden waren. An einigen Stellen war das Gestein wie Kerzenwachs geschmolzen. Die Mauer des Turms außerhalb der Türöffnung war übersät mit schwarzen Rußstreifen jener entfesselten Energie, die Kolos Raum zum ersten Mal seit tausend Jahren geöffnet hatte.

Mit der Zerstörung der Türme der Verdammnis hatte Richard auch das magische Siegel dieses Raumes zerstört. Die Türme hatten, während des Großen Krieges vor Tausenden von Jahren errichtet, die Alte von der Neuen Welt abgeschirmt. Sie hatten auch den Raum mit der Sliph versiegelt und den Mann eingeschlossen, der das große Pech hatte, zu dieser Zeit ihr Bewacher zu sein.

Steinsplitter knirschten unter ihren Füßen, als Kahlan den Raum betrat, in dem Kolo gestorben war, jenen Raum, in dem die Sliph zu

Hause war. Die Stille war bedrückend. Sie klang ihr in den Ohren, so daß ihr die eigenen Schritte zur willkommenen Abwechslung wurden.

Richard hatte die Sliph nach Tausenden von Jahren geweckt. Sie hatte Richard in die Alte Welt und Kahlan und ihn wieder zurück nach Aydindril gebracht. Nach ihrer Rückkehr hatte er die Sliph wieder schlafen gelegt.

All die Jahre über, die Kahlan in der Burg verbracht hatte, war ihr die Existenz der Sliph entgangen.

Kahlan konnte sich die Magie nicht einmal vorstellen, mit der die Zauberer aus alter Zeit ein Wesen wie die Sliph erschaffen und es all die Jahre schlafen gelegt hatten. Nur am Rand ihrer Vorstellungskraft konnte sie sich ein Bild von jener Kraft machen, die Richard eingesetzt haben mußte, doch begreifen konnte sie sie nicht.

Zu was wären die Zauberer aus alter Zeit, die ihre Gabe sehr gut kannten, mit solch unvorstellbarer Magie fähig gewesen? Welches Grauen hätte ein Krieg zwischen denen, die solche Macht besaßen, bedeutet?

Sie erschauderte schon bei dem Gedanken daran.

Es mußten Dinge sein wie diese Seuche, mit denen man sie jetzt heimgesucht hatte. Sie wären zu so etwas fähig gewesen.

Das Licht der Laterne fiel auf Kolos Gebeine neben dem Stuhl. Feder und Tintenfaß standen noch immer auf dem verstaubten Tisch. Der runde Raum, der fast sechzig Fuß im Querschnitt maß, wurde von einer hohen Kuppeldecke gekrönt, die selbst beinahe so hoch war wie der Raum breit.

In der Mitte gab es eine runde, einem Brunnen ähnelnde Steinmauer von fünfundzwanzig oder dreißig Fuß Durchmesser. Dort lebte die Sliph. Kahlan hielt das Licht über den Brunnenrand und blickte an der glatten Steinmauer des dunklen Schachtes hinunter, der scheinbar endlos in die Tiefe abzufallen schien.

Die Mauern des Raumes waren mit zackigen, verkohlten Linien

überzogen, als sei dort ein Blitz außer Rand und Band geraten – eine weitere Folge eben jener Magie, die Richard heraufbeschworen hatte, als er die Türme zerstört hatte und die Tür herausgesprengt worden war. Kahlan ging schnellen Schritts um den Raum herum und sah nach, ob es irgend etwas gab, das vielleicht von Nutzen war. Außer dem Tisch, dem Stuhl und Kolo befand sich nichts in diesem Raum – nur ein verstaubter Satz von Regalen.

Zu Kahlans Enttäuschung befanden sich keine Bücher darin. Es gab drei verblichene, mit blauer Glasur überzogene Behälter mit Deckel, die vermutlich einst Wasser oder Suppe für den Zauberer enthalten hatten, der Wachdienst bei der Sliph geschoben hatte. In einer weißen, mit Glasur überzogenen Schale lag ein silberner Löffel. Auf einem der Regale lag ein sauber gefaltetes Tuch oder eine Art Spitzendeckchen. Als sie es anfaßte, zerfiel es an der Stelle, wo ihre Finger es berührten, zu Staub und kleinen Flöckchen.

Kahlan beugte sich weiter vor und sah, daß auf dem untersten Regal nur einige Kerzen und eine Laterne lagen.

Dann, plötzlich, überfiel sie das eiskalte Gefühl alarmierender Unruhe.

Sie wurde beobachtet.

Sie erstarrte, hielt den Atem an und redete sich ein, es sei bloß ihre Phantasie. Die feinen Härchen in ihrem Nacken richteten sich auf. Sie spürte, wie ihr eine kalte Gänsehaut wie eine Welle die Arme hochlief.

Angespannt lauschte sie auf verräterische Geräusche. Die Zehen krallten sich in ihre Stiefel. Sie hatte Angst, sich zu bewegen. Vorsichtig und leise gestattete sie ihren Lungen schließlich einen Atemzug.

Langsam, ganz langsam, um kein Geräusch zu machen, richtete sie sich ein Stück weit auf. Sie wagte nicht, die Füße zu bewegen, falls die Steinsplitter knirschten.

Ein Gefühl von Kühnheit, zerbrechlich wie eine Eierschale,

drängte sie, sich hinter der Mauer des Brunnens der Sliph zu verstecken. Von dort aus ließe sich feststellen, ob ihr nur die Einbildung einen Streich spielte. Vielleicht war es eine Ratte.

Sie drehte sich, um die Entfernung bis zur Mauer abzuschätzen.

Kahlan unterdrückte einen Schrei und wich zurück.

36. Kapitel

Das quecksilbrige Gesicht der Sliph hatte sich über den Rand der steinernen Ummauerung geschoben und betrachtete sie.

Die glänzend metallischen, weiblichen Züge des Wesens reflektierten den Schein der Laterne und den Raum wie ein lebendiger Spiegel. Es war offenkundig, warum Kolo die Sliph als weiblich bezeichnet hatte. Sie stellte eine Statue aus Silber dar. Nur daß sie sich mit fließender Eleganz bewegte.

Kahlan preßte sich eine Hand auf ihr klopfendes Herz und rang keuchend nach Atem. Die Sliph blickte sie an, als warte sie neugierig auf Kahlans nächsten Schritt. Kolo hatte in seinem Tagebuch oft davon gesprochen, daß ›sie‹ ihn beobachte.

»Sliph ...«, stammelte Kahlan. »Wie kommt es, daß du wach bist?«

Das Gesicht verzog sich zu einer fragenden Maske. »Möchtest du reisen?« Ihre unheimliche Stimme hallte im Raum wider. Ihre Lippen hatten sich beim Sprechen nicht bewegt, aber sie lächelte freundlich.

»Reisen? Nein.« Kahlan trat einen Schritt auf den Brunnen zu. »Richard hat dich schlafen gelegt, Sliph. Ich war dabei.«

»Mein Meister. Er hat mich geweckt.«

»Richtig, Richard hat dich geweckt. Er ist in dir gereist. Er hat mich gerettet, und ich bin zusammen mit ihm zurückgereist ... in dir.«

Kahlan erinnerte sich mit einer gewissen Zärtlichkeit an das seltsame Erlebnis. Um in der Sliph reisen zu können, mußte man sie einatmen. Anfangs war das furchteinflößend, aber da Richard bei ihr gewesen war, hatte Kahlan sich überwinden können und das bezaubernde Gefühl dieses ›Reisens‹ für sich entdeckt.

Die Sliph einzuatmen war ein Gefühl reiner Verzückung.

»Ich erinnere mich«, sagte die Sliph. »Du warst einmal in mir, ich erinnere mich.«

»Aber erinnerst du dich nicht mehr, wie Richard dich wieder schlafen legte?«

»Er hat mich aus dem Schlaf der Zeiten geweckt, mich aber nicht wieder in den langen Schlaf zurückgeschickt. Er hat mich ruhen lassen, bis ich wieder gebraucht werde.«

»Aber wir dachten – wir dachten, du wärst wieder eingeschlafen. Warum ... ruhst du jetzt nicht?«

»Ich spüre deine Nähe. Ich kam, um nachzusehen.«

Kahlan trat an die Mauer heran. »Sliph, ist seit Richard und mir jemand in dir gereist?«

»Ja. Ich wurde gebraucht.«

Plötzlich ging ihre Überraschung in Erkenntnis über. »Ein Mann und eine Frau. Sie sind in dir gereist, nicht wahr?«

Das Lächeln der Sliph bekam etwas Verschmitztes, aber sie antwortete nicht.

Kahlan legte ihre Finger auf die Mauer. »Wer war es, Sliph, wer ist in dir gereist?«

»Du solltest wissen, daß ich niemals verrate, wen ich in mir aufnehme.«

»Das sollte ich wissen? Woher denn?«

»Du bist in mir gereist. Ich würde deinen Namen nicht preisgeben. Ich verrate meine Schützlinge nie. Du bist gereist, also mußt du das verstehen.«

Kahlan fuhr sich geduldig mit der Zunge über die Lippen. »Leider weiß ich eigentlich überhaupt nichts über dich, Sliph. Du stammst aus einem anderen Zeitalter. Ich weiß nur, daß du reisen kannst und daß du mir schon einmal geholfen hast. Du warst eine wertvolle Hilfe, als es darum ging, ein paar sehr böse Menschen zu besiegen.«

»Es freut mich, daß du zufrieden mit mir warst. Vielleicht möchtest du wieder zufrieden sein? Möchtest du wieder reisen?«

Ein Schauder kroch Kahlans Wirbelsäule hoch. Das mußte der Grund sein, weshalb Marlin versucht hatte, zur Burg der Zauberer zu gelangen. Er und Schwester Amelia mußten in der Sliph aus der Alten Welt nach Aydindril gekommen sein. Jagang hatte gesagt, er habe bis zur Rückkehr der Schwester damit gewartet, sich zu offenbaren. Wie sonst hätte sie so schnell zurückkommen können, wenn nicht in der Sliph?

Kahlan machte eine flehende Geste. »Sliph, einige sehr böse Menschen …«

Sie hielt inne und riß erschrocken die Augen auf.

»Sliph«, sagte sie leise, »du hast mich auch schon einmal in die Alte Welt gebracht.«

»Ah. Ich kenne diesen Ort. Komm, wir reisen.«

»Nein, nein, nicht dorthin. Kannst du auch an andere Orte reisen, Sliph?«

»Natürlich.«

»Und wohin?«

»An viele Orte. Das müßtest du wissen. Du bist doch gereist. Nenne den Ort, der dir gefallen würde, und wir werden reisen.«

Kahlan beugte sich zu dem verführerisch lächelnden, silbernen Gesicht hinüber.

»Zur Hexe. Kannst du mich zur Hexe bringen?«

»Diesen Ort kenne ich nicht.«

»Es handelt sich nicht um einen Ort. Sondern um eine Person. Sie lebt im Rang'Shada-Gebirge. An einem Ort namens Agaden. Kannst du dorthin reisen, nach Agaden?«

»Ah. Dort war ich schon einmal.«

Kahlan legte ihre zitternde Hand an die Lippen.

»Komm, und wir werden reisen«, forderte die Sliph sie auf, deren unheimliche Stimme von den uralten Mauern widerhallte. Das Geräusch verklang allmählich. Ein weiteres Mal senkte sich Stille herab und legte sich wie ein Staubschleier über den Raum.

Kahlan räusperte sich. »Ich muß vorher etwas holen. Wirst du noch hiersein, wenn ich wiederkomme? Wirst du auf mich warten?«

»Wenn ich ruhe, brauchst du mir deinen Wunsch nur mitzuteilen, und wir werden reisen. Du wirst zufrieden sein.«

»Soll das heißen, wenn du nicht hier bist, brauche ich nur dort unten hineinzurufen, damit du kommst und wir reisen?«

»Ja. Wir werden reisen.«

Kahlan rieb sich die Hände und ging einen Schritt zurück. »Ich komme wieder. Ich bin bald wieder zurück, dann werden wir reisen.«

»Ja«, sagte die Sliph und verfolgte mit den Augen, wie Kahlan sich entfernte. »Wir werden reisen.«

Kahlan hob die Lampe von der Stelle auf, wo sie sie neben den Regalen auf dem Boden abgestellt hatte. An der Tür hielt sie inne und sah sich nach dem quecksilbrigen Gesicht um, das in der Dunkelheit zu schweben schien.

»Ich komme wieder. Bald. Wir werden reisen.«

»Ja. Wir werden reisen«, wiederholte die Sliph, als Kahlan zu laufen begann.

Es fiel ihr schwer, sich im Laufen zu überlegen, wohin sie eigentlich wollte. Ihr drehte sich der Kopf von Argumenten. Sie rang mit ihren Alternativen und versuchte gleichzeitig achtzugeben, wenn sie in Korridore einbog, durch Räume rannte und Treppen hinaufflog.

Alles deutete darauf hin, daß sie den Bibliothekssaal erreicht haben würde, bevor sie soweit war. Verärgert blies sie die Wangen auf, als ihr klar wurde, daß sie in diesem Zustand nicht zu Cara und Berdine hineinplatzen konnte. Sie würden sofort wissen, daß etwas nicht in Ordnung war.

Nicht weit entfernt von der Bibliothek, wo die beiden Mord-Sith warteten, ließ Kahlan sich auf eine gepolsterte Bank fallen und setzte die Laterne ab. Sie lehnte sich an die Wand und streckte die schmerzenden Beine aus. Sie fächelte sich mit der Hand Luft zu und versuchte ihr Herz zu beruhigen. Sie wußte, daß ihr Gesicht rot wie ein Apfel sein mußte.

So konnte sie nicht zu den anderen hineingehen. Kahlan schmiedete Pläne, während sie sich ausruhte und wartete, daß ihr Herz zu klopfen aufhörte, ihre Lungen sich erholten, ihr Gesicht sich entspannte.

Shota wußte von der Pest. Dessen war Kahlan sicher. Über Richard hatte sie gesagt: »Mögen die Seelen gnädig mit ihm sein.«

Shota hatte Nadine geschickt, damit sie Richard heiratete. Kahlan erinnerte sich noch lebhaft an Nadines hautenges Kleid, an ihr stets kokettes Lächeln, ihre Vorwürfe und daran, wie sie zu Richard gesagt hatte, Kahlan sei herzlos. An den Blick in ihren Augen, wann immer sie mit ihm sprach.

Kahlan überlegte, was sie zu tun hatte. Shota war eine Hexe. Alle fürchteten sich vor ihr. Selbst Zauberer. Kahlan hatte ihr niemals etwas angetan, aber das hatte Shota nicht daran gehindert, ihr Leid zuzufügen.

Möglicherweise würde Shota sie töten.

Aber nicht, wenn Kahlan sie zuerst tötete.

Schließlich hatte sie die Fassung wiedererrungen. Sie erhob sich, strich ihr Kleid glatt, atmete einmal tief durch und war bereit.

Kahlan setzte ihre Konfessorenmiene auf und trat entschlossenen Schritts durch die Türen der Bibliothek, wo die beiden anderen warteten.

Cara und Berdine schauten hinter einer Regalreihe hervor. Die Bücher waren vom Tisch verschwunden.

Cara musterte Kahlan argwöhnisch. »Ihr wart ziemlich lange fort.«

»Es hat eine Weile gedauert, bis ich einen Weg gefunden hatte, den ich passieren konnte.«

Berdine kam hinter den Regalen vor. »Und? Habt Ihr etwas entdeckt?«

»Etwas entdeckt? Was denn?«

Berdine breitete die Hände aus. »Bücher. Ihr wolltet doch nach Büchern suchen.«

»Nein. Nichts.«

Cara runzelte die Stirn. »Gab es Schwierigkeiten?«

»Nein. Ich bin nur ein wenig durcheinander wegen ... wegen dieser ganzen Geschichte. Wegen der Seuche und allem. Es ärgert mich, daß ich nichts gefunden habe, was uns weiterhelfen könnte. Und ihr zwei?«

Berdine wischte sich eine verirrte Strähne aus dem Gesicht. »Nichts. Weder etwas über den Tempel der Winde noch über die Mannschaft, die ihn fortschickte.«

»Das begreife ich nicht«, sagte Kahlan, hauptsächlich zu sich selbst. »Wenn es zu einer Gerichtsverhandlung gekommen ist, wie Kolo behauptet, dann müßte es darüber Aufzeichnungen geben.«

»Tja«, meldete sich Berdine, »wir haben alle anderen Bücher durchgesehen, um festzustellen, ob wir vielleicht einen Bericht über eine Verhandlung übersehen haben. Wir haben keinen gefunden. Wo können wir sonst noch suchen?«

Kahlan sank enttäuscht zusammen. Sie hatte fest damit gerechnet, daß sie für Richard einen Bericht über die Verhandlungen finden würden.

»Nirgendwo. Wenn er nicht hier ist, dann gibt es entweder keinen, oder er wurde vernichtet. Nach Kolos Aussage befand sich die Burg der Zauberer damals in Aufruhr, vielleicht war man zu beschäftigt, um die Berichte ordentlich weiterzuführen.«

Berdine legte den Kopf schief. »Aber zumindest einen Teil der Nacht werden wir noch weitersuchen.«

Kahlan ließ den Blick durch die Bibliothek wandern. »Nein. Das wäre Zeitverschwendung. Die Zeit wäre besser genutzt, wenn Ihr weiter an Kolos Tagebuch arbeiten würdet. Solange wir den Bericht über die Gerichtsverhandlung nicht haben, helfen wir Richard mit der Übersetzung des Tagebuches am meisten. Vielleicht stoßt Ihr dort auf etwas Wichtiges.«

Kahlans Entschlossenheit geriet im hellen Licht der Bibliothek ins Schwanken. Sie begann, ihre Pläne noch einmal zu überdenken.

»Tja«, machte Cara, »dann gehen wir wohl besser wieder an die Arbeit. Unmöglich zu sagen, was Nadine im Schilde führt. Wenn es ihr gelingt, in Lord Rahls Zimmer einzudringen, wird sie sich beim Küssen wunde Lippen holen, während er hilflos schlafend daliegt.«

Berdine preßte die Lippen aufeinander und gab Cara einen Stoß gegen die Schulter. »Was ist in dich gefahren? Die Mutter Konfessor ist eine Schwester des Strafers.«

Cara sah sie überrascht an. »Entschuldige. Es sollte ein Scherz sein.« Sie berührte Kahlan am Arm. »Ihr wißt, daß ich Nadine töte, wenn Ihr es wünscht – Ihr braucht mich nur darum zu bitten. Keine Sorge, Raina wird Nadine nicht in sein Zimmer lassen.«

Kahlan wischte sich eine Träne von der Wange. »Ich weiß. Nur, in all diesem Durcheinander – ich weiß.«

Ihr Entschluß stand fest. Vielleicht half es Richard, wenn sie eine Antwort fanden. Wenn sie etwas entdeckten, das der Seuche ein Ende bereitete. Kahlan wußte, daß sie nur Ausflüchte vor sich selbst machte. Sie wußte, weshalb sie gehen mußte.

»Habt Ihr gefunden, wonach Ihr gesucht habt?« fragte Raina, als Kahlan, Cara und Berdine auf sie zukamen.

»Nein«, gab Kahlan zurück. »Es gab dort keinen Bericht über die Gerichtsverhandlung.«

»Das tut mir leid.«

Kahlan deutete auf die Tür. »Hat jemand versucht, ihn zu behelligen?«

Raina feixte. »Sie war hier. Wollte nach Lord Rahl sehen. Um sich zu vergewissern, ob er schläft, wie sie behauptete.«

Kahlan mußte nicht fragen, wer ›sie‹ war. Ihr Blut geriet in Wallung. »Und, habt Ihr sie hineingelassen?«

Raina lächelte ihr freudlos finsteres Lächeln. »Ich steckte meinen Kopf hinein, sah, daß Lord Rahl schlief, und teilte ihr dies mit. Ich ließ sie nicht einmal einen flüchtigen Blick auf ihn werfen.«

»Gut. Aber wahrscheinlich kommt sie noch einmal zurück.«

Rainas Lächeln wurde breiter. »Das glaube ich kaum. Ich erklärte ihr, sollte ich sie heute nacht noch einmal in diesem Flur erwischen, würde sie meinen Strafer auf ihrem nackten Hintern zu spüren bekommen. Als sie ging, hatte sie nicht mehr den geringsten Zweifel, daß es mir Ernst damit war.«

Cara lachte. Kahlan war nicht danach zumute.

»Es ist spät, Raina. Warum legt Ihr und Berdine Euch nicht ein wenig schlafen?« Ihr entging der kurze Blick auf Berdine nicht. »Berdine braucht ein wenig Ruhe, genau wie Lord Rahl, damit sie morgen am Tagebuch weiterarbeiten kann. Wir brauchen alle etwas Ruhe. Ulic und Egan werden Lord Rahl bewachen.«

Raina gab Ulic mit dem Handrücken einen leichten Klaps auf den Bauch. »Schafft ihr zwei das? Kommt ihr ohne mich zurecht?«

Ulic sah die Mord-Sith verärgert an. »Wir sind Lord Rahls Leibwächter. Wenn jemand versucht hier einzudringen, bleibt von ihm nicht genug übrig, um einen Zahnstocher daraus herzustellen.«

Raina zuckte die Achseln. »Ich glaube, die beiden schaffen das. Gehen wir, Berdine. Es wird Zeit, daß wir zur Abwechslung mal wieder eine Nacht durchschlafen.«

Cara stand neben Kahlan, während diese verfolgte, wie Berdine und Raina sich mit großen Schritten entfernten und dabei ein kritisches Auge auf patrouillierende Soldaten warfen.

»Ihr habt recht, was die Ruhe anbetrifft. Ihr braucht auch ein wenig Schlaf, Mutter Konfessor«, sagte Cara. »Ihr seht aus, als würdet Ihr Euch nicht wohl fühlen.«

»Ich … ich will vorher noch nach Richard sehen. Ich kann besser schlafen, wenn ich weiß, daß mit ihm alles in Ordnung ist. Ich bleibe nur einen Augenblick.« Sie sah Cara fest entschlossen an, um sämtliche Absichten, sie zu begleiten, im Keim zu ersticken. »Warum legt Ihr Euch nicht auch etwas schlafen?«

Cara verschränkte die Hände hinter dem Rücken. »Ich werde warten.«

In Richards Zimmer war es dunkel, doch wie sich herausstellte, fiel genug Licht durch das Fenster herein, damit sie das Bett finden konnte. Kahlan lauschte auf seinen gleichmäßigen Atem.

Sie wußte, wie sehr die Ereignisse der letzten Zeit ihm zugesetzt hatten. Sie empfand den gleichen Schmerz. Wie viele Familien litten in dieser Nacht an denselben Sorgen? Wieviel mehr würden in der nächsten und der übernächsten darunter leiden?

Kahlan ließ sich vorsichtig auf der Bettkante nieder. Sie schob einen Arm unter seine Schultern und hob ihn behutsam hoch. Er murmelte im Schlaf leise ihren Namen, wachte aber nicht auf, als sie ihn ein Stück weit aufrichtete und ihn mit seinem ganzen Gewicht gegen sich lehnte.

Kahlan griff hinter sich und nahm das Glas mit dem Schlaftrank, den Nadine zubereitet hatte. Sie hielt es ihm vor den Mund und neigte es, so daß der Trank seine Lippen benetzte. Er bewegte sich leicht und schluckte, als sie das Glas anhob.

»Trink, Richard«, sprach sie leise auf ihn ein. Sie gab ihm einen Kuß auf die Stirn. »Trink, mein Liebster. Das wird dir helfen.«

Nach jedem Schluck kippte sie das Glas ein wenig mehr und zwang ihn dadurch weiterzutrinken. Als er das meiste getrunken hatte, stellte sie es wieder ab. Er murmelte erneut ihren Namen.

Kahlan nahm seinen Kopf in die Arme und drückte seine Wange

an ihre Brust. Sie legte ihre Wange auf sein Haar, als ihr eine Träne über den Nasenrücken lief.

»Ich liebe dich so sehr, Richard«, flüsterte sie. »Was immer geschieht, zweifle nie daran, wie sehr ich dich liebe.«

Kahlan ließ ihn behutsam wieder auf das Kopfkissen sinken und zog ihren Arm unter ihm hervor. Dann deckte sie ihn zu.

Sie küßte die Spitze ihres Zeigefingers und drückte den Kuß sanft auf seine Lippen, dann verließ sie das Zimmer.

Auf dem Weg zu ihrem Gemach erinnerte sie Cara daran, daß sie ein wenig schlafen sollte.

»Ich lasse Euch nicht aus den Augen«, betonte diese.

»Cara, Ihr müßt auch ein wenig ruhen.«

Cara sah sie an. »Ich habe nicht die Absicht, Lord Rahl noch einmal im Stich zu lassen.« Als Kahlan protestieren wollte, fiel sie ihr ins Wort. »Ich werde auch vor Euren Gemächern Wachen postieren. Ich kann hier ein Nickerchen halten, und wenn etwas passiert, bin ich gleich in der Nähe. Das genügt mir.«

Kahlan hatte etwas zu erledigen. Sie mußte Cara loswerden.

»Ihr habt gesehen, in welchem Zustand Richard war, als er nicht genügend Schlaf bekam.«

Cara tat dies mit einem leisen, spöttischen Lachen ab. »Mord-Sith sind stärker als Männer. Außerdem war er nur deshalb in diesem Zustand, weil er tagelang nicht geschlafen hatte. Ich habe gestern nacht geschlafen.«

Kahlan hatte keine Lust zu streiten. Sie suchte verzweifelt nach einer Möglichkeit, wie sich dieses Hindernis im hautengen Lederanzug aus dem Weg räumen ließ. Cara durfte nicht erfahren, was sie vorhatte. Schwester des Strafers oder nicht, Cara würde Richard davon Bericht erstatten. Daran bestand nicht der geringste Zweifel.

Das war das letzte, was Kahlan wollte. Unter keinen Umständen sollte Richard erfahren, was sie vorhatte. Sie würde sich einen neuen Plan ausdenken müssen.

»Ich weiß nicht recht. Ich glaube, ich kann noch nicht ins Bett gehen. Ich habe ein wenig Hunger.«

»Ihr seht müde aus, Mutter Konfessor. Ihr braucht Schlaf, nicht etwas zu essen. Ihr werdet nicht so gut schlafen, wenn Ihr unmittelbar vor dem Zubettgehen etwas zu Euch nehmt. Ich möchte, daß Ihr ausschlaft, genau wie Lord Rahl. Ihr könnt beruhigt schlafen, denn Nadine wird nicht in seine Nähe kommen. Ich kann mir gut denken, was Raina zu Nadine gesagt hat, und so unverschämt diese Dirne auch ist, sie ist klug genug, eine Warnung von Raina nicht in den Wind zu schlagen. Heute abend braucht Ihr Euch keine Sorgen zu machen, Ihr könnt also beruhigt schlafen.«

»Wovor habt Ihr Angst, Cara? Außer vor Magie und Ratten.«

Cara machte ein finsteres Gesicht. »Ich mag Ratten nicht. Aber ich habe keine Angst vor ihnen.«

Kahlan glaubte ihr kein einziges Wort. Sie wartete, bis sie außer Hörweite einer Patrouille waren, die sie in entgegengesetzter Richtung passierte.

»Was macht Euch angst? Wovor fürchtet Ihr Euch?«

»Vor gar nichts.«

»Cara«, tadelte Kahlan, »ich bin doch auch eine Schwester des Strafers. Jeder hat vor irgend etwas Angst.«

»Ich will im Kampf sterben, nicht schwach und krank in einem Bett, durch die Hand eines unsichtbaren Feindes. Ich habe Angst, Lord Rahl könnte die Pest bekommen und uns ohne einen Herrscher D'Haras zurücklassen.«

»Davor habe ich auch Angst«, gestand Kahlan leise. »Ich habe Angst, Richard könnte die Pest bekommen, und alle anderen, die ich liebe, ebenfalls. Ihr, Berdine, Raina, Ulic, Egan und alle im Palast, die ich kenne.«

»Lord Rahl wird einen Weg finden, die Suche einzudämmen.«

Kahlan strich sich eine Strähne hinters Ohr. »Fürchtet Ihr Euch davor, keinen Mann zu finden, der Euch liebt?«

Cara warf einen ungläubigen Blick in Kahlans Richtung. »Warum sollte ich davor Angst haben? Ich brauche einem Mann nur die Erlaubnis zu erteilen, mich zu lieben, und er wird es tun.«

Kahlans Blick wanderte von Cara zu den Säulen an den Seiten des Saales hinüber, den sie soeben duchquerten. Ihre Stiefeltritte hallten über den Marmorboden.

»Ich liebe Richard. Die Magie eines Konfessors zerstört einen Mann, wenn sie ihn liebt – Ihr wißt schon, wenn sie … vereint sind. Richard kann meine Liebe nur deshalb erwidern, weil er etwas Besonderes ist, weil er eine besondere Magie besitzt. Ich habe schreckliche Angst, ihn zu verlieren. Ich will keinen anderen Mann als Richard – niemals –, aber selbst wenn ich wollte, ich könnte nicht. Kein Mann ist fähig, mir seine Liebe so zu zeigen wie Richard. Ich könnte nie einen anderen lieben.«

Caras Stimme wurde vor Mitgefühl fast zärtlich. »Lord Rahl wird einen Weg finden, die Pest zu beenden.«

Sie verließen den Marmorboden und betraten die Teppiche, die ihre Schritte schluckten, als sie die Treppe hinauf zu Kahlans Gemächern gingen.

»Ich habe Angst, ich könnte Richard an Nadine verlieren, Cara.«

»Lord Rahl mag Nadine nicht. Ich sehe an seinem Blick, daß er sich nicht für sie interessiert. Lord Rahl hat nur für Euch Augen.«

Kahlans Finger glitten über das glatte Marmorgeländer, während sie die Stufen hinaufstieg. »Nadine ist von einer Hexe geschickt worden, Cara.«

Cara sagte nichts. Das hatte etwas mit Magie zu tun.

Als sie schließlich die Tür zu ihren Gemächern erreicht hatten, blieb Kahlan stehen. Sie sah Cara in die blauen Augen.

»Versprecht Ihr mir eins? Als Schwester des Strafers?«

»Wenn ich kann.«

»All das, was im Augenblick geschieht – es ist schon so viel schiefgegangen. Versprecht Ihr mir, falls … falls etwas passiert und ich einen Fehler mache, den schlimmsten Fehler, den ich je begangen habe, und ich alles irgendwie durcheinanderbringe ..., versprecht Ihr mir, nicht zuzulassen, daß sie Richard an meiner Stelle bekommt?«

»Was sollte denn passieren? Lord Rahl liebt Euch, nicht dieses Weibsstück.«

»Alles mögliche kann passieren. Die Pest – Shota – einfach alles. Ich kann den Gedanken nicht ertragen, Cara, daß Nadine meinen Platz an Richards Seite einnimmt, falls mir etwas zustößt.« Kahlan packte die Mord-Sith am Arm. »Bitte, ich flehe Euch an. Versprecht Ihr mir das?«

Cara starrte sie bohrend an. Mord-Sith nahmen einen Schwur nicht auf die leichte Schulter. Kahlan war sich bewußt, daß sie eine ernste Bitte vorbrachte. Sie verlangte von Cara, etwas bei ihrem Leben zu schwören.

Cara nahm ihren Strafer in die Hand. Sie küßte ihn.

»Nadine wird Euern Platz an Richards Seite niemals einnehmen. Ich schwöre es.«

Kahlan nickte nur, denn in diesem Augenblick versagte ihr die Stimme.

»Geht jetzt, Mutter Konfessor. Ich werde hiersein und Wache halten. Niemand wird Euch behelligen. Ihr könnt beruhigt schlafen, denn Ihr wißt, daß Nadine niemals Euren Platz einnehmen wird. Darauf habt Ihr meinen Eid.«

»Danke, Cara«, erwiderte Kahlan leise, voller Dankbarkeit. »Wenn Ihr jemals etwas von mir wollt, braucht Ihr es nur zu sagen. Glaubt mir, Ihr seid wahrlich eine Schwester des Strafers.«